(Second Edition)

MEDIA EFFECTS:

ADVANCES IN THEORY AND RESEARCH

媒介效果

（第二版）理论与研究前沿

[美] 简宁斯·布莱恩特（Jennings Bryant）道尔夫·兹尔曼(Dolf Zillmann) 主编

石义彬　彭彪 译

華夏　版社

图书在版编目(CIP)数据

媒介效果:理论与研究前沿/(美)布莱恩特主编;石义彬译.
-北京:华夏出版社,2009.6
(传播·文化·社会译丛)
ISBN 978-7-5080-4170-4

Ⅰ.媒… Ⅱ.①布… ②石… Ⅲ.传播媒介-研究
Ⅳ.G206.2

中国版本图书馆 CIP 数据核字(2009)第 085435 号

北京市版权局著作权合同登记号:图字 01-2007-5879

媒介效果:理论与研究前沿
[美]布莱恩特 主编
石义彬 译

出版发行:华夏出版社
(北京市东直门外香河园北里 4 号 邮编:100028)
经 销:新华书店
印 刷:北京建筑工业印刷厂
装 订:三河市万龙印装有限公司
版 次:2009 年 6 月北京第 1 版
2009 年 6 月北京第 1 次印刷
开 本:787×1092 1/16 开
印 张:30.75
字 数:550 千字
定 价:62.00 元

本版图书凡印刷、装订错误,可及时向我社发行部调换

总序

潘忠党

好友黄旦教授主持推出了这个“传播·文化·社会”译丛。他嘱我作文，略述译丛的设计思考以及入选的这些书之学术意义。我惟有从命，但这题目太大，为不多占读者的资源，我长话短说，就译丛设计的思考，择要述之。

从构思到实行

这个译丛的策划起于1996年5月在杭州召开的第五次全国传播学研讨会。其时有两个“研讨会场”，一是白天的正式研讨，另一是入夜后的“神侃”，一群尚年轻或尚不太沧桑的朋友相聚，虽天南海北地“侃”，却不离共同从事的学术。大家都颇感慨，觉得自1980年代初以来，“传播学”在中国虽有发展，但其学科领域究竟什么样，研究怎么做，仍很朦胧。于是大家“侃”出编一套译丛的狂想。这想法是系统译介这么三类书：(1) 理论名著，(2) 实证研究经典，(3) 全面勾勒学科领域的论著和论文集。这些节要既有学术水准，又有可读性；既可做专业教科书，又可成为高层次研修类读物。

其时参与讨论者（以姓氏笔画为序）有王怡红、刘卫东、李展、陆晔、芮必峰、杨瑞明、胡正荣、段京肃、郭镇之、黄旦、曾建雄等。我不知深浅，承揽了组织的工作。其后，由于我能力的局限和自身的懒惰，除弄出个书目外，没做成一件实质性的事情。尽管如此，凡听说此事的朋友们都鼎力相助，包括孙五三、陈力丹、阵韬文、朱立、王铭铭、龚文庠、赵斌. 高丙中等。

到了今天，中国的传播研究又有了长足发展，不仅有了更多反映实绩的研究专著和论文，建立了多个学院、系和所，还有了多种相关的译作。而这期间，当时在杭州共同构思这译丛的人也多有变迁，我自己就蜗居在了美国中西部这座人称“陌地生”的小城。幸亏此时黄旦兄挺身主持，重新审定了书目，做了所有繁杂、劳神的实际工作；仰仗全体译者的辛劳，使译丛得见天日。

译丛与学科

根据今日的情况，黄旦主持重新设计了译丛，对书目作了必要的调整。但是，译丛的主旨基本没变，力图涵盖的范围也大致没变，因此，译丛的名称仍由“媒介·文化·社会”这三个词组成，这里需要将这三个词如何反映所选的书目以及传播研究的学科作一扼要说明。

虽然“传播学”在教育部认定的学科分类中被安放在了”新闻传播学”之下，[1] 但它的学科面貌仍然不甚清晰。即使在被认为是“传播学”发生地的美国，它也是一片混沌。曾有学者力主“传播科学（communication science)”，[2] 但那也只是一家之言，表达涉及传播现象的某一类研究，主要是由施拉姆整合前人的研究而建立的传统。很多人，尤其是从事文化或批判研究的学者，继承英国的文化研究，政经分析以及法兰克福学派的批判传统，更愿意将他们的工作称为“媒介研究（media studies)”；还有很多人，为了包括比“媒介研究”更广的范围（比如语言的使用、修辞艺术、社会仪式、人际

---

① 童兵（执笔，2001 年）。新闻学与传播学（高校“十五”新闻传栏学学科研究规划及课题指南）。中国高校人文社科信息网（http：//www. sinoss. com）。

② 如有 Charles R. Berger & Steven H. Chaffee 主编的《传播科学手册》（*Handbook of Communication Science*，Newbury Park，CA：Sage，1987）。

关系之建立等)，索性就用“传播研究（Communication studies)”。[①] 这不是刻意咬文嚼字，而是因为对传播现象之研究涉及不同学科、不同取向，从事这类研究的学者各有侧重，也各有偏好。为包容多元的特征，我自己更倾向于使用“传播研究”，即我们所做的是研究，对象是传播现象。除此之外，这一研究领域应全面开放，不必画地为牢。

将对传播现象的学术研究冠以“传播学”，自然隐含了某种期待，尤其是对能够整合学科的“理论体系”之期待。但这期待总是实现不了，至少迄今未见有人做成此事。[②] 我们不想也不能而且不应将译丛看作是对“传播学”的完整表述，亦不能将所有选进译丛的书都看作经典。我们选了“媒介·文化·社会”这么三个词命名译丛，虽有靠近英国传统的嫌疑（我个人倒更喜欢戴上这嫌疑)，[③] 但也说明我们力图使译丛不仅反映美国的文献，而且反映来自其他国家的英语文献，更主要的，这命名反映我们如下的考虑：

第一，译丛集中反映围绕传媒而展开的研究，所选书目主要来自通常称力“大众传播”研究的范畴，而不反映其他传播研究的领域（如人际传播、组织传播等)；

第二，既以媒介为核心，译丛就应包括研究媒介生产（包括体制、机制、环境和运作)、媒介内容（或文本）以及媒介影响这三大块有一定代表性的著作；

第三，大众传播的研究是多学科交叉的领域，因此，译丛应包括不同学科、不同取向的有影响的著作（如借签社会学、人类学、政经分析、历史研究等取向的研究)；

第四，大众传播的研究应当是社会与行为科学以及人文学知识整体的一部分，是对人类社会的象征再现（symbolic representations)、这一再现的生产

---

① 如罗杰斯（E. M. Rogers）就将其大作命名为《传播研究的一部历史：一种传记的方式》(*A History of Communication Study*: *A biological Approach*. New York: FreePress. 1994)。很多情况下，人们更愿将“研究”用复数（studies）表示，以涵盖各种研究取向和类型。

② 但这个等于说没有规整学科的组织。比如对大众传播的研究，有虽未被翻译为中文但却已很有影响的麦奎尔的教材。该书一直名为《大众传播理论》，最新一版改名为《麦奎尔的大众传播理论》(*McQuail's Mass Communication Theory*. Newbury Park, CA: Sage. 2000)。

③ 比如，早在1986年，六位英国学者就编辑了一本论文集，名为《媒介、文化与社会：一本批判式读本》 (*Media*, *Culture Society*: *A Critical Reader*. Edited by R. Collins, J. Curran, N. Granham, P. Scannell, P. Schlesinger, & C. Sparks. London: Sage. 1986)。《媒介、文化与社会》也是主要由英国和欧洲大陆学者编辑、影响很大的一份学术刊物，以大众传播研究为主。

过程及其对人的心理、行为之影响的研究，因此，译丛应具有与其他学科对话的特点，应包括来自其他学科、但其理论影响更重在传播研究领域的代表性著作；

第五，任何对大众传播的研究都在特定的社会、历史条件下层开，有些非常有影响的著作，因局限于对特定社会、历史事件的分析，不一定有跨文化的“移植”价值，因此，译丛书目的选择要看对我们思考中国大众传播现象的启发意义，不一定仅按美、英的学科形象来确定，不需囊括一切。

这些考虑的基本出发点是，大众传播研究是一个综合研究领域（field of study），而尚不成为一个制度化了的独立学科（discipline）。为何这么看是个大问题，为避免拉长篇幅，对此将另文展开。简单地说，大众传播是以一个巨大产业为基础的文化、社会和个人行为现象，纵跨多门学科，横贯多个领域。其他学科的学者会因其研究兴趣和学科的内在逻辑而涉足这个“十字路口”,① 为我们留下他们的观察与分析。那些在此安营扎寨的人，如我们这些以从事大众传播研究为业的人，一方面需要继续这“十字路口”的全方位开放，以提升我们的理论层次，另一方面需要将自己的观察与分析反馈到其他学科，对那些学科有所启发，使这个领域继续成为活跃的理论建构场所。这是与寻求“理论体系”不同的学科形象，它更强调，套用胡适的话，“多研究些问题，少标榜些什么‘学’”。当然，必须是真问题！对此，我在后面还会涉及。

有些根据以上考虑而应当包括在本译丛的书，因已有中译本或正在被其他学者翻译而没被包括。这些书有的是某一“学派”（姑且用这个有悖学术精神的名词）的代表作，如雷蒙德·威廉姆斯的《文化的社会学》（英国文化研究）和埃夫瑞特·罗杰斯的《创新的扩散》（美国功能主义社会学研究），有的是采用某一取向的经典著作，如约史华·玛雅维茨的《失去的空间感》（象征互动理论取向）和贤托·阿岩加、当那德·金德的《事关重要的新闻》（量化的实证研究取向），还有的是对某一领域的研究可读性极高的表述，如约翰·费尽克的《理论流行文化》和文森特·莫斯科的《传播的政治经济学》或是另辟蹊径、提出了影响其他学科的理论思考的著作，如丹尼尔·戴

① Wilbur Schramm (1963). *The Science of Human Communication.* New York: Basic Books.

岩、艾利休·凯茨的《媒介事件》。[1] 读者可将它们看作是本译丛的组成部分。其他反映本译丛宗旨的书，希望能够在这个译丛的总题下继续推出。

借鉴、批判与应用

既然要“多研究些问题．少谈些主义”，那么出版这套译丛有何意义？尽管要长话短说，这倒是有必要作一扼要阐述的。

遗憾的是，在译介大众传播研究时，我们至今还会遭遇类似“批判地借鉴”、“理论联系实际”的口号。这一方面反映了大众传播研究因为与一产业息息相关而受其困扰，另一方面也反映出这一研究领域与其他一些学科相比之落后，包括理论建设的落后、研究方法的薄弱、研究成果的贫乏等。这些口号未必错，甚至可以说没错，但一旦成为口号，认识论原理就被简约，正如我用胡适的文章标做做口号一样。这种简约（注意，是对认识论原理的简约而不是原理本身）往往繁衍出理论思维简化、学术品位欠缺的毛病。

这些毛病的表现之一是将西方的东西作为万能的“器具”，不顾观点、名词所得以产生之分析逻辑和语境，生搬硬套。于是，要么为自己的文章穿靴戴帽，甚至撒两滴麻油式地用一两个西方名词，以掩盖理论分析的匮乏；要么“高级词汇”络绎不绝，不仅文章佶屈聱牙，而且分析走样。此乃消化不良症也![2] 此症的另一种表现是扫荡式的否定，坚称西方（以美国代表全部）一个领域的研究都是为“特殊利益团体服务”的或都是在为牟取经济利益或政治“霸权”（姑且用这个概念之被庸俗化了的含义）提供话语资源。这是等不及看清“武器”的面貌，就忙不迭地要展开对“武器的批判”。

寻求威力“武器”的愿望人皆有之，实属难免。而且，在体制内做学问，常常没等找到问题或对问题的清楚表述，递交论文或出版专著的时间已到，这也是实情。于是，洋洋洒洒地“发挥”某理论体系或东拼西凑些现象来图解某一概念的“论文”、“专著”层出不穷，于是各种译著（甚至可能包括这个译丛），成为久旱之“甘霖”，可供引用，可供发挥，可供涂釉。不消说，

---

① 这里只是为表述的简单而如此分类，其实它们每一本都可横跨这些类别。

② 我没有将自己排除在外。我在写作中常受“消化不良症”的折磨，因此这也是提醒自己要尽量少犯此病。这里所指的现象，即以西方的时髦词汇分析中国的问题，并得出令人啼笑皆非之结论（如在“过七八年来一次”的“文革”中觅得了超越西方民主的特质），也并非这么简单，还是有一个分析者自己的逻辑和语境的问题。读者可参阅崔之元先生的论著以及反映1990年代中国思想界争论的各种文集。在此不罗列。

这绝不是我们的初衷。

在我看来，译丛中的任何一本书，都不可作为现成的“武器”，既不能原样搬用，也不应青红皂白不分地奉脚相向。这些书的价值在于为我们提供一份“参考”（比如，西方是怎么做的，在中国特有的传媒改革过程中，有哪些是在取桔得枳，有哪些是在缘木求鱼，还有哪些是在养痈遗患），或者说为我们提供一些“亮点”，令我们窥视中国现状中的某一点或某一面。也许，它们可帮助我们捕捉到需要研究的问题，并将问题提升到理论层面来表述。我们的落脚点只是中国，分析的是中国的问题，以期建构的是解答中国的问题的理论和话语。这么做了，做好了，我们的研究才可对其他国家、文化有参照意义，才有可能拓展出学术对话的空间，切实研究中国的问题，远比抽象地呼吁“本土化”更有建设意义。这是我所理解的“借鉴”，所谓批判，已在其中。秦晖先生的格言将这层意思表达得十分精到：“主义可拿来，问题须土产，理沦应自立。”①

理论思维简化、学术品位欠缺的表现之二，说白了，就是实用主义。大众传播研究被指责为“太玄”，“远离实践”，无法“应用”。如此一来，不仅这个译丛，而且其他研究西方大众传媒及相关现象的著作，当然也就“贬值”了。

我相信，凡愿意读这译丛的人，都曾在不同程度上感受到“书到用时方恨少”，但为了“不会吟诗也会凑”才去“熟读唐诗三百首”，并非治学之道。难道读诗所得之美感享受和熏陶在其次吗？“学以致用”反映了中国的传统经世伦理，也导致我们对“学以启蒙”的忽略，令我们轻视了二者之相辅相成。

所谓“脱离实践”，其实并不是大众传播研究应有的特点。这一指责，具有帮助学术建设的反思意义，反映了两方面的问题。

一方面的问题是，将“治学”等同于建构学科体系，于是，力图以各种方式阐述“大众传播学”“体系”的教科书层不出不穷，相比之下，提出并解答具有理论意义的问题的研究却乏善可陈。针对这方面的问题，我们应当大声疾呼：到现实中去，发掘具有理论意义的可作实证考察的问题！没有提

---

① 秦晖（1999年），“求索于‘主义’与‘问题’间”。《秦晖文选：问题与主义》（第438－468页）。长春：长春山版社。

出问题的“学”是空泛的，当然是“脱离实践”的；它是既无“学”也无“问”，而且是因无“问”而无“学”。所谓“学问”者，学习提问也！但若因此给大众传播研究冠以“玄学”或“脱离实践”的罪名，恐怕有些似是而非、指鹿为马。我想黄旦教授主持出版这个译丛，也绝不是为这空泛的所谓“学”提供更多的“高级”词汇，帮助生产更多经多手转抄而成的教科书。

另一方面的问题是，学术研究应提什么样的问题？或者说，什么是真问题？也许一个例子会有帮助。目前学界和业界都关心的一个现象是传媒产业的整合（集团化），不同的问题由此产生：

○ 中国传媒集团如何做强、做大？（产业发展政策指导型问题）

○ 中国传媒产业集团正在如何组合？（现象描述型问题）

○ 在中国这一特殊的转型社会，党—国力量在传媒集团化过程中的行使方式及其原因是什么？（理论建构型问题）①

针对传媒产业整合的问题当然绝不限于这三个，我只是以它们作为例子，显示提问者的立足点以及问题的导向。它们都是“真问题”，代表三种类型，但真正有可能显示大众传播研究之学术价值的是第三个问题所代表的类型，即以理论为指导. 以理论建构为目标的问题。它们之间也有逻辑的关系，也许从第二个到第三个问题有逻辑递进和发展的关系，即从描述现象的过程中寻求理论的视角并提炼出理论问题，而第一个问题之提出和解答则是改革现象之一部分，也是提出第二个，尤其是第三个问题的人应该研究的对象之一部分。希望对大众传播的研究能提出并探讨更多的第三类问题。

我们太容易将“理论联系实际”等同于“指导实践”，即所谓“从实践中来，到实践中去”。这等于说学者与实践之间不应有任何空间，要将学者等同于企业或官厅的“谋士”。“咨询”重任，当然有价值，有想法、有能力的学者大可当仁不让。“官厅学术”或政策研究应该做，更要做好，绝不应受贬。但是，“官厅”需要不等于学者的社会、人文立场，“官厅”不是学术研究的立足点。学术研究的核心在于能够独立地提出问题，提出实践者因其本职工作的需要一般无法提出的问题，提出能够启示、预警和反诘实践者的问题。没有这样的立足点之独立，就没有任何的“批判”，无论你用哪一“学

---

① 参见 Zhao，Yuezhi（2000）. From commercialization to conglomeration：The transformation of the Chinese press within the orbit of the party state. *Journal* of *Communication*，50（2）：3－26。

派”的高级词汇。一味地追随政策制定者或一线的实践者，解答他们所提的问题，就没有“学者”的独立人格，没有独立的学术品味。仅仅根据政策制定者或一线实践者们对“熟练工”或“操作手册”的需求来贬斥学术研究为“无用”，也并非学术评判，对于一味地以“咨询”的需求来指导研究并以此贬斥理论思考的人，我们应当猛击一掌，呼曰：走出权力和金钱的帷帐，与“现实”拉开充足的距离，审视你的观察立场和角度！

学术研究的勇气不仅在于向权贵进逆耳忠言，并因此遭逆境而不悔。学术研究之精髓在于寻求并坚持自己提问和表达理论思考的独立立场，在于不仅甘于而且寻求一种“边缘化”的境界。萨伊德对此有激情澎湃的论述，他将学者的立场表达为知识分子保持思想境界上必要的边缘、“业余”和“流放”式的存在常态。① 他不仅在指知识才子的气节，更重要的在讨论一个基本的认识论原则，即学者在无法逃脱的政治、经济、社会和文化场域内如何提出、思考和解答问题，如何维护自己思考的独立性。所以我前面说了，提出真问题时，批判就包含其中了。

我们从这套译丛中能得到的最直接的借鉴，恐怕就是各位学者们提问时以独立之立场所做的选择，无论是做“行政型研究”（如“Media Effelt”一书）还是“批判型研究”（如“The Whole World Is Watchig”一书），学者们都是在根据自己治学的逻辑而提问，尽管不是每个人都提出制度批判式的问题。如果这些书能够为我们提出并研究中国媒体改革过程中具有理论意义的问题提供一些启发，这“用”可谓大矣，黄旦教授及各位译者对中国大众传播研究的发展亦可谓功莫大焉！

在结束这篇短文之际，有必要提及翻译的质量问题。我没有看到中译本，即便看了，也未必能提出多少建设性意见。但我相信，所有译者都是非常严肃、负责而且合格的。通过自己的学术活动，我也体会到，学术著著的翻译质量只能建立在学术发展水平上，它绝下仅仅是一个语言的转换问题。因此，今天，当我们在探究西方大众传播（以及社会科学和人文学）的研究脉络方面起步之时，我宁愿相信翻译的质量不会尽善尽美，有些对我们来说理论逻辑和表述都比较生涩的著作，更可能有不尽人意之处。但与其坐等一步到位，

---

① 爱德华·萨伊德（1994年），《知识分子论》（*Representations of the intellectual*，New York：Vintage Books）。北京：三联书店，2002年

令这译丛继续束之高阁，我宁愿看到这步子先迈出去。译作一旦问世，就在公共空间内被讨论、受批评、遭指责。惟如此，才会有理解的提升，以建立出现更好译本的基础。

2003年2月28日而已斋

传播·文化·社会译丛

主编的话

黄旦

凝聚众多同道之友心血的译丛终于面世，受托愧领主编一职的我，多少感到了些许欣喜。

但不轻松。

说心里话，我们一直存在看梦想：出一套堪称精品的新闻传播学关译丛，无论是其内容还是形式。不敢奢望藏之名山传之后世，但绝下能是过眼烟云，五彩泡沫。

所以，书目的挑选是斟酌再三的：常常是先由潘忠党兄广征博收，确定一个大致目录，然后再集众议予以琢磨敲定。译者的圈定更是谨慎有加：第一，中英文都不差；第二，有相当的专业知识；第三，最好有出国的经历。虽然最后一条碰到了些困难，以致难以一刀切，但大体是按此索求。

然而，当译丛真正出版，反而心里发虚：它真能实现我们的梦想?

读到章太炎《译书公会叙》中的一段话："悲夫!

以草莱数人，仅若稊米，而欲紬五洲书藏之秘，以左政法，以开民智，斯又夸父、精卫之续也。”猛觉是当头一棒：我们是否自不量力？才、识、学够格与否的题目太大，暂撇一边不谈，单就严几道的“信、达、雅”三字，我们又能把握几何？

也许我们至今仍只是面对梦想不敢抱丝毫侥幸，即便译丛已开始出版。

念此虽不免使人气馁，可我坚信，追求本身总归没有错。况且若能激起其他能人志士共同为这样的梦想而努力，梦与现实的距离就会越来越近而不是相反。正是这，使我们在此有了袒露自己梦想的勇气。

向首先提出这一梦想并为此努力奔走的潘忠党兄致以深深的谢意！向为完善这一梦想而出谋划策、鼎力相助的诸位编委及其他朋友致以深深的谢意！向为尽力买现这一梦想而辛勤劳作、默默奉献的译者们致以深深的谢意！向愿意与我们共同分享这一梦想，并为此真诚予以指教的读者们致以深深的谢意！当然，不能忘怀复旦大学信息与传播研究中心的资助，尤其是华夏出版社的全力支持，若不是他们，也许我们的梦想迄今为止还在那几页薄纸上。

2003 年春月

CONTENTS | 目录

导读：媒介效果实证研究的话语[①]

——对一个研究领域的理解与误解之重新思考

潘忠党

■ 威斯康星大学——麦迪逊校区传播艺术系教授

■ 上海复旦大学新闻学院长江学者讲座教授

十多年前，我加入导师和同学为英国传播学者詹姆士·柯兰（James Curran）等合编的《传媒与社会读本》，撰写了一章，综述媒介效果研究（media effect research）这一领域（McLeod, Kosicki, & Pan, 1991）。在那篇文章中，我们并不试图全面描述媒介效果研究的领域，尤其不试图罗列门类众多的媒介效果假设和研究发现，而是试图澄清对媒介效果研究的一些误解，并在此基础上论述媒介效果作为一个研究领域的理论和方法之取向。

这篇文章发表后，为很多大众传播院系用作研究生理论课的必读教材，而且也经常被引用。但是，《传媒与社会读本》的编辑们显然对这篇文章不怎么满意，因为从该读本的第二版开始，它就不再出现。我感觉，问题不在我们这一章写得是否够好，而是《读本》的编辑们对效果研究这一领域，包括其理论成就（或缺乏成就）及方法取向，有很大保留，甚至感到格格不入。令我产生这感觉的是媒介效果这个题目在该读本中的尴尬地位：读本的第一版只有我们这么一篇实证主义取向的文章；在读本的第二版，它被英国做“新受众分析”（new audience analysis）的一位学者写的效果研究综述所取代；到了读本的第三版，效果研究不再出现，取而代之的是英国利物浦大学教授约翰·柯纳（John Corner, 2000）对“影响”或“效果”概念的解构（其实只是对社会科学取向的媒介效果研究之非常浮皮潦草的点评）。

我并不是在抱怨自己所受的“待遇”。我只是在为这么一些问题所困：作为美国“大众传播学”的“主流”，实证主义的媒介效果研究探讨或回避些什么问题，如何表述这些问题，有些什么基本的假设，做出了些什么影响学术发展的贡

① 原稿递交给中华传播学会传播学论坛（2004 年 1 月 4－6 日，上海），是为简宁斯·布莱恩特（Jennings Bryant）和道尔夫·兹尔曼（Dolf Zillmann）主编的《媒介效果：理论与研究的推进》中文版写的序。复旦大学新闻学院的黄旦教授对初稿提出了建设性意见，本系研究生马晓燕帮助订正了文字，在此一并致谢。

献？综合起来，核心问题是，媒介效果研究的理论贡献何在？因为我自己的学术训练是实证主义的媒介效果研究，这些问题其实涉及自己的学术认同。从《传媒与社会读本》前后三版对媒介效果领域的处理，我们可以看出，这些也是困扰该读本编辑们的问题。

思考这些问题因此也有一定超越自我的价值。黄旦教授主持翻译的这套《媒介、社会与文化》译丛，包括了反映媒介效果研究成果的著作，如简宁斯·布莱恩特（Jennings Bryant）和道尔夫·兹尔曼（Dolf Zillmann）主编的《媒介效果：理论与研究的推进》（Bryant & Zillmann, 2002）。这部综述论文集，集中解答的是上述困扰我的问题，但读过之后，困惑依旧。我想，很多该书中文版的读者恐怕会有类似的感受。思考上述问题，如果可以澄清我自己的一些困惑，也许还能为该书在中文语境下的阅读、媒介效果研究在国内的发展，起到一点促进作用。

这篇文章不过是诉诸文字的一些思考，绝不是对效果研究及其学术思想演变的系统考察。我所要探讨的问题，与十多年前一样，即对媒介效果的研究，我们应当如何理解，有哪些误解，为什么会有这些误解？与十多年前不同的是，我现在对这一领域有了更深入一些的了解，所关注的也不再仅限于文献，而是针对自己对中国现实的观察，希望能更加有的放矢。我的目的是为理解来自美国的媒介效果研究的文献，提供一个场景；为中国大众传播研究的学科发展，提出一些警示。

媒介效果研究做什么？

在十多年前的那篇文章中，我们首先描绘了一幅大众传播研究的“春秋战国”场景。今天，不仅这种局面没有改观，而且诸侯争斗的战火蔓延至如何看待学科发展的历史。在这十多年中，一批大众传播研究史的著作相继问世，有的讲述“建制内的历史”（“the establishment history”, Rogers, 1994; Dennis & Wartella, 1996），有些讲述被“主流”所掩藏甚至歪曲了的历史（Glander, 2000; Simpson, 1994）。“建制内的历史”基本是大众传播这门学科从无到有的“创业史”，其主角和“英雄”，已经成为我们今天耳熟能详的名字。当然，他们也为时代所造就，得到了基金会、企业和政府的慷慨资助。所谓“反对派的历史”（McChesney, 1997），不仅意在颠覆这一“建制内的历史”，而且力图建构了一个大众传播研究由“资本”和“权力”所孕育、带着与生俱来之罪恶的诞生史。根据这个历史叙事，那些所谓“创业者”，其实是些趋炎附势的机会主义者，不惜从中央情报局、国防部、烟草公司、石油或汽车大亨那里拿钱，为他们的政治宣传和市场营销出谋划策，将传播研究生生地引上了为特殊利益服务、为思想控制服务的歧途。

这些学科史的著作并没有挖掘出太多令人瞠目的史料，更没有对传播研究的学科发展提出具有建设意义的观点，甚至没能更清楚地回答"大众传播研究做什么"这样的基本问题。它们倒是进一步显示，大众传播研究缺乏理论整合，在此基础上的身份认同也很模糊。多年来，学科的这种特征令很多传播学者们沮丧，也令初学者们无所适从。针对这样的局面，美国《传播学季刊》于1983年和1993年曾先后出版了两期论坛，召集学科内的知名学者反思"这个学科在干什么，有什么特点"这样的学科定位问题。曾先后担任国际传播学会主席的罗杰斯（Everett Rogers）和查菲（Steven Chaffee）在每期论坛上都发表了一篇对话。他们间隔十年的两篇对话观点相当一致，即大众传播研究或范围更广的传播研究，缺乏一门学科应有的理论整合（Rogers & Chaffee，1983；1993）。这种状态至今没有改观，它不仅继续困扰我们，而且隐含着传播研究这一学科的深层危机。

这种大局面，当然也反映在媒介效果研究这个领域，但这不等于说这个领域没有任何内在的定性特征。在十多年前的那篇综述中，我们认为媒介效果研究是大众传播研究中一个具有独特取向的领域，其特征是：着重考察受众，试图确认各种影响，力图将这些影响追溯到媒介的某个相面，并采取实证科学的方法和语言，以检验理论的假设。我们强调，在这些共同点下，媒介效果研究复杂多样，要将之统一为"主导范式"或"传播科学"，难免有削足适履的粗暴和武断。为显示这一点，我们提出如下可概括媒介效果研究的分类相面：

a. 微观与宏观：二者的区别在于考察媒介影响个人的心理或行为还是影响更高层次的社会单位、社会关系或社会结构；

b. 变化与稳定：二者的区别在于媒介效果的形式，它可能是改变已有状况（如态度、行为或社会关系），也可能是稳固现有状况（如维护现存意识形态或政治体制）；

c. 累积与非累积：二者的区别在于认识到媒介的效果可能是短暂的，一瞬即逝的，也有可能积存于系统，由少积多、由小积大；

d. 短期与长期：这就是说，媒介的效果可能在媒介接触后即刻产生，但属昙花一现，也有可能孕育良久后才出现，或经久不衰；

e. 态度、认知、行为：这个相面强调，媒介的效果可能发生在各个领域，无论是对于个人还是社会集合体，这三者都是理论上可区分的领域，而且，根据社会心理学的原理，也是必须区分的领域；

f. 离散一般型与内容具体型：这个区别强调的是产生效果的媒介元素，媒介的效果可能源自媒介的存在（如比较通过媒体中介与没有媒体中介的社会或历史时期），媒介再现的一般特征（如涵化理论认为电视无处不在，其极度重复的“资讯体系”是影响群体的社会现实观念之祸根），也可以源自某一具体的媒介资讯，如某一条新闻或某一集电视连续剧；

g. 直接效果与条件性效果：这个区别强调媒介效果的产生形态，媒介可能直接影响某具体变项（如个人的态度、认知或行为），也可能在特定条件下才会影响到该具体变项。

如果用这些相面及其类别来建构一个矩阵，我们会得到192种不同类型的媒介效果。这种多元的特征，显然否定了一些批判和文化研究学者对媒介效果研究一叶障目式的概括，认为它只研究“态度和行为的短期变化”（Gitlin，1978；Guantlett，1998）。[①] 但是，这些相面显然不是理论的概念，它们强调的是分辨和区别，而不是整合或系统。“效果研究”的这种多样的特征，也令从事媒介效果研究的学者们惶然：究竟什么样的理论可以将这些众多的“诸侯小国”整合为一个内部统一的领域？如果一个研究领域尚且如此，更遑论传播研究这个学科？

媒介效果研究，或更广泛地说，大众传播研究，如何步入了今天这个丰富多彩或支离破碎的局面？上述两个截然对立的历史叙事，从不同的角度，都聚焦于拉扎斯费尔德，以及他领导下的所谓“哥伦比亚学派”（Gitlin，1978；Rogers，1994；Rogers & Chaffee，1983；1993；Simpson，1994）。显然，那些将拉扎斯费尔德等人的研究概括为“有限效果论”，并将其标榜为“媒介社会学中的主导范式”的做法，令拉氏的学生和合作者，艾利休·凯茨（Elihu Katz），非常不爽，乃至年过七旬之后，他仍奋起撰文（Katz，2001），为其导师“翻案”。凯茨说，后人太多地通过伯尔荪（Berelson，1953）过早演奏的大众传播研究的“安魂曲”，以及拉氏的学生之一克拉帕（Klapper，1960）的教条化总结，来理解拉扎斯费尔德。其实，拉扎斯费尔德并不认为媒介只会产生“有限的效果”，并不将媒介的效果局限于短期的个人态度或行为转变，也并非将媒介及其信息看作既成事实，不加区分或批判地接受为先决条件。有趣的是，凯茨的“翻案”文章没有引用罗杰斯1994年的《传播研究史》，似乎是在间接地表达他对罗杰斯将拉扎斯费尔德贬为“工具制作者”（tool maker）的不满。但是，凯茨引用了拉扎斯费尔德自己的文章，尤其是写于1948年的两篇文章。

---

① 批判学派和文化研究的学者们对美国大众传播研究“主流”的批判很多，其中，吉特林（Gitlin，1978）对拉扎斯费尔德的传统的重磅轰击最为突出，它集中表述了批判学者的观点，因此也成为本文引述的重点。

在这一节，我们首先看拉扎斯费尔德独自署名的一篇论文（Lazarsfeld，1948），它的主要内容是勾勒"媒介效果"这一领域的范围。他认为，"效果"或"影响"（effect）一词看似简单，其实非常复杂，因为，

> 大众传媒影响个人的知识、态度、意见和行为。这些影响可以是即刻发生的，也可以是延迟发生的；可以是短暂的，也可以是持久的。对个人的影响可能逐渐积累而转换为制度的变迁。这些影响既可以是个人对传媒的直接反应，也可以通过一个复杂的因果链而产生，也就是说，媒介导致制度的变化，而这一变化又影响到个人。
>
> 除此之外，我们还必须考察传媒自身的各个相面。我们也许是在考察教育影片的技术特征，也许会对某一杂志文章或广播节目的影响感兴趣，有可能考察英国的政府控制和美国的企业控制等不同广播体制产生的影响，更一般而言，我们可能会考察如电视等新科技的影响。（pp. 249 - 250）

如此推理，拉氏提出了两个考察媒介效果的相面：（1）不同类型的传播研究，包括考察某一内容单位，某一内容类别，媒体的经济与社会结构，媒介的技术特性；（2）不同类型的效果，包括即刻的反应，短期效果，长期效果，和制度变迁。将这两个相面交互，拉氏得到了有16类可确认的效果矩阵（p. 250）。在解读了拉氏的论文之后，[①] 凯茨（2001）认为，把"有限效果论"作为拉扎斯费尔德的媒介效果观，其实是曲解。拉氏的传统，即对传媒效果的探讨，依照凯茨的意见，包含了如下5个方面："（1）效果的特性——变化还是固化；（2）影响的对象——意见或社会结构；（3）受影响之单元——个人、组群或民族等；（4）效果反映的时间单位——短期还是长期；（5）产生效果的媒介因素——内容、技术、拥有权，以及接触的场景"（p. 278）。

显而易见，那种认为拉扎斯费尔德建立了以个人的短期态度变化为核心、以人际影响超过媒介影响为主要结论的"主导范式"的观点（Gitlin，1978），其实反映了对历史的误读。当然，是否为拉氏翻案不是我所关心的问题，因为它离我们太远。通过以上的讨论，我的目的是为显示"媒介效果"的多种多样。由于多种类型的区别，媒介效果研究不可笼统地归属于某个"范式"或"学派"；对不同类型的效果之考察，本身就可能代表了不同的"范式"或"学派"。

---

① 凯茨的讨论包括另一篇拉扎斯费尔德与默顿合作的论文（Lazarsfeld & Merton，1948）。对此，我在后一节再讨论。

但是，考虑了众多种类和形态的"媒介效果"后，我们也可看到"媒介效果"研究的基本话语特征，即以因果关系的形态，建构传媒使什么成为可能、使什么发生或者使什么得到抑制的叙事；这是个描述型叙事，即对媒介或其某一相面如何引起某些变或不变的描述，而不是对这些变或不变做出文化或政治价值的评判；这个叙事的视野是全景式的，包含了媒介所涉及的人类行为、社会和文化的方方面面。研究"媒介效果"，也就是建构一个关于在"媒介时代"，人类生活如何依赖媒介或围绕媒介而发生或者变化的话语。它当然不是"媒介与社会和文化"之关系的话语全部，但是其中不可或缺的一部分。

问题导向与理论建构

上一节没有完全回答"媒介效果研究做什么"这个问题。在重申了传媒效果的形式和种类之多样后，我们面临这么个问题：究竟有什么理论原理可以将媒介效果的研究整合于一个学术的家园？查菲指出，这种统一学科的原理在大众传播研究领域尚不存在（Rogers & Chaffee，1993），因此，与其说大众传播研究是门学科，还不如说它是个"聚集的场所"（a gathering place，Rogers & Chaffee，1983）。大众传播研究的这种尴尬境地，究其根源，还是回到了拉扎斯费尔德、拉斯威尔（Harold Lasswell）、霍夫兰（Carl Hovland）、勒文（Kurt Lewin）等所谓"学科建设之父"。也许，他们在二战前后的选择，极大地限定了大众传播研究的基本参数，舍弃了其他有可能采纳的研究途径（Rogers，1994）。从科学发展的轨迹来说，这也极其自然。极具创意、成果斐然的研究项目，如拉扎斯费尔德等人对竞选过程中态度和投票选择的研究，霍夫兰等人对说服过程和效果的研究等等，往往成为功率巨大的研究"范例"或"典范"（Kuhn，1970），起到彰显某一研究取向的作用，也成为模仿的对象。从负面来看，这种彰显和模仿，往往强化某种思维定式，局限研究者们社会学批判的想象空间（Mills，1959）。

但是，我们是否可以将学术发展的这种"路径依赖"（path dependency）特点，归罪于拉扎斯费尔德等人？我们是否有理由要求，"学科建设之父"在一无所有的情况下，开拓出整个学科的完整天地？对这样的问题，恐怕吉特林本人也不大可能给予肯定的答复。我感觉，吉特林及其他批判和文化学者对拉扎斯费尔德等人的批判，其意还在于从意识形态和认识论上排斥甚至是彻底否定以逻辑实证主义为基本模式的媒介效果研究。①

按吉特林（Gitlin，1978）的说法，拉氏等人的“罪状”之一是，他们的研究以问题为导向（problem-oriented），而不是以理论建构或理论批判为导向。确实，拉扎斯费尔德主持下的“应用社会研究所”，从企业、基金会和政府部门承接了很多服务性的应用项目，其中多数没有多少理论价值（Rogers，1994）。可是，在拉扎斯费尔德和后来的罗杰斯等人看来，媒介效果研究的问题导向，是顺理成章之事，因为对传媒的学术考察，由现实的实际问题所激发。这一导向，使得大众传播研究带上了极强的应用学科的特点（Lazarsfeld & Merton，1948；Rogers，1994），这一特点值得继续发扬光大，而不应当被简单地贬斥。②

当然，以问题为导向有其负面作用，其中之一是吉特林所指责的立场和视角的局限，对此，我在后面一节再讨论。在这里，我要特别讨论另一个负面作用，即问题导向可能阻碍理论的发展，尤其是阻碍学科的整合。

虽然拉扎斯费尔德等人的研究以问题为导向，他们留给后来者的、对大众传播研究的学科起到奠基作用的并不是他们的应用研究，而是他们发展的一些理论观点，例如信息的“二级流动”、“舆论领袖”、人际网络、创新（或信息）扩散等。③ 这些理论观点的背后，是对现代社会的结构及其动态、大众传媒的角色及其功能，以及媒介效果的形态及其产生方式等的理论建构。这当中有社会学理论家默顿（Robert Merton）的贡献，也有拉氏本人的努力（Rogers，1994）。后来者往往为拉氏等人的具体假设或概念所吸引，而忽略了他们更高层次的理论框架。凯茨（2001）的“翻案”文章其实是试图纠正这种只见树木不见森林的偏误。

拉氏等人的基本理论框架，清楚地表述在拉扎斯费尔德与默顿发表于 1948 年的一篇论文中（Lazarsfeld & Merton，1948）。这篇文章是我们理解媒介效果研究这一领域、在理论的层面阅读并理解《人民的选择》（*People's Choice*）和《人际影响》（*Personal Influence*）等里程碑式专著所必需的“奠基文本”（a canonic text，

---

① 吉特林对拉氏的批判，基本调子极其不公。首先，如前一节所述，他将拉氏的“媒介效果”观念大幅度窄化，为批判的需要，树立起了一个不符合拉氏原貌的“稻草人”作为靶子。其次，吉特林的批判虽然犀利，但其风格很有点儿“文革”大批判的味道：先树靶子，从拉氏等人的著作，尤其是凯茨与拉氏合著的《人际影响》一书中有选择地掏掘“证据”，再从拉氏的个人背景中找根源，进一步揭露拉氏的政治意识形态及其历史渊源，以及拉氏与大基金会和企业之间的密切关系，以此论证拉氏在为特殊利益群体服务。这种批判超出了对拉氏学术观点之讨论。

② 那些认为“传播学”太抽象、太玄，或者太脱离实际的朋友们，也许可以从学科发展史中领悟到大众传播研究切合实际的基本特征。

③ 拉氏等人的奠基作用还包括方法上的创新，例如跟踪问卷调查的方法、实验的方法、深入访谈和内容分析的方法等（参见 Rogers，1994）。

见 Katz, Peters, Liebes, & Orloff, 2003)。

在这篇文章里，拉扎斯费尔德和默顿首先指出，研究者们关注的问题产生于社会变革的具体历史场景。犹如工业革命引起了对劳工、老年人福利、女权等社会问题的关注一样，大众传媒的兴起，代表了社会控制及其运作内容与形态的变革，传媒的力量及社会角色自然成为人们关注的课题。关注这样的课题，拉氏和默顿指出，也就是考察"社会的权势利益或群体如何以新的方式，行使其社会控制"(p. 96)，这种社会控制的重心已经由"直接的经济剥削转向通过大众传媒扩散的宣传，即一种更加微妙的心理剥削（psychological exploitation)"(p. 96)，其中包括通过大众传媒而庸俗化流行文化，侵蚀受众的审美品位（p. 97)。大众传媒的效果虽是"难以明确定义的问题"(p. 98)，但它是理解现代社会的必要课题。他们强调，大众传媒有可能被用作有力的工具，利用者的目的可能有好有恶，因此，研究大众传媒的影响及其产生的过程，能够武装人民抵抗邪恶力量，帮助人民利用传播媒介以促进社会的进步。①

拉氏和默顿显然是将对大众传媒及其效果的研究作为具有强烈应用色彩的领域来看待，更重要的是，他们认为这是对社会控制之内容及形态的理论研究和建构的一个重要组成部分。也许，那些对媒介效果研究横加扫荡的批判学者，应当仔细读读拉氏和默顿这篇文章，看看自己的"批判传统"是否真的与拉氏等人的传统格格不入，看看是否真的能将从事媒介效果研究的人统统划为"体制"或"特殊利益团体"的"帮凶"。

拉氏和默顿指出，大众传媒是一种社会建制（social institution)，镶嵌在不同的政治和经济体制内；由于不同的所有制和媒介控制体制，传媒的效果可能会多种多样（p. 98)。在当代美国社会，在民主政体、资本主义经济、传媒私有等结构条件下（p. 106)，大众传媒具有三大功能：②

(1) 地位确认功能，即大众传媒确认公共议题、个人、组织和社会运动的地位，包括被关注议题的焦点地位、名人的公众人物地位，以及社会组织或行为的合法或合理性（legitimacy）地位；

---

① 这些表达传递了一种精英主义的倾向，同时也透露了改造社会的使命感，并体现了价值判断在实证研究中的重要作用。我在后一节再谈这些问题。

② 值得指出的是，拉氏和默顿所总结的这三大功能，与拉斯威尔几乎同时的总结（Lasswell, 1948）很不同。拉斯威尔认为媒介具有三大功能：考察环境、链接社会的各构成部分，以及传递文化传统的功能。他的观点，得到拉扎斯费尔德的弟子之一，查尔斯·赖特（Charles Wright, 1960）的发展，因此更为我们所熟知。但是，拉氏和默顿的总结显然更具理论厚度，带有明显的批判锋芒，应当更值得我们关注。

（2）社会规范的行使（enforcement）功能，即宣扬规范、贬斥（或边缘化）规范的偏离、缩小“个人的内在态度”与“公共道德体系”之间的沟壑、制度化符合社会规范的言行；

（3）麻醉的负面功能（the narcotizing dysfunction），即助长民众中的政治冷淡和惰性，为他们制造自己“关心社会和政治”的幻象，抑制他们的民主参与热情。因为这个功能并非有利于现代民主社会的运作，所以被称为“负面功能”。

拉氏和默顿进一步指出，大众传媒的运作者清楚地意识到传媒的这些功能，这种认知本身就是权力，其中对前两个功能的认知，是“可被用来服务于特殊利益或社会公益的权力”（p. 104）。“由于大众传媒为现存社会和经济体制的既得利益者所拥有，因此它的服务是维护现存体制”。这种维护，不仅来自传媒公开了什么内容，而且来自将哪些内容秘而不宣，来自传媒从不对现存社会结构提出根本性的挑战问题，来自社会归顺（social conformism）这一基本的社会压力机制。因此，就其特性而言，传媒不会意在诱导社会制度变革，甚至难以导致哪怕是微小的变革（p. 106）。

因为传媒具有这些功能，所以它可被用作“服务于社会目标”（for social objectives）的宣传工具。那么，在什么条件下，这个工具最为有效呢？拉氏和默顿指出三个基本条件：（1）传媒内容之垄断；（2）传媒宣扬或光大（canalize）而不是改变社会的基本价值观念；（3）大众传播与人际间的交流相辅相成。这三个条件中的后两点，在拉氏与凯茨等人的研究中得到了实证的支持，体现在如下“有限效果论”的结论中：（1）传媒在大选宣传中的影响主要是强化或稳定选民已有的态度，明朗化选民们的隐性态度，而不是改变他们的态度；（2）传媒与人际渠道相辅相成，其效果通过人际关系的网络得以扩散、消解或强化。

拉氏和默顿的这些观点，预示了后来发展出的一些假设和观点，如“公共议题”的地位确认，其实就是后来的“议程设置”假设；“行使社会规范”和“麻醉”的功能，包含了“涵化假设”（cultivation hypothesis）的基本因素；对“社会归顺”这一基本机制的论述已经预示了“沉默的螺旋”理论的核心元素；“麻醉”的负面功能和维持现存制度的功效，预告了后来对媒介的“意识形态霸权”效用的阐释（Hall, 1982）。因此，在45年后重读拉氏和默顿，Simonson和Weimann（2003）认为，当时哥伦比亚大学并不存在一个“媒介社会学的主导范式”，也并没有一门心思地研究媒介的“效果”，所谓“批判”与“行政研究”的分野，并非如后人想象的那么泾渭分明。在拉扎斯费尔德和默顿的“双子星座”下，哥大保持了学术思想的开放。他们二人1948年的这篇经典文字，代表了批判研究与实证的行为研究之结合。

这当然不是说后人只是在拾拉扎斯费尔德和默顿的牙慧，因为，近30余年的理论发展，确实超出了拉氏和默顿所表述的范畴及层次。但是，拉氏与默顿的这篇文章勾勒了传播效果研究的基本理论框架，即具有浓烈批判取向的结构功能主义，它因此孕育了后来提出并得到检验的很多具体假设。该学派为后人所称道或批判的主要理论发现和假设，发轫于对突出社会问题的关注，建立在这样一个宏大理论的框架内，丰富并拓展了这个理论框架。也就是说，所谓“哥伦比亚学派”的一个核心传统，是以理论来分析现实的社会问题，并以这样的分析来发展理论。

遗憾的是，当批判学者们嘲弄媒介效果研究的问题导向之琐碎、理论深度之缺乏和想象力之局限时，他们是有一定道理的，因为，效果研究者们确实常常遗忘了自己传统的核心。如果从《媒介效果》这本书中，我们只得到零碎的理论概念和繁琐的实证检验，而得不到统领全书或整个效果研究领域的理论体系，那不是我们的理解有问题，也不完全是该书的编辑方针有问题。该书反映的是目前效果研究领域的实际状况。可以这么说，媒介效果研究缺乏理论，同时又“理论”过多；缺乏的是具有整合力度的理论，过多的是局限于具体现象的“中层”或“低层”理论（middle-range 或 lower-range theories，见 Merton，1967）。更具体地说，媒介效果研究者不是以自己的理论分析，去发现并建构问题，而是经常追随业界，考察其操作中出现的问题；不是关注方法服务于理论、与理论逻辑地配套，而是狭隘地追求技术的精密；不是以理论建构为核心，以理论的解释为灵魂，而是轻视理论，将现象或对现象的名词概括误认为理论；不是将关于“效果”的假设置于整合的理论框架内，而是安然地“偏于一隅”，满足于瞎子摸象式的局部具体和细致。这是传播效果研究，甚至更广地说，大众传播研究缺乏理论发展和整合的症结。

什么是理论？从结构上来说，理论由一组陈述句构成，它们以逻辑的相互关联而组成一个内部统一的体系；从功能上来说，这个结构体系可以描述、解释和预测现实的现象，导致或加深我们对特定现象的理解；从认识论的角度来看，理论是对现实的抽象，它不具体描述个体或个案，但却明确地描述和解释对象，它加深我们对研究对象及其运动在更抽象和普适层面的理解，并帮助我们辨认、区分、解释层出不穷、千变万化的个体或个案（即现象）。

用这些标准来衡量，媒介效果领域的很多所谓理论，并不具备理论应有的特征，或者，很多实证研究者经常淡忘了发展符合这些标准的理论这一科学研究之根本目标。在此，我仅分析两个大家都很熟悉的假设作为例子，来说明这一观点。

第一个例子是“议程设置”的假设。虽然很多人认为这是个理论，而且以此为核心概念的实证研究众多（Dearing & Rogers，1996），但是，用上述标准衡量，它只是一个因果关系的假设，即传媒对议题的报道幅度决定了公众对议题显著程度的认知（McCombs & Shaw，1993）。最恰当的说法是，议程设置是一种现象，即在媒体时代，公众关注力受媒体驱使。说它尚不成为理论，有三个方面的理由。

其一，“议程设置”假设关注的是媒体对我们思考哪些题目（what to think about）而不是如何思考这些题目（what to think）的影响，因此，它抽去了“议题”的政治争议特性，也抽去了“议题”的内容，关注的只是媒体报道的多寡和公众关注的显著程度（Kosicki，1993）。可见，这个假设对我们如何理解“议题”没有提供理论表述。

第二，“议程设置”的假设没有对过程提供理论描述。一方面对政策议题、媒介议题或公众关注的议题如何产生，这些议题与现实社会问题有何关系，它们又如何成为社会的集体行动（包括政策应对）的“议程”，这个假设没有提供理论的解说，完全没有表达这些过程的社会和政治动态，以及话语的策略使用（Hilgartner & Bosk，1989）；另一方面，除了含糊其辞的“显著度转移”外（McCombs & Shaw，1993），这个假设没有提出任何可观察或检验的心理机制，即人们如何在认知领域将媒介报道的数量及侧重转变为对议题显著度的评价。

第三，这个假设没有将“议程设置”的现象与必要的社会结构和政治体制条件相结合，因此成为一个可以囊括众多现象——包括差异巨大、未必共享基本特征的现象——的万金油式词汇，也因此失去了理论必须对象明确、具有证伪性的基本特征。“议程设置”假设的宣扬者们喜欢引用李普曼1922年《民意》一书中的这一说法：大众传媒是聚焦社会问题的探照灯，是形成民众主观形象（pictures in our head）的主要工具，而这种主观形象是政治和社会行为的出发点。但是，这种只言片语的引用，忽略了李普曼“技术精英民主”的理论框架，也罔顾了“议程设置”的理论意义，即公众关注力是极有价值的政治资源（Hilgartner & Bosk，1989），这一资源的分布和动用是民主原则的现实应用或扭曲；由政治或经济精英通过媒体支配这一资源，反映了民主原则在媒体社会所发生的异化。因此，对媒体的“议程设置”效果之研究，必须是考察民主运作动态的一部分，必须假设媒介是民主运作的基本平台，新闻是联络民主社会成员的主要手段，公众关注是民主政治的重要资源。

第二个例子是“知沟”假设。悌其诺等人（Tichenor，Donohue & Olien，

1970）提出，知识在社会不同经济阶层间的分布不同，高阶层的人由于教育水平高，能够比较快速地接收媒介传递的信息，随时间的推移，高阶层与低阶层的知识差异（知沟）会渐趋扩大。“知沟”的这个表述，其实也是一个社会现象，教育程度与接收媒介信息的速度和效率之间的关系其实也只是一个假设，尚不构成理论，将信息与知识不加区分（Park，1948），显见“知沟”假设理论上的粗糙，它完全忽略了日常知识建构的社会过程（Berger & Luckmann，1967）。自悌其诺等人提出这个假设以来，这个领域的研究在理论上有突出的发展，但基本局限于确认“知沟”产生或变化的具体条件，将其与社会结构和控制之变迁相联系的却比较少见，即便有，也往往在大众传播研究社区之外。

首先，学者们认为，学习是知识获取的基本心理过程。不少人从个人的社会地位入手，探讨由此决定的个人获取知识的动力（包括兴趣）之不同，媒介接触的目的、频率和方式之不同，个人获知技能之差异，以及这些因素如何能解释个人获取知识量之差异。这是“知沟”现象在个人层面的必要表现。其次，有人从社会结构以及结构中的机会分布入手，认为“知沟”是社会不平等的一个重要方面，是结构性不平等的结果。这些结构性不平等，涉及资讯媒体在社会各阶层和地域的分布、媒介接触机会、资讯内容与受众生活相关程度、资讯表达形式与受众接受习惯的吻合程度等各方面（Nowak，1977）。这些理论层面的思考，对分析网络和赛博时代的“数码沟”之形成，以及由此引起的社会不公正，可有极大帮助。

受忽略的是，“知沟”是由社会结构的不平等模式推导出的一个假设（Tichinor，Donohue，& Olien，1973），它将媒介及其传递的信息看作民主社会内部公民行使其权力、实现其意志所必需的重要资源。知识分布之不平等，也就是政治参与及影响力分布之不平等（Verba & Nie，1972；Delli Carpini & Keeter，1996），它的根本原因在于受商业利益集团控制，媒介按市场经济的运作模式，造成媒介资源的分布和使用价值之结构性不平等。由于这种忽略，很多实证研究只是选择媒介的不同内容类别或不同的群体、场合，重复性地检验狭窄表述的“知沟”假设，或考察“知沟”之缩减或扩大的统计呈现。这种不厌其烦的繁琐检验，其价值并非在理论的发展，因为它不是将这种研究置于应有的分析社会结构与社会资源控制的理论框架之下，也不将之与民主社会的公民职责的行使和社会公正相联系。

类似的例子很多，几乎每一个大家熟悉的媒介效果的假设（或者说几乎《媒介效果》一书的每一章）和都面临同样的问题，即（1）误将假设当理论；

(2) 将理论简约为现象；(3) 狭窄定义研究课题；(4) 重复检验假设，而不是提升理论的抽象，并以此提出新的假设。这种满足于低层次运作的结果是，假设之间没有理论层面的联系，它们构成一个个相对孤立的实证“丘陵”，而连不成一个蜿蜒起伏、轮廓分明的理论山脉。

以上的分析无非是说，媒介效果研究领域的支离破碎和缺乏理论厚度，并非由拉扎斯费尔德等人的问题导向和应用倾向所造成，也不在于拉氏等人不注重宏观整合的理论；恰恰相反，是因为后来者只看树木不看森林，即只孤立地解答问题、检验假设，而不注重理论的建设。

这种传统的遗失原因何在呢？这是个复杂的学术发展史问题，我不敢斗胆说自己有能力提供答案。在我看来，其中一个原因是，效果研究者们与其批评者一样，孤立地阅读拉扎斯费尔德等人的实证研究，忽略了这些研究背后的理论框架。比如，后来者只言片语地引用信息的“二级流动”以及“舆论领袖”等概念，却忽略这些概念如何表述了社会结构、权力关系，以及社会行动所必需的信息资源之扩散形态；后来者喜谈拉氏等人的“选择接触”的概念，却忽略了受众选择性（audience selectivity）其实表述的是在媒体中介的社会里，个人与他人、个人与社会建制之间，由主体控制的互动如何发生；后来者或接受或批判拉氏等人采用“市场营销”的模式考察选举过程中的个人选择，却完全忽略了这种模式之应用本身，一方面体现了民主运作中公民不可异化的选择权，另一方面隐含了对民主政治异化的批判，即这种政治运作将民主政治的主体——公民——异化为消费者，甚至是旁观者。也就是说，媒介效果研究其实只是继承了拉氏学术传统中的实证观察之总结，或“中层理论”，忽略了其在更高层面的理论取向。这是继承芝麻丢弃西瓜。正是面对这种情况，凯茨等人发起学界确认并重新阅读大众传播研究这一领域的“奠基文献”的工程（Katz et al.，2003）。

这种捡小弃大、片断截取式的传统继承，反映了媒介效果研究领域从研究者的训练到学术期刊的编辑、研究者的职位升迁等过程中体制化了的偏选机制。研究生的训练强调“做研究”的具体操作，忽略理论以及理论建构的系统阅读和深层思考；学术期刊偏向发表能在20~30页内独立成章的研究，因此青睐小而精的项目，而不喜好抽象层次较高的理论阐述；大学内对教授们的评价，重篇数而轻分量，在6年内取得终身教职的压力，更加偏好短、频、快的研究，轻视学术的积累和沉淀。

但是，这些社会体制和运作机制的因素，并不能完全解释大众传播研究在理论上的肤浅和零散，还有一个很重要的因素是学科的专业细分导致心理和体制壁垒，使得很多传播学者疏于系统接触基础社会科学学科，缺乏对整个学科和对社会、文化或心理等整体的宏观想象。

其实，这种视野的狭窄、理论想象空间的局促，并非大众传播研究领域所独有，其他所谓基础社会科学学科，如社会学和心理学，亦是如此。它反映的是美国社会科学研究日益技术化、精密化、细分化的趋势。因此，在基础学科，学者们对此亦有反思。比如，美国著名社会心理学家克鲁格兰斯基（Kruglanski，2001）最近撰文抱怨，社会心理学的发展缺乏远见和想象。鉴于20世纪上半叶一些建构“宏大理论”（grand theories）努力的失败，学者们不约而同地采取了回避策略，遵循默顿（1967）的提示，建构“中层理论”，力图与实证观察更加接近。问题是，与此同时，学者们忘记了在这个层面运作的局限；在接近实证观察的同时，忽略了提高抽象层面，以开阔理论视野。鉴于此，克鲁格兰斯基呼吁发展宏大理论，提倡打通高、中、低各个抽象层次，力促实证观察、中间理论与宏大理论的贯穿发展。我与我的导师（Pan & McLeod，1991）提倡纵惯分析层次的理论建构，基本思路也在于此。

与社会心理学相比，本来理论就稀薄的大众传播研究领域是有过之而无不及。反观我国大众传播研究的现状，我们更不能乐观。可以说，我们现在尚没有发展出任何符合本节所述之标准的理论。这本身不可怕，值得忧虑的是，我们很多学生、学者的研究根本就没有将理论作为灵魂；不少人在缺乏理论素养、不懂理论建构的基本规则的同时，还雪上加霜，也轻视对实证观察的系统搜集和分析，也就是忽略方法。

媒介效果的研究，必须自理论始，以理论终，也就是说，理论的建构必须是研究的核心关注，理论的发展必须是研究的最高追求。这不等于说轻视现实问题，恰恰相反，是要以理论的指导，以发现并建构真正能推动学科发展的现实问题。

需要强调的是，这里所说的理论，绝不是各种“传播学概论”中重复的那几个抽象的传播模式，也绝不是教科书上描绘的那几个引人注目的假设或现象，更不是天马行空式的拼凑，而是对社会结构、社会控制、社会与文化的变革和稳定等的描述和解释，具有特定的内在逻辑，显现出在此基础上的结构特征，尤其是具有逻辑地衍生出假设或预测的内力。传播效果的研究必须能够以独特的角度，在上述方面提出社会学、文化研究、文化人类学等学科或领域无法提出或被忽略的新的观察，或对这些观察的新的解释，否则，它不是流于空洞，就是降格为现象的罗列。脱离了对现实问题的考察，就不会有传播研究的学科发展，也不可能产生具有启蒙意义理论之发展；离开了理论的指导，缺乏理论发展这一根本目标，媒介效果研究也只能生产一个个孤立的研究报告，其中好的是没有多少存活价值的易碎品，坏的则是一文不值的“学术”垃圾。

“行政型研究”的意识形态取向

媒介效果研究最受诟病的是其意识形态取向。批判者们并非简单地否认“问题导向”，他们的批判在于拉扎斯费尔德等所代表的研究传统——“行政型研究”（administrative research）——提问的立场和取向。吉特林对此有极其尖锐的表达：

> 当我说拉扎斯费尔德的取向为行政型时，我指的是，一般而言，该取向从制度的指挥台这一视角提出问题，为的是增强或理性化制度核心的社会控制功能。采纳这个取向，作为专家的社会学家，解答的是由指挥台所直接或间接地建构的那些问题，他们的根本关注是如何扩展、稳定并合法化他们的研究活动，如何抑制对他们的挑战。具体到媒介研究的发展，就如二战之后崛起的逻辑实证主义社会科学一样，目标是寻找具有预测能力的模式，而在行政型研究的语境下，这只能是使媒介掌控者可预测效果，或为媒介掌控者预测效果。（p. 225）

一言以蔽之，行政型的媒介效果研究考察的是特殊利益集团的问题，或者提出的是能为特殊利益集团服务的问题。吉特林进一步指出，正因为如此，拉扎斯费尔德热衷于从基金会、企业和政府部门获取研究经费，并以此由一个移民学者一跃成为美国最有影响的社会学家之一。继承这一传统的研究者们，也依赖于来自同样渠道的资金开展研究，并根据研究资金的分布确定自己的研究方向。

当然，这种对行政型研究的批判不可深究，因为，按照这样的逻辑，我们岂不是得要求批判学者们拒绝任何研究资助，甚至拒绝服务于建制内的大学或研究所？在一个开放社会，研究资金的来源与研究的意识形态取向之间不具有必然的因果关联，学术的独立自主也并不为批判学者所垄断。还是罗杰斯（1994）对拉氏的评价比较中肯，他认为，拉扎斯费尔德以大学预算之外的研究经费，建立起依附于著名大学的研究所，比如在普林斯顿建立的“广播研究室”（Office of Radio Research）和后来在哥伦比亚大学建立的“应用社会研究所”（Bureau of Applied Social Research），开创了社会科学研究的一个（但并非唯一）经营模式，使得像牙塔式的大学和社会资金可以结合，既研究现实的问题，又可培训研究者。

如果吉特林等批判学者们仔细阅读了拉扎斯费尔德和默顿（1948）的文章，

恐怕他们至少会缓和其批判拉氏的火力，因为，如上一节所显示，拉氏和默顿显然意识到了传媒所处的社会、经济和政治体制；他们的出发点显然不是研究经费的提供者之利益；他们对传媒及其效果的研究，带有极强的社会改造意愿。我们在1991年的论文中，也强调了这一点，认为，早期研究者的出发点并不是为现存体制或实践辩护，而是为改造现存体制或新闻实践；驱使这些改革者们去考察媒介及其效果的，不是特殊利益团体的需要，而是研究者们的民主理想，以为传媒可成为接近这理想的重要工具（McLeod, Kosicki, & Pan, 1991, pp. 239－240）。

对媒介效果的特别关注起于上世纪20年代后期新媒体——电影和广播——的出现以及对这些媒体的政治和商业利用。不可否认，几乎与此同步的两次世界大战标志着西方民主社会的深刻危机。对于第一代大众传播研究者来说，这种危机来自两个方面，一方面是反民主的政治极权势力发现了大众传媒，并利用这一工具大力展开政治宣传；另一方面是商业利益集团发现了大众传媒，并利用这一工具大力展开大众市场营销（mass marketing）。虽然领域不同，但这两股力量所使用的手段是相通的，即控制信息、操纵象征表达、歪曲或片面表达事实、蛊惑民众、煽动盲目情绪。这种新型社会控制或操纵手段的出现，引起在西方民主社会广为扩散的恐惧和社会失信。随着二战的战火在欧亚大陆的蔓延，西方民主社会以及民主的生活形态处于生死存亡的危急关头。这种危机感使得研究传媒及其效果成为迫切的课题（Cmiel, 1996）。显然，媒介效果研究与体制的维护有着千丝万缕的关系。这一研究领域有着非常明确的应用目的：即维护并健全民主生活方式，服务公共利益（Waples, 1942, 转引自 Cmiel, 1996）。为此，大众传播研究者们面临的实际问题是，一方面要武装民众，以抵御政治和市场营销的宣传，一方面要重建或强化民主社会建制的信誉。

我们从洛克菲勒基金会和早期传播学者之间的关系当中也可以清楚地看到这种民主原则和民主理想的出发点。史料显示（Gary, 1996），当约翰·马歇尔（John Marshall）于1933年接手洛克菲勒基金会的人文部主任时，他主要关注的是如何利用基金会的资源，帮助建立非营利的机构，令电影和广播服务于教育和文化发展。他认为，商业运作的模式不适宜于这种社会公益的需求，而洛克菲勒基金会可以利用其雄厚资源，填补这个空缺。因此，他致力于将其掌控的资源导向支持教育电台和文教电影。这方面的工作使他看到，当时对大众传媒的潜在力量和效果产生之过程缺乏理解。随着二战的日益迫近，随着纳粹宣传的日益嚣张，他开始将注意力转向如何资助对宣传及其效果的研究。他组织了以拉斯威尔为核心的社会科学专家小组，集中讨论对大众传播的研究，包括大众传播的性质、特征、过程和效果。虽然马歇尔的教育背景为中世纪史，但他是现代实证主义社会科学的坚定信仰者，认为社会科学的研究可以暴露宣传中的歪曲和虚伪，削弱对宣传的非理性恐惧，增强维护和改造民主社会所必需的教育和宣传的效果。虽然他的专家组成员们对民主的原则有不同的理解，对不同的民主社会形态（如精英民主还是公众民主）有不同的偏好，但完稿于1940年的专家组报告却反映了杜威（John Dewey）的基本倾向，即强调公民教育，强调所谓“双向传播”，认为，“民主制度要求有民众对政策规划在深入讨论基础上的赞同与反对”，对大众传播的科学研究，可以重新使明智、理智、参与的公民成为民主社会的核心（Gary，1996，p. 141）。可见，这个传播研究领域的建构，始于民主的理想和理念，即便洛克菲勒基金会的涉入，也并非是简单地导致维护现存体制。而且，从马歇尔专家组最后成文的报告来看，得以采纳的并非李普曼（Walter Lippmann）所代表的精英民主模式，而是杜威的公众协商的民主模式（deliberative democracy）。

也许，有些批判学者会说，这段史实不正说明“行政型研究”服务于现存体制、服务于主导意识形态吗？非也！在民主社会面临着极权主义和军国主义双重挑战的生死存亡时刻，如何能指责这些民主理想主义者们对西方民主社会缺乏批判？在当时的历史时刻，不存在第三条道路，当然也不存在同时批判斗争双方的政治现实。即便是在当时，上述史料显示，马歇尔专家组的成员们也并非完全从制度维护的角度出发，而是从民主的基本理念出发在思考大众传播，他们的思考，包括了改造现存体制的因素。马歇尔专家组必须面对基本理念与现存制度之间的张力，也必须面对“技术精英制度”与“民主制度”这两个模式之间的张力。正如盖瑞（Gary，1996）所说，马歇尔专家组成员们是在走钢丝。根据他们的信念，他们帮助正在执行战争的政府开展了多项研究，以其研究，“他们帮助击败了纳粹”，但是，在这过程中，“也弄脏了自己的手”（p. 146）。也许，第一代的传播研究者们，在当时历史的危急时刻，与国家安全或政府机器关系过于密切了些；也许，这种关系在战后维持得过久了一些，但是，他们是为赢得战争、为民主体制战胜极权体制的目的而与政府合作、致力于公民的教育。因为他们与当局的合作而全然否认他们的贡献，显然是非历史或去历史的一种粗暴判断，也是对历史的践踏。

同样地，忽略民主原理和现存民主体制之间的区别，因为传播效果研究以民主原理为价值取向而给它带上“行政型研究”的帽子，也是张冠李戴的偏误。第一代大众传播研究者们以民主理想为动力，直面大众传媒之出现并被政治和经济利益所利用这样的大问题，这不能成为他们是现存体制“帮凶”的证据。他们的取向提醒我们，在提出并考察媒介效果时，必须明确这种规范原理（normative principles）的指导作用和参照系作用。

麦克劳德等人（McLeod, Kosicki, & McLeod, 1994）在综述政治传播效果时明确提出，民主制度的原则应当是效果研究的参照系。引述葛维奇和布络姆勒（Gurevitch & Blumler, 1990）的一篇论文，他们列举了规范媒介的八项民主原则：（1）探测相关的事件；（2）确认重要议题；（3）提供鼓吹（advocacy）的平台；（4）传递多元的政治话语；（5）分析并监督建制和官员；（6）动员知情条件下的参与；（7）维护媒介的自主独立；（8）充分考虑受众的潜力。他们以此为参照系衡量媒介表现（media performance），并将之与制度限制和效果相联系，其中的制度限制包括商业媒体的运作模式和新闻专业主义的模式，效果包括对体制和个人的影响。如此建构的媒介效果话语，带有明确的批判倾向，而且是明确地有所“立”的批判，是建立在系统的实证观察基础上的批判。这比只破不立、天马行空的思辨型批判，显然更加切合实际，更加根基牢固。

结语：媒介效果作为“公民话语”（Civic Discourse）

我在本文没有综述媒介效果研究的现状，而是回顾媒介效果的起源和传统；我也没有去探讨媒介究竟是效果有限还是效果巨大，因为那基本上是数量评判、理论精确程度、统计分析方法恰当程度等方面的问题（Bartels, 1993; McGuire, 1986）。我也没有试图概述各种媒介效果或关于这些效果的假设。我关注的是在什么层面媒介效果研究是具有独特取向、具有理论深度或内涵的领域，以及它的意识形态取向是什么。

即便是布莱恩特和兹尔曼主编的这部《媒介效果》一书，也无法涵盖效果研究的全部，它只集中在媒介对个人的影响，比较清晰地反映了这部分的最新成果。该书综述的理论假设中，有些已经为我们所熟悉，有些则是上世纪80年代后期和90年代初才发展起来的。[①] 值得注意的是，虽然该书的每一章集中探讨一个

---

① 即便是对那些我们都“熟悉”了的假设，本书的综述和分析也值得仔细阅读，因为，受制于表达粗略的教科书，我们对这些假设的理解往往有误。比如，“议程设置”是关于新闻之影响的假设，不可随意地用来分析、解释广告或娱乐内容的影响；“涵化”是关于电视的长期、潜移默化影响的假设，不可随意扩大到一般的“媒介”或某具体媒体资讯。其次，本书远远超出已有的教科书译本之处是，它的每一章都包括了对实证研究的综述以及研究逻辑的解释，这可帮助我们避免对任何一个假设的简单接受，促使我们思考如何在实证研究中考察并发展每一个假设。

方面或就一个假设而展开的研究，对文献的综述相当细致、深入，但是，对如何整合22章的内容，在更高层面领会媒介效果研究的理论取向，该书缺乏直接的阐述。本文希望从一个方面起到这样的作用，这就是，通过分析历史的传统，描述媒介效果研究在元理论（meta-theoretical）层面的几个基本特征。

总的来说，我认为，媒介效果研究作为一种以逻辑实证主义为基调的话语，是以现代社会科学的语言和逻辑而建构的关于媒介的社会角色和影响之全景的话语。它的基本特征是考察由媒体中介或通过媒体行使的社会影响，以因果关系的语言，将影响的来源回溯到媒介的某一相面，并就这种因果关系，提出可检验的假设。这一话语有明确的价值取向，即民主生活的基本原则；有极强的应用和批判倾向，即运用理论，以发现、建构并分析现实问题，实证地确认现行社会中有悖民主原则的现象，以价值观和实证观察相结合，对现实提出批判。这一话语也有高抽象层面的宏大理论，即反映社会结构及其变化动态的结构功能主义。在社会思想发展了50多年后的今天，这一话语在高抽象层面相当开放，完全可以而且正在吸纳新的社会和认知心理学理论，尤其是关于社会变迁的理论，只是，如何在媒介效果研究中更加有效地吸纳并充实新的理论，是研究者们需要探讨的课题。

媒介效果话语的入世和批判特征，用美国社会学家布朗（Richard H. Brown，1989）的话来说，使得它可能而且应当成为一种“公民话语”（civic discourse）。所谓“公民话语”也就是市民社会（civil society，也译作“公民社会”）所有成员广泛参与民主生活所使用的集体话语（collective discourse）。它不是官方话语，也不是民俗话语，而是充实国家与社会之间的公共领域的话语。这一话语有明确的人文价值观指向，即民主原则的人文价值观；有社会科学话语的基本特征，即事实为基础的逻辑理性。它建立在下述信念之上，即当代社会科学的研究，不仅是学术领域的活动，它还为人类生活提供了“哲学的人类学和社会的本体论”（philosophical anthropology and social ontology）。原因在于，入世的社会科学研究，为“社会现实”和人文环境之建构提供了基本的话语资源。这种“社会现实”并非独立于社会科学的研究而存在，它既是社会科学研究的对象，又通过社会科学的研究而得以建构。

具体而言，媒介效果的话语，首先为民众提供了分析和评价媒介控制和力量的基本框架。“效果”或“影响”，显然是比较符合人们直觉的概念，以此而建构的因果分析，其实是“通俗理论”（lay theories，参见 Furnham，1988），即生活常识的系统化，其中包括剔除“通俗理论”中的偏见和谬误。① 这种“通俗理论”起着在日常生活中引导人们媒介行为的作用（参见 Seiter，1999）。不仅如此，媒介效果的话语还帮助人们影响媒介的控制。运用政治经济学的框架分析媒介的拥有和控制权，缘起对影响或效果的假设，最终也必须落实到影响或效果。这种分析对人民的警醒作用，只能来自将宏观的体制分析与日常的媒介效果或影响相连接。媒介效果的话语因此是民众影响媒介的体制和运作，力图使媒介成为服务公众的工具所必需的资源。

其次，媒介效果的知识是民众的社会或民主参与的重要资源。媒体是历史的一个平台，是文化建构的一个场域，也是民主生活的一个重要公共空间。理解媒介，包括媒介的效果及其产生之过程，是当代社会的人民作为民主形态的公民（democratic citizenry）而行动所必不可少的知识。这种知识，有助于公民更有效地利用媒体，阐发并推动其利益，讨论并形成共享利益，启发并监督政策制定和执行者。媒介效果是公民教育中媒介知识（media literacy）的构成因素。媒介效果研究必须致力于这种知识和话语资源的积累以及在民众当中的扩散。

社会科学发轫于现实的危机，社会科学的理论，必须“既是一面镜子又是一盏台灯，既合理化又批判（现实）”（Brown，1989，p. 6），为民主社会公共讨论和政策制定所必不可少。由此来看，媒介效果的研究，若非以理论的发展为核心，必然无法起到“镜子”和“台灯”的作用；若非以民主原则为基本价值取向，就只能为制度的理性化提供话语资源，而无法成为人文建设的话语。在今天中国市场化改革的历史条件下，这两点都是不可忽略的。②

参考文献

Bartels, L. M. (1993). Message received: The political impact of media exposure. *American*

---

① 麦奎尔（Denis McQuail）1994 年版的《大众传播理论》（Mass Communication Theory, pp. 4－6）区分了四种不同的理论：规范理论、（媒体工作者之）工作理论、常识理论（common sense theory）和社会科学理论。在此，我更强调的是这四种理论的联结，其中，社会科学理论应当起连接前三种理论使理论与社会行动现联系的作用。

② 如此提法，也是间接地表达我对我国媒介效果研究，或更广义的大众传播研究现状的评判，即我们太多关注业界的问题，而非以理论的抽象来定义这些问题；我们太多地注重为业界的发展或政策的制订提供分析报告，而非以理论的建设为目标；我们太多地抽取美国或西方其他国家大众传播研究的只言片语，包括名词或假设，而非考察这些名词或假设必然和必须带有的体制和文化场景，并针对明确的对象使用这些名词、检验这些假设；我们太多地按业界或官方的提法定义研究课题，将这些提法背后的价值观当成既成事实，而非以民主和人文的价值原则，发现并定义研究课题，并在实证基础上批判现实。

Political Science Review, 87, 267 – 285.

Berelson, B. (1959). The state of communication research. *Public Opinion Quarterly*, 23, 1 – 6.

Berger, P. L. & Luckmann, T. (1967). *The social construction of reality: A treatise in the sociology of knowledge.* New York: Anchor Books.

Brown, R. H. (1989). *Social science as civic discourse: Essays on the invention, legitimation, and uses of social theory.* Chicago, IL: The University of Chicago Press.

Bryant, J. & Zillmann, D. (Eds.) (2002). *Media effects: Advances in theory and research* (*2nd Ed.*). Mahwah, NJ: Lawrence Erlbaum Associates.

Cmiel, K. (1996). On cynicism, evil, and the discovery of communication in the 1940s. *Journal of Communication*, 46, 88 – 107.

Corner, J. (2000). "Influence": The contested core of media research. In J. Curran & M. Gurevitch (Eds.), *Mass media and society* (3rd *Ed.*) (pp. 376 – 397). London: Edward Arnold.

Dearing, J. W. & Rogers, E. M. (1996). *Communication concepts 6: Agenda – setting.* Thousand Oaks, CA: Sage.

Delli Carpini, M. X. & Keeter, S. (1996). *What Americans know about politics and why it matters.* New Haven, CN: Yale University Press.

Dennis, E. E., & Wartella, E. (Eds.) (1996). *American communication research: The remembered history.* Mahwah, NJ: Lawrence Erlbaum.

Furnham, A. F. (1988). *Lay theories: Everyday understanding of problems in the social sciences.* New York: Pergamon Press.

Gary, B. (1996). Communication research, the Rockefeller Foundation, and the mobilization for war on words, 1938 – 1944. *Journal of Communication*, 46, 124 – 147.

Gauntlett, D. (1998). Ten things wrong with the "effects model". In R. Dickinson, R. Harindranath & O. Linné (Eds), *Approaches to Audiences: A Reader* (pp. 120 – 130). London: Edward Arnold.

Gitlin, T. (1978). Media sociology: The dominant paradigm. *Theory and Society*, 6, 205 – 253.

Glander, T. (2000). *Origins of mass communication research during the American Cold War: Educational effects and contemporary implications.* Mahwah, NJ: Lawrence Erlbaum.

Gurevitch, M. & Blumler, J. (1990). Political communication systems and democratic values. In J. Lichtenberg (Ed.), *Democracy and the mass media* (pp. 269 – 289). Cambridge: Cambridge University Press.

Hall, S. (1982). The rediscovery of "ideology": Return of the repressed in media studies. In M. Gurevitch, T. Bennett, J. Curran, & J. Wallacott (Eds.), *Culture, society, and the media* (pp. 56-90). London: Methuen.

Hilgartner, S. & Bosk, C. L. (1988). The rise and fall of social problems: A public arena model. *American Journal of Sociology*, 94, 53-78.

Katz, E. (2001). Lazarsfeld's map of media effects. *International Journal of Public Opinion Research*, 13, 270-279.

Katz, K., Peters, J. D., Liebes, T., & Orloff, A. (2003). *Canonical Texts in Media Research: Are there any? Should there be? How about these?* London: Polity Press.

Klapper, J. T. (1960). *The effects of mass communication.* Glencoe, IL: The Free Press.

Kosicki, G. M. (1993). Problems and opportunities in agenda-setting research. *Journal of Communication*, 43, 100-127.

Kruglanski, A. W. (2001). That "vision thing": The state of theory in social and personality psychology at the edge of the new millennium. *Journal of Personality and Social Psychology*, 80, 871-875.

Kuhn, T. S. (1970). *The structure of scientific revolution* (*2nd Ed*). Chicago, IL: The University of Chicago Press.

Lasswell, H. (1948). The structure and function of communication in society. In L. Bryson (Ed.), *The communication of ideas* (pp. 32-51). New York: Harper & Row.

Lazarsfeld, P. F. (1948). Communication research and the social psychologist. In W. Dennis (Ed.), *Current trends in social psychology* (pp. 218-273). Pittsburgh, PA: University of Pittsburgh Press.

Lazarsfeld, P. F. & Merton, R. K. (1948). Mass communication, popular taste and organized social action. In L. Bryson (Ed.), *The communication of ideas* (pp. 95-118). New York: Harper & Row.

McChesney, R. W. (1997). Wither communication? *Journal of Broadcasting & Electronic Media*, 41, 566-572.

McCombs, M. E. and Shaw, D. L. (1993). The evolution of agenda-setting research: Twenty-five years in the marketplace of ideas. *Journal of Communication*, 43, 58-67.

McGuire, W. J. (1986). The myth of massive media impact: Savagings and salvagings. In G. Comstock (Ed.), *Public communication behavior*, (Vol. 1, pp. 175-259). New York: Academic Press.

McLeod, J. M., Kosicki, J. M., Pan, Z. (1991). On understanding and misunderstanding of media effects. In J. Curran & M. Gurevitch (Eds), *Mass Media and Society* (pp. 185-211).

London: Edward Arnold.

McLeod, D. M. Kosicki, J. M., & McLeod, J. M. (1994). The expanding boundaries of political communication effects. In J. Bryant & D. Zillmann (Eds.), *Media effects: Advances in theory and research* (pp. 123 - 162). Mahwah, NJ: Lawrence Erlbaum.

McQuail, D. (1994). *Mass communication theory: An introduction* (*3rd Ed.*). London: Sage.

Merton, R. K. (1967). On sociological theories of the middle range. In *On theoretical sociology: Five essays, old and new* (pp. 39 - 72). New York: Free Press.

Mills, C. W. (1959). *The sociological imagination*. New York: Grove Press.

Nowak, J. (1977). From information gaps to communication potential. In M. Berg et al. (Eds.), *Current theories in Scandinavian mass communication* (pp. 230 - 258). Gren?, Denmark: GMT.

Pan, Z. & McLeod, J. M. (1991). Multilevel analysis in mass communication research. *Communication Research*, 18, 140 - 173.

Park, R. E. (1940). News as a form of knowledge: A chapter in the sociology of knowledge. *American Journal of Sociology*, 45, 669 - 686.

Rogers, E. M. (1994). *A history of communication study: A biographical approach*. New York: The Free Press.

Rogers, E. M. & Chaffee, S. H. (1983). Communication as an academic discipline: A dialogue. *Journal of Communication*, 33 (3): 18 - 30.

Rogers, E. M. & Chaffee, S. H. (1993). The past and the future of communication study: Convergence or divergence? *Journal of Communication*, 43, 125 - 131.

Seiter, E. (1999). *Television and new media audiences*. Oxford: Oxford University Press.

Simonson, P. & Weimann, G. (2003). Critical research at Columbia: Lazarsfeld's and Merton's "Mass communication, popular taste, and organized social action." In E. Katz, J. D. Peters, T. Liebes, & A. Orloff (Eds.), *Canonic texts in media research* (pp. 12 - 38). Cambridge, UK: Polity Press.

Simpson, C. (1994). *Science of coercion: Communication research and psychological warfare* 1945 - 1960. New York: Oxford University Press.

Tichenor, P. J., Donohue, G. A., & Olien, C. N. (1970). Mass media flow and differential growth in knowledge. *Public Opinion Quarterly*, 34, 159 - 170.

Tichenor, P. J., Donohue, G. A., & Olien, C. N. (1973). Mass communication research: Evolution of a structural model. *Journalism Quarterly*, 50, 419 - 425.

Verba, S. & Nie, N. H. (1972). *Participation in America: Political democracy and social* equality. New York: Harper & Row.

Waples, D. (1942). *Print, radio, and film in a democracy*. Chicago, IL: The University of Chicago Press.

Wright, C. R. (1960). Functional analysis and mass communication. *Public Opinion Quarterly*, 24, 606 - 620.

前　言

简宁斯·布莱恩特（Jennings Bryant）
道尔夫·兹尔曼（Dolf Zillmann）

我们希望，您阅读本书中每篇论文的感觉与我们初读这些论文时的感觉相似。编选论文无疑是一项费时而单调的工作。因此，从这个意义上说，当待审读、编辑的稿件越来越少而已编校成型的稿件越来越多时，编辑人员就越发欣喜不已了。但这并不完全是因为艰苦的工作即将告一段落，更确切地讲，是因为这些稿件得到了我们的一致好评："这无疑是我们历年来编辑得最精美的一部论文集!"

非常感谢这些杰出的论文作者。他们或独当一面或与人合作，兢兢业业，精益求精，从而确保了每篇论文都是精品。如果您阅读或引用本书，我们可以向您保证：这些从不同角度、以不同方法研究媒介效果理论的专家们，不仅介绍了各自研究的最新进展状况，而且介绍了他们出色的研究方法和技术。

本书既可以说是《媒介效果》的第二版，又可以说是第三版，这取决于您如何看待了。我们最初于1986年编辑出版的《媒介效果论丛》(*Perspectives on Media Effects*)为第一版。这本包括16个章节的学术文集原本是为了供研究参考之用，但出版后被各高校作为教材广泛使用。因此，1994年再版时，我们做了大幅调整，以便更适合课堂教学使用，而书名则定为《媒介效果：理论与研究前沿》(*Media Effects: Advances in Theory and Research*)。尽管书名换了，但内容体例仍在很大程度上沿袭了它的初始版本，全书还是分为16章。

八年过去了，又该再版了，或者如一些曾引用过该书的人所说的，早就该再版了。但再版时我们发现，16个章节远远不能涵盖效果研究领域的最新内容。其实，就是把您手头这本书的内容限定为22个章节，我们当时也相当为难。为什么呢？一方面，媒介效果是一个发展很快的研究领域。众多新的研究领域不断拓展，其研究方法也逐渐成熟，而原有的研究项目却没有任何式微的迹象。这可是编辑和出版人头疼的事。另一方面，体现这些重要研究领域里显著进步的众多研究课题也成了本书必不可少的内容。但我们绝不希望因篇幅的增加而使读者备感费心劳神。

本版《媒介效果》在内容上做了哪些改进呢？第一，旧版中16个章节的内容都进行了大量的修订和更新，有些章节仍由原来的作者完成，有些章节则请了新的撰稿人。第二，我们扩充了几个章节，它们反映了传播效果研究界新近关注或重新关注的一些重大课题：媒介消费与社会现实认知：媒介效果及其内在过程、媒介间过程及媒介的强效果、媒介效果的个体差异、新闻对我们认识世界的影响以及第三人效果等等。

有些东西则在每个版本中都保持不变。首先，我们要向每篇论文的作者表达我们的敬意，感谢他们为我们提供了最高水准的论文。其次，我们非常钦佩劳伦斯－埃里鲍姆出版公司（Lawrence Eribaum Associates）的同仁们，他们矢志不渝地为出版高质量的传播学专著而尽职尽责。在这里，我们还要感谢拉里（Larry）、琳达（Linda）、乔（Joe）、阿特（Art）等人。他们不仅仅是重要的学术伙伴而且还是我们的好朋友。

最后要说的是，前一本《媒介效果论丛》和第一版《媒介效果》都献给了我们共同的至亲好友——老简宁斯·布莱恩特（Jennings Bryant, Sr.）和埃尔韦拉·布莱恩特（Elvira Bryant）。自我们开始汇编媒介效果论文集以来的近二十年时间里，我们对他们的热爱和崇敬之情与日俱增。在这里，我们同样要将《媒介效果：理论与研究前沿》一书的第二版献给我们的这两位挚友。

1 新闻对我们认识世界的影响

马克斯韦尔·麦库姆斯
■ 得克萨斯大学奥斯汀分校（University of Texas at Austin）
埃米·雷诺兹
■ 印第安纳大学布卢明顿本部（Indiana University at Bloomington）

在2000年乔治·W. 布什和阿尔·戈尔两人竞选总统期间，数百万美国人花费数周时间，利用各种媒介跟踪了解围绕着选举所发生的具体事件。他们看电视读报纸不仅仅是为了了解事件的最新进展、选票的变化情况以及选后的法律纷争。他们还利用媒介来指导他们在大选日之前应该考虑哪些事情。在这场旷日持久的选举中，记者、编辑和新闻部主任每天通过对新闻进行选择和报道，使人们集中精力关注选举，并影响到人们对最重要问题的判断。这种影响公众议程（public agenda）中的议题重要性判断的功能被称作新闻媒介的议程设置作用。

在公众中突出某一议题，使得该议题成为公众关注的焦点、思考的主题，甚至是行动的中心，这是形成公众舆论的第一步。尽管有很多议题想引起公众注意，但只有很少的议题能成功地进入公众议程。在人们判断什么是当天最重要的议题时，新闻媒介有着很大的影响力。伯纳达·科恩（Bernard Cohen）根据自己的观察，对此现象做了充分的阐述。他认为，新闻媒介在使人们怎样想（what to think）方面很难奏效，但在使人们想什么（what to think about）方面却惊人地成功（Cohen, 1963）。新闻媒介的确可以设置议程让公众思考和讨论。

相当多的选民在投票之前依靠媒介来帮助他们判断重要的政治议题，有鉴于此，学者们用了近60年的时间来研究大众传播对选民的影响。1940年美国总统选举期间的一次基准研究（benchmark study）中，哥伦比亚大学的保罗·拉扎斯菲尔德（Paul Lazarsfeld）及其同事，与民意测验专家埃尔莫·罗珀（Elmo Roper）一起，对俄亥俄州伊利县（Erie County, Ohio）的选民进行了七轮访谈（Lazarsfeld, Berelson, & Gaudet, 1944）。这些研究和随后20多年的其他有关议程设置的调查研究都表明，大众传播对改变公众态度和意见的效果并不明显。许多学者认为，这主要是由于这些早期的研究局限于新闻媒介和大众传播说服选民并改变其态度的能力方面。而传统的新闻业及其客观性信条则要求，媒介应尽力告知（inform）公众而不是说服（persuade）公众。这些研究也的确证实了客观性信条——公众尽管没有改变观点，但还是通过大众媒介获得了信息。

在早期的选举研究中，出现了大众传播的有限效果模式（limited-effects model）。该模式被概括为最低效果法则（Klapper，1960），它与 20 世纪 20 年代早期议程设置思想之父沃尔特·李普曼（Walter Lippmann，1922）提出的观点截然相反。李普曼在《公众舆论》（*Public Opinion*）一书第一章——《外部世界与我们头脑中的图景》（*The World Outside and the Pictures in Our Heads*）——中尽管没有使用"议程设置"一词，但他的论文体现了这一思想。他认为，新闻媒介是我们了解无法直接接触的广袤世界的窗口，它决定了我们对世界的认知。他指出，公众舆论所反映的并不是客观环境，而是由新闻媒介所构建的拟态环境（pseudoenvironment）。

经过对数十年的新闻报道的长期认知效果进行探究后，研究人员发现，媒介受众不仅从新闻报道中了解事实信息，还会根据新闻媒介报道的重点来判断议题的重要性。20 世纪 60 年代，运用最低效果法则进行研究的思路逐渐转变。围绕着 1968 年的总统竞选，麦库姆斯和肖（McCombs & Shaw，1972）发表了他们的第一项研究成果，支持李普曼"新闻媒介提供的信息在构建有关现实世界的图景时显得至关重要"这一观点。他们的主要假设是，大众媒介通过在选民中强调议题的重要性来为政治运动进行议程设置。随着时间的推移，那些在新闻报道中被强调的议题，公众也认为是重要的。麦库姆斯和肖将新闻媒介的这种影响称为议程设置。

为了证实媒介议程可以设置公众议程这一假设，麦库姆斯和肖在北卡罗来纳州的查普尔希尔（Chapel Hill，North Carolina）对那些犹豫不决的选民进行了随机抽样调查。在调查中，受试者被要求在不考虑候选人会怎么讲的前提下，提出自己所认为的与目前选举有关的重要议题。他们根据选民提出每一项议题的几率，将他们的议题按重要性排序，这就描述出了公众议程。

同时，他们对作为选民的主要新闻来源的九家大众媒介——五家地方性的或全国性的报纸、两家电视网和两家新闻杂志——进行了内容分析。媒介议程中议题的排序则由与该议题相关的新闻报道的数量来决定。研究结果发现，大众传播媒介所突出报道的政治问题和社会问题，也正是公众所关心的问题，即媒介议程与公众议程具有高度相关性。这就为证明媒介的议程设置功能提供了证据。

为了更好地证明李普曼的看法和他们的观点，麦库姆斯和肖将议程设置与选择性理解两种观点一并考察。后者经常被用来解释有限效果论。它假定，个人将最大限度地抵制他们不赞成的信息，而会最大限度地接受他们赞成的信息。因此，如果选民的公众议程与媒介议程的相关性是最高的，就能证明媒介的议程设置功能。如果公众议程与新闻报道中选民所喜爱的政党的议程的相关性较高，则证明了选择性理解的观点。查普尔希尔研究中的绝大多数研究证据支持了媒介的议程设置效果。

有关议程设置的更多证据

自查普尔希尔研究以来，人们进行了350多次有关新闻媒介议程设置的经验研究（Dearing & Rogers，1996）。新闻媒介的议程设置对普通大众产生影响的大量证据来自世界范围的不同区域，并且涉及各种不同类型的新闻媒介和许多不同的公众议题。这些证据还提供了媒介议程与公众议程两者之间的先后顺序和因果联系的具体细节。

查普尔希尔研究之后，肖和麦库姆斯（Shaw & McCombs，1977）又研究了1972年夏秋两季总统大选期间北卡罗来纳州夏洛特地区（Charlotte，North Carolina）所有选民的典型样本。他们发现，公众议程中的所有七项议题都受到了《夏洛特观察家报》（*Charlotte Observer*）和电视网的新闻报道结构的影响。

1976年的总统大选期间，研究人员在2月到12月之间，对三个不同地区的选民进行了九轮访谈（Weaver，Graber，McCombs，& Eyal，1981）。地点选择在新罕布什尔州的黎巴嫩（Lebanon，New Hampshire）、印第安纳州的印第安纳波利斯（Indianapolis，Indiana）和伊利诺伊州的埃文斯顿（Evanston，Illinois）。同时，研究人员对三家全国性电视网和地方性报纸在大选前后的新闻报道也做了内容分析。三座城市的调查表明，电视和报纸的议程设置功能在春季初选（primary）期间表现得最为突出，相关系数为0.63。这里，相关系数表示的是相同的议题在媒介议程与公众议程中，其重要性排序之间的相关程度。相关系数的数值范围从1.0到0，再到-1.0。前者表示二者完全正相关，中间表示二者零相关，后者表示二者完全负相关。议程设置理论认为，媒介议程与公众议程之间有着很强的正相关关系。

尽管选举的环境为议程设置的效果研究提供了天然的实验场所，但是支持该理论的证据并不仅仅局限于选举方面。温特和伊尔（Winter & Eyal，1981）借助27次盖洛普民意测验的结果，对1954年至1976年间的公民权议题进行了历史性考察。他们对每次民意测验前数周的《纽约时报》有关公民权的报道进行内容分析，并将分析结果与公众舆论中的相关议题对比，发现二者的相关系数为 0.71。对 20 世纪 80 年代 41 个月内 11 种不同议题所进行的内容分析，也得出了类似的研究结果，都表明新闻报道对公众议程施加了影响（Eaton，1989）。在每项内容分析中，媒介议程是综合了电视、报纸和新闻杂志的相关报道而得出的，公众议程则依据 13 次盖洛普民意测验。尽管各议题的相关系数有比较明显的差别，但除了道德议题外，其余议题的相关系数均为正数。这不仅要求研究人员注意那些非媒介因素对公众观念的影响，而且表明，公众的头脑也并非是白纸一张，静候大众媒介在上面涂写。本章后面将讨论那些影响公众与大众媒介间日常互动的重大心理因素和社会因素。

议程设置效果在美国以外的其他国家也得到了证实。1995 年春，在西班牙的潘普洛纳市（Pamplona），研究人员将公众议程中的六大议题与当地的新闻报道进行比较，发现两者有很高的相关性。公众议题与当地最主要日报的报道之间的相关系数为 0.90，与位居第二的《潘普洛纳日报》的相关系数为 0.72，与电视新闻报道的相关系数则为 0.66（Canel，Llamas，& Rey，1996）。

在德国，研究人员通过将公众议程与媒介议程进行数周的对比，来考察 1986 年国内舆论的重要议题。结果发现，电视新闻对公众所关心的五大议题（包括德国的能源供应问题）产生了重大的影响（Brosius & Kepplinger，1990）。1986 年初，能源供应问题在媒介议程和公众议程中都不具有多大的重要性。但是 5 月份新闻媒介对能源问题的报道突然大量增加，接下来的一周内，能源问题在公众议程中的重要性也相应提高。早先关注能源问题的人数一直徘徊在总人数的 15% 左右，也突然增加到 25% 到 30%。后来，当有关德国能源问题的新闻报道减少时，对此议题表示关注的人数也相应减少了。

针对 1997 年 10 月布宜诺斯艾利斯（Buenos Aires）市区的立法选举，研究人员考察了地方性的媒介报道所产生的议程设置作用（Lennon，1998）。1997 年整个秋季，腐败问题在公众议程和媒介议程中都占有突出地位，总是排在第一或第二重要的位置上。1997 年 9 月，研究人员将布宜诺斯艾利斯的五大主要报纸有关问题的报道综合作为媒介议程，与公众议程进行对比，发现二者之间只是适度相关，相关系数为 0.43。随着 10 月份选举日的临近，两者的相关系数飙升至 0.80。这表明，在竞选运动的最后几周，公众从新闻媒介获得了相当多的信息（Weaver，1996）。

这些来自现实中的研究案例，在证明议程设置作用时非常具有说服力，但并不是证明议程设置的因果关系的最好证据。证明新闻报道是公众议程的原因的最好证据来自控制性实验。在这种控制性实验中，研究人员可以系统地控制新闻报道的内容，任意地对各个新闻事件排序，系统地比较各种实验结果。

实验表明，调查对象看了经过编辑加工以强调某一特定议题的电视新闻节目之后，对防卫、污染、武器控制、公民权、失业和其他议题的重要性评估发生了改变（Iyengar & Kinder, 1987）。他们用各种控制方法，分别突出各种议题，结果表明，受试者对受控议题的重要性评估发生改变，确实是因为受到了媒介议程的影响。例如，在一次实验中，他们让对照组的受试者观看不涉及防卫问题的电视节目，结果，测试组的受试者，比对照组的受试者对防卫问题重要性的评估要高得多。相反，两组人员对于其他七个议题的重要性评估，在观看电视节目前后都没有明显的变化。

最近还有一个实验证明网络报纸（online newspaper）的议程设置功能。实验表明，那些阅读过以任何形式讨论种族歧视的网络报纸的受试者，与那些没有从网络报纸上阅读过这方面报道的受试者相比，对种族歧视问题的重要性评估要高得多（Wang, 2000）。

支持议程设置理论的证据远远不只这些。在对90项有关议程设置的实证研究进行整合分析后，研究人员发现，公众议程与媒介议程之间的相关系数平均为0.53，而且大多数议题的相关系数与均值（mean）相差0.06（Wanta & Ghanem, forthcoming）。当然，还有许多重要的因素会影响个人态度和公众舆论。一个人如何看待某一特定的议题，可能与他的个人经历、文化背景或者受媒介的引导有关（Gamson, 1992）。但是有众多证据支持的议程设置理论则认为，新闻记者每日对新闻的取舍和报道，的确对他们的受众认识世界有相当大的影响。

需要记者注意的事件和报道非常多。新闻媒介既没有能力去采集所有的信息，也没有能力将发生的每件事都告知其受众，所以新闻从业人员只能根据习惯性的职业规范，指导自己对周围环境进行有选择地报道。这样报道的结果只看到了一个大环境的局部，颇似通过一个小窗户去看外面的大千世界。

有关公众舆论的三大典型案例——20世纪60年代的大多数议题、20世纪80年代的毒品问题和20世纪90年代的犯罪问题——都表明，很多情况下，新闻记者要依据自己的判断行事；有时新闻媒介对事实的报道也会与现实有所差异。芬克豪泽（Funkhouser, 1973）研究了20世纪60年代公众认为重要的事件。他发现，实际生活和媒介报道之间几乎没有相关性，但是公众对什么是重要议题的判断与媒介议程之间的相关系数还是相当高的，达到了0.78。20世纪80年代，新闻媒介曾一度增加了对毒品问题的报道，但实际生活中的毒品问题却没有什么变化（Reese & Danielian, 1989）。20 世纪 90 年代，新闻媒介曾一度增加了对犯罪问题的报道，但实际生活中，犯罪情况却呈下降趋势（Ghanem, 1996）。

阿卡普尔科模型

世界各国的研究人员从不同的方面考察了议程设置这一大众传播现象。描述这些研究取向的四类模式通常被人们统称为阿卡普尔科模型（the Acapulco Typology），因为麦库姆斯是在墨西哥的阿卡普尔科（Acapulco，Mexico）应国际传播协会（ICA）主席埃弗里特·罗杰斯（Everett Rogers）之邀出席会议时首次提出该模型的。阿卡普尔科模型包括两类模式，各类模式又有两种情况。第一类模式将考察各种议程的方法分成两种，其区别在于考察的中心是组成议程的全部议题还是局限于议程中的单个议题。第二类模式将衡量议程中各议题重要性的方法分成两种，其区别在于是表示全体受试者的公众议程还是表示受试者个人的个人议程。

第一种模式考察的是组成议程的全部议题，并且通过分析全体受试者的公众议程，来确定这些议题的重要性。最初的查普尔希尔研究使用的就是这种模式。对于媒介议程而言，每项议题的重要性由关于该议题的新闻报道总数决定；对于公众议程而言，每项议题的重要性则由认为政府应该在该议题上有所作为的选民总数与全体选民之百分比来决定。这种模式研究的对象是各种为进入议程而相互竞争的议题，因此也称竞争模式（competition perspective）。

第二种模式也跟早期的议程设置研究一样，考察的是组成议程的全部议题，但是把重点由公众议程转移到了个人议程。研究结果表明，当个人被要求根据自己的想法为一系列议题按重要性排序时，这种个人排序与新闻媒介对相同议题的重要性排序之间没有多大的关联。这种自发模式（automaton perspective）认为人类行为具有不愿曲意逢迎的一面。在进行议程设置时，必然还有一部分人容易受到大众媒介设置的议程的影响，但很少有人能够记清楚整个媒介议程的不同议题的重要性程度。

第三种模式将考察对象局限于议程中的单个议题，同时也和竞争模式一样，通过全体受试者的公众议程来确定这些议题的重要性。通常，某一议题重要性的检验依据有二：与该议题相关的新闻报道总数；认为该议题是目前国家面临的最重要的问题的人数与总人数的百分比。这种模式考察的重点是媒介议程和公众议程在单一议题上的相关度，而这种相关度的高低却随着时间的推移而不同。因此，该模式也称为自然史模式（natural history perspective）。温特和伊尔（Winter & Eyal，1981）就公民权问题所做的为期23年的研究就是这种模式的范例。

最后，第四种模式是认知图像（cognitive portrait）模式。与自发模式一样，其分析根据是个人议程，但把考察的对象缩小到议程中单个议题的重要性。在议程设置的实验研究中，研究人员使用这种模式，在受试者观看作为对照的新闻节目之前和之后，考察个人议程中单个议题的重要性。

议程设置研究中存在着的这些不同模式，特别是来自竞争模式和自然史模式的大量证据，使得人们越发对媒介的议程设置作用深信不疑。竞争模式详尽且有效地证明，在某些问题上，媒介报道内容和公众舆论二者之间，同步地存在形式多样且不断变化的融合关系。这种模式力求描绘世界的真实面目。自然史模式有效地证明了媒介在单一议题上的议程设置作用。尽管它忽略了大的社会背景，但它提供的较长一段时间内单一议题的发展变迁情况，仍然有助于理解媒介是如何对公众议程进行议程设置的。认知图像模式则对我们理解媒介议程设置的原动力大有帮助。尽管从学术角度看，自然史模式和认知图像模式的研究结果对于详细解释议程设置机制很有必要。但议程设置理论的最终目标，却使得我们回到竞争模式，因为它提供了一种全面考察不同国家和不同社群中大众传播和公众舆论之间相互关系的模式。

定向需求

对于公众所关心的议题而言，新闻媒介并不是唯一的信息来源或认识渠道。议题可以分为显性议题（obtrusive issue，指那些可以直接体验的议题）和隐性议题（unobtrusive issue，指那些只能通过媒介了解的议题）。

例如，对于有些经济方面的问题，人们不需要大众媒介来提醒。我们通常可以从以往的经验得知圣诞节期间的商品价格规律或者是煤气价格上涨情况。这些都是经济生活的显性特征。相反，另外的一些经济问题，个人就无法去直接体验了。很典型的例子是，大众媒介告知我们关于国家的贸易逆差或者国家预算的平衡情况。这些都是隐性议题，我们只是在新闻中而不会在日常生活中碰到。有些议题则既可以是显性的又可以是隐性的，这要根据个人的实际情况而定。失业问题就是一个很好的例子。那些从未面临失业威胁的人会将该议题看做是隐性的，但是对于那些已经失业或者提出失业救济金请求的人而言，该议题则是显性的。他们直接根据自身经历来理解失业问题。

大量研究媒介议程设置作用的典型案例表明，对于隐性议题的新闻报道会产生很强的议程设置作用，而对显性议题的新闻报道则没有这种作用（Weaver et al.，1981；Winter & Eyal，1981；Zucker，1978）。他们还用更加精确的方法考察媒介议程不影响个人议程的情形，也得到了相似的结果（Blood，1981）。

定向需求（need for orientation）这一概念，不仅粗略地划分出了显性的或隐性的议题，而且为议程设置过程中的多变性提供了更加丰富的理论解释。其理论基础是心理学家爱德华·托尔曼（Edward Tolman）的认知构图（cognitive mapping）理论（McGuire，1974；Tolman，1932，1948）。认知构图理论认为，我们在头脑中构造外部世界的图像，来帮助我们适应外部环境。认知构图理论与李普曼的拟态环境的观点颇为相似。定向需求理论还认为，当人们寻求某个议题的导向性线索或具体背景信息时，个体差异也会存在。

从理论上讲，定向需求基于这样两个前提：相关程度和不确定程度，它们是顺次发生作用的。其中相关程度是首要的前提条件。在很多情况下，特别是在公众事务方面，大多数人不会感到不适应，也不需要媒介的定向作用，因为我们认为这些事情与我们个人不太相关。比如，在2000年总统选举期间，大多数选民对美俄关系兴趣不大，人们更加关心社会保障问题和美国经济持续增长问题。议题与个人的相关度越低，个人的定向需求也就越低。

对那些认为某一议题与自己相关度很高的人，也必须考虑他们对该议题的不确定程度。对于某一议题，如果一个人已经知道所需的所有信息，这时他对该议题的不确定程度就低。在相关度高但不确定程度低时，定向需求适中。而在相关度高且不确定程度高时，定向需求也高。这种情形常常出现在党内初选过程中，因为有许多不熟悉的候选人在政治舞台角逐。正如人们所推测的那样，个人的定向需求越高，他就越有可能留意媒介议程。在选举期间，选民经常通过新闻媒介和政治宣传来了解候选人以及他们对与自己相关的议题的主张。

在早期的查普尔希尔研究中，媒介议程与公众议程之间接近完全正相关，其相关系数高达0.97，用定向需求理论来解释这一结果非常贴切。尽管定向需求研究最初并不是用来解释这项研究的，但是人们回顾早期的查普尔希尔研究时很容易发现，体现了媒介的议程设置作用的那些犹豫不决的选民，也正是定向需求高的人。另一项研究总统选举的实验发现，随着选民定向需求的增强，他们对总统候选人的各项政策主张的重视也加强了（Weaver & McCombs，1978）。当时挑战在职总统福特的候选人卡特，对很多人来说比较陌生，因此选民对他的各项政策主张一直有着相当浓厚的兴趣。这也进一步证实了定向需求理论。

有时候，个人对某一议题的相关经历不仅不会降低定向需求，相反还会激发定向需求，即想从大众媒介那里了解更多的相关信息或者进行求证（Noelle-Neumann，1985）。由于对某一议题比较关心，个人就可能变得特别擅长研究媒介议程。定向需求理论——“自然憎恶真空”（nature abhors a vacuum）① 这一认知原则，阐释了在什么情况下人们更易于接受大众媒介议程。

第二层级效果与框架作用

在大多数探讨媒介议程设置功能的研究中，研究人员对每个议程进行分析的基础是议题对象（*object*），而且通常是一个公众议题。但是，公众议题并不是可用议程设置理论进行分析的唯一对象。在政党内部初选时，相关的议题对象就是那些代表其政党来争取总统候选人提名的竞选者。许多其他的事物也可以组成议程。在传播过程中，它可能与任何一系列或一个力图引起公众注意的对象有关。在这些情况下，“对象”一词与社会心理学家所使用的态度对象（attitude object）一词同义。我们集中注意力于某一对象，接着对该对象产生相应的看法或态度。

除了议题对象本身这一层级的议程外，还有另一层级的议程设置。同一议程上的不同议题都具有多重属性（attributes）——不同的特性（characteristics）和性质（properties）。正如同一议程上的不同议题具有不同的重要性一样，这些议题的各种属性也具有不同的重要性。无论是对引起注意的议题对象的选择，还是对描述这些议题对象的属性的选择，都会产生强大的议程设置效果。在新闻工作者和公众考虑和谈论某些议题时，他们心目中很看重的一个因素就在于新闻议程上的这一系列议题的属性。第二层级议程设置（the second level of agenda-setting）就是探讨这些具有不同属性的新闻议程是如何影响公众议程的。对第二层级议程设置理论所做的深入研究进一步表明，媒介不仅能告诉人们想什么（what to think about）（Cohen，1963），而且还能告诉人们怎样想（how to think about）某些议题。

理论上讲，对象议程（agendas of objects）与属性议程（agendas of attributes）的区别（如图 1.1 所示）在选举过程中表现得尤为明显。在选举期间，为某一职务而竞争的候选人名单是对象议程，新闻媒介对各候选人的描述和候选人在选民心中的形象则是属性议程。这些媒介报道对公众的影响正好证明了第二层级议程设置，即属性议程设置（attribute agenda-setting）。1976 年，选民对总统候选人的态度清楚地表明了第二层级议程设置效果的存在。当年，共和党有在职的杰拉尔

① 这是古希腊作家普鲁塔克（Plutarch）的名言。这句谚语是说，自然万物生生不息，凡有所欠缺的，必会将它补足。——译者注

德·福特（Gerald Ford）总统，而民主党却有 11 人争取总统候选人提名。比较纽约州北部民主党为这些候选人所做的宣传和《新闻周刊》早先对这些候选人进行报道时的属性议程，就会发现媒介对选民认识候选人具有重要的影响（Becker & McCombs, 1978）。与此相似的结果在其他地方也得到了验证，比如 1994 年台湾省台北市的市长选举（King, 1997）、1995 年西班牙潘普洛纳市的地方选举（McCombs, Llamas, Lopez-Escobar, & Rey, 1997）以及 1996 年的西班牙大选（McCombs, Lopez-Escoba, & Llamas, 2000）。属性议程设置对候选人形象的影响在实验室条件下也得到了证实（Kiousis, Bantimaroudis, & Ban, 1999）。

媒介议程 **公众议程**

议题对象的显著性→→→ 议题对象的显著性→→→
[议程设置] [初级预示作用]

公众的态度和意见

议题属性的显著性→→→ 议题属性的显著性→→→
[属性议程设置] [预示作用]

图 1.1 议程设置过程

大众媒介对候选人在选民心目中的形象所产生的这种影响，是属性议程设置效果的一个非常直接明了的例证。我们对候选人的了解，从其思想观念到个性特征，绝大部分来自大众媒介的新闻报道和宣传。一直作为议程设置理论的研究重点的议题显著性（issue salience），也可以从第二层级效果方面进行考察。公众议题也和其他议题对象一样，具有各种属性。议题的不同方面——不同属性——在媒介新闻报道中以及人们思考和谈论这些议题时，受到的重视程度也不同。

研究者对 1993 年日本大选进行分析后发现了在政治改革议题上存在着媒介议程设置的第一层级效果和第二层级效果（Takeshita & Mikami, 1995）。这再次表明，尽管文化背景不同，议程设置理论同样有效。收听或收看新闻报道的人越多，公众议程中政治改革议题就越重要，特别是与政治改革制度相关的各个方面就越重要，而这也正是新闻报道中所强调的该议题的那些方面。

此外，在美国明尼阿波利斯市（Minneapolis），研究人员发现，当地报纸对国民经济形势的报道与公众议程中各种具体的经济问题、成因及提出的解决方案之间的相关系数为 0.81（Benton & Frazier, 1976）。在印第安纳州，当地报纸对环境问题的报道与公众对修建一座大型人造湖泊的意见之间的相关系数为 0.71（Cohen, 1975）。在日本东京，数月来宣传 1992 年巴西里约热内卢（Rio de Janeiro）联合国全球环境大会的两家主要日报的报道内容，与东京居民所关心的环境问题之间的相关系数于大会前夕达到最大值0.78（Mikami，Takeshita，Nakada，& Kawabata，1994）。

人们解释属性议程设置理论时，常常将该理论与同时期出现的框架作用（framing）概念联系在一起（McCombs & Bell，1996；McCombs & Evatt，1995；McCombs & Ghanem，2001）。框架作用理论和属性议程设置理论关注的是传播者和受众在描述新闻议题时所采取的视角。近期的研究确认了框架的两种类型：体现中心主题（cenral theme）的框架和体现主题的各个方面的框架。麦克劳德和德特纳伯（McLeod & Detenber，1999）用以公民抗议作为中心主题的新闻报道做实验，发现了各种不同的框架化效果。在其他一些有关框架作用的研究中，研究的重点则放在主题各个相对重要的方面，而不是放在用来界定新闻报道中心主题的各种属性上。为了对共和党四个总统候选人的不同属性进行归类，米勒、安德塞杰和赖克特（Miller，Andsager，& Reichert，1998）运用计算机对245篇新闻发布稿（press release）和296篇新闻报道中出现频率较高的词语进行了内容分析，结果发现了28种有关候选人的框架。他们的研究表明了框架作用和属性议程设置作用的融合趋势。尽管该研究主要是为了辨识出相关的新闻框架——这些新闻框架规定了与竞选活动有关的新闻发布稿和新闻报道的属性议程，但是随后的研究却进一步证明，新闻发布稿对新闻报道具有巨大的议程设置作用（McCombs，forthcoming）。新闻媒介对新闻事件或政治候选人进行框架化处理——选取某些属性作为中心观点来组织报道或者将事件的某些方面告知受众——这一过程就体现了强有力的议程设置作用。

谁来设置媒介议程？

随着越来越多的证据表明大众媒介具有设置公众议程的作用，研究人员于20世纪80年代初期开始考虑这样一个问题，即谁设置了媒介议程。在这一新的研究思路下，研究人员开始探求形成媒介议程的各种因素。此时，媒介议程是作为因变量（dependent variable）来考察的。而在传统的议程设置研究中，媒介议程却是自变量（independent variable），是公众议程之所以形成的关键性因素。

“剥洋葱”（peeling an onion）的比喻有助于我们理解各种因素与媒介议程之间的关系。那一层层的同心洋葱皮代表形成媒介议程的种种影响因素，而洋葱中心则表示媒介议程。反过来，外层的洋葱皮又是依次受到那些更靠近洋葱中心的内层皮的影响。一个洋葱的详细的比喻意义包含许多层面，代表从社会上主流的意识形态到单个新闻从业者的个人信仰及心理状态等种种因素（Shoemaker &

Reese, 1991)。

洋葱的最外层，是指那些主要的外部新闻源。休梅克（Shoemaker）和里斯（Reese）称之为媒介外层（extramedia level）。新闻源包括政客、政府官员、公关人员以及任何影响媒介内容的个人，比如美国总统。例如，有人研究了1970年尼克松总统的国情咨文后发现，国情咨文中所涉及的15个议题，的确影响了随后一个月里《纽约时报》《华盛顿邮报》以及三家全国电视网中的两家的新闻报道（McCombs, Gilbert, & Eyal, 1982)。而没有任何证据表明媒介对总统有任何影响。西格尔（Sigal, 1973）研究了20年间的《纽约时报》《华盛顿邮报》后发现，两者近半数的新闻报道主要是以新闻发布稿和其他直接信息来源为基础的。在全部的新闻报道中，约有占总数的17.5%的报道——至少是部分地以新闻发布稿为基础，而以记者招待会或者背景简报为基础的则占32%。

深入洋葱的内部，是不同媒介间的相互影响和互动，通常称为媒介间议程设置（intermedia agenda-setting)。在很大的程度上，这种互动强化并最终确认了社会规范和新闻业规程。新闻界的职业道德准则是那层紧紧包围着洋葱核心的皮，它为媒介议程的最终形成确立了基本规则。

《纽约时报》经常会充当为别的媒介设置议程的角色，因为某个内容一旦出现在《纽约时报》的头版，就说明它是富有新闻价值的。尽管当地媒体大量报道了纽约州的拉夫运河（Love Canal）污染和宾夕法尼亚州（Pennsylvania）的放射性元素氡对人体造成的危害，却一直没能在全国范围内引起注意，直到《纽约时报》开始报道这些事情（Mazur, 1987; Ploughman, 1984)。本章前面提到的《纽约时报》对20世纪80年代毒品问题的报道也证明了这一点（Reese & Danielian, 1989)。研究表明，当《纽约时报》于1985年末“发现”（discover）了国家的毒品问题时，广播电视网和主要报纸对毒品的报道也就接踵而来。

最后，研究人员在实验室里研究美联社的议程设置功能时发现，在各种主题中，大量电讯报道中的新闻主题和受试者所选的主题之间的相关系数高达0.62。受试者都是训练有素的报纸和电视的电讯稿件编辑（Whitney & Becker, 1982)。该研究以及其他的研究，将议程设置理论和把关人理论联系了起来（Becker, McCombs, & McLeod, 1975; McCombs & Shaw, 1976)。

媒介预示作用

通过媒介的议程设置，相应地引发公众对公众人物和其他事物的看法，媒介在这个过程中发挥着预示作用（priming）①。这种议程设置效果如图 1.1 的右边所示。媒介预示作用的心理学基础是公众的选择性注意。人们不会也不可能对任何事情都注意。人们往往不是在所积累的全部信息基础上去综合分析，当他们必须做出判断时，通常只是根据少量特别重要的信息。

1986 年的伊朗门（Iran-Contra）丑闻，显现出了媒体强大的预示作用（Krosnick & Kinder，1990）。1986 年 11 月 25 日，美国司法部长披露，美国政府秘密向伊朗出售武器的收入，不正当地转移到了尼加拉瓜（Nicaragua）反政府武装组织手中。这引起了媒体的广泛关注。当时碰巧总统大选研究机构正在做该年度总统大选后的调查。自然而然，他们将影响公众评价里根总统的政绩表现的具体因素前后做了对比。调查显示，在司法部长公布此事之后，有如下两个因素对公众全面评价里根总统产生了重大影响：一是公众对向尼加拉瓜反政府武装组织提供援助的重要性的认识，一是公众对美国政府干预中美洲事务的看法。

在莫尼卡·莱温斯基（Monica Lewinsky）性丑闻前几个月，从公众对克林顿总统工作业绩的评价中，也可以发现预示作用的证据。通过对俄勒冈（Oregon）居民进行调查发现，公众使用媒介的频率、公众心目中的属性议程与公众对克林顿总统工作业绩的评价之间存在着重大的关联（Wanta & Chang，1999）。经常读报纸的人和不经常看电视的人，更倾向于根据各种公众议题来评述克林顿。可能因为所有的媒介对性丑闻的报道已经达到饱和，受众接触媒介的频率和根据性丑闻来评价克林顿二者之间并无关系。相反，认为与他的职位相关的议题是主要的议题与对其总体工作业绩给予积极评价之间的联系非常大。有些人则认为，总统卷入了性丑闻，这是最关键的，他们对总统工作业绩的评价就是消极的。

另外还有一种更为基本的预示形式，即大众媒介着重对某些对象及其属性的报道与受众持某种观点之间存在一定的联系。媒介的着重报道对公众意见的形成和表达起到了预示作用。研究人员通过核对大选研究机构所使用的各种等级量表（rating scale）的中点值（midpoint），从而详细分析了从 1980 年到 1996 年间的五个选举年中有关总统候选人的新闻报道。结果发现，在全部五次选举中，媒介报道各候选人的突出程度与对候选人的看法完全举棋不定的选民总数之间的相关关系为强负相关（Kiousis，2000）。研究人员做了 24 组比较，其中 20 组的结论非常重要。总统候选人在全部新闻报道中的显要性——在媒介中的突出程度——与并不知晓该候选人的公众的人数比例之间有着显著的相关性，而且各组相关系数的

① 有关媒介预示作用（media priming）的系统论述可参见本书第五章。——译者注

中位值（median value）达到了 -0.90。在研究有关候选人的属性议程时，他们也得出了类似的结果。在24组比较中，17组关于道德的比较非常重要。研究人员发现，在全部五次选举中，媒介报道选举人道德的突出程度与对这点并不明确的选民的总数之间相关性显著，各组相关系数的中位值达到了 -0.80。

在议程设置的第一层级效果研究中我们可以看到，仅仅增加报道数量就能够获得大众传播所要达到的效果。但是，也正如属性议程设置和媒介预示作用所表明的一样，如果对大众媒介的具体内容进行更为详细的分析，我们就可以更加深入地理解我们头脑中对世界的认识以及基于这些认识而形成的态度和观点。

总结

50多年前，哈罗德·拉斯韦尔（Harold Lasswell, 1948）提出，大众传播有三大社会功能：监视环境、联系社会和传递文化。议程设置具有监视环境的重要作用，它有助于我们认识外在环境。另外，议程设置过程也同样具有联系社会和传递社会文化的功能。

北卡罗来纳民意调查（North Carolina Poll）证实了议程设置过程具有联系社会的功能。这次舆论调查的对象是人口统计学意义上的群组，而舆论调查通常会选取这种具有很大差异性而不是相似性的群组（Shaw & Martin, 1992）。对那些很少读日报的人而言，男女间的议题议程（issue agendas）相关系数为0.55。那些偶尔读报的人，男女间的议题议程相关系数则上升至0.80。经常读报的男女间的议题议程则完全一致，即相关系数为1.0。与此相类似，不管是报纸还是电视增加报道量时，人们对国家当时所面临的最重要问题的看法会趋向一致，不论老幼，不分种族。由于媒介的报道，不同群组的人对某个问题的看法趋于一致，这在“台湾”和西班牙等地也得到了验证（Chiang, 1995; Lopez-Escobar, Llamas, & McCombs, 1998）。

议程设置过程也与文化传递相关。媒介议程、公众议程、政治候选人及其特征，都是建立在民主这种广义的政治文化的基础之上的，它是由公民对政治和选举的基本信念界定的。继续探讨其他的文化议程，就可以使议程设置理论超越公众事物这一传统领域。这种新的文化研究范围很广泛，从一个社会对过去的集体记忆的历史议程到讨论当代青年男女理想外表的属性议程，无所不包。由于议程设置作用，大众媒介在公众舆论和公众行为的许多方面打下了深刻的烙印。

媒介影响的例证理论

多尔夫·齐尔曼
■ 阿拉巴马大学（*University of Alabama*）

本章将全面介绍例证理论（exemplification theory）及其相关研究。首先，我们将追溯例证理论演进的根源，并考察其在当代社会中的衍生形态。然后，我们将详细阐述例证理论的内容及其影响，重点将放在以下两方面：一是媒介报道再现相关社会现象的准确度，一是公众在评价该现象时对范例集合（exemplar aggregations）的启发式处理（heuristic processing）。最后，我们将介绍一些关于新闻报道影响的实验研究，以此支撑例证理论。

例证理论溯源

古代的圣贤先哲尤其是古希腊哲学家赫拉克利特（Heraclitus）告诉我们，世界上没有完全相同的两件事。现实世界就像一条永不停息的事件之河，河中的任何事件都不会重复出现，至少不会完全一样。这一论点直观且很有说服力。

然而，任何具有学习能力的生物似乎都不可能实践这一论点。为了节省认知所花费的精力，生物必须从连续不断的环境信息流中提炼出经验知识，因而不得不将注意力集中在那些对他们的未来有着正面或负面影响的重大事件上。同时，他们还必须了解这些重大事件在特定环境下的普遍程度（prevalence）。至于那些与己无关的事情则可以忽略不计。选择性地保存重大事件的信息，能帮助个体更好地适应生存环境，不加区别地记忆所有事件则不具有这样的适应性价值（adaptive value）。

上述论点意味着，如果某些事件看上去相似，它们就会被归到同一类。这些事件无需完全相同，但必须具有某些共同的基本特征。存在一些无关紧要的细小差别并不妨碍它们被视作同类（Bums，1992；Hayes-Roth & Hayes-Roth，1977；Mervis & Rosch，1981；Rosch & Lloyd，1978）。

事件分类使得我们可以将数量有限的个案集中起来，据此推断该类别中其他部分甚至是全部事件的相关信息。我们将这些集中的经验碎片存储到记忆中，形成关于以往事件的综合性知识，指导未来的行为。这种知识塑造我们的倾向（disposition）并在遇到相似情况时指导我们的行动。因此，少量的经验能为更多相似情况的理解提供基础，这其中暗含着一种自发的归纳推理（inductive inference）。凡是通过学习来适应环境的物种都会进行这类归纳推理。毫无疑问，人类进行这类活动的历史已长达数千年。今天，这类活动仍在继续，且大多数情况下都是无意识的。

其他物种还在依赖事件分类的基本经验，人类的经验基础（experiential base）却已经大大扩展了。随着传播技能的提高，尤其是语言能力的形成，人类已经可以从交流中获知他人的经验，并将这种经验与自己的基本经验（primary experience）结合起来，形成对某一现象的判断。然而，交流所得的经验并不必然是他人的基本经验，也可能是来自第三人的描述，是不可靠的传闻。

显然，经验基础的拓宽，有助于个人对超出其经验范围的现象进行判断。但这也是有代价的。他人的经验有可能是自私自利的，存在无心的错误甚或蓄意的欺骗。正因如此，提防他人的交往动机成为一种先见之明。对于直接的人际交往，尤其是其中一些借力中介的拓展性形式来说，这种先见之明是至关重要的。

媒介作用的生态学

我们在考察媒介机构（media institution）的信息传播活动时需特别慎重。因为这类传播活动的接收人群很广，其中还包括了大量城市居民。向公众提供重要的信息是大众媒介的一项重要职责。然而，由于被传播的信息可能是歪曲、不准确或是错误的，接收者广泛的优势常常会与误导公众的风险相伴随。我们可以想象，这种误导可能是在试图说明某问题时对报道案例（case）的选择不当造成的。媒介机构既然以真实报道重要现象为己任，就应该对其报道所选择的案例负责，保证其报道的案例可以帮助人们正确地理解该现象。新闻媒介以及类似新闻的教育节目（newslike educational efforts），无论是采用印刷、广播电视或计算机传输，都在上述过程中扮演着重要的角色。但也有部分媒介机构尤其是娱乐业，以追求诗意（poetic）为借口，拒绝对其案例可能导致的对现象的歪曲理解负责。

在新闻中，案例报道被用于证明其所属议题的相关论述的正确性。有人认为，少数“精心挑选的”案例就足以阐明所有议题。事实上，这些案例只是“例证”（exemplify）了这些议题而已。案例因此成为了证明议题的范例（exemplar），也就是范例总体（[the population of examplars]，如考虑中的所有范例）。例证

(exemplification) 绝不是一个非此即彼 (all-or-nothing) 的概念。被选择的范例在多大程度上能可靠地例证它们所代表的现象，往往取决于选择者的经验决断力 (empirical determination)。有的例证能充分再现 (represent) 其所属的总体，有的则不能。比方说，用随手乱抓的范例进行的例证就是毫无价值的，称之为错误例证 (misexemplification) 可能会更恰当。

但这样的常识并不能阻止媒介在例证某一现象时对离奇、非典型案例的偏好。虚构性叙事喜爱异常案例胜过寻常案例并不奇怪，新闻媒介效而仿之堆砌各种非典型范例以提高所谓的娱乐价值就让人觉得有些不可思议了。新闻中常常充斥着各种范例，对它们的选择往往受到戏剧性倾向和意识形态偏见的激发，而非确保报道公正、平衡的责任的驱使 (Zillmann & Brosius, 2000)。这些范例几乎都是随意挑选出来的，怎么挑完全取决于作者的癖好 (idiosyncrasy)。它们是否能部分再现其所属的总体，或完全不具有代表性 (nonrepresentative)，决定着议题被呈现的充分程度。不充分的例证必然会加剧对相关现象的错误理解 (misperception)。

对某一现象的例证往往辅之以概述。后者可能涵盖量化的评估结果，如事件的发生率 (incidence proportion) 和变动率 (rates of change)。这是一些符合科学原理的数据，也就是所谓的基础性信息 (base-rate information)。一般说来，基础性信息较为公正全面，比经过选择的范例集合所提供的信息更真实。这类基础性信息能推进新闻报道，也可以纠正失之偏颇的例证所造成的错误理解。然而，由于不为人知，这类基础性信息经常得不到报道。因此，人们对各种现象的理解常常会完全依赖新闻媒介所提供的各种范例。

暂且不管为什么要在现象的呈现过程中使用基础性信息的问题，反正同时接触有选择性的范例和似乎更可信的基础性信息而产生的对相关议题的错误理解会受到接收过程的影响。接收者将如何处理这些信息？他们是否会以范例为依据理解相关议题？从人类与生俱来的确保物种生存的启发法 (heuristics) 看来，后一问题的答案似乎是肯定的。又或者，接收者是否会汲取那些较抽象的基础性信息，认真地处理这些信息，据此纠正因不充分的范例集合而形成的错误印象？那些相信受众会对新闻报道认真消化吸收的人可能会期望基础性信息具有这样一种力量，即可以让范例仅仅成为一种演示 (demonstration)，消除范例的不良影响。然而，仅靠一些抽象有余而具体不足的信息，可能不足以改变使用范例所造成的印象，即新闻从来都是从少数已知事件中推导出关于事件总体的知识。基础性信息能否压倒范例，取决于具体信息与抽象信息在延迟性影响 (delayed consequences）方面的对比。事件发生率一类的抽象信息是否会被记忆成具体事件，尤其是伴随强烈情绪反应的具体事件？如果回答是否定的，我们就不应该期待基础性信息对议题理解的影响会比例证的影响消逝得更快，例证的影响最终会占据主导地位?

以上是例证理论所提出的几个问题，也是相关的实验研究正力求回答的问题。

定义说明

范例可以用来描述事件，但并非所有的事件都是范例。根据定义，如果某一事件与其他事件没有任何共同特征，它就不属于任何一类事件的总体。因此，这些独一无二的事件就只能代表它们自己，而不能例证其他任何事件。

只有和总体中的其他事件共有某些特征的事件，才能被归入这一总体，成为范例。同一总体中的事件都拥有一些基本的、限定性的特征，但它们会在其他方面有所区别，存在着一些次要特征上的差异。次要特征是从总体中划分出次级总体（subpopulation）的依据。总体的次要特征由此变成次要总体的主要特征，而次要总体的次要特则成为更低一级总体区分的依据。最后，在那些相关度最低的特征中，可能存在着更低一级的差异。如果这些特征没有什么实际影响的话，它们就可以被忽略不计。

我们可以将呈现为范例的事件抽象成对具有某些属性、功能和影响的实体的明确说明。这些事件的发生还需要一些附加条件。

上述概念以及下文将要探讨的与范例呈现（exemplars display）相关的再现（representation）问题，将在正式介绍例证理论时得到更详细的说明。

范例呈现与再现

对现象的例证可以在两种不同情况下进行。第一种情况，某一事件总体中各类事件的基本分布参数（parameters of distribution）是已知的。通过对该总体中的所有事件进行评估，或更多通过对其中某个代表性样本的评估，我们可以得出这些参数。为了使样本具有代表性（representativeness），我们必须确保总体中每一事件被选作样本的机会是均等的。第二种情况，假定存在某一事件总体，但它的事件分布参数未知。

在分布参数已知的情况下，我们可以确认所选范例在呈现事件次要特征的差异方面的程度。同一事件总体中的范例被选为样本的几率越均等（equiprobability)，它们的代表性就越高。范例的随机选择能使次要特征得到公平的呈现，防止某些事件受到过度关注。根据特定标准武断地选取个人认为重要的案例将偏离随机选择的原则。这种情况越严重，最后选取的范例样本的代表性就越差。

在分布参数未知的情况下，样本再现事件总体的程度也并非无法识别。对事件总体的内在差异的推测可以作为展开例证的依据。但如果这些推测是错误的，范例样本就将构成对事件总体的错误再现。

一段时间以来，媒介例证对事件总体的再现程度一直是调查研究的重要领域之一。在一项具有开创意义的研究中，贝雷尔森和索尔特（Berelson & Salter, 1946）对范例的比例（exemplar ratios）与被例证事件的比例（ratios of exemplified events）进行了比较分析。他们将美国杂志中来自不同族群的角色所占的比例与相应族群在实际人口中所占的比例进行了比较。研究证明，这些杂志在表现不同族群时存在着偏向。少数族群被塑造为英雄人物的比例远远低于他们所占的人口比例，而多数族群被塑造为英雄人物的比例却远远高于他们所占的人口比例。

格伯纳及其同事（e. g. , Gerbner, Gross, Morgan, & Signorielli, 1986）也将此方法应用到对黄金时段电视节目的例证研究中，结果发现了“错误再现”（misrepresentations）情况的大量存在。例如，在角色选择方面，电视节目对男性“过度例证”（overexemplified），而对女性“例证不足”（underexemplified），男性角色的数量是女性角色数量的 3 倍。这些节目对青少年和老年人的例证也严重不足。研究还发现，节目对少数族群的例证同样也不具有代表性。非洲裔美国人在节目角色中所占的比例是他们实际人口比例的 3/4，拉美裔美国人在节目角色中所占的比例是他们实际人口比例的 1/3。此外，对犯罪内容的“过度再现”（overrepresentation）和对减少犯罪的想象，使执法人员这类角色在电视节目中出现的比例远远超过了蓝领工人和服务业者的总和。

格林伯格、西蒙斯、霍根和阿特金（Greenberg, Simmons, Hogan, & Atkin, 1980）也进行了类似的研究。他们评估了电视角色的特征，并将这些角色在电视中出现的比例与人口普查的数据加以比较。其中一条发现就是，妇女、儿童、老人、手工业者以及神职人员等角色在电视中出现的比例低于实际比例，而管理人员和年纪在 20 到 50 岁之间的人群在电视中出现的比例高于实际比例。

然而，对再现的评估并不局限于不同群体间的比较分析。只要掌握了确实可靠的事件分布参数，我们就可以在任何条件下评估例证。例如，多米尼克（Dominick, 1973）将黄金时段电视节目中有关犯罪的内容与实际的犯罪统计数据进行比较后发现，过度再现暴力犯罪（尤其是强奸和谋杀）的现象十分严重。我们同样可以通过比较来纠正一些流行的看法。例如，斯托金、萨波斯基与齐尔曼（Stocking, Sapolsky, & Zillmann, 1977）对黄金时段情景喜剧中异性间互相奚落的频率进行调查后发现，与当时流行的看法相反，女性奚落男性的频率并不比男性奚落女性的频率低。此外，还有研究对不同时期的例证（e. g., Seggar, 1977）、不同节目类型的例证以及同一节目类型中各事件的例证（e. g., Brosius, Weaver, & Staab, 1993; Sapolsky & Molitor, 1996; Zillmann & Weaver, 1997）进行了比较。

娱乐媒介对已知事实的再现可能存在问题，但它们毕竟影响有限。新闻媒介与教育类媒介就不同了。新闻媒介尤其应该准确再现事实。重要事件通常随着已知参数的变化而改变，有人可能会据此认为，新闻报道将依照这些参数来选择范例。然而，从实践和资金方面考虑，这常常是不可能的（cf. Zillmann & Brosius, 2000）。但只要条件允许，准确再现仍应该是新闻报道追求的目标。如果偏差无可避免，那就补充一些纠正性的基础性信息。如果碰到事件参数未知这种比较少见的情况，准确再现的目标就只能是无法达成了。

需要指出的是，从媒介内容与已知参数的比较中发现的错误例证并不能证明错误再现会引起人们对相关现象的错误理解。也就是说，错误例证并不一定带来错误理解。怀疑论者宣称，人们能很好地理解现象而不至于被一些非典型的范例所误导。为了证明这一观点，我们需要通过实证研究来揭示接触那些再现或错误再现了重要议题的范例对知觉和倾向的影响。

我们将会提供这类证据。但在此之前，我们必须搭建起相应的理论框架以便展示例证对知觉和倾向的影响。

预测范例对议题理解的影响

诚如前文所言，例证理论基于三个基本的假设。

1. 与复杂、抽象的事件相比，简单、具体的事件通常更容易被理解（comprehension）、储存（storage）和提取（retrieval）。

这是因为，具体的事件通常可以被直接观察到，对认知处理（cognitive processing）的要求低，而抽象的事件则需要进行建构和概括，需要进行更多、更复杂的认知处理。

2. 与无关紧要的事件相比，重要的事件更能吸引人们的注意，得到更积极的处理。相应地，重要事件比无关紧要的事件更易于被储存和提取。

这一假设属于情绪反应性（emotional reactivity）的范畴，它在生物学与神经内分泌学理论中得到了较多探讨。例如，凯蒂（Kety, 1970）在此假设基础上提出了生存理论（survival theory）。该理论认为，有关情绪唤起条件（emotion-arousing conditions）的信息的记忆（retain）与回忆（recall），能帮助人们有效应对类似条件，因而在人类进化过程中具有极高的适应性价值。对那些不能唤起情绪的事件信息的记忆和回忆则无益于环境的适应。因此，我们不难预见，在情绪被唤起时，环境评估的警惕性会有所提高，编码环境信息并加以记忆的活动也因此变得更频繁（Heuer & Reisberg, 1990）。实际上，下面这一观念已经深入人心，即人们更容易回忆起那些更能唤起他们情绪的信息（Christianson, 1992；Spear & Riccio, 1994）。

实际上，一些关注情绪型事件（emotional event）的保持（retention）与提取活动的研究已经清楚地揭示了上述差异产生的中介机制。在大脑边缘系统（limbic system）内有一个起着调节作用的扁桃体结构（amygdala），它会在剧烈情绪产生的初始与持续阶段判定事件的重要程度（LeDoux, 1992）。基本上，这一结构持续不断地监测着环境中的各种威胁、危险以及利好机会，一旦碰到这几类条件，它就会发出信号表明该条件的重要程度，以此起到自我保护的作用。情绪的变化还常常伴随着行为能力动员式（behavior-energizing）的应急反应（emergency reaction）（Cannon, 1929；Zillmann, 1996）的出现。后者的基本表现之一是肾上腺儿茶酚胺（adrenal catecholamines）的全身释放，其中最核心的部分又是肾上腺素（epinephrine）的扩散。这些激素的兴奋作用贯穿于整个情绪变化过程，甚至在情绪终止后还会持续数分钟。那些信息编码的优势条件（superior conditions）① 在促成情绪变化方面扮演着主要角色（Bower, 1992）。我们因而可以这样解释情绪型范例（emotional exemplars）的优势编码的内在机制：扁桃体结构的监测作用促成对范例的重要性的识别，后者的表现之一是中枢正肾上腺素受体（central norepinephrine receptors）的激活；敏感性得以提高的受体进而为将情绪型范例转化为持久记忆的优势编码活动创造条件（Cahill, Prins, Weber, & McGaugh, 1994；McGaugh & Gold, 1989）。

3. 人们对同类事件的发生率进行编码，并在此基础上做出基础量化评估（basal quantitative assessment）。

我们假设，人们对范例群集（exemplar groupings）——无论它们是被直接感知还是从记忆中提取出来的——进行筛选（screen）以判定其规模的大小（magni-

① 即那些环境信息更容易得到编码的条件，如前文提及的面临威胁、危险和利好机会的条件。——译者注

tude)。一般说来，这种筛选过程是无意识的，但偶尔也会是自觉的、经过了深思熟虑的。无论自觉程度如何，这种筛选过程都会对群集中范例的发生率进行评估，或至少会对其进行排序（如较少案例，较多案例，很多案例)。此外，人们还可能开展比较性评估以了解相对的发生率（如某群集中范例的发生率大于另一群集）和变动率（如某群集中范例的发生率大于先前)，也至少会对此二者进行排序。因此，我们假定存在着一种古老的量化启发法（quantification heuristic)，它持续不断地监测着各种范例的普遍程度及其相对的分布状况。

此外，例证理论还依赖于其他两种认知机制：代表性启发法（representativeness heuristic）和可得性启发法（availability heuristic）（Kahneman & Tversky, 1973；Tversky & Kahneman, 1973)。这两种认知机制都在研究中获得了有力地证明（cf. Fiske & Taylor, 1984；Sherman, Judd, & Park, 1989；Zillmann & Brosius, 2000)。

代表性启发法的主要观点是，人们对某事件总体的判断是从他们对范例群集的详细审查（scrutiny）中推断出来的。在此过程中，与范例分布状况相关的抽象的量化信息显得无足轻重。这种在评估事件总体时忽视基础性信息的现象被称为“基率谬误”（base-rate fallacy）（Bar-Hillel, 1980)。我们应该认识到，这一现象与前文提到的信息处理假设——具体事件信息比抽象事件信息更易于被编码——是一致的。

代表性启发法的另一个观点是，从事件样本到事件总体的归纳概括过程与样本的大小无关。尽管样本较大时归纳会更加可靠，但该观点还是认为，较小的范例群（exemplar group）与较大的范例群具有同样的推论价值。

可得性启发法认为，对某事件总体的判断在很大程度上取决于人们做出判断时可以获得的能被清晰认知的范例。所谓的可得性取决于范例从记忆中提取的容易程度。提取过程在很大程度上是自发的。在此过程中，范例被无意识地从记忆中提取出来，对被例证的事件总体的思考和评价活动产生程度不一的影响。

范例的易接近性（accessibility）主要受到两个变量的影响（Higgins, 1996；Kahneman, Slovic, & Tversky, 1982；Nisbett & Ross, 1980)。首先，被激活的时间越晚近，被自发地用作范例的可能性就越大。所以，与一段时间以前被激活的范例相比，新近被激活的范例可能对议题理解的影响更大。关于范例被激活的新近度（recency）的思考为许多现象的预示作用（priming）提供了解释（Bargh, 1996；Jo & Berkowitz, 1994)。

其次，被激活的频率（frequency）越高，被自发地用作范例的可能性就越大。

因此，与被激活频率不高的范例相比，被频繁激活的范例对议题理解的影响更大。由于不断被其他新近概念的激活所替代，新近度只能带来范例的易接近性的短期提升；例证的频率却可以对现象的理解产生持久而稳定的影响。对范例的频繁而持续的接触将使这些范例具有长期的易接近性（Bargh，1984；Bargh，Lombardi，& Higgins，1988；Higgins，1996）。这种长期的易接近性（chronic accessibility）十分重要，因为除了那种范例刚刚被激活的情况外①，频率对议题理解的影响可能都会大于新近度的影响。关于范例被激活频率的思考可以解释许多涵化现象（cultivation phenomena）的产生（cf. Gerbner et al.，1986）。毕竟，大部分重要的媒介效果的形成都有赖于受众对大量冗余观念的频繁、持续的接触，（largely redundant concepts），而这些观念中的大部分都属于例证的概念范畴。

现在我们将提出一些与媒介影响相关的预测。在这些预测中，我们将使用媒介效果方面的专业术语。需要特别指出的是，我们将不再使用抽样（sampling）方面的术语，而是采用议题（issues）这一提法，探讨对议题的理解问题。也就是说，议题是由众多而非单个事件来定义的，其中每一个事件都具有范例的作用。

1. 与某个议题的抽象描述相比，一系列具体范例对议题理解的影响更大。这种影响优势会随着时间的推移而增强。

这一预测表明，较之那些也许更可靠、更容易获得的量化的基础性信息，具体情境的展示能产生更大的影响。该预测从假设 1 发展而来，与代表性启发法和可得性启发法有关。同样从假设 1，我们得出了具体情境的范例的影响随着时间推移而增强的预测。也就是说，由于具体事件的记忆保持期长于复杂抽象信息的记忆保持期，随着时间的推移，范例压倒量化信息、从记忆中提取出来并最终对判断产生决定性影响的可能性会变得越来越大。这就是所谓的相对睡眠者效果（relative sleeper effect）（cf. Gruder et al.，1978）。尽管范例和基础性信息的影响都随着时间的推移而减弱，但范例的影响减弱的速度相对较慢，从而产生了这种睡眠者效果。

2. 具体事件的范例②比抽象事件的范例更能影响人们对议题的理解，在具体事件被具象地而非象征性地呈现时尤其如此。这种影响优势会随着时间的推移而增强。

预测 2，包括“具体情境的形象化例证对议题理解的影响更大”在内，是从

---

① 在这种情况下，人们对议题的理解主要受到之前刚刚被激活的范例的影响，亦即新近度的影响暂时胜过频率的影响。——译者注

② 此处及以下论述中的“范例”都是一系列的（a series of）而非单个的。——译者注

假设 1、假设 2 以及可得性启发法发展而来的。图像（imagery）可以被视作一种基本的、偏重具象的再现形式。与其他形式相比，它对信息处理的要求较少，不太需要展开对具体情境的观念性构想（ideation）。

3. 较之对情绪影响不大的事件范例，可以唤起情绪的事件范例更能影响人们对议题的理解。在这些情绪唤起事件被具象地而非象征性地呈现时尤其如此。这种影响优势会随着时间的推移而增强。

这一预测是从假设 2 和可得性启发法推论而来的。

4. 在相关特征上有所差异的事件范例可以促使人们在理解议题时大致准确地再现相关特征的分布比例。

这一预测的基础是假设 3 以及量化启发法。如果所有范例都导向类似的情境，用差别不大的表现特征（presentational features）来吸引注意并促成记忆的保持，那么人们对特征分布情况的理解就有望在时间流逝过程中保持稳定。当对范例的记忆逐渐消退时，对分布情况的记忆应该也会随之减弱。但这种情况很少发生。因此，我们有必要预测一下，随着时间的推移，人们对事件分布情况的理解会发生什么变化。以下两点就是对这种变化的推测。

5. 情绪唤起和非情绪唤起事件的范例可以促使人们在理解议题时高估情绪唤起事件的发生率。高估的程度会随着时间的推移而增加。

这一预测将预测 3 拓展为“对事件组（set）中的某些事件的特征分布情况的理解”，其基础是假设 2、假设 3 以及可得性启发法。

6. 拥有不同特征，能引起不同注意程度的事件范例可以促使人们在理解议题时高估某些事件的发生率，并对它们格外关注。这种高估的程度会随着时间的推移而增加。

预测 5 集中关注的是人们在理解事件子集（subset）的相对发生率（relative incidence）时对范例的情绪反应。预测 6 则将焦距拓展至特定范例可能压倒同组其他范例、吸引更多注意的所有方面。因此，预测 6 适用于因范例的表现特征和受众的兴趣爱好而引起的注意。表现特征涉及多种变量，如呈现的生动程度等。受众的兴趣爱好则包括求知欲和享乐主义的倾向。不论出于何种理由，范例在受众的动机形成方面的重要程度①都可能是激发兴趣的最主要因素。

预测 6 从假设 3 以及可得性启发法发展而来。

---

① 例如，范例的生动程度可能决定了受众想要关注这一范例的程度。——译者注

范例对议题理解的影响

齐尔曼与布罗修斯（Zillmann & Brosius，2000）曾细致地回顾了有关媒介例证，尤其是有关不同例证形式对理解社会议题的影响的研究。我们现在无法将其一一列举，只能介绍其中一些主要的例证策略（exemplification strategies）以及与前文所述的六点预测相关的代表性研究成果。

基础性议题

对那些将基础性信息作为范例的补充或将二者并重的新闻报道的研究都有着高度一致的发现，即受众往往是以范例组（sets）而非抽象的量化信息作为议题评估的基础。

布罗修斯与巴特尔特（Brosius & Bathelt，1994）的研究表明，当受众了解人们对某种特定产品的喜恶，或对各种公民议题持赞成或反对态度时，他们往往会根据范例所显示的支持者的相对频率来判断实际的支持者比例，即便基础性信息已经明确指出了该比例的大小。调查发现，当范例所显示的比例与基础性信息明确指出的比例相矛盾时，受众会完全忽视基础性信息，而以范例作为判断的依据。此时，基础性信息完全不起作用。后来的研究（Brosius，1995）特别强调了基础性信息以期获得受众的注意。即便如此还是没有用，受众仍然根据范例而非基础性信息来判断事件的发生率。

这在吉布森与齐尔曼（Gibson & Zillmann，1994），齐尔曼、吉布森、孙达尔与珀金斯（Zillmann，Gibson，Sundar，& Perkins，1996），以及齐尔曼、珀金斯与孙达尔的研究（Zillmann，Perkins，& Sundar，1992）中得到了进一步的证实。这些调查提供了或精确（例如，用一个比率表示）或模糊（例如，用“大多数人”等比较性的词语）的基础性信息。但不论采取何种表达方式，基础性信息的影响都显得微不足道，受众仍然根据范例的相对频率来理解议题。

这些研究成果有力地支持了预测 1 的前半部分。但预测 1 的后半部分，即范例的优势影响随着时间推移而增强，在上述所有研究中都没能得到证实。相反，例证效果并没有随着时间的推移而发生变化。研究发现，在受众接触新闻报道后一至两周内出现了延迟效果（delayed effect）。这意味着基础性信息从来就没有得到似乎应该得到的重视。因此，范例一旦被受众接触，立刻就会产生压倒性的影响，但这种影响优势并不随时间的推移而增强。

然而，就此下结论说基础性信息无关紧要可能还为时过早。例如，克鲁帕特、史密斯、利奇与杰克逊（Krupat, Smith, Leach, & Jackson, 1997）对有关购买决策（尤其是选购汽车时）的报道进行考察后发现，可靠的量化信息对受众产生了重要影响，而与之竞争的范例则似乎成了无关紧要的逸闻趣事。在这类条件下，抽象的量化信息对判断发挥着支配性影响。

因此，基础性信息可能具有某种情报效用（informational utility）（cf. Zillmann, 2000），能吸引人们的注意，获得谨慎的处理，并最终影响人们的判断。理论上，与个人目前面临的或将来可能面临的困境或机遇相关的信息具有此类效用，有用程度的增加受到以下因素的影响：（a）个人所感觉到的威胁或诱因（incentives）的强度，（b）这些威胁或诱因实现的可能性，以及（c）这些威胁或诱因在时间上的接近性（proximity）。既有研究成果表明，在涉及购买决策时，基础性信息的情报效用非常明显，而在涉及新闻报道中的其他多数议题时，该效用会相对减弱。

范例分布的效果

研究者持续考察了随相关特征的变化而改变的范例分布的效果。在这些研究中，一些范例支持某一特定议题，而其他范例不支持该议题。

例如，布罗修斯与巴特尔特（Brosius & Bathelt, 1994）考察了人们对当地生产的葡萄酒质量的相关舆论的理解。他们在一则广播节目中引用了对立场不一的饮酒者的系列采访。访谈分别呈现了否定与肯定评价的不同比例，从无否定评价、4 人肯定评价，到中间比例（即 1 人否定 3 人肯定、2 人否定 2 人肯定、3 人否定 1 人肯定），最后到 4 人否定评价、无肯定评价。此外，采访者还提供了与范例所显示的分布情况一致或不一致的舆论调查数据。研究结果表明，范例所显示的分布情况是受调查者判断公众对该葡萄酒的好恶的依据，即便在这些情况与调查数据矛盾时也是如此。图 2.1 反映了这一实验结果。

达斯曼（Daschmann, 1999）对政治传播领域的调查，也得出了基本相同的结果。该调查同样对纸媒新闻中的选民访谈的分布情况进行了操控（例如，支持候选人 A 的选民与支持候选人 B 的选民的比例），也间或补充了与采访比例一致或不一致的关于近期选举的调查数据。受调查者对选举的估计再次呈现出与新闻报道所提供的范例分布而非基础性信息之间的相关关系。

齐尔曼等人在另一针对纸媒新闻的研究中（Zillmann et al., 1992），对节食者访谈的分布情况进行了操控（例如，减肥成功者与减肥失败者的比例）。研究发现，人们对体重控制效果的理解也与新闻报道所提供的范例分布一致（例如，9:0，6:3，3:6），基础性信息的作用再次被证明是微不足道的。

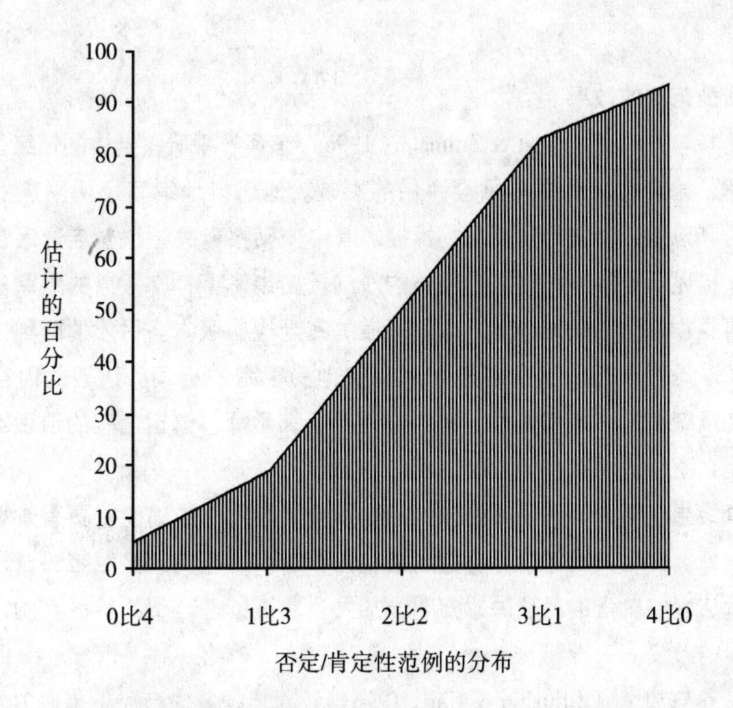

图 2.1 “对本地产葡萄酒的公众评价的理解”与“关于四位饮酒者对该葡萄酒的好恶的广播访谈”之间的相关关系。喜欢者与不喜欢者之间的比例从 0:4 逐渐变化到 4:0。图中阴影部分表示受调查者所估计的喜欢该酒的饮酒者的比例。尽管访谈提到在一项调查中只有少数饮酒者表示喜欢该酒，但这一事实并没有影响到范例所显示的比例与受调查者的估计值之间的高度一致（From *Exemplification in communication*（p. 71），by D. Zillmann and H.-B. Brosius，2000，Mahwah，NJ：Lawrence Erlbaum Associates. Copyright 2000 by Lawrence Erlbaum Associates. Adapted with permission）。

此外，齐尔曼等人（Zillmann et al.，1996）也对有关家庭农场经营的纸媒新闻的范例分布效果进行了考察。他们有意控制了访谈中成功富有的农场主与贫穷甚至可能破产的农场主的比例，并提供了相关的基础性信息。研究再次发现，受调查者是根据范例分布情况而非抽象的基础性信息来理解和评估经营农场的经济前景的。

总体来说，这些调查研究的发现都相当有力的支持了预测 1 与预测 4，并与预测 4 的基础——假设 3 明显一致。具体而言，范例分布信息的接收者会明确评估具有某些特征的范例的相对发生率，并将这种量化信息保存到记忆中。人类固有的对频率的敏感性是与量化启发法（quantification heuristic）相吻合的，在范例分布效果持续的一到两周内，这种敏感性的作用较为明显。

情绪型范例的效果

奥斯特与齐尔曼（Aust & Zillmann, 1996）考察了视听报道中的情绪型范例对议题理解，尤其是对危机与风险评估的影响。他们特地编写了两则广播新闻报道，并对其范例分布进行了类似的操控。其中一则报道关注快餐店遭遇食物中毒的风险，描述了一起有不同人群受害的沙门氏菌中毒事件，报道的焦点被放在了一对中毒身亡的退休夫妇身上。这是报道的完全控制版本。另外的两种报道版本则加入了对退休夫妇的女儿的采访以及其他受害者的证词。访谈的内容完全相同，但在情绪上做了差别处理，有的谈话听起来平静、镇定，有的谈话听起来非常情绪化，不时被哽咽和哭泣所打断。

调查结果表明，与非情绪型范例相比，情绪型范例的确能够更有效地传递出威胁的信息。在这一案例中，与控制组相比，情绪型范例的接触者对自己与他人发生快餐店食物中毒的风险的感知明显加强，非情绪型范例的接触者则没有发生这样明显的改变。

齐尔曼与加恩（Zillmann & Gan, 1996）还对电视健康节目中传递危险信息的视觉范例的影响进行了调研。该节目试图告知日光浴者患皮肤癌的危险。它首先指出沙滩爱好者的过度曝晒的习惯，然后提供皮肤科医生对恶性皮肤瘤（melanoma）病因和发病率的说明，最后总陈恶性皮肤瘤的危害并呼吁人们使用防晒液以最大限度地降低患病风险。节目原先使用的是对恶性皮肤瘤进行净化处理后的图像（例如仅显示硬币大小的患处）。后来，这些镜头被患处遍布整个手臂和肩膀的更生动、更触目惊心、更能引发情绪反应的图像所取代。

该节目被穿插在一些对看似无关的健康行为，如抽烟、酗酒、性生活过度等的调查中。在刚收看节目后不久或看过两周后，受调查者都相信自己与他人可能因过度日光浴患上皮肤癌，并愿意使用防晒液来保护皮肤。图 2. 2 总结了该项研究的结果。它表明，在刚收看节目后不久，那些威胁性图像所产生的影响与净化处理图像的影响并没有明显差别。可能是讯息整体减轻了因恐怖的皮肤瘤图像而引起的担忧。但随着时间的推移，威胁性图像显示了它的威力，由它引起的忧虑开始增强或继续维持不变，而净化处理图像所引起的忧虑则明显减退了。更明确地说，采用净化图像的节目的影响会随时间的推移而减弱；而采用更生动、更具威胁性图像的节目的影响则会维持不变甚至呈现进一步增强的态势。

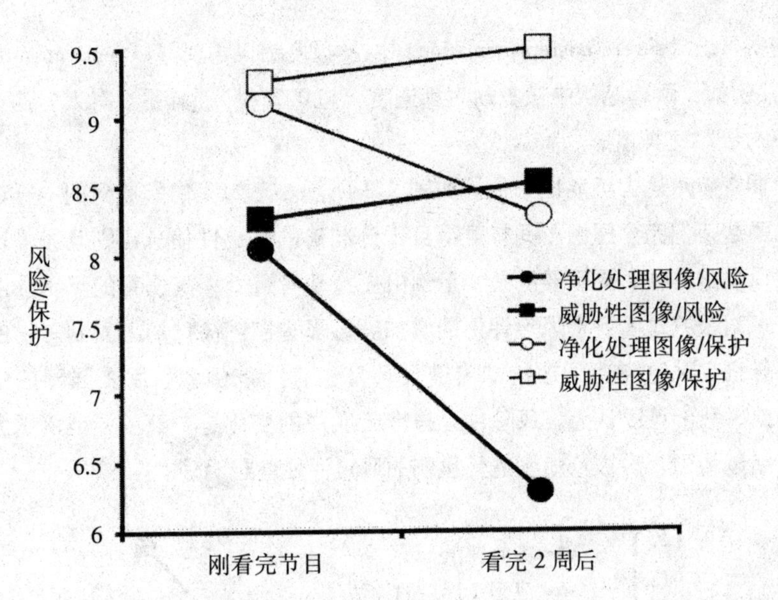

图 2.2 “因过度日光浴患上皮肤癌的风险和对防范措施的接受”与“对含有净化处理过的或恐怖、威胁性的肿瘤图像的健康电视节目的收看”之间的相关关系。效果出现在刚收看电视节目后不久或者看完两周后。图中分岔的斜线表明了相对睡眠者效果的存在。具体而言，随着时间的推进，威胁性图像的影响保持稳定，净化处理图像的影响则明显减弱。（From *Exemplification in communication*（p. 102），by D. Zillmann and H.-B. Brosius，2000，Mahwah，NJ：Lawrence Eribaum Associates. Copyright 2000 by Lawrence Eribaum Associates. Adapted with permission.）

在一项研究中，吉布森与齐尔曼（Gibson & Zillmann，1994）用生动的语言描述取代了视觉形象以激发情绪反应。他们编写了一篇关于汽车抢劫犯罪的新闻杂志报道并对其内容进行了操控。所有的报道版本都提供了基础性信息以及两起汽车抢劫的范例。部分版本的基础性信息是汽车抢劫中不同受伤程度的百分比，如引用一项调查的结果，称 75% 的汽车抢劫不涉及对被抢劫者的人身伤害，21% 的被抢劫者在逃脱时只受了诸如擦伤等的轻伤，3.8% 的被抢劫者遭到诸如骨折或大裂伤（major lacerations）等严重的身体伤害，只有非常少的被抢劫者（0.2%）遇害身亡；部分版本的基础性信息是一种比较性的描述，如使用“大多数”“一些”“只有少数”“几乎没有人”这类模糊的词语来描述汽车抢劫中的受伤程度。两起范例则详细描述了前面四类受伤情况中的一种。为了了解受调查者对汽车抢劫中遇害风险的感知，研究者对这两起范例的分布情况进行了操控，分别呈现了最小限度的错误再现（minimal misrepresentation）（例如，两起范例中的被抢劫者都没有受伤，与 75% 和“大多数”极吻合），轻度错误再现（minor misrepresentation），严重错误再现（severe misrepresentation）以及极度错误再现（extreme misrepresentation）（例如，两起范例中被抢劫者都遇害，与0.2%和“几乎没有人”遇害的信息极不吻合）几类情形。

受调查者对遇害可能性的估计如图2.3所示。正如我们所看到的一样，报道提供的两起范例完全压倒了同样可得且十分准确的基础性信息，影响了受调查者对遇害风险的估计。更重要的是，范例中被抢劫者遭受人身伤害的严重程度的增加会带来对被抢劫者死亡风险评估的增加。与那些描述被抢劫者受到轻伤的范例相比，详细生动地描述了被抢劫者遭受严重伤害的范例会引发更强烈的情绪反应。因此，我们可以认为，风险估计与情绪反应的变化是一致的，范例所激发的不安情绪越强烈，对被抢劫者遭受重伤的风险评估就越明确。

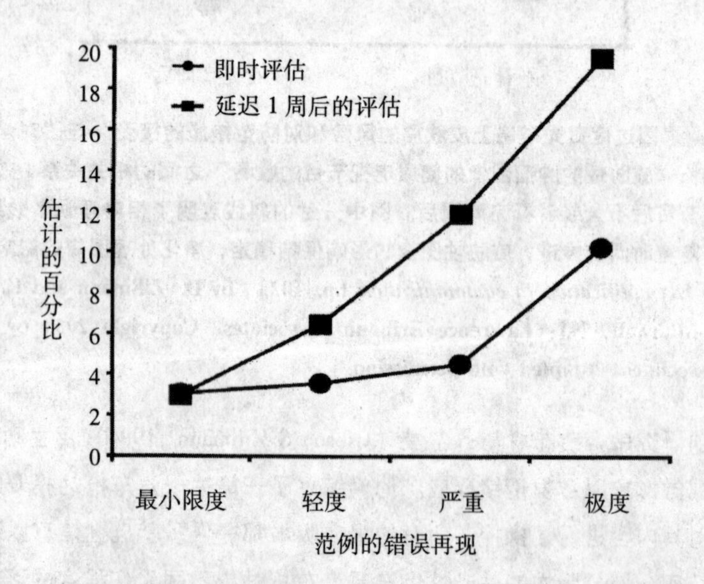

图2.3 “对汽车抢劫案中遇害的相对频率的感知”与“新闻报道中范例的使用”之间的相关关系。在“极度”错误再现的情况下，报道很少细致描述被抢劫者遇害的情况。越接近错误再现的“最小限度”，报道中所描述的被抢劫者受到的人身伤害越小，但发生频率更高，更具典型性。即使与抽象信息显示的情况相反，范例中被抢劫者受伤程度的增加还是会导致对遇害风险估计的增加。两类信息的不同影响在接触报道后不久就会出现。在一周后，该差别变得更加显著。两条斜线的分岔表明，错误例证会造成议题理解的睡眠者效果（an absolute sleeper effect）（From Exemplification in communication [p. 92], by D. Zillmann and H.-B. Brosius, 2000, Mahwah, NJ: Lawrence Eribaum Associates. Copyright 2000 by Lawrence Eribaum Associates. Adapted with permission）。

该调查最重要的发现在于风险感知的时间性变化。在刚阅读完报道时，不适当的例证确实导致了受调查者对汽车抢劫案中遇害风险的错误评估。随着时间的推移，这种评估变得更为极端。事实上，图 2.3 中明显岔开的两条线表明，对遇害风险的过高估计会随着错误再现程度以及由此产生的不安情绪的增加而增加。

总体而论，既有研究均证明了情绪激发范例在议题理解方面的效果，尤其是它的延迟性效果，从而有力地支持了预测 3 及其基础——假设 2、代表性启发法以及可得性启发法。也正如我们所预测的一样，情绪体验可以创造信息编码的优势条件，促成记忆的保持，提升信息的可接近性，进而导向媒介效果，尤其是延迟性效果的产生。

强化注意的效果

吉布森和齐尔曼（Gibson & Zillmann, 1993, 1998）考察了在人们集中关注纸媒新闻提供的系列范例中的特定范例时议题理解活动所受到的影响。在调查中他们发现，个人化的报道语气会使受调查者更加重视进而更细致地处理一系列范例中的某些特定范例。让受调查者发表个人意见，直接引用他们的话，也会吸引他们的更多注意。在该项研究中，控制组的话是被转述并以第三人报告的方式呈现的。

1998 年的这一实验提供了一篇文章，就经营农场的经济前景问题采访了一些或者贫困或者富有的农民。其中一个版本在直接引用贫困农民对自己困境的介绍的同时转述了富有农民成功经营农场的经验。对照的版本则在直接引用富有农民对自己成功经验的介绍的同时转述了贫困农民对自身困境的描述。

实验结果地清楚表明，当直接引用贫穷农民的话时，农场赔钱和破产的发生率被高估；当直接引用富有农民的话时，农场赚钱的发生率被高估。当被例证的条件吸引了更多注意时，它们就会被高估。

这些研究结果清楚地支持了以假设 3 和代表性启发法为基础的预测 6 的前半部分。目前还无法证实预测 6 的后半部分，即效果随时间推移发生改变，因为该项研究未能评估范例的延迟效果。

结论

毫无疑问，媒介影响的例证理论积累了相当多的有力证据。与前文所列举的研究可能造成的印象相反，例证理论及其相关研究并不局限于新闻报道领域。媒介娱乐节目的例证效果也得到了很多研究者的关注，其研究结果同样为例证理论提供了证据（cf. Zillmann & Brosius, 2000；Zillmann & Vorderer, 2000）。因此，我们可以把例证理论看做一种涵盖广泛的媒介影响理论。

例证研究发展迅速，但例证理论的许多方面仍未得到检验。例如，预测 2 和预测 5 直到今天也没能得到充分的验证。其他预测也只是被部分地验证。此外，有些证据只适用于媒介影响的特定领域，有待展开进一步的论证以填补现有的空白，连接媒介影响的各个不同方面。

对具体例证形式的纵向影响（the projected longitudinal influence）的细致研究显得尤为重要。目前对长期影响（overtime consequences）的论证还局限在一两周之内。在这种相对较短的时期内，许多效果尤其是图像信息与文字信息的对比效果还显示不出来。图像信息压倒文字信息进而影响议题理解（如果不是支配议题理解的话）所需要的时间可能会是月或者年。在一个信息传输的数字化革命已经为个人影响和公民关系的日渐模拟化、视像化再现奠定了基础的时代里，对上述可能性的检验显得十分迫切。

与电视共同成长：涵化过程

乔治·格伯纳

■ 宾夕法尼亚大学安嫩伯格传播学院（Annenberg School of Communications, University of Pennsylvania）

拉里·格罗斯

■ 宾夕法尼亚大学（University of Pennsylvania）

迈克尔·摩根

■ 马塞诸塞大学阿默斯特分校（University of Massachusetts-Amherst）

南希·西格诺里

■ 特拉华大学（University of Delaware）

詹姆斯·沙纳汉

■ 康奈尔大学（Cornell University）

电视成为范围空前广泛的人们获取图像与讯息的共同来源。它构成了我们共同的符号环境的主流，我们的孩子降生在这个符号环境中，我们所有的人也生活在其中。尽管似乎每周都会涌现新型的媒介，但电视中的集体仪式（mass ritual）却丝毫没有衰减的迹象，它的影响也日益全球化。

我们的研究项目，文化指标（cultural indicator），是设计用来研究电视政策、节目编排及其影响的。开始于1967年的文化指标研究，跟踪着电视黄金时段和周末日间的戏剧性内容（dramatic content）的主要趋向，并探究成长和生活在一个由电视主导的文化环境中的后果。该项目已累积了一个大型的数据库，我们已拿它用来制定并改进了我们称之为涵化分析（cultivation analysis）的理论方法和研究思路，在其中涵化分析特别关注电视对观众的社会现实观的影响。在本章中，我们概述并总结了美国以及全球范围内的有关涵化过程的理论动态。本章更新并扩充了这本书早期版本中的材料（Gerbner, Gross, Morgan, & Signorielli, 1986, 1994; for more detailed treatments, see Signorielli & Morgan, 1990; Shanahan & Morgan, 1999）。

社会中的电视

电视是一个集中化的叙事（storytelling）系统。它所播放的电视剧、商业广告、新闻以及其他类型的节目，为每个家庭带来了比较连贯一致的图像与讯息系统。该系统从婴儿期开始就培养人们的性情与偏好，而性情与偏好过去往往是从其他的“主要”源头（primary sources）习得的，而且，人们也很看重其他类型的媒介对于性情与偏好的影响。

电视跨越了历史上那些因识字能力和易变性而导致的沟通障碍，业已成为各类异质群体社会化和每日信息（通常隐藏于娱乐的形式中）的首要的共同来源。我们已到了一个前所未有的关头，此刻电视几乎把每个人都引领进了一种共有的民族文化中。自工业化前的宗教（preindustrial religion）以来，也许是电视才首次提供一种精英们和其他公众都能共享的日常仪式。如同宗教一样，电视的社会功能倚赖于故事（神话、“事实”、经验等）的持续性重复，而这些故事又是为界定世界以及使一种特定的社会秩序合法化服务的。

电视不同于早期媒介之处首先在于，它总是集中化地大批量生产一整套连贯的图像与讯息，并把它们提供给规模庞大而又各式各样的群体，同时，它被大多数的观众以一种近乎不加选择的、仪式主义的（ritualistic）方式来使用。那些看上去是为差异很大的细分市场而设计的节目实际上是按同一种模式（mold）来录制的；当表层的差异被剔除后，所存留的东西通常都惊人地相似——它们都是关于生活与社会的相辅相成的景象，都有贯穿一致的思想体系，都有对生活“现状”的固定描述。与其说我们接触的是特定类型的节目，倒不如说我们接触的是整体的节目模式，而这一点正好解释了与电视共同生活所带来的历史性的独特后果：电视在多样化的公众间培养了共同的现实观。

之所以要这样说，我们并不是要贬低以下因素的重要性程度：特定节目、选择性注意与选择性理解、定向传播、个人差异和群体差异，我们也不会忽略有关态度与行为改变的研究。但如果我们把主要的注意力投放在传统媒介效果研究的一些话题和术语上，就可能忽略电视作为我们时代共同的“说书人”（storyteller）这一独特而重大的角色特征。

较之于其他媒介而言，电视为各利益方和各类公众所提供的选择空间相当有限。尽管为更窄区位（niche）的受众服务的有线电视和卫星频道在不断扩张，但大多数电视节目还是按照商业需要来谋划的，它们被数量庞大而又不同类别的观众以一种近乎不加选择的方式来收看。此外，观众的收视量取决于他们的生活方式。观众通常是那些在一天、一周或一个季度的某个时段里有空的人。收看电视的决定与其说是依赖于节目编排，还不如说是依赖于节目播放时间。当大多数观众有时间看电视时，可供选择的节目数量和多样性却是受限制的，因为许多为同样大范围的观众所设计的节目在基本构成和诉求方面趋于相似（Signorielli，1986）。

在典型的美国家庭里，电视机一天里大约使用 7 小时。人们收看得越多，他们的选择性就越小（Sun，1989）。电视里经常反复播放各种编排类型的特别节目，并且对那些常规观众来说是无可逃避的（Signorielli，1986）。那些把调查结果建立在观众的新闻收视或观众对动作片等的偏好基础之上的研究人员忽略了这样一个事实：那些更多地收看新闻和动作片的人中的大多数也会更多地收看各种类型的节目，况且，无论如何，包括新闻在内的多种不同类型的节目都有着相似的显要特征——讲故事。

因此，最易于形成对社会现实的稳固的共识的手段，是节目编排的整体模式，而整个社会就这样长期而有规律地接触着这种编排模式。它是有关背景设置、演员挑选、社会类型塑造、情节安排及相应结局的模式，并且这个模式涵盖了所有的节目类型和收看方式，还界定了电视世界。观众出生于这种符号世界中，就不可避免地会接触这个世界里反复出现的各种模式，还往往是一天接触好多次。这并不是要宣称任何单个的节目、任何节目类型、任何频道（比方说，家庭节目、脱口秀、体育联播网、烹饪频道、新闻频道、暴力电影等）都不可能有某一方面的相当“影响”，而是从总体而言强调，我们所称的“涵化分析”所要集中关注的是长期接触整个讯息系统的后果。

文化指标

文化指标项目是以历史研究为基础、以理论为指导、以经验实证为依托的（Gerbner，1969，1970，1972a）。虽然大多数早期的研究集中关注于电视暴力的性质和功能，但该项目从一开始就涵盖广泛。电视世界中的暴力被认为主要是权力的一种证明，有着社会控制和使少数派地位得以确认并永久化的重大含义（Gerbner，Gross，Signorielli，Morgan，& Jackson-Beeck，1979；Morgan，1983）。随着项目的进展，它开始涉及更广泛范围的话题、争端和关注点（Gerbner & Gross，1976）。我们从以下方面考察了电视收视行为对观众的观念和行为的影响程度：对于性别、少数族群和年龄角色的刻板印象、健康、科学、家庭、教育成就与目标、政治、宗教、环境和大量的其他话题，它们中的大多数已经在各种不同的跨文化比较研究中被检验过了。①

文化指标研究法涉及一项有着三种倾向的研究策略（For a more detailed description see Gerbner, 1973）。第一种倾向被称为“制度化流程分析”（institutional process analysis），是设计用来调查政策的形成及其系统化的，正是那些政策支配着大量媒介讯息的流向（For some examples see Gerbner, 1972b, 1988）。与我们现在所关注的课题更为直接相关的是另外两种倾向，我们称之为“讯息系统分析”（message system analysis）和“涵化分析”（cultivation analysis）。

讯息系统分析包含了对每年为期一周的电视网播放的电视剧样本的系统性审查，以便可靠地描绘出电视呈现给观众的世界所特有的特征和趋势。这项分析开始于1967年，在各项资助下得以持续至今。② 近几年里，有线节目以及另外的节目类型也被添加进这项分析的行列中。我们认为，常见的节目样式涵盖了电视所要培养的潜在经验，它们见诸于许多不同类型的节目，但节目编排在整体上有着鲜明的系统性特征。

在涵化分析里，我们仔细考察了不同程度地接触电视世界的人对有关社会现实方面的问题所给出的回答。我们想判定那些花费了更多时间在电视上的人，是否比那些更少看电视但（在重要的人口统计学特征方面）适合与重度观众（heavy viewer）做比较的人，更可能按照与电视世界（“电视答案”）里的潜在经验相符合的方式来理解社会现实。

我们使用了“涵化”（cultivation）这个概念来描述电视收视行为对观众的社会现实观所具有的独特影响。涵化分析的总体假设是，那些花费了更多时间“生活”在电视世界中的人更可能以电视镜头里所呈现的形象、价值观、描述、思想体系等来看待“现实世界”（real world）。“涵化差异”（cultivation differential）是指具有同一人口统计学特征的子群组中的轻度观众（light viewer）和重度观众在现实观上的差异幅度。它表明了电视收视行为在与其他因素或过程的交互作用下

---

① 开始于1967年至1968年间的文化指标研究项目起初是为暴力起因与防范全国委员会（National Commission on the Causes and Prevention of Violence）服务的。它在以下机构的资助下得以持续进行：电视与社会行为全美首席医师科学咨询委员会、国家心理健康研究中心、白宫电信政策办公室、美国医学会、美国老龄事务管理局、全国科学基金会、W. Alton Jones 基金会、国际研究与交流理事会、埃默里大学卡特中心、日本 Hoso-Bunka 基金会、芬兰广播公司、匈牙利舆论研究会、国立莫斯科大学、苏联国家舆论研究中心、Robert Wood Johnson 基金会、美国演员工会，以及康奈尔大学、宾夕法尼亚大学、马塞诸塞大学和特拉华大学等。

② 最近的样本出自2000年11月。迄今为止，讯息系统数据库已积累了大量详尽地符码化了的观察资料，其中包括46000个以上的主要人物与次要人物和2400种以上的节目。特拉华大学创建了一个起始时间为1993年的补充性数据库，它包括了1200种节目和4600个主要人物和辅助人物的观察资料。

对某种观点或信念造成的差异。近期的研究证实了不同变量间和不同群体间的这种涵化差异的稳固性，而建立在多项研究基础上的理论所预测的趋势也显示了相当的一致性（Shanahan & Morgan，1999）。

从“效果”研究到“涵化”研究的转向

有关电视社会影响的大部分科学调查（和绝大多数的公开论文）采用了市场营销学研究和劝服研究的理论模式和方法程序。大量的时间、精力和金钱被投入到了旨在改变人们的态度与行为的研究计划中。尽管如此，作为短期里个体态度与行为改变的“效果”的概念化（conceptualization）在总体上并没能导致相应的研究，这样的研究应有助于我们理解我们先前所提到的电视的显著特征。这些特征包括：规模庞大而成分复杂的公众以大批量、长时期、惯常性的方式接触集中生产、批量分发、反复播放的叙事体系。但研究传统和思想体系上的抑制力都倾向于抵制“涵化论”（cultivation perspective）。

传统的效果研究是建立在对特定的信息、教育、政治、营销等方面的研究结果进行评估的基础之上的。这种评估选取了选择性接触和事前/事后可供测量的差别这样两个角度，是在那些接触了某类信息的人与那些并未接触此类信息的人之间进行的。涉足此项研究传统的学者们之所以很难接受涵化分析，是因为涵化分析强调观众在整体上浸淫于电视世界中，而淡化观众的选择性收看行为；是因为涵化分析注重各种观点所固有的相似性的扩散，而漠视仍然留存的那些能够导致文化差别与文化变迁的各种源头。

同样，我们仍然沉浸在印刷文化的思想体系里，仍然陶醉于印刷文化所带来的自由、多样性以及积极参选的完美理想中。这种理想也假定，信息和娱乐的生产及选择的出发点是社会存在着不同的竞争性的和冲突性的利益。这就是很多人之所以抵制涵化分析的原因：涵化分析着重强调“被动”的观众的存在，而且这种强调还意味着真正的公众的解体。他们把这视作涵化理论和近期对大众传播接收模式的研究之间的重大区别（see McQuail，2000）。从接收模式的观点来看，下面的辩解似乎合乎逻辑：其他环境因素确实介入了涵化过程，并可能中和涵化过程，观众的确是在有选择地收看电视，节目选择本身也是有区别的，而且观众如何从文本中构建意义远比观众的收视量多少重要。

我们无意于对这些论点提出质疑。人们也广泛确立了对媒介化文本（mediated text）的多义性（polysemy）的认识。然而，从涵化论的观点来看，尽管受众与媒介文本（media text）的互动会产生相当程度的多样性与复杂性，但是这种情形并不能否认另一种事实，那就是大量的媒介产品（media output）中也会存在重大的共通性与一致性。涵化论在探究这些共通性时并不否认确实存在着差异性；同样，对差异性的检验也不必（按理说也不可能）否认在一种文化中共同意义（shared meaning）存在的可能性。

多义性并不是没有限制的，而且偏好性解读（preferred reading）也有着巨大的影响力。只美化和突出多义性的事实，就有可能使文本中显明存在的影响力所剩无几——也使文化显得软弱无力。同样，如果我们把重点集中在个体差异和即时性变化上，就无法应对电视给研究策略和传统的民主政体理论带来的重大历史性挑战。这个挑战表现在电视会将不同的观念和态度融入一个稳定的、共同的主流中去。因此，尽管作为个体的观众在“解读”任何特定的电视节目时必然会有所不同（而且有实质性的不同），但涵化研究并不过问他们如何看待电视文本（television text），更不用说过问个体文本（individual text）了。与此相反，涵化研究考虑的是长时期地接触大量讯息而产生的后果。涵化过程是在观众与讯息的互动中发生的；无论讯息还是观众都不是万能的（all-powerful）。在某种意义上，涵化研究考虑的是“主要文本”（master text），它是由所有特定的个体差异和特定节目类型间的差异相互抵消后存留下来且持久不衰的核心部分所组成的。

因此，涵化研究并不把电视对人们社会现实观的影响视作为一个单向的、坚如磐石的“推动”过程。无处不在的媒介在符号环境的构建方面的影响是难以察觉和难于解释的，它还常和其他的影响混杂在一起。而且，“哪种影响摆在第一位”这个问题，还有“积极的”受众与“被动的”受众这种臆想式的二分法，既容易把研究引入歧途，又无关宏旨（see Shanahan & Morgan, 1999）。人们出生在一个以电视为主体的符号环境中，收看电视规定了并成为生活方式和态度的一个稳定的部分。许多有着某一社会心理特性、人格倾向、世界观的人，以及那些选择面较窄的人，都使用电视作为他们文化参与（cultural participation）的主要媒介。电视在相当程度上主导了那些人娱乐与信息的来源，让人们持续地接触它的讯息，就有可能按它自身的方式来重复、巩固、孕育——培养观众的价值观和观点（see Gerbner, 1990; Morgan & Signorielli, 1990）。

问题的要点在于，涵化过程并不被认为是单向性的（unidirectional），它更像是一个万有引力（gravitational）过程。“引力”（pull）的角度和方向取决于不同群体的观众以及他们的生活方式与万有引力的方向——电视世界里主流的方向——的交汇点。每个群体都可能被拽向一个不同的方向，但是所有的群体都受到同一“中心力流”（central current）的影响。因此，涵化过程是在讯息、观众与环境三者之间的一个持续的、运动的、发展中的互动过程。

涵化分析的方法

涵化分析是在讯息系统分析的基础上起步的，它辨识出了最具周期性、稳固性和统摄性的电视内容模式。这种内容模式包括连贯一致的图像、描述和价值观，它们贯穿在绝大多数的节目类型中，而且对常规观众（尤其是重度观众）来说几乎是无可逃避的。这些集合性讯息是作为一个系统嵌入电视中的，而不体现在具体的节目、类型、频道或流派中。

在现实世界与“电视里所描述的世界”之间存在着许多重大差异。从对电视讯息系统的系统性分析中得出的调查结果常被用来设计问题，即人们收看电视是否就会具有社会现实观方面的潜在“经验”（lessons）。其中的一部分问题是半心理投射式的（semiprojective），一部分运用了强制性选择（forced-choice）或强制性判错（forced-error）的问题格式，其他部分的问题则只是简单地估量一下受访者的信仰、主张、态度或行为。（无人过问受访者对电视本身的看法或对任一特定节目或特定讯息的看法。）

这些问题运用了调查法（survey methodology）的标准手段，是用来统计有关成年人、青少年或儿童的（全国随机性的、地区性的、便利性的）样本的。只要大范围的全国性调查（例如全国舆论研究中心所进行的综合社会调查［General Social Survey，GSS］）中包含有与电视世界的潜在“经验”相关的问题，并且受访者的收视数据又是能得到的，研究人员就会经常地对这些全国性的调查结果进行次级资料分析（secondary analysis）。

研究人员通常通过询问受访者在“平常的一天“（average day）里观看电视的时间长度来评估电视收看行为。手头可用的多元测试手段都已经用到了。因为要求测试收视量的手段能提供相对（而非绝对）指标，所以构成“轻度”“中度”“重度”收视水平的决定指标建立在逐个样本分析的基础之上，它甚至尽可能严密地把每天看电视的时间按三种方式来划分。重要的，不是确切的或具体的观看时间长度，而是在观看层次上有明显的比较性差别。每个受访者样本中的重度观众成为检验涵化分析的研究母体。① “轻度”“中度”“重度”观众群体（在总体

---

① 在所有这些分析中，我们使用了大量的人口统计学方面的变量作为对照标准。这些变量既可单独运用也可同时运用。它们包括性别、年龄、种族、教育、收入和个人政治倾向（自由主义的、温和的、保守主义的）等。只要条件适用，我们也会运用其他的对照标准，如城乡居留状况、报刊阅读水平和政党隶属关系等。

上或在子群组层面上）的这种简约形式对于我们分析和阐释涵化关系的总体性质是很有帮助的。同时，在上述分析后还通常紧跟着使用了延续性数据的更为严格的多变量分析（multivariate analysis）。

就绝对规模而言，能观察到的涵化分析的证据是适中的。即使“轻度”观众也可能在一天里收看好几个小时的电视，并且和重度观众生活在同样的总体文化中。对轻度观众与重度观众之间一直存在细微而广泛的差别这种情形的发现则可能有着意义深远的影响。对搞了20多年的数百项涵化研究（使用了整合分析的统计手段，Shanahan & Morgan，1999）所进行的全面而系统的再验证表明：如果用皮尔逊相关系数（Pearson correlation coefficient）这种公制单位来衡量，涵化关系（cultivation relationship）所特有的强度值达到了0.10左右。

即使被一些批评家轻视为“弱小效果”的因素也可能有着重大的影响。要造成冰河纪或全球变暖，只需在平常温度基础上略有数度的改变即可。2000年美国总统选举就险些因微弱比例的选票差额而陷入极度混乱。在范围广泛而不常变化的领域里，哪怕是5%到10%幅度内的差额（我们的“涵化差异”就是这样一个典型），通常就意味着压倒性多数票，意味着市场的接管，或是意味着一场流行病。在几近均衡的选择、选票或其他的决断面前，正是这个领先幅度最终成为同意或反对的决定性因素。仅一个百分点的收视率差额就值好几百万美元的广告收入——媒体机构对这一点再心知肚明不过了。因此，在共同观点的涵化方面，哪怕只发生细微而广泛的（比如代际间的）转变，都会改变文化气候（cultural climate），都会打破社会决策和政治决策上的平衡。

主流化

大多数的现代文化是由多种不同的潮流构成的，但它们处于一个包含态度、信仰、价值、习俗等的主导性结构的背景之下。这个主导性潮流绝不仅仅是所有的交叉流（crosscurrent）与支流（subcurrent）的汇合。相反，它指的是最具一般性、功能性、稳定性的主流（mainstream），它体现了我们的共同意义与共同假设的最主要的方面。正是它从根本上规定了所有其他的交叉流和支流，这其中还包括威廉斯（Williams，1977）所称的“遗存的和新兴的流派”（residual and emergent strain）。电视在我们的社会中所扮演的中心角色使它成为我们文化主流的首要渠道。

长期接触电视世界的习惯易于培养人们的世界观与价值观，而主流则可被看做这些世界观与价值观之间相对的共通性。“主流化”（mainstreaming）的意思是，长时间收看电视会使人们缩小或无视观点和行为上的差异，而这些差异通常是由其他因素或影响导致的。换句话说，不同群组的观众的反馈中所显露的差异，以及通常与这些群组中各不相同的文化、社会与政治特征相关联的差异，在同是这个群组的重度观众的反馈中却消失了。比方说，地区差别、政治上的意识形态差别以及社会经济差别对重度观众的态度和信仰的影响要小得多（Gerbner, Gross, Morgan, & Signorielli, 1980；Morgan, 1986）。

作为一个过程，"主流化"体现了对"电视培养了人们的共同观点"这一论断的理论完善和经验层面的验证。它体现了一种相对同质化（homogenization）的趋向，体现了对各种观点歧异性进行削弱的过程。它表明各种不同的观点在电视世界的统摄性（overarching）模式中最终会趋于一致。由于前后相继的各代人、各群人都被电视中的世界观所濡化（enculture），以前那种传统的类别区分（曾因印刷媒介造成的多样性而一度盛行）变得模糊不清了。通过主流化过程，电视已变成美国人民的——进而是全球其他国家的人民的——名副其实的"熔炉"（melting pot）。

涵化分析的调查结果

符号化现实与可独立观察到的（"客观的"）现实之间的明显的歧义便于我们进行随机测试，即电视对"有关事实"的看法在多大程度上被囊括或被吸纳进重度观众所认为理所当然的世界中去了。比方说，在一项早期研究中，我们发现电视剧倾向于抑制性表现（underrepresent）老年人。尽管那些65岁以上的人在美国人口中的比例迅即增长，重度观众仍可能会觉得老年人属于"消逝中的人群"——也就是说，"与20年前相比"，他们的人数更少了，他们的健康状况更恶劣了，他们的寿命也不长——而事实却截然相反（Gerbner, Gross, Signorielli, & Morgan, 1980）。

另一个例子考察的是电视中的人物（与我们其他的人相比）遭遇暴力的可能性大小。30多年的讯息系统分析结果显示，每周会有一半或一半以上的电视人物被牵扯进暴力行为中。尽管联邦调查局的统计数据有着明显的局限性，但它们的数据仍表明，在任何一个年度里，实际上的暴力犯罪受害人不到美国人口的1%。我们也找到了相当多的证据证明，长时间大量接触电视世界的习惯培养了人们的扭曲性看法，它不仅体现在对任何既定一周里卷入暴力的人数的感知上（Gerbner et al., 1979, 1980；Shanahan & Morgan, 1999），而且体现在对于犯罪和执法现状的失实的观念上。

显而易见的是，无论观众是否公开表明他们对电视中所看到的东西笃信不疑，无论观众是否宣称他们有能力甄别真实的再现物与虚构的再现物，他们都在相当程度上领会了电视世界中的“事实”。实际上，大多数我们所知道的东西，或者我们认为我们已知道的东西，只是我们所吸纳的报道或形象的混合物（mixture）而已。所谓的“真实的”东西可能是经过严格挑拣的，而“虚构的”东西也可能是高度写实的，所以在一个总体的认知框架中，“真实的”和“虚构的”这种标记上的区分，更多的只是一个形式而已。但是不管怎么样，将实地调查的统计数据加以比较后，我们的调查就不应该只局限于电视“事实”所提供的经验上。我们从婴儿期开始就从电视上反复学到的那些“经验”可能会成为我们形成更广泛的世界观的基础。这使得电视成为我们总体价值观、意识形态、观念以及特定的预设、信仰和印象等的重要来源。涵化分析最有趣和最重要的问题在于，讯息系统数据被符码化地转换为一系列的理论假设，而且这些理论假设是一些更为一般的问题和假设（see also Hawkins & Pingree, 1982, 1990）。

有关这种转换的一个例证就是我们所称的“卑鄙世界”综合征（“mean world” syndrome）。我们的讯息数据很少直接谈及人们的自私自利或大公无私，当然也没有关于人们可信赖程度的统计数据。然而，我们发现电视中频繁发生的暴力确实是无可逃避的，长期接触电视会使人们形成邪恶而危险的世界的印象。与匹配组里的轻度观众的反馈相比，重度观众的反馈间接表明了他们的现实观。在这种现实里，人们需要更多的保护，大多数人是“不可信任”的，而且大多数人“只是处心积虑地为自己打算”（Gerbner et al., 1980; Signorielli, 1990）。

由与暴力相关的条目所组成的卑鄙世界指数（mean world index）也说明了电视收视行为所导致的主流化效果（Signorielli, 1990）。比方说，把1980年、1983年和1986年综合社会调查（GSS）的数据结合起来看就可发现，没上过大学的重度观众与轻度观众都同样可能在卑鄙世界指数测评中得分很高：53%的重度观众和轻度观众都一致同意其中的两到三个条目。但是，那些受过一些大学教育的人在电视收视方面表现出了相当大的差距：较之同一个子群组（subgroup）中43%的重度观众而言，只有28%的轻度观众会在卑鄙世界指数测评中取得高分。于是，在两个子群组中的轻度观众间竟有25个百分点的差距，而在两个子群组的重度观众间却只有10个百分点的差距。由此可见，不同群体中的重度观众都融进了“电视主流”（television mainstream）中。

另一个可推知的假设的例子则与女性形象有关。我们在20世纪70年代和80年代所进行的讯息系统分析结果一致显示，在电视上露面的男性人数与女性人数之比是三比一；在整个90年代，尽管现实世界中的女性角色发生了巨变，但电视中的男性仍占据了总人数的60%到75%（Signorielli & Kahlenberg, in press）。电视中男性的主导性的多数派地位并不表明重度观众会无视日常经验而低估社会中女性的数量。然而，电视中对女性的这种抑制性表现意味着女性的角色与活动范围是相当褊狭的（进而是更加模式化的）。根据全国舆论研究中心的综合社会调查数据，绝大多数具有稳定特性的重度观众在"性别偏见量表"（sexism scale）测评中也拿了更高的分（Signorielli, 1989）。

其他的几项研究在儿童与青少年的样本中验证了与性别角色相关的一些假设。摩根（Morgan, 1982）研究发现，电视培养了诸如此类的观念："女人在家养育孩子时是最幸福的"、"男人生来就比女人更有抱负"。罗斯柴尔德（Rothschild, 1984）研究发现，更多地收看电视的三年级和五年级的儿童，更有可能按照传统的性别角色路线来形成对于与性别相关的活动（比方说，烹饪、体育活动）以及与性别相关的品性（比方说，温和、独立）的刻板印象（stereotype）。虽然看起来收看电视的行为会培养青少年和儿童对待与性别相关的事务的态度，但收视行为与实际要从事的这些事务之间并不直接相关联（Morgan, 1987; Signorielli & Lears, 1992）。

另外的研究则涉及婚姻和工作方面的一些假设。西格诺里（Signorielli, 1993）研究发现，电视培养了婚姻方面的切实看法，但所培养的工作方面的看法却是互相矛盾的。长时间看电视的青少年更期待有更多赚钱机会的高职位工作，也期望他们的工作能有相对长的假期与时间来做其他的事。西格诺里发现，收看电视培养了一系列的观念，这些观念反映了电视中婚姻问题上的矛盾性看法。那些更多地收看电视的青少年更有可能宣称：他们想要结婚，想终身只与一个人保持婚姻关系，并且还想要孩子。虽然如此，在观众的收视量与其所表露的某类观点之间也有着明确的关系。该观点认为，如果一个人所目睹的美好而幸福的婚姻寥寥无几，他就会怀疑那种把婚姻作为一种生活方式的做法。

很多电视中的家庭并不符合"核心家庭"（traditional nuclear）模式，而单亲家庭却被"过度性表现"（overrepresent）了。摩根、莱格特与沙纳汉（Morgan, Leggett, & Shanahan, 1999）研究发现，排除其他的对照标准，重度观众比轻度观众更有可能接受单亲家庭和未婚生子。然而，电视中的单亲与实际生活中的单亲家庭几乎没有什么相似之处。在电视里，典型意义上的单亲通常是富裕的男士，雇有全职的、居家的佣人。重度观众可能因此而更易于接受一种极度虚幻而奢华的单亲家庭观念。

其他的一些研究考察的是对待科学和环境的态度涵化问题。沙纳汉、摩根和斯滕布耶里（Shanahan, Morgan, & Stenbjerre, 1997）研究发现，重度观众对环境了解的知识较少，对有关环境的问题也不积极，而且更有可能对特定的环境问题或话题存有惧怕心理。畏惧性地回避科学话题的这种经教化了的举动也被引为例证，它回应了对科学形象的涵化所开展的早期研究（Gerbner, Gross, Morgan, & Signorielli, 1981；有关电视与科学关系的更为全面的论述，也可参见 Shanahan & McComas, 1999）。

从电视内容模式中得出的其他推论则与政治观念相关。比方说，我们谈到，由于电视要寻求庞大而异质的观众，那么它所设计的讯息就会尽可能少地烦扰观众。因此，这些讯息倾向于"平衡"（balance）对立性的观点，并依着推定的非意识形态化的主流方向而采取"中间路线"（middle course）。我们研究发现，重度观众实际上更有可能自我标榜为"温和的"（moderate），而非"自由主义的"（liberal）或"保守主义的"（conservative）（see Gerbner et al., 1982；Gerbner, Gross, Morgan, & Signorielli, 1984）。

我们已审查了从 20 多年来的综合社会调查数据中得出的调查结果。1994 年到 1998 年的综合社会调查数据再次向我们揭示了如表 3.1 所示的这种情形。所有子群组中的重度观众都倾向于把自己视为"温和的"，而回避说自己是"自由主义的"或"保守主义的"。图 3.1 显示了"民主党人"（Democrats）、"无党派"（Independents）和"共和党人"（Republicans）的情形。撇开党派不谈，重度观众中选择"温和派"作为标记的百分比再次走高。长时间看电视的民主党人极少可能宣称自己是"自由主义的"，而长时间看电视的共和党人也极少可能声称自己是"保守主义的"。这些数据中显示的情形自 1975 年以来每年都会有所体现。

表 3.1 1994 年、1996 年、1998 年综合社会调查中的电视收视与个人政治倾向（圆括号内为人数）

	自我宣称的政治倾向百分比											
	自由主义的				温和的				保守主义的			
电视收视：	轻度	中度	重度	Gamma	轻度	中度	重度	Gamma	轻度	中度	重度	Gamma
总计（5972）	30	27	26	-0.05	32	37	41	0.13***	39	36	33	-0.08***
男性（2594）	27	26	24	-0.05	31	35	42	0.15***	42	40	34	-0.10**
女性（3378）	31	28	28	-0.06	32	38	41	0.11***	36	33	32	-0.06*

续表

电视收视：	自我宣称的政治倾向百分比											
	自由主义的				温和的				保守主义的			
	轻度	中度	重度	Gamma	轻度	中度	重度	Gamma	轻度	中度	重度	Gamma
年轻人（1250）	41	32	29	−0.17***	28	37	43	0.20***	30	31	28	−0.04
中年人（3742）	27	27	28	0.00	33	36	39	0.08**	40	37	34	−0.08**
老年人（968）	20	20	21	0.02	32	38	44	0.15**	47	42	35	−0.17**
初等教育（2737）	19	24	25	0.07*	40	41	43	0.03	40	34	32	−0.09**
高等教育（3221）	34	30	29	−0.08*	28	33	38	0.14***	38	38	33	−0.06
低收入（2793）	34	31	28	−0.08*	31	38	41	0.11***	35	31	31	0.03
高收入（2518）	29	25	25	−0.09*	30	34	39	0.10**	40	41	37	−0.03
民主党人（2083）	48	41	36	−0.15***	34	38	40	0.08*	18	21	24	0.11*
无党派（2102）	31	27	24	−0.12**	38	42	45	0.08*	30	32	32	0.02
共和党人（1662）	9	12	13	0.14*	21	29	36	0.22***	70	59	50	−0.25***

$* \ p<0.05 \quad ** \ p<0.01 \quad *** \ p<0.001$

注释：电视收视水平：轻度＝每日 1 小时或更少（人数＝1586）；中度＝每日 2 到 3 小时（人数＝2860）；重度＝每日 4 小时或更多（人数＝1803）。年龄：年轻人＝18 岁到 30 岁之间；中年人＝31 岁到 64 岁之间；老年人＝65 岁及以上。教育：初等＝12 年或更少年限；高等＝13 年或更多年限（起码受过某类大学教育）。收入：低收入＝每年少于 35，000 美元；高收入＝每年 35，000 美元或更高。

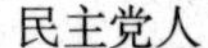

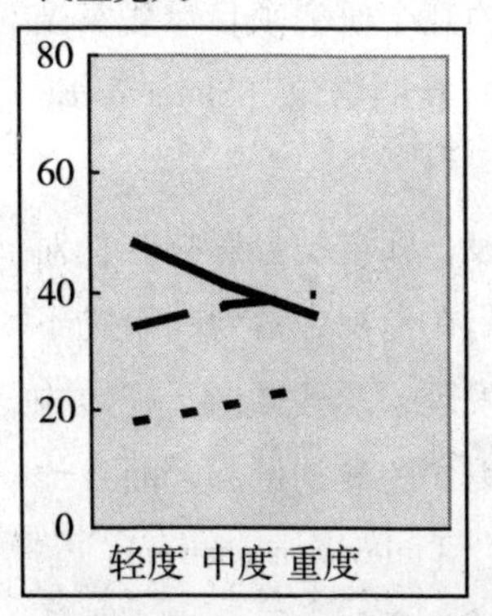

无党派

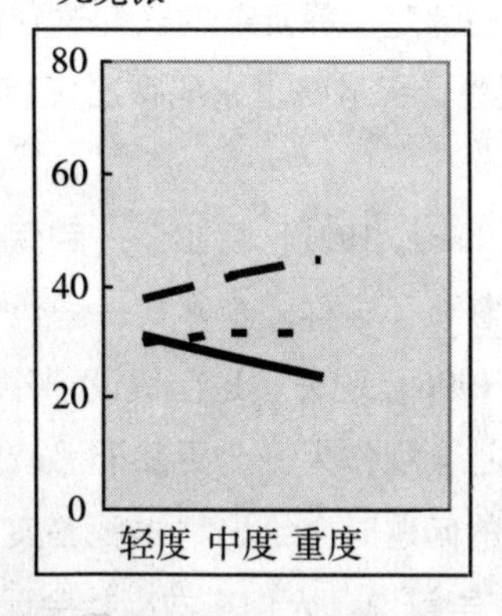

共和党人

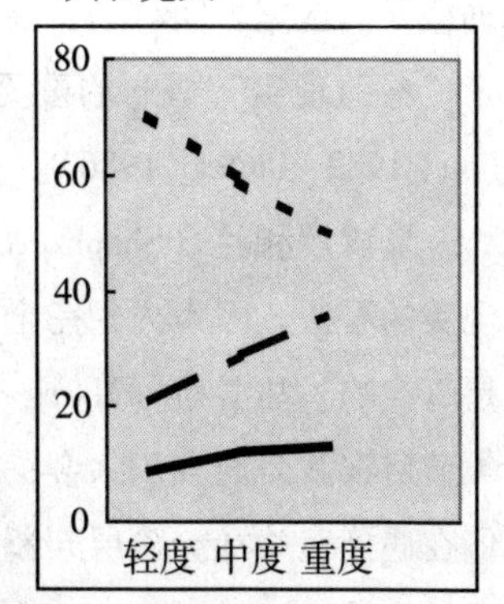

自由主义
温和派
保守主义

图 3.1 不同收视水平的各党派成员间个人政治倾向比较

然而，只要我们研究一下人们在大量政治问题上所采取的实际立场就会发现，主流并不意味着“中间路线”（middle of the road）。在传统上，正是对于有关种族隔离、同性恋、堕胎、少数族群权利及其他话题的不同态度和观点才将自由主义者和保守主义者区分开来。全国舆论研究中心的综合社会调查就这些不同态度和观点设置了一些提问，我们分析了这些提问的反馈结果并发现，只有那些几乎不看电视的人才会进行此类区分。总的来说，自称为温和派的人更接近保守主义者而非自由主义者。重度观众中自由主义者和保守主义者之间的关系比轻度观众中的类似关系更紧密。我们也注意到（Gerbner et al.，1982，1984），尽管主流在政治问题上倾向于右派立场，但在经济问题上却倾向于平民主义立场（如要求更多的社会福利和更低的税收），这反映了市场导向的影响力，并引起了需求和期望方面的潜在冲突。

外交政策的涵化蕴含体现在一项对待海湾战争态度的研究（Lewis，Jhally，& Morgan，1991）上。重度电视观众对使用到的军事术语更为熟悉，也更加支持那场战争，但在总体上对各类争端和中东局势知之甚少。看来，总体上的收视量远比对新闻的具体接触重要。

同时，旨在寻求揭示涵化过程的认知学解释的研究项目在20世纪90年代取得了巨大的进展，它要探究涵化过程是如何“进行”的。霍金斯和平格里（Hawkins & Pingree，1982）率先提出了一种模式，该模式把涵化过程分解为两个独立的部分——“学习”（learning）和“建构”（construction），并集中关注个人“在脑海中”构想社会现实时电视是如何产生影响的。但是，他们却没有提出支持这种模式的证据。同样地，旨在清楚阐释复杂的认知过程的几个研究项目尽管突出了“经验现实”概念的重要性，但最终也未能得出任何可靠的结论（Slater & Elliott，1982；Potter，1986）。

夏皮罗和兰（Shapiro & Lang，1991）提出了一种假设，即电视会影响人们对现实的看法，因为人们完全忽略了这样一个事实——他们在电视中看到的事物不是真实的。马雷斯（Mares，1996）验证了这个假设，并发现，那些倾向于把虚构类节目误解为现实的人会把社会视作为一个更加邪恶、更加凶暴的世界，而且他们在遇到有关社会阶层判断的问题时会给出“电视答案”（television answer）。但是，施勒姆（Shrum，1997）争辩说，人们在做出社会现实判断时，不会去考虑他们的信息来源。他还对马雷斯的论据给出了另一种不同的解释。

施勒姆的基本观点是，因为电视形象对重度观众而言是启发式的（heuristic），所以他们会采取认知捷径（cognitive shortcut），会毫不迟疑地使用电视形象来做出脑力判断。施勒姆的大多数研究（see, e. g. , Shrum, 1995, 1999）发现，重度观众面对有关因变量的问题时会更快地给出答案，该答案与涵化过程中所预示的观点保持一致。对一个问题迅即的答复意味着答案可以毫不费力地得到，意味着总体的论点显得更加重要，意味着受访者无需经过深入思考就可得出问题的答案。施勒姆有关认知方面的论述极大地支持了涵化理论。他也暗示，电视并不会必然改变人们的态度，而是使原有的态度更加坚定。

国际性的涵化分析

涵化分析最适合于多国的、跨文化的比较研究（Gerbner, 1977, 1989; Morgan, 1990）。实际上，此类研究最适合全方位地测评不同国家间的相似点和差异，以及一个国家文化政策的实际意义。

每个国家的电视系统都会反映出它所发端的历史、政治、社会、经济和文化等方面的背景（Gerbner, 1958, 1969）。尽管美国的影视节目在大多数国家的屏幕上占有重要位置，但它们还是会和当地推出的其他作品结合在一起，从而构成有着文化特性的“人工合成世界”（synthetic world）。其他国家的媒介制度和媒介政策要么允许要么禁止它们的媒介表现与美国媒介中一样稳固、连贯、同质化的形象（正如我们后面所提及的，我们惊奇地发现在前苏联存在着这种情形）。为此，我们在美国发现的涵化类型和主流化类型可能适用于也可能不适用于这些国家的媒介制度（see Gerbner, 1990; Morgan, 1990; Morgan & Shanahan, 1995; Tambormi & Choi, 1990）。

平格里和霍金斯（Pingree & Hawkins, 1981）研究发现，接触美国的节目（尤其是犯罪和惊险类节目）与澳大利亚学生在“卑鄙世界”指数和“社会暴力”指数测评中的得分之间有重大关联，但是这些测评指数只涉及澳大利亚而不涉及美国。收看澳大利亚节目与此类观念之间没有什么联系，但那些更多地收看美国节目的人更有可能把澳大利亚视为一个危险而邪恶的世界。魏因曼（Weimann, 1984）对以色列的高中生和大学生进行了研究并发现，重度观众对美国式的生活标准有着理想化的“美好”印象。

在英国，沃伯（Wober, 1978）发现，从暴力形象的角度来支持涵化论的证据少之又少（see also Wober, 1984, 1990; Wober & Gunter, 1988）。不过，英国节目中的暴力成分是极少的，而且美国节目在英国全部的屏幕播放时间中只占到15%左右（see also Shananhan & Morgan, 1999）。皮普、查尔顿和莫里（Piepe, Charlton, & Morey, 1990）却在英国发现了政治“同质化”（主流化）的证据，这与在美国得出的调查结果（Gerbner, Gross, Morgan, & Signorielli, 1982）高度一致。摩根和沙纳汉（Morgan & Shanahan, 1995）在阿根廷也有类似发现。

在荷兰，鲍曼（Bouwman, 1984）研究发现，收视量与暴力、欺骗、猜疑等观念之间的联系是微弱的。但他的调查结果同时也揭示了比较性涵化研究中文化背景的重要性。内容分析表明，美国电视节目与荷兰电视节目之间有着极大的相似性（Bouwman & Signorielli, 1985; Bouwman & Stappers, 1984），而且荷兰有大量节目进口自美国。然而，在荷兰，无论轻度观众还是重度观众所收看的虚构类娱乐内容几乎是等量的，但重度观众会收看更多的"信息类"节目，这一点与美国的情形迥然不同（see Bouwman, 1987; Stappers, 1984）。

瑞典（Hedinsson & Windahl, 1984; Reimer & Rosengren, 1990）、阿根廷（Morgan & Shanahan, 1995）、菲律宾（Tan, Tan, & Tan, 1987）、台湾和墨西哥（Tan, Li, & Simpson, 1986）、日本（Saito, 1991）和泰国（Tan & Suarchavarat, 1988）等许多国家或地区的研究人员进行了相关的涵化分析。这些涵化研究分析的是有关暴力、性别角色、政治倾向、"传统"价值观、社会定式等的构想。这些研究表明，观看当地或进口节目的行为与不同种类的文化环境之间的互动方式是错综复杂的。比如说，在韩国，康和摩根（Kang & Morgan, 1988）研究发现，接触过美国电视节目的女性观众在性别角色和家庭价值上的观念更趋"自由"。与此同时，较多收看美国电视的韩国男学生对美国的敌对意识和对韩国文化的保护意识都会更加强烈，这表明了在更具政治性的韩国大学生中的一种民族主义的"激烈反应"。

这些研究中的大多数只针对了单一的国家或地区。然而，另外的一些研究则探究了涵化分析可供比较的各个方面。摩根和沙纳汉（Morgan & Shanahan, 1992）分析了"台湾"和阿根廷的年轻人的情况。在阿根廷，电视台是靠商业广告来支撑的，美国节目在电视中占有显著位置，长时间收看电视节目会培养传统的性别角色意识和极权主义的观点。而在台湾，媒介更多地由政府控制，只有极少数的美国进口节目，而且总体的收视水平也要低一些，因此，涵化效果也更加不明显。同时，摩根（Morgan, 1990）也在五个不同国家对性别角色定式的涵化问题做了比较研究。

在1989年和1990年，针对美国和（当时的）苏联的电视所进行的一项研究表明，电视在两个国家里扮演着不同的角色。在美国，而不是前苏联，电视是与对邻里安全的高度焦虑相联系的。这种情形的出现，也许是因为前苏联电视上的暴力发生频率远远低于美国。在两个国家里，尤其是在前苏联，人们的电视收视量越多，就越有可能认为家务劳动主要是女人的职责。在美国，重度观众对生活总的满意度都一致地比轻度观众低很多，而在前苏联里则不是这种情形（因为这里每个人对生活的总满意度都相对较低）。

由于前苏联电视里缺乏定期的黄金时段系列电视剧，而且更多地依赖于电影、戏剧、纪录片和经典作品，苏联电视就确实比美国电视呈现了更加多样化的戏剧性节目形式。也许正是因为这一点，电视收视在美国比在苏联有着更加深广的主流化效果。在前苏联的不同加盟共和国里也可看到不同文化和不同语言的节目，这也使得它们的电视有了相对的多样性，并且最终成为一股分裂前苏联的离心力。

总而言之，在那些电视形象同美国电视形象相比有着更小程度的重复性和同质性的国家里，涵化分析结果的可预测性和一致性程度也大大减低了。在某一特定国家里，涵化过程发挥影响的程度也取决于不同的结构性因素，如可收看到的频道数量、总的播放时间、观众花在收视上的时间等。但是，它尤其取决于可供收看内容的多样性程度，而多样性程度与频道数量多少是没有必然联系的。与使用类似诉求方式来竞争同一受众群体并且遵从受众相同选择偏好的大量频道相比，有着多样而均衡节目结构的少量频道，更有可能促进（实际上也是激发）多样性。

不同的媒介系统在所有这些方面的表现是不同的。这些因素之间复杂的互动关系正是涵化效果在跨文化背景下产生重大变异的原因所在。进口的美国节目可能加速或减弱这种动态，也可能与这种动态无关。关键的问题是：(a) 电视在文化中有多大的重要性？(b) 整个讯息系统具有多大程度的一致性和连贯性？整个讯息系统的重要性、一致性、连贯性越强，涵化效果就会越强。从前的公共广播系统在全球范围内的私有化趋势，以及节目编排、发布、营销等方面的全球化走向，都使得国际性涵化分析的必要性比从前显得更为迫切。

21 世纪的涵化理论

当美国的“电视”“等同于”三大全国广播电视网外加少数独立电视台和公立/教育电视台之时，涵化理论应运而生。三家主要的电视网夜以继日地吸引着90%以上的观众。新生的有线电视系统所提供的节目即使有竞争力那也是寥寥无几，所以它们仅仅是延伸了三大电视网的触角而已。

广播电视网一统天下的时代已一去不复返了。技术的发展进步（如有线电视网和卫星电视网、录像机、互联网等）极大地侵蚀了传统的“三大”电视网的受众占有率（和收入），也给电影的营销和发行拉响了警报。几乎没有证据表明频道数量的激增会导致内容多样性有实质上的提高。实际上，单一地增加可供观看的频道数量，并不会从根本上改变驱动节目生产与发行的那股社会经济力量。相反，随着媒介所有权和控制权的日益集中，随着不同电视网、电视台业主、生产制作室、辛迪加经营者、多系统运营者（MSO）、有线电视网、广告主之间传统壁垒的瓦解，这股力量反倒加强了。

观众会感到一种全新意义上的影响力和控制力，而这种影响力和控制力又是由固定画面、回放片断、掠过商业广告（或者全部关闭它们）或与广告互动等能力衍生而来的。预先录制的盒带的便利性、由按次计费（pay-per-view）方式所带来的日渐增多的选择，都给观众提供了范围空前的选择余地。数字化视频光盘（DVD）能提供更出众的视觉解决方案和多声道。但是，没有迹象表明以上任何一种技术进步会改变收视习惯，或者说常规的重度电视观众观看得最多的节目内容中所呈现的世界观、价值观和刻板印象会从根本上不同于大部分传统的电视网类型的节目（Morgan，Shanahan，& Harris，1990）。数字信号压缩技术将很快使观众有更多的频道可看，但是压缩的都是些什么节目呢？实际上，随着频道的激增，原创的戏剧性节目和观点的来源在衰减。一个反映市场垄断倾向的例子，体现在电视中穷人角色（比方说低收入者）的缺乏和多样化思想（比如政治和宗教方面的）倾向的缺失上。

尤其值得一提的是，电脑和互联网似乎会威胁到传统媒介景观的稳定状态。但是，2000 年末 Nielsen/Netratings 公司报告中提到，个人的网络使用时间平均每周才 3 小时左右，而这只是大多数人花来看电视的时间的一小部分（Nielsen，2000）。在全部的互联网用户中，有近半数是美国在线服务公司（AOL）网站的用户，他们每次访问的平均时间达 13 分钟。顶级网站中，最突出的仍是那些与主导性的电视网络与服务提供商有着牢固联系的网站。这些提供商包括迪斯尼（美国广播公司的所有者）、时代华纳集团（由特纳媒介集团持有，正与美国在线合并中）。显而易见的是，网络的崛起——此举被认为有着重大意义——不仅表明受众收看电视的时间相对减少，也表明主导性的媒介集团将会持续扮演着更加重要的角色。

尼尔森公司 1999 年 5 月的一份报告表明，尽管有些家里装有互联网的人收看电视会少一些，“但对同一住户网络接入之前的收视情况所进行的分析显示，他们原来就是轻度电视观众。现在没有任何迹象表明，互联网接入会使人们的电视使用习惯发生转移；与之相反，互联网提供了一种定向工具从而使广告能触及轻度电视观众”（Nielsen，1999）。另外，大量的网络使用是在工作场合发生的——到2000年年底时每月使用时间达23小时——这也使得广告主的触角延伸到了工作场所（Nielsen，2000）。这一点非常清楚地表明，尽管互联网提供了接触信息的另外渠道，但它也使主导性媒介集团的触及面更加纵深化（deepen）和精细化（sharpen）。

还有，只有极少数的人使用互联网来欣赏视听类节目，并以此作为除主导性讯息提供商之外的替代性选择。即使互联网提供了能威胁主流派利益的新的传送系统，它仍会跟Napster网站的情形一样，在现存的制度构架内很快被吞没掉。尽管人们有着普遍的期待（和忧虑），那就是互联网会使取代标准大众媒介的新型信息高速公路成为可能，但还没有足以威胁无线－有线电视网联盟的广受欢迎的网络节目或网站节目。相反，电视网和有线频道正努力使观众去点击它们的网站，使得它们能从观众处获取私人的信息，并开创另一广告曝光的平台。像AOL这样最受欢迎的在线服务公司在任何时段里所获得的受众占有率与CNN和MTV相比而言，只意味着一群量小而专门化的观众。与此同时，1999年的.com狂热让位于一种对于网站娱乐内容更加审慎的氛围，因为许多创业期的网站没能赚到一分钱就倒闭了。除此以外，Burke公司的2000年11月份的一份研究报告表明，家里有互联网接入的观众每周花4小时的时间来看在线电视（“Individuals with Internet Access”，2000）。该报告提到，“有人暗示互联网正在扼杀电视”，结果表明互联网的使用不仅与电视收视共存，而且还能刺激和提高电视收视水平。于是，涵化理论家们在电视是美国人闲暇时间的主导性角色的假设下继续开展研究（Robinson & Godbey，1997）。

通过电缆、卫星、数字化传输等手段，频道数量将持续激增。诸如数字录像机之类的新技术发展将变得更加平常，使得观众能更容易地满足他们个性化的节目口味（并有可能拒绝广告）。数字存储技术和处理个性化视频资料库的数字技术在不断涌现，通过通用的机顶盒（也包括数字视频录像机和高速互联网连接设备）可以实现特定节目直接按需传输，这样一来，观众有了更大的选择余地。无线电视网的受众占有率将不断地萎缩（尽管偶有风靡一时的电视节目系列），将在数量不断增长的竞争类频道间被分化。技术进步，例如能使广告主精确地接触目标群体——甚至个体观众的互动电视，将受到强力追捧。

然而，伴随所有这些变化的是媒介产业和节目来源的所有权的大规模的、史无前例的集中化趋势。如果讯息本身没有改变，那么无论最成功的娱乐节目是通过电视网络来传送还是借助光缆、卫星或其他的某种媒介而以视频点播形式来传送，都几乎没有什么区别。考虑到这一点，迄今为止，几乎没有证据表明形象涵化的主要模式会有任何相应的分化。对大多数观众而言，延伸了的传送系统会把图像和讯息的主要模式更深层次地渗透和整合到人们的日常生活中。对这些新进展的实证研究，以及它们在总体上对于涵化分析的意义，尤其是对于主流化效果的意义，将是新世纪里涵化研究所要面临的主要挑战。

媒介消费与社会现实认知：媒介效果及其内在过程

L. J. 施勒姆

■ 拉特格斯大学（*Rutgers University*）

不要指望能从电视节目中了解到真相。电视纯粹就是个大众娱乐园。我们会告诉你，好人总是赢家。亚奇·邦克（Archie Bunker）① 家没人身患绝症。凡是你想看到的，我们都提供。

——解读霍华德·比尔（Howard Beale）（此人为帕迪·查耶夫斯基［Paddy Chayefsky］所创作的剧本《电视台风云》［*Network*］中的人物角色［Chayefsky, 1976］）

虽然在剧情中，我们尚不能确定霍华德·比尔的话到底是风言风语还是圣贤之词，但是，当今几乎没有人质疑他"电视里呈现的是扭曲的现实"这一断言。但人们——无论他是媒介研究人员、媒介评论家、电视制作人还是当地酒吧侍者——真正质疑的是，这种扭曲是否有效果；如果有效果，其原因何在，又是如何产生效果的。

这些相互联系的关于媒介是否有效果以及如何产生效果的问题，正是学术界探讨和批判媒介效果研究的核心所在。过去数十年来，在媒介效果研究方面，就一直存在两种批判观点：其一，尽管许多研究者仍然相信"媒介影响力巨大的神话"，但是从目前所积累的研究资料来看，很少研究能证明媒介对受众的思想、情感或行为有很大的影响力（McGuire, 1986）；其二，媒介效果研究基本不关注解释性机制（explanatory mechanism），即这些媒介效果研究一直以来着重关注的是输入变量（input variables）（例如媒介信息及其特征）与输出变量（output variables）（例如态度、观念和行为等）之间的种种关系，而很少考虑到在这些关系

① 美国著名电视连续剧《四海一家》（All in the Family）中的主角，是个偏执狂，也有人视之为英雄。——译者注

之间起中介作用的认知过程（Hawkins & Pingree，1990；Reeves，Chaffee，& Tims，1982；see Wyer，1980，for a similar view on social psychological research）。

尽管本章旨在探讨第二个批判观点，即批判以往的媒介效果研究缺乏对认知过程的解释，但是，上文提到的两种批判观点并不是孤立存在的。探讨认知过程的好处之一是可以创建一些理论模式来详细说明（效果产生过程中的）调节变量（moderating variables）和中介变量（mediating variables）。麦圭尔（McGuire，1986）对媒介效果研究做了相当详尽的回顾并指出，尽管有研究表明仅仅存在极小的媒介效果，但在许多情况下，仍然需要"重新审视"媒介的强效果理论。他特别指出，一小部分重要的媒介效果被忽略了，这可能是因为媒介讯息对不同的群体有着不同的影响力，或者说，它们影响力的大小受制于不同的情境。此外，若研究者只专注于直接效果而忽略间接效果，也可能导致效果弱化。因此，为媒介效果创建认知过程模式（cognitive process models），既能直接发现新的变量关系，又能进一步地了解旧的变量关系。

创建能够解释媒介效果的认知过程模式对我们的研究工作大有助益。例如，它可以帮助我们提高研究的内在效度（internal validity），或者使我们更加相信，我们所观测到的媒介效果是真实有据的，而不是凭空臆造的（Hawkins & Pingree，1990）——这一点正是许多媒介效果研究遭人诟病的地方（see Hirsch，1980；Hughes，1980；McGuire，1986）。过程模式应该提供刺激物（the stimulus）（例如媒介消费）与反应（the response）（例如观念、行为）之间明确的关联，并且模式中的每一种关联都代表着一个可通过经验研究来证明的命题。如果这些关联是基于坚实的理论基础，并且可通过经验研究来证明，那么诸如虚假关系（spuriousness）①、因果颠倒（reverse causality）之类的威胁内在效度的因素（虽然这些威胁因素已经被推定为在每个阶段都必然产生）将大为减少。认知过程模式的另一个好处是，它能够调和以往研究中相互冲突的结论。过程模式应该为媒介效果提出一些边界条件（boundary conditions），即详细说明在何种条件下特定效果不会发生。这些边界条件可在一定程度上调和以前研究中出现的种种矛盾，从这个意义上说，那些各不相同的研究结果有可能达成一致。

---

① 按《社会研究方法》（艾尔·巴比著，华夏出版社，2005，p. 89）一书的解释，虚假关系（spuriousness），指两变量之间巧合性的统计相关，其实是由第三方变量引起的。例如，冰激凌销售量和溺水死亡之间存在正相关：冰激凌销售得越多，溺水死亡人数越多；反之亦然。但是，在冰激凌和溺水之间却没有什么直接关系。这里的第三方变量是季节或者温度。大多数的溺水死亡都发生在夏天——冰激凌销售的高峰期。——译者注

鉴于探讨过程模式有上述好处，本章的目的就分成两部分：(1) 讨论一些普遍的基本原理，它们是从对媒介效果研究有着重大意义的社会认知研究中得来的；同时，引用相关的媒介效果研究来证明这些基本原理。(2) 勾勒出认知过程模式，并证明关注认知过程确有好处。最后，利用认知过程模式来解释一种独特的媒介效果——涵化效果（见第三章）。

社会认知与媒介效果

社会认知（social cognition）研究主要涉及对社会环境中发生的认知过程的理解（Reeves, Chaffee, & Tims, 1982）。确切地说，社会认知研究试图打开在刺激物（例如信息）与反应（例如判断）（Wyer, 1980）之间发挥作用的“黑匣子”，因此它着重关注在社会信息与判断之间起中介作用的认知过程（Wyer & Srull, 1989）。

社会认知研究不仅对社会心理学有着深刻的影响，而且对其他众多领域都有着深刻的影响（随便举几例，如营销传播学、政治传播学、跨文化心理学、组织行为学等等）。目前，这一领域里的研究已经相当成熟，产生了许多理论和模式来解释人们怎样获取、储存和使用社会信息。其中最全面的是怀尔和斯鲁尔提出的模式（Wyer & Srull, 1989; but also see Wyer & Radvansky, 1999, for revisions of this model）。[1] 尽管各种不同的社会认知理论之间存在着重大差异，但在一些基本的内在原则上也有共同之处（Carlston & Smith, 1996; Wyer, 1980）。

为了讨论的需要，我们在此提出两个相互关联的重要原则，它们构成了社会认知研究的基础。[2] 其一是启发式/充分性原则（heuristic/sufficiency principle）（原则1），它涉及判断形成过程中什么信息被回忆起来的问题。该原则认为，人们在形成判断时，并不是搜寻记忆中跟判断相关的所有信息，而仅仅是提取（retrieve）记忆中某个子集（subset）里的可用信息 。此外，提取什么内容，其标准是“充分性”（sufficiency），也就是说，只有那些能充分形成判断的信息才被提取出来。而充分性的决定因素，则与诸如处理信息的动机和能力之类的概念有关

---

① 怀尔和斯鲁尔（Wyer & Srull, 1989）提出的模式，其全面之处在于对信息处理系统中的所有阶段（即从输入到输出）都提出了确切的机制，但并不是说它一定比其他的模式更好或更有效。其他的大多数模式只是重点探讨信息处理系统的某一阶段（例如，理解、储存、回忆和反应）。

② 关于这两项原则，卡尔斯顿和史密斯（Carlston & Smith, 1996）、怀尔（Wyer, 1990）进行了更多的讨论。他们对这两条原则的命名稍有不同。本文为了更契合于定义和上下文的需要，对这两项原则的名称稍做了变动。

(Wyer & Srull, 1989; see also Chaiken, Liberman, & Eagly, 1989, for a similar perspective on attitude judgments)。

其二是易接近性原则（accessibility principle）（原则2），它跟信息的易接近性在判断形成过程中所起的作用有关。简言之，该原则认为，那些最容易想起的信息就是那些从回忆中提取出来的、某个“小子集”里的可用信息，相应的，也就是那些最有可能被用来形成判断的信息（Carlston & Smith, 1996; Higgins, 1996; Wyer, 1980）。

综上所述，这两个原则对解释媒介效果具有重要意义。这些意义体现在两个方面：易接近性的决定因素和易接近性所产生的影响。

易接近性的决定因素

有许多因素会影响到某事物被回忆起来的难易程度。虽然本文不打算详尽探讨所有这些因素（for more extensive reviews, see Higgins, 1996; Higgins & King, 1981），但还是要重点提及几项对媒介效果研究来说有着重大意义的因素（Shrum, 1995）。它们是概念激活的频率（frequency of construct activation）、概念激活的新近性（recency of construct activation）、概念的生动性（vividness of a construct）以及诸多易接近的概念（accessible constructs）之间的关系。

激活的频率和激活的新近性 经常被激活的概念容易被记起（Higgins & King, 1981）。这一基本结论在有关特性概念（trait concepts）的研究（Wyer & Srull, 1980）以及有关词汇记忆与识别的研究（Paivio, 1971）中都得到了证实。此外，如果被激活的频率足够的话，某些特定的概念将具有“长期的易接近性”（chronically accessible）（for a review, see Higgins, 1996），它们能在不同的情况下自然而然地被激活。这种关系同样也适用于激活的新近性：概念被激活的时间越近，就越容易被回忆起来（Higgins, Rholes, & Jones, 1977; Wyer & Srull, 1980）。不过，研究表明，激活的新近性对易接近性的影响比较短暂，随后激活的频率对易接近性的影响将占主导地位（Higgins, Bargh, & Lombardi, 1985; Wyer, & Radvansky, 1999）。

“概念激活的频率和新近性”与“易接近性”之间的这种关系对于我们考察媒介效果有着重大的意义。例如，涵化理论（见第三章）正是基于这样一种前提：观看电视节目的频率影响着观众的观念。就激活的频率而言，重度观众（heavy viewer）应该比轻度观众（light viewer）更为频繁地在头脑中激活电视上所呈现的概念；如果这些概念更多地在电视上而不是在真实情境中呈现，情况更是如此。考虑到重度观众近期比轻度观众更多地观看电视，那么，对于重度观众来说，易接近性也会因观看的新近性而增强（尽管此类影响持续期可能会相对比较短暂）。

生动性 生动性与某物“在情感上有趣，具体，能激起形象化联想，在感觉、时间或空间上贴近”（Nisbett & Ross，1980，p. 45）的程度相关。概念越生动，越容易从记忆中被激活（Higgins & King，1981；Nisbett & Ross，1980；Paivio，1971）。与频率和新近性一样，“生动性”也特别适用于解释媒介效果。可以这样认为，由于娱乐节目具有增强戏剧性效果的目的，所以电视节目在刻画特定行为或事件时可能比现实世界中所经历的更为生动。这方面的例子包括赤手斗殴、执行死刑、家庭矛盾、自然灾难、军事冲突等等。

新闻报道中，生动性同样起发挥着影响。正如齐尔曼及其同事们所指出的（see chapter 2；Zillmann & Brosius，2000），新闻报道通常以具体个案或极端例子的形式来传递信息。这种对生动事例而不是那些苍白无力的统计数据的偏爱，可能会使这些事例更容易被人们记住。

诸多易接近的概念之间的关系 特定概念的易接近性提高了，与之密切相关的概念的易接近性同样也会得到提高。这与认知心理学中记忆的联想网络/激活扩散模式（the associative network/spreading activation model of memory）是相一致的，而该模式则被广泛用来解释知识的相互关联性（Collins & Loftus，1975）。该模式认为，概念是以节点（node）的形式储存在记忆中的，这些节点之间形成链接（link）。当特定的节点（储存的概念）被激活后，其他的概念也将会依据其与该特定节点的相互关联程度而在不同程度上被激活。

如此看来，易接近的概念之间的关系也可能对媒介效果产生影响。媒介作品（特别是电视节目和电影）的特征之一就是以一种相对固定的、公式化的方式来表现特定的概念（例如，愤怒、攻击、特定类别的人等等）。在确立某个概念的表征形式以及人们对此概念的反应模式的过程中，媒介作品提供了“脚本”（script）（Schank & Abelson，1977）或“情境模式”（situation model）（Wyer & Radvansky，1999）。鉴于易接近的概念之间存在这样的关联，那么一旦某一特定概念（例如，攻击、愤怒等）被激活，相应的，与该概念密切相关的一些行为脚本（scripts for behavior）（例如，犯罪、暴力等等）将同样被激活。

总之，我们可以这样认为，媒介消费——不论是收看的频率、收看的新近性还是收看内容的特征——可提高特定概念的易接近性。这种“媒介效果”说明了启发式/充分性原则和易接近性原则之间的相互关系：媒介消费增强了某些概念的易接近性，从而对哪些信息能成为容易被回忆起来的信息产生了影响。

易接近性所产生的影响

仅仅简单地证明媒介信息具有提高特定概念易接近性的作用，这对解释媒介效果而言是不够的。我们还有必要证明，概念的易接近性提高后，能反过来产生相应的影响。

易接近性所产生的影响与原则 2 直接相关：最易接近的信息就是那些最有可能用于形成判断的信息。进一步讲，人们对最易接近的信息（accessible information）的使用方式也取决于判断的类型。

对人物的判断 在有关社会认知的文献中存在着一种较为一致的认识，即当人们判断其他人的时候，更倾向于采用记忆中最易接近的概念（易接近性原则）。在经典的媒介预示效果（priming effects）研究中（e. g.，Higgins et al.，1977；Srull & Wyer，1979，1980），当受试者被要求根据目标人物（target person）不明确的行为来形成人格特质（trait）判断时，他们都倾向于采用“被预示了的”（primed）（即更易接近的）人格特质概念去解释这些不明确的行为（for a review，see Higgins，1996）。这一解释不仅影响着受试者对目标人物行为的判断（例如，鲁莽的、固执的），而且影响着他们对目标人物的喜爱程度。这些结论已多次被证实。即使是在预示内容（prime）隐而不见的条件下，此类效果还是会产生（Bargh & Pietromonaco，1982）。

态度和观念判断 人们常用最易接近的观念来评价某一事物（Fishbein & Ajzen，1975）。在费什拜因（Fishbein）和阿简（Ajzen）的模式中，态度的形成是由特定观念和对这些观念的评价决定的。相应的，哪些观念进入态度形成过程，可能是由那时最易接近的观念决定的。怀尔和同事们（Henninger & Wyer，1976；Wyer & Hartwick，1984）通过一系列的实验，检验了易接近的观念与评价类判断（evaluative judgments）之间的关系。这些实验检测了“苏格拉底式”效果（Socratic effect）（逻辑性地思考相关联的观念将使这些观念更具连贯一致性；McGuire，1960），并且证明，与前提（premise）相关联的观念的易接近性增强后，结论（conclusion）与前提在观念上的一致性程度将相应增强。

规模和概率的判断 规模判断是判断某个特定类别在更大、更高类别内发生的规模（例如，妇女［下位类］在美国人口［上位类］中所占的百分比；Manis，Shedler，Jonides，& Nelson，1993）。概率判断是对可能性的评估。多项研究一致发现，概念的易接近性与规模和概率判断之间存在着关联（Sherman & Corty，

1984)。特韦尔斯基和卡内曼（Tversky & Kahneman, 1973）证明，人们倾向于根据相关事例被回想起来的难易程度，来推断某类事物出现的频率或概率。例如，在一次实验中，受试者认为，英语中以K作为起首字母的单词要多于以K作为第三个字母的单词，尽管事实正好与此相反。究其原因，可能是因为单词在记忆中是以起首字母组织起来的，因此以K开头的单词更容易被回想起来。

媒介效果与易接近性所产生的影响

上文讨论的三种判断类型（以及它们与易接近性的关系），绝非是受到信息易接近性影响的全部判断类型（for a review, see Higgins & King, 1981）。确切地说，这三类判断之所以被单独列举出来，是因为它们与媒介效果研究中经常运用的典型判断类型相关。

新闻报道对事件认知的影响 有一项研究也涉及了信息易接近性问题——新闻报道（例如，电视、报纸）所呈现的有关特定事件的信息如何影响受众对这类事件的判断（例如，态度、可能性评估）。例如，齐尔曼和同事们的研究表明，以例证（exemplars）（例如，个案研究、生动的例子）形式出现的信息，比那些更为可靠但苍白乏味的基础性信息（base-rate information）更能影响判断（for a review, see chapter 2)。这个基本结论已经在各种例证条件下被反复验证过，包括控制例证的比例（Zillmann, Gibson, Sundar, & Perkins, 1996；Zillmann, Perkins, & Sundar, 1992)、例证的夸张程度（Gibson & Zillmann, 1994）以及例证的情感性（Aust & Zillmann, 1996）等。其他研究也得出了相似的结论：艾因加（Iyengar, 1990）证明了例证存在（与缺乏做比较）的效果；布罗修斯和巴特尔特（Brosius & Bathelt, 1994）发现大量的例证对于事件认知的作用。大多数这类实验根据易接近性原则和启发式原则，将实验结果概念化为：例证越生动或者出现得越频繁，就越容易被记住，因而就越有可能被用来形成判断。

利希滕斯坦、斯洛维奇、菲施霍夫、莱曼和库姆斯（Lichtenstein, Slovic, Fischhoff, Layman, & Combs, 1978）结合易接近性原则并运用可得性启发法（availability heuristic)，也获得了上述结论。在研究中，他们发现，约有80%的受试者认为，意外事故中死亡的人数多于因中风而死亡的人数，尽管实际上因中风导致死亡的人数比意外事故中死亡的人数多85%。利希滕斯坦等人认为，因意外事故引起的死亡事例比因中风引起的死亡事例更容易被回想起来，而且至少有部分原因是，前者在媒介中被报道得更多。

电视收视行为对社会认知的影响 电视收视行为与社会现实认知之间的关系

是另一个重要的媒介效果研究领域，其中，易接近性被用作为解释性变量（explanatory variable）。这一领域与新闻报道的区别在于，它涵盖了所有类型的电视节目（如，肥皂剧、动作片/冒险片、戏剧、情景喜剧等各种虚构类节目），而不仅仅是新闻节目。

我们可以将大量相关的研究结论概括如下：大量观看电视节目会增强某些概念对于观众的易接近性程度，相应的，他们更可能采用启发式处理法（heuristics）来形成判断，特别是当因变量牵涉到对某类事物出现的频率或可能性进行评判时。例如，布赖恩特、卡维思和布朗（Bryant, Carveth, & Brown, 1981）曾经做过如下实验：让受试者在6周时间内大量或少量地观看一些有关犯罪的电影。经常观看犯罪影片的受试者所观看的影片结局有公正的也有不公正的。研究人员发现，不管犯罪电影的结局是公正的还是不公正的，与较少观看犯罪电影的那些人相比，经常观看犯罪电影的人更有可能认为自己会成为暴力受害者，并且更担心自己成为暴力受害者。与刚刚讨论过的其他研究一样，这些结论与可得性启发法（availability heuristic）的预测是相一致的：重度观众比轻度观众更容易想起犯罪事例（example），而且这种易接近性程度，或者说回忆的容易度，影响了观众对事件发生的普遍性和可能性的判断。其他一些研究也同样证明了易接近性（由收视水平决定）与判断之间存在着的类似关系（cf. Ogles & Hoffner, 1987; Tamborini, Zillmann, & Brayant, 1984）。

易接近性等概念的应用和启发式处理法的使用并不仅限于犯罪研究和暴力研究。齐尔曼和布赖恩特（Zillmann & Bryant, 1982; for a review, see chapter 12）发现，那些观看含有明显的性内容的（sexually explicit）的节目的受试者，与那些观看不含此类内容的节目的受试者相比，会过高评估普通人群中存在变态性行为的情况，并较少反对公开发表色情作品，而且，他们会建议对宣判有罪的强奸犯采取更短的监禁。

媒介作品对攻击性行为的影响 虽然上述研究主要是运用易接近性这一概念来解释人们在认知方面所受的影响，但是，它也同样适用于解释人们在接触媒介暴力后在行为方面所受的影响。伯科威茨有关媒介暴力节目效果的“认知—新联想主义”理论（*cognitive-neoassociationistic perspective*）（Berkowitz, 1984; see also chapter 5）认为，人们频繁地观看媒介中的暴力内容后，会启动特定的概念（例如，攻击、敌对），从而在做出行为选择（也就是采取行动）时更有可能使用这些概念。需要注意的是，这一观点与先前讨论过的希金斯（Higgins）及其同事以及怀尔和斯鲁尔所进行的特征预示作用（trait priming）研究非常相似：某个特定的特征概念（trait concept）一旦变得具有易接近性，就会被过度地用作为随后判断的依据。

多项研究已经证明：媒介作品激活了某一概念（例如攻击）后，与此（攻击）相关联的其他概念的易接近性程度将大为增强。例如，布什曼和吉恩（Bushman & Geen，1990）提出，与观看非暴力电影的人相比，观看暴力电影的人会激起更多的攻击性思想。伯科威茨、帕克和韦斯特（Berkowitz，Parker，& West，cited in Berkowitz，1973）也有类似的发现——阅读有关战争的连环画的孩子，比阅读中性连环画的孩子更可能选择带攻击性含义的词汇。其他研究也证明了攻击概念（aggression constructs）的活化程度（以及得到增强的易接近性）与随后的判断之间的联系。卡弗、加涅林、弗洛明和钱伯斯（Carver，Ganellen，Froming，& Chambers，1983）发现，那些观看含有敌对内容的电影（该电影描写一个商业主管与他的秘书之间如何相互敌对）的人，比那些观看不含敌对内容的电影的人，对一个并不了解的目标人物表现出了更多的敌对情绪。伯科威茨（Berkowitz，1970）指出，即使媒介作品中的攻击性行为是以喜剧形式出现的，它们对判断仍会产生类似的影响。

同样值得一提的是，被启动的概念并非必须与某个特别的判断直接相关，而只须与形成该判断的情境特征大致相符合。而且，某个概念的易接近性程度部分地取决于它与其他概念的关联程度。以上观点有助于解释这样一种可能的媒介效果，即观众在媒介内容中看到的攻击性行为类型，与他们所实施的攻击性行为类型相比，二者只是略为相关。而且，我们也很难用学习（learning）理论、模仿（imitation）理论或“示范”（modeling）理论（for a review，see chapter 6）来解释这类结果（Berkowitz，1984）。事实上，正如伯科威茨所指出的，无论是实验研究还是实地研究中用来作为行为指标（behavioral measure）的攻击行为，都迥异于人们在媒介作品中看到的攻击行为。例如，菲利普斯（Phillips，1983）提供的相关数据表明，重量级拳击锦标赛经过大量媒介报道之后，在比赛后不到10天的时间里，美国的杀人犯罪行为增加了（but see Freedman，1984，for a criticism of this study）。在实验室研究中，同样有人指出，观看拳击比赛具有类似的与攻击相关的影响（Turner & Berkowitz，1972）。

对认知过程的间接调查与直接调查

上述研究表明，易接近性影响着人们对于媒介效果的认知。然而，大量证据都是间接的，因为许多研究缺乏对认知过程本身进行实际调查研究，而仅仅是对获得的研究结果给出了不同的过程解释（process explanations）。当然也有例外，这其中包括齐尔曼的兴奋转移理论（excitation transfer theory）（Zillmann, 1983; Zillmann & Zillmann, 1996）和伯科威茨的“认知—新联想主义”理论（Berkowitz, 1984）。

下面的部分将谈谈直接探索这种内在认知过程的一系列研究。然后，笔者将以这些研究的结论为基础，创建一个能解释特定媒介效果——涵化效果（cultivation effect）——的详细的认知过程模式。这一模式是基于前面所讨论的社会认知研究的基本原则（启发式/充分性原则和易接近性原则）而建立的。

与涵化效果有关的启发式处理过程模式

涵化效果研究是媒介效果研究中争议较大的领域之一（see chapter 2）。为了便于讨论，我们假定电视收视行为是原因性因素（causal factor），并将涵化效果解释为：观看电视的频率与某种社会认知（这种社会认知跟电视里所表现的世界是相一致的）之间的正相关关系。尽管目前已经积累了相当多的证据证明，涵化效果至少在小范围内存在（Morgan & Shanahan, 1996），但其他研究者还是对这一效果的真实性提出了质疑。一些研究者认为，电视收视行为与社会认知之间的关系不是因果关系（causal），而是一种虚假关系（spurious），因为二者都受到第三方变量（third-variable）（例如，个人经历、教育程度、闲暇时间、个性特点等）的影响（Doob & Macdonald, 1979; Hirsch, 1980; Hughes, 1980; Wober & Gunter, 1988）。另外一些研究者则认为，电视收视行为与社会认知之间的因果关系可能恰好是颠倒过来的，也就是说，人们在其他方面的状况（包括先前的社会认知状况）可能会影响到他们收视的数量和内容（Zillmann, 1980）。

如前所述，创建有关媒介效果的认知过程模式的好处之一，就是它将比其他有关媒介效果的解释（这些解释用虚假关系、因果倒置等概念来做说明）更加具有说服力。有两点必须注意：其一，我们说其他的某个解释缺乏说服力，仅仅意味着这一解释无法全面彻底地说明某个特定的结论，而并不意味着这一解释不能同时发挥作用。其二，认知过程模式的说服力在于，它整合了各种有关媒介效果的结论模式，而不是只关注于单项研究。因此，即使其他的种种解释有可能适用于某些单项研究，但为了符合简约法则（parsimony），这些解释也只有提出了一套完整的结论模式，才能算是有说服力的。

认知过程模式的一般命题

有两个非常简要的、基于启发式/充分性原则和易接近性原则的一般命题（general proposition），构成了这一模式的基础。命题一，电视收视行为增强了概念的易接近性。如前所述，电视收视状况或许真的与概念（它们出现于电视节目中）的易接近性程度相关联。命题二，作为涵化效果指示器（indicator）的社会认知，是通过启发式处理（heuristic processing）形成的。具体而言，形成判断不是通过广泛搜索记忆中所有可得的相关信息（系统化处理［systematic processing］），而仅仅是通过提取记忆中某个子集中的相关信息，说得再具体点，是提取记忆中最容易接近的那一部分信息。第二个命题的一个推论是，至少在需要根据事物发生的频率或概率来做出判断的情况下，判断是通过运用可得性启发法（availability heuristic）来形成的。也就是说，判断等级（magnitude of judgments）与事例能够被回忆起来的易接近程度成正相关（Tversky & Kahneman, 1973）。

可证明的子命题

这两个一般命题可衍生出若干可证明的子命题。这些命题涉及电视收视行为与社会认知之间的关系问题，还涉及相关的认知机制问题。

子命题1：电视收视水平影响易接近性 子命题1是检验可得性启发法是否能解释涵化效果的一个必要条件（necessary condition）。研究人员以判断形成的速度来表示（概念的）易接近性程度，并证实了子命题1。施勒姆和奥吉恩（Shrum & O' Guinn, 1993）要求受试者评估电视节目中频繁出现的概念（例如犯罪、卖淫）存在的普遍性（prevalence）与可能性（likelihood），并测量受试者回答每个问题所花费的时间。如果重度观众（heavy viewer）比轻度观众（light viewer）更容易想起电视中的相关信息，那么他们不仅会更高地评估事物发生的频率和概率（涵化效果），而且能够更快地形成判断（易接近性效果）。该项研究的结果证实了以上假设。在控制了个体反应时间、平均积分点（grade point average）和媒介使用状况的条件下，情况依然如此。在使用了不同的因变量（dependent variables）或控制变量（control variables）的条件下，在对电视收视状况实行不同控制的条件下，这类关系也都得到了反复证实（cf. O' Guinn & Shrum, 1997；Shrum, 1996；Shrum, O' Guinn, Seminik, & Faber, 1991）。

其他一些研究试图通过更直接的方式来体现（概念的）易接近性。比塞尔（Busselle, 2001）要求受试者回忆与特定概念有关的例子（其中一些概念［如枪杀、恋爱、医生等等］是电视中经常出现的），并且测量受试者回忆起这些例子的时间。比塞尔和施勒姆（Busselle & Shrum, 2000）运用了类似的方法，但同时还要求受试者简要说明他们回忆起这些例子的难易程度。研究者预计，重度观众能够比轻度观众更快、更容易地回忆起与电视节目相关的例子。但这两项研究的结果均表明，在回忆速度方面，这两类观众之间没有显示出什么差别，但较之于轻度观众，重度观众从主观上（subjective）认为回忆起来更容易些（Busselle & Shrum, 2000）。以上事实表明，当人们有意识地回忆某个例子时，可得性启发法这一认知机制未必起作用。而且，人们主观上认为的难易程度未必能以反应时间（response time）这一形式充分显现出来（see also Schwarz et al., 1991, regarding issues of ease of recall）。

子命题2：易接近性在涵化效果产生过程中起着中介作用 子命题1（电视收视水平影响概念的易接近性）仅是用可得性启发法对涵化效果进行解释的必要非充分条件（necessary but not sufficient condition）。我们还有必要证明，易接近性在收视水平（level of viewing）与判断等级（magnitude of judgments）之间起着中介作用（Manis et al., 1993）。也就是说，我们有必要证明，增强的易接近性能导致更高的评估等级（magnitude of estimates）。否则，人们就会这样去理解，即电视收视水平分别独立地影响着易接近性和判断等级。

施勒姆和奥吉恩（Shrum & O' Guinn, 1993）提供了一些间接证据来证明易接近性的中介作用（mediating role）。当易接近性程度（反应速度）被控制的时候，涵化效果在很大程度上变得不明显。施勒姆（Shrum, 1996）又提供了更多的直接证据来证明易接近性的中介作用。在采用马尼斯等人（Manis et al., 1993）的研究程序的同时，他又采用了路径分析法（path analyse）来证明电视收视水平与易接近性（仍以反应时间来表示）相关，而易接近性又与评估等级相关。不过，路径分析同时也表明，易接近性的中介作用也是不完全的（partial）：即使易接近性的影响受到了控制，电视收视水平依然能够直接影响评估等级。

在比塞尔（Busselle, 2001）的研究中，他要求受试者对特定概念（例如枪杀）的普遍性进行评估。他通过控制受试者回答问题的条件，也证明了易接近性所起的中介作用。有些受试者在回忆起某个概念的例子之前就给出了他们的普遍性评估（判断先行的条件［judgment-first condition］下），而其他受试者在给出他们的评估之前先回忆起某个例子（回忆先行的条件［recall-first condition］下）。比塞尔假设，在判断先行的条件下，受试者的电视收视量越大，就越容易回忆起相关的例子；而在回忆先于判断的条件下，对所有受试者来说，不管其电视收视水平如何，他们回忆起例子的难易程度是一样的。实验结果证明了上述假设。

子命题3：电视中例子的作用不可忽略 “可得性启发法能解释涵化效果”这一观点中隐含着这样一种假定，即那些被回忆起来并作为形成判断的基础的例子，被认为与该判断相关并且适用于形成判断。这一假定非常重要，因为研究表明，只有在符合这一条件的情况下，易接近性才能显著地发挥作用（Higgins，1996）。另外，某个概念对于形成判断的适用性（applicability），取决于它所突显的特征与判断的特征相一致的程度。

就涵化效果来说，被回忆起来的概念应该源自电视中的例子。然而，如果人们把电视中的例子（例如医生、律师）用来判断现实世界中某一事物的普遍性，那又是一种违反直觉的（counterintuitive）行为。如果人们认为电视中的例子与现实世界是不相关的，其他的信息就会被回忆起来并成为形成判断的依据（Higgins，1996；Higgins & Brendl，1995；Shapiro & Lang，1991）。

如果人们在形成判断的过程中都不去思考他们所回忆起来的例子的来源，那么他们就会认为，电视中的例子与对现实世界的判断之间是相关联的。请注意，被回忆起来的概念对于形成判断的适用性（applicability），取决于它所突显的特征与判断的特征相一致的程度。也很有可能存在如下情况：被回忆起来的概念，其来源特征（source characteristics）并不是人们所关注的显著特征，此时人们会在无意识的状态下毫不费力地形成判断。这要么是缺乏关注来源特征的动机（与低相关性处理[low involvement processing]相一致；Petty & Cacioppo，1986，1990），要么是缺乏回忆信息来源的能力（与有关来源监测错误[source monitoring errors]① 的研究相一致；Johnson，Hashtroudi，& Lindsay，1993；Mares，1996；Shrum，1997）。

为检测子命题3，施勒姆、怀尔和奥吉恩（Shrum，Wyer，& O' Guinn，1998）做了两个实验。在实验中，他们在受试者做出判断之前先提供来源特征方面的预示。在第一个实验中，不同的预示事件（priming events）构成了不同的预示情境。在来源预示（source-priming）的情境下，受试者先提供有关他们收视习惯的信息，然后评估出犯罪和某些职业的普遍性和可能性。而在关系预示（relation-priming）的情境下，受试者被告知，他们将要评估的概念在电视中比在现实生活中更常见。另外，在没有预示（no-priming）的情境下，受试者先做评估，然后再提供与自己电视收视状况有关的信息。分析指出，当受试者在没有预示的情境下进行评估时，涵化效果比较明显，但当他们在来源预示或关系预示的情境下进行评估时，涵化效果就被削弱了。随后的分析表明，轻度观众所做的评估尽管有所不同，但这种评估并不取决于预示情境。但是，在来源预示或关系预示的情境下，

---

① 来源监测错误（source monitoring errors），指对回忆来源的错误认知，于是，人们容易把一些不相关的记忆片段重组，然后自己主观地认定那些重组而来的回忆是真实的。——译者注

重度观众所做的评估更加接近于轻度观众所做的评估。图 4.1① 表现了这一结果模式（pattern of results）。第二个实验研究也得出了这一结果模式，并进一步表明，预示情境会引起忽略来源的过程（source-discounting process）（重度观众比轻度观众在更大程度上忽略如下事实：自己回忆起来的信息源自电视），而不是自动调整的过程（automatic adjustment process）（重度观众向下调整他们的评估，因为他们意识到自己看电视较多，而轻度观众则认为没必要调整）。

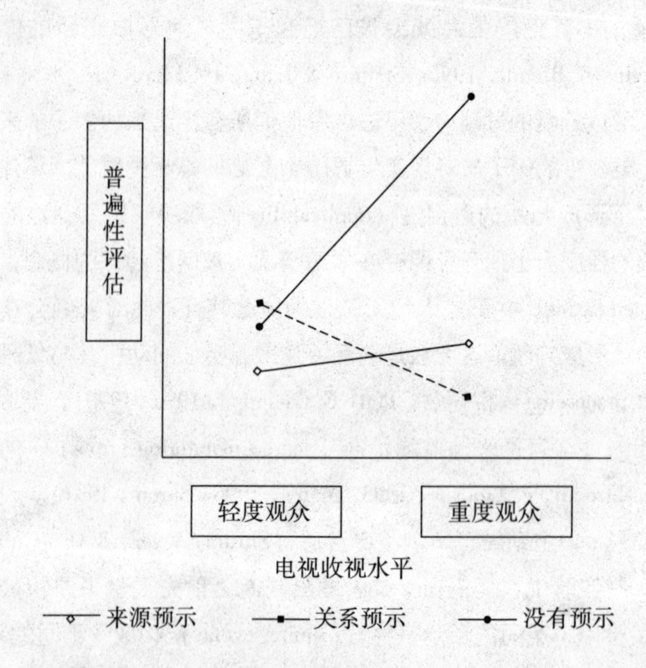

图 4.1　普遍性评估（prevalence estimates）受制于预示情境（priming condition）和电视收视水平（level of TV viewing）。本图表现了由不同的因变量而得出的结果模式（see Shrum et al.，1998）。

子命题 4：处理信息的动机调节涵化效果　子命题 4 是建立在以下研究的基础之上的：启发式处理（heuristic processing）（与系统化处理［systematic processing］相对）会在某些特定情境下发生（Chaiken et al.，1989；Petty & Cacioppo，1986；Sherman & Corty，1984）。如果真是这样，那么掌握了人们信息处理的类型就有利于判断是否存在涵化效果。具体而言，如果人们在形成关于事件发生的普遍性或可能性的判断的过程中，通常采取启发式处理，那么促使人们采取启发式

① 图 4.1 中所显示的内容仅仅是粗略地表现了由不同的因变量而得出的效果模式，并且只是作为图解。要详细了解每种因变量所受到的实际影响，可参见施勒姆等人（Shrum et al.，1998）的研究结果。

处理将会产生涵化效果，且这种涵化效果在程度上应与人们没有受到这种控制时所获得的涵化效果没有区别。但是，如果人们在形成判断时被促使采用系统化处理，那么，与启发性处理相比，系统化处理需要考虑更多的信息并对考虑到的信息做更多的详细审查。当有必要确定信息是否有用时，需要采取系统化处理（Petty & Cacioppo，1986）。此外，有研究证明，系统化处理能削弱启发式处理所造成的影响（Chaiken et al.，1989）。

在系统化处理条件下，电视收视水平与社会认知之间的关系将会被削弱或者被完全排除。与启发式处理相比，当人们进行系统化处理时，除了第一时间涌入脑海的那些例子之外，他们更有可能回忆起其他例子；也更有可能仔细审查回忆起来的信息，因此也更有可能断定那些信息（例如来自电视节目的信息）来自不可靠的来源，进而不信任这些信息。

人们选择启发式还是系统化的处理策略（processing strategy），一个相关条件是处理信息的动机（Sherman & Corty，1984）：处理信息的动机强时，系统化处理占支配地位；处理信息的动机弱时，启发式处理占支配地位。此外，动机本身也是由一系列因素决定的，这些因素包括事件相关程度（level of issue involvement）（Petty & Cacioppo，1990）和任务相关程度（level of task involvement）（Chaiken & Maheswaran，1994）。

为了检验命题4，施勒姆（Shrum，2001）将受试者用来对犯罪、婚姻不和、富裕阶层和某些职业形成普遍性评估的处理策略进行了控制性处理。在另外一些实验中，通过对动机和任务重要性程度进行专门的控制处理，促使一部分受试者采取系统化处理（Chaiken & Maheswaran，1994）；通过要求另一部分受试者给出第一时间里所想到的答案，促使这些人采取启发式处理；而对于第三个小组（控制组）则不做任何控制，仅仅是要求他们进行评估。在判断完成之后，受试者的电视收视量被记录了下来。实验结果跟最初的预期保持了一致。控制小组与采取启发式处理的小组所显现的涵化效果在程度上没有什么区别，而采取系统化处理的小组则没有显现任何涵化效果。而且，这一结论与施勒姆等人（Shrum et al.，1998，study 1）获得的结论惊人地相似：轻度观众所做的评估尽管有所不同，但它们并不取决于处理策略。但是，系统化处理策略仅仅对重度观众起作用，还致使他们的评估更加接近于（采取各种处理策略的）所有轻度观众的评估。图4.2① 表现了这一结果模式。

① 与图4.1一样，图4.2中所显示的内容仅仅粗略地表现由不同的因变量而得出的整体结果模式。要详细了解每种因变量所受到的实际影响，可参见施勒姆（Shrum，2001）后来的研究结果。

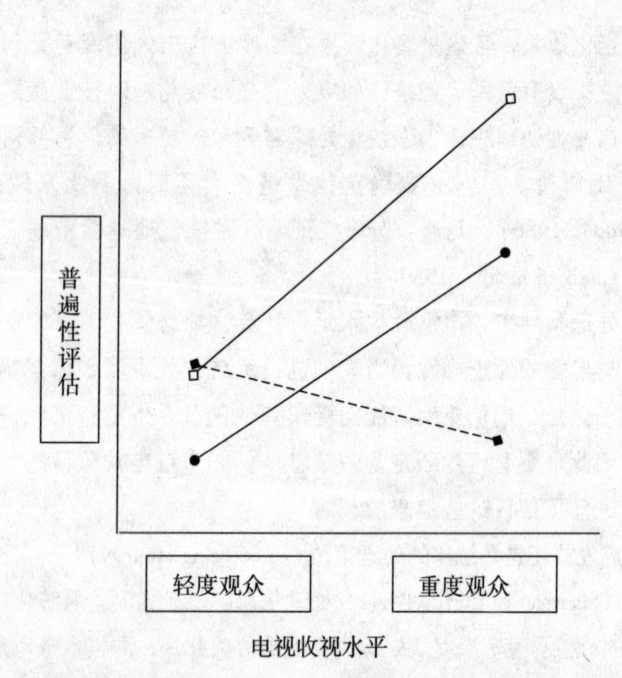

图 4.2　普遍性评估受制于电视收视水平和信息处理策略。本图表现了由不同的因变量而得出的结果模式（see Shrum，2001）。

子命题 5：处理信息的能力调节涵化效果　与子命题 4 一样，子命题 5 也着重关注哪些条件会促进或限制人们采取系统化或启发式的信息处理策略。除了处理信息的动机以外，处理信息的能力也与信息处理策略密切相关（Petty & Cacioppo，1986；Chaiken et al.，1989）。而与处理信息的能力相关的因素之一是时间压力（time pressure）（Moore，Hausknecht，& Thamodaran，1986；Ratneshwar & Chaiken，1991）：时间压力越大，采取启发式处理策略的可能性越大。

为检验子命题 5，施勒姆（Shrum，1999a）采用了一个实验程序，不仅检验了这一命题，还改善了数据搜集方法。关于时间压力的实验操作是这样进行的：在总体（general population）中随机抽样，然后采用信件调查（时间压力小）或者电话调查（时间压力大）的方式。前测（pretest）表明，两种数据搜集方法在时间压力上有所不同，但就参与者自我报告的参与程度（self-reported involvement）而言，两种数据收集方法并没有区别。施勒姆后来的研究（Shrum，2001）提出了与上述实验中相类似的推论和预测。如果涵化效果取决于启发式处理过程，那么在更支持启发式处理（电话调查）的条件下，涵化效果应该比在较少支持启发式处理（信件调查）的条件下更强。这些实验结果肯定了这一想法。在对五个复合变量（composite variables）（社会犯罪、社会丑恶现象［如卖淫、滥用毒品］、婚姻不和、富裕阶层和特定职业等）的普遍性进行评估后，研究人员发现，涵化效果在电话调查的条件下比在信件调查条件下要大得多（施勒姆［Shrum，2001］后来的研究所得出的结论与此类似，但"婚姻不和"这一项例外）。

其他的证据同样支持这一观念：在涵化效果产生过程中，处理信息的能力有着重大的影响。马雷斯（Mares，1996）发现，涵化效果对那些容易弄错某些特定来源（误假为真）的人——与那些没有这种倾向的人相比——而言，其强度更大。因此，即使人们有处理信息的动机（see Shrum，1997），，但如果他们没有适当的能力去处理信息（在这种条件下，还需对信息的来源特征作进一步的确认），那么涵化效果也会发生在他们身上。

模式整合

对模式的创建来说，下一个步骤便是要整合这些可检验的命题及其推论，从而形成一个整体的概念框架。图4.3以流程图的形式表现了这一概念框架，并详细说明了从观看电视到产生涵化效果所经历的一系列环节或步骤。大体上来说，每个环节（以箭头标示出来的）都代表一个已被经验研究证明了的命题。如图所示，事实上存在着众多的途径使媒介报道不会对判断形成影响（没有涵化效果），而仅仅在一种情况（途径）下才会产生涵化效果。

我们在尽可能地简化模式的同时，也导致了一些容易引起误解的地方，在此需要予以澄清。图4.3中一个容易引起误解的地方是，这些环节（是/否）与结果（产生作用/没有作用）是作为二分变量（dichotomous variables）来表述的。事实上，将每个变量看做连续统一体（continuum）更为确切，而且，随着该变量的不断变化，相应的涵化效果的强度也会发生相应的变化。例如，与其把该图解释为"出于强烈的动机处理信息将不会产生涵化效果"，不如解释为"处理信息的动机越强烈，产生的涵化效果越微弱"。

"连续统一体"（continuum）与构成推敲可能性模式（elaboration likelihood model）（Petty & Cacioppo，1986）基础的"详尽性连续统一体"（elaboration continuum）之间是具有相似性的。事实上，鉴于图4.3所表现的模式源于启发式（外围的）处理过程和系统化（中心的）处理过程，那么该模式与推敲可能性模式（也与启发式/系统化模式，Chaiken et al.，1989）具有惊人的相似性也绝非偶然。一般而言，推敲得越少（由时间的紧迫性、智力能力、相关性等等因素决定），涵化效果越强。

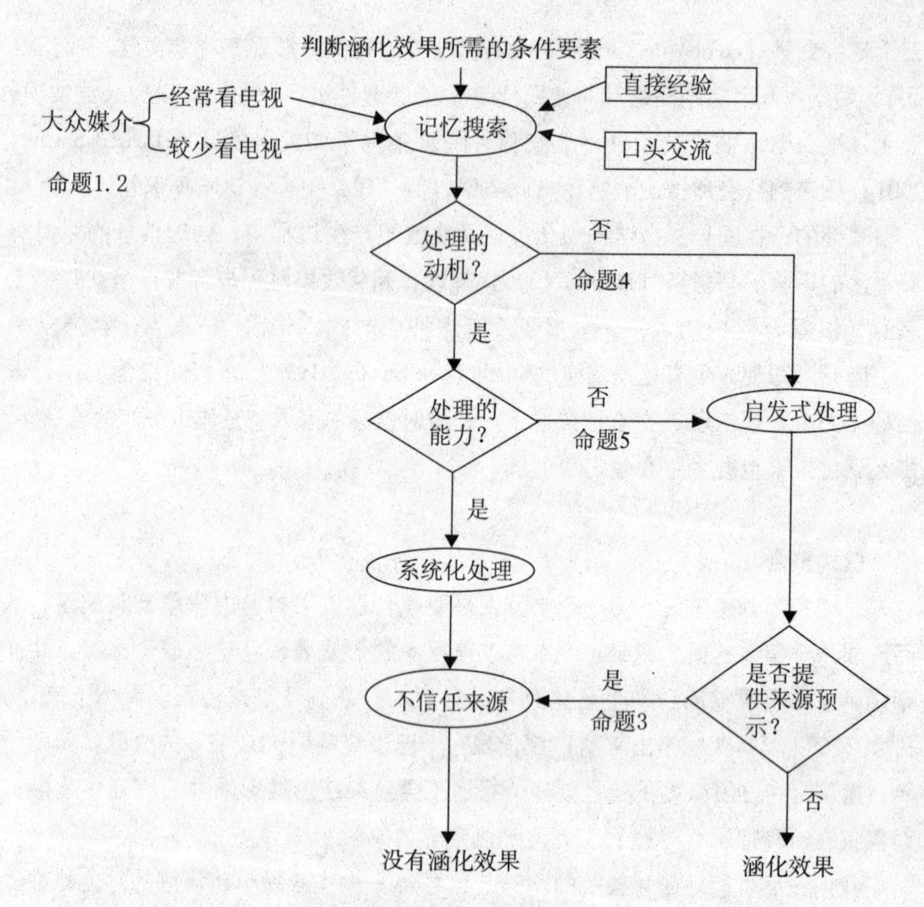

图 4.3 关于电视影响的启发式处理模式流程图。圆圈代表心理活动过程。从“经常看电视”到“记忆搜索”的箭头较粗，这表示它对搜索过程的影响较大。

缺乏说服力的其他解释

构成这一模式基础的上述研究中，至少有一部分（即使不是全部）研究存在着其他的解释，但是，诸如虚假关系和因果倒置之类的概念还是难以解释整个模式。比方说，检验子命题 1 和子命题 2（易接近性）的两项研究由于高度关注了相关关系（correlation），因此可以用诸如虚假关系和因果倒置之类的概念来加以解释。然而，这些另外的解释并不能用来说明从子命题 3 到子命题 5 的实验结果，因为这一模式表明，无论对预示情境还是对信息处理策略进行实验控制，都会产生几乎完全一致的结果——重度观众的评估降低到跟轻度观众相等的程度，但轻度观众的评估并未受到影响。

不同类型的因变量所对应的结果具有一致性，这种现象表明，电视收视行为的确是媒介效果产生的原因性因素（causal factor）。在对职业（医生、律师、警官）的普遍性、犯罪和富裕阶层（以及婚姻不和，从更小范围来说）的判断中可发现这些一致性的结论。虽然因果倒置和虚假关系这两个概念能用来（并且往往被用来）解释任意一个变量的结果，但它们很难对所有变量导致的结果作出解释。而更简约的解释则是：跟现实世界中的情况相比，这些概念在电视中被过度表现了

调和过去研究中相互冲突的结论

如前所述，对于涵化效果而言，过程模式的一个有用特性就在于它有可能调和已有研究中相互冲突的结论。在图4.3中，有多条路线指向弱小的涵化效果或者没有涵化效果，这或许能解释其中的一些冲突。

来源预示解释（Source-Priming Explanations） 施勒姆等人（Shrum et al., 1998）所采用的有关来源预示的操作，要求受试者在提供他们对于普遍性与可能性的评估之前，先提供与他们的电视收视量有关的信息。这种收集数据的顺序足以消除涵化效果。正如摩根和沙纳汉（Morgan & Shanahan, 1996）所指出的那样，许多没有发现涵化效果任何证据的研究，要么是在测量社会认知的情况之前测量电视收视状况，要么是将其作为电视的相关研究提出的。虽然摩根和沙纳汉所进行的整合分析没能找到表明“预示来源可以起到调节作用”的证据，但他们的研究结果表明，在没有来源预示的条件下，涵化效果要比有来源预示的条件下稍微强烈些。因此，以前的研究不能观察到涵化效果，这可能是因为研究人员不经意地预示了信息来源。

同样要注意的是，没有必要在数据收集过程中对信息的来源特征进行预示。预示作用主要是使某一概念在记忆中变得更易接近。对于某些人而言，某些特定的概念在记忆中具有长期的易接近性（chronically accessible）（Higgins, 1996）。因此，谁特别容易想到电视中的概念及其潜在的影响？其中的一个群体可能是传播学专业的学生，或者说，可能是任何一个学习了与电视的潜在影响相关的课程的学生；换句话说，也就是那些被研究机构（特别是传播学院系内的）当作抽样来源（subject pool）的人。因此，在某些研究中，找不到存在涵化效果的证据，这可能归因于抽样群体的特殊属性。

涉入度解释（Involvement Explanations） 在人们形成判断的过程中，有很多因素会影响到他们的涉入度。例如，样本的人员构成不同，其涉入度可能会有所不同。在可能用于搜集数据的大学环境中，大学生可能会比年长的成年人或更

年轻的人更随心所欲一些（Shrum，1997）。另外，与涉入度有关的个体差异也可能存在，例如个人对某主题（例如亲身经历过犯罪的那些人对犯罪这个主题）的兴趣或者对解决问题（例如那些求知欲高的人；Cacioppo & Petty，1982）的总体兴趣。涉入度也可能会因为数据搜集方法的不同而有所不同。比如说，通过匿名调查表搜集的数据，其精确性可能比通过个人访谈搜集的数据低（Shrum，1997，2001）。

时间压力解释（Time Pressure Explanations） 施勒姆（Shrum，1999a）证明，数据搜集方法不同，相应的时间压力也会有所不同，进而会对涵化效果的强弱程度产生明显的影响。在该研究中，区别在于数据是通过电话收集的还是通过信件搜集的。还有一些其他的环境因素也会造成时间压力。我个人的感觉是，在实验中，组成抽样来源的大部分大学生，似乎都急于结束工作快点离开。此外，不论采用哪种类型的数据搜集方法，总有一些人比其他人更匆忙，这或者是由个人因素（例如个性）或者环境因素（例如家庭责任）导致的。

上述所有解释 讨论所有这些解释是为了指出，导致涵化效果减弱或消除的因素很多，在需要形成判断的任何时候，其中任何一个或者说所有的因素都可能发挥影响。事实上，当我们考虑到所有的可能性时，可能会惊奇地发现，我们总是可以观察到涵化效果！但是，该模式所要强调的一点就是：众多研究表明，涵化效果相当弱小（McGuire，1986；Morgan & Shanahan，1996），这在很大程度上是因为，在形成判断过程中，各种不同的条件都在发挥着影响。

何时产生涵化效果 一般而言，当人们采取启发式处理而不是系统化处理时，有望产生（更强的）涵化效果。换句话说，当人们不过多地考虑他们的判断时，涵化效果应该就会产生。但这会使涵化效果微不足道吗？我们知道，通过启发式处理形成的判断比通过系统化处理形成的判断稳定性更差，更易于改变，对行为的预示性更差（Chaiken et al.，1989；Petty & Cacioppo，1986），因此这种判断的质量相对较差。然而，人们一直都在采用启发式判断。我们知道，通过启发式处理形成的判断比通过系统化处理形成的判断稳定性更差，更易于改变，对行为的预示性更差（Chaiken et al.，1989；Petty & Cacioppo，1986），因此这种判断的质量相对较差。然而，人们一直都在采用启发式判断。在向民意测验者提供看法时，在对候选者了解很少的情况下作出选举决定时，在决定是否要在大街上避开某个人时，或在决定如何应对危险环境时，人们往往采用启发式判断。事实上，随着社会认知方面的研究日益增多，值得注意的是，在形成判断的过程中，我们所利用的信息是多么的少，而使用启发式处理法又是多么地频繁（Wyer & Srull，

1989)。另外，最近有研究指出，这一信息处理过程往往是自发的而非人为控制的（Bargh & Chartrand, 1999)。

结论

本章旨在探讨对媒介效果的内在认知过程进行研究的重要性。本章是通过两个途径来达到这一目的的：第一，探讨社会认知研究中得出的一些基本原则，以及这些原则是如何用来解释特定的媒介效果的；第二，论证这些基本原则是如何被用来创建能解释特定媒介效果——涵化效果——的认知过程模式的。

一些明显的不足之处也需要在这里简短说明一下。首先，在本章开头部分，运用过程观念（process concepts）来探讨涵化效果之外的媒介效果还略嫌不足。不能进行全面深入的讨论不仅是因为篇幅所限，还因为本书的其他章节对此进行了更为详尽的阐述。其次，本章第二部分介绍的模式还不够完善。在探讨这一研究视角的重要性时，我可能给读者这样一种错觉，即这一模式能够有效地解释有关涵化效果的所有研究或者大部分研究。然而事实远非如此。这一模式没有提到二级涵化判断（second-order cultivation judgment）等概念（例如态度判断，Hawkins & Pingree, 1990；Shrum, 1995)。同样，该模式也没有详细探讨问题措词(question wording)（例如，“害怕成为受害者”相对于“成为受害者的可能性”，Sparks & Ogles, 1990；社会判断相对于个人判断，Tyler, 1980)、人们的直接经验所起的调节作用以及主流化效果（mainstreaming）和共鸣效应（resonance）(Gerbner, Gross, Morgan, & Signorielli, 1980）等问题。虽然易接近性原则和启发式/充分性原则等社会认知原则同样适用于这些研究领域（cf. Shrum, 1996；Shrum & Darmanin Bischak, 2001)，但它们并没有被包含在本模式中。

在衷心希望本章提出的理论观点，不仅能增加研究文献，而且还能调和以往的研究结论，并在此基础上，进一步激发人们对过程问题进行更为深入的研究。要推进某一研究领域，创建一些能够解释目前主要研究成果的基本理论将大有裨益。就此而言，简单的输入/输出模式显然无能为力。相反，关注调节过程（mediating process)，探讨促进和抑制某种特定效果的条件，则是一种能够产生丰硕成果的研究思路。

5 媒介预示作用综述

戴维·R. 罗斯科斯-埃沃尔德森
■ 阿拉巴马大学（University of Alabama）
贝弗利·罗斯科斯-埃沃尔德森
■ 阿拉巴马大学（University of Alabama）
弗朗西斯卡·R. 迪尔曼·卡彭铁尔
■ 阿拉巴马大学（University of Alabama）

媒介预示作用（media priming）研究的重点已经发生了变化。20年前的研究重点是媒介内容对人们的思想、观念、判断及行为所产生的影响。而在近20年里，媒介学者将研究重点转移到理论的发展上，他们力求详细说明媒介对受众产生影响的心理学机制。换言之，研究者已经从探索媒介预示作用是否存在的研究，转向探索媒介预示作用如何起作用的研究。我们将在本章中讨论几项有关媒介预示作用的经验研究，并从大众传播学和心理学角度对媒介预示作用进行解释。我们经讨论认为，传统心理学对预示作用的解释（即记忆网络模式［network models of memory］中的预示作用）已经限制了我们对媒介预示作用的进一步理解；相反，心智模式（mental models）则为媒介预示作用提供了一个更好的解释思路。

媒介预示作用研究

广义上的“预示作用”（priming）① 是指先前的刺激或事件影响着我们如何对后来的刺激作出反应。在媒介研究领域，“预示作用”是指媒介内容对人们日后与此相关的行为或判断所造成的影响。生活中，媒介无处不在，它是预示我们如何思考、如何行动的强有力工具。也许正是因为媒介的这种特性，很少有媒介

① 在心理学研究中，一般将“priming effect”称为“启动效应”。启动效应是指先前的（语义）信息加工对随后的有关信息加工活动所起的准备和促进作用。——译者注

学者怀疑过媒介预示作用的存在。但有关媒介预示作用是否存在或有关其发生条件的直接的经验研究还是为数不多。

要对媒介预示作用进行直接测试，实验设计中必须包含控制条件（control condition）。控制条件可以非常简单——例如，在测量相关的观念或行为前，不提供任何媒介预示内容。最近，研究人员对媒介（广义上的媒介）预示作用的相关文献进行整合分析后发现，在公开发表的研究项目中，只有42项研究包含了充分的控制条件（Roskos-Ewoldsen，Klinger，& Roskos-Ewoldsen，in press）。在下文中，我们将介绍其中有代表性的研究，以证实媒介预示作用的存在，并着重介绍几种需要用媒介预示作用理论来加以诠释的研究结论。

媒介暴力与预示作用

约瑟夫森（Josephson，1987）研究了媒介暴力内容对儿童行为的预示效果。研究中，约瑟夫森先通过教师收集小男孩们在攻击性特质（trait aggression）方面的指标，然后安排这些男孩观看暴力或非暴力的电视节目。每一节目的刺激程度、吸引人的程度以及欣赏价值都差不多，但暴力节目中反复出现了对讲机（walkie-talkie）的画面，非暴力节目中则没有出现这一画面。对讲机成为暴力节目（而不是非暴力节目）的一种暗示。其中半数男孩在观看特定节目前还观看了一段30秒的非暴力卡通片段，而另一半男孩则在观看特定节目后再观看该卡通片段。这一卡通片段在播放过程中会受到逐渐增强的静电噪声干扰，并且画面最终会变成一片“雪花点”。研究者意图通过外在的技术故障使这些小观众们产生沮丧感。

观看完特定节目后，这些男孩接受了模拟采访（mock interview），接着被送往学校体育馆打地板曲棍球（floor hockey）。在模拟采访中，有的使用对讲机，有的使用麦克风。这样一来，半数的男孩受到了与暴力有关的暗示，而另一半则没有受到此种暗示。研究人员接着让这些男孩轮流去打曲棍球，并对他们在场上和场下的攻击性行为迹象——例如推倒其他男孩，用曲棍球杆击打其他球员，或是用侮辱性绰号称呼他人——进行了观察。经过3节（每节3分钟）比赛后，男孩们被送回学校。

约瑟夫森（Josephson，1987）发现，观看电视暴力节目对那些性格中攻击性本来就较强的男孩产生了预示作用，使其在最初的体育活动中（即在比赛的第一节）表现得更具暴力性。男孩们无论是既观看暴力节目又接受有关暴力的暗示，还是带着沮丧情绪观看暴力节目，（表现在他们身上的）预示效果都得到了强化。

但这种预示效果似乎随着时间流逝而减弱，因为在后来几节比赛中，暴力节目与暴力暗示对男孩们攻击性的影响并不像比赛最初阶段那样强烈。

在另一项调查中，安德森（Anderson，1997）研究了媒介暴力内容对与攻击相关的概念的易接近性（accessibility）的影响。研究人员随机分派了一些大学生观看要么包含要么不包含暴力场景的电影片段，然后要求他们完成一份调查问卷，以评估他们的情境性敌意程度（state hostility level）（实验1）或同时评估他们的特质性（trait）和情境性敌意程度（实验2）。

受试者完成调查问卷后，被护送到另一个房间，研究人员要求他们大声读出电脑屏幕上出现的192个词汇。这些词汇被设计用来激发受试者的攻击、焦虑、逃避或抑制（control）等情绪。例如"进攻"（attack）一词与攻击相联系，而"飞翔"（flight）则与逃避相关。在受试者不知情的情况下，研究人员记录下他们拼读各个词汇的时间。安德森（Anderson，1997）假设，那些看过暴力电影片段的受试者会受到预示作用的影响，因此，与攻击有关的词（即"进攻"）对他们来说更具接近性，他们拼读这些词的速度就比那些与攻击无关的词（即"飞翔"）来得更快。在两项实验中，与观看非暴力电影片段的学生相比，观看暴力电影片段的学生对自己的情境性敌意程度估计更高，但二者在拼读攻击性词汇的速度上并无差异。这一最初的实验结果表明，尽管观看暴力电影片段使受试者更易于感受到攻击性情绪，但并没有使他们的攻击性思想增强。然而，在第二项实验中，安德森（Anderson，1997）发现，特质性敌意程度较弱的受试者中，观看暴力电影片段的人比观看非暴力电影片段的人拼读攻击性词汇的速度更快；而特质性敌意程度较强的受试者拼读攻击性词汇的速度并未受到影片内容的影响。总之，安德森通过这两项实验说明，媒介暴力内容既会对人们的攻击性情绪（即特质性敌意）产生预示作用，又会对人们的攻击性思想产生预示作用（即更易于想到与攻击有关的词汇）。后一影响主要针对特质性敌意较弱的人而言。

与约瑟夫森（Josephson，1987）和安德森（Anderson，1997）的研究相一致的是，罗斯克斯·埃伍德森等（Roskos-Ewoldsen et al.，in press）通过整合分析发现，暴力作品以及与暴力相关的概念（如武器）都产生了相应的预示作用。针对男孩的攻击性所做的研究（Josephson，1987）还表明，预示作用会随着时间而逐渐消退。下一节我们将探讨有关政治新闻报道的媒介预示作用的研究文献。

政治新闻报道与预示作用

与媒介暴力研究相同的是，对政治预示作用的测试也需要适当的控制组。下文将讨论两项符合这一标准的代表性研究，而且我们需要运用媒介预示作用理论来解释相关的研究结果。

克罗斯尼克与金德（Krosnick & Kinder, 1990）根据1986年全国选举研究（National Election Study）的数据，针对公众对里根（Reagan）总统整体表现的评价，考察了有关“伊朗门事件”（Iran-Contra）的新闻报道对公众的预示效果。1986年，美国密歇根大学政治研究中心对从美国公民中随机挑选出来的1086名成年人进行了一次长时间的面对面访谈。访谈中包括一项调查，要求受试者对里根总统的整体表现及其在外交、内政和其他公共问题上的表现进行评价。1986年11月25日，美国司法部长公开证实，美国与伊朗秘密进行武器交易，以武器换人质，随后又将所得的部分资金转交给尼加拉瓜反政府武装组织 。访谈就是在这一天的前后进行的。

这项研究重点关注公众如何看待里根（即他的整体表现、施政能力和正直度）及其处理外交事务（即反政府武装组织问题，中美洲问题，孤立主义政策，美国的外交能力）和内政问题（即国民经济问题与对黑人的援助问题）的能力。克罗斯尼克和金德（Krosnick & Kinder, 1990）对受试者在预示事件（priming event）——有关伊朗军售弊案的声明——前后的反应进行了比较，以便找出主要是哪些国际或国内事务影响了人们对里根总统整体表现的评价。在预示事件之前，国内问题比国际问题更多地影响了受试者对里根的总体评价；在预示事件之后则正好相反——国际问题，尤其是牵涉到中美洲的问题，比国内问题更能影响人们对里根的总体评价。这项研究表明，媒介对政治事件的报道能够对人们的思想和判断产生预示作用。

艾因加、彼得斯和金德（Iyengar, Peters, & Kinder, 1982）的两项实验提到了预示作用问题。在第一项实验中，艾因加等人让受试者在四天中收看了四次新闻播报（newscast），其中一半受试者每次收看的新闻中都有一则关于美国国防战备不足的报道；而另一半受试者，也即控制组，观看的四次新闻都避免谈及国防问题。第二项实验中，三组受试者在五天中收看了五次新闻播报，各组每次观看的主题新闻互不相同，分别为国防战备问题、污染问题和通货膨胀问题。每组仅仅收看其中一个主题，因而对其他两组来说都是控制组。

两项实验都要求受试者在收看新闻播报的前后各完成一份调查问卷。问卷要求受试者以某问题对于国家的重要性、个人关注程度、政府采取进一步行动的必要性以及个人可能与朋友谈论该问题的次数为依据，对八项全国性问题进行评估。另外，受试者还分别从处理国防问题方面（实验1），或者是处理国防、污染和通货膨胀问题方面（实验2），对当时的总统卡特（Carter）的总体表现及其能力和正直度进行了评价。

实验结果显示，无论是与观看新闻前相比还是与控制组相比，实验条件下的受试者都变得更加关注他们所接触的议题（即实验1中的国防战备问题，实验2中的国防问题、污染问题或通货膨胀问题）。对他们来说，其他问题的重要性并没有增强。第二个实验同时还证明，持续地接触有关某个议题的报道，会使人们在评价卡特作为总统的整体表现时更多地考虑到他在处理该议题方面的表现。除了克罗斯尼克和金德（Krosnick & Kinder，1990）的研究之外，这两项实验同样显示，媒介对于某一议题的报道可以对公众政治观点的形成起到预示作用，其中包括公众如何评价国家领导人的效绩。接下来，我们将讨论其他领域中的媒介预示作用。

其他领域中的媒介预示作用

除媒介暴力领域和政治领域外，研究者们对其他环境中的媒介预示作用也进行了研究（Malamuth & Check，1985；Schleuder，White，& Cameron，1993；Wyer，Bodenhausen，& Gorman，1985；Yi，1990a，1990b）。其中，媒介对各种刻板印象（stereotype）的预示作用得到了大量研究（Hansen & Hansen，1988；Hansen & Krygowski，1994；Power，Murphy，& Coover，1996）。例如，观看那些程式化地描绘各种男女形象的摇滚乐录影带，会使人们对其他音乐录影带中的男女形象形成更加刻板化的印象（Hansen & Hansen，1988）。尤其是与观看不含刻板印象的摇滚乐录影带相比，受试者观看含有刻板印象的摇滚乐录影带后，更容易觉得女性处于从属地位。同样，鲍尔等人（Power et al.，1996）发现，阅读时事通讯中有关非洲裔美国人或妇女的刻板信息，影响了读者日后对涉及该目标群体的其他媒介事件的判断。举例来说，对妇女的反刻板式（counterstereotypical）描述，使人们在克莱伦斯·托马斯（Clarence Thomas）性骚扰案听证会中，认为安妮塔·希尔（Anita Hill）的可信度更高；反之，对妇女的刻板式描述则降低了人们对希尔的可信度评价。最后，几项研究发现，媒介对一些有关强奸的谬论（例如"妇女喜欢被强奸"）起到了预示作用，而日后这些谬论会影响人们对强奸案中原告和被告的看法（Intons-Peterson，B. Roskos-Ewoldsen，Thomas，Shirley，& Blut，1989；Malamuth & Check，1985；Wyer et al.，1985）。

在健康领域，一些研究表明，商业广告对刻板印象起到了预示作用。例如，佩奇曼和拉滕希沃（Pechmann & Ratneshwar，1994）让不同的青少年观看青少年杂志中的三类广告：一类是反吸烟广告，集中描述吸烟是一种多么令人讨厌的行为（如气味不雅）；一类是烟草广告；另一类是用来作为对照的广告。浏览杂志之后，受试的青少年中，一部分人阅读了一个吸烟的青少年的故事，一部分人阅读了一个不吸烟的青少年的故事。与观看其他两类广告的青少年相比，观看反吸烟广告的受试者对吸烟的青少年的评价更为消极。进一步来说，受试者对于吸烟青少年的看法受到了媒介预示作用的影响，而且这种看法与受试者本身对于吸烟者的刻板印象（如缺乏见识、不成熟）是一致的（see also Pechmann & Knight, 2000）。

其他领域中有关刻板印象的研究表明，媒介能够对刻板印象起到预示作用，而且这些刻板印象的确影响了人们日后的看法。有关媒介对刻板印象的预示作用的研究，使我们进一步坚信媒介预示作用是普遍存在的。因为这类研究证明，媒介可以起到预示作用，而且是各种媒介（如广告、摇滚乐录影带、时事通讯）都可以起到预示作用。虽然佩奇曼（Pechmann, 2001）的实验表明，媒介预示的刻板印象确实影响了青少年吸烟的意图，但遗憾的是，在这一领域，还没有人着重从行为层面进行研究。而且，尽管人们已经对媒介暴力与预示作用以及政治预示作用进行了研究，但遗憾的是，这一领域中还没有关于媒介预示作用本质的研究。对刻板印象作更极端的描述，会否导致更强烈的预示效果？媒介对刻板印象的预示作用是否会随时间而减弱？由于缺乏相关研究，我们目前还无法回答这些问题。

结论

目前有关媒介预示作用的研究还比较零乱。很明显，媒介确实可以发挥预示作用——许多研究已经表明，整合分析也已证实，媒介会影响人们日后的判断和行为。具体而言，媒介可以对人们的攻击性思想、攻击性情绪（Anderson, 1997; Anderson, Anderson, & Deuser, 1996; Bushman & Geen, 1990）以及攻击性行为（Bushman, 1995; Josephson, 1987）产生预示作用；媒介影响着我们选取哪些信息、采纳何种标准来评价总统（Iyengar & Kinder, 1987; Iyengar, Kinder, Peters, & Krosnick, 1984; Iyengar et al., 1982; Iyengar & Simon, 1993; Krosnick & Brannon, 1993; Krosnick & Kinder, 1990; Pan & Kosicki, 1997）；媒介所预示的各种刻板印象影响着我们对相关群体的判断（Hansen & Hansen, 1988; Hansen & Krygowski, 1994; Malamuth & Check, 1985; Pechmann, 2001; Power et al., 1996; Wyer et al., 1985）。

遗憾的是，几乎没有人集中研究媒介预示作用现象的本质。而且，现有的少数几个领域中的相关研究，对媒介预示作用机制的解释也因领域不同而各异。至今仍无人尝试将不同领域中的媒介预示作用研究进行整合，更没人对媒介预示作用模式进行整合。但是，正如我们即将看到的那样，这些模式有一个共同点：它们都依赖于心理学的预示作用研究。下一节中，我们将简单介绍预示作用的心理学背景，并探讨目前各个领域中的媒介预示作用模式。

预示作用模式

预示程序（priming procedure，亦称“启动程序”）最初出现于认知心理学中，用以探讨记忆网络模式（network models of memory）中的信息结构以及信息表征（representation）形式（e. g. , Anderson，1983）。记忆网络模式假设，信息以节点（node）的形式储存在记忆中，每个节点代表一个概念（如记忆中存在一个“医生”节点）。而且，这些节点通过联想的方式与记忆中相关的节点相连接（如“医生”与“护士”而非“黄油”相关联）。此外，记忆网络模式还假设，每个节点都有其活化阈值（activation threshold），如果某个节点的活化程度超出其阈值，该节点就会被“激活”。当某节点被激活时，它会对其他相关节点的活化程度产生影响。例如，如果“护士”节点被激活，这种激活就会扩散到相关节点，如“医生”。激活扩散（spreading activation）过程的后果之一，就是相关节点此刻只需要较少额外的激活就能被“启动”。这种额外的激活可能来自其他相关节点激活扩散的累积，也可能来自环境的输入（即拼读“医生”这一词汇）。与事先接触一个无关单词（黄油）相比，事先接触一个相关单词（护士）后，人们对一个单词（如医生）做出判断或发音的速度更快，这是激活扩散过程的一种典型的行为后果。记忆网络模式最后的假设是，如果没有额外的激活源，那么一个节点的活化程度将随着时间而消退。最终，如果没有更多的激活，该节点的活化程度将回到休眠状态。

20 世纪 70 年代后期，社会心理学家开始利用预示程序来研究对人知觉（person perception）、刻板印象（stereotyping）和态度激活（attitude activation）。在社会心理学实验中，预示程序一般包括：让受试者接触某一预示事件（priming event，亦称“启动事件”），然后测量这一预示事件是否使受试者对后来出现的其他模糊信息的解释出现偏向。例如，斯鲁尔和怀尔（Srull & Wyer，1979）给受试者四个单词（如他、萨丽、打、踢），要求他们用其中三个单词造句。受试者没有意识到，他们只可能用这四个单词造出两个句子：“他打萨丽”和“他踢萨丽”。根据记忆网络模式，上述两种情况都激活了消极的态度，而且这种激活还扩散到对其他概念的消极态度上（Fazio, 1986）。研究人员接着模糊地描述一下某个人或事件，然后要求受试者做出各种判断。此时该人物或事件的消极方面被激活的速度会比积极方面更快，因此对判断的影响也更大。与网络模式的预测相一致，该领域的研究大都发现，人们对模糊信息的解释会偏向于预示事件，因此，与积极的预示事件相比，消极的预示事件会使人们对一个描述模糊的人物做出更为苛刻的评价（Higgins, Rholes & Jones, 1977；Srull & Wyer, 1979, 1980）。

认知心理学家和社会心理学家的研究都论证了预示作用的两个重要特征。第一，预示作用对某一目标（target）行为或思想的影响程度取决于预示的强度（intensity）以及新近性（recency）的双重作用（see the synapse model of priming, Higgins, Bargh, & Lombard, 1985）。预示的强度是指预示的频率（如一次接触与短时间内的连续5次接触）或预示的持续时间。预示的强度越高，产生的预示效果越大，而且与低强度的预示所产生的效果相比，这些效果消退的速度更慢（see Higgins et al., 1985）。新近性则是指预示与其目标（行为或思想）之间的时间差（time lag）。与很久以前的预示相比，新近的预示产生的效果更大。

预示作用的第二个重要特征是，预示效果会随着时间而逐渐减弱。在那些把反应时间作为因变量的词汇判断任务（lexical decision tasks）（即判断目标是否是单词）和其他相关的判断任务中，预示效果通常在700毫秒内消退（Fazio, Sanbonmatsu, Powell, & Kardes, 1986；Neely, 1977）。在那些对某种社会刺激（social stimulus）进行判断或评价的任务中，预示效果也会随着时间而消退，但这种效果消退的速度似乎更慢（Srull & Wyer, 1979, 1980）。在这类实验中，预示效果可以持续15至20分钟，甚至可能达到1小时（Srull & Wyer, 1979）。斯鲁尔和怀尔（Srull & Wyer, 1979, 1980）曾证明，预示效果在24小时之后仍然能影响判断。但我们知道，后一研究并不具备可重复性（replication）。绝大部分研究发现，预示作用对随后的判断的影响，最多只能持续15到20分钟。如上文所述，这些研究所发现的预示效果的持续时间是一致的。

由此看来，我们必须把预示效果同长期的易接近性（chronic accessibility）区分开来。预示效果会暂时地提高记忆中某个概念的易接近性，而长期的易接近性是指某些概念总是具有很强的易接近性（see research by Bargh, Bond, Lombardi, & Tota, 1986；Fazio et al., 1986；Higgins, King, & Mavin, 1982）。在态度领域，某人对蟑螂的态度可能是长期易接近的；而另一方面，某人对西藏食物的态度则可能不是长期易接近的。正如我们所预测的，具有长期易接近性的概念，与那些不具有长期易接近性的概念相比，对于人们的判断与行为的影响更为持久。不过，具有长期易接近性的概念也可能受到预示作用的影响，从而暂时性地使其易接近性变得更强（Bargh et al., 1986; Roskos-Ewoldsen et al., in press）。但如果没有得到某种形式的强化，即使是具有长期易接近性的概念也会随着时间流逝而变得不易接近（Grant & Logan, 1993）。

罗斯克斯·埃伍德森等人（Roskos-Ewoldsen et al., in press）对有关媒介预示作用的文献进行了整合分析，着重关注了预示作用的两个主要特征。具体而言，他们对"预示强度越大是否预示效果就越强"以及"预示效果是否会随时间而消退"这两个问题进行了考察。首先，在他们进行整合分析的研究资料中，没有一项研究直接考察了预示效果的时间进程（time course）。我们已经提到过，约瑟夫森（Josephson, 1987）发现，当受到媒介暴力预示之后又去打地板曲棍球时，男孩们大部分的攻击性行为发生在比赛的前三分钟内。虽然人们认为这一发现与预示效果的时间进程一致（Geen, 1990），但是没有研究者对媒介暴力预示与攻击性行为之间的这段时间进行人为控制，以确定如果媒介预示之后间隔了较长时间，攻击性行为是否会减弱。然而，罗斯克斯·埃伍德森等人（Roskos-Ewoldsen et al., in press）的整合分析发现，纵观所有的媒介预示作用研究，媒介预示效果似乎都随着时间而逐渐消退。但媒介预示效果的减弱程度并不具备统计显著性。其次，没有一项研究直接考察了预示强度对于其后攻击性行为的影响。整合分析为"媒介预示强度越大，预示效果就越大"这一假定提供了繁杂的证据。例如，持续5至20分钟的媒介预示，比那些持续时间不足5分钟的媒介预示效果更显著。但另一方面，虽然媒介（宣传）运动（media campaigns）（如对海湾战争的报道）持续时间最长（强度最高），但它所起到的媒介预示作用却明显弱于持续时间较短（低强度）的媒介预示活动。由于预示事件与预示效果测量之间存在时间差，因此得出了这些表面看上去显得互相矛盾的结果。在媒介（宣传）运动中的这一时间差，比其他媒介预示作用研究中的时间差都要大得多。

尽管缺乏直接证据证明预示作用的这两个特征，整合分析仍然为媒介预示作用具备上述特征提供了证据。因此，完整的媒介预示作用模式，必须包含预示作用的这两个特征。当然，它们还必须能够解释现有的媒介预示效果。例如，政治预示效果的持续时间，就比心理学实验中典型的预示效果持续时间长得多（Iyengar & Simon, 1993; Krosnick & Brannon, 1993; Pan & Kosicki, 1997; Roskos-Ewoldsen et al., in press）。下一节中，我们将讨论当前各个领域中的媒介预示作用模式，并重点考察它们涵盖上述两个特征的程度以及解释媒介预示效果的能力。

媒介暴力预示作用模式

伯克威茨（Berkowitz，1984，1990，1994，1997）的“新联想主义模式”（neo-associationistic model）针对媒介暴力的后果作出了重要的解释。伯克威茨模式在很大程度上来自预示作用的网络模式（network models of priming）。这一模式假设，媒介对暴力的描述会激活记忆中与“敌意”和“进攻”相关的概念，这就增强了个人实行攻击性行为的可能性，以及将他人行为解读为攻击性行为或敌意行为的可能性。然而，如果没有获得进一步的激活，那么这些概念的活化程度，以及它们对攻击性行为产生影响的可能性，将随着时间而逐渐减弱。

作为对伯克威茨（Berkowitz，1984）新联想主义模式的延伸，安德森、杜塞尔和德内夫（Anderson，Deuser，& DeNeve，1995）提出了“情绪性攻击模式”（the affective aggression model）。这种模式将“情绪”（affect）与“激发”（arousal）纳入到网络模式之中，并提出了一个环境对攻击性行为和攻击性情绪产生影响的“三段式过程”。在第一阶段，情境变量（situational variables）（如痛苦、沮丧、暴力内容）对攻击性认知（aggressive cognitions）（如充满敌意的思想和记忆）及情绪（如敌意、愤怒）产生预示作用，从而增强激发水平。在第二阶段，受到预示作用的认知和情绪，与增强的激发相结合，影响着人们的初级评估（primary appraisal）。初级评估包括对情境（Fazio & Williams，1986；Houston & Fazio，1989）以及此情境中的个人激发状况（one’s arousal in that situation）（Fazio，Zanna，& Cooper，1979；Schachter & Singer，1962；Zanna & Cooper，1974）的自动化解读（automatic interpretation）。模式的最后阶段是“次级评估”（secondary appraisal）。“次级评估”需要付出更多努力，更具针对性，而且需要对情境中的各种行为选择进行更深思熟虑的考虑。该最后阶段可以纠正或者推翻初级评估（Gilbert，1991；Gilbert，Tafarodi，& Malone，1993）。

伯克威茨（Berkowitz，1984，1990，1994，1997）的新联想主义模式和安德森等人（Anderson et al.，1995）的情绪性攻击模式对许多有关预示作用和媒介暴力的研究结果作出了解释。两个模式都预测，媒介暴力会暂时性地强化攻击性思想（Anderson，1997；Anderson et al.，1996；Bushman，1998；Bushman & Geen，1990）和攻击性行为（Bushman，1995；Josephson，1987）。此外，情绪性攻击模式还预测，高温、武器的出现以及竞争等都会强化攻击性思想和攻击性情绪（Anderson et al.，1995；Anderson et al.，1996；Anderson & Morrow，1995）。而且与这两种模式一致的是，与攻击性特质（trait aggressiveness）弱的个人相比，攻击性特质强的个人，其记忆中有关攻击的联想网络更为复杂（Bushman，1996）。最后，这两个模式都预测到，媒介预示效果将随着时间而消退。而且，媒介预示强度越大，媒介预示效果就越大。

政治预示作用模式

媒介预示作用影响了人们对于总统的评价。但直到最近，相关的理论机制在很大程度上仍未得到详细阐述。研究者最先尝试用特韦尔斯基和卡内曼（Tversky & Kahneman，1973）的“可得性启发法”（availability heuristic）来解释媒介报道的政治预示效果（Iyengar & Simon，1993）。根据这种解释，媒介对某个问题的报道，对人们评价总统时想起记忆中的哪些范例（exemplar）产生了影响（Iyengar & Simon，1993）。在某种程度上，这一过程与施勒姆所概述的、用以解释涵化效果（cultivation effects）（见第4章）的过程类似（Shrum，1999；Shrum & O'Guinn，1993）。但是，在政治预示作用领域，这种可得性/涵化解释并没有得到充分阐释，也没有经过任何实证性的检验。

只有一种政治预示作用模式发展得比较完备（Price & Tewksbury，1997）。与伯克威茨（Berkowitz，1984）的新联想主义模式相似，普赖斯和图克斯伯里（Price & Tewksbury）的政治预示作用模式也建立在记忆网络模式的基础之上。如前所述，网络模式认为，概念（constructs）被激活的可能性受到了它们的易接近性（accessibility）程度的影响。在此基础上，普赖斯和图克斯伯里还将信息的“适用性”（*applicability*）纳入其政治预示作用模式之中。该模式主张，人们需要深思熟虑才能判断出信息是否适用于当前情境。普赖斯和图克斯伯里认为，人们能够主动地从工作记忆（working memory）中想到那些被判定为适用的信息（如被媒介激活的概念）。顺便说明一下，“短时记忆”（short-term memory）指的是那些目前在记忆系统中处于活化状态的信息。工作记忆是短时记忆的一种，它指的是那些人的意识可以觉察到的信息。在普赖斯和图克斯伯里的模式中，那些被媒介激活并被判定为适用于当前情境的概念，将被保存到工作记忆中，进而影响到对信息的建构或解释。另一方面，那些被媒介激活但被判定为不适用于当前情境的概念，将不会进入工作记忆。但是这些概念一旦被媒介激活，就意味着它们可能会起到预示作用。

普赖斯和图克斯伯里的模式认为，人们有意识地（consciously）对信息的适用性（relevance）进行判断后将会产生讯息框架效果（message framing）（如人们思考该讯息的方式），而政治预示作用则是在一种相对无意识的（automatic）状态下发生的，它被看做是由媒介引起的各种概念的活化程度暂时增强的结果。遗憾的是，该模式中的预示作用还没有经过实证性的检验。诸多媒介预示作用研究都是在提供预示内容至少24小时之后，才对预示效果进行测量的（Iyengar et al.，1982；Iyengar & Kinder，1987；Krosnick & Kinder，1990）；某些案例中，作为预示内容的媒介报道甚至出现于数周之前（Iyengar & Simon，1993；Krosnick & Brannon，1993；Pan & Kosicki，1997）。因此，就认知心理学家和社会心理学家进行的预示作用研究来看，政治预示作用过程中如此巨大的时间差（time span）使其不大可能影响到人们对总统的评价。从原初意义上讲，预示作用会使某一节点（即概念）的易接近性暂时增强，然后迅速消退。由于政治领域里的这些现象并不符合预示作用的上述特征，所以，相关研究并不适宜援引认知心理学和社会心理学中的预示作用研究来作为理论支撑。更可能的情况是，媒介频繁地、反复地报道某一特定议题（如海湾战争），从而增强了相关信息的长期易接近性（see Lau，1989；Roskos-Ewoldsen，1997；Roskos-Ewoldsen et al.，in press；Shrum，1999；Shrum & O' Guinn，1993）。这种现象与其称之为“政治预示作用”，不如称之为“政治涵化作用”。

其他媒介领域中的预示作用模式

最近，佩奇曼（Pechmann，2001）提出了她的刻板印象预示作用模式（stereotype priming model）。该模式集中关注健康诉求问题。这一模式相应地认为，媒介在公众健康运动中起到了预示作用。以往有关媒介健康运动的研究重点关注于理性健康诉求。这些理性诉求突出强调特定疾病（如艾滋病或乳腺癌）或行为（如酗酒）所引发的恶果，并强调，除非采取特定的行动（如安全性行为、进行胸部自检或者停止酗酒），否则就有导致上述恶果的危险（see Floyd，Prentice-Dunn，& Rogers，2000；Rogers，1983；Witte，1994，1995）。这类诉求强调了我们理性地思考问题并做出决定的能力。而刻板印象预示作用模式则转换了以上研究思路。该模式认为，媒介将负面刻板印象赋予那些从事危险行为的人，而将积极刻板印象赋予那些行为合乎人们期望的人。而媒介正是通过启动这两类刻板印象来影响人们的行为。举例来说，一则商业广告可以启动与酒后驾车者有关的消极刻板印象（如他们不负责任或者不在乎他人生命）。这个模式进而认为，这些消极刻板印象被激活后，会反过来导致人们的“印象管理”（impression management）行为（例如，如果我酒后驾车，我就是个不负责任的人）。

虽然这种刻板印象预示作用模式体现了媒介预示作用的存在，但其意图并非要对媒介预示作用本身进行解释。其实，它试图说明，预示作用现象可用来阐明“怎样才能更有效地运用媒介健康诉求来影响合适的行为（如戒烟）”这一问题。因此，就预示作用的确切机制而论，它是模糊不清的。

概要与结论

在某种程度上，媒介预示作用这一研究领域里的理论进展令人印象深刻。目前已有五种模式来解释导致媒介预示作用的认知过程：伯克威茨（Berkowitz, 1984）的“新联想主义模式”；安德森等人（Anderson et al., 1995）的“情绪性攻击模式”；对于媒介政治预示作用的“可得性启发法”解释；普赖斯和图科斯伯里（Price & Tewksbury, 1997）提出的有关政治预示作用的网络模式；佩奇曼（Pechmann, 2001）的刻板印象预示作用模式（但要注意参见上一节的评论）。其中三个模式（伯克威茨、安德森等人、普赖斯和图科斯伯里提出的模式）直接依靠记忆网络模式来解释媒介预示作用。这三个有关媒介预示作用的网络模式都预测，预示事件（priming event）的强度和新近性会对其后的预示作用强度产生影响。但这些假设都没有在媒介预示作用领域内经过实证性的测试（Roskos-Ewoldsen et al., in press）。人们在阅读有关媒介预示作用的文献时会产生这样一种印象，即媒介学者已经确认了认知心理学和社会心理学中的预示作用概念，并且通过比喻的方式（metaphorically）用它来解释媒介效果，但他们却没有什么兴趣来检测一下媒介预示作用是否是由网络模式中的预示作用导致的。

此外，尽管这些理论之间存在共性，但其研究领域实在相差太大，以至于无法提出一种单一的媒介预示作用理论。举例而言，情绪性攻击模式（Anderson et al., 1995）依靠网络模式来解释情绪性预示作用（affective priming）就存在问题。因为最近的研究已经对网络模式解释情绪性预示作用的能力提出了严重质疑（Franks, Roskos-Ewoldsen, Bilbrey, & Roskos-Ewoldsen, 1999; Klinger, Burton, & Pitts, 2000）。此外，这一模式也有其独特之处，即它包含（incorporate）了“次级评估”过程（这一过程可以推翻预示事件对于其后行为的影响）。显然，这是对该模式的必要补充，由此才能解释，对攻击性认知和攻击性情绪的预示为何并非总是导致攻击性行为。然而“次级评估”在多大程度上适用于政治预示作用研究，我们就不得而知了。相反，在普赖斯和图科斯伯里（Price & Tewksbury, 1997）的模式中，在判断被激活的节点是否可以起到预示作用，或者它是否会影响到人们对媒介报道的理解时，对适用性的判断（judgments of applicability）起到了关键作用。回顾一下，对适用性的判断是指判断被媒介激活的特定概念对当前正在观看/阅读的内容是否适用（applicable）。如果该概念被判定为“适用”，那么它将决定我们如何理解我们正在观看/阅读的内容，而不会起到预示作用；如果该概念被判定为“不适用”，那么它就可以起到预示作用。在媒介暴力场景中，尽管暴力常常是不必要的，但它在节目中却常常出现。按理说，暴力应当会“触发”（trigger）人们对其适用性的判断，进而使媒介无法对攻击性行为产生预示作用。但事实显然并非如此。最后，要将各种媒介预示作用模式整合成一个涵盖各个领域的一致性的模式，其困难在于目前的模式都过于专门化，只能解释与其研究领域相关的研究发现。

在理解媒介对其后的判断和行为所产生的影响时，与媒介预示作用有关的网络模式为我们提供了一种基本的理论框架。但我们认为还需要将网络模式纳入到一个更广泛的理论框架之中，这样才能充分解释这些模式试图解释的现象。接下来，我们就提出这样一种理论框架——心智模式。

一种理解媒介预示作用的新框架：心智模式

心智模式（mental models）反映了这样一种观点，即思想通常在某种情境（situation）之中产生，并且与该情境有关（Garnham，1997）。心智模式是对以下内容的认知表征（cognitive representation）①：真实世界或虚拟世界（包括时间与空间）中的各种情境、在该情境中出现的各种实体（entities）（以及这些实体所处的状态）、各实体与情境之间的相互关系（包括因果关系和目的性）以及该情境中所发生的事件（event）（Garnham，1997；Johnson-Laird，1983；Radvansky & Zacks，1997；Wyer & Radvansky，1999；Zwaan & Radvansky，1998）。虽然心智模式不同于记忆网络模式，但我们假定，心智模式中的实体及事件与记忆网络中的相关表征（representation）之间是相关联的（Radvansky & Zacks，1997；Wyer & Radvansky，1999）。换言之，我们假设心智模式与记忆网络模式中的语义网络（semantic network）是并存的。

范蒂耶克（vanDijk，1998）认为，心智模式同时涵盖了语义记忆（semantic

① 认知表征（cognitive representation），人在记忆系统中对外部存在的言语和非言语信息的存储和表达。认知表征是认知心理学的一个重要概念。关于认知表征的方式，即信息在头脑中的存储方式问题，心理学家的看法很不一致。当前，心理学家把研究的焦点集中在信息在长时记忆中的存储方式问题上。有人主张，对现实存在的言语和非言语两大类信息，人发展了两个存储系统——言语系统和意象系统，这两个系统既相互独立，又相互联结。也有人主张，我们的各种经验，不管是来自言语的还是来自非言语的经验，都是以抽象命题的形式存储在长时记忆中的。认知表征也叫做“内部表征”。——译者注

memory)（对世界的认识）和情景记忆（episodic memory）（对我们以往经历的记忆）。但这种观点可能会导致误解，尤其是它可能会造成这样一种印象，即心智模式仅仅是对个人以往所经历的情境的表征（这也就是范蒂耶克所指的“经历心智模式”[experience mental models]）。但是当我们将心智模式定义为“对各种情境的认知表征”时，“情境”这一术语的指向是非常广义的。比如，我们可以提出关于所有权以及所有者与其所有物之间的相互关系的心智模式（Radvansky & Zacks, 1997）。

人们已经利用心智模式来理解众多不同的现象，包括推理（reasoning）与问题解决（problem solving）（Greeno, 1984; Johnson-Laird, 1983）、语言处理（Garnham, 1997）、儿童对世界的理解（Halford, 1993）、文本理解与话语（discourse）（Graesser, Singer, & Trabasso, 1994; Morrow, Greenspan, & Bower, 1987; vanDijk & Kintsch, 1983; Zwaan & Radvansky, 1998）、儿童的物理观（Gentner & Gentner, 1984）、空间认知（spatial cognition）（Radvansky, Spieler, & Zacks, 1993）、讯息效果（message effects）（Capella & Street, 1989）、政治广告（Biocca, 1991）以及意识形态（vanDijk, 1998）等各种问题。我们相信心智模式同样可以用于理解媒介预示作用。

需要说明的是，我们并不是说，记忆网络模式中的预示作用不会伴随媒介而产生。显然，商业广告会对各种概念产生预示作用，而这种预示作用又会影响到人们对其他广告或者和该广告一同播出的节目的理解（Yi, 1990a, 1990b）。同样，与观看非暴力电影片段的受试者相比，观看暴力电影片段的受试者拼读有关攻击的词的速度更快（Anderson, 1997）。这两项研究发现都与预示作用的网络模式相一致。

但是，研究预示作用的媒介学者感兴趣的这些现象（如媒介暴力对攻击性行为的影响，政治报道对人们用哪些信息来评价总统的影响），并不能简单地用基于记忆网络模式的媒介预示作用理论来加以解释。从基本层面上讲，记忆网络模式中所提及的预示效果消失得实在太快，以至于无法解释许多媒介预示效果。当然，关于时间进程问题，我们可以像普赖斯和图克斯伯里（Price & Tewksbury, 1997）那样，假定媒介内容会增强概念的长期易接近性，而且正是概念的长期易接近性才会促成媒介效果的产生（see also Roskos-Ewoldsen et al., in press; Shrum, 1999; Shrum & O' Guinn, 1993）。尽管我们认为（概念的）长期易接近性非常重要（e.g., Roskos-Ewoldsen, 1997; Roskos-Ewoldsen, Arpan-Ralstin, & St. Pierre, in press; Roskos- Ewoldsen & Fazio, 1992a, 1992b, 1997），但我们还是建议，将有关预示作用和长期易接近性的现象纳入到一个更大的、与记忆的心智模式有关的理论框架中去。

我们可以用有关“态度－行为”关系的过程模式（the process model of the attitude-behavior relationship）（Fazio，1986，1990；Fazio & Roskos-Ewoldsen，1994；Roskos-Ewoldsen，1997）为例，来了解心智模式是如何运作的。该模式中，易接近的态度（accessible attitudes）通过影响对目前情境的阐释，进而对行为产生影响。换言之，易接近的态度通过对某种心智模式（该心智模式围绕当前情境而建构）产生影响，进而对行为产生影响。我们认为，许多预示效果同样可以通过这种方式重新加以解释。简言之，预示内容通过影响为理解当前情境而建构的心智模式类型，进而对随后的信息诠释方式产生影响。

心智模式可以通过两种途径与媒介预示作用相联系。首先，当人们面对新环境时，他们可以选择究竟是建构一种新的心智模式，还是使用记忆中旧有的心智模式。显然，人们的长时记忆中存储了无数种心智模式。如果是使用记忆中旧有的心智模式，那问题就变成了用哪种原有模式来理解/阐释某一特定的情境。尽管记忆中的心智模式与当前情境之间的匹配情况，会影响到人们究竟使用哪种或哪些模式，但我们仍进一步认为，心智模式同记忆中的其他概念一样，它们的易接近性程度将因情境不同而发生变化（Radvansky & Zacks，1997；Wyer & Radvansky，1999）。相应的，媒介能够启动某些心智模式，并增强人们使用这些心智模式的可能性。例如，在布什（Bush）的总统任期内，媒介集中报道即将来临的科威特战争时，这些报道可能会使人们形成一种有关布什总统和科威特危机的新心智模式，或是使人们对有关布什总统的旧有心智模式进行修正。无论哪种情况，对于该问题的频繁报道都会增强这类心智模式（或者是该心智模式中有关布什总统应对危机的部分）的易接近性。结果，在对布什总统的表现进行评价时，人们更可能使用新近建构的模式，而且该模式对评价产生的影响更大。同样，当经济衰退成为1991年底至1992年的一项主要议题时，媒介的大量报道使得有关布什总统的心智模式进一步发展。这样，心智模式就可以用来解释政治预示作用的长期影响。约瑟夫森（Josephson，1987）围绕“观看暴力电视节目对男孩的攻击程度的影响”这一问题进行了研究，从而为这一过程提供了又一例证。我们认为，观看电视暴力节目会激活某种包含了暴力的心智模式，其中，暴力是模式中各实体间的一种关联方式。因此，当男孩们刚置身于一个与其他男孩互动的情境中时，被电视节目激活的心智模式仍然处于活化状态，并会影响到男孩对当前情境的观察（即他们更容易将与其他人的关系看做与暴力有关）。此外，当男孩接受采访并受到来自暴力电视节目的暗示（一个对讲机）时，由于对讲机成了该模式的一部分，因此这种暗示将会更进一步地激活这种心智模式。这种更进一步的激活将会增加男孩用该模式指引自己行为的可能性。

心智模式与媒介预示作用相联系的第二个途径，是指媒介能够启动心智模式中的某些特定信息。研究表明，心智模式内特定信息的易接近性程度会随着个人当前执行的即时任务而发生变化（Morrow, Bower, & Greenspan, 1989; Morrow et al., 1987; Radvansky & Zacks, 1997; cf. Wilson, Rinck, McNamara, Bower, & Morrow, 1993)。换言之，媒介不但能够启动某些心智模式，还能启动特定心智模式内的特定信息，从而使该信息具有更强的易接近性。不过，心智模式“围绕什么聚焦点（focus）而建立”这一问题，将会影响到某类信息从记忆中被启动和提取的难易程度。例如，观看电影《蓝丝绒》（*Blue Velet*）时，观众可以创造一个关于电影情节（如在一个田园小镇里发生了一连串离奇而又令人不安的事件）的心智模式，也可以创造一个关于主角弗兰克（Frank）——神经质的毒品贩子（由丹尼斯·霍珀［Dennis Hopper］扮演）——的心智模式。如果该心智模式是围绕弗兰克建构的，丹尼斯·霍珀在其他情境下再次出现时就会激活关于弗兰克的心智模式。事实上，本文的一位作者就遇上了这种情况，他观看了《蓝丝绒》，一个星期后又观看了电影《火爆教头草地兵》（*Hoosiers*)。当丹尼斯·霍珀在《火爆教头草地兵》亮相时，这位作者的反应非常偏激，因为霍珀的出现激活了来自《蓝丝绒》中有关弗兰克的心智模式。他担心，这个毒贩在《火爆教头草地兵》里会对一群高中篮球队员做些什么。然而，如果该心智模式是围绕《蓝丝绒》的剧情建构的，那么人们在其他不同的情境中看到丹尼斯·霍珀而激活该心智模式的可能性就要小很多。

就更普遍的层次而言，心智模式为我们对媒介的学术理解提供了一个灵活的框架。特别值得一提的是，它具有三大特征：第一，心智模式存在许多抽象层次。如果你是推理小说的读者，你也许会对阿嘉莎·克里斯蒂（Agatha Christie）的小说有一个心智模式，对她的白罗和玛波小姐有着更具体的心智模式，甚至可能对白罗和玛波小姐系列中的特定故事有着更具体的心智模式。第二，新信息可以整合到旧有的心智模式中。一个人关于舒兹伯利（Shrewsbury）——埃利斯·彼得斯（Ellis Peters）的推理小说《卡德菲尔修士》（*Brother Cadfael*）中的故事发生地——的心智模式，会随着获得了更多有关舒兹伯利和卡德菲尔修士所居住的修道院的信息而更新（Wyer & Radvansky, 1999)。同样，人们会反思心智模式的内容进而更新该模式（Zwaan & Radvansky, 1998)。第三，心智模式既可以表现静态情境，如关于舒兹伯利的心智模式（拉德万斯基和扎克斯 [Radvansky & Zacks, 1997] 称之为“事件状态模式” [states-of-affairs models]）；又可以表现正在发展变化中的动态情境，如关于修道院正在发生的具体神秘事件的心智模式（拉德万斯基和扎克斯称其为“事件进程模式” [course-of-event models]）。

多项研究均证明，心智模式有助于人们从总体上理解媒介。研究发现，语言信息与图片信息相结合有助于心智模式的建构（Glenberg & Langston, 1992; Wyer & Radvansky, 1999）。因此，媒介能够在心智模式的建构过程中有效地施加影响力。此外，研究还表明，以前创造的心智模式将会影响到人们对新信息的解读，同时还会影响到人们如何建构心智模式来理解当前事件（Radvansky & Zacks, 1997; Wyer & Radvansky, 1999）。最后，如前所述，心智模式的抽象程度各不相同，因此，经常观看某类节目的观众应当拥有更为丰富的抽象心智模式，才能理解这类节目的细微差别。事实上，研究已经发现，人们建构的心智模式取决于他们所阅读的故事的类型（Zwann, 1994）。媒介内容存在着各种不同的类别，相应的，人们围绕媒介事件所建构的心智模式也各不相同。

心智模式还为解释个人对媒介的理解提供了一个框架。尤其在如何理解媒介这个问题上，我们所建构的心智模式发挥了不可或缺的作用。个人要想理解对话内容、媒介或者整个世界，就需要建构一个代表该事件的心智模式。当某人能够建构这种模式时，可以说他已经理解了这一事件（Halford, 1993; Wyer & Radvansky, 1999）。而且，心智模式有助于理解节目中各镜头间甚至各节内容间的信息（Zwaan & Radvansky, 1998）。同样，围绕某节目而建构的心智模式有助于们推断出该节目的类型（Graesser et al. , 1994）。

最后，心智模式为理解媒介对我们的认知及行为所产生的影响提供了一个框架。例如，塞格林和纳比（Seigrin & Nabi, in press）最近发现，观看浪漫电视节目越多的人，对婚姻的理想主义期待就会越强。我们认为，观看这类节目会使观众创造出一种符合媒介所表现的理想婚姻形象的心智模式。换言之，我们认为，观众对婚姻的期待正是他们有关婚姻的心智模式所产生的结果，而该心智模式至少部分地受到了他们所观看的节目类型的影响。怀尔和拉德万斯基（Wyer & Radvansky, 1999）还提供了一则例证。他们认为，人们受到媒介的影响从而产生“卑鄙世界”（mean world）的认知（see Gerbner et al. , 1977），这可能是人们运用观看媒介暴力节目时所建构的心智模式来理解现实世界的结果。考虑到电视中暴力内容数量众多，那些重度观众很可能会建构各种抽象心智模式来帮助自己理解这些节目。但是，这些心智模式的抽象性（abstractness）也有可能增加了人们用这些模式理解现实环境的可能性。这样，心智模式就可以用来解释涵化效果以及媒介对人们现实观的影响。

总之，我们相信心智模式在帮助我们理解媒介方面有很大的潜力。心智模式既可以解释短期媒介预示作用（如对攻击性思想的预示作用），又可以解释长期媒介预示作用（如媒介影响着人们在长达数周的时间里选取哪些标准来评价总统）。此外，心智模式还具有一个优势——它能够解释其他与媒介有关的现象，例如涵化效果。而且，尽管心智模式可以用来解释媒介效果，但它同样可以用来解释我们是如何理解和诠释媒介的。因此，我们认为，心智模式将提供有效的途径，来解释媒介如何影响我们，并帮助我们理解人们如何诠释媒介。

6 大众传播的社会认知理论

艾伯特·班杜拉
■ 斯坦福大学（Stanford University）

大众媒介的社会影响使得我们无法不去探寻它的符号传播活动作用于人们的思想、情感和行为的社会心理机制。社会认知理论提供了一种动因性（agentic）的概念框架，据此可以检验媒介影响的决定因素和作用机制。人们常常用单向的（unidirectional）因果关系来解释人类行为，认为它受到环境和内在倾向的塑造与控制。社会认知理论则使用三元交互因果关系（triadic reciprocal causation）来解释社会心理的机能活动（functioning）（Bandura，1986）。在这种自我与社会相互作用的观点中，以认知、情感和生物事件（biological event）形式存在的个人因素与行为模式以及环境事件（environmental event）相互决定、相互影响。（图6.1）

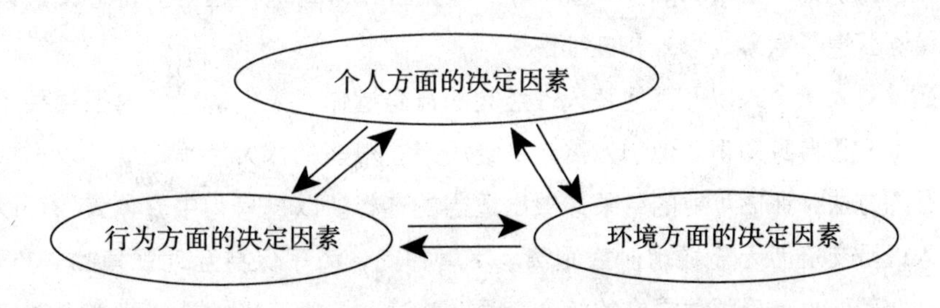

图6.1　社会认知理论中的三元交互因果关系模型

社会认知理论是在动因性视角下建立起来的（Bandura，1986，2001a）。人是自我组织（self-organizing）、主动（proactive）、自我反省（self-reflecting）、自我调节（self-regulating）的个体，并不完全受制于环境事件或内力的形塑与牵引。人类的自我发展、适应和改变离不开相应的社会体系，个人能动性（agency）总是受到社会结构网络的影响。在这种交互作用中，人既是社会系统的生产者又是社会系统的产品。个人能动性和社会结构不是相互对立的两极，而是整合因果结构中两种相互决定的因素（codeterminant）。

从社会认知的视角看来，人性有着巨大的潜能。在生物的极限内，人性可以由直观经验塑造出多样化的形态。人类与其他生物的区别就在于他们与生俱来的可塑性。这并不是说他们本性缺失或生无定形（Midgley，1978）。可塑性是人性固有的组成部分，它取决于神经生理机制和结构的进化情况。这些发达的神经系统专门对编码信息进行处理、记忆和使用，赋予人类生成符号化（generative symbolization）、预见（forethought）、评价性自我调节（evaluative self-regulation）、反省性自我意识（reflective self-consciousness）和符号沟通（symbolic communication）等多种独特的能力。下面，我们将一一展开对这些能力的探讨。

符号化能力

认知、替代（vicarious）、自我调节和自我反省过程在社会认知理论中处于非常核心的地位。卓越的符号化能力是人类理解环境，制造并调节那些与其生活密切相关的环境事件的强大工具。大多数的外部因素并不直接作用于人类行为，而是透过认知过程发挥影响。认知因素在一定程度上决定了环境事件被观察的可能性、被赋予的意义、效果的持久度、情绪方面的影响和促动效力，以及组织起被传达的信息以备将来之需的方式。正是借助符号，人们才得以将转瞬即逝的经验加工转换成认知模型（cognitive model），为判断和行动提供指导。符号使人们的自身经验获得了意义、形式和连续性。

通过对大量个人以及其他替代性经验的符号运作，人们达成了对因果关系的理解并扩充了自身知识。他们无需亲身经历那些艰辛的探索过程，就可以形成解决问题的方法，评估可能的结果并做出适当的选择。以符号为中介，人们可以与任何人进行交流而无需顾虑时空距离。尽管如此，为了保持互动视角的一贯性，社会认知理论也十分关注思维的社会来源，关注社会因素影响认知机能活动的机制。卓越的符号化能力构成了人类其他独特能力的基础。

自我调节能力

人类不仅可以“知”和“行”，还具有自我指导（self-direction）的能力，可以做到自我反应。为了确保机能活动的有效性，人类必须用自我调节来取代外部的制约（sanction）与要求。对动机、情感和行动（action）的自我调节，部分是通过内在标准的确立以及对自身行为的评价性反应实现的（Bandura，1991a）。期望通过执行某些价值标准而获得的自我满足（self-satisfaction）和对未达标行为操作（substandard performance）的不满都能成为行动的诱因动机（incentive motivator）。这种动机效果（motivational effect）并非源自标准本身，而是源自行为开展过程中的评价性自我投入（self-investment）以及对某些行为操作的积极或消极反应。

大多数的自我调节理论都建基于负反馈①系统（negative feedback system）之上。在此系统中，人们努力缩小被感知的行为操作与被采纳的标准之间的鸿沟。尽管如此，由负差距（negative discrepancy）促发的自我调节只是调节过程的一部分，且并不一定是更有趣的那部分。事实上，人是主动的、有追求的生物。人的自我调节同时依赖差距生成（discrepancy production）和差距缩减（discrepancy reduction）机制。对行为的促动和引导是通过主动控制来实现的，包括设立挑战性目标并调动一切资源、技能和力量以达成这些目标。在自身一直追求的目标得以达成后，那些有强烈效能感（sense of efficacy）的人会为自己设定更高的目标。对更高挑战的接受会促成新的、有待征服的动机性差距的出现。因此，动机和行动的自我调节是一个双重控制的过程——差距生成带来不平衡局面（主动控制[proactive control]），差距缩减随即促成平衡局面②的重新形成（反应控制[reactive control]）。

在追求成就和培养能力等机能活动领域内，当人们发现需要更多知识技能或遭遇新挑战时，以前那些足以满足需要的内在标准就会逐渐发生改变。而在许多社会与道德行为领域中，内在标准是行为调节的基础，具有较强的稳定性。人们关于对与错、好与坏的观点不会经常改变。一旦接受了某种道德标准，人们对符合或违反此标准的行动的自我制约（self-sanction）就会影响他们的自我调节活动（Bandura, 1991b）。道德能动性的作用方式有两种，一种是道德的抑制（inhibitive）形式，表现为抑制不人道行为的能力，一种是道德的主动（proactive）形式，表现为开展人道行为的能力（Bandura, 1999b）。

预见能力扩展了个人能动性的时间维度。预见会引导多数人类行为向着未来的事件和结果发展。这种未来时间的视角会以不同方式呈现出来。人们会为自己设置目标，预期未来行动的可能结果，或者设计行动步骤以求获得预期效果并避免不希望出现的后果。由于尚未实际发生，未来事件不能成为当前动机与行动的致因。不过，构想中的未来能在当前认知中得以表征，从而提前成为当下行为的

---

① 人体内受控部分发出的反馈信息能减低控制部分的活动称为负反馈。——译者注

② 不平衡指的是动机和行动之间发生分歧，行动不符合预期的标准，没能达成预期目标；平衡则是动机和行动的一致，行动符合预期标准，达成了预期目标。——译者注

促动与调节因素。预见功能在价值观领域的长期使用，能为人们提供人生的方向、连贯性与意义。

自我反省能力

对自我以及自身思想与行动的适当性予以反省的能力是人类的另一显著特征，在社会认知理论中同样占据显著地位。人类不仅能开展行动，还能对自身机能活动进行审查。有效的认知机能活动需要掌握区分正确和错误思想的可靠方法。人们通过自我反省的方式对自己的思想进行验证，形成观点，据此展开行动或预测观点的分布情况。然后，人们根据上述结果对自己思想的适当性进行判断并做出相应的调整。通过对比思想与现实之间的一致程度，人们可以对自己思想的有效性和功能性价值（functional value）进行评估。四种不同的思想验证过程由此产生，分别是亲历验证、替代验证、社会验证和逻辑验证。

亲历验证（enactive verification）依赖于思想与行动结果之间的适合度。当二者的适合度高时，人们会强化这种思想；当二者的适合度不高时，人们会拒斥这种思想。在替代验证（vicarious verification）的过程中，对他人与环境之间的相互作用及其效果的观察有助于对自身想法的正确性的检查。替代性思想验证并不仅仅是对亲历体验的补充。符号性示范（symbolic modeling）大大扩展了那些无法通过个人行动获取的验证体验的范围。当体验性验证很难开展或根本行不通时，人们就会诉诸社会验证（social verification），根据他人的信念来检验和评估自身观点的合理性。在逻辑验证（logical verification）过程中，人们通过已有知识推导和检查出自己思想中的谬误。

这种元认知（metacognitive）① 活动通常会形成正确的思想，但也能产生错误的思想。源自错误信念的行为会创造出一种强化错误信念的社会环境（Snyder, 1980）。那些易出问题的人无论走到哪里都会通过攻击性行为制造负面的社交氛围。参照被媒介扭曲的社会现实展开的思想验证也会导致对人、地点、事物的误解（Hawkins & Pingree, 1982）。如果某人所属的参照群体拥有一些十分特殊的共同信念，且与外部社会的联系和影响相隔绝，那么以该群体为参照的社会验证就

---

① 元认知（metacognition），认知心理学的重要概念之一，由美国心理学家弗拉维尔（John Hurley Flavell）在他1976年出版的《认知发展》一书中首次提出。所谓“元认知”，就是“个体关于自己的认知过程、结果及其他相关事情的知识，以及对认知过程进行主动的监测和连续的调控”。简言之，元认知就是认知的认识。此处的元认知活动指的是对自身思想进行验证，以达成对思想的规范和控制的活动，包括亲历验证、替代验证等。——译者注

会使此人形成怪诞的现实观（Bandura，1982；Hall，1987）。如果以错误的知识为依据，或是在逻辑推理过程中存有偏见，归纳推理就会出错（Falmagne，1975）。

在自我参照（self-referent）的思想中，最核心、最普遍的一种是对以下效能的信念：人可以控制自身的机能活动水平和那些影响其生活的事件。这种核心信念是人类能动性的基础（Bandura，1997；2001a）。人们若不相信自己的行为会产生好的结果或避免不好的结果，他们就不会开展相应的行动。这类信念会对人产生不同的影响，包括想法是自我增强（self-enhancing）还是自我削弱（self-debilitating），乐观还是悲观；选择何种行动步骤；为自己设定什么目标，做出什么的承诺；付出的相应努力有多少；期望自己的努力会产生什么结果；面对困难能坚持多久；在逆境中的适应能力如何；面对环境的多重要求能承受多少紧张与压力；最终成果如何。

人类是无法单独生存的。他们必须合作以便获得个人难以单独获得的东西。社会认知理论将人类能动性概念扩展为集体能动性（Bandura，1999a，2000b）。集体对自身效能的评价越高，达成目标的欲望就越强烈，对事业的投入就更积极，更能忍耐挫折，适应逆境，获得的成就也会更高。

替代能力

心理学理论过去一直强调对行动效果的学习。如果知识和技能只能通过反应结果（response consequence）取得，人类的发展过程将会非常迟缓、乏味和冒险。如果文化中的每个新成员都要根据反应结果而非文化模式的范例缓慢地学习语言、风俗、社会实践和必备能力，那么文化将无法传承。人类很少具备与生俱来的技能，而危险又无处不在。因此，缩短文化的获得过程对人的生存与自我发展（self-development）是至关重要的。此外，时间、资源与流动性（mobility）也极大地限制了人类获得新知识和新能力的范围与途径。

于是，人类逐渐形成了发达的观察学习能力，能从各种榜样（model）所传达的信息中获取并迅速扩充自己的知识和技能。实际上，所有源自直接体验的行为、认知和情感，都可以从对他人行动及其结果的观察中替代性地获得（Bandura，1986；Rosenthal & Zimmerman，1978）。大多数社会知识都是从周边环境（immediate environment）中有意或无意地获得的。不过，也有大量关于人类价值观、思想风格和行为模式的信息是来自于大众媒介符号环境的广泛示范。

符号性示范的重要意义就在于它无远弗届的覆盖范围和它对社会心理的影响。与那种需要反复尝试错误（trial-and-error）进而改变个体行动的学习过程不同，观察学习能将某一新的思想和行为方式同时传播给无数分布广泛的人。符号性示范的另一重要意义表现在它的心理和社会影响方面。在日常生活中，人们只能直接接触到一小部分自然环境和社会环境。他们的工作环境、行走路线、所去之地、所见到的朋友和伙伴都基本保持不变。因此，人们对社会现实的认识受到替代性体验——所看、所听、所读——的极大影响，而不必经过直接经验的验证。在很大程度上，人们是根据自己对现实的印象而展开行动的。这种印象与媒介符号环境之间的依存度越高，对社会的影响就越大（Ball-Rokeach & DeFleur, 1976）。

大部分心理学理论在传播技术迅猛发展之前就已经存在，因而未能充分关注符号环境在现代生活中所扮演的日益重要的角色。以前，示范大多影响人们在其周边环境中的行为模式；如今，视频传输技术的加速发展大大拓宽了社会成员每天能接触到的榜样类型。采纳这类思想和行为的示范模式的观察者能超越周边环境的局限。符号性示范正在世界范围内迅速散布新的思想、价值观、行为模式和社会实践，促成全球意识的形成（Bandura, 1986, 2000d）。符号环境在人们日常生活中占据了重要位置，社会现实的建构与公共意识的形成很多都依赖电子文化交流（electronic acculturation）。这种交流形式正在改变社会系统的运作方式，并作为主要工具促进社会政治变革。电子文化交流已经成为了电子时代的文化交流研究中不可或缺的一部分。

观察学习的控制机制

符号性示范是全面了解大众传播效果的关键。因此，我们将详细探讨社会认知理论中与示范相关的内容。图 6.2 概述了观察学习的四项子机能（subfunction）。

注意过程决定着示范的哪些结果将得到观察，哪些信息将从示范事件（modeled event）中提炼出来。许多因素影响着人们对示范事件的考察和说明。其中一些决定因素与观察者的认知技能、先入之见（preconception）和价值偏好（value preference）有关。另一些因素则与示范活动的显著性（salience）、吸引力和功能性价值有关。此外，还有一些因素涉及人类互动和社交网络的结构安排，它们极大地决定着人们可接触的榜样类型。

如果一个人没有进行符号编码或记忆，那么被观察到的事件就不会对他产生多大影响。观察学习的第二项子机能与认知表征（cognitive representation）的建构有关。在社会认知理论中，观察者能根据范例（exemplar）而非惯行事务的脚本

(script) 来建构有关行为方式的生成性观念 (generative conception)。保持过程涉及对示范事件传递的信息的积极转换与重构，它使那些信息成为可在记忆中得到表征的规则和观念。记忆的保持在很大程度上有赖于从示范信息到记忆符码的符号转换 (symbolic transformation) 过程以及就编码信息展开的认知复述 (cognitive rehearsal) 过程。先入之见和情感状态会使上述表征活动发生偏向。同样，回忆 (recall) 也是一种涉及对已登记事件 (registered event) 的重构而非简单提取的过程。

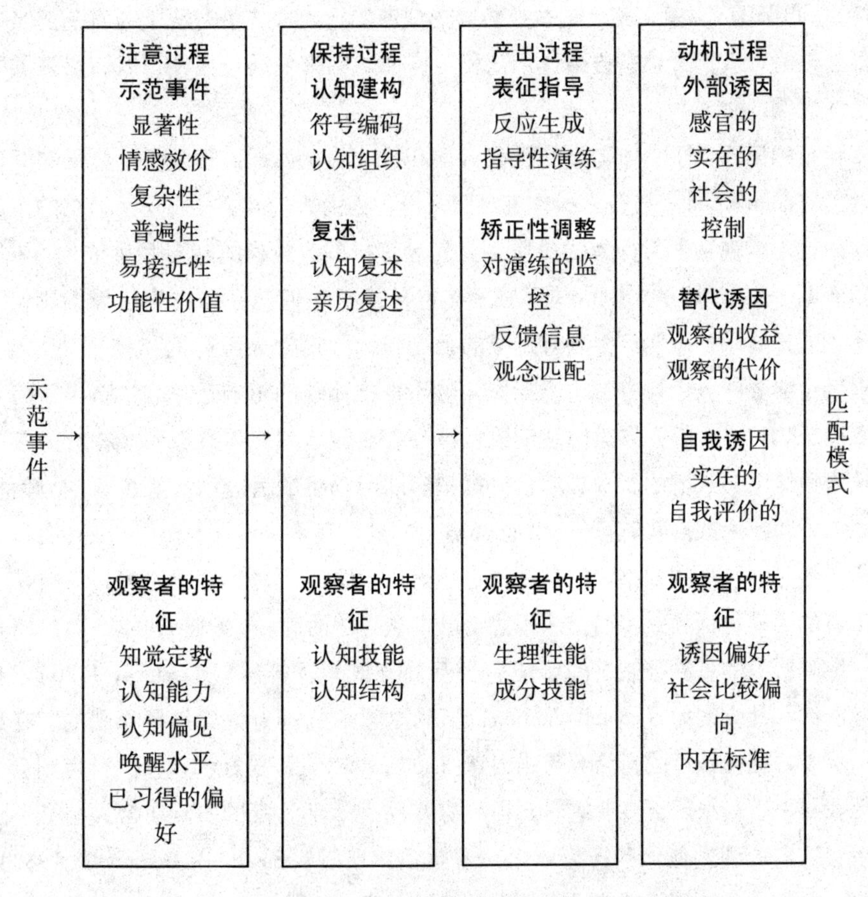

图 6.2 控制观察学习的四项主要的子机能及其影响因素

在示范的第三项子机能——行为的产出过程 (production process) 中，符号观念被转化为适当的行动步骤。这是通过观念匹配 (conception-matching) 过程来实现的。在这一过程中，观念指导行为模式的建构和实施，并将它与概念模型 (conceptual model) 进行比较以确定该模式的适当性。人们在此基础上调整自身行为，以便保持观念与行动之间的基本一致。将认知转化成行动的机制有两种，一是转换性操作，一是生成性操作。技能的应用方式必须经常改变以适应环境的变化。因此，适应性行为操作需要的是生成性观念，而非认知表征和行动间的一一对应。对抽象的活动规范（specification）的运用使人们得以根据不同的条件改变他们的行为方式。在初次开展某类活动时，观念鲜少被转换为熟练的行为操作。该转换的达成有赖于监控性演练（monitored enactment）的开展。在行为产出过程中，矫正性调整（corrective adjustment）会使行为操作更加完善。人们所具备的子技能（subskill）越多，整合这些技能以形成新的行为模式的过程就越容易。当子技能欠缺时，我们必须首先通过示范和监控性演练来发展子技能，以满足开展复杂行为之需。

示范的第四项子机能与动机过程（motivational process）相关。社会认知理论对习得（acquisition）与行为操作进行了区分，因为人们并不会将所有习得的东西转换为行为。观察学习行为的操作主要受到直接的、替代的和自我生成的（self-produced）诱因动机的影响。与那些无奖赏甚或导向惩罚性结果的行为相比，人们更可能开展那些可能产生利好结果的示范行为。对他人经历的"损"与"益"的观察也会影响人们自身的行为操作，这和直接体验的影响是一样的。当目睹他人取得成功时，人们开展类似活动的积极性会受到激发；如果看到某些行为常常导致不良结果，人们的积极性就会打折扣。诱因动机的另一源头是个人的行为标准。人们对行为的自我认可（self-approving）或自我否决（self-censuring）会调节他们对最可能开展的观察学习活动的选择。人们会将那些令自己满意，并自认为有价值的活动付诸实践，而排斥那些自己不认可的活动。

影响行为的各种因素之间可能会相互补充或相互排斥（Bandura，1986）。在自我制约和社会制约（social sanction）下确立起来的行为模式是最稳固的。在这种情况下，社会认可的行为会带来自尊（self-pride），不被社会认可的行为则会引发自我否决。当缺乏自我制约时，行为极易受到外部因素的影响。个人标准不坚定者会务实地调整他们的行为以适应各类情况所需（Snyder & Campbell，1982）。此时，他们会变得善于理解社会状况并见机行事。

当个体高度重视的行为受到社会惩罚时，社会制约和自我制约之间就会出现冲突。原则性强的反叛者和不循常规者时常发现自己处于此类困境之中。在这里，自我认可和社会否决的相对强度决定着人们对待该行为的方式。如果这一行为可能导致严重的社会后果，那么在危险情境下，人们会抑制自我认可（而社会否决）的行为，但在相对安全的环境下，人们会立即实施这种行为。不过，也有一些人的自我价值感极强，一旦持有某种信念，就宁可长期忍受粗暴待遇也不向他们认为不公平、不道德的行为妥协。

在迫于社会压力而不得不从事违反自身道德标准的行为时，人们也会体验到冲突。如果自我贬低的（self-devaluative）代价胜过迎合社会的收益，社会因素就不会对人的行为产生多大影响。尽管如此，行为的自我调节是通过道德标准的条件性应用（conditional application）实现的。我们很快便会看到，对内在控制的有选择的脱离能削弱或抵消自我制约的影响力。

抽象示范

示范并不像人们通常所认为地那样只是一种行为模仿过程。在采纳某一文化中的既有技能和习俗时，人们可能会因为后者所具有的高度的功能性价值而不加改变地接受它们。然而，在大多数活动中，对子技能的运用必须随机应变以适应不同的环境。人们从示范中获得开展生成性行为和创新性行为的规则。这类较高层次的学习是通过抽象示范（abstract modeling）实现的。在展示同一基本规则时，受制于该规则的判断和行动会在具体内容等细节上有所不同。例如，某榜样中的诸多道德冲突是以同一道德标准为参照的，但它们在内容上却有着很大的不同。在这种较高层次的抽象示范中，观察者从他人的判断与行动中提炼相关的规则。一旦学到这些规则，人们就能利用它们对超出其视听范围的新行为进行判断或生成此类新行为。

人类的学习活动大多是以发展认知技能为目标的，即如何获得并使用知识以备将来之需。如果能使榜样用语言表达其解决问题时的所思所想，思维技能的观察学习活动就会变得容易很多（Bandura，1986，1997；Meichenbaum，1984）。如此一来，我们就能观察并采纳那些曾指导他人决策与行为策略的思想。

从示范信息中习得生成性规则至少涉及三个过程：（a）从各种社会范例中提炼出一般特征；（b）将提炼出的信息整合成规则；（c）使用这些规则以形成新行为。人们可以从抽象示范中习得以下内容：事件的分类和评价标准，传播的语言规则，获取和使用知识的思维技能，以及调节自身动机与行为的个人标准（Bandura，1986；Rosenthal & Zimmerman，1978）。人们可以从抽象示范中获得思想与行为的生成性规则的事实，证明了观察学习活动存在的广泛性。

示范对于创造性也具有重要影响。创造力并非完全源自个体独创能力。提炼既有创新，将它们合成到新程序中，再加入新元素，就能创造出新的东西（Bandura，1986；Bolton，1993；Fimrite，1977）。观察者们会在接触风格各异的思维和行为榜样时做出不同选择，进而创造出区别于既有示范榜样的、融合了他们个人特征的新思想和新行为。对新视角和创新性思维方式的示范能削弱传统思维定式（mind-set），激发创造性（Harris & Evans，1973）。

动机效果

迄今为止，我们讨论的重点是观察学习中知识、认知技能与新的行为方式的习得过程。社会认知理论区分了几种示范功能，每种功能分别受到不同的决定因素和潜在机制的控制。除了培养新能力外，示范还会对人们的动机产生很大的影响。替代性动机源于对结果的期望，而后者又源于示范行为的结果所传递的信息。当看到他人的行为获得满意的结果时，人们就会产生可以成为正诱因（positive incentive）的结果期望；若结果是惩罚，人们就会产生可以成为负诱因（disincentive）的消极结果期望。上述动机效果受到多方面因素的影响，包括人们对自己能否完成示范行为的判断，对示范行动的结果的理解，以及对开展类似活动时能否产生相似结果的推断。

替代性诱因的尤其重要之处在于它能改变外部诱因的效价（valence）和力（force）①（Bandura，1986）。某一特定结果的价值更多取决于它与其他结果之间的关系而非其他结果的固有特性。同一结果是被视为“奖”还是“罚”，取决于观察所得的结果与亲身体验的结果之间的社会对比。例如，同样是提高薪金，当人们看到与自己工作表现相似的人获得更高报酬时，会导致负效价（negative valence）的产生；当看到他人报酬相对较少时，则会导致正效价（positive valence）的产生。公平的报酬会激发幸福感，不公平的报酬则会引发不满和愤恨。

替代性动机研究大多集中在对产生相应后果的违法（transgressive）示范行为、攻击性示范行为、性示范行为的抑制（inhibitory）与去抑制（disinhibitory）效果方面的研究（Bandura，1973；Berkowitz，1984；Malamuth & Donnerstein，1984；Paik & Comstock，1994；Zillmann & Bryant，1984）。

违法行为主要受到社会制约和内化的自我制约的调节。这两种控制机制都是预先起作用的。在受到社会制约的促动时，人们抑制犯罪是因为他们预料这种行

① 美国心理学家弗鲁姆（Victor H. Vroom）在他1964年写的《工作与激励》一书中提出了用效价、期望和激励力三者来解释人类动机作用的“期望理论”。其中，激励力=期望值×效价。激励力是指调动一个人的积极性，激发出人的潜力的强度；期望值是指根据以往的经验进行的主观判断，达成目标并能导致某种结果的概率；效价是指达成目标后对于满足个人需求的价值和重要性。——译者注

为将遭到社会否决以及其他有害结果。在受到自我反应控制的促动时，人们抑制犯罪是因为这种行为将会引起他们的自责（self-reproach）。通过描绘不同行为方式的结果，媒介可以改变人们对社会制约的理解。例如，电视中呈现的攻击性行为所受到的社会限制时常被弱化了（Goranson，1970；Halloran & Croll，1972；Larsen，1968）。当电视再现人类冲突时，肉体攻击是解决人际冲突的首选方法；它可被接受且相对有效；它受到社会制约的方式是超级英雄们运用暴力战胜邪恶。这种描绘方式将人类暴力合法化、美化和平淡化。

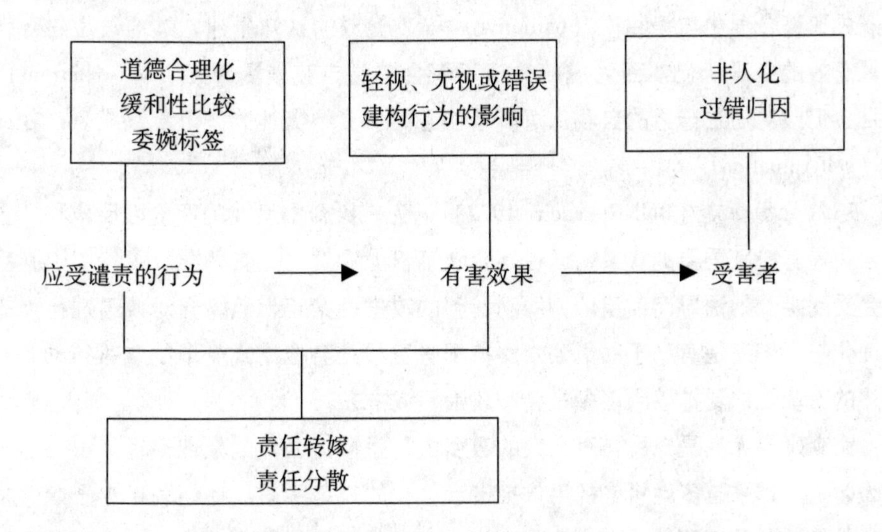

图 6.3　自我调节过程中的几个关键环节，自我制约被选择性激活或与有害行为脱离的机制

自我制约的抑制和去抑制效果主要受到自我调节机制的影响。内化后的道德标准会通过自我认可和自我否决反应来指导和威慑人们的行为。不过，道德标准并不一定起到行为调节者的作用。因为自我调节机制只有被激活后才会起作用，有许多过程能使不人道行为脱离道德反应的控制（Bandura，1991b，1999b）。同一道德标准可以在选择性激活后控制不同行为方式或与之脱离。图 6.3 展示了自我调节过程中应受谴责的行为脱离道德控制的几个环节。

通过道德合理化（moral justification）来解释行为，是行动脱离道德控制的环节之一。人们一般不会开展应受谴责的行为（reprehensible conduct），除非他们能赋予这些行动以道德的合理性。被描绘成服务于道德目的的行为可以为个人和社会所接受。因此，人们广泛地使用道德合理化来支持利己（self-serving）行为或其他应受责备的（culpable）行为 。行为对比也会在一定程度上影响人们对行为的道德评判。与穷凶极恶的犯罪相比，那些自我悔恨的（self-deplored）行为就显得温和可敬了。人类的罪行多如牛毛，通过这种优势比较（advantageous comparison），人们能欣然开展对违法行为的认知重建。不同的称呼也能使同样的行为呈现出截然不同的面貌。要掩盖那些应受谴责的活动甚至赋予它们受人尊敬的地位，贴上经过净化处理的委婉标签（euphemistic labeling）是另一便利手段。借助那种绕来绕去、冗长艰涩的措辞，应受谴责的行为可以获得温和无害的外观，开展此类行为的人也因此从个人能动感（sense of personal agency）中解脱出来。

由道德合理化与缓和性（palliative）描述促成的认知重建，是推进违法行为的最有效的心理机制。因为道德重建不仅会消除自我威慑因素（self-deterrent），而且会促成对违法行为的自我认可。曾在道德上受到责难的行为最终成为自我评价（self-valuation）的源泉。

玻尔－罗基赫（Ball-Rokeach，1972）认为，媒介中呈现的评价性反应和社会合理化具有特别重要的意义，这在媒介展示权力冲突时尤其如此。虽然很少有观众会受到媒介的诱导而使用他们所观看到的攻击性策略，但媒介对攻击性行为的合理化与评价还是有助于动员公众支持那些赞成社会控制或变革的政策行动。合理化的变革能广泛扩散到诸多社会和政治领域中去。

大众媒介尤其是电视具有强大的吸引力，是接近公众的最佳途径。出于这一原因，人们越来越多地将电视用作推进合理化的规范手段。他们利用电子媒介将自身价值观以及持有这些观念的理由加以合法化以赢得他人的支持，同时贬低那些与己相悖的观念及其理由（Ball-Rokeach，1972；Bandura，1990；Bassiouni，1981）。这股强大的影响力驱动着不同社会群体向传播系统持续不断地施压，以便赋予自身意识形态在该系统中的合理性。研究大众媒介在社会现实建构中的作用因此具有重要的社会意义。

当导致有害效果（detrimental effect）的个人因素彰显时，自我制约会得到最强烈的激活。掩盖或歪曲行动及其效果之间的关系，是行为脱离道德控制的另一环节。如有某一合法权威批准了那些通常被拒绝开展的行为并表示对其后果负责，人们就会开展那些行为（Milgram，1974）。在责任转嫁（displacement of responsibility）的情况下，人们会将自身行为看做是他人指使的结果，认为本人无需负责。既然不是行为的实际动因，人们当然也就不会产生自我抑制反应了。用责任分散（diffusion of responsibility）的方法掩盖应受责备的行为与其结果之间的关系，也可以弱化自我制约的威慑力。通过劳动分工、决策分散和团体行动，人们可以开展有害的行为且并不觉得自己有承担责任的必要（Kelman & Hamilton，

1989)。在责任分散的情况下开展的行为比对行动负责时的行为更具伤害性(Bandura, Underwood, & Fromson1975; Diener, 1977)。

此外,对行动结果的无视或曲解(disregard or distortion of the consequences of action)也可以弱化人们的自我威慑反应。当人们出于个人收益或社会激励而开展有害的行为时,他们会逃避或轻视(minimize)自己所造成的伤害。他们乐于回想起行为可能产生的好处,却不愿记住它的害处(Brock & Buss, 1962, 1964)。除了对效果的选择性疏忽(selective inattention)和认知歪曲(cognitive distortion)外,对行为证据的大肆诋毁也是错误表征(misrepresentation)的方式之一。当行为的有害结果被无视(ignored)、轻视或质疑时,自我否决也就无需被激活了。

行动脱离道德控制的最后一个环节与行为的承受者有关。人们对有害行为的自我评价反应的强度部分取决于行为实施者看待承受者的方式。对行为承受者的"人"(human)的身份及其与自身的相似性的理解,会强化行为实施者的移情(empathetic)或替代性反应(Bandura, 1992)。也就是说,人们很难在不自我责难(self-condemnation)的情况下粗暴地对待被"人性化"的人。对残暴行为的自我制约会因为剥夺人的特性或赋予人以动物性的非人性化(dehumanization)而被消除或减弱。非人性化削弱人们对残暴行为的自制(self-restraint)(Diener, 1977; Zimbardo, 1969),人性化却会促成关爱他人、富有同情心的行为的出现(Bandura et al., 1975)。

将过错归因(attribution of blame)于对方是另一种自我开脱的(self-exonerative)权宜之计。在这种有害行为中,对立双方相互推动事态升级,彼此都难辞其咎。人们总能从一系列事件中挑选出对方的某一次自卫行为,将它理解为争端产生的源头。这样,伤害性行为就成了对挑衅的正当防御反应。他人所受到的伤害就成了咎由自取。自我开脱的另一种办法是将自己的有害行为看做是环境所迫而非个人所愿。通过归咎于他人或环境,人们可以为自己的行为找到借口,甚至还会产生自己行事正当(self-righteous)的感觉。

内化后的道德控制可以被选择性地激活或与行动相脱离。因此,无须改变人格结构(personality structure)、道德准则或自我评价体系,人们的道德行为也能发生显著变化。大部分不人道行为的发生都应归咎于行动者的自我开脱过程而非他们的性格缺陷。人类幸福的巨大威胁主要来自人们的有意行为而非一时冲动之举。

道德脱离机制在很大程度上支配着所谓的电视"去抑制效果"。曾有研究者就媒介描绘的不人道行为中的各种脱离因素进行了系统分析,证实了大众媒介的去抑制效力。(Berkowitz & Geen, 1967; Donnerstein, 1984; Meyer, 1972)。通过赋予伤害性行为以道德的合理性，将责任归咎于受害者并将其非人性化，转移或分散个人责任，去除行为的破坏性影响，媒介产品强化了观众在惩罚方面的观念。评估自我反应控制的研究证明，制约性社会条件会影响人们的自我调节，进而影响伤害性行为的开展（Bandura et al., 1975)。电视业制作的利用人类暴行迎合商业目的节目就大量运用了一些相同的脱离机制（Baldwin & Lewis, 1972; Bandura, 1973)。

情感倾向的习得与修正

人们很容易被他人的情绪表达所唤醒（arouse)。替代性唤醒主要通过一种中介性的自我唤醒（self-arousal）过程来实现（Bandura, 1992)。也就是说，看到他人对煽动性场景作出情绪反应，可以激活观察者的情绪唤醒性（emotion-arousing）思维和想象。当人们发展出认知性自我唤醒能力时，他们能对那些使人联想到示范榜样的情绪体验的暗示（cue）产生情绪反应（Wilson & Cantor, 1985)。相反，当人们在思维中将威胁性情境转换为不具威胁性的情境时，他们就能抵消或削弱痛苦示范（modeled distress）对自身情绪的影响（班杜拉, 1986; Cantor & Wilson, 1988; Dysinger & Ruckmick, 1933)。

在榜样的情感反应只短暂刺激了观察者的情况下，瞬间传播会引起一定的注意，但对心理的影响有限。替代性影响的意义在于使观察者从榜样的情绪体验中习得对人、地点、物的持久态度、情绪反应和行为倾向（proclivity)。人们从榜样那里学会了如何对待他们所畏惧、厌恶和喜欢的事物（Bandura, 1986; Duncker, 1938)。传达信息、提供危险控制策略的示范能减轻人们的不安感和难以抑制的病态恐惧（phobias）情绪。这种逐渐灌输的自我效能感越强，人们的行为就越大胆（Bandura, 1997)。对示范偏好（modeled preference）的不断接触会带来价值观的相应发展和改变。

社会现实的建构

电视对社会现实的再现，包括对人性、社会关系、社会规范和社会结构的描绘，反映着它的意识形态倾向（Adoni & Mane, 1984; Gerbner, 1972)。大量接触这一符号世界，最终可能导致对电视影像与人类事务的真实状态的混淆。一些采用基于电视收看量的全球指标（global indices）的相关性研究（correlational studies)（Gerbner, Gross, Morgan & Signorielli, 1981; Hirsch, 1980）的发现，引起了对于信仰的替代性培养（vicarious cultivation）的争议。确定电视影响的最好方法是考察收看内容而非收看量。针对电视收视情况的细致调查表明，重度电视收看行为塑造了观众的信念及其现实观（Hawkins & Pingree, 1982）。在控制其他促成因素的条件下，观看电视的程度与社会认知间的相关关系依然存在。

在那些变换媒介接触的属性和程度以验证因果关系的指向的实验研究中，社会观念的替代性培养得到了最清晰的呈现。控制实验研究一致证明，电视对现实的描绘塑造了观众的信念（Flerx, Fidler, & Rogers, 1976；O' Bryant & Corder-Bolz, 1978）。印刷媒介对现实的描绘同样塑造了人们的社会现实观（Heath, 1984；Siegel, 1958）。将现实世界等同于电视讯息所描绘的世界将导致一些错误观念（misconception）的形成。事实上，生活中许多错误观念的形成，包括对职业追求、族群、少数民族、老年人、社会和性别角色等的偏见，一定程度上都与刻板成见的符号性示范有关（Bussey & Bandura, 1999；Buerkel-Rothfuss & Mayes, 1981；McGhee & Frueh, 1980）。以电视中的社会现实为参照而形成的个人观念将可能转变成某种集体性错觉。

人类行为的社会激励

他人的行动也可以充当一种社会激励因素，鼓励观察者开展那些之前已经学会但由于刺激不充分（而非环境限制）而未能开展的行为。社会激励效果（social prompting effect）不同于观察学习和去抑制效果，一方面，并没有人在社会激励过程中习得新的行为；另一方面，被激发的行为已被社会接受从而不会受到限制因素的阻碍，自然也就不需要去抑制了。

实验室研究和田野调查都充分证明了示范榜样在激活、引导与支持他人行为方面的影响（Bandura, 1986）。借助例证过程，榜样可以使人们以利他的方式行事，开展无偿服务，暂时延迟或寻求满足，显露情感，挑选特定食物与饮料，选择特月定类型的服装，谈论特定的话题，对人寻根究底或漠不关心，开展创造性思考或墨守成规，以及从事其他被允许的活动。在社会环境中占支配地位的榜样部分决定了哪些人类特性将被选择性激活。向观察者很好地展示了类似行为获得正面结果的前景的示范行动能激活和引导他人的行为。

时尚与审美产业在很大程度上依赖示范的社会激励效力。展示示范行为的收益可以增强该行为的替代性影响。因此，替代性结果在广告宣传中占有很重要的地位。比如，饮用某种品牌的红酒或使用某种洗发水就会赢得俊男靓女的倾慕，提升工作表现，强化自我观念、实现个人自立（individualism）与本真存在（authenticity)，消除内心的急躁和紧张，获得社会承认与陌生人的友好反应，以及唤起配偶的款款柔情。

对替代性结果的类型、榜样特征以及示范样式的选择会因时尚潮流而变。传播者会不断改变榜样特征以增强商业讯息的说服力。有声望的榜样经常被用来牟利。社会产品的畅销程度取决于它当下的流行程度。与榜样之间的相似性会强化榜样的示范作用。了解到这一事实的广告往往会描绘普通民众从广告商品中收获奇效的图景。替代性影响随着示范类型的增加而增强（Perry & Bussey, 1979），所以广告世界中的啤酒、软饮料和零食永远都被一群健康、美丽、快乐的模特兴致勃勃地消费着。色情是另一种永远不会过时的刺激因素。在需要博取潜在购买者的注意并使广告中的产品更具诱惑力时，色情示范就开始大显身手（Kanungo & Pang, 1973; Peterson & Kerin, 1979）。

总之，示范影响具有多种功能，如指导、促动、抑制、去抑制、社会激励、唤起情绪、塑造价值观与现实观等。这些示范功能可以单独起作用，但更常见的情况是它们共同发挥影响。比如，在新式攻击行为的扩散过程中，榜样同时扮演着行为传授者和去抑制因素的角色。当新行为受到惩罚时，观察者在学会这一行为的同时还了解到了该行为所受的限制。新行为的榜样能同时起到传授和激励类似行为的作用。

影响流的双链模型与多重模式

大众传播理论普遍认为，示范影响是通过二级传播过程发生作用的，即有影响力的人从媒介中获取新观点，然后凭借个人影响将这些观点传递给他的追随者①。一些传播研究者宣称，媒介只能强化既有的行为方式而无法促成新的行为方式（Klapper, 1960）。这一观点与大量证据不符。媒介影响既能促成新的个人特征，也能改变既有的个人特征（Bandura, 1986; Williams, 1986）。

实际上，由于存在太多不同模式的人类影响，我们很难发现一种固定的影响路径或强度。大部分行为都是多种决定因素共同作用的结果。任何一种决定因素在影响模式中的作用都会随着其他决定因素的属性和强度的变化而改变。甚至同一因果结构内的决定因素也会在它利用更多经验影响因果关系的过程中发生改变（Wood & Bandura, 1989）。在一些不具代表性的情形中，行为的发生通常由一系列特殊因素决定，缺少其中任何一个因素，行为都不会发生。媒介影响与非媒介

---

① 即所谓的影响流的双链（dual-link）模型。——译者注

影响之间的对比取决于媒介影响的特性以及它与其他决定因素的共存情况。考虑到多面向（multifaceted）因果结构的动态特征，任何试图赋予某一影响模式以平均强度的做法，都会让人联想到不会游泳的分析家在趟过平均深度为3英尺的河时被淹死的故事。

认为媒介影响只是一个单向渗透（filter-down）过程的观点受到了大量有关示范影响的知识的质疑。电视示范可以直接改变人们的判断、价值观与行为而无需一位有影响的中间人对播出内容进行选择然后传送给他人。瓦特和范·登·伯格（Watt & van den Berg，1978）检验了一些有关媒介传播与公众态度及行为的关系的理论。这些理论提出了一些相互对立的观点，包括媒介直接影响公众；媒介会对影响他人的舆论领袖产生影响；媒介不具有单独的效果；媒介强调所谓的重要内容来设置公众议程，但不会影响公众；最后，媒介只是反映而非塑造公众的态度和行为。从媒介到公众的单向传播模式获得了最多实证研究的支持。在这类研究中，行为总是被宣传成一种可以毫无风险地获利的活动。如果这些被倡导的活动需要消耗时间与资源，一旦失败还要付出相应代价，那么人们就会在行动前会通过其他来源验证活动的功能性价值。

人们普遍认为，来自他人的信息比来自媒介的信息更具说服力。查菲（Chaffee，1982）回顾了那些质疑这一观点的确凿证据。人们从各种来源中寻找可能有用的信息。无论是来自他人的信息或是来自媒介的信息都不必然具有知识性、可信性或说服力。人们使用各种信息源的方式在很大程度上取决于信息源的易接近性与适用性。

示范以不同方式影响着人们对新的社会实践与行为模式的采纳。它演示和描述信息，向人们传授新的思维和行为方式。学习新事物并不需要将信息源分出三六九等。有效的示范不仅能培养能力，而且能提升个人将知识技能转换为成功的行为步骤的效能感（Bandura，1997）。对于不同行为或者处于不同阶段的同一行为来说，来自他人的信息与来自媒介的信息的重要性并不一样（Pelz，1983）。榜样能促动、告知和赋能（enable）。最初，人们并不愿意采纳有代价和风险的新行为；只有在看到早期采纳者已经获得的收益后，人们的行动才会发生改变。示范收益削弱了那些较为谨慎的潜在采纳者对新行为的限制，加速了该行为的社会扩散。随着接受范围的拓展，新的行为方式会获得更多的社会支持。榜样还会展示他们的偏好和评价性反应，这可能改变观察者的价值观和标准。评价标准的变化会影响人们对示范行为的接受情况。榜样不仅例证新行为，使其合法化，还直接鼓励他人采纳这些行为，扮演着某种倡导者的角色。

在实施大规模的变革时，传播系统是沿着两条路径（pathway）运作的（图 6.4）。直接路径下的传媒通过对参与者的告知、赋能、促动与指导来推进改革。在以社会为中介的路径下，媒介影响被用于联结参与者、社交网络（social network）与社群环境（community setting）。这些场所为人们提供了变革所需的持续的个别化指导、自然诱因和社会支持（Bandura，1997，2001d）。大部分的行为改变都受到了上述社会环境的推动。人是社会的人，总是存在于一定的人际关系网络中。当观众在媒介引导下就一些重要的人生问题与他人展开讨论和协商时，媒介就促成了经验的交流进而影响变革的进程。这是另一种以社会为中介的影响过程，在此过程中，符号沟通的作用得以发挥①。

缺少个别化指导会限制单向的大众传播的效力。互动技术的创新进步扩大了传媒的到达范围和影响力。就信息输入而言，传播能对行为要素进行个性化定制以适应不同需求。与一般信息相比，定制传播被认为是更相关、更可靠，能被记得更牢，也更能影响人们的行为（Kreuter，Strecher，& Glassman，1999）。就行为指导而言，互动技术可以为人们提供变革所需的不同类型和水平的个别化指导（Bandura，2000c）。参考人口状况设计的传播活动就是为了告知、赋能、促动和指导人们实现个人和社会的变革。在执行联系社会的功能时，传媒能将人们与互动性的在线自我管理程序连接起来，使人们在家中随时都能得到集中的个别化指导（Bandura，2000d；Taylor，Winzelberg & Celio，2001）。

影响的双重路径

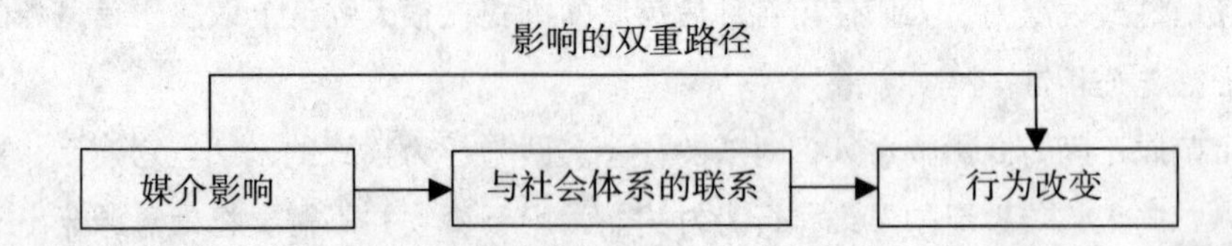

图 6.4　传播影响的双重路径：媒介直接影响行为和经由有影响的社会体系影响行为

简言之，单一的社会影响模式是不存在的。媒介能直接或以采纳者为中介来实现观点的灌输。分析大众媒介在社会扩散中的作用必须区分两种不同的媒介影响——对示范行为学习的影响和对示范行为采纳的影响，并检验媒介和人际因素作用于以上两种过程的方式。有时，媒介会通过改变人们的价值偏好、效能信念、结果期望和机遇结构来传授新的行为方式、制造行为动机。有时，媒介传授行为，使后者得以采纳的诱因动机却并不是媒介，而是其他采纳者。还有些时

① 亦即所谓的影响流的多重模式（multipattern）。——译者注

候，媒介影响可能完全是以社会为中介的。也就是说，未接触媒介的人在受到曾经接触媒介的行为采纳者的影响之后成为新行为方式的传播者。在社会影响的不同模式中，媒介可能发挥着启动（originate）和强化的作用。

较之视频媒介，上述这种层级模式（hierarchical pattern）在接收者有限的印刷媒体中更为常见。传播技术和全球交互连接（global interconnectedness）使人们可以直接获取世界范围内的信息而无需受到时空、制度和金钱的限制。公众已不再那么依赖劝服和启蒙的媒介单向渗透系统。这些迅速增加的自我指导（self-directedness）的机会表明，主动性对于电子时代人类的适应和变革活动来说已是越来越重要（Bandura，1997，2000d）。除非人们相信自己能利用技术获得他们所期望的结果，否则乐于接触传播技术就并不意味着对传播活动的积极参与。个人和集体效能感部分决定了人们使用资源的程度和目的。

符号性示范下的社会扩散

上文讨论的主要是个体层面上的示范。如前所述，示范的独特性就在于它能通过符号性示范将无限多样的信息同时传送给很多人。传播技术的巨大进步正在改变人类影响的性质、范围、速度和轨迹（Bandura，2001b）。它彻底改写了社会扩散的过程。通讯卫星视频系统已成为符号环境散播的主要工具。借助这一工具，社会实践在全社会范围内广泛扩散的同时，思想、价值观与行为方式也在世界范围内得到展示。

在跨文化变革中，电子媒介所扮演的角色正变得日益重要。人们借助电视示范来影响社区和全社会层面上的变革（Bandura，1997；Sabido，1981；Singhal & Rogers，1999；Winett，Leckliter，Chinn，Stahl，& Love，1985）。

有关社会变革的社会认知传播模型（sociocognitive communications model）主要由三部分构成：首先是理论模型（theoretical model），它详细说明社会心理变革的决定因素及其收效机制，提供推进变革的指导原则；再是转换和执行模型（translational and implementational model），它详细说明变革的内容、策略以及执行方法，促成从理论原则到创新性操作方式的转化；最后是社会扩散模型（diffusion model），它提供了在不同文化环境中推进社会心理项目的采纳的方法，那就是，使项目在功能方面适应不同社会文化环境的需要，提供变革所需的诱因、指导和资源。

在解决最为迫切的全球性问题时，社会认知传播模型会利用电视或广播中长期播放的连续剧来推进变革。这些电视剧在故事情节中对计划生育、妇女平等、环境保护、艾滋病预防以及多种有益的生活技能进行示范，以告知、赋能、指导和促动人们改变个人生活方式和有害的社会规范与实践。它们还将人们与有所助益的次级社群（subcommunity）和服务连接起来，进一步帮助人们开展个人和社会变革。电视剧这一推进变革的创造性样式在非洲、亚洲和拉丁美洲的80多个国家应用，它正在提升当地人控制家庭生活的效能，提高妇女在生育和社交生活方面的地位，推广避孕法和降低婴儿出生率，促进艾滋病的预防（Bandura, in press; Rogers et al., 1999; Vaughan et al., 2000）。接触示范的价值观和生活方式的几率越高，人们受到的影响就越大（Rogers et al., 1999; Westoff & Rodriquez, 1995）。

社会认知理论分析了新行为方式的社会扩散过程以及控制这些过程的社会心理因素。这些过程分别是习得有关创新性行为的知识，在实践中采纳这些行为，使之在社交网络中扩散。创新扩散遵循着一个共同的模式（Robertson, 1971; Rogers, 1995）。引人注意的榜样使新的思想和社会实践进入人们的视野。最初，由于对新方式不熟悉，不愿改变惯有的行为方式，又对新方式的结果感到不确定，人们采纳创新的比率（rate of adoption）会很低。随着早期采纳者对有关新实践的应用方法和潜在收益的信息的传递，创新行为的采纳率会逐渐升高。在新实践的采纳范围迅速拓展一段时间后，扩散速度会降低。此后，创新使用情况会保持稳定还是降低取决于创新行为的相对功能性价值。

扩散过程中示范方面的决定因素

符号性示范经常扮演着创新活动的首要传播者的角色，在创新扩散的早期尤其如此。报纸、杂志、广播和电视向人们告知新的实践及其可能出现的风险和收益。互联网提供了在世界范围内即时交流的通道。早期采纳者因而往往是那些能更多地接入媒介获取创新信息的人（Robertson, 1971）。前文提及的社会心理决定因素与观察学习机制决定着创新的习得速度。

特定创新所需的知识、技能与资源的差异会影响习得的速度（rate of acquisition）。与那些难以理解和使用的创新相比，人们更愿意采纳比较简单的创新（Tornatzky & Klein, 1982）。当每个家庭的电视屏幕上都在示范新实践时，很多人都能学到这些新实践。不过，并非所有的创新都由大众媒介推动，也有一些创新会通过非正式的个人渠道散布。此时，物理接近性决定了创新被人们反复观察和全面习得的程度。

习得技能是一回事，在艰难环境下有效地使用技能则是另一回事。人类能力的提高不仅需要技能还需要自我信念（self-belief），即相信自己能很好地使用技能。因此，示范影响的设计不但要注重知识和行为规范的传播还要关注自我效能的开发。自我效能感影响着个人改变的每一个阶段（Bandura，1997）。它决定着人们是否会考虑改变自己的行为，在决定改变后是否能获得成功所需的动机和毅力，以及在做出改变后新行为能否很好地保持。

人们对旨在改变不良健康习惯的宣传的反应表明，对个人效能的信念会影响到社会扩散过程。迈耶罗维茨和蔡金（Meyerowitz & Chaiken，1987）研究了健康宣传可能改变健康习惯的四种机制，分别是传播事实性信息、唤起恐惧情绪（fear-arousal）、改变风险观念和强化自我效能感。他们发现，健康宣传主要通过影响自我效能感来推进预防性卫生行为的采纳。贝克和伦德（（Beck & Lund，1981）的研究也证明，在促进预防性卫生行为的采纳方面，提高自我效能比增加恐惧感更有效。研究者在对社区媒介宣传运动的效果进行分析后发现，既有的自我效能感和由媒介宣传运动提升的对自我调节效能的信念越强烈，人们就越可能采纳媒介所推荐的卫生行为（Maibach，Flora，& Nass，1991；Slater，1989）。在自我效能感的中介作用下，卫生知识会转变为相应的健康习惯（Rimal，2000）。

上述研究结果表明，健康传播的重心必须从诉诸恐惧移开，转为提供控制个人健康习惯的方法并增强人们正确使用该方法的信心，以此普及健康行为。此外，只有在新行为的开展过程中获得了足够的成功，人们才能树立起对自身效能以及被采纳行为的功能性价值的信心。达成这一目标的最佳途径是将示范与引导性精通（guided mastery）结合起来，即首先在可能获得成功的环境中试验刚刚习得的技能，然后再将这一技能推广到更复杂、更艰难的环境中去（Bandura，1986，2000a）。

行为采纳方面的决定因素

创新性知识和技能的习得是实际采纳创新的必要而非充分条件。很多因素决定着人们是否将采纳自己学到的行为。环境刺激是调节因素之一。其他的诱因，如物质结果、社会结果或自我评价的结果，也会影响行为的采纳。一些动机诱因的强度取决于行为采纳的功效（utility）。一项创新的相对收益越多，采纳这一行为的诱因就越强（Ostlund，1974；Rogers & Shoemaker，1971）。不过，只有在亲身尝试后人们才能体会到新实践的好处。因此，创新促进者会通过改变人们对可能结果的偏好和信念——主要是借助替代性诱因——来推动新实践的采纳。新技术与新思想的倡导者会展示一种人们将获得比现在更佳的问题解决办法的前景。示范收益能使更多人做出采纳决策。当然，示范影响既能阻碍也能促进扩散过程（Midgley，1976）。示范对某一创新的消极反应以及由此经历的种种失望，会阻止他人尝试这种创新。仅仅示范对某一创新的冷漠态度而无需提供任何相关的个人经验，也会降低他人对创新的兴趣。

很多创新都是获得社会认可和地位的手段。事实上，地位诱因是采纳新方式与新品位的主要动机。在许多情况下，不同的行为方式本身并不能提供不同的自然收益，如果有的话，最具创新性的行为方式所需的投入也最大。地位的获取是有代价的。有些人会在着装打扮、休闲活动与行为方面采纳新方式，将自己同普通人区分开来，以此获得特殊的社会地位。新行为的地位授予价值（status-conferring value）会随着它的流行而逐渐消退。在最终成为一种稀松平常的行为方式后，原有的新行为会被另一种新行为所取代。

对行为的自我评价反应一定程度上也决定着行为的采纳。人们会采纳自己认为有价值的创新，而抵制那些违反他们的社会道德标准，或与他们的自我观念发生冲突的创新。一项创新越符合流行的社会规范和价值体系，它的可采纳性（adoptability）就越强（Rogers & Shoemaker，1971）。不过，正如之前已经了解的那样，自我评价性制约不会脱离社会影响的压力而单独发挥作用。人们常常会陷入自我贬低的泥沼，从中解脱的唯一方式是采取策略避开消极自我反应，也就是改变新行为的外观与意义使之符合人们的价值观。

另一个影响行为采纳的难易程度的相关特征是创新接受简单试验的顺从性（amenability）。与必须大规模试验，付出相当的努力和代价的创新相比，那些能在小范围内试验的创新更容易为人们所采纳。对无法达成预期时放弃新实践的潜在风险和代价越重视，人们创新的诱因就越弱。在缺少采纳新实践所需的资金、技能或辅助性资源的情况下，无论多支持创新，人们最终都不会采纳这些创新。创新所需的资源越多，其顺从性就越低。

对社会扩散的决定因素与功能的分析不应掩盖这个事实，即并非所有的创新都有用，也并非所有抵制创新的行为都是有害的（Zaltman & Wallendorf，1979）。在创新传播过程中，无益创新数量远远超过真正有益的创新。对缺乏依据或夸大其词的新行为保持警惕有助于保障个人与社会的利益。在前景看好的创新中，早期采纳者被冠以“好冒险”（venturesome）的称谓而后期采纳者被冠以“落后”（laggard）的称谓是合适的。不过，当人们被诱导着去尝试前景堪忧的创新时，对早期采纳者更合适的称谓应该是“轻信”（gullibility），而对抵制创新者的称谓则应该是“精明”（astuteness）了。罗杰斯（Rogers，1995）批评了那种从倡导者的视角出发将扩散过程概念化的流行趋势。这种趋势可能造成用未采纳创新者的所谓消极属性（negative attribute）来解释其行为的研究偏差。

社交网络和扩散流

第三个影响社会扩散的因素是社交网络结构。人们处于各种关系网中，如同事关系、组织成员关系、血缘关系和朋友关系等。将人们连接在一起的并不只是直接的个人关系，还有以熟人为桥梁与其他网络群（network cluster）中的人交互连接而形成的间接关系。因此，社会结构是由群集网络（clustered network）构成的。在这些网络中，人与人之间存在着各种不同的联系，其中一些人由于加入了多个群或者充当了群之间的联络人（a liaison role）而与其他群建立起了联系。各个群的内部结构是不同的，有的联系松散，有的联系紧密。群之间的结构联系的数量和模式使它们所属的网络相互区别开来。这些网络彼此之间可能有所连接，也可能各自独立，毫不相干。除了交互连接的程度不同外，人们在特定的社交网络中所拥有的地位和身份也不相同，这可能左右着人们对自身关系网络内信息扩散的影响。较之同一圈子里密友间的频繁接触，人们更容易从他们与泛泛之交的短暂接触中学到新的思想和行为。这种影响路径会产生一种看似矛盾的效果，即创新是经由松散的社会关系广泛扩散到联系紧密的群体中去的（Granovetter, 1983）。

有关新思想和新实践的信息通常是通过多链关系（multilinked relationship）传播的（Rogers & Kincaid, 1981）。以前，传播过程都被定义为一种信息从传者流向受者的单向劝服过程。罗杰斯强调了人际传播中影响的双向性。在这一过程中，人们分享信息，根据双向反馈赋予他们所交流的信息以意义，理解他人的观点并相互影响。比起那些仅借助图表来说明采纳率是如何随着时间发生变化的做法，对创新扩散的影响渠道的详细说明更有助于理解这一过程。

一个社区中不存在单一的能服务于所有目标的社交网络。不同的创新涉及不同的网络。例如，在同一社区内，生育控制和农业创新会经由不同网络扩散（Marshall, 1971）。更复杂的是，在创新扩散的早期以及随后的各个阶段，发挥作用的社交网络也是不同的（Coleman, Katz, & Menzel, 1966）。与目标更全面的传播网络相比，致力于促进特定创新的网络更有助于行为采纳率的预测。这并不是说网络结构的扩散功能不可以兼顾多种目标。如果某一社会结构同时推进多种活动，也可能会带来每种活动中的创新采纳率的提升。

拥有较多社会关系的人比社会关系少的人更容易采纳创新（Rogers & Kincaid, 1981）。当关系网络中越来越多的人采纳同一创新时，人们采纳该创新的机率就会增加。社会联系经由多个过程影响创新采纳行为。多链关系会促进创新的采纳，因为它传播了更多事实性信息，调动了更强大的社会影响，或是因为与社会联系多的人比离群索居者更易于接受新思想。此外，人们还会在社会交往中看到自己的朋友采纳和谈论创新。多重示范本身就能增加行为的采纳（Bandura，1986；Perry & Bussey，1979）。

如果创新极其引人注目的话，人们可能在不受他人影响的情况下直接采纳这些创新。人们正越来越多地使用电视来铸造巨大的单链结构（single-link structure）。在这一结构中，人们直接同媒介源联系，人与人之间的直接联系很少甚至根本不存在。例如，电视“传道者”（evangelist）吸引忠诚的追随者，后者将电视传送的“戒律”（precept）作为自身行动的指南，应对各种道德、社会与政治议题。电子社区中的多数成员都与共同的媒介源保持联系，但他们彼此之间可能从未谋面。经由单一的媒介源连接在一起，彼此联系甚少的新选民（constituency）的出现，使政治权力结构也面临转型。大众营销技术利用电脑身份识别与群发邮件等方法制造出拥有特殊利益的选民，后者会避开传统的政治组织来施展政治影响。

演进中的信息技术将逐渐成为建立社交网络的工具。在线交往跨越了时空的限制（Hiltz & Turoff，1978；Wellman，1997）。借助电子互动网络，广泛分散的人群得以彼此联系，交流信息，分享新观点，共同处理各类事务。虚拟网络提供了建立扩散结构（diffusion structure）的灵活工具，它可被用于达成结构的特定目的，拓展结构成员及其分布范围，以及在结构失效时将其解散。

结构性交互连接提供了一种潜在的扩散路径，从这一路径扩散的行为的命运却在很大程度上受到社会心理因素的牵制。换句话说，社会关系中的活动而非社会关系本身决定着行为的采纳。理解扩散过程的最佳办法是同时考察以下三个方面：决定采纳行为的社会心理因素间的相互作用，促进或阻碍采纳行为的创新属性，为社会影响提供扩散路径的网络结构。在一种全面理解社会扩散的理论中，决定采纳行为的社会结构因素和心理因素应该是互补而非相互对立的。

附：

助学基金会（Grant Foundation）和斯宾塞基金会（Spencer Foundation）为本章的准备工作以及文章中部分被引证的研究提供了资金支持。本章中的一些内容对《思想和行为的社会基础：社会认知理论》（*Social Foundations of Thought and Action: A Social Cognitive Theory*, Prentice Hall, 1986）一书进行了修订、更新和扩充。

7 大众传媒影响态度改变：劝服的推敲可能性模式

理查德·E. 佩蒂
■ 俄亥俄州立大学（Ohio State University）
约瑟夫·R. 普里斯特
■ 密歇根大学（University of Michigan）
巴勃罗·布里尼奥尔
■ 马德里自治大学（Universidad Autonoma de Madrid）

> “可以设想，一个善于劝服的人通过使用大众传媒，能使全世界的人向他的意志低头。”
>
> ——卡特莱特（Cartwright, 1949, p. 253, in summarizing earlier views on the power of the media）

毫无疑问，现在的社会科学家不再认为大众传媒拥有左右受众的巨大威力。不过，上世纪的技术进步——从最初的收音机广播到今天的高速移动互联设备——仍有可能使数量空前的个体传播者成为潜在的讯息接收者。在全世界范围内，每年有成百上千万美元被用于改变人们的态度，包括对政治候选人、消费品、健康与安全行为以及慈善事业的态度等。它们中绝大部分最根本的目的还是影响人们的行为——如使人们投票支持某些政治家或行使公民复决权；购买某些特定的物品；在驾驶、饮食和性行为方面更注意安全；向不同的宗教、环保和教育组织及机构捐款。媒介的这些劝服活动在多大程度上是有效的呢？

媒介活动的成功在某种程度上取决于以下两个方面：（a）被传播的信息能否有效地使接收者的态度发生预期的改变；（b）改变了的态度能否反过来影响人们的行为。在这一章中，我们将大体回顾当代媒介效果研究的心理学取向，并细致地勾勒出一个总体框架以便读者了解大众传媒影响态度改变的一系列过程。这个框架被称作“劝服的推敲可能性模式”（elaboration likelihood model of persuasion）（see Petty & Cacioppo, 1981, 1986b; Petty & Wegener, 1999）。在对当代心理学研究取向展开论述前，我们将对媒介效果理论的发展历程进行简要的回顾。

大众传媒劝服效果的早期研究

直接效果模式

二十世纪二三十年代，社会科学家对大众传媒效果的最初设想是，大众传播手段的威力是相当强大的。例如，在对第一次世界大战期间的大众传播活动的分析中，拉斯韦尔（Lasswell，1927，p. 220）得出了这样的结论："宣传是当今世界最有威力的手段之一。"在这一时期，有几个重要的事例使得大众传播从表面上看颇具威力，这包括1929年股票市场崩盘后的恐慌景象，1938年广播播出奥森·韦尔斯（Orson Wells）的《外星人大战地球》（*War of the Worlds*）后引起的巨大恐慌，还有诸如德国的阿道夫·希特勒、美国的保守天主教徒库格林神甫（Father Coughlin）、路易斯安那州参议员休伊·朗（Huey Long）等人的声名鹊起。拉斯韦尔及其他一些研究者认为，信息通过大众传媒的传递对受众的态度和行为产生了直接的影响（e. g.，Doob，1935；Lippmann，1922）。西尔斯和同事们（Sears & Kosterman，1994，p. 254）在描述这一时期的大众传播观时指出，人们假定"受众是入迷的、全神贯注的和易受骗的……全体公民专注地坐在收音机旁，成为无助的受骗者"，"宣传几乎是无法抗拒的"（Sears & Whitney，1973，p. 2）。

那个时期的众多学者对媒介影响力做出的惊人评估是以非正式的和轶闻性的证据为基础的，他们很少开展细致的实证研究。例如，很少有人尝试去比较讯息的接收者在宣传前后的态度差异。因此，虽说这一时代的伟大的宣传家确有可能改变了受众的态度，但也不能排除这种可能性，即他们主要吸引了那些已经认同其观点的受众（这被称为"选择性接触"）（see Frey，1986），或是上述两方面因素兼而有之。当然，并非所有的分析家都乐观地预期大众传媒能促成人们观念上的显著变化，但这的确是当时占统治地位的观点之一（Wartella & Middlestadt，1991）。[①]

这种直接效果模式后来被更成熟的理论观点所取代，但在通俗读物和学术文章中，我们还能看到它的影子。例如，一些通俗文献中所展现的新闻媒介，拥有了直接影响和塑造人们的政治态度（e. g.，Adams，1993）、种族主义倾向（e. g.，

---

① 在一个实证研究相对较少的时期，彼得森和瑟斯顿（Peterson & Thurstone，1933）对一些电影的影响力进行了考察以期修正青少年的种族态度，如考察了 D. W. 格里菲特导演的《国家的诞生》（Birth of a Nation），这部电影中对黑人的描写引起了争论。考察的结论预示着一个新时期的来临，调节大众传媒的有效影响力的各种因素将逐渐浮出水面（如对议题的熟悉程度低的人比熟悉程度高的人所受的影响大）（Wood，Rhodes，& Biek，1995；see Wartella & Reeves，1985）。

Suber, 1997）以及消费行为的能力（e. g. , Lohr, 1991）。在当前的一些理论观点中，我们也能辨认出直接效果模式的些许痕迹。例如，佐莱尔（Zaller, 1991）曾指出，信息的表现形式是影响公众观念形成和改变的关键因素。他还特别提供了一些证据证明，根据媒介提供的少量包含了特定立场（如支持或反对美国参战）的信息可以预测人们观念的改变（如对越战的态度）。我们不难看出，当前有关态度改变的多数分析均持这一观点，即不是信息本身具有劝服作用，而是人们对这些信息的特殊反应导致了劝服效果的产生。

间接效果模式

直接效果模式在接下来的20年里逐渐淡出了理论领域，这要归因于实证研究的兴起。例如，海曼和希茨利（Hyman & Sheatsley, 1947）在分析全国舆论研究中心（National Opinion Research Center）收集到的调查资料后得出结论：大众传播活动的效果并不能仅仅因为讯息数量的增加而增强，相反，我们必须考虑并克服受众为应对有效的信息传播而设置的特定的心理壁垒（see also Cartwright, 1949）。例如，他们注意到，人们通常会按照以前的态度去曲解所接收到的信息并尽可能地避免态度的改变。拉扎斯菲尔德、贝雷尔森和高德特（Lazarsfeld, Berelson, & Gaudet, 1948）在1940年总统选举期间进行的著名的有关媒介影响力的研究也得出了类似的结论。研究显示，媒介似乎更多的是强化人们已有的态度，而不是产生新的态度（see also Klapper, 1960; Lord, Ross, & Lepper, 1979）。还有一些研究者认为，公众态度的改变只能间接地归因于媒介。也就是说，相对于普通人而言，媒介能更有效地影响舆论领袖，然后再由这些舆论领袖影响大众态度的改变（即“两级”传播流程）（Katz & Lazarsfeld, 1955）。

二战期间进行的研究进一步论证了媒介“有限效果论”的观点。其中最值得注意的是卡尔·霍夫兰和他的同事（Hovland, Lumsdaine, & Sheffield, 1949; see also Shils & Janowitz, 1948）在战时所进行的研究。其结果表明，不同的军事训练电影会影响到士兵的相关知识，但不会太多地导致他们态度和行为上的改变。事实上，电影的劝服作用的发挥要依靠大量的调节变量（moderating variable）。二战结束后，霍夫兰回到了耶鲁大学，开始对这些调节变量进行认真而系统的检验。

当代有关大众传媒劝服效果的研究取向

“态度”的概念

关注媒介影响力研究的当代社会心理学家像他们的前任一样（e. g. , Peterson & Thurstone, 1933），也将注意力集中在了“态度”这一概念或人们评价他人、事物和议题时总体的好恶倾向上。他们认为，人们能了解自己的绝大多数的态度（明确态度），但有时他们也会意识不到自己在好恶上的先入为主的倾向（隐含态度）。例如，人们可能会有一些隐含着的、为意识所排斥的倾向性意见或刻板印象（Devine, 1989）。人们有时会意识到态度形成的原因，有时根本意识不到这一点（Greenwald & Banaji, 1995; Wilson, Lindesy, & Schooler, 2000）。“态度”这一概念（construct）之所以在社会影响研究中获得这样突出的地位是基于以下设想：在接触新信息和产生行为改变之间，一个人的态度——无论是明确的还是隐含的——发挥着重要的中介作用。例如，电视广告的制作可能基于这样的理念，即（向公众）提供候选人对于某些议题的立场方面的信息会促成人们对该候选人的支持态度，并最终转化为向该候选人捐款并投票支持的行为。或者，仅仅让听众在广播讯息中反复听到一款产品的名称，可能使听众喜欢该产品进而在下次购物过程中不假思索就购买这款产品（Fazio, 1990）。

在过去的50年中，研究人员提出了大量理论来解释态度改变和“知识－态度－行为”（knowledge-attitude-behavior）关系模式（see reviews by Eagly & Chaiken, 1993; Petty, Priester, & Wegener, 1994; Petty & Wegener, 1998a）。现在关于大众媒介劝服效果的分析也在关注一些变量，它们决定了媒介是否影响以及如何影响受众态度的改变。这其中以霍夫兰和他的同事所推广的划分和理解大众传媒劝服效果的心理学框架最为有名（e.g., Hovland, 1954; Hovland, Janis, & Kelley, 1953），威廉·麦圭尔对此做了相当详细的说明（McGuire, 1985, 1989; see McGuire, 1996, for a review of the Hovland approach）。我们先描述这个早期的效果模式，然后再介绍同时代的其他的一些研究取向。

媒介效果的传播/劝服矩阵模式

媒介效果的实现需要一系列的步骤（Petty & Cacioppo, 1984b），这是早期态度改变理论的一个最基本的设想（e.g., Strong, 1925）。它在同时代的研究取向中也表现得很明显（e.g., McGuire, 1985），如图7.1所示的麦圭尔（McGuire, 1985, 1989）关于劝服效果的传播/劝服矩阵模式（Communication/Persuasion Matrix model of persuasion）。这一模式简略地描述了劝服过程中信息输入（自变量）与结果输出（因变量）之间的关系。由于进行劝服的媒介人员可以控制信息的输入，那么，通过测量输出就能了解媒介意图是否获得了成功。

输入矩阵（*matrix inputs*）。图7.1所示的劝服过程中的信息输入部分是以拉斯韦尔（Lasswell, 1964）的经典问题为基础的：谁，在什么时候，以什么方式，向谁说了什么？首先，传播过程必然包含某些讯息源。这些讯息源可以是专业的或非专业的，可以是有吸引力的或缺乏吸引力的，可以是男人也可以是女人，可以是个人也可以是群体，等等。这些讯息源提供一些信息，即讯息，这个讯息可以是情感型的也可以是理智型的，可长也可短，可以是精心组织的也可以是散乱无章的，可针对一个特定的信念也可指向一个普遍的观念，等等。这个讯息被传送给某个接收者，这个接收者的智力可高可低，知识、经验可多可少，情绪可好可坏，等等。这个讯息通过某种传播渠道得以传送。不同的媒介采取不同的输入方式，如只靠音频（如广播），或音频加活动画面（如电视、因特网），或只用印刷，或印刷加静态画面（如杂志、报纸）。有些媒介允许接收者按照自身的速度接收讯息（如阅读杂志或浏览因特网），而另外一些媒介则会外在地控制速度（如广播或电视）。最后，这个讯息是在某种情境下传送给接收者的。也就是说，劝服的情境可以是某个群体成员的媒介接触活动也可以是单个个人的媒介接触行为，可以是嘈杂的环境也可以是安静的环境，等等。

传 播 输 入

输出：	讯息源	讯 息	接收者	渠道	情境
接触					
注意					
兴趣					
理解					
获得					
信服					
记忆					
恢复					
决策					
行动					
强化					
巩固					

图 7.1 以输入/输出矩阵方式表现的传播/劝服过程。该图描述的是大众传媒劝服效果研究中的主要的自变量和因变量（Adapted from McGuire, **1989**）。

输出矩阵（matrix outputs） 图 7.1 显示，劝服过程中的每一项输入都可能对任何一项输出产生影响。根据传播/劝服矩阵模式，为了在某人身上产生劝服效果，首先要让他接触（expose）一些新信息。潜在的劝服者会先对讯息可能到达的受众的数量和类型进行估计，然后再选择媒介。同样，媒介的控制者也会在决定了传递的内容后再界定公众接触的议题的范围（e. g. , Iyengar, Kinder, Peters, & Krosnick, 1984）。

其次，这个人必须注意（attend）到媒介所提供的信息。仅仅因为这个人坐在电视机前面并不意味着他或她就知道正在发生什么。例如，电视商业广告通常会在态度对象（attitude object）的周围安置魅力十足的女性和男性以引起人们的注意。即使这个人注意到了某个信息，也并不意味着他会对此感兴趣（interest）。接下来的两个步骤是理解（comprehension）和获得（acquisition），也就是这个人会理解和获得传送出的信息的哪一部分的问题。只有到了第六步，才会发生态度的改变或者说是信服（yielding）。一旦这个人接受了讯息中所包含的信息，他就进入到了记忆（memory）或者说是储存新信息及其态度的步骤中。之后的三个步骤详细描述了新态度转变为行为反应的过程：即在随后的某个行动的机会中，此人必须从记忆中恢复（retrieve）这个新态度，决定（decide）照此行动，并形成适宜的行为。最后，这一模式表明，如果与态度相一致的行为没有被强化（reinforce），新的态度可能会遭到削弱。例如，如果你按照你的态度行事而遭遇尴尬，你就不会再坚持这种态度了。相反，如果与态度一致的行为得到了正面回报，就会带来态度的巩固（consolidation），使新态度更为持久，并进一步指导未来的行为。

在理论和实践中有时也能见到这种普遍的信息处理模式的其他变体（variant），如认为这一序列的前一变化（如注意）必然会导致后一变化（如信服）。然而，麦圭尔（McGuire, 1989）指出，一则讯息同时引发这个序列中的所有步骤需要一定的条件。也就是说，在某一大众媒介的劝服活动中，即使前六步的每一项实现的概率是60%，但所有六步（接触、注意、兴趣、理解、记忆、信服）都实现的概率最多也只有60%，约合5%。

此外，有一点很重要，即我们必须考虑到任何一个输入变量对不同的输出步骤都可能产生不同的影响。例如，海曼和希茨利（Hyman & Sheatsley, 1947）指出，在政治领域，某一讯息接收者的知识和兴趣必定和他对政治讯息的接触程度呈正相关关系（即长期一无所知会更难以参与某一政治运动），但和态度的改变呈负相关关系（即较高的兴趣和知识易于使讯息为接收者的既有观点所同化）。麦圭尔（McGuire, 1968）对不同变量的影响的分析也是令人信服的。他注意到，有几个变量可能会对信息接收（如接触、注意、理解、获得、记忆）和接受（信服）产生截然不同的影响。例如，讯息接收者的智力水平必定影响接收过程，但不会影响信服过程。接收和信服过程的联动关系意味着，一般智力水平的人比智力水平低或高的人更容易被劝服，因为这类人在接收和信服时都易于达到最大限度（see also Rholes & Wood，1992）。

传播/劝服矩阵模式以外的其他问题 在考察通过大众传媒或其他方式促成态度和行为改变的步骤方面，麦圭尔的输入/输出矩阵模式是一种非常有用的方法，但我们还是有必要了解这一模式尚未提出的若干问题。首先，我们现在已经清楚，在这一假定的信息处理序列中，有些步骤彼此之间是完全独立的、非连续的。例如，一个人习得（learn）并回忆（recall）新信息（如关于某个政治候选人的事实）的能力通常被认为是态度和行为改变（如支持并投某一候选人的票）的重要的致因和前提，但我们没有足够的实验证据可以证明讯息的习得是劝服的必要阶段（Greenwald，1968；McGuire，1985；Petty & Cacioppo，1981）。相反，已有的证据显示，即使态度没有发生改变，讯息也可以被理解和习得，或者即使在传播过程中没有习得特殊的信息，态度也可以发生改变。也就是说，一个人也许能很好地理解所有的有用信息，但由于信息与他的论点相左或与他个人无关，他并不会被劝服。另一方面，一个人也许会得到完全错误的信息（在知识或回忆测试中得零分），但他思考信息的方式却可以导致期待中的态度改变。那就是说，误解一个讯息有时比正确理解这个讯息会导致更多变化。

这一分析有助于解释以前大众媒介效果研究中的某些发现，例如，接收者已经记住了讯息，其知识也发生了变化，但其态度没有改变，反之亦然（Petty，Gleicher，& Baker，1991）。又如，金德、佩普和瓦尔弗希（Kinder，Pape，& Walfish，1980）在广泛调查后得出结论，被政府机构普遍用于公众教育以减少吸毒、嗜酒等社会现象的大众传媒节目，通常成功地增进了参与者对毒品的了解，但鲜有证据表明它们成功地改变了人们的态度和行为（see also Bruvold & Rundall，1988）。

此外，这一模式几乎没有告诉我们什么是导致信服的因素。麦圭尔将这一信息处理序列中的最初几步看做是信息接受的先决条件，但这并不意味着接收者必定信服于他们所理解和习得的全部信息。也就是说，开始的几步对信服来说是必要条件，但不是充分条件。确切地说，和讯息源等变量可以决定注意程度不同，这最初的几步不能决定接受程度。正如传播/劝服矩阵所暗示的那样，现在对媒介效果的心理学研究主要关注某个劝服情形的不同特征（即讯息源、讯息、渠道、接收者和情境等方面）如何影响以及为何会影响传播序列的每一步骤（如讯息源的可信度如何影响对讯息的关注）。然而到目前为止，绝大多数研究只关注变量如何影响那些使接收者信服或抵制传播的环节。

认知反应研究 认知反应理论（cognitive response theory）（Greenwald, 1968; Petty, Ostrom, & Brock, 1981）明确提出了传播/劝服矩阵未曾解决的两个关键问题。首先，它试图解释许多研究所观察到的讯息的习得和劝服之间的低关联现象，然后，它力图描述导致信服的过程。传统观点认为讯息的接受有赖于讯息内容的习得，与此相反，认知反应研究断言，上述变量对劝服效果的影响取决于个人能在多大程度上明白自身对于信息的意见。认知反应理论强调，个人在劝服过程中是能动的参与者，他会试图将讯息的要素和自己已有的信息联系起来（以形成相关的意见）。研究者们已经用不同方式阐明了认知反应——或者说一个人自己的意见——对随后的态度的影响。

例如，早期的"角色扮演"研究的资料显示，要求人们自己论证某一议题会导致相对持久的态度变化（e. g. , Janis & King, 1956）。当人们参与角色扮演时（如"写一则讯息以说服你的朋友戒烟"），由于认为自己提出的论据非常有说服力，他们会用带有倾向性的眼光审视议题的相关证据并最终劝服他们自己（Greenwald & Albert, 1968）。最近，特舍和他的同事（see Tesser, Martin, & Mendolia, 1995, for a review）在不提供任何外部信息的前提下对态度对象本身的劝服效果进行了一系列的调查。其结果清楚地表明，持有单一的正面或负面意见取向的人，往往可能形成对其他人、物和议题的相应的且更为极端的反应和印象。

认知反应研究认为，即使提供了外部信息，态度受影响的程度仍然是由人们对这些信息的意见或认知反应所决定的，与对外部信息的习得无关。对讯息的认知反应的大多数研究都将注意力放在人们意见的取向和程度上。取向是指对这一讯息的意见是赞成或反对，程度是指形成的意见的数量。一般而言，讯息越为人们所赞成，其影响力就越强；讯息越受到人们的反对，其影响力就越弱（甚至会发生与意见相反的变化）（Greenwald, 1968; Petty et al. , 1981; Wright, 1973）。

除了运用价数（valence and number）对意见进行编码以外，认知反应研究也采用了其他一些分类方案（如按意见的起源、目标、自身相关性等等进行编码）（see Cacioppo & Petty, 1981; Shavitt & Brock, 1986）。其中一种已经证明有效的特征是人们对自己所持意见的自信度。那就是说，两个人可能对某个讯息持有相同的意见，但是其中一个人可能比另一人对自己的意见更为自信。根据自我确认理论（self-validation theory）（Petty & Briñol, 2000; Petty, Briñol, & Tormala, in press），当人们对他们的意见确信不疑时，意见和态度之间的关系将更为密切。

因此，传统的效果研究中的许多变量，如讯息源、讯息、接收者和渠道，都能通过影响人们对某个劝服性讯息的意见的自信度来影响劝服效果。在最初为检验自我确认假说所进行的一系列研究中，佩蒂、布里尼奥尔和特尔梅莱（Petty, Briñol, & Tormala, in press）发现，当人们对讯息主要持赞成意见时，增加他们对讯息正确性的自信会增强劝服效果，增加他们的怀疑则会减弱劝服效果。当人们对讯息主要持反对意见时，增加自信就会减弱劝服效果，破坏自信就会增强劝服效果。不论人们对意见的自信度是经过了他们慎重考虑的还是为人所操纵的，上述这种关系都存在。这就意味着，对劝服性讯息的赞成或反对意见是态度改变的一个重要因素，但不是唯一的因素。人们对他们自己的意见的自信度也是影响态度改变的因素之一。

劝服的推敲可能性模式

认知反应研究深入地考察了劝服过程，但它只关注那些人们能积极能动地处理所接收的信息的情形。因此，这一理论没有很好地解释在人们被动思考讯息内容的情形下的劝服效果。为了弥补这一不足，研究者们又提出了劝服的推敲可能性模式（ELM）。这一模式主张，不论人们的思考积极与否，劝服效果都可能发生，但在每种情形下劝服的过程和结果是不同的（Petty & Cacioppo, 1981, 1986a; Petty & Wegener, 1999）。具体而言，该模式认为，存在两条不同的劝服路径，经由其中任何一条都可能达成态度的改变（参见图 7.2）。[①]

劝服的中心路径和外围路径

中心路径　劝服的第一路径或中心路径（central route）涉及一些需要付出努力的认知活动，也就是说，人们要利用以前的经验和知识去仔细审视所有的信息，以判定其所倡导的观点的核心价值所在（Petty, 1994; Petty & Cacioppo, 1986a）。与劝服效果的认知反应研究相一致，中心路径下的讯息接收者能动地形成对劝服性传播的赞成或反对意见。这种认知活动的目的是要明确讯息所含观点的价值所在。不是所有从媒介接收到的讯息都足以引起人们的重视和思考，也不

---

① 这种劝服的推敲可能性模式还包含了麦圭尔早些时候所描述的信息处理序列中的其他一些阶段（see Fig. 7.1），但它无意于提供关于信息接触、记忆等的普遍理论。比方说，劝服的推敲可能性模式可能会设想，人们寻求和关注与个人关系密切的讯息甚于与个人关系不那么密切的讯息，但它仍然无法完整地说明信息的接触过程，因为与信服过程无关的变量也可能决定人们对讯息的接触过程。例如，人们可能为了寻求刺激或调整情绪而搜索讯息（e.g., see chap. 2）。

是在每种情形下人们都有充裕的时间和机会来仔细审视这些讯息。当人们有采用中心路径的动机和能力时，他们会细致地评估传播活动所提供的信息，这些信息对于他们判断某一观点的真实价值显得尤为重要。

当然，不同的人在不同的情况下对于决定特定议题的价值的信息会有不一样的评定。例如，在思考社会议题（如死刑）时，对一些人而言，宗教方面的理由和论据特别有说服力，而对另外一些人来说，法律方面的论据更有说服力（Cacioppo, Petty, & Sidera, 1982）。同样地，调查表明，当一些人评价消费品广告时，他们主要关心的是使用该产品会对他们自身形象产生的影响，而对于另一些人来说，这一点则无关紧要（DeBono & Packer, 1991; Snyder & DeBono, 1989）。通常，人们会对他们认为最重要的方面详加考察（Petty & Wegener, 1998b; Petty, Wheeler, & Bizer, 2000）。

调查显示，媒介在政治领域有一个重要功能，就是使某类政治议题或社会议题从其他议题中凸现出来（see Iyengar & Kinder, 1987; see also chap. 1）。例如，对杂志报道的研究显示，从20世纪60年代到90年代，有关药品滥用和营养问题的报道显著增加，关于共产主义和种族隔离的报道减少，有关污染的报道则基本持平（Paisley, 1989）。如果人们因为媒介的广泛报道而相信某些议题更为重要，那么，我们有理由认为，这类判断在评价政治候选人优劣时将变得更加重要。通过对某一问题进行极其广泛的报道（如石油危机或总统的性丑闻），新闻播报员毫不费力地使这一问题进入到接收者的大脑中，使他们在确定某一态度对象（如一个总统）（see Sherman, Mackie, & Driscoll, 1990）的“最重要之处”（bottom line）时更可能对这一问题予以考虑。因此，媒介通过将最重要的事务安排进议程，能对态度改变产生重要的“间接”影响。①

在中心路径中，人们一旦形成了对于讯息的意见，就可能将新意见最终纳入到整体的认知结构中。如果人们复述（rehearsal）② 过这些意见并且很信赖它们，

---

① 当然，媒介报道和议题重要性排序之间的联系多是因为媒介所报道的议题是人们已经认为很重要的议题。然而，一些调查显示，媒介对某一议题的报道会先于人们对它的感知（e. g. , MacKuen, 1981），而某些易于获取的议题还会使人们对它们投入更多的关注（Sherman et al. , 1990）。

② 参照《心理学大词典》（朱智贤主编，北京大学出版社，1989, p. 204），复述（rehearse）是指运用记忆的策略与方法进行的识记操作。它的功能是：（1）使输入的信息保持在短时记忆之中；（2）使信息从短时记忆向长时记忆转换。近年来，有研究指出，复述有不同的等级和水平。第一级是单纯重复信息音韵的复述，称为机械复述。虽然它能把必须记忆的内容保持在短时记忆之中而不消失，但却难于形成长时记忆。第二级是思考内容的意义和联系的复述，或组成文章，或使用表象的复述，称为精心的复述，由于第二级复述是经过不同程度加工的复述，它有利于延缓再现，可形成长时记忆。——译者注

那么上述整合过程就更有可能发生。不过，我们要注意一点，虽然中心路径的态度改变过程中包含有相当多的认知活动，但它并不意味着就一定会形成理智的或“无偏差的”态度。由于受到人们之前的态度和知识以及当前的情绪状态等因素的影响，大量的信息处理活动可能带有严重的倾向性。当然，有时人们的态度确实是在深思熟虑后才发生了改变，在这一过程中，人们认真关注他们接收到的与议题相关的信息，从自己的经验和知识出发检验这些信息，并且遵循那些他们认为重要的判定议题价值的尺度来评估这些信息。人们努力参与的这种认知活动被描述为一个“系统化的”（Chaiken，Liberman，& Eagly，1989）、“全神贯注的”（Palmerino，Langer，& McGillis，1984）、“有条不紊的”（Fiske & Pavelchak，1986）信息处理过程（see Chaiken & Trope，1999，for a discussion of various “dual-route” models of social judgment）。沿中心路径改变的态度显示出许多显著的特征。正因为这些态度被清楚地表达并纳入个人的认知结构中，所以它们相对易于从记忆中提取、能在时间上一直延续、能预测行为并且在受到强大的对立信息的挑战时仍能坚守立场（Haugtvedt & Petty，1992；Petty，Haugtvedt，& Smith，1995；see Petty & Krosnick，1995）（参见佩蒂等人对态度强度的决定因素的进一步探讨）。

外围路径 与劝服的中心路径完全相反，推敲可能性模式还提出这样一种观点，即并不总需要对大众媒介或其他讯息源提供的信息费力地进行评估才会发生态度的改变。相反，当一个人处理信息的动机和能力较弱时，劝服性议题可通过外围路径（peripheral route）发挥作用，劝服情境中的一些简单线索（cue）会引起一系列的态度改变过程。劝服的外围路径模式认为，对人们来说，运用大量的脑力活动去思考他们所接触到的所有的媒介传播内容是无法承受的也是不可能实现的。为了适应现代社会的传播活动，人们有时必须表现得像“懒惰的有机体”（lazy organisms）（McGuire，1969）或“认知的吝啬鬼”（cognitive misers）（Taylor，1981），他们必须运用更简单的方法评估信息（see also Bem，1972）。例如，某次传播的多种特征（如一则电视商业广告中令人愉快的风景）会引发一种情感状态（如好情绪），而这种状态会与传播内容所持的立场（在经典条件作用[classical conditioning]下）（Staats & Staats，1958）结合在一起。或者，讯息的提供者可以促成一种相对简单的推论或经验，如“专家是对的”（Chaiken，1987），人们可以运用这些推论或经验来评判讯息。同样，接触过讯息的其他人的反应也可以成为一种有效暗示（如“如果这么多人都同意，那它肯定是对的”）（Axsom，Yates，& Chaiken，1987）。上世纪前半叶，宣传分析学会（Institute for Propaganda Analysis）在一份关于宣传技巧的报告中列出许多“诀窍”，那个时代的演说者曾用这些诀窍来说服那些信赖外围线索（peripheral cue）的受众（如“从众”效应会让人觉得其他人大多已经支持这个演说者）（see Lee & Lee, 1939）。

我们不能简单地认为外围路径一定就没有什么效果。事实上，它能在短期内达成强大的劝服效果。但问题在于，随着时间的流逝和情绪的消散，人们对讯息源的感觉会发生变化，那些外围线索也会与讯息丧失关联。这些变化随后会削弱态度的基础。实验调查显示，和仔细的讯息论证过程带来的态度改变相比，外围线索不易使态度发生改变，即使改变了也难以持久，而且它对随后的冲击性讯息缺乏抵抗力（see Petty et al., 1995）。总的说来，通过中心路径发生改变的态度是以积极的思考过程为基础的，它将整合进人们的认知结构中；而通过外围路径发生改变的态度更多的是基于对简单线索的消极接受或抵制，因此它缺少一个牢靠的基础。①

基于简单线索的效果会随着时间而消退，而基于论证的劝服效果则较为持久，将这两种趋势结合起来会产生一些有趣的效果，如以下这种经常被引证但很少被发现（Gillig & Greenwald, 1978）的现象——“睡眠者效应”（sleeper effect）（Gruder, Cook, Hennigan, Flay, Alessis, & Halamaj, 1978；Hovland, Lumsdaine, & Sheffield, 1949；Perterson & Thurstone, 1933）就是其中之一。当一个不受重视的线索（如你已经得知了某条讯息后，《国家调查者》[*National Enquirer*]才刊登出来）尾随一则劝服性讯息提供给接收者时，就会发生睡眠者效应。这种效果的表现是，不受重视的线索最初抑制了态度的改变，但随着时间的流逝，讯息的效力会增加——这与已发现的简单线索的典型消退模式相反。推敲可能性模式预测，最初强有力的讯息被详细论证后效力大打折扣时，睡眠者效应最可能发生。如果讯息被论证得很详细，同时一种简单线索尾随着讯息处理过程，接下来会发生什么？随着时间流逝，不受重视的外围线索的影响将会消失，人们的态度会被他们最初的（和更值得记忆的）对有力论据的赞成意见所控制（see Priester, Wegener, Petty, & Fabrigar, 1999）。

推敲可能性模式中的劝服过程

影响思考活动的变量 我们在对劝服的中心路径和外围路径的探讨中已经突

① 出于解释说明的目的，我们强调了劝服的中心路径和外围路径的差别。也就是说，我们关注的是那些发生在推敲可能性连续统一体（continuum）的终止点上的典型过程。在大部分的劝服情形（它们发生在这个连续统一体的某个环节）中，中心过程和外围过程的某种结合有可能对态度产生影响。

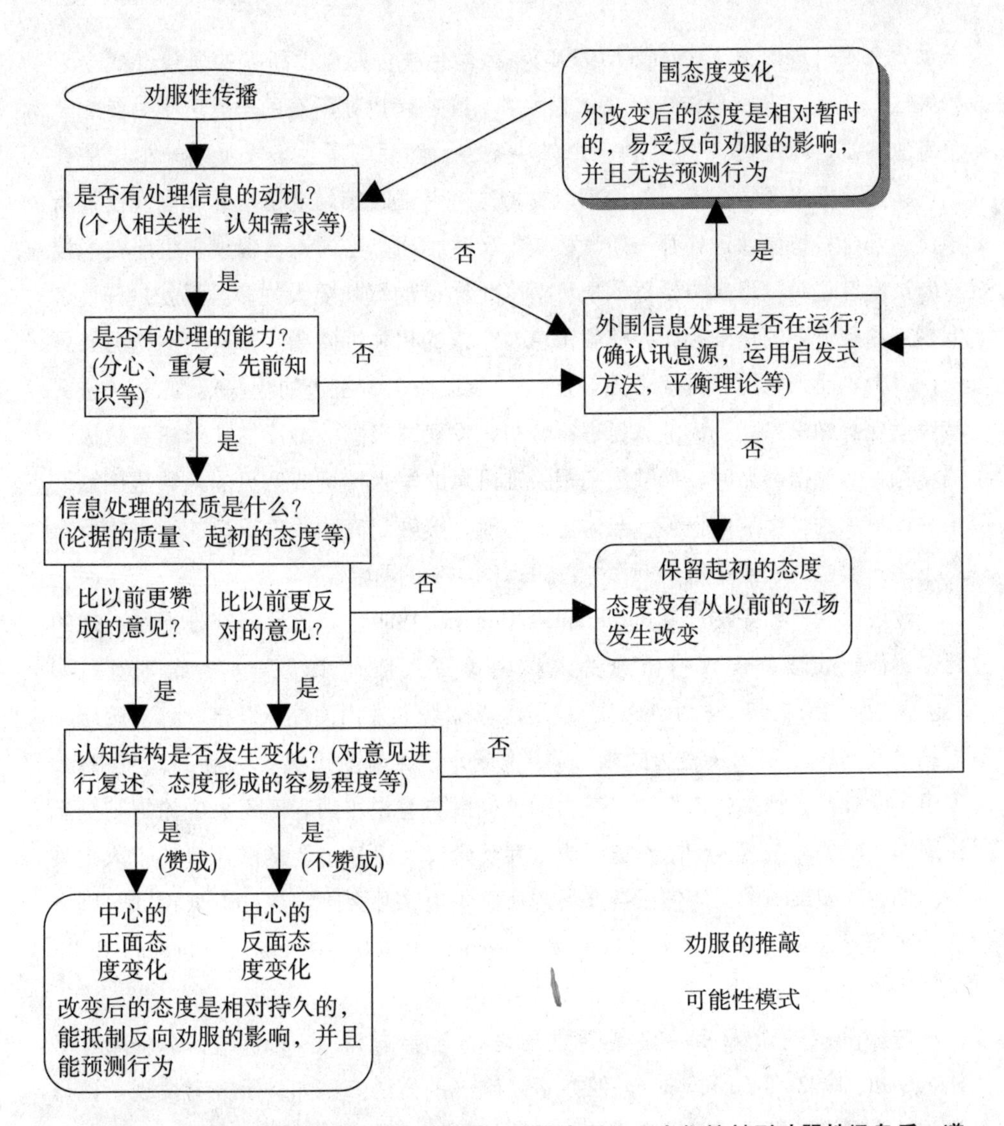

图 7.2 劝服的推敲可能性模式的图解。该图表显示了人们接触到劝服性讯息后，遵循中心和外围路径发生态度改变的过程的可能的终止点（Adapted from Petty & Cacioppo, 986a.）。

出了态度改变的这两个基本过程，图 7.2 中推敲可能性模式的图解进一步概括了各种变量在劝服过程中所起的更为具体的作用。首先，一些变量影响个人思考讯息的一般动机。门德尔松（Mendelsohn, 1973, p. 51）注意到，“将媒介潜在接收者最初对指定传播主题的兴趣从高到低进行排序，是开展有效的公众信息传播活动的关键的一步”。少数变量强化了接收者对媒介讯息的兴趣，而决定讯息思考的兴趣和动机的最重要的因素也许是个人所感知的他与传播内容的相关性。如在一项研究中（Petty & Cacioppo, 1979b），大学生被告知自己所在的学校（高个人相关性）或远处一所学校（低个人相关性）正在考虑让所有的毕业班学生参加一个专业考试，以此作为毕业的一个先决条件。然后，学生们收听了一个广播评论，该评论提出了强弱不一的论据以支持这个考试政策。就像推敲可能性模式所预测的那样，与倡议远处那一所学校实行考试相比，当评论员倡议学生所在学校将考试制度化时，讯息中论据的质量对学生态度的影响要大的多。那就是说，与低相关性条件下的情形相比，随着讯息与个人的相关性的增加，有力的论据将更有说服力，而无力的论据则更无说服力（参见图 7.3 左边的板块）。此外，研究者对学生得知讯息后列出的意见进行分析，发现越极端的态度往往伴随着越极端的意见。当论据有力时，接触到高相关性讯息的学生持赞成意见的人数是接触低相关性讯息的学生的两倍多，当论据无力时，接触到高相关性讯息的学生持反对意见的人数也几乎是接触到低相关性讯息的学生的两倍。

波恩库兰特和安纳瓦（Burnkrant & Unnava, 1989）将这一研究进行了有趣的延伸，他们发现，仅仅将讯息的人称由第三人称（如"某人"或"他"和"她"）变为第二人称（即"你"）就足以增加其个人相关性以及接收者对讯息论据的思考（参见图 7.3 右边的板块）。也就是说，与使用第三人称的口气相比，当讯息含有自我相关的口气时，有力的论据就更有说服力，而无力的论据则更无说服力。此外，按照人们的价值观或自我观念设计讯息也能增加讯息的个人相关性。例如，如果一个人习惯了某产品的形象价值，那么围绕这一形象设计一则讯息会增加此人对讯息的思考（Petty & Wegener, 1998b; see Petty, Wheeler, & Bizer, 2000, for a review）。

增加讯息的个人相关性是促进思考的重要方法（see Petty, Cacioppo, & Haugtvedt, 1992, for a review），但并不是唯一的方法。例如，研究者发现，讯息源被认为是有问题或不可信的程度也能加深推敲的程度（Priester & Petty, 1995）。在这一调查中，讯息源保持了较高的专业性，但可信度被人为控制了。其中一项研究提供给讯息接收者一些背景信息，有的暗示演说者是诚实的、可信的，有的暗示演说者是不诚实的，他提供的信息也并不总是正确的。而另一项研究让信息提供者鼓吹一个服务于自身利益的立场（相对是不可信的），或者倡导一个违背其自身利益的立场（相对可信的）。在不考虑讯息源的可信度是如何被操纵的前提下，与那些认为可信的讯息源相比，参与者们对可信度受到怀疑的讯息源推敲得更为细致。

上述情形主要发生在那些本无意推敲讯息源（即认知需求较低）的人身上

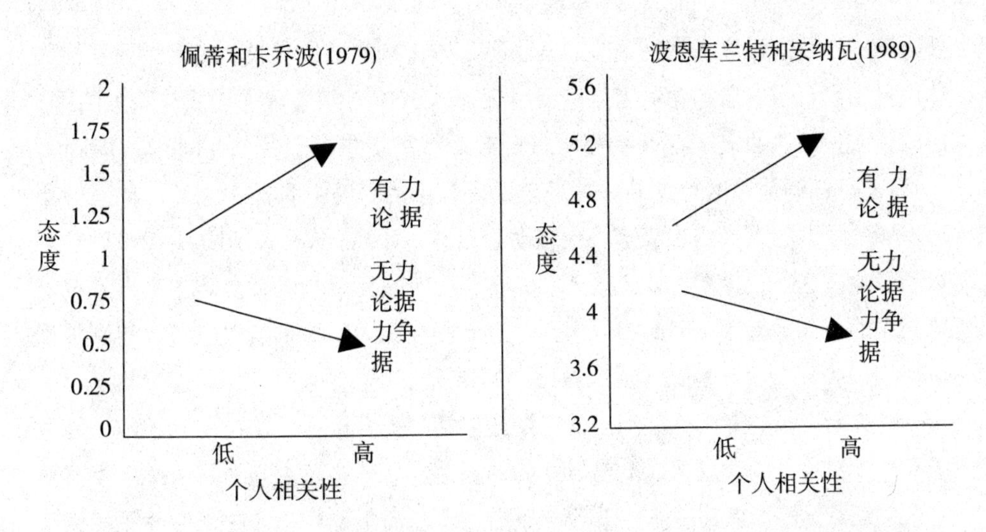

图7.3 个人相关性促进对讯息的处理。在每个板块中，随着个人相关性（参与度）的增加，论据的质量成为一个更重要的因素，决定着个人接触到劝服性讯息后所表达的态度。左边板块的数据来源于佩蒂和卡乔波（Petty & Cacioppo，1979b）所做的一项试验。右边板块的数据来源于波恩库兰特和安纳瓦（Burnkrant & Unnava，1989）所做的一项试验。在每一板块中，越高的数字表示态度上越赞成劝服性讯息所持的立场。

（Cacioppo & Petty，1982），即在他们想放弃这一认知努力时促成他们对讯息源的仔细推敲。也就是说，一个不可信的讯息源在人们一般不可能去审思的情况下获得了细致的推敲。相反，本身喜欢审思的人（如高认知需求的人）无论讯息源是否可信都会去推敲信息。考夫曼、斯塔森和哈特（Kaufman，Stasson，& Hart，1999）发现了一个相似的结果模式：低认知需求的参与者推敲那些来源不可信（即《国家调查者》）的信息的可能性要大于推敲来源可信（即《华盛顿邮报》[*Washington Post*]）的信息的可能性。

为什么讯息源的可信度会影响到推敲可能性呢？推敲可能性模式对此有两点假设：（a）人们想要持有正确的态度；（b）尽管人们想要持有正确的态度，但构成态度基础的推敲行为的数量和性质是不一样的。结合这两个假设就能解释为什么讯息源的可信度会影响人们对其准确性的信任度，从而影响到推敲的可能性。当接收者觉得讯息源专业且可以信赖（因此有可能提供准确的信息）时，只要能接受讯息所持立场就有理由相信专业性的态度是准确的。然而，当接收者觉得讯息专业但不太可信、态度的准确性无法保证时，他们必定会详查信息以确保态度是准确的。这样，假定讯息源是专业的（且可以做到是准确的），接收者对可信度的感知会影响他们展开思考的程度。

研究者还发现另一个影响到推敲可能性的讯息源特征，即讯息源是否遭到诬蔑以及被诬蔑的程度。特别是有调查表明，与讯息的提供者是没遭受过诬蔑的群体成员相比，当讯息的提供者是遭受过诬蔑的群体（如同性恋者或非裔美国人）的一员时，讯息的接收者更有可能去推敲后者所提供的讯息（White & Harkins, 1995）。有趣的是，这类效果只在那些抵制偏见的人（如种族主义倾向或同性恋恐惧倾向很弱的人）身上表现得比较明显（Petty, Fleming, & White, 1999）有明显的影响。这些较少持有偏见的人可能长期关注被诬蔑的人所受到的来自其自身或他人的不公平待遇。因此，他们会对遭受诬蔑的人所提供的讯息予以特别关注（即推敲），以确保这些讯息源获得公平的待遇。

研究者发现的影响推敲行为的变量还包括：重要论据是作为问题还是作为主张提出，讯息源的数量，以及对某立场的预期。如一些研究显示，当某人没打算对讯息观点展开思考时，把主要论据概括为问题而不是主张往往能激发更多的思考（Howard, 1990; Petty, Cacioppo, & Heesacker, 1981; Swasy & Munch, 1985）。因此，如果某广播广告的一条观点之后跟随有一个问题（难道这个候选人不是最好的一个吗?）而不是一个主张（这名候选人是最好的一个），这就可能引发更多的思考。此外，通过多种讯息源呈现个人观点比仅依靠单一讯息源更能引起人们的思考（Harkins & Petty, 1981; Moore & Reardon, 1987）。但如果这些讯息源分析议题的中立性受到怀疑的话，多种讯息源的效果就会变弱（Harkins & Petty, 1987; Wilder, 1990）。

当讯息的一些特征出乎人们的预料时，人们也会增加对它的思考（e. g., Maheswaran & Chaiken, 1991）。例如，当一份报纸的大字标题暗示讯息接收者对某物的好恶为多数人所反对时，他会更仔细地查看讯息，这要比标题暗示其好恶为多数人所赞成时仔细得多（Baker & Petty, 1994）。诚然，只有当人们从主观上认为传播内容的论据具有说服力时，由修辞式疑问、多种讯息源或不同寻常的大标题所强化的思考活动才有助于达到劝服效果。如果论据被发现只是貌似有理，那么思考活动的强化就不利于劝服效果的达成。

就像图 7.2 所概述的那样，对中心路径下的劝服效果而言，光有必需的思考讯息的动机还是不够的，人们还必须具有对讯息展开思考的能力。例如，一则复杂或很长的讯息，即使接收者很想对其展开思考，但为了达到最佳效果它可能需要不止一次的接触。随着对多种讯息源的接触，如果论据很有力，增加的思考活动将带来更多的赞成意见和态度，但如果论据无力，则会导致更多的反面论点和不太赞成的态度（Cacioppo & Petty, 1989）。当然，重复接触不是影响一个人对讯息的思考能力的唯一变量。比方说，如果存在令人分心的事物（Petty, Wells, &

Brock, 1976）或者说话者语速太快（Smith & Shaffer, 1991），接收者对讯息的思考就会被扰乱。当论据有力时，扰乱思考会弱化劝服效果；当论据无力时，扰乱思考就会削弱反面论点的影响从而强化劝服效果（see Petty & Brock, 1981）。不同的媒介讯息源对人们思考讯息的能力也会有影响。相对于阅读速度受到外在控制的媒介（如广播和电视）而言（Chaiken & Eagly, 1976；Wright, 1981），人们在那些能满足自身阅读速度的媒介（杂志、因特网）上能更好地展开对讯息的思考。

将动机和能力变量放在一起考虑就会发现一些有趣的效果。例如，有研究清楚表明，如果论据和线索是正面的，适当地重复一则讯息有利于劝服效果的达成，但翻来覆去地重复同一则讯息则会招人厌烦，最终削弱讯息的效力。不论人们对讯息内容是否感兴趣，这种"厌倦"效果（wearout effect）都会发生（Sawyer, 1981）。因此，许多调查者指出，在重复传播的广告中做一点变动能预先防止这种必然的厌倦效果（see Pechman & Stewart, 1989）。推敲可能性模式建议，媒介应该从接收者对媒介活动主题进行思考的整体动机出发，尝试在其活动中以多种方式处理同一讯息，以避免上述效果的出现。在对这一设想的检验中，舒曼、佩蒂和克莱蒙斯（Schumann, Petty, & Clemons, 1990）发现，对动机很强的讯息接收者（那些期望对传播中所讨论的议题迫切做出决定的人）来说，如果改变了讯息中提出的大量论据，那么对同一主题的重复陈述能产生更强的劝服效果，但外围线索的变化则不会带来效果上的变化。另一方面，对动机不强的接收者来说，重复接触变化了的简单线索能强化传播活动的效力，而论据的改变则不会影响劝服效果。

客观思考与有倾向性的思考 图 7.2 还表明，除了影响一个人思考讯息的一般动机和能力外，变量还能通过影响思考的本质来影响劝服效果。也就是说，劝服情形的一些特征可能会促成赞成意见，但另外一些特征则可能会促成反对意见。当人们能动地思考讯息时，人们主观上认可的讯息的论据所具有的说服力，是形成赞成或反对意见的主要决定因素，但哪一意见占主导地位还要取决于其他一些变量（Petty & Cacioppo, 1990）。比方说，即使论据很有力，如果告诉讯息接收者他们在某个重要议题上除了被劝服别无选择，那么，接收者的"抗拒"（reactance）心理就会激发他们形成反对的意见（Brehm, 1966；Petty & Cacioppo, 1979a）。因此，带有倾向性的思考通常会减弱讯息的质量对劝服效果的影响力（Manstead et al., 2001；Petty & Cacioppo, 1986a）。与此类似，态度易形成的人在得到大量与其态度相似的相关知识的支持后，比那些态度不易形成或完全缺乏稳固根基的人能更好地维护其态度（Fazio & Williams, 1986；Wood, 1982）。

有时，变量使人们的思考带有倾向性，并在人们没有察觉的情况下影响他们对劝服性讯息的反应。不过，有时人们也能察觉到那些“干扰”他们的意见和判断的影响因素的存在。当人们觉察到可能的倾向性意见并想纠正它时，他们就会采取行动使其判断不带倾向性。根据克服倾向性意见的弹性修正模式（Flexible Correction Model [FCM]）（Petty & Wegener, 1993; Wegener & Petty, 1997），当人们觉察到潜在的干扰因素、愿意并且能够予以修正时，他们就会根据自己对意见的倾向的直觉来调整自己的判断（see also Wilson & Brekke, 1994）。但就像我们之前提到的，人们并不总能觉察到引起倾向性意见的因素，所以高度细致的推敲态度并不一定是不带有倾向性的。当人们没有觉察到意见实际上的倾向时，他们可能会做出错误的修正。因此，即使是为修正倾向性意见所做的努力也并不一定能产生不带倾向性的判断。

论据与外围线索 就像我们之前注意到的，当人们具有思考某一议题的动机和能力时，他们会细查与议题相关的信息，如传播中所提供的论据。论据是一则决定传播内容所持立场的真实价值所在的信息。我们一般认为论据是讯息自身内容的一部分，但讯息源、接收者和其他因素也可作为论据。例如，如果某一美容产品的代言人说，“如果你用了这个产品，你就会看上去像我”，作为讯息源，她身体的吸引力就成为可用于评估产品效力的相关信息（Petty & Cacioppo, 1984c）。或者，某人可能会从他们自己的情绪状态中找到证明某物的价值的依据（如“如果你的出现不能让我快乐，我肯定就不爱你”）。讯息源、接收者和其他因素可以在适当的情境中作为劝服性论据，同样，它们也能成为外围线索。外围线索是劝服性情境的一个特征，即使不考虑对象或议题的真实价值，外围线索也可以促成赞成或反对的态度。因此，就像讯息源因素——如讯息源是如何地具有专业性或吸引力（Chaiken, 1980; Petty, Cacioppo, & Goldman, 1981; Petty, Cacioppo, & Schumann, 1983）——可以在思考的动机或能力很低时作为外围线索一样，讯息中论据的数量（Aaker & Maheswaran, 1997; Alba & Marmorstein, 1987; Petty & Cacioppo, 1984a）和论证的长度（Wood, Kallgren, & Priesler, 1985; see also Petty, Wheeler, & Bizer, 1999）也能成为外围线索从而影响接收者的态度。

总结 推敲可能性模式认为，随着推敲可能性的增加（由讯息的个人相关性和重复的次数等因素决定），讯息源提供的与议题相关的信息会成为劝服效果的一个更重要的决定因素。然而，评估这些信息的姿态可以是相对客观的，也可以是带有倾向性的。随着推敲可能性的降低，外围线索在决定态度改变的因素中变得更为重要了。那就是说，当推敲可能性高时，劝服的中心路径处于支配地位，但当推敲可能性低时，外围路径就处于优先地位了（see Petty，1994；Petty & Wegener，1999）（参见佩蒂等对推敲可能性连续统的中心及外围路径所做的其他探讨）。①

变量在推敲可能性模式中的多种作用

既然我们已经解释了变量在劝服环境中所担负的具体作用，那么现在很重要的一点就是认识推敲可能性模式中最重要的一个观点，即认为任何一个变量都能在不同的情形下发挥不同的作用从而影响劝服效果。也就是说，根据相关情境，劝服性讯息的某一部分既可以成为与议题相关的论据，也可成为外围线索，它既可以影响思考讯息的动机或能力从而使人们的意见产生倾向性，也可以影响意见的结构属性，如意见形成的难易程度或人们对意见的自信度。

如果任何一个变量都能通过几种方式影响劝服效果，那么确认变量发挥不同作用的一般条件就很重要了，另外，形成描述性而非预测性的推敲可能性模式所需要的一般条件也亟待明确（cf.，Stiff，1986）。推敲可能性模式认为，一方面，当推敲可能性较高时（如个人相关性和知识程度较高，讯息容易理解，没有什么分心事，等等），人们就会了解他们想评估也有能力评估的讯息中的论据的价值所在，而且人们也正是这样做的。在上述情形中，变量是作为外围的简单线索，因此它们在劝服环境中可能对评估没有多少直接的影响。然而，当推敲可能性高时，这些变量如果和议题的价值相关，它就可以作为一条论据从而决定正在进行的信息处理活动的本质（如它可以使思考产生倾向性），或者影响所产生的认知反应的结构属性（如人们所拥有的自信度）。另一方面，当推敲可能性低时（如较低的个人相关性和知识程度，复杂的讯息，许多分心的事），人们就会明白他们不想或不能对讯息所提出的论据的价值进行评估，或者他们甚至不会想到要尽全力去处理讯息。任何一个在这些情形下形成的评估，都可能只是对重要线索的相对简单的联想或推论的结果。最后，当推敲可能性适中时（如不确定的个人相关性，中等知识程度，中等复杂程度），人们可能不确定讯息是否需要得到详细审查，也不确定他们是否有能力进行这种分析。在这种情形下，人们可能会考察

① 就像我们以前指出的，对劝服效果的大量调查发现了许多变量，这些变量可用于增加或减少人们对劝服性讯息展开的思考活动的程度，导致相对赞成或反对的意见的产生。尽管我们关注的是动机和能力变量，而它们可通过外在的方式得到改变（如一则讯息中的修辞式提问可增加对论据的思考），但决定讯息处理的动机和能力的其他因素是固有的（如“高认知需求”的人易于长期地投入和享受思考活动）（Cacioppo & Petty，1982；Cacioppo，Petty，Feinstein，& Jarvis，1996）。

劝服的相关情境（如讯息源是否可信），以此来了解自己是否对讯息感兴趣或借此获得是否应该处理讯息的指示。以下这些例子将有助于阐明同一变量在不同情形下可能具有的多种作用。

讯息源因素的多种作用 我们首先考查的是讯息源因素，如专业性或吸引力，影响劝服效果的多种过程（see Petty & Cacioppo, 1984c）。在不同的研究中，我们已经发现，当思考的可能性很低时，讯息源因素可以作为一种外围线索影响劝服效果。例如，当一则讯息的个人相关性不高时，在不考虑论据的质量的情况下，专业性高的讯息源能比专业性低的讯息源产生更多的劝服效果（Petty, Cacioppo, & Goldman, 1981; see also Chaiken, 1980）。① 另一方面，有人在没有详细说明讯息的个人相关性也没有采取任何途径提高或降低思考的可能性（即适中的推敲可能性）的情况下展开研究并得出以下结论：专业性和吸引力这类讯息源因素会影响人们对讯息进行思考的程度（Heesacker, Petty, & Cacioppo, 1983; Moore, Hausknecht, & Thamodaran, 1986; Puckett, Petty, Cacioppo, & Fisher, 1983）。那就是说，当论据有力时，有吸引力的专业性讯息源会导致更多的劝服效果，而当论据无力时，它们就产生较少的劝服效果。这种自我监控量表（self-monitoring scale）（see Snyder, 1987）已经被用来区分那些试图对专业性的意见做更多思考的人（即低自我监控者）和那些对有吸引力的讯息源感兴趣的人（即高自我监控者）（DeBono & Harnish, 1988）。

当思考的可能性非常高时，讯息源因素还承载了其他一些功能。例如，如果某讯息源因素与一则讯息的价值相关，它就可以成为劝服性论据。就像先前提到的那样，一个有吸引力的代言人可以成为某美容产品效力的形象化的劝服性证据（Petty & Cacioppo, 1984c）。此外，蔡金和马赫斯瓦兰（Chaiken & Maheswaran, 1994）还证明，讯息源的专业性将导致信息处理中意见的倾向性。当接收者在高推敲可能性的条件下接收到一条模糊的讯息（即其论据不特别有力或完全无力）时，专业性就会显著地影响接收者的认知反应的倾向（即专业性使讯息处理带有倾向性）。当思考的可能性低时（即讯息是关于一个不重要的主题），专业性就仅仅是作为一种外围线索，它不会影响到接收者对于讯息的意见（see also Shavitt, Swan, Lowery, & Wanke, 1994）。

研究者们还发现，在高推敲可能性的条件下，讯息源因素通过影响人们对于意见准确性的自信度来影响劝服效果。在一项研究中（Briñol, Tormala, & Petty,

---

① 在有关专业性或吸引力的研究中，讯息源均被假定为高可信度。

2001），大学生阅读了一则包含有支持含磷洗衣粉的一系列有力论据的讯息。所有的参与者都被告知对该讯息展开思考，然后列出其意见。因为这则讯息是由有说服力的论据组成的，大部分接收者对讯息中的建议都持赞成意见。研究还在参与者接收讯息后和报告态度前引导他们相信这则讯息是由政府环境机构（高可信度）所写的，或者是由洗衣粉生产商（低可信度讯息源）所写的。由于这种引导行为是在讯息处理之后发生的，因此讯息源的可信度没有影响参与者的意见的性质。然而，从参与者所反映的情形来看，这种操纵活动影响了他们对自己意见准确性的自信度。那就是说，当讯息据称来自一个高可信度而非低可信度的讯息源时，参与者的报告表现出更多自信。由于论据有力，研究中大部分人都对讯息中的建议持赞成意见，由此产生了更多的赞成态度。

在高推敲可能性的条件下，讯息源因素要依靠许多要素发挥作用。首先，如果讯息源因素包含了决定对象的价值的重要信息，它就能成为一条讯息论据。否则，讯息源因素就会使接收者产生带有倾向性的意见，或者影响他们对其意见的自信度。当来源信息先于讯息本身发生作用时，它就更可能导致倾向性意见的产生，而当来源信息后于讯息本身发生作用时，它就更可能影响接收者对意见的自信度。

最后，如果人们知道了讯息源因素对倾向性意见的潜在影响（对信息的处理或判断），他们就可能会努力纠正这种影响。例如，佩蒂、韦格纳和怀特（Petty, Wegener, & White, 1998）在一项研究中发现，当参与者试图纠正这种潜在的倾向性时，令人愉快的讯息源产生的劝服效果要少于令人不快的讯息源所产生的效果。这种与喜好颠倒的效果是“矫枉过正”（overcorrection）的结果（即人们过分估计了讯息源令人愉快的程度对他们所做判断的影响）（see also Wegener & Petty, 1995）。

讯息因素的多种作用　就像我们之前所指出的那样，当人们无意或者无能力思考信息时，仅仅是讯息中论据的数量就可作为一种外围线索。然而，当人们的动机和能力都很强时，一则讯息中的信息项就不能仅视为线索了，相反，信息会因其所具有的说服力而得到人们的处理。当一则讯息中信息项的数目成为一种线索时（低推敲可能性条件下），即便增加无力的论据来支持其立场也会强化劝服效果；但是当讯息中的信息项本身就是论据时，如果再增加无力的论据就会减弱劝服效果（Aaker & Maheswaran, 1997；Alba & Marmorstein, 1987；Friedrich, Fetherstonhaugh, Casey, & Gallagher, 1996；Petty & Cacioppo, 1984a）。

一项研究检验了讯息因素在接收者的三种不同水平的推敲活动中的作用。在这项调查中，人们将某不出名产品的普通广告与比附（upward comparison）广告进行对比，后者强调新产品与受到广泛认可的知名产品间的相似性（Pechmann & Estaban，1993）。与普通广告（如你应该投候选人 X 的票，因为……）只提供支持性的主张不同，比附广告暗示其重要议题、产品或人与人们所期待的相似（如你应该投候选人 X 的票，因为他像名人 Y 一样支持减税）。为了检验这则讯息变量的多种作用，普通广告和比附广告都设计了一些方案和程序以引出较低、适中或较高的思考动机，并在这些内容和程序之后附上了或强或弱的论据。

通过要求接收者评定其购买广告产品的意向，研究者对广告的有效性进行了评估。当使用低动机方案（low-motivation instruction）时，比附广告比普通广告产生了更多的赞成意向，但是有力的论据并没有比无力的论据更具说服力。那就是说，在低推敲可能性的条件下，新产品与知名产品间的类比充当的是简单的外围线索，接收者对论据的处理达到最小化。当使用高动机方案时，出现了相反的研究结果。那就是说，当对广告说明的推敲程度高时，有力的论据比无力的论据促成了更多的赞成意向，但“比附”手段作为一种外围线索并不能带来更多的赞成意向。最后，对动机适中条件下的劝服效果进行分析时发现，使用比附广告强化了接收者对讯息论据的处理。特别是当比附广告的论据有力时，它比普通广告产生更强的劝服效果。不过，当比附广告的论据无力时，它比普通广告产生的劝服效果更弱。

讯息因素能在不同的情形下发挥不同的作用从而影响劝服效果，论据的数量和比附手段的使用只是其中一些因素。讯息的复杂程度（如复杂的词汇，句子结构）也是讯息因素之一，以下将举例说明。当推敲可能性低时，讯息的复杂程度可以成为一种简单线索。比方说，某人可能使用启发式推论，如“这个人好像不知道他在谈论什么，因此我不同意他的看法”；另一种情况是，此人也可能推论“这人对这个好像知道得很多，因此他所持立场是对的”，得出哪一推论取决于这个人的自尊心或已有的知识等。

当推敲可能性适中时，讯息的复杂程度就可能影响接收者开展思考活动的程度。也就是说，一些人（如那些认知需求高的人）（Cacioppo & Petty，1982）可能会接受那些看似复杂的讯息的挑战，而其他人（如认知需求低的人）则可能避开处理那些他们觉得困难的讯息（Evans & Petty，1998）。最后，在高推敲可能性条件下，讯息复杂程度可能有其他作用。例如，有研究显示，在高推敲可能性条件下，复杂的信息破坏了人们对其意见的信心（Briñol & Petty，2001）。

接收者因素的多种作用 根据推敲可能性模式，与讯息源因素、讯息因素一样，接收者因素也可以发挥多种作用。我们先考察一下个人情绪状态对劝服效果的影响。当人们的情绪不断变化时，电视这一大众媒介对讯息（广告）有特别的影响力（如人们将情绪变化归因于他们正在收看的电视节目）。根据推敲可能性模式，当推敲可能性较低时，人的情绪将通过一种外围路径影响其态度。与此相一致的是，许多研究也发现，在思考的可能性低时，"经典条件作用"（classical conditioning）下的情绪状态更容易影响态度对象（e. g. , Cacioppo, Marshall-Goodell, Tassinary, & Petty, 1992; Gorn, 1982; Priester, Cacioppo, & Petty, 1996）。同样在低推敲可能性条件下，一个简单的推论过程也可能影响人们的态度，因为人们在此过程中将其情绪状态错误地归因于劝服性讯息或态度对象（如因为我喜欢或同意讯息的主张，所以我必然感觉良好）（see Petty & Cacioppo, 1983; Schwarz, 1990）。

随着推敲可能性的增加，情绪开始发挥出不同的作用（see also Forgas, 1995）。特别是当推敲可能性适中时，情绪对论据的推敲可能性的影响会显现出来。根据享乐主义权变理论（hedonic contingency theory; Wegener & Petty, 1994, 1996），快乐的人容易注意那些有快乐回报的情形。因此，如果处理一则讯息在快乐上是有回报的，那么快乐的人比悲伤的人更有可能开展讯息的处理（see Wegener, Petty, & Smith, 1995）。反之亦然，如果处理行为是没有回报的（如它的主题是有关反面态度的或沉闷的），那么悲伤的人就会比快乐的人更多地参与这则讯息的处理，因为悲伤容易使人们浸入到一种解决问题的心态中（Schwarz, Bless, & Bohner, 1991）。

当推敲可能性高时，情绪状态能通过影响头脑中对意见的本质的看法来影响态度。记忆研究证明，当人们处于积极的情绪中时，他们更易记起正面倾向的材料；而当他们处于消极的情绪中时，他们更易记起反面倾向的材料（e. g. , see Blaney, 1986; Bower, 1981; Isen, 1987）。与情绪一致的材料记得越多，就越容易产生与情绪一致的联想，而这种联想又会进一步影响到人们对目标物的评估。换句话说，当推敲可能性高时，情绪会使人们在对劝服性讯息做出反应时产生积极或消极的意见倾向。因此，在高、低两种推敲可能性条件下，积极的情绪对态度的影响相似，但具体过程不同。例如，在一项相关实验中，学生们在引发愉快或中立情绪的节目的情境中观看了一则电视商业广告（Petty, Schumann, Richman, & Strathman, 1993）。如果学生们被告知在实验结束后可以在目标产品中选择一种品牌作为免费礼物（高参与度），或他们可从其他的产品类目中选择一种品牌作为免费礼物（低参与度），那么他们思考广告的可能性就会有所不同。在接触了包括广告在内的电视节目以后，学生们不断报告他们的情绪状态，评估他们对目标产品的态度，并列出他们对讯息的意见。研究结果显示，在高、低两种推敲可能性条件下，令人愉快的节目都会导致一种愉快的情绪和对产品更正面的评价。因此，愉快的情绪总能促成正面的态度，关键在于过程的不同。当推敲可能性高时，愉快的情绪伴随着更多对产品的正面意见；当推敲可能性低时，情绪与意见间就没有这样直接的联系。图7.4展示的是因果关系路径分析的结果，这一分析同时评估了三条路径：(1) 被操纵的情绪与对产品的态度之间的关系；(2) 被操纵的情绪与产生正面意见的比例之间的关系；(3) 正面意见的比例与对产品的态度之间的关系。在低参与度（低推敲可能性）条件下，情绪对态度有直接的影响，但对意见没有影响（参见左边的板块）。相反，在高参与度（高推敲可能性）条件下，情绪对态度没有直接的影响，但情绪会影响正面意见的产生，进而影响到态度（参见右边的板块）。

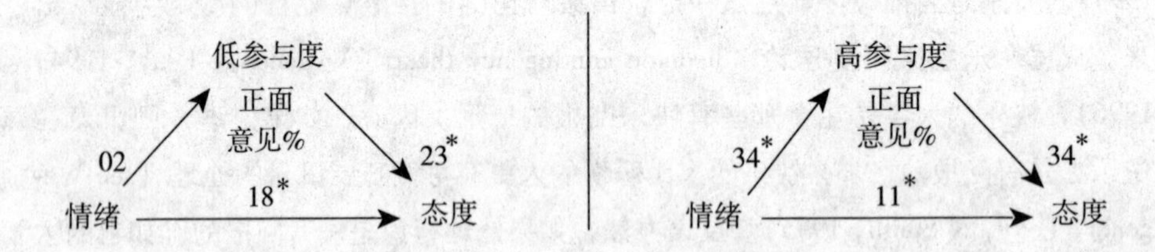

图7.4 高参与度和低参与度条件下积极情绪对态度的直接和间接影响。左边板块的数据显示，当参与度低、人们无意处理讯息时，情绪对态度有直接的影响。右边板块的数据显示，当参与度高、人们有意处理讯息时，积极情绪先影响正面意见的产生，然后再影响态度（Figure adapted from Petty, Schumann, Richmann, & Strathman, 1993）。

情绪影响意见倾向的方式之一是作用于人们对讯息中提及的推论的可能性的看法。特别是当人们情绪很好、思考仔细时，他们就更相信传播中所提到的正面推论的可能性，而不太相信负面推论的可能性。情绪不好时情况则相反（e. g., Johnson & Tversky, 1983）。因此，当深思熟虑的人处于积极的情绪状态时，由于过分估计了正面推论的可能性，正面建构的观点（如，如果你停止吸烟你会活得更久一些）对他们更为有效；当人们处于消极的情绪状态时，由于过分估计了反面推论的可能性（Wegener, Petty, & Klein, 1994），反面建构的观点（如果你不停止吸烟你会死得更早）会更有效。研究显示，情绪能显著影响人们对可能性的感知。比如说，悲伤的情绪能有效推进人们对悲伤的推论的可能性的感知，愤怒的情绪则能有效增加人们对令人愤怒的推论的可能性的感知（DeSteno, Petty, Rucker, & Wegener, 2000）。因此，针对特定类型的情绪状态提供特定的讯息能有效影响那些深思熟虑的人（如针对悲伤的人提供悲伤的论据，针对愤怒的人提供令人愤怒的论据）。

最近的研究还显示，当推敲可能性高时，除了使意见产生倾向性外，情绪状态还能影响人们对其意见的自信度。对非劝服性情境的研究显示，正面情绪在一般的知识结构（如图式、脚本和刻板印象）中可强化自信，快乐的人比情绪一般或不佳的人更多地依赖这些知识结构（Bless，Clore，Schwarz，Golisano，Rabe，& Wolk，1996；Krauth-Gruber & Ric，2000）。与此类似，布里尼奥尔、佩蒂和巴登（Briñol，Petty，& Barden，2001）的一系列研究也发现，在接触讯息后感到悲伤的高认知需求的人对其意见的自信度要低于感到快乐时的自信度。当讯息论据有力且主要引发赞成意见时，他们的自信（通过快乐的情绪）会比怀疑（通过悲伤的情绪）导致更强的劝服效果。但是，当讯息论据无力且主要引发反对意见时，怀疑就会比自信导致更强的劝服效果。然而，在不考虑论据质量的情况下，推敲动机低的人（如低认知需求）仅在快乐而非悲伤的情绪中显示出更多的劝服效果。这些不假思索的人把他们当前的情绪状态视为一种外围线索，并且从这种情绪状态中得出对讯息的结论。

最后有一点需引起注意，即我们先假定人们不能觉察到情绪中的倾向性，然后才对各种推敲可能性条件下情绪所产生的效果进行了描述。当人们能觉察到他们的倾向性时，他们通常会试图纠正他们的判断以避免受到情绪状态的影响（Schwarz & Clore，1973），从而导致其判断朝一个与其意见倾向相反的方向发展（Wegener & Petty，1997，2001）。因此，如果人们高估了积极的情绪对他们的判断倾向的影响，他们就会对其判断做出否定性修正，并且会比高估消极情绪的影响时所做的修正更多一些（e. g.，Berkowitz，Jaffee，Jo，& Troccoli，2000；Ottati & Isbell，1996）。

多种作用的影响 在以上对推敲可能性模式的论述中，我们只以特定讯息源、讯息和接收者等变量为例来说明劝服效果这一问题。实际上，变量在不同的情形中可发挥不同作用的观点得到了许多研究的支持（see Petty & Wegener，1998a）。也就是说，不同的讯息源、讯息和接收者变量在影响人们的态度时可作为（a）低推敲可能性条件下的外围线索；（b）适中的推敲可能性条件下对讯息思考程度的决定因素；（c）高推敲可能性条件下与态度对象相关的讯息中的论据。究竟是上述哪种情况最终取决于引出变量的时间，即是在（d）造成讯息处理的倾向性或（e）影响某人对认知反应的自信这两个过程之前或之后引出变量。

因为任何一个变量都能通过多种方式产生劝服效果，因此理解变量影响个人态度的过程很重要。例如，对两条劝服路径的讨论显示，积极情绪在低推敲可能性条件下作为一种简单线索能产生劝服效果，在高推敲可能性条件下通过增加对讯息论据的正面意见也能产生同样多的劝服效果，但前一条件下的态度更难形成、更不持久、更缺乏抵抗力也更难以从中预测行为的发展。在对不同领域的媒介活动的实证主义研究中（see Rice & Atkin, 1989），讯息源、讯息、接收者和相关情境的许多变量得到了检验。然而，对这些变量的作用过程的研究却寥寥无几。推敲可能性模式明确指出，决定劝服效果的变量可在不同情形下通过不同的路径发挥作用，那些中心或外围路径对于我们理解任何态度变化的最终影响都是至关重要的，正是依靠它们，上述变量才能促成态度的改变（参见图7.2）。

对未来研究方向的指导

迄今为止，我们已经回顾了一些用来解释态度变化过程的基本原理（主要是推敲可能性模式）。在明确态度改变和行为改变间的联系之前，我们有必要考虑一下有关劝服效果的基础研究的未来走向问题。我们认为，推敲可能性模式中的一个重要的因素是考察人们思考某态度议题的动机和能力。因此，到目前为止，对这一模式的研究大都关注发起讯息处理过程的变量，而很少注意到终止这一处理过程的变量。由于实验研究中使用的讯息绝大多数都比较短（如1~3分钟或文本的1~2页），人们有可能从头到尾都遵循中心路径来展开对讯息的思考。事实上，讯息越长，人们似乎就越不可能持续地、细致地处理讯息中的每条论据。有时人们已经对讯息感到厌烦、丧失兴趣，有时人们已经拥有了充足的信息来得出一个合理的结论，因此，人们就不那么关注剩余讯息了。当人们开始走神时，他们就会更加注意劝服情境的外围特征，或者将注意力完全转移到非传播因素上。总之，未来的研究将向一个好的方向发展，除了对发起讯息处理的附加变量和心理条件（“起始规则”[start rules]）做进一步调查之外，还将对那些终止讯息处理的变量（“终止规则”[stop rules]）(Petty, Tormala, Hawkins, & Wegener, 2001）或使处理方式发生转向的变量（“转换规则”[shift rules]）(Mazursky & Schul, 2000）展开广泛的探讨。

“态度 - 行为”的联系

就像我们之前所指出的，推敲可能性模式为理解劝服（信服）过程提供了一个框架。然而，当某人的态度发生了改变后，他还需要抛开旧态度、老习惯并以新态度来指导行动才能引起行为上的改变。相当多的研究证明了态度和行为之间的联系，认为有许多环境因素和性格因素能强化“态度－行为”的一致性（see Ajzen，1988，for a comprehensive review）。

以下两个有关态度指导行为的一般过程模式已被广泛接受。一是费什拜因和阿简（Fishbein & Ajzen，1975）的“合理行为理论”（theory of reasoned action），它假定“人们在决定是否参与某一特定的行为之前会思考他们行动的意义”（Fishbein & Ajzen，1975，p. 5），它还假定人们的行动意图的形成是以他们对行为的态度以及对其他相关的重要观点（规范）的认知为基础的。这一模式主要关注思考较为深入细致的处理过程，关注人们对行为开展的成本和收益的考虑。其中，它特别关注两点，一是人们获得收益或降低成本的可能性，一是人们对收益期待或成本顾虑。这一模式已获得了相当多的实证研究的支持（Sheppard，Hartwick，& Warshaw，1988）。阿简（Ajzen，1991）将这一模式进一步扩展成“计划行为理论”（theory of planned behavior），指出除了态度和规范外，考察个人对行为的自控能力也很重要。

与合理行为理论和计划行为理论强调深思熟虑的处理过程相反，法齐奥（Fazio，1990，1995）提出，许多行为是自然发生的，而态度是通过一种相对自发的过程指导行为。也就是说，如果形成了相关的态度，那么与之一致的行为随即也可能发生。法齐奥认为，如果（a）仅仅通过态度对象的出现就能自发地形成态度，且（b）态度影响关于对象的感知，即如果态度是赞成的（或反对的），对态度对象的定性就相应地表现为肯定的（或反对的），那么，态度就能在未经任何深入细致的思考或推理的情况下指导行为。法齐奥（Fazio，1990）进一步指出，动机和能力因素对于决定行为是由理智推动还是自发产生有重要作用。那就是说，当人们对行为开展可能带来的影响的感知强烈时，态度就有可能通过深入细致的思考过程来指导行为，但当人们对影响的感知很弱时，态度就更可能通过自发激活过程来指导行为。与此类似，提供给人们做决定的时间越少，态度的自发激活过程的重要性就越超过深思熟虑过程的重要性。因为当人们有足够的动机和能力去思考其行为时，他们就会认真考虑行动的预期成本和收益。有趣的是，在那一刻，权衡成本和收益的过程决定了行为是否会与潜在态度一致。例如，潜在态度有可能是基于情感和认因素的，但如果人们思考的时间过长，他们对认知因素的考虑就可能多过对情感因素的考虑，从而导致后来对行动决定的不满（see Wilson，Dunn，Kraft，& Lisle，1989）。然而，当深思熟虑的动机和能力不高时，人们的行动是由最易形成的态度决定的。①

在有些领域，一种易形成的态度容易转变为行为（如我喜欢候选人X，我将投票支持他）。然而在其他领域，即使某人有按照这一态度行事的需求，但是要将他的新态度转变为新行为也相当复杂（如我想吃低脂食品，但我该怎么做呢?）。因此，对有些媒介活动来说，即使第一步就促成了态度的变化，即使适当的态度已经通过中心路径得以形成，要产生期待中的行为反应，仅有这些条件仍然是不够的。人们可能需要将新态度整合进认知结构中才能克服和取代旧态度（Petty, Gleicher, & Jarvis, 1993; Wilson et al., 2000），人们可能还需要获取新技能和加强自信感才能使新的态度和意图转变为行动。班杜拉（Bandura, 1977, 1986）的社会认知理论为理解这些过程提供了一个解释框架（see chap. 6）。

概要和结论

尽管对大众媒介效果的多数研究已经显示，媒介的讯息可能改变人们对于某个对象、议题或人物的知识，但我们认为，相关知识的接收并不一定导致态度和行为的改变。我们已经对推敲可能性模式以及支持它的相关研究进行了简要的回顾，并强调只有当人们有处理信息的动机和能力时，当形成的赞成意见和观点又被纳入到个人相对持久的认知结构中时，信息才能带来态度和行为的持久改变。而且，即使态度发生了改变，行为上的某些改变可能还需要克服旧态度、学习新技能并增强自信感。因此，当前有关态度和行为改变的研究可能有助于解释一些不成功的媒介活动。在这些活动中，知识的获得没有引发态度和（或）行为的改变。首先，这些知识可能被接收者认为是与己无关的，或者这些知识导致了反对而非赞成的反应；其次，即使产生了赞成的反应，人们也可能对这些赞成意见缺少信息，信心的缺乏将降低态度改变的可能性；第三，即使引发了适当的态度改变，这些改变可能是基于简单的外围线索而不是细致的推敲处理过程。因此，不论态度是如何发生改变的，它都不可能随时间持续下去，更不可能指导行为；第四，即使通过中心路径产生了态度的改变，受影响的人也可能缺少必需的技能或自信去将他们的新态度转变为行动，那些与态度相悖的规范也可能破坏态度对行为的影响。

在我们的回顾中，或许以下三个问题是最重要的：（a）有些态度的形成基于

---

① 因为通过中心路径形成的态度比通过外围路径形成的态度更易于形成，所以只有当思考的可能性不高，且没有易形成的态度去指导行为时，行为环境中的外围暗示才可能影响即时的行动。

需要付出努力的推理过程，在这些过程中，外在提供的信息与接收者相关并被纳入其内在相连的思想结构（中心路径）中，有些态度的形成则是劝服环境中相对简单的线索促成的（外围路径）；（b）任何一个变量（如讯息源的专业性，情绪）都能在不同的情形中通过中心或外围路径发挥一种或多种作用（即影响思考的动机或能力、使思考带有倾向性意见、影响对意见的信心、成为论据或外围线索）以促成劝服效果；（c）尽管中心和外围路径都能导致类似的态度倾向（它们是如何地赞成或反对），但态度改变的方式更为重要，经过更多深思熟虑后发生的态度改变对行为的影响比未经深思的态度改变的影响要大得多。

如果某大众媒介试图使人们的态度发生长期持续的改变并伴随对行为的影响，那么中心路径似乎是更行之有效的劝服策略。如果媒介的目标是立即形成新态度、对持久性没有要求（如对冗长的电视慈善节目的态度）的话，那么外围路径也许是更好的选择。通过中心路径施加影响需要新信息的接收者有处理它的动机和能力。就像以前指出的，决定思考动机的最重要的因素之一是讯息的个人相关性。如果人们发现接收到的大部分媒介讯息都与自己不直接相关，那么他们就不会立刻受到影响，多数的讯息会被人们忽视或主要作为外围线索来处理。任何试图促成持久改变的劝服策略都有一个重要的目标，即通过增加传播内容的个人相关性或通过使用其他技巧强化处理过程（如用提问而不是观点结束论据或使用多种讯息源）从而增加人们思考讯息的动机。

总之，我们认为，大众媒介劝服效果研究从早期的乐观主义（极易引发惊恐的）观点至今已经走过了很长一段历程。最初的乐观主义观点认为，仅提供信息就足以产生劝服效果。而随后的悲观主义观点则提出，媒介为影响受众所做的一切努力都是无效的。现在我们知道，媒介的影响就和其他传播形式的影响一样，是一个复杂但可以理清的过程。我们知道了个人对外部信息的认知反应的程度和性质可能比信息本身更重要。我们也明白了态度可以通过不同的方式发生改变，如中心路径或外围路径，而一些态度比另一些更易形成、更稳定、更有抵抗力，也更能由它来预测行为。我们还知道，即使是明显简单的变量，如某讯息源的准确性或接收者的情绪等，在不同的情形中也可以通过不同的处理过程产生劝服效果。

媒介间过程及媒介的强效果

埃弗里特·M. 罗杰斯
■ 新墨西哥大学（University of New Mexico）

大众传播通常不作为产生受众效果的充要条件，它存在于各种中介因素（*mediating factors*）的连锁关系中并且通过这种关系才能发挥作用，但在特定情况下，大众传播也会产生直接效果。

——约瑟夫·T. 克拉珀（Joseph T. Klapper，*The Effects of Mass Communication*，1960，p. 8）

本章分析大众媒介产生强效果的几种情形。我们想确定这些较少出现的、显著的强效果情形赖以发生的时机和因由。我们认为，媒介效果的强弱可能部分取决于调查研究过程中所使用的研究方案和研究方法。此外，当大众媒介促进人们对于某一话题的人际传播时，媒介间过程（intermedia process）通常会增强媒介讯息的效果。

媒介何时具有强效果?

哈罗德·D. 拉斯韦尔（Harold D. Lasswell）和保罗·F. 拉扎斯菲尔德（Paul F. Lazarsfeld）在20世纪30年代的开拓性研究使大众媒介的效果研究具有相当的学术性，现在它已成为最受大众传播研究者们欢迎的单项研究课题（Rogers，1994）。拉斯韦尔主要通过内容分析法（content analysis）来研究宣传的效果，而拉扎斯菲尔德最初则是通过调查研究法（survey research）来研究当时的新媒介——广播的影响。媒介效果研究技术越来越精确，这在很大程度上归功于拉扎斯菲尔德在方法论方面的开拓性贡献。大众传播研究者们认为，媒介的直接效果一般是很小的（人们通常引用克拉珀的概括［即本章开头的引述］来表述“有限效果论”）。媒介偶尔具有强效果，一般认为这种情形的出现是因为那些易受影响的受众大量接触媒介讯息所致（如暴力电视对于儿童的影响）。

媒介通常有着强大的间接效果，如议程设置过程中，媒介能告诉受众什么新闻议题是最重要的（Dearing & Rogers，1996）。但是传播研究者们发现，绝大多数情况下，对于绝大多数个体而言，媒介的效果是有限的。尽管媒介具有强大效果的情形较少出现，但它们对于体现媒介效果的本质来说显得尤为重要。

媒介效果研究的背景

对产生媒介强效果的几种难得一见的情形所进行的学术研究，在传播学史上具有里程碑意义（Lowery & DeFleur，1995）。早期媒介效果研究中有两个著名案例：（1）1938年，奥森·韦尔斯（Orson Welles）制作的广播剧《外星人大战地球》（*War of the Worlds*）带来了大面积恐慌。哈德利·坎特里尔等学者（Cantril et al.，1940）随后开展了相关研究。（2）罗伯特·K. 默顿等人（Merton et al.，1946）围绕凯特·史密斯（Kate Smith）在1943年为销售战时债券（War Bonds）而进行的马拉松式广播（radio marathon）所开展的研究。这两个案例有两个特点：

1. 极不寻常的广播讯息所产生的效果与那些常规内容的广播节目所产生的效果之间很容易区分开来。在坎特里尔、默顿以及其他从事广播节目追踪研究的同事看来，生动的“世界末日”（end-of-the-world）表演与流行歌手展开的马拉松式筹款活动分别成为它们各自的“标识物”（marker）。这些独特的广播节目也得以从当时的广播节目中脱颖而出。

2. 在媒介事件（media event）影响下出现了明确的、可测量的个体层面的行为，该行为可作为媒介效果的“指示器”（indicator）。例如，凯特·史密斯的马拉松式筹款活动，其衡量标准是个体购买或承诺购买美国战时公债的数量，总计竟高达3900万美元（两次较早的马拉松式广播都分别只筹集到了100万美元和200万美元）。默顿及其同事考察的因变量是他们的调查对象是否响应马拉松式广播的号召而在电话中做出购买承诺。在奥森·韦尔斯的广播节目《火星人入侵地球》（*Invasion from Mars*）约600万听众中，大约有100万人（16%）陷入了恐慌之中（Cantril et al.，1940）。正如洛厄里与德弗勒（Lowery & DeFleur，1995，p. 45）所说：“那个10月的夜晚所发生的事情是最著名的媒介事件之一。如果那晚的事件没有得到澄清的话，它就会充分证明广播会给听众造成强有力的影响。”

这些早期的、有影响的媒介效果研究是在60年前进行的，它们确立了初期媒介效果学术研究范式（Kuhn，1962，1970）的基本原则：（a）选择一个特殊的媒介事件作为研究对象；（b）收集在媒介事件影响下受众个体行为（如上文提到的购买战时公债或恐慌）方面的数据资料；（c）分析讯息内容，以探究媒介效果如何发生。例如，默顿等人（Morton et al.，1946，p. 142）认为，广播筹款节目中，凯特·史密斯的爱国呼吁中所表现出来的真诚（genuineness），实际上是一种经过精心设计的"伪礼俗社会"（pseudo-Gemeinschaft）的体现。在"伪礼俗社会"里，人们假意关心他人，而这其实是为了更有效地利用他人。① 早期的媒介效果研究范式主张（a）受众调查研究法与媒介内容分析法相结合，（b）定性研究与定量研究相结合②，（c）"消防队式研究"（firehouse research），即在要研究的媒介事件发生后立刻搜集数据资料③。

坎特里尔等人（Cantril et al.，1946）和默顿等人（Merton et al.，1946）的调查研究都与大众传播研究的主要创始人之一保罗·F. 拉扎斯菲尔德联系密切（Rogers，1994）。普林斯顿大学心理学家哈德利·坎特里尔是洛克菲勒基金会（the Rockefeller Foundation）支持的广播研究项目（Radio Research Project）的主任助理，而这一项目是由拉扎斯菲尔德主持的。无论是设计1938年《外星人大战地球》研究项目，还是为研究筹措资金，拉扎斯菲尔德在其中都起了相当大的作用。罗伯特·K. 默顿是拉扎斯菲尔德在哥伦比亚大学社会学系的同事，同时也是1943年进行战时债券研究的拉扎斯菲尔德广播研究工作室（Lazarsfeld's Office of Radio Research）的主任助理。因而，从事这两项媒介强效果研究的学者们组成了一个志同道合的小团队。

---

① "伪礼俗社会"（pseudo-Gemeinschaft）的概念引发了随后的几项研究：（1）贝尼吉（Beniger，1987）对"伪共同体（pseudo-community）与大众媒体"关系的研究；（2）霍顿与沃尔（Horton & Wohl，1956）以及其他人对"类社会交往"（parasocial interaction）现象的研究。"类社会交往"是从这个角度来界定的：个体将媒体人物（media personality）视作为与之有着人际交往关系的对象（Sood & Rogers，2000）。劝服效果的实验研究奠基人卡尔·霍夫兰（Carl Hovland）认为，他开始对信源的可信度与态度改变之间的关系感兴趣，是因为凯特·史密斯的广播马拉松节目（Rogers，1994，p. 375）。

② 例如，默顿等人（Morton et al.，1946）的研究建立在对100个纽约市民（其中75人曾打电话承诺购买战时公债）进行焦点团体访谈（focused interview）的基础之上。除此以外，他们还以978位纽约市的受访者为样本进行了调查访谈（survey interview）。坎特里尔等人（Cantril et al.，1940）在研究广播剧《外星人大战地球》对恐慌行为的影响时也采取了大致相似的研究程序。这两项研究都使用了定量与定性资料收集相结合的方法。

③ 当时广播研究项目的主管—— 保罗·F. 拉扎斯菲尔德，在广播剧《外星人大战地球》播出后的第二天早晨，与CBS广播网主任弗兰克·斯坦顿（Frank Stanton）通电话，要求筹资建立"消防队式研究项目"（Hyman，1991，p. 193）。斯坦顿也迅速提供了资金，支持默顿等人（Morton et al.，1946）对凯特·史密斯的广播筹款效果的研究。消防队式研究现在指"快速反应"研究。这种对媒介效果进行快速研究的做法的优势在于：（1）可能的因果关系（cause-effect relationship）很少被中间因素所掩盖；（2）被调查者能够更加精确地报告媒介效果。

此后不久，拉扎斯菲尔德设计了试图验证媒介强效果模式的著名的伊利县（Erie County）选举研究（Lazarsfeld, Berelson, & Gaudet, 1944）。然而，研究结果并不能支持强效果模式，反而引发了有限效果论，而且这个理论直到今天还一直在大众媒介思想中占有主导地位。连同媒介强效果模式一起，后来的学者们逐渐抛弃了这种被坎特里尔、默顿及其同事在研究媒介效果时用到的特别的研究方法。现在研究媒介效果的学者已经很少致力于追踪一个轰动一时的特殊媒介事件或媒介讯息对特定受众的影响。例如，在研究接触暴力电视节目的效果时，研究人员集中关注的是整体意义上的电视暴力内容，而不是一个特定的电视节目或电视事件。

在这一章中，我们建议重新采用早期拉扎斯菲尔德、坎特里尔和默顿那个时代的媒介效果研究方法。也就是说，我们在媒介事件刚发生后，通过立刻搜集定性资料和定量数据，来研究特定媒介讯息对于特定受众的效果。这种分解式研究策略在媒介效果研究中已经很少被用到了。①

现今的研究方法

作者对大众传播的媒介效果研究进行重新思考，始于他读到盖勒特、韦斯穆勒、希金斯和马克斯韦尔等人（Gellert, Weismuller, Higgins, & Maxwell, 1992）在《新英格兰医学杂志》（*New England Journal of Medicine*）上发表的一个简短的研究报告之时。这些学者在加利福尼亚州奥兰治县（Orange County, California）所有接受艾滋病血液检查的人里面，跟踪调查了5例与艾滋病有关的新闻事件（如1985年10月罗克·赫德森［Rock Hudson］的死亡，1991年11月“魔术师”约翰逊［Magic Johnson］公开承认他的艾滋病病毒［HIV］检验呈阳性等）对他们所产生的影响。这些数据资料暗示了媒介的强效果。

盖勒特等人（Gellert et al., 1992）的研究方法的特色体现在以下四个方面：

1. 研究的焦点集中于一个或多个发生在特定时间点的重要媒介事件；

2. 每个事件都有大量的新闻报道；

3. 用基于独立来源（如临床报告）的有关个体外显行为改变（overt behavior changes）（如进行艾滋病血液化验）的数据资料来测量媒介效果；

4. 媒介在特定时间点上报道某一事件后，立刻获取媒介对个体行为产生明显

---

① 这种分解式研究策略很适用于议程设置研究和单项议题的纵向研究（如20世纪80年代对艾滋病报道的研究）（Dearing & Rogers, 1996）。

影响的数据资料。因此可以假定，效果是由那些反映媒介事件（如“魔术师”约翰逊公开宣布他的艾滋病病毒检验呈阳性）的媒介讯息引起的。

盖勒特等人（Gellert et al.，1992）所使用的方法与坎特里尔和默顿及他们的同事50年前所使用的方法非常相似。盖勒特等人并不是传播学者，也不了解有关广播剧《火星人入侵地球》与凯特·史密斯马拉松式筹款活动的媒介效果研究。因而他们更“自然地”再次发现了媒介的强效果。而一位在大众传播效果研究范式方面接受了严格训练且有着丰富经验的传播学者却有可能漏掉这个机会。

其他一些研究使用了与盖勒特等人相类似的研究方法，我们从中挑取了以下四项研究及其数据资料来考察媒介效果：

1. 在“篮球巨星‘魔术师’约翰逊于1991年11月7日公开承认他的艾滋病病毒检验呈阳性”这一特定的媒介事件发生后所统计出的打进国家艾滋病热线的电话数量（由疾病控制与预防中心［Centers for Disease Control and Prevention，CDC］的弗雷德·克罗格［Fred Kroeger］博士提供）。在他公开宣布此消息的第二天，有118 124个电话试图打进该热线。这是一个空前的记录。而在此之前的90天里，平均每天打进电话的总数只有7372个。

2. 1986年1月26日发生的“挑战者”号悲剧以及它对美国公众参与“挑战者”号全体遇难人员的纪念活动所产生的影响。这项全国性抽样调查是由北伊利诺伊大学（Northern Illinois University）舆论实验室（Public Opinion Laboratory）的乔恩·D. 米勒（Jon D. Miller，1987）博士完成的。①

3. 1995年9月21日，一件发生在印度新德里（New Delhi）的离奇新闻事件（即石头与金属制成的印度教神像喝牛奶事件）的传播扩散状况（Singhal，Sood，& Rogers，1999）。

4. 对一部“娱乐－教育”型广播肥皂剧的影响所做的调查。1993年－1997年间播出的这部肥皂剧，是坦桑尼亚为推行计划生育和预防艾滋病病毒/艾滋病而制作的（Rogers et al.，1999；Vaughan，Rogers，Singhal，& Swalehe，2000；Vaughan & Rogers，2000）。

“魔术师”约翰逊事件和艾滋病热线电话

联邦政府在1983年设立了国家艾滋病热线（National AIDS Hotline）。根据疾

---

① “挑战者”号事件发生后，Morton-Thiokol公司在纽约证券交易所的股价30分钟内下跌了20%（Morton-Thiokol公司制造的火箭发射器的O形圈失效），很明显，投资者立刻受到了有关“挑战者”号悲剧的新闻报道的影响。

病控制与预防中心与美国社会健康组织（American Social Health Association）的协议，该热线提供每周7天、每天24小时的免费电话服务。热线提供艾滋病病毒的传播方式及怎样避免艾滋病病毒传染的有关信息。通过电话呼叫1-800-342-AIDS后，该热线可为讲英语和西班牙语的人提供服务，也可（通过文本电话/聋人电信装置［TTY/TDD］）为聋人提供服务。迄今为止，它在美国众多艾滋病热线中是最重要的，而且还是唯一一条可以为全美国提供服务的热线。

"魔术师"依尔文·约翰逊是洛杉矶湖人队（Los Angeles Lakers）的职业球员，在1991年11月7日的一次新闻发布会上，他宣布他的血清反应呈阳性，并将作为一名活跃的球员而退役（这条消息11月6日已经透露给某些媒体）。在"魔术师"约翰逊宣布这条消息时，他可能是美国最著名的体育明星，也是第一个透露其血清反应呈阳性的非洲裔美国名人。① 媒体对这一事件展开了强大的新闻攻势：如，1991年11月8日至10日间，《纽约时报》为"魔术师"约翰逊事件投入了300栏寸（column inch）的版面。然而，与绝大多数其他新闻议题一样，媒介关注度很快就降低了：在他宣布的第二周（11月11日至17日），《纽约时报》用了140栏寸的版面，在18日到24日这一周，仅用了35栏寸版面，而在接下来的一周则没有任何报道。在媒介议程中出现这种新闻议题的起伏现象，是因为较新的新闻议题有压倒早前新闻议题的优势（Dearing & Rogers, 1996）。

在"魔术师"约翰逊11月7日宣布此事后，打进国家艾滋病热线的电话蜂拥而至（图8.1）。在此前的90天里，平均每天只有7372个电话试图打进国家艾滋病热线，其中一半左右得到了应答。1991年11月7日，当约翰逊感染艾滋病病毒的消息被媒体披露后，这个数字猛增至原来的6倍，达到了42 741个。第二天，即11月8日，当"魔术师"约翰逊的声明成为美国媒体的主要新闻内容（根据新闻报道量）后，试图打进国家艾滋病热线的电话迅速攀升至118 124个，为原先的19倍，是当时该热线的最高纪录。② 在"魔术师"约翰逊宣布此消息后的60天内，共打进了170万个电话，平均每天打进28 333个，这个数字是90天

---

① 电影演员罗克·赫德森（Rock Hudson）和一位在校男生瑞安·怀特（Ryan White）以公开自己感染艾滋病病毒/艾滋病的方式，在将艾滋病议题推向美国媒介议程的过程中起到了重大作用。在1985年10月他们做此宣布的3年前，在6家全国性媒体（如《纽约时报》和哥伦比亚广播公司新闻网［CBS News］）中，每月平均有14条关于艾滋病的新闻。而在此后4年里，每月关于艾滋病的新闻报道的平均数增加到了143条（Rogers, Dearing, & Chang, 1991）。

② 在"魔术师"约翰逊事件披露后，试图打进的电话数量在到达峰值后随时间推移而缓步减少了，这大概是因为有关这一事件的新闻报道在逐渐减少（如上文所引《纽约时报》的例子）的缘故。

前的4倍。[1] 由于在这5个月内没有其他更重要的与艾滋病病毒/艾滋病（HIV/AIDS）有关的新闻事件发生，因而很显然的是，疾病控制与预防中心的艾滋病热线所增加的绝大多数电话都是受到了大众媒介有关“魔术师”约翰逊的血清反应呈阳性的报道的影响。[2]

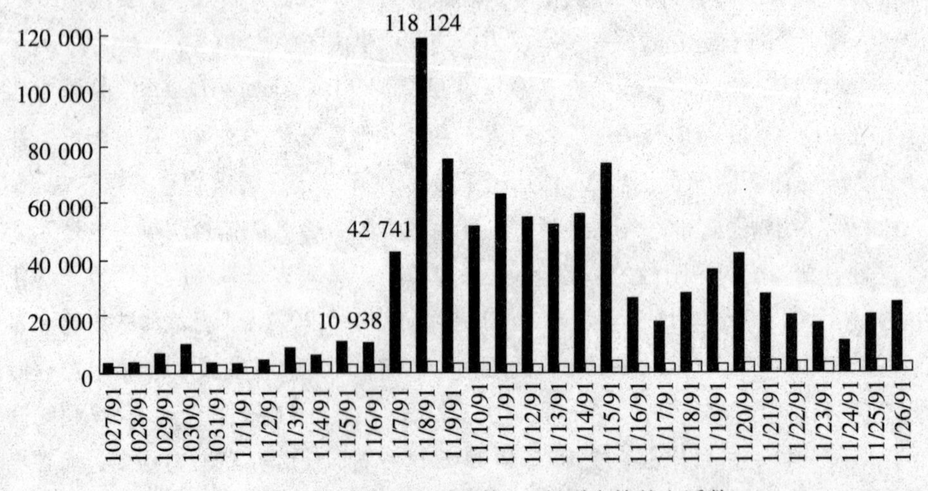

图8.1 1991年11月7日“魔术师”约翰逊新闻发布会所产生的媒介效果，在试图打进国家艾滋病热线的电话数量（这里只显示了英语电话数量）上有所体现。

来源：疾病控制与预防中心国家艾滋病热线

这一结论被另外几项与“魔术师”约翰逊事件的媒介效果有关的调查研究所证明并强化。

1. 这里有一个可供参照的实例：华盛顿特区的一家性传染病（STD，sexually transmitted disease）诊所原有186名病人，但在约翰逊事件发生后的第14个星期只剩97名病人（Boekeloo et al.，1993）。这些病人中绝大多数是男性美国黑人。

---

① 图8.1显示，蜂拥而至的电话已经远远超出了热线的应答容量，在1991年11月8日的118，124个呼叫电话中仅有约3000个得到了应答。几个月后，国家艾滋病热线增加了职员、电话线路及应答容量，以便更好地应付打进来的数量庞大的电话。这些数量庞大的电话多是缘于此类名人声明事件或其他媒介事件，如1992年4月8日奥普拉·温弗里（Oprah Winfrey）在关于艾滋病的电视节目中播报了国家艾滋病热线的电话号码。

② 曾有一个类似的调查——1985年7月13日，布朗和波托斯基（Brown & Potosky, 1990）为罗纳德·里根（Ronald Reagan）总统实施了结肠癌手术。该事件被报道后，打进国家癌症研究所（Natinal Cancer Institute）癌症信息服务中心（the Cancer Information Service）的电话比平时翻了4倍。到医院进行结肠癌检查的人数（根据医疗保险报告）也大幅增长（高于2倍）。在总统术后几年内所报告的结肠癌发病率有所减少，这意味着至少5163人挽回了生命。

“魔术师”约翰逊事件所产生的主要影响是性伙伴数量和“一夜情”次数的减少，而不是安全套使用的增加。这个效果与“魔术师”约翰逊宣布的讯息内容相吻合，因为其中他讲述了自己随意的性行为，但对于使用安全套来进行安全的性行为则少有涉及。

2. 旺塔和埃利奥特（Wanta & Elliott, 1995）在1991年3月（约翰逊事件发生前）采访了366名伊利诺伊州（Illinois）人，并在1991年11月7日事件发生后的10天中又采访了307人。调查发现，正确了解“打喷嚏不会传染艾滋病”的人从77%上升到91%，了解“与另一艾滋病患者使用同一卧室不会传染艾滋病毒”的人由80%上升到91%。此外，知道艾滋病病毒（HIV）与艾滋病（AIDS）之间区别的人数也有很大增长，这个区别在“魔术师”约翰逊的宣告中也有涉及（他坦言自己感染了艾滋病病毒，但没有患艾滋病）。艾滋病病毒与艾滋病之间的区别在有关约翰逊的新闻中屡次被强调。

3. 卡里奇曼和亨特（Kalichman & Hunter, 1992）于约翰逊声明前后，在361个等候乘坐公交车前往芝加哥市区的男性中搜集了数据。他们发现的一个显著变化是，人们对艾滋病的认知程度加深；关注艾滋病的人数增加；对与艾滋病有关的新闻比此前更感兴趣；人们谈论艾滋病的次数增多。被调查的所有男性都听说过“魔术师”约翰逊被艾滋病病毒感染的事实，86%的人在约翰逊召开新闻发布会后的三天内与朋友们谈论过他的声明（100%的人在1991年11月7日过后的10天内谈起过此事）。“与朋友经常谈论艾滋病”的人数百分比在约翰逊声明前为24%，声明后三天的百分比为37%，10天后达到了48%。

4. 布朗和巴兹尔（Brown & Basil, 1995）在事件几天后对高校学生进行了一次访问，发现人们对“魔术师”约翰逊声明的知晓度很高，了解艾滋病病毒/艾滋病知识的人数也有所提高，且相当多的人讨论过此事。

在关于“魔术师”约翰逊感染艾滋病病毒事件的报道中，大众媒介的重要效果之一是激发了公众对于艾滋病议题的人际传播（我们会在后面媒介间过程中进一步讨论这个重要问题）。

“挑战者”号灾难

乔恩·米勒（Jon Miller, 1987）对美国成年人样本进行了三组电话访问：（1）在1986年1月26日“挑战者”号灾难发生前一周里，研究人员首次电话采访了2005人，其中恰巧包含了有关美国航天计划的一系列问题；（2）在灾难发生3天后，研究人员对1557人进行了有关新闻事件扩散（news event diffusion）状况的调查；（3）6个月后调查事故的罗杰斯报告发布，此时研究人员对1111人进行了追踪调查。这个发生在1986年的新闻事件引起了公众极大的关注：灾难发生（事故发生在美国东部时间上午10点）18小时后，95%的美国成年人已经从电视画面上看到了这架爆炸的航天飞船。这起事故的披露使人们产生了强烈的情感共鸣：

1. 90%的人与家人谈论过这起灾难，73%的人与朋友或同事在工作时或在学校谈论过这起灾难。

2. 78%的人在电视上全部或部分地观看了为这8名宇航员在位于休斯敦（Houston）的约翰逊航天中心（the Johnson Space Center）举行的纪念活动。

3. 约6%（1 000万以上）的成年人参加了当地组织的纪念罹难宇航员的活动。此外，还有一些人定期参加为牺牲宇航员及他们家人祈祷的宗教活动。54%的人说他们曾经为此落泪或含泪。

4. 有4%的人曾经为这起灾难联系过参议员或众议员，1%的人曾为此事故给美国航空航天局（NASA）或美国总统写过信。①

平常的那些有关新闻事件扩散过程的研究只关注人们对新闻事件的知晓度（DeFleur，1987；Rogers，2000），与之相比，有关1986年“挑战者”号灾难的媒介讯息对美国公众的外显行为产生了巨大的影响。此外，比起其他480个重大新闻事件（包括1995年辛普森［O. J. Simpson］案审判、1989年旧金山地震以及1995年俄克拉何马城联邦大厦爆炸案），有关“挑战者”号灾难的新闻报道对美国公众的注意力产生了更加强烈而持久的影响。②

给印度神像喂牛奶事件

1995年9月21日清晨“发生”了一件新闻事件：印度神像喝牛奶了！辛格赫尔等学者（Singhal et al.，1999）就这一奇特新闻事件电话采访了199名印度德里（Delhi）市民，所搜集到的数据资料显示：87%的受访者回答说当他们听说这个消息时，平均告诉了另外21个人。口头传播渠道在这里显得尤为重要，因为这个事件的神秘感使人们对这个事件极为关注，也促成了神像喝牛奶事件意义的社

---

① 注意这里层级效果（hierarchy-of-effect）的证据（McGuire，1989），即90%的人与他人进行了讨论，78%的人观看了电视播映的纪念仪式，6%的人参加了纪念活动，1%的人写了信。

② 根据时代镜报人民与新闻中心（Times Mirror for the People and the Press，现名为皮尤人民与新闻研究中心［Pew Research Center for the People and the Press］）的数据资料。在54个全国性抽样调查中，有75 000人被问到他们最关注的新闻是什么（资料来源：美联社1995年12月29日新闻稿）。

会建构过程。

最初听说印度神像喝牛奶的消息时，只有17%的人相信这个奇迹，而36%的人不相信。这则消息引发了空前的祷告潮。199个受访者中，74%的人曾经试图向印度神庙或家中供祭的神像喂牛奶。这种试验性（experimental）行为使68%的人相信神像的确是喝过了牛奶。

当天上午晚些时候，印度各大主要城市的牛奶供应已经极为紧张。到了中午，当涌入神庙的人们开始失控时，警方不得不介入，以维持印度神庙的秩序。报纸都以大标题宣布："神像喝了成吨的牛奶"（*Dieties Drink Milk in Tonnes*），"神的奇迹震惊世界"（*Divine Miracle Stuns the World*），"国外神庙也宣称奇迹出现"（*Miracles Claimed in Temples Abroad*）。很快，旅居英、美等国家的印度人也开始给他们的印度神像喂牛奶。科学家和许多其他人把印度神像喝牛奶事件视为"对有着浓厚宗教信仰国家的易受骗的虔诚的人们的恶作剧"（*Hindustan Times*, p. 1）。也有许多持怀疑态度的人用物理知识将这个奇迹解释为表面张力（surface tension）或毛细管作用（capillary action）。1995年9月21日后，这场关于神像喝牛奶的论争在大众媒体上持续了好几个星期。

在前面所述的两个媒介事件的研究中，大众媒介对于重要事件的报道引发了人际间的讨论，导致了公众外显行为的改变。这个案例中的行为即是给印度神像喂牛奶，其中有74%的受访者付诸了行动。

坦桑尼亚的媒介间过程

理论模型与经验研究（Rogers, 1995）均指出，大众媒介常常通过一个新闻话题来刺激人际传播的产生，从而在改变人的行为方面产生效果。当大众媒介讯息导致同类人群（peers）中的人际传播发生时，媒介间过程也就发生了，继而会引起行为的改变。①

罗杰斯等人（Rogers et al., 1999）调查了坦桑尼亚一部为期5年的"娱乐-教育"② 型广播肥皂剧的效果，它是用来推行计划生育政策和艾滋病病毒/艾滋病

---

① 媒介间过程（intermedia process）这个术语是由贡佩尔特和卡斯卡特（Gumpert & Cathcart, 1986）首先提出的，瓦伦特、波普和梅里特（Valente, Poppe, & Merritt, 1996）用它来表示"由大众媒介引起的人际传播过程"（mass media-generated interpersonal communication）。

② "娱乐-教育"（entertainment-education）是一项将教育内容寓于娱乐讯息中的策略，目的是为了提高公众对教育性议题的关注，以改变他们的外在行为。这项"娱乐-教育"策略包括计划生育、妇女平等、成人扫盲教育以及艾滋病病毒/艾滋病预防等100多项不同的项目，主要在拉丁美洲、非洲和亚洲的发展中国家推行（Singhal & Rogers, 1999）。

预防方法的。这部肥皂剧集中体现 12 个主要角色对计划生育和预防艾滋病病毒/艾滋病所表现的积极和消极的态度。如莫克马休（Mkwaju，字面意思是“手杖”）是一个生活随便的卡车司机，同时还是一位大男子主义者，十分重男轻女。在这两个教育性议题上他是个反面角色，在故事情节中，他受到了惩罚，最终他的血清反应呈阳性并染上了艾滋病。

在 1993 年中期，即这个一周两次的广播肥皂剧《让我们走着瞧》（Twende ma Wakati, *Let's Go with the Times*）播出之前，研究人员通过个人访谈收集了 3000 个受访者的资料。在 1994 年 - 1997 年间，这 3000 人的样本又接受了一年一度的访谈。为了消除同时期的计划生育与预防艾滋病病毒/艾滋病这些因变量变化的影响，坦桑尼亚的多多马（Dodoma）地区被选择作为控制（比较）组，在 1993 年 - 1995 年间这里没有播出这一广播节目。

虽然与广播肥皂剧的接触程度直接影响其效果，但是绝大多数人都采纳了计划生育与预防艾滋病病毒/艾滋病的方法，这是由“娱乐 - 教育”型广播肥皂剧引起的人际传播所致（Rogers et al., 1999; Vaughan et al., 2000; Vaughan & Rogers, 2000）。收听《让我们走着瞧》的次数与配偶/性伴侣关于计划生育和预防艾滋病病毒/艾滋病的讨论次数之间存在关联，而讨论的次数又反过来与计划生育和预防艾滋病病毒/艾滋病的接受程度相关。听众中，与他人讨论过计划生育的人数从 1993 年 - 1994 年（该广播肥皂剧播出的第一年）间的 17% 上升到了 1996 年 - 1997 年间的 53%（Vaughan, 2000）。既收听过肥皂剧又与配偶讨论过的已婚妇女尤其有可能接受计划生育。① 与配偶谈论计划生育可引起配偶对计划生育的更正确的认知（Vaughan, 2000）。

在影响人们接受计划生育和防治艾滋病病毒/艾滋病的诸多因素中，朋友间（尤其是配偶或性伴侣间）的人际传播比直接收看《让我们走着瞧》更有效。② 由于媒介介入而引发的配偶或伴侣间的人际传播在计划生育和预防艾滋病病毒/艾滋病方面显得尤其重要，这是因为配偶/性伴侣间的协商对于接受这些行为是必要的。

结论

本文中，我们主张重新采用 60 年前由保罗·F. 拉扎斯菲尔德与其哥伦比亚

---

① 《让我们走着瞧》产生巨大影响的另外一个可能的原因是，这个广播肥皂剧的高普及率导致听众个体对教育内容接触的高频率。正如德弗勒与丹尼斯（Defleur & Dennis, 1991, pp. 560-565）所指出的，强大的媒介效果会由最小的效果累积而成。

② 在瓦伦特等人（Valente et al., 1996）关于秘鲁计划生育实施情况的研究报告中也有类似的证明。

大学的应用社会科学研究所（Bureau of Applied Social Research）的同事所开创的研究方法：某个重大的媒介事件发生后，研究人员对与之相关的媒介讯息进行内容分析，同时马上收集那些接触了媒介讯息的个体在外显行为方面的数据资料，并以此来研究媒介效果。在这里，我们总结了以下四项调查的研究结果：（a）“魔术师”约翰逊1991年艾滋病病毒感染的声明对打进国家艾滋病热线的电话数量的影响；（b）1986年“挑战者”号灾难这一新闻的传播扩散状况；（c）1995年印度神像喝牛奶这一新闻的传播扩散状况，以及（d）1993年－1997年坦桑尼亚的“娱乐－教育”型广播肥皂剧对人们接受计划生育与预防艾滋病病毒/艾滋病所产生的影响。这些研究表明，通过媒介间过程，媒介可以具有强效果，尤其是在媒介讯息刺激了关于某一议题的人际传播的情况下。

“娱乐－教育”策略的一个与众不同的方面是，当人们试图了解周围发生了什么事情时，教育性讯息（educational messages）以其娱乐特性而常常促成人们加入同类人际传播（peer communication）之中。① 比如，坦桑尼亚的受访者与朋友和家人讨论剧中的角色时，经常将剧中正面角色和反面角色的典型行为与他们自己的生活联系起来（Rogers et al.，1999）。进一步讲，“娱乐－教育”型讯息与受众个体的关联度越来越高，因为受众个体与媒介人物之间形成了类社会交往关系（parasocial relationship）（Sood & Rogers，2000）。

我们现在的分析显示，媒介间过程（Gumpert & Cathcart，1986）是媒介有时具有强效果的一个基本原因。媒介讯息通过人际传播而拥有强效果的观点对以下做法提出了质疑，即贯穿传播研究始终的人际传播与大众传播之间的二分法（dichotomy）（Hawkins，Wiemann，& Pingree，1988；Reardon & Rogers，1988；Rogers，1999）。过去的研究经常“在大众传播与人际传播之间制造一种错误的对立（false competition）”（Chaffee，1986，p. 62）。这种错误的二分法之所以存在也许是因为传播研究被业界学者们割裂成了两个学科分支（Reardon & Rogers，1988；Rogers，1999）。这样，他们所理解的世界要么由大众传播组成，要么由人际传播组成，而不是由这两个传播渠道共同作用以产生效果。

我们认为，过去的传播效果研究所支持的最低效果模式（*minimal effects mod-*

① 受众个体通过社会建构过程（social construction process）而赋予“娱乐－教育”型讯息以意义，这种社会建构过程的一个明显的特征是可能发生相反的解读。如，有些坦桑尼亚听众会认为莫克马休（Mkwaju）是一个积极的形象；这种相反的解读也被称作“阿奇·邦克效应”（Archie Bunker effect）（Vidmar & Rokeach，1974）。男性受访者中仅有1%的人出现了这种情况，而且这种效应会随着广播节目接触次数的增加而衰减（Singhal & Rogers，1999）。

el)，一定程度上是由其方法论（*methodology*）所决定的。跟踪一个由大众媒介传递给受众个体的特定的、引人注目的讯息内容，并且充分重视关于该媒介讯息事件的人际传播，这将为未来的媒介效果研究另辟新径。

致谢

为本篇论文提供有效数据资料的是亚特兰大疾病控制与预防中心（CDC，Atlanta）的弗雷德·克罗格（Fred Kroeger）；俄亥俄大学（Ohio University）的阿尔温德·辛格赫尔（Arvind Singhal）博士；麦卡莱斯特学院（Macalester College）生物系的彼得·沃恩（Peter Vaughan）博士。现在看到的这篇论文是罗杰斯1998年书稿（Rogers，1998）中的修订版，它最初是以《在大众传播的支配下》（*At the Helm in Mass Communication*）为题发表在1995年美国传播协会（National Communication Association）的会议上。

政治传播效果范畴的再审视

道格拉斯·M. 麦克劳德
■ 威斯康星大学麦迪逊分校（University of Wisconsin-Madison）
杰拉尔德·M. 科西茨基
■ 俄亥俄州立大学（The Ohio State University）
杰克·M. 麦克劳德
■ 威斯康星大学麦迪逊分校（University of Wisconsin-Madison）

十年前，我们撰写了一个论述政治传播效果的章节（McLeod, Kosicki, & McLeod, 1994），收录在布赖恩特和齐尔曼（Bryant & Zillmann, 1994）主编的以媒介效果为主题的论文集里。在那个章节中，我们认为，政治传播研究所取得的新近进展表明，人们重新关注规范取向（normative orientations）（涉及社会机构"应当"如何运作），而这种关注从沃尔特·李普曼（Walter Lippman, 1922）时代以来，很大程度上被政治传播的研究者们忽略了。自这个章节出版以后，众多政治传播研究者对社会资本（social capital）、公共领域（public sphere）、社会抗议（social protest）和公共新闻（civic journalism）等概念的兴趣大为增强，这表明他们更加关注民主社会里的公民参与（citizen participation）的重要性。为了反映这种拓展后的关注，本章的范围扩大到包括公民参与和公民社会化在内的研究。参与式民主（participatory democracy）的价值，即公民通过自由而负责任的媒体来知晓信息并且积极广泛地参与民主活动的价值，作为一股重要的力量推动着政治传播研究。在评价政治传播研究时，我们把关注大众传媒在民主系统中的作用的范围从个人层面扩展到更宏观的层面。我们还将拓展传统选举研究的研究重点，使其涵盖先驱们的丰富思想以及政治传播的各种结果。

写作目的、理论预设与框架结构

本章的写作目的是为了表达我们对于新近拓展了的政治传播研究的理解。在此须特别指出的观点是，因为政治传播效果依赖于具体的社会政治环境，所以与其他类型的媒介效果相比，我们在理解政治传播效果时需要在更为广泛的时空背景下进行考察。这个观点建立在以下五个元理论预设（metatheoretical assumptions）的基础之上：

1. 有关媒体的规范性民主准则与实证性政治传播研究之间的联系应当恢复，这种联系曾一度中断过几十年。在民主社会里，这些规范性期望（normative expectations）可以作为有效的标准，用来评估媒介机构的表现和政治传播的整体运行状况。

2. 要评估媒介的表现，需要把那些与媒介机构运作相关的、可观测的指标具体化。这些指标涉及媒介机构运作的适当性、运作形式、运作过程和运作结果等方面。

3. 要理解媒介机构的运作，需要考察媒介受到的各种约束和规范，包括他律性和自律性的约束和规范。媒介效果的归因有赖于这样的证据，即媒介不仅仅只是其他消息来源的传输渠道，媒介的生产过程也是其建构讯息的过程。

4. 要考察媒介的表现，需要超越对媒介内容和其他媒介产品的批评，去研究这些产品对个体认知、情感和行为的影响。重要的是，不仅仅考察对公民个体的影响，还要考察对那些关键性的政治活动者（如政治领袖、信息顾问和记者）的影响。

5. 理解政治传播，需要考察政治系统运行的结果，它由不同个体的集体性反应所致，也是机构运作的累积效果。

我们将首先界定政治传播的范畴，紧接着将对政治传播研究做简短的历史回顾。第三部分将考察社会、政治和大众媒介等方面的环境变迁的来龙去脉。媒介内容是第四部分的关注点。第五部分将回顾近来的政治传播研究成果，这些研究可归于情感、认知、知觉、行为和系统等几个传统效果类别。第六部分将考察采用了较复杂的“O-S-O-R”效果模式所取得研究成果。第七部分将讨论媒介对政治家和决策者的潜在影响。再下一个部分将考察与改善政治进程的效能相关的一些新近的研究。最后一部分里，我们将媒介效果研究整合到了一个更宏大的媒介运行模式中，从而拓展了古列维奇和布卢姆勒（Gurevitch & Blumler，1990）提出的规范性标准。

政治传播的范畴

在不同学科、不同研究传统（包括政治学、心理学、社会学、语言学、修辞学和大众传播学等）的影响下，政治传播研究的关注范围大为拓宽，因此，界定政治传播的范畴已成为一项越发困难的工作。尽管政治传播研究一度被局限于研究印刷媒介的使用和投票选举二者间的关系，但随着研究人员把传播过程中的其他方面融合进去，如今的政治传播研究已经扩展至政治传播的其他几个方面。研究人员提出了新的研究方向并运用了多种研究方法，从而促进了相关理论的完善。实际上，人们已经认识到，包括娱乐电视节目中表现的人际关系在内的、各个方面的社会行为，都可被视为政治性的。

但是，从实际应用的角度看，政治传播的范畴必须被缩小。一般来讲，政治传播指的是符号与讯息在政治人物、政治机构、一般公众和新闻媒介间的交换。新闻媒介既是政治系统的产物，又反作用于政治系统（Meadow，1980）。这些交换过程的结果涉及权力的巩固或变更。在本章中，对政治传播的界定会进一步被缩小为集中关注通过大众传媒，尤其是通过它们的新闻内容进行的符号与讯息的交换。

政治传播效果就是对政治系统所产生的影响。我们在解释政治传播效果时，常把它们归因于某些个人层面或机构层面的影响源（如，政治领导人、广告讯息、新闻媒介或者新闻报道）。因此，大众媒介的政治效果是一个更大的政治传播效果集合里的一个子集。效果可以体现在个体行为的微观层面、政治团体的中观层面或者政治系统本身的宏观层面。还有一些效果，体现在一些跨层次的关系中，诸如政治机构对个体行为的影响，或者是个体政治愿望转化为社会政策的过程。此外，效果这个概念一般还意味着某种类型的变化，但它也包括那些巩固的过程（McLeod & Reeves，1980）。本章集中关注大众媒介的政治传播，考察那些影响媒介讯息内容的因素，以及这些讯息对受众、政治家和决策者及记者本人的影响。

政治传播研究的发展概况

政治传播研究在传统的大众媒介效果研究中扮演了重要角色。克拉珀（Klapper，1960）提出的有关大众媒介的"有限效果论"，在很大程度上是基于哥伦比亚大学的研究人员对政治选举运动所做的研究（Berelson，Lazarsfeld，& McPhee，1954；Lazarsfeld，Berelson，& Gaudet，1948）。"有限效果论"建立在以下几个并不可靠的理论假说的基础之上：选择性过程（选择性接触、选择性注意、选择性理解和选择性记忆）、强化效果与"结晶"（crystallization）效果、既有社会倾向、人际中介作用以及社会制度的稳定性。尽管有限效果模式在本领域的历史上有着里程碑的地位，人们还是对它提出了尖锐的批评（Blumer & McLeod，1974；

Chaffee & Hochheimer, 1985; Gitlin, 1978)。至少，有限效果模式是以一种一成不变的眼光来看待政治和媒体的作用的。

政治传播研究的复兴

在哥伦比亚大学（的研究人员）对1948年的选举进行研究后的20多年里，选举研究几乎没有再关注过媒介在政治活动中的影响，而是强调政党取向（party affiliation）的影响。在没有其他替代性模式的情况下，有限效果模式直到20世纪70年代仍然占据着主导地位。伴随着政治环境和媒介环境的显著转变，政治传播研究从20世纪70年代起开始有了一定的发展和变化。四个方面的重大历史性影响促成了政治传播研究的实质性进展（McLeod, Kosicki, & Rucinski, 1988)。第一，重大的社会政治变迁使选举行为变得越发难以预测。第二，新兴媒介（尤其是电视）的发展，引发人们关注它们对政治系统潜在的有害影响。第三，从多种理论视角开展研究的欧洲学派的兴起，也使这个领域获益匪浅。最后，社会科学领域的"认知革命"（cognitive revolution）也拓展了政治传播研究的关注范围。

政治传播研究趋势

政治传播研究中的几个大有可为的研究趋势值得一提。首先，有研究将受众效果与传播过程中的其他环节（如新闻源、媒介机构、内容等）联系起来进行研究，取得了一些理论进展。第二，再度兴起的宏观层面的分析研究，与已经广泛开展的个体层面的研究呈现了互补之势。第三，与宏观层面研究的勃兴相伴随的是，针对不同社区、不同民族、不同历史阶段的比较研究也已兴起了（Bennett, 2000; Blumler, 1983; Blumler, McLeod, & Rosengren, 1992; Tichenor, Donohue, & Olien, 1980)。第四个趋势是语言学研究兴趣的重新兴起，它不仅包括与媒介内容相关的语言，也包括与媒介信息生产和解读相关的语言。第五，越来越多的研究整合运用了各种研究方法，采用了不同来源的数据材料，从而完善了对所研究的问题的认识。第六，与公民社会化和社区相关的议题重新引起了人们的研究兴趣。最后一个趋势表现在，人们提出了与政治传播过程相关的更为复杂的模式。政治环境的日益复杂化刺激着上述每个趋势，同时这些趋势也有助于人们对这一研究领域的理解。

变迁中的政治传播环境

政治传播受到整体环境因素的影响。例如，特定社会中的社会政治环境将规定政治传播过程的形式和内容。更确切地说，媒介环境，不管是信息生产所处的环境，还是信息得以传播给公众的环境，都将决定政治传播的特性。

受教育水平提高、居住郊区化、移民以及贫富差距扩大化等因素的影响，二战后的美国社会经历了一个迅猛的演变过程。多民族、多种族混杂的状况迅速发展。这些环境变化加剧了不同群体间政治对话（political dialogue）的紧张局势，也使政治话语（political discourse）变得更加复杂化。随着社会的多元化，政治系统变得愈发难以预测。政党认同减弱，选民投票率下跌，选民在某次选举中的分裂票（split-ticket voting）现象以及在不同选举中的政党立场不稳定现象变得更加常见，这导致几乎每个级别的政府都出现了分立政府（divided government）的情况。一些异军突起的第三党（third party）和独立候选人对选举结果产生了显著的影响力（例如，杰西·文图拉［Jesse Ventura］赢得了选举）。① 各种各样的社会运动、抗议者和利益集团引起了人们的关注并产生着影响。与这些趋势相伴随的是，公众逐渐丧失了对某些机构（包括政府、商界、新闻业在内）及其领导者的信任感。

一个最显著的方面体现在特殊利益集团的发展上。这些集团熟练地筹集资金和运用公共关系策略，并经常与其他利益攸关团体开展协作，它们在游说政治家和形成政治话语方面变得越来越强有力。作为它们策略的一部分，利益集团试图通过媒介来塑造公共舆论从而间接影响政策的制定。通过让它们的“专家”出现在新闻和脱口秀节目中，通过给记者们提供“背景”资料，以及通过诱导新闻媒介在富有争议的议题上采纳它们提出的“框架”，这些有组织的利益集团的话语渗透进了社会话语体系中（Gandy，1982；Pertschuk & Schaetzel，1989）。直接为这些有组织的利益集团代言的是候选人，他们筹措专项资金，建立起他们自己的、很大程度上独立于政党影响的机构。一旦获选，这些人相对不受党纪约束，他们似乎更关心如何维护自己的权力基础。这些人也因为他们的职位而再次成为消息源，这样他们就能在某些特定的议题上发挥全国性的影响力。

尽管这些拥有大量资源的、有组织的利益集团的影响仍在继续扩张，草根团体（grassroots groups）同样也开始出现。人们利用互联网来开展联合行动，行动主义（activism）理念在市民群体中的影响也正逐渐扩大，并超越了地方层级。或许最明显的例子就是“反全球化”联合抗议活动。这些活动滚雪球似地迅速发

---

① 1998 年的美国中期选举，明尼苏达州爆出一个大冷门：来自改革党（Reform Party）的前职业摔跤手杰西·文图拉（Jesse Ventura）打败民主共和两党的候选人，以领先的票数当选州长。——译者注

展，并在西雅图（Seattle）、魁北克（Quebec）、华盛顿特区（Washington, D. C.）、乔治亚（Genoa）等地引发了一系列大规模的游行示威活动。这些示威活动提供了一个范例，即互联网如何协助团体将地域分散的个人组织起来参加活动，从而壮大那些被边缘化的声音。

一些团体还专门组织起来监督媒体。这些组织从不同的角度开展监督，如“媒体准确性”监督组织（Accuracy in Media [AIM]）和“公正与准确报道”监督组织（Fairness and Accuracy in Reporting [FAIR]）。而这不过是组织起来以影响政治进程的许多团体中的两个例子而已。它们经常试图通过媒体来影响政策和舆论。这些组织（利益集团、抗议团体、监督组织等等）的影响力和多样化程度正在日益加强，因此，我们必须把它们也视为政治环境中的参与者。

媒体俨然成为新的政治体系的中心。例如，总统候选人不断地奔赴各地，以便制造在新闻中露面的机会以及筹集款项用于竞选广告宣传。候选人学会以简短的原声摘要（sound bites）① 的方式讲话，广告的长度也逐渐缩短。候选人即使想论理，竞选活动也很难提供任何持续的政治论理的机会。政治广告处心积虑地使用音乐、符号、图像等来抹黑对手。由于候选人越来越担心受到攻击，他们在做出政治决策时，不得不受制于这样的考虑，即把某项方针解释给公众的难易程度如何。

出于这种新的竞选活动方式的需要，一些新的专业角色出现了——形象设计师（image manager）、高级幕僚（spin doctor）②、摄影师（photo opportunist）、民意测验员（opinion poll reader）、媒介专家（media pundit）等等（Blumler, 1990）。这些传播者的主要工作就是设计有视觉冲击力的、让新闻记者感到无法拒绝从而认为很有必要报道的场面（Altheide & Snow, 1991）。这些因素共同导致了媒介环境的日趋复杂化。

或许没有什么因素比互联网更能导致媒介环境的日趋复杂化。互联网的影响是如此的深刻，以至于在这一章中还远远无法充分阐述它。互联网提供了极为广泛的信息内容。使用者在选择信息时能扮演更为重要的角色，他们的信息接触行为变得更加专门化和个人化。与以往的媒介比较而言，网络系统中的信息流变得

---

① 原声摘要（sound bites），指候选人为了吸引选民而在媒体里所说的一句简短的、令人印象深刻的话。——译者注

② 高级幕僚（spin doctor），又称“政治化妆师”，是指候选人在竞选运动中所雇的媒体顾问或政治顾问，他们负责对候选人进行从演讲谈吐到穿着打扮的全方位包装，旨在保证候选人在任何情况下获得最佳宣传。——译者注

更加难寻踪迹，因为信息的传递经过了多个环节。结果，信息的来源、准确性、可信度等也变得更加难以评估。但是，无论是在获取信息的途径方面，还是在形成个人话语的潜力方面，网络技术的益处都是显而易见的。互联网能使志趣相投的个人发现彼此，还能使不同群体组织起来一起行动。

但是，正如其他大多数大众媒介一样，互联网的接近和使用状况在不同阶层、不同种族和不同年代的人之间是不均衡的（Jung, Qiu, & Kim, 2001；Loges & Jung, 2001）。值得注意的是，那些使用网络多的年轻人反倒不太经常看报纸。尽管很多与阶层、种族、年龄有关的经济因素限制了人们对互联网和其他媒介的使用（Roberts, 2000；Shah, Kwak, & Schmierbach, 2000），但是，更重要的制约因素在于人们所偏好的内容种类以及人们的媒介使用方式。例如，收看电视娱乐节目和玩电脑游戏可能与人们低层次的知识水平和参与度有关（Niemi & Junn, 1998；Shah, 1998）。而当人们用这些媒介来获取有关时事新闻的信息时，效果就大不相同了。也就是说，把媒介用于获取信息还是用作娱乐，二者所带来的结果是大不相同的（Shah, McLeod, & Yoon, 2001）。实际上，社会文化差异与使用模式差异之间是相关联的，它与人们对不同媒介内容的效用性的认知差异之间也是相关联的。例如，有研究曾揭示出学校里计算机教育方式的差异：面向低收入者的学校重视诸如操作键盘之类的初级技能，而面向富裕阶层的学校则更可能教授一些复杂的技术性、认知性技能（Packard Foundation, 2001）。

互联网推动了包括媒介扩散化、信息渠道多样化、内容专业化和媒介受众分众化在内的一些重要趋势。与其他媒介（如有线电视和卫星直播电视）的扩张相伴随的是，互联网已把大众媒介的受众分化成了搜寻高度专业化内容的不同群体。其结果无论是积极的还是消极的，都将影响深远。一方面，越来越多的人接触到更多的、更符合个人兴趣的内容；另一方面，由于个人寻求与他们自己观点相一致的、狭隘的信息源，受众的分众化会减少人们对多样化观点的接触。此外，受众的分众化会促使媒介集团提供多样化的产品以重新获取分散的受众。

媒介内容也深受影响。例如，有线电视的发展和频道专业化导致传统电视网的受众大为减少。电视网受众的减少使用于新闻生产的资源条件受到威胁。这反过来又促成了新闻的小报化（tabloidization）倾向，这种倾向也影响到印刷媒介的内容生产，而这都是为了维持收视率或阅读率。其他潜在的影响还包括：媒介更依赖于常规的新闻来源（如记者招待会和新闻发布会）而非社会调查报告。由于电视网寻求推出相对廉价的节目形态（如脱口秀），这可能会影响到新闻节目的编排制作。许多媒介批评家认为，媒介机构把赢利凌驾于公众服务之上的这种压力恰恰反映了所有权逐渐集中的趋势。

虽然半个多世纪以来，媒介所有权的集中一直被视为一大问题，但新近的媒介企业接管者又带来了新的问题。新闻已经逐渐受控于这些执行官们，而他们的价值观是由他们在金融业或者娱乐圈的经历形成的。这导致媒介试图使新闻吸引更广大的受众，也促使媒介选择和组织新闻报道时更追求娱乐价值。

这些社会方面和政治方面的趋向对媒介形成了很大的压力。由于媒介取代政党成为政治传播过程的中心，人们对媒介表现的期望值越来越高。同时，社会的变革趋向和多样化趋向、政治的不稳定性以及权力的分散化，都促使媒介在更困难的环境下达成事半功倍的效果。

媒介内容

在考察政治传播效果研究的现状之前，我们先探讨一下那些旨在理解媒介内容属性的研究。测量信度（reliability of measurement）、表面效度（face validity）、可比性（comparability）等体现了媒介内容的显性特征。那些从以上角度来研究媒介内容的常规方案固然有其可取之处（e.g.，Berelson，1952；Stempel，1989），但也有以下几个原因促使我们考虑其他的方案。首先，近期的研究考察了更为隐性的政治内容，而且这些研究表明，巧妙的语言运用能影响到受众对公共议题的理解（Entman，1993；Gamson & Modigliani，1989；Glasgow Media Group，1982；Hallin，1992；Pan & Kosicki，1993；van Dijk，1988）。人们也投入了极大的研究兴趣在解析媒介内容上（e.g.，Akhavan – Majid & Ramaprasad，1998；Durham，1998；Lee，Chan，Pan，& So，2000；McLeod & Hertog，1992；Teo，2000）。其次，当代政治从业者用娴熟的策略来影响新闻，其所带来的新闻的变化也许无法通过那些对显性内容的粗略分类来涵盖。最后，显性内容分析的常规分类并不能轻易地与媒介效果的理论概念相关联。

我们可以通过分析那些用来形成报道的框架（frame）来研究媒介内容的隐性方面（Gamson，1992；Gamson & Lasch，1983；McLeod，Kosicki，Pan，& Allen，1987；Pan & Kosicki，1993；Reese，Gaudy，& Grant，2001；Tuchman，1978）。根据加姆森（Gamson）和拉希（Lasch）的观点，框架指的是一种“有组织的中心思想，用以理解与讨论中的议题相关的事件”（p. 398）。人们运用框架法（framing devices）（比喻、示范、标语、描绘和视觉形象）和推理法（reasoning devices）（归因、推论）等多种手段来组成核心的“框架包裹”（frame package）。林斯基（Linsky，1986）将决策过程区分为五个阶段：问题确认、方案制定、政策采纳、执行和评估。至少在一个议题产生的初期阶段，记者或编辑有相当大的选择空间去选择“框架包裹”。其后，随着精英人士亮明立场，选择范围缩小，媒介内容开始显示出对特定框架的一致性选择。显然，框架对于效果研究来说十分重要，因为它们影响着受众对议题与政策选择的理解。

框架化（framing）指的是对某一报道内容的组织，与此相对，“分类”（bracketing）这个概念指的是将某种评价性信息设定在某篇报道上。在下面的情形中这一点表现得最为明显：当记者在解说词中对刚发布的新闻发表轻蔑性的、挖苦性的评论时，他“贬损了这则新闻”（Levy，1981）。当出于竞争的原因不得不报道某个新闻时，记者就会运用这种“分类”处理方式，但记者对此习以为常，因为消息来源控制了报道的框架。

除了考察新闻内容显性或隐性方面的特征外，我们还要关注新闻形态的各种变异。这可能涉及以下几个方面：报道的长短或篇幅；报道中同期声或引文的长度；报道类型的标识或其他辨认手段；声音与画面的一致性等。研究已经表明，电视娱乐节目的形式特征具有独立于内容之外的效果（Watt & Krull，1977）。

大量研究考察了决定新闻内容结构的诸多因素。在有关新闻报道的研究文献中列出的因素包括：新闻记者的个人价值观、他们的信息来源、新闻机构的截稿期限和工作程序、职业理念、媒介所有权以及法律、社会和意识形态方面的限制因素（e. g.，Bennett，2001；Herman & Chomsky，1988；Shoemaker & Mayfield，1987；Shoemaker & Reese，1996；Sparrow，1999）。

媒介机构和媒介从业者已经探索出了一套独特的组织程序、价值观念和工作规范，来帮助它（他）们完成日常的新闻制作任务。鉴于这些媒介机构和媒介从业者邻近东海岸政府机构、金融中心、一流学府与智囊机构，它（他）们会倾向于从具有地理或社会接近性的新闻来源获取新闻信息，这就限制了新闻来源的范围和观点的多样性（e. g.，Gans，1979；Herman & Chomsky，1988；Lee & Solomon，1990）。这种偏好影响了人们对总统初选中议题重要性的评估（Adams，1987），也使媒介倾向于与官方认可的意见保持一致（Gitlin，1980）。

因为新闻来源扮演着“首要界定者”（primary definers）的角色，所以探究新闻来源长期以来都被作为新闻学中的一个中心问题（Ericson，Baranek，& Chan，1989；Hall，Critcher，Jefferson，Clarke，& Roberts，1978；Soley，1992）。新闻来源的选择通常是至关重要的，然而，媒体实际上刊登或播出什么内容，还是受到了新闻报道所处的整体环境的影响。政治候选人经常会通过发动要么低调要么紧张对抗的竞选活动来为选举活动定下基调（Jamieson，1992），而且，在新闻机构做出投入多少资源来报道该竞选的决定时，信息源的这些活动仍然会发挥相应的影响力（Clarke & Evans，1983；Westlye，1991）。

然而，这些文献资料大多出自社会学方面的研究和著作，它们很少与认知心理学和社会心理学的前沿研究接轨（Kennamer，1988；Stocking & Gross，1989）。这将导致过分强调新闻生产是一种选择过程，而忽视其作为内容建构者的方面，而且后者可能更容易与某些传统媒介效果联系起来（Ryan，1991）。虽然如此，贝内特（Bennett）和艾因加（Iyengar，1991）等研究者总结了一些新闻特征来帮助我们考察媒介效果。艾因加有关框架效果的实验研究正是基于片段式新闻报道（episodic coverage）与主题式新闻报道（thematic coverage）的差别。片段式报道正是日常新闻的主要特征，而且它源于标准的新闻事件和新闻价值观。

贝内特（Bennett，2001）也考察了片段式新闻报道的惯用手法，并指出了此类新闻中的几大通病：个人化（personalization），指的是集中关注个人而且不恰当地从个体角度看待重大社会议题；零碎化（fragmentation），指的是非历史性地、摘要式地表述信息，并把它们彼此割裂开来；戏剧化（dramatization），指的是采用新闻价值而不是重要性作为选择标准，这意味着，许多重要而缺乏戏剧性的议题除非到了紧要关头，否则无法成为新闻；最后，规范化（normalization），指的是只涉及能在政治体制内被解决的问题，从而强化现存的权力结构。

虽然有关政治传播内容的文献资料不断增多，但是，要想将内容特征与效果关联起来进行考察，我们还需要做很多的工作。比如，研究者可系统考察这一问题：贝内特（Bennett，2001）在前面所提到的内容特征是如何衍生出具体的受众效果的？“内容－效果”关联问题已成为最新的研究热点，而且这一研究领域还涉及对预示作用（priming）与框架效果（framing）的考察（Iyengar，1991；McLeod & Detenber，1999；Pan & Kosicki，1997；Reese et al.，2001）。我们将在下面的章节中探讨这两种效果。

政治传播效果

政治传播效果研究仍在持续发展，这反映在以下几个方面：（a）效果模型愈加复杂；（b）媒介讯息的观念得以强化；（c）效果类型的多样性得到强调。政治心理学中的认知论在这一领域的影响继续扩大，它为未来的研究提供了新观念，揭示了新关系（Lodge & McGraw，1995）。

研究人员提出了一些复杂的模式，它们超越了哥伦比亚模式（the Columbia model）中的人口统计学倾向的影响，以及密歇根模式（the Michigan model）中党派偏向的影响。这些复杂的模式反映了投票人使用“信息捷径”（informational shortcuts）的情况以及认知判断过程的不确定性（Herstein, 1985; Lau & Erber, 1985）。虽然早期的认知模式没有明确地将媒介作为一种变量，但这些模式均认为媒介是帮助人们做出判断的主要信息来源。近期的研究倾向于强调复杂的信息环境（Rahn, 1995）、被激发的政治理性及其影响（Lodge & Taber, 2000），还扩展了有关政治选择与政治信息的模式（这些模式反映了人们的理性选择过程）以及其他的社会心理学模式（Lupia, McCubbins, & Popkin, 2000）。研究者认识到了投票选择的复杂性，然而他们也开始意识到，这些新增的效果（如，习得效果、框架效果、对议题显著度的认知效果）类型本身就是有价值的效果评价标准，而不仅仅是做出最终政治选择时的依据。

我们将个体层面的媒介效果区分为以下四类：意见的形成与改变、认知效果、知觉效果和行为效果。而后，我们将把目光从媒介对个体的影响转向媒介对政治系统的整体影响。

意见的形成与改变

相当多的文献涉及媒介在人们有关政治议题和政治候选人的意见的形成、改变和稳固方面的影响。提及媒介效果，意见的改变似乎总是跃入人们的脑海。拉扎斯菲尔德（Lazarsfeld et al., 1948）的早期研究并没有发现媒介的劝服效果。然而，劝服的推敲可能性模式（Elaboration Likelihood Model [ELM]）（Petty & Cacioppo, 1986）和理性行为模式（Reasoned Action Model [RAM]）（Fishbein & Ajzen, 1975）的运用，使有关政治观点改变的研究重获新生。ELM 用于说服研究，RAM 则将态度、人们认知到的社会规范与行为联系起来进行研究。研究人员将这些模式运用于竞选效果研究并已取得了一定的成果（Fazio & Williams, 1986; Granberg & Brown, 1989; Krosnick, 1988; O'Keefe, 1985; O'Keefe, Rosenbaum, Lavrakas, Reid, & Botta, 1996; Rice & Atkin, 2000）。另外，相对于不怎么带有说服意图的新闻内容来说，这些模式更适用于政治广告（Ansolabehere & Iyengar, 1996）。基于认知规律，佐莱尔（Zaller, 1992）提出了一个与政治态度有关的“接收－接受－抽样”（Receive-Accept-Sample）模式，它已在多个讨论领域中得到了广泛运用。与媒介使用有关的意见改变的范例经常得到研究证实，而与之相反的例子，即意见的巩固方面的例子则很少被研究证实。然而，研究已表明，辩论和其他形式的竞选信息能够增加党派态度的一致性（Katz & Feldman, 1962; Sears & Chaffee, 1979）。在政治竞选的情形下，人们越来越认识到，什么样的受众会关注何种类型的信息并将其作为决策基础，对这个问题而言，时机是至关紧要的因素（Chaffee & Rimal, 1996）。

认知效果

在此我们将概述六种近年来得到普遍关注的认知效果类型：议程设置、预示作用、知识获取、认知复杂性、框架效果和原则性推理。

议程设置（Agenda Setting） 议程设置研究一度被限定于公共议题研究，但它逐渐开始涉及更加广泛的议题的重要性。议程设置研究基于下面两个相关的命题：（a）媒介通过选择某些议题予以突出报道从而控制议程，（b）新闻报道的显著性随之决定了哪些议题被受众视为重要的议题（McCombs & Shaw, 1972；McCombs, Shaw, & Weaver, 1997）。三十多年来，议程设置研究取得了大量的研究资料，积累了支持上述第二个命题的大量证据，即媒介议程的显著性左右着公众对议题显著性（重要性）的判断。早期的证据包括三种不同形式：对全国性新闻议程与民意测验中集中的议题排序进行时间序列比较（time-series comparisons）（Funkhouser, 1973；MacKuen, 1981；McCombs & Shaw, 1972），通过固定样本追踪研究法（panel study）考察媒介议程次序的变化及受测者个人所认为的议题重要性的相应变化（McCombs, 1977；Tipton, Haney, & Basehart, 1975），通过截面调查法（cross-sectional survey）比较不同媒介议程的显著性与各自的受众所认为的议题显著性（McLeod, Becker, & Brynes, 1974）。研究人员精心设计了一组实验，这些实验对电视新闻报道中的议程进行了控制，这样一来，既强化了以上证据，又在议程设置研究与认知理论的结合方面做出了尝试（Iyengar & Kinder, 1987）。另有一些研究者开始着手研究"属性议程设置"（attribute agenda setting）。他们认为，议程设置理论是一种强有力的理论体系，因此，我们除了要考察议题对象的显著性之外，还得考虑该议题的某些特定属性以及这些属性对于舆论的影响。

这里有些题外话需要提醒。议程设置研究获得了普遍接受，而且几乎成了媒介具有强大的政治效果的代名词。但是，我们应当注意到，议程设置效果并不必然是强大的、必然的和普遍的。战争、恐怖袭击等现实世界里的事件本身似乎更可能支配议程，而非受到媒介新闻报道的左右。就对受众的影响而言，新闻来源或许远比媒介控制的新闻报道更具影响力（Iyengar & Kinder, 1987）。作为认知效果，议题显著性的变化或许并不能改变受众的情感和行为。例如，在政治竞选中，一个议题的靠前也许并不能改变投票的偏向，除非这个议题对于某一个候选人更为有利。在早期论述中，媒介控制议题显著性的能力无疑被夸大为"惊人的成功”（Cohen，1963），其实，正如后来所讨论的那样，媒介议程只能影响部分公众。

围绕着议程设置理论的第一个命题，即媒介决定议程，有更多含混不清的说法。毫无疑问的是，新闻媒介至少起到了将议程传递给公众的作用，而且其中也必然伴随有选择过程。而较难确定的是，这种控制议程的权力在媒介和新闻来源之间是如何分配的，以及新闻议程又是如何产生的。议程设置研究在理论和方法论上依然是有争议的（Kosicki，1993）。

预示作用（Priming） “预示作用”是一个备受推崇的社会科学概念，它在20世纪80年代被引入到与媒介使用有关的研究中（Iyengar & Kinder，1987；Krosnick & Kinder，1990）。它的核心观点是，人们接触某类内容与讯息的媒介使用行为会激发某种观念，这一观念在一段时间内会增加该观念以及与之相关的思想和记忆再次映入脑海的可能性（Berkowitz & Rogers，1986）。当运用于政治领域时，媒介预示作用意味着，媒介一旦集中报道某个政治议题，就会促使公民们根据政治领袖在该议题上的表现来对其做出总体评价。早期的实验研究考察了电视新闻的预示效果。研究发现，电视新闻塑造了人们评价总统表现的评判标准（Iyengar & Kinder，1987）。举例来说，受访者观看一些国防事务的集中报道后，他们在评判总统整体表现时，将更加偏重于总统在国防议题上的表现。这项实验逐一考察了与总统表现有关的六个议题，其中既涉及正面的新闻也涉及负面的新闻。同是这些研究者所做的另一些实验表明，预示效果也能影响到投票选择。还有一项研究使用调查研究法和内容分析法，考察了新闻报道中评价标准（如海湾战争问题和经济问题）的变化与人们对老布什总统的评价之间的关系（Pan & Kosicki，1997）。近来的一些研究则表明新闻产生了媒介信任的附加效果（Miller & Krosnick，2000）。

知识获取（Knowledge Gain） 有关受众通过使用新闻媒介获取知识的证据最早可追溯到哥伦比亚大学的研究。辩论、集会等特殊形式的政治传播，与标准的新闻报道一起，向它们的受众传递着一定数量的信息（Gunter，1987；McLeod，Bybee，& Durall，1979；Neuman，1976，1986；Neuman，Just，& Crigler，1992）。即便如此，公众对公共事务依然知之甚少。尽管20世纪60年代以来，美国人上大学的比例增长了3倍，但是美国人的事实性（factual）政治知识仅仅略有增长，而且，当控制教育因素后，他们的政治知识实际上反而下降了（Delli，Carpini，& Keeter，1996）。不过许多选民觉得他们所掌握的信息已经足以帮助他们在选举时做出投票选择（Dautrich & Hartley，1999）。波普金（Popkin，1991）认为，虽然从新闻报道中获得的知识很少，但它们对于选民的一些目的来说可能已经足够了，例如，用以把某些议题与相关公职联系起来，以及用以辨识不同候选人对议题的看法。这一领域的一些修正研究（Mondak, 1995）采用自然实验法考察了地方社区范围内的报纸对公众政治知识和政治活动的影响。

为什么由日常的新闻媒介活动所传播的政治知识并没有增加多少？人们对此给出了许多不同的原因。最突出的原因就是，有关政治竞选的“赛马”（horse race）式报道关注的是谁会赢得竞选而不是政治议题本身，这妨碍了人们获取知识（Patterson, 1980）。新闻内容的通俗化可能也会限制人们获取知识。采集新闻时偏重其娱乐价值而非政治重要性，这可能会妨碍公众接触更复杂的议题。电视新闻中越来越短的同期声剪辑，各类媒介推出的缺乏历史与政治背景的、零碎的“仿真陈述”（factoids）①，这些都可能导致人们片断式地而非思考式地处理信息。多数情况下，这些指责都是来自对媒介内容本身批评性的评价，而没有系统性地考察它们对受众的实际影响。费雷约翰和库克林斯基（Ferejohn & Kuklinski, 1990）、冈特（Gunter, 1987）、鲁滨逊和利维（Robinson & Levy, 1986）将有关记忆与理解的心理学理论与有关新闻形态、新闻内容及其受众效果的研究联系起来进行了系统性的考察。普赖斯和佐莱尔（Price & Zaller, 1993）考察了媒介接触行为在人们回忆各种主题的新闻报道时所起的作用。该研究发现，人们的先验知识（prior knowledge）才是最大的影响因素。他们同时总结认为，政治新闻有着广泛的受众群，但值得注意的是，这些受众因先验知识的不同而明显分化。

大量研究考察了不同社会阶层和群体间不同的知识获取率问题，即由蒂奇纳、多诺霍和奥利恩（Tichenor, Donohue, & Olien, 1970）阐明的“知识沟假说”（knowledge gap hypothesis）。例如，研究非常一致地发现了高社会经济地位（high SES）人群和低社会经济地位（low SES）人群之间的知识差异（Viswanath & Finnegan, 1996）。一些研究开始从理论和（或）经验上尝试着评估知识沟的产生是否缘于以下因素，如认知复杂程度与信息处理能力方面的差异、媒介接近与接触上的差异、所感知到的信息效用上的差异（McLeod & Perse, 1994; Ettema & Kline, 1977）。这些因素中的任何一个都可能导致知识沟的产生。比方说，较高的受教育程度有助于知识的获取。更高的经济收入能提供更多的信息获取途径。社会地位使人在社会化过程中以不同的方式使用媒介。在社会大环境中，不同类型

① 仿真陈述（factoids），指被描述为事实的东西。未证实的或不正确的信息作为事实印刷出来，常用作宣传，并且由于不断重复而被接受为事实。——译者注

的知识获取不同的回报。近年来，在新兴信息技术出现后，有证据表明，新技术的普及状况与使用模式在不同社会经济地位的人中间存在着差异（Roberts, 2000; Shah et al., 2000），这加深了人们对知识沟与“数字鸿沟”的担忧（Jung et al., 2001; Loges & Jung, 2001）。

认知复杂性（Cognitive Complexity） 传统的测量事实性知识的方式太具有局限性而难以全面涵盖受众从政治传播中的所获。为了评估受众从媒介中的所获，研究者们不满足于考察人们对具体的事实性知识的认知或者记忆，转而更为广泛地考察受众对新闻报道和事件的理解。研究人员采用了开放式的问题形式并记录了小组的讨论内容，以此来测量受众对某一议题或新闻报道的看法的复杂性和完整性程度。通过对人们给出的开放式答案中的某些要素（如论据的数量、时限［time frame］、个人在讨论中给出的理由和推断）进行统计，从而可靠地测量出受众在理解问题方面的认知复杂性程度（McLeod et al., 1987; McLeod, Pan, & Rucinski, 1989; Sotirovic, 2001a）。这样测量出来的认知复杂性与通过封闭式问题测量出来的事实性知识之间呈适度相关关系，但是这两种标准都有一系列社会结构方面和媒介使用方面的不同前提条件。人们思考公共议题时的认知复杂性程度取决于他们的个性特征和他们使用新闻媒介的方式。

框架效果（Framing） 考察新闻框架对受众的影响已然成为一个重要而活跃的研究领域。一个关键的理论关注就是，新闻报道能够改变知识激活（knowledge activation）的方式（Price & Tewksbury, 1997）。研究者提出的框架效果理论认为，新闻讯息有助于人们决定重点关注问题的哪些方面。知识激活模式首先是一种组织模式（organizing model），它涉及适用性（applicability）效果和易接近性（accessibility）效果。适用性效果指的是讯息处理过程中媒介讯息所产生的一阶效应（first-order effect）。某些观念和情绪一旦被激活，就有可能存留下来以备将来之用，这使得它们在随后的评估过程中更容易被唤起。讯息的这种二阶效应（secondary effect）被称为易接近性效果（Price, Tewksbury, & Powers, 1997）。

为了更深入地研究框架效果，我们需要将受众研究与新闻记者的工作结合起来进行考察，这主要是指将以事件为导向的新闻报道与内含大量背景信息和议题背景的新闻报道所产生框架效果进行比较，而不仅仅是简单地将艾因加（Iyengar, 1991）所说的片段式报道与主题式报道进行比较。与较早时所讨论的记者在框架化处理新闻报道过程中的作用相对应（Tuchman, 1978），我们也可以认为受众会对引起他们注意的新闻进行框架化处理（或许是“再框架化处理”）。根据戈夫曼（Goffman, 1974）的观点，受众的框架化处理（audience framing）指的是受众运用“诠释基模”（schemata of interpretation）来“定位、感知、识别、归类”从环境中得到的信息。尽管新闻报道采用了标准化的形态（如概述式导语和倒金字塔结构），但是受众成员会遵从他们自身的观点和框架，按照报道的因果联系来组织有关某一候选人或议题的信息（Kinder & Mebane, 1983），而且，这反过来又成为受众理解其他新闻报道的一种参考框架。

多数情况下，媒介讯息的框架效果使得受众只需投入低度的注意力和运用各种认知捷径就能充分领会某个报道或议题的意义。受众的信息处理只需低水平的信息推理能力，只需达到人们认可的某种理解水平就够了（Popkin, 1991）。大多数公众的信息处理方式可归类为三种启发式认知偏向（heuristic bias），即对某个议题或候选人的信息的归类、选择和整合。为了分析这些认知偏向，政治传播研究大量借鉴认知心理学并使用其概念，如可得性（availability）（Krosnick, 1989）、缺省值（default values）（Lau & Sears, 1986）、图式（schema）（Graber, 1988）以及归因（causal attribution）等（Iyengar, 1991）。其中，后面即将详尽讨论的归因理论尤为重要。与受众的框架化处理相关的研究受到了建构主义观点的影响（Gamson, 1996；Gamson & Modigliani, 1989）。

受众的框架化处理是一个复杂的概念，它不仅指个体本身以及个体之间的意义产生过程，而且指这一过程的内容或后果。受众框架（audience frames）不仅作为认知表征（cognitive representation）存在于个体记忆中，而且作为策略手段运用于公共话语中（Kinder & Sanders, 1990；Pan & Kosicki, 1993）。我们可以用多种方式得出受众框架：通过对广播电视新闻进行实验性控制（Iyengar, 1991），受众框架会作为对不同类型的新闻报道、对一系列公众议题（Neuman, Just, & Crigler, 1992）或新闻中的某个主要议题（McLeod et al., 1987；McLeod et al., 1989）的反馈手段而表现出来。分析的单元可以是个体，也可以是普通的社会群体，如家庭或工作小组。

新闻报道和政治议题呈现了显著的多义性（polysemy）特征——似乎有多少个信息接收者就有多少种解释。但是这过分夸大了它们的多样性。受众框架可以从多个有意义的方面（比如，认知复杂性，个人归因与系统归因）进行解读，而且新闻报道的结构势必影响着人们怎样去思考和谈论这些议题（Iyengar, 1991；Kinder & Sanders, 1996；McLeod et al., 1987）。

因此，受众框架很可能是由下列多种因素组合而成的：新闻媒介“包裹”（package，或译为“套装”）（Gamson & Modigliani, 1989），个人在社会结构中的地位和个人的价值观，政治信仰和政治知识，政治规范和社会群体话语等。任何一个受众成员的框架可能与新闻“包裹”相一致，也可能与媒介框架全然相反，或者它看上去似乎不受新闻的形式和内容的影响。更准确地界定政治传播对框架模式的影响以及这种模式对随后发生的行为的影响，是政治传播研究需优先考察的课题。赫德（Huddie，1997）所做的精心的内容分析工作，对界定新闻报道的框架来说具有很大的价值。然而，要将受众框架与新闻内容结合起来进行考察，不仅需要更多地了解媒介内容，而且需要了解社会运动以及它们在将议题引入公众生活的过程中所起的作用。麦卡锡（McCarthy，1994）提出了一个经验研究的案例，即研究禁酒运动参与者和公共事务官员如何相互影响，进而将酒后驾驶认定为一个重要的议题。就医疗卫生改革这样复杂的议题而言，要想考察公众协商、媒介的框架效果以及大量的政治和社会运动参与者所起的作用，我们可以借助于大量的案例研究（Pan & Kosicki，2001）。

沙阿、多姆克和瓦克曼（Shah，Domke，& Wackman，1996）尝试研究道德价值观（如道德、诚信和同情）方面的议题框架所产生的影响。那些在公共话语中遇到此类框架的个人更有可能不仅关注这一议题，而且关注其他相关的类似议题。这些结论甚至适用于有关政治容忍（political tolerance）的议题以及其他议题（Nelson，Oxley，& Clawson，1997）。

原则性推理（Principled Reasoning） 公众使用媒介的方式可能影响到他们对于公共政策的意见。研究人员将人们对开放式问题所给出的答案进行了编码处理。处理结果显示，公众对与宪法第一修正案有关的议题做出决定时，给出了两种截然不同的理由（McLeod，Sotirovic，Voakes，Guo，& Huang，1998）。那些经常使用媒介来了解公共事务的人更有可能运用原则性推理。相应地，他们的原则性推理与支持公民自由权（civil liberty）的决定之间是相关联的。相反，那些习惯于重度收看电视娱乐节目的人的反应则较为消极，他们对公民自由权的支持力度要弱一些。教育因素影响了人们的推理方式以及他们对权利的支持力度，这些都通过人们的媒介使用方式和媒介知识间接体现出来。

对政治系统的认识

自我利益与全局观念 在个体认知层面和社会系统层面之间建立联系，这是所有社会科学领域通常要面临的问题（Price，Ritchie，& Eulau，1991）。然而，这一问题对于政治传播而言显得尤为突出。大部分政治活动和权力关系在社会的或系统的层面运行，而大量经验主义理论和实证研究关注的却是公众个体的行为。我们常把投票视为一种以狭隘的自我利益为基础的个体行为，但这种看法可能是一种错觉。人们很难认清自身的私利所在，而且他们对自我利益的理解也许并不是完全自私的，因为他们也会关注他人的利益（Popkin，1991）。进一步地讲，尽管对相关证据的说服力还有争议（Kramer，1983），但人们的投票决定似乎很少基于想象中的“一己私利”，而更多的是基于对社会整体情势的评估（Fiorina，1981；Kinder & Kiewiet，1983）。人们对他们自身的经济状况和国家的经济形势区分得很清楚。在国家和个人这两个层面之间，还存在着许多其他的组织和团体，它们潜在地影响着个体投票和政治参与。

媒介导致受众从社会层面思考问题，这种影响是显而易见的。既然人们的全局观念在很大程度上是建立在媒介信息的基础之上的，那么新闻媒介就有责任提供一幅准确而全面的政府运作的图景。许多人对媒介在其中所扮演的角色表示怀疑。尽管公众能看到总统和主要的国会成员的活动，但重点却很少放在政府的运作过程、和解方式等方面（Popkin，1991）。社会价值取向（如世界观［判断世界是如何运行的］、物质主义价值观与后物质主义价值观等）以及媒介的标准化角色，这些都与人们阅读报纸上的公共事务、收看电视娱乐节目等行为相关，也与人们讨论公共议题的可能性相关（McLeod，Sotirovic，& Holbert，1998）。

归因　琼斯和尼斯比特（Jones & Nisbett，1972）指出，行为人（actors）将他们自身行为的起因或责任归结于环境因素，然而观察者（observers）却将行为人的行为归因于行为人固有的人格倾向。在政治判断领域，当人们倾向于把公共官员的弱点归咎于他们的个人过错的时候，当人们指责那些贫穷而无家可归的人是自己造成的时候，这种倾向就显现了。艾因加（Iyengar，1989）指出，当人们对贫穷、种族主义和犯罪问题进行归因时，也存在社会问题与社会责任相脱节的倾向。媒介报道通常强调个人原因。电视常把政治描绘成个人之间的矛盾而非制度和原则之间的斗争（Rubin，1976；Weaver，1972）。一项关于报纸报道国会竞选的研究发现，报纸通常关注的是在职者的自身缺点而不是社会制度（Miller，Goldenberg，& Erbring，1979）。

艾因加（Iyengar，1991）提供了重要的实验证据表明，电视影响了问题的产生（原因）和解决（对策）过程中的责任归属。艾因加（Iyengar，1989）修改了卡内曼和特韦尔斯基（Kahneman & Tversky，1984）提出的框架作用这一心理学概念，他将新闻报道中的片段式框架与主题式框架区分开来。片段式框架使用案例分析或事件导向的报道及具体事例，而主题式框架则将议题放在一个更普遍的或更抽象的背景中。尽管内容分析表明几乎没有电视新闻报道完全属于一种或另一种类型，但研究人员在对CBS新闻报道进行的一次抽样调查中发现，有接近80%

的新闻报道采用的是显而易见的片段式框架。

实验中发现的两种报道框架的类型差异表明，主题式报道增加了政府和社会的责任因素，而片段式报道却总的来说降低了制度层面的责任（Iyengar，1991）。框架效果的强度在所采用的五个议题上有所不同。新闻报道采用主题式框架还是片段式框架，对于受众随后的政治行为有着重大的影响。艾因加发现，那些把问题归因于制度性因素的人，比那些将问题归因于人格倾向因素的人，更有可能用该问题来影响他们的政治判断。

30 年来，电视作为主要的新闻媒介，其主导地位与日俱增，与此同时，电视媒体更倾向于将问题归因于非制度性因素。印刷媒介中的政治报道比电视上的同类新闻更多地采用主题式框架，因此印刷媒介的运用会促进系统性归因（systemic attribution）。在一次针对“禁毒战”的公众反应所做的调查中，麦克劳德、孙、迟和帕恩（McLeod，Sun，Chi，& Pan，1990）发现，对开放式问题的原因的回答形成了三种截然不同的归因维度，每一维度都有一个个人倾向性的（个人—家庭，个体之间，毒品供应者）以及一个系统性的（外国，经济状况，社会—法律）结果。经常留心报纸的读者更可能运用三个维度中的某两个系统性原因和责任。

在“水门事件”时期的 1972 年至 1974 年间的一个固定样本研究中，研究人员发现了一个略有不同的归因效果模式（McLeod，Brown，Becker，& Ziemke，1977）。在整个社会对政府的信任度显著下降的时期里，那些热心报纸和电视新闻的受众对政府的信任度保持了相对稳定。当要求评价不同的成因以谴责水门事件时，这些受众比其他受访者更倾向于指责尼克松而较少指责政治制度，即使是控制党派因素之后。这也许是那段时间新闻中频繁宣称“系统还在运转”的结果。剔出“桶中的坏苹果”或许比考虑制度中存在的更基本的问题要简单些。最近，索蒂罗维奇（Sotirovic，2001b）所做的研究，把个人对犯罪与福利依赖问题的解释、媒介以及个人对政治信息的能动处理过程这三者联系了起来。当人们对全国电视网中的公共事务内容进行能动处理时，他们更有可能做出个人主义解释，然而当他们对报纸上的公共事物内容进行能动处理时，他们做出个人主义解释的可能性却大大降低了。对犯罪和社会福利问题的个人主义解释也与支持死刑和反对公共援助计划有关。

意见气候（Climate of Opinion） 内勒·诺伊曼（Noelle-Neumann，1984）所提出的“沉默的螺旋”理论中的一个关键的假设就是，人们在面对有争议的问题时，对于“哪一方意见处于优势并获得支持”，他们将做出“准统计学的”

(quasi-statistical）判断。依照她的理论，这将使失势的一方意见表达减少，从而形成了一个沉默的螺旋，最终影响了意见改变和政治行为。内勒·诺伊曼宣称德国电视新闻影响了选举结果，这是因为新闻播报员曾把意见气候描述为对基督教民主党不利。

其他的系统观念 其他的系统观念可以深化为评价媒介效果的标准。例如，使用有关公共事务的媒介内容与多方支持政治系统（这既包括支持政府权威和信任政府，也包括支持媒介批评政府）之间有着某种联系。关注新闻的人常常对政治的多元化更具包容性，更同情社会的不同阶层，并且对于不同群体的合法性和边缘性问题以及世界如何运行的问题持有独到的见解（Amor，McLeod，& Kosicki，1987)。

有证据表明，对政治进行“赛马”式报道而非开展实质性问题的报道，这导致了“犬儒主义的螺旋”（spiral of cynicism）过程，并导致人们政治兴趣的下降(Cappella & Jamieson，1997)。莫伊和普福（Moy & Pfau，2000）运用内容分析法和受众调查法发现，新闻报道数年来对不同政治机构的犬儒主义态度是变化着的。使用电视网新闻、娱乐脱口秀以及政治广播谈话节目的行为，与对政治机构的低信任度相关，而报纸的使用却与肯定的评价相关。

在公众如何看待福利政策这个问题上，媒介内容也与公众的种族主义态度是相关联的，吉伦斯（Gilens，1999）通过内容分析和调查数据指出，新闻机构几十年来把对贫穷问题的讨论种族化处理（racialize)，而这些种族化的讨论与公众对福利政策的支持度从根本上是相关联的。吉列姆、艾因加、西蒙和赖特（Gilliam，Iyengar，Simon，& Wright，1996）进行了一项创新性的实验，他们对地方新闻中的犯罪者的种族因素进行了控制。研究发现，新闻中出现的种族暗示（racial cues)激活了人们将非洲裔美国人作为假想罪犯的刻板成见。

政治参与

“媒介对投票倾向的影响”这一问题长期主导着政治传播研究。在本章提到的大部分研究中，投票选择被视为最终的评判标准；但是，近来的研究不再寻求媒介的直接效果，而是把投票视为一种受到多种不同认知因素间接影响的复杂行为。另一个变化是，人际传播已经成为政治参与过程的一部分，而不仅仅是投票行为的前奏之一。

投票率（Voter Turnout) 投票率曾一度被认为是一种并不值得关注的现象，它易于解释且高度稳定，但是近年来投票率似乎变得难以预测并且颇为引人注目。人们继续从教育程度、党派、年龄、宗教信仰、团体从属以及婚姻状况这几个方面来预测投票率（Strate，Parrish，Elder，& Ford，1989；Wolfinger & Rosenstone，1980），但是，弃权者仍在增加，而电视被认为导致了投票率的下降（Ranney，1983）。对20世纪70年代英国大选中一次少见的高弃权率所做的一项追踪研究中，研究人员发现媒介影响是复杂的（Blumler & McLeod，1974）。令人奇怪的是，那些对电视中的政党领袖形象不抱幻想并最有可能弃权的人，往往是那些受过良好教育的、见多识广的选民。美国的投票率研究表明，接触和关注印刷媒介中的硬新闻与参加投票及其他形式的政治参与有关（McLeod，Bybee，Luetscher，& Garramone，1981；McLeod & McDonald，1985）。泰克什拉（Teixeira，1992）在排除掉一些结构性因素（如贫穷和流动性）的影响之后，考察了一系列对投票率有积极和消极影响的诱因变量（motivational variable），并设计了很多旨在增加投票率的竞选活动和媒介改革。

人际传播 哥伦比亚研究将人际传播视为大众媒介影响力之外的另一影响途径，该研究注意到，日常讨论选举的人比通过媒介阅读或收听选举情况的人多出10%（Lazarsfeld et al.，1948）。其他的观察者把这视为一种“综合竞争”（synthetic competition）现象（Chaffee，1982）。他们认为，媒介和人际渠道之间可能存在着交叉关系和互补关系等。大量证据表明，无论是日常性地接触和注意与公共事务有关的媒介内容，还是在选举期间接触媒介，这些行为都激发了人际间的讨论（McLeod et al.，1979）。虽然媒介在传播议题信息方面不那么有效率，但媒介看起来的确激发了人们对选举的讨论和兴趣（McLeod et al.，1979）。人际讨论帮助人们决定怎样投票，还可能刺激投票率，除非人际交流网络中的其他人都是另一党派的人。甚至与陌生人的交谈都可能影响投票。内勒·诺伊曼（Noelle-Neumann，1984）报告说，在与陌生人交谈时表现支持某一方的意愿最终导致意见朝着这一方而改变。波普金（Popkin，1990）发现，在那些可以逐门逐户拉选票先期进行初选的州里，人们接触了某一候选人的支持者之后，更加关注新闻里所有的候选人。这导致初选日那天投票率增加。

系统层面的效果

系统层面的效果意味着两种截然不同的过程。一种是媒介对个人的影响带来社会系统和社区系统的某些后果。另一种是系统的总体特性对个人行为产生影响。以下分别是从微观到宏观和从宏观到微观过程的两个例子（McLeod，Pan，& Rucinski，1995；Pan & McLeod，1991）。

要想将微观的个人层面的效果和宏观的制度层面的效果联系在一起，研究人员将面临几大难题。第一，系统层面的效果通过体制、准则和法规等形式显现出来，而不受制于个人判断。第二，系统层面的效果不能被简化为个人层面效果的简单集合。效果的分类有着重大的理论意义。我们在讨论知识沟问题时也发现了这一点（Tichenor et al., 1970）。不同的概念和理论适合于不同的宏观和微观层面（McLeod & Blumler, 1987）。最后，各种民主实践都涉及包括社会运动在内的集体行动，这些行动的后果如何又取决于不同团体与信息、权力的关联程度。

我们可以不必进行这种跨层次的理论化尝试，转而考察当今政治系统所存在的各种问题，并回过头来探寻媒介应该为此担负什么责任。美国政治系统所存在的各种问题已被充分证明了。尽管几十年来受教育的人数大幅增加，但并没有出现与之相应的政治知识的增长（Delli, Carpini, & Keeter, 1996），与此同时，投票率大幅下降，一些其他的政治参与指标也令人警醒（Putnam, 1995, 2000）。令人遗憾的是，有研究发现，政治系统停滞不前的原因很大程度上在于电视无形中所产生的替代效应——人们花费太多时间在看电视上。

过去十年间，无论是宏观的系统层面的效果研究还是微观的个人层面的效果研究，都取得了很大的进展。个人的讨论网（discussion network）的结构将影响其政治参与状况（Huckfeldt & Sprague, 1995; McLeod, Daily, et al., 1996）。讨论网或直接或间接地影响着传统的政治参与——讨论网激发人们使用与公共事务相关的媒介，讨论相关议题，思考新闻内容，开展相关议题的对话（McLeod et al., 2001）。讨论网的构成（composition）的多样化程度或异质性程度也影响着以上交流过程，影响着人们对地方事务的了解程度（McLeod et al., 2001; Sotirovic & McLeod, 2001）。

除了小范围的讨论网会产生影响之外，邻里关系和社区等更大范围的背景因素也影响着公民个体的媒介使用和政治参与状况。某一社区里所有个体的居住稳定性（residential stability）（较低的迁居可能性和迁居愿望）集中表现为社区的稳定性（community stability）程度。这一背景因素与较高的信任度和参与度相关联（Shah, McLeod, & Yoon, 2001）。更进一步讲，社区的稳定性程度与个人使用互联网进行信息交流的水平这二者之间相互作用，促进了人们的政治参与。阅读报纸上的硬新闻这种行为与两个背景变量（制度信赖和社区联结）之间相互作用，也促进了人们的政治参与。媒介的影响力取决于我们集体生活的环境以及我们个人生活的方式。

有关政治分层的研究证据向我们描绘了一幅严重分化的政治版图：一小部分

成熟的、积极投入的公民和大部分漠然的、消息并不灵通的公民（Neuman, 1986）。这种政治体系的分层模式还有待认定。波普金（Popkin, 1991）认为，教育水平的提高并没有深化那些被视为与公民生活休戚相关的议题，倒是扩大了这些议题的数量。电视新闻可能因为这个原因而赢得了一些信誉（Blumler & McLeod, 1974）。这种议题数量的增加可能导致关注议题的公众数量的增加，也就是说，相对较少的人会对某一议题热切关注而对其他大部分议题兴趣很小。这种议题的细分化给政党动员提出了难题，也给逐渐局限于某些信息源的新闻媒介的报道提出了难题。

更复杂的政治传播效果模式

近来的政治传播效果研究提供了充分的证据表明，媒介的影响是有条件的而不是普遍的。效果依赖于受众的倾向性（orientation）以及受众对媒介内容刺激物的接触情况。有学者以"O－S－O－R"模式来解释媒介效果（Markus & Zajonc, 1985）。第一个"O"表示受众本身具有的结构性的、文化的、认知的和动机的一整套特征，受众把这些特征带入信息接收的情境中，这种情境影响到信息所能产生的效果。尽管受众的这些特征是由社会因素决定的，但它们常被人们当作是个体间的各种差异。它们代表着个人对他所处的社区和世界的客观环境的主观反应。这种主观倾向性——要么指引了人们对于媒介信息的使用量，要么与信息内容之间相互作用从而放大或缩小媒介效果的强度——改变了媒介的影响。在前一种情况下，媒介使用状况调节着受众倾向性对于某些因变量的影响。而后一种情况下，受众的倾向性对媒介效果起着调节作用（Baron & Kenny, 1986）。

第二个"O"代表受众处理媒介信息的不同方式，并预示在接收信息后和随后的反应或者说结果之间会发生什么。受众的信息接收活动表征了他们不同的倾向性（Hawkins & Pingree, 1986）。这些信息接收活动可以被界定为不同的层次——从接收信息后短期的生理反应到更持久的复杂行为。

接收（媒介信息）前的倾向性

政治成熟度与参与　教育及其他与地位相关的因素使得人们对政治的知晓度和关注度各不相同。半个多世纪前，研究人员对联合国的宣传运动进行过研究（Star & Hughes, 1950），自此以后的大量相关研究证据不断证明，那些原本消息灵通的人更可能去获取新的信息。"政治成熟度"这一概念能够为扑朔迷离的政治宣传运动提供一种综合性的诠释基模（schema for interpretation,）（Graber,

1988）。尽管政治成熟度有助于促进人们的知识，但它可能缓冲其他宣传运动的效果，如议程设置效果（Iyengar & Kinder, 1987; McLeod et al., 1974; Weaver, Graber, McCombs, & Eyal, 1981）。那些参与度较高的公民可能已经形成了他们自己的议程。

党派性（partisanship） 党派性是媒介效果产生过程中的调节因素之一。当有支持己方观点的信息来源可资利用的时候，人们在现实中就会进行这种选择（Katz, 1987）——比如说，鲁西·林伯（Rush Limbaugh）的广播节目就吸引着枪支拥有者。党派性发挥作用后会减弱媒介议程的效果（Iyengar & Kinder, 1987; McLeod et al., 1974）。当预示性的新闻报道与那些强硬支持者的原有倾向不一致时，（媒介的）预示效果（priming）就会减弱（Iyengar & Kinder, 1987）。

世界观与价值观 人的基本信念似乎与政治行为没有什么直接关系，然而，它却可能对公民的活动产生重要的影响。例如，世界观是人们对周围的世界持有的基本理念。那些认为世界是公平、公正的人们，以及那些持宿命论的人们，都不太积极，因为他们对新闻媒介应该怎样运作怀有不同的价值观和期望（McLeod, Sotirovic, & Holbert, 1998）。价值观被作为一种规范理论（这个世界应该是什么样的），而世界观则可被视为个人的基本信仰和理念（这个世界是什么样的或者它看起来是什么样的［经验主义的］）。

人们持有的价值观将强烈地影响他们的媒介使用行为和政治参与行为（Inglehart, 1977, 1990）。那些持有强烈的后物质主义价值观（postmaterial values）（自由表达观点，互助，等等）的人，将更高层次地使用与公共事务相关的媒介并讨论相关议题，他们将思考那些新闻内容和讨论内容与他们的生活相一致的程度（McLeod, Sotirovic, Voakes, et al., 1998; McLeod et al., 2001; Sotirovic & McLeod, 2001）。物质主义价值观（material values）（秩序、通过预防和打击犯罪来控制，等等）对公民行动有着抑制作用。因为持有此类价值观的人更多地使用媒介中的软性娱乐内容，更少地开展讨论，这样一来就妨碍了他们的政治参与。因此，传播内容调节着世界观和价值观对于人们知情参与（informed participation）的影响。价值观也作为调节因素与讯息相互作用。受众成员持有的价值观与新闻内容的价值框架相互作用，影响着决策结果（Shah, 2001）。

对新闻媒介的定位 人们对于新闻的印象和常识将影响他们从新闻中获知的多少（Kosicki & McLeod, 1990）。那些对新闻的品质持有怀疑态度的人似乎更加批判性地、更加深思熟虑地处理新闻信息，从而学到了更多（McLeod, Kosicki, Amor, Allen, & Philps, 1986）。那些认为新闻提供了基本的生活范式的人也可能从新闻中学到很多。人们对新闻媒介各种规范性角色的认同程度也有所不同。在多元论（pluralistic）者看来，新闻媒介发挥了监督功能，提供了观念交流的论坛，有助于人们扮演更加活跃的角色。他们更有可能专心致志地使用新闻媒介，因而间接地促进了他们的获知和参与（McLeod，Sotirovic，Voakes，et al.，1998；Sotirovic & McLeod，2001）。相反，那些强烈主张一致论（consensual）的人获知更少也不大活跃，因为他们更多地收看软新闻和电视娱乐节目。

从新闻中获取满足感的诉求 使用与满足研究最初被视为一项标新立异的研究，而不是对原有媒介效果研究的一种补充和完善。逐渐增多的证据使相关研究不断发展。英国的一项早期研究证明，人们强烈的动机作为一种调节因素提高了他们从政党广播中的信息获得（Blumler & McQuail，1969），动机之于效果的影响在美国的研究中也得到了证实（McLeod & Becker，1974）。从新闻中获得满足感的这种诉求可能弱化也可能强化媒介效果。有着最强烈的信息获取动机的读者，并不会依照所阅读的报纸上的议程来调整他们自身对议题显著性的排序（McLeod et al.，1974）。

（信息）接收活动的倾向性

人们接触新闻的过程中的倾向性也调节着信息效果。这可以通过生理（人的生理在位阶层次上低于其意识）方法来测量（Reeves，Thorson，& Schleuder，1986），或者通过使用自我报告的方法，后者有跟其他自我报告测量法一样的弱点但确实能揭示了人与人之间的重大差异。

注意力 注意是指人的心理活动对某一对象的有意识的集中（conscious focusing）。当我们需要测量受众对于新闻的注意力时，我们可以借助一些涉及各类新闻内容的封闭式问题来完成。人们可以带着不同程度的注意力来看电视。但大不相同的是，人们阅读报纸或者访问互联网信息站点时则需要高度的注意力。人们注意力高度集中时，能够提高从新闻中的获知（Chaffee & Choe，1980；Chaffee & Schleuder，1986）。接触辩论能获取的知识可能很少，但它的确能激发人们对于竞选活动的兴趣，激发他们讨论投票选择问题（McLeod et al.，1979）。注意力集中时接触媒介可能还有更多的附加效果。接触硬新闻时人们会集中注意力，这将加深他们对经济事务的了解并提升他们的社区参与水平（McLeod & McDonald，1985）。

信息处理方式 受众的信息接收活动涉及到他们用来处理足以淹没他们的"信息流"的各种方式（Graber，1988）。多项调查（采用了一系列自我报告）发现，受众在处理新闻信息的过程中采用了三种方式（Kosicki & McLeod，1990；Kosicki，McLeod，& Amor，1987）："选择性跳读"（selective scanning），即快速浏览并挑出要找的信息；"积极处理"（active processing），即读通或"读透"一则新闻，然后根据自己的需要重新解释它；"反思整合"（reflective integration），在脑海中回想这则新闻并把它作为一个讨论的话题。从增长政治知识、激发政治兴趣、提升参与层次等指标来判断，"选择性跳读"方式的效果极为有限，"反思整合"方式的效果则大为增强。信息的"积极处理"方式几乎无助于政治知识的增长，但是却能激发受众的政治兴趣，提升他们的参与水平。这三种信息处理方式都与人们解释和理解公共议题时所用的概念框架有关（McLeod et al.，1987）。

最新的研究大多集中在"反思整合"方式上，并且尤为关注人的内心层面的反思（reflection）。"反思整合"以更为内在的方式调节着人们的新闻使用行为的后果，而这种新闻使用行为常被认为对人们的政治知识有着直接的影响（Fredin & Kosicki，1989；Kosicki，Becker，& Fredin，1994；McLeod，Scheufele，& Moy，1999；Sotirovic & McLeod，2001）。在考察新闻内容对于传统形式的政治参与（McLeod，Scheufele，& Moy，1999；McLeod et al.，2001；Sotirovic & McLeod，2001）以及公众论坛参与（McLeod，Scheufele，Moy，Horowitz，et al.，1999；McLeod et al.，2001）的促进作用时，人们的反思活动也发挥着调节作用。在详述11个前置变量（antecedent variable）对于认知复杂性、市民效能感（citizen efficacy）以及三种政治参与方式的间接影响时，人们的反思活动成为了最有力的中介变量（mediating variable）（McLeod et al.，2001）。

对政治家与决策者的影响

媒介也影响了决策者以及公共政策的制定过程。但是，正如先前所述，这些影响也不可能是简单的、直接的。我们在此考察媒介对公共机构、政治家及公共政策制定过程的影响。

普罗特斯等（Protess et al.，1991）考察了调查性报道对卫生保健、犯罪和住房等领域的市政改革的影响。他们提出的有关议程建构的联合模式（coalition model of agenda building）集中关注调查新闻业与政府决策者、市民及利益团体之间的互动过程。因此，他认为调查性报道发挥影响并不是通过动员模式（mobilization model），即记者动员市民向他们选出的官员施压，让他们进行改革工作。相反，联合模式关注的是，新闻记者与不同的利益团体及政府官员进行互动从而为重大的改革寻求社会支持。

卡尼斯（Kaniss，1991）考察了新闻界报道重大市政工程（如费城历史上耗资最大的项目——耗资5.23亿美元的费城会议中心）的过程和模式。卡尼斯认为，媒介的基本价值取向——大城市自豪感、自身经济利益及工作模式——驱使地方媒介支持如此浩大的市政工程。

在立法领域，提名罗伯特·博克（Robert Bork）法官进入美国最高法院这一事件，为我们审视媒介、利益团体与立法者之间的互动过程提供了一个难得的关注点。在一场史上最为激烈的信息宣传活动之后，博克的提名最终遭到了参议院的否决（Pertschuk & Schaetzel，1989）。就更具典型意义的立法活动而言，库克（Cook，1989）指出了媒介影响立法过程的多种方式。这些方式包括议会工作程序上的结构性变化以适应新闻界需要，也包括影响议员个人的立法策略。以某个重要的委员会或小组委员会主席的名义进行的媒介公开，可以成为一种强有力的手段，用来实现政治目标（Smith，1988），也用来募集大量资金用以防范竞选对手和开展改选宣传运动（Etzioni，1988；Goldenberg & Traugott，1984）。如今一些人认为，政治家为其竞选活动所募集的大量资金是对民主的一种严重威胁（e. g.，Bennett，1992；Drew，1983；Etzioni，1988）。不过这个论断富有争议。

对公民权的再思考及重建公民生活的努力

公民参与的衰微？

自早期哥伦比亚选举研究（Berelson et al.，1954）起，研究人员就已注意到民主理论中的高规范标准（high normative standards）与实践中公民参与的低水平（low level）二者之间的反差。随着人们已经广为接受罗伯特·帕特南（Robert Putnam，1995）的“独自玩保龄”（bowling alone）理论，加上有证据表明30年来许多其他的政治参与和公民参与指数都大幅下降了，人们对选举投票率不断下跌的忧虑已经接近恐慌的边缘。例如，“1993－1994年度”较之“1973－1974年度”而言，12种政治活动和社群活动方面的指数平均下跌了27%（Putnam，2000，p. 45）。“人际信任”这一帕特南的社会资本概念中的关键指标，从1960年的55%下跌到1999年的35%（Putnam，2000，p. 140）。

这些问题有多么严重？帕特南（Putnam，2000）本人注意到，志愿服务（volunteering）在社会中达到了很高的水平。他进一步指出，助人行为（helping behavior）与（参与）其他形式的社会活动以及低水平的犬儒主义态度之间有着正相关关系。他还发现了各类小规模团体和社会运动活力在增加的证据。其他研究人员认为帕特南提及的社会趋向实际上可能是一种周期现象：60 年代和 70 年代早期是选举投票率的波峰时期，在此之前的 20 年代和在此之后的 80 年代及 90 年代则同是投票率低迷的时期。

迈克尔·舒德森（Michael Schudson, 1998, 1999）质疑了帕特南的理论标准，他认为已过时的"理性主义的、以信息为依据的"知情的公民模式（informed citizen model）应该被以权利为基础的、监控的公民模式（monitorial citizen model）所取代，后一种模式更适合当代社会状况。各类团体都在主张权利，这是公共生活的一个重要特征。"正当程序革命"（revolution in due process）扩展了政治领域，导致了挑战精英的政治行为的滋长，以及无党派政治机构的兴盛和此起彼伏的社会运动的兴起。社会整合与其说基于知识共享和积极参与，不如说基于"多元平等"（plural equality）理念，基于对不致招人反感的社会差异的包容，基于"固有的公民性（civility）和社会联结性"（Schudson, 1999, pp. 19－21）。

我们能从这场论争中得出什么结论呢？它对政治传播研究有何意义？过去 30 年来，许多政治参与形式似乎在减弱，有些政治参与形式保持稳定，另一些参与形式则在增强。有一点可以达成共识，即政治参与率跟不上近几十年来的教育水平的提高。这个结论同样也适用于政治知识的状况（Delli, Carpini, & Keeter, 1996）。虽然人们受教育的程度在提高，但他们的知识水平总体上却处于停滞状态。即使我们不理会"民主状况停滞不前"这一断言，并接受舒德森提出的以权利为基础的公民模式，那么，他所称的监控的公民在公共利益受到威胁时，仍然需要具备相应的知识和行动意愿。与知情的公民角色相比，监控的公民需要更强的思考能力、技能与行动能力。然而，至关重要的是，我们需重新思考公民应具备何种知识和技能才能有效地参与现代社会。公民们需要媒介信息帮助他们思考，以及帮助他们把所获得的事实与他们自己的生活以及更大的议题框架联系起来。

帕特南及其他卷入这场争论（涉及公民参与衰微问题）的人的最大疏忽之处在于，他们都没能论及人们如何以有意义的方式使用新闻媒介。帕特南的关注局限于人们花时间看电视对于政治参与的替代（displacement）效应。有关替代理论的证据的说服力很弱，而且其中的因果关系可能正好相反——人们很可能因不愿外出参与政治活动而呆在家里看电视消遣。更令人吃惊的是，他们忽略了几十年来大众传播所发挥的积极作用——如果全面估量的话，人们使用新闻媒介的行为对他们的政治知识和政治参与有着积极的影响（e. g., Blumler & McLeod, 1974; Chaffee & Schleuder, 1986; McLeod & McDonald, 1985; McLeod, Daily, et al., 1996;

Smith, 1986; Wattenberg, 1984)。报纸日常阅读模式的式微与许多地区地方日报的低可用性是相伴而生的，而调查研究人员却没有将其作为公民生活不活跃的起因。

政治传播研究的内涵

人们越发关注美国民主健全而否，而这又在很大程度上影响了政治传播研究。有两个相关的趋势特别重要。第一，“公民的”（civic）这个术语已经逐渐取代“政治的”（political）这个术语成为本研究领域的标识，第二，社区已成为研究的重要背景和分析单元。公民的积极参与主要是在地方层次上，而且在非政治背景下形成的网络活动大量置换了传统上视作政治的活动（Verba, Schlozman, & Brady, 1995）。

公民参与 通过将地方性议题、非传统的政治参与形式（McLeod, Daily, et al., 1999; McLeod, Guo, et al., 1996）以及作为中介因素的人际信任（Shah, 1998; Shah, Kwak, & Holbert, 2001; Shah, McLeod, & Yoon, 2001）等纳入考察范围，这一公民转向（civic turn）明显拓宽了传播效果的评价标准。它重新将政治参与研究引向以下问题：使用地方媒体的行为、讨论地方议题的行为和社区纽带等因素是如何共同激发公民参与的（McLeod, Daily, et al., 1996; McLeod, Scheufele, & Moy, 1999; Stamm, Emig, & Hesse, 1997)?

关注社区 社区被人们重新界定为一个迎接不断变迁的城市环境的、由交往行为整合起来的单元，这种单元迅速发展成一种网状的社会组织（Friedland, 200la)。由新技术内在促成的多重社会网络（social networks），被视为个人、邻里、社团和地方媒体之间的结构性的联系纽带（Friedland & McLeod, 1999)。社区成为了公民行动的场所，它是确立公民行动规范和行动预期时的背景因素。在更大的城区，邻里关系（neighborhood）承担了以上这些功能，并在无形中为居民提供一种归属感（Ball-Rokeach, Kim, & Matei, 2001)。

公民的社会化 半个多世纪以来的政治行为研究一致发现，年青人较少参与公民活动。公民参与随着年龄的增长而增长。在过去几十年的研究里，困扰着研究者的是代际效应（cohort phenomenon）与成熟效应（maturational effect）一起发挥作用。例如，在三次总统选举中（从1988年到1996年），18~24岁年龄组的平均投票率为37%，比公民总体平均投票率低21%（Casper & Bass, 1998)。这难以同早前的三次总统选举（从1972年到1980年）的投票情况相提并论，当时18~24岁年龄组的平均投票率为44%，比公民总体平均投票率低17%。近几年代际效应是导致其他的选举参与活动（Miller & Shanks, 1996）和公民参与活动（Putnam, 2000）下降的最主要原因。

另一种正在加剧的担忧是由于最近几十年来报纸阅读率下降中的代际效应（Peiser, 2000）。新闻使用行为是激励年青人政治参与的强有力因素（Chaffee, McLeod, & Wackman, 1973; Chaffee, Pan, & McLeod, 1995）。当前年轻人低水平参与（政治）的这种情形有可能随着他们生命周期的推移而导致更低水平的总体参与率。

对年轻人政治参与程度降低的担忧促使研究人员重新考察曾流行于20世纪60年代的政治社会化研究（Flanagan & Sherrod, 1998; Niemi, 1999）。事实上，政治社会化效果在20世纪70年以后近乎消失，这在很大程度上是由于传播模式的缺陷所致。成长中的年轻人被视作学习过程中的被动接受者。他们所要学习的东西反映着一定历史时期稳固的偏见，是一整套固定的"当时制度所接受和实施的规范、价值观、态度和行为"（Sigel, 1965, p. 1），而没有考虑到这个社会中的多样性和冲突。如今，适当的做法是不把社会和社区视作统一的整体，而把它们视作利益各异的多种力量竞争的场所。

新的公民社会化研究将年轻人视作潜在的参与者，他们积极投身所处的世界，并且经常试图扮演成年参与者的角色。公民知识、人际信任、效能感仍旧是评价社会化效果的标准，但又新加入了一些标准，例如：新闻媒介使用行为、议题讨论行为、深思熟虑的信息处理行为、讨论中的倾听与交互对话行为和达成协议的行为（McLeod, 2000）。

推动民主进程的计划

对健全民主实践的关注导致了过去十年间空前的改革努力。许多改革方案针对了竞选活动中出现的问题。改革并不仅仅局限于媒介所关注的竞选活动，有的改革已把年轻人作为实现长期变革的关键群体。

广告观察者（Adwatch） 这指的是目前大量电视网和地方新闻在选举报道上所做的努力，它代表了新闻记者活动的新水平。贾米森（Jamieson, 1992）发现原先的措施似乎增强了记者原本想批评的广告的影响后，他提出了一系列"视觉语法"（visual grammar）原则，以引导新闻记者采取有效措施抵制消极广告的影响。消极广告影响力的增加，很大程度上是因为记者需要援引这样的广告以便随后加以系统的批评。但广告观察者的努力因效力低下而遭到批评（Ansolabehere & Iyengar, 1995; Pfau & Louden, 1994），这很大程度上是因为记者的怯懦；也就是说，记者们过于频繁地在新闻节目中援引某则广告，此举反而为其提供了单靠广告本身永远也不可能拥有的大量的受众，而且记者们对这类广告的批评也不着要害（Jamieson & Cappella，1997）。人们提出了各种各样的建议来提高新闻界抵制广告的能力，这些建议包括对广告的视听叙事元素给予更大的关注，注重更大的方面而非细节（Richardson，1998）。

协商的论坛（Deliberative Forums） 由于人们日益担忧普通公民掌控自身命运的能力减弱，在过去的十年里，人们愈发重视协商式民主。虽然媒介可能做了很多工作使受众获悉议程，但是争议在于，媒介很少帮助受众通晓议题，并使这些议题与受众们自己的生活联系起来（Yankelovich，1991）。论坛或者别的将普通公民聚集起来讨论的方式已经被用作一种潜在的补救方法。在1996年进行的一项协商民意测验（deliberative polling）中，调查人员采用截面抽样（crosssection sample）方式在全国范围内抽取了一些公民，并把他们聚集到得克萨斯州的奥斯汀市（Austin）讨论竞选议题。这项测验是这些实验中最为雄心勃勃的（也是开支最浩大的）一个（Fishkin，1996）。

虽然这项协商民意测验项目的发起人声称取得了非常积极的效果，但是别的研究者并不太认可相关的证据（Merkle，1996）。更为常见的是地方性的议题论坛，它们作为公民新闻运动的一部分，通常由地方媒介发起。将这些被吸引到地方论坛的公民与传统政治活动的参与者相比，我们会发现其中的一些显而易见的差别。与论坛参与者相比，教育、年龄、收入、住屋产权等因素对传统参与者的影响更大（McLeod，Daily，et al. 1996；McLeod，Guo，et al.，1996，McLeod et al.，2001）。除了社会地位因素之外，大型讨论网（discussion networks）倾向于征募具有高水平公民知识的市民参与传统政治活动。与之形成对照的是，价值观、对有关公共事务的媒介的使用状况、思考能力和公民效能感（citizen efficacy）等因素对论坛参与者有更大的影响（McLeod et al.，2001）。对组成论坛而言，社会地位因素所发挥的作用变弱了，从平等主义的民主标准来看，这是一大进步；然而，参与者的知识水平使得他们缺乏选择余地，这限制了公民间信息交流的水平。

公共新闻（Civic/Public Journalism） 公共新闻作为一项基础广泛的草根运动出现在20世纪90年代，主要出现在地方新闻机构中。那些针对现存新闻规范和报道方式的批评促生了公共新闻取向。公共新闻是由马修斯（Mathews，1994）、梅里特（Merritt，1995）和罗森（Rosen，1999）等倡导的，并得到包括凯特琳研究基金会（Kettering Foundation）和皮尤慈善信托基金会（Pew Charitable Trusts）在内的基金会的支持。虽然没有完整意义的公共新闻作品出现，但这些典型的新闻实践都与公共新闻相关。这类典型的新闻实践包括：提供各种公民参与方式（如公民论坛）、使普通公民与政府高官建立联系、全方位报道诸如犯罪或吸毒之类的社会问题。公共新闻引人争议的基本做法包括：运用社会调查和焦点群体去引导选举新闻的话题选择、发起公民论坛。但这些做法给批评家们留下了口实——新闻记者正在越过他们作为中立的观察者的边界。在大型报道中，不同的媒体经常一起合作。这些试图避免新闻业特有的偏见的做法值得注意，它们为研究人员考察社区背景下的地方新闻业提供了很多机会（Friedland, Sotirovic, & Daily, 1998）。

众多地方公共新闻实践意欲达到的不同目标及其采用的不同策略，使得要取得普遍意义上的全面成功很困难。地方公共新闻取得成功的一个关键点在于，地方媒体能够推动地方上的协商与行动网络的建设，而且这个网络能够持续发挥作用（Friedland, 2001a, 2001b）。登顿和索尔森（Denton & Thorson, 1998）也发现了涉及地方社区的公共新闻在政治知识方面的积极影响。埃克斯特维奇、罗伯茨和克拉克（Eksterowicz, Roberts, & Clark, 1998）把公共新闻视为提高政治知识水平的良方。在全国层面上，阿尔瓦雷斯（Alvarez, 1997）运用全国性的调查数据和复杂的理性抉择模式（rational choice model）考察了几次选举，他的发现之一便是选举人不太可能把选票投给自己知之甚少的候选人。知识获取也是国家议题会议（the National Issues Convention experiment）实验的显著成果。在1996年进行的那项实验中，从全国人口中随机抽取的代表被汇集到奥斯汀聆听有关即将到来的全国大选的讨论和辩论。人们确实从这种训练中获得了知识。而挑战在于如何从中为全国性政治报道汲取经验。

以媒介为基础的青年计划 对年轻人参与程度低的担忧，使得20世纪90年代成批的以学校为基础的干预计划得到发展。这些计划把媒体作为获取知识的来源，或者将媒介作品作为年轻人进行学习的手段（Sirianni & Friedland, 2001）。除了电视以外，青少年对各种新媒体（录像机、电脑和光盘）的强烈兴趣成为这些计划得以实施的基础（Roberts, 2000）。青少年对新闻媒体的低使用度因其使用新技术而得到部分弥补。与年龄较大的成年人相比，互联网不仅更容易成为年龄较小的成年人信息寻求与交换的工具，而且这种媒介使用行为对公民参与所产生的效果也更为强大（Shah, Kwak, & Holbert, 2001; Shah, McLeod, & Yoon, 2001）。尽管多种多样以媒体为基础的计划取得了成功，但这些计划实现其目标的复杂过程却很少得到评估。一项名为“美国青少年投票”（Kids Voting USA）的计划通过巧妙地联合教师、父母和地方媒体的力量，从而成功地激发了青少年的公民参与（Chaffee et al., 1995; McDevitt & Chaffee, 1998; McLeod, Eveland, & Horowitz, 1998）。地方媒体公开报道了这项计划，并提供了内容作为学生的课堂作业。这项计划还减少了由性别（McLeod, Eveland, & Horowitz, 1998）和社会阶层差异（McDevitt & Charfee, 2000）所带来的知识差距与政治参与的差异。

通过对这些涉及媒介的改革方案的评估，我们可以从中学到什么呢？首先，与那些对事实的被动学习相比，积极的、思考式的学习方案具有更为持久的影响力。包含了生动的参与活动的公民课程在传授知识时更为有效（Niemi & Junn, 1998）。活动中的服务性学习（service-learning）所教授的知识和技能，在成年后仍能产生影响（Youniss, McLellan, & Yates, 1997），尤其是在所学的东西与实地经验相贴近的情况下或者经过充分的思考和评估的情况下（Niemi, Hepburn, & Chapman, 2000）。其次，由媒介使用行为所诱致的变化，当与各种网络组织（讨论议题、支持参与和鼓励变革）相结合时，更为有效。围绕一个议题而形成的媒介使用模式与网络组织，易于转化为社会资本，帮助人们处理其他议题（Friedland, 2001a）。最后，公民生活水平和质量的根本性提高，不仅需要个体公民的变化，而且需要地方团体和社区机构的介入。

评估新闻媒体运作的民主标准

正如我们在本章篇首所言，政治传播研究比别的领域更不能忽视媒介“应该”如何运作这一问题。古列维奇和布卢姆勒（Gurevitch & Blumler, 1990）提出了民主社会中大众媒介的八项规范标准（后面将会进行讨论）。正如这些学者所指出的，媒介通常远不能达到这些标准。他们指出了阻碍达到这些民主目标的四个主要因素。第一，这些标准本身可能互相冲突，迫使相互之间权衡协调、达成妥协。例如，编辑自主原则可能与提供观点论坛的原则发生冲突。第二，精英政治传播者间的对话常常远离普通人的观点，因而限制了后者的参与。第三，因为在民主社会里政治参与是自愿行为，所以许多公民可能会选择远离政治。最后，社会的、政治的、经济的环境可能限制媒介对这些民主理想的追求。这些问题需要更进一步的研究。

运用政治传播效果研究中获得的知识，有助于扩展古列维奇和布卢姆勒（Gurevitch & Blumler, 1990）提出的八项民主标准，以讨论媒介运作中存在的问题及这些问题可能的前因后果。我们依次考察各项标准，提出新闻运作的不足之处以及造成这些不足的可能的因素。然后，我们阐明这些所谓的不足可能对个人产生的影响，以及可能对政治系统产生的影响。在这个过程中，我们提出一些未来研究的新方向。

监视相关事件

虽然人们早已认识到监视环境是媒介的一项主要功能（Lasswell, 1948），但媒介并不仅仅只是一个传播事件的渠道。新闻媒介需要选择最有可能影响公民福祉的一些动向进行报道（Gurevitch & Blumler, 1990）。现代社会中的不同公民以不同的方式关注着不同议题，对所有公民具有同等紧要性的新闻报道近乎于无。近年来越发紧缩的预算限制了新闻报道的来源。这就加剧了对官方消息来源的依赖，并使得报道愈发从精英视角而非平民视角出发看问题。媒介的市场结构不仅限制并减少了高成本的的报道，而且使得新闻风格转向短小和有趣的娱乐化信息。电视新闻网的新闻受限于简短的同期声剪辑以及其严格的“22分钟时限”，中间还要插播商业广告（Gurevitch & Blumler, 1990）。

有关政治学习（political learning）的研究似乎证实了这样的担心，即新闻报道中存在的问题给观众带来了负面影响。从电视中获得的政治知识是微乎其微的。大量的公民认为新闻报道枯燥乏味，认为政治与他们的生活毫不相关。这带来了系统性的后果——不仅造就了一种信息贫乏的选举和低投票率，而且还导致竞选不重议题而重伪事件（pseudoevent）和人身攻击（Jamieson, 1992）。

然而，有一种情形可以为媒介表现进行辩护。媒介提供的内容比大多数人有意消费的内容更为全面和广泛。波普金（Popkin, 1991）认为，人们从媒介中只了解他们认为需要了解的东西，或者他们认为他们能理解的东西。那些显示出微弱的学习效果的研究用具体的“事实性”（factual）信息作为评判标准。这种研究方法导致问题被曲解。这为公民意识描绘出了一幅过于黯淡的图景，并且通过含蓄指责受众缺乏兴趣，从而使新闻更短小化和更软化的趋势变得理所当然。近期的研究更为宽泛地考察了受众如何建构新闻以使其符合个人经验（McLeod et al., 1987; Morley, 1980; Philo, 1990）。这些研究方案中令人印象深刻的是受众的意义建构过程，而不是受众的事实性知识水平。未来的研究可能检视新闻报道的不同特征（e. g., Bennett, 2000）是否限制了受众理解的复杂性。

确认关键议题

媒体不仅有责任确认关键议题，并且有责任分析形成这些议题的原因和解决这些问题的可能方案。批评者认为媒介设置的议程不够广泛、平衡或有意义。更确切地说，媒介议程来源于占据支配地位的机构的议程。有人认为，对议题进行去情境化的和非历史性的报道，导致这些议题难以被理解。那些难以进行形象化描述的抽象议题，以及那些需要新闻从业者具有他们很少能具备的专业知识的议题，可能难以进入媒介的议程。媒体设置的议程缺乏深远意义，这将产生系统性的后果：它将使政府决策局限于表面现象和短期回报。那些疏离于政治系统的人普遍接受着这样的媒介议程，这对政治系统来说意味着更大的不稳定性。

毫无疑问，媒介议程的确影响了受众对议题重要性的判断。然而我们需要进一步地研究议程设置的过程，包括各种力量如何斗争以控制话语权和议题的优先权。例如，一支起义军队在媒体上是被建构为“勇敢的自由战士”还是被建构为“雇佣枪手”，这很重要；可能更重要的是，受众是否接纳这种框架（McLeod et al.，1990）。

提供倡导平台

民主的变革基于对多方面的观点和建议的尊重。是否很好地为政治家和形形色色的发言人提供鼓吹观点的“明白易懂的、具有启发意义的平台”，这成为判断媒介的一项标准（Gurevitch & Blumler，1990）。公众有线频道的观众很少，而主流媒体通常又不会对这类活动予以报道，除非这些团体采取非法或反常的直接行动从而使其行动具有了新闻价值。即便是主流媒体也不得不遵守媒介惯例，接受“新闻价值的检验”（Blumler，1990）。客观性和媒介自主的理念使得新闻界抵制这些报道；记者们倾向于认为这些倡导活动威胁到新闻自由以及控制了他们自己的工作。

媒介效果研究很少触及“媒介接近”这一议题，这部分是因为媒介接近（acess）相当受限。如果能找到充足的接近途径，这个评价标准应包括：公民对非主流群体及其立场的认识水平、对非传统的政治参与形式的认可程度。更为系统化的标准还应包括：公众接近节目制作的普及程度和低社会地位（lower-status）群体在政治进程中的参与程度。

传播多元政治话语

能否促进不同观点者的对话以及当权者和普通公众之间的双向交流，这也可作为评价媒介的标准。批评者指责媒介并非专注于此，而是关注“政治上由两党体系界定的、经济上由私人企业资本驱使的和文化上由消费社会的价值观界定的主流趋向”（Gurevitch & Blumler，1990，p. 269）。非主流的政治群体被边缘化为“反常者”（Gitlin，1980；McLeod & Hertog，1992），几乎没有报道是针对缺乏吸引力的受众群的，如穷人和老人。这样造成的后果可能是公民缺乏进行政治选择（political alternative）的常识，他们甚至无法表达自己的观点。对政治体系而言，这意味着“观点市场”（marketplace of ideas）在日渐萎缩。

将内容分析和受众研究结合起来，将有助于人们依据这个标准对媒介进行评估。只有在媒介系统地比较了不同的观点和可供选择的其他框架之后，对话才可能有效。人们期待媒介的报道能帮助公民认识并清晰地表达他们自己的感想，并将这些感想与更广阔的政治背景联系起来。认真阅读印刷媒体上的硬新闻这一行为的确有助于建立这种联系，并促使读者与他人开展讨论（McLeod et al.，1989）。

监督政府机构与官员

媒介作为政府的监督者，这是美国新闻界向往的形象之一。调查性报道机制是敦促政府官员对自身行为负责的一种关键机制。然而，批评者指出，政府机构和经济组织的膨胀已经远远超出新闻界对这些机构进行代价不菲的调查的能力。其结果是政府和企业普遍缺乏责任感。已有的调查性报道可能只是针对腐败链条中极为低级的层次，如毒品报道仅仅关注街头兜售者和使用者，很多情况下媒介指责的是个人因素而非根本性的制度因素。

相关的归因研究深入地涉及了这一评价标准。如果不将有关政府不法行为的报道置于更大的结构性的和历史性的背景中，就可能使那些原本可以对公民产生有益影响的报道变得毫无效力。将来的研究将调查那些针对政府问题的片段式连续报道是否减弱了公民了解政府运行状况的兴趣，是否增强了公众对政治的犬儒主义态度。

促进知情参与

人们可以根据媒介是否很好地激励公民了解政治和关注政治而对其进行评价。新闻界似乎并不太关注这个标准，至少它们没有发布过此类“动员性信息”（Lemert，Mitzman，Seither，Cook，& Hackett，1977）。为了激励公民的政治参与，新闻界需要将那些较少参与政治的公民的想法清楚表达出来，并把它们转化为更有条理的观点。虽然将信息传至广大选民的技术手段已经比较完善，但公众的信息反馈仍然是有限的、间接的和失真的。当政治系统无法激发出共同参与的活力时，它将为这种缺失付出代价（Gurevitch & Blumler，1990）。

与政治参与相关的大量文献极少关注媒介的影响问题（Verba & Nie，1972；Verba et al.，1995）。然而，相关的媒介效果研究发现，媒介的确对政治参与有影响力。受众受制于片段式或个人化的电视新闻内容，他们无法看到（政治参与所能发挥的）系统性影响，这妨碍了他们的政治参与热情。各种抗议团体在其媒体方案中也常用到政治激励手段。有关社会运动的文献也大量涉及到媒介的政治激励作用。

维护媒介自主

保障媒介免受政府干涉是宪法第一修正案的要旨之一。如果没有这个保障，所有其他的民主标准都将受到威胁。然而维护媒介的自主却远非国父们所预想的那样，只要使之免受政府的压制即可。政府势力的膨胀和企业权力理应受到新闻界的密切监督，但由于主流媒体自身已成为更大的企业集团的一部分，要实现这种监督困难重重。考虑到当今市场环境里媒介所面临的难题，媒介自主的标准需要媒体对“来自其外部意图颠覆其独立性、公正性和服务受众的能力的各种势力进行原则性的抵抗”（Gurevitch & Blumler，1990，p. 279）。有时媒介试图进行这种抵抗，正如海湾战争中新闻界试图防止政府的严厉控制，但这些维护媒介自主的努力最终遭到失败。最糟糕的是，这些努力的结果导致精英观点在官方消息来源的新闻报道中占据了很大篇幅。新闻记者对这些来源受到操纵的报道所能做出的反应就是，在其发布的报道中加入贬损性的评论。这也许满足了记者的自尊心，但是其对受众的政治获知和政治兴趣的影响却有待考察。

关注受众的潜能

上述的七种民主标准关注的都是因记者个人的发挥空间有限而大大受限的媒介运作。对受众潜能的关注则较少受制于新闻制作过程中的压力，而更多地取决于记者如何界定他们的受众。正如古列维奇和布卢姆勒（Gurevitch & Blumler，1990，p. 270）所言，关注指的是“对受众成员的一种尊重，无形中关心并能够体察他或她的处境”。问题在于，面对扩大受众群的压力以及以消费者需求为标准制作新闻的压力，记者和媒体管理者已经形成一种等级观念，即认为仅有一小部分的精英是关注社会的公民，除此之外是一个相当庞大的对社会漠不关心的大众群体。目前公众对廉价品的偏好和大部分公众似乎有限的理解新闻的能力，可能被视作是与生俱来而且一成不变的，而不是被视为由生活阅历造成的或者由新闻报道中的缺陷造成的。记者们可能持有他们自己的理论，即认为那些寻求信息的公民是不可能判断以下报道形式的正当性的：简短的同期声剪辑、片段式报道以及新闻与娱乐间界限模糊。

研究表明，绝大多数公民对重大的公共议题至少有一定程度的感知，许多人对关系到自身的特定议题表现出极大的兴趣和更多的了解（Krosnick, 1990）。尽管专门知识有限，但公民常常建构精密的框架来理解外部世界。除非新闻制作者努力创造出能够取代当今日益同质化的新闻建构模式，否则人们对政治缺乏兴趣的趋势有可能进一步加剧。这些现象对于政治体系的深远影响在于，这导致政治话语逐渐变得单一化，并加剧政治参与中社会地位的不平等。

结语

我们已经展现了近年来政治传播效果研究范畴扩展的诸多方面。"横向"的扩展将个人影响和大众传播过程的其他环节联系起来，包括：媒介内容的潜在问题，制约媒介内容的机制和专业规范、惯例，以及个人层面的效果对政治系统运作的影响。政治传播研究的扩展也使得"纵向"联系很有必要，即个人行为与政治机构和人际传播过程的联系。通过考察多种类型的媒介效果和重新概念化的媒介信息，我们大大扩展了政治传播的研究范围。至此，政治传播效果更可能被视为（媒介）对不同特征的受众产生不同的影响，并且这种影响是间接的、滞后的。最后，我们还阐述了不同的方法策略如何贯穿于整个政治传播知识体系。

我们已经注意到政治传播研究与社会应该如何运作的规范性假定（normative assumptions）之间尤为密切的联系。我们并非试图割裂这些规范性假定与实验研究间的关系，而是认为这些假定应该作为我们评价媒介运作的标准而发挥作用。麦奎尔（McQuail, 1992）曾从类似的起点出发提出了一个详尽的媒介评估系统（其中包括适当的实验研究方法）。为了说明这些标准如何有助于分清人们对媒介运作含混不清的指责，我们采用了由古列维奇和布卢姆勒（Gurevitch & Blumler, 1990）提出的八项民主标准。对媒介运作的不足之处的指责常常含糊不清并且缺乏根据。然而，大量有关政治传播效果的经验研究与上述某些特定的标准密切相关。许多对媒介运作的指责并没有进行实验考察。在提出更全面的理论之前，还需要研究一些更为系统的联系，尤其是那些新闻制作过程中受到的约束和媒介内容之间的联系，以及那些个人层面的效果和系统性的效果之间的联系。当在系统内无甚收获时，就需要在系统之间寻找差异以及采用多种方法寻找系统间的联系。

总之，我们应当指出，新闻媒介决不是造成当前政治系统问题的唯一原因，更不是主要原因。其他的社会机构（这些机构包括家庭、学校、政党等）和那些"共同看护"民主的政治领袖们也应承担责任。当然，这并未减少研究媒介的政治效果的必要性。

媒介暴力的影响

格伦·G. 斯帕克斯
谢里·W. 斯帕克斯
■ 珀杜大学（Purdue University）

2000年12月，政府官员、娱乐界人士、父母和孩子们都津津乐道于一个再熟悉不过的话题。这一回，日本成为最新的备受争议的媒介暴力事件的发生地。电影导演深作欣二（Kinji Fukasaku）发行了一部火爆得令人难以置信的电影《东京圣战》（*Battle Rayale*，或译作《大逃杀》）。这部电影编排了一批中学生之间的冲突。他们被遣送到一个小岛上，并被告知要拿起自动武器为生存而战。一位观众认为这部电影"发人深省"，却拒绝看第二遍，因为"该电影过于怪诞荒唐"（Schaefer，2000）。日本文部省大臣町村信孝（Nobutaka Machimura）则劝告电影院业主不要放映这部电影，并明确示意该片内容"本质上是有害的"。电影道德规范委员会（The Motion Picture Code Committee）禁止16岁以下儿童入场观看此片。不过该限定无碍于此片的流行。一些青少年为观看首映式而在马路边露宿两天的事实，更使它成为全球重大新闻。发生于1998年的一桩与日本电视剧《礼物》（*Gift*，或译作《快递高手》）有关的模仿犯罪案更是给这场争论火上浇油。携带蝴蝶刀的剧中人物由于诱使了一名13岁的男孩用蝴蝶刀刺死其老师而遭到家长、教育家和政府官员们的一致谴责（Schaefer，2000）。

对于研究媒介暴力的学者来说，《东京圣战》事件中包含了美国媒介暴力论争中提出的许多元素，而这些论争自20世纪20年代电影的流行，特别是20世纪50年代电视的兴起便已有之。与此同时，社会上一些人发现电子媒介中的暴力作品的娱乐性更强，另一些人则对这类作品的潜在的危害性影响深表忧虑。最近，有关媒介暴力的论争扩展到了暴力电子游戏上，因为在美国哥伦拜恩高中（Columbine High School）校园枪击案的灾祸中，当局发现两个少年杀手都是电子游戏的狂热爱好者。到底媒介暴力消费达到何种程度将直接导致随后的攻击行为？科学研究应该如何阐述接触媒介暴力与认知、情感或行为等方面的负面后果之间的关系？研究者们在未来的媒介暴力影响研究中应该尝试回答哪些问题？这些都是我们在这一章中要试图解决的主要问题。本章的首要任务是勾勒出媒介暴力研究的历史脉络。与媒介效果的其他研究领域不同的是，有关媒介暴力的论争并非新近开始的，因而在更详细地考察该项研究之前，了解其来龙去脉显得尤为重要。

媒介暴力论争简史

赫贝曼（Hoberman，1998）讨论过1908年的一个最早的有关媒介暴力论争的案例。与今天论及的日本电影《东京圣战》这一案例不同的是，芝加哥警察局拒绝为电影《密苏里的詹姆斯匪帮》（*The James Boys in Missouri*）签发在公共电影院放映的许可证。与90年后的《东京圣战》所引发的论争一样，这部电影的内容也被认为对犯罪行为具有潜在影响。尽管对媒介暴力影响的科学研究不像公众对媒介暴力的论争那样历时久远，但它也前后延续了近75年。大多数学者都把佩恩基金研究会（Payne Fund Studies）的成立视为“媒介影响”科学研究的正式发端。正是为了回应公众对电影里性和暴力可能带来的有害影响与日俱增的忧惧，这些研究才得以开展。

佩恩基金研究会

佩恩基金研究会由一家慈善机构提供专用基金，由电影研究理事会（Motion Picture Research Council，一个私立教育团体）执行主任威廉·肖特（William Short）向学者们发出邀请而建立。它的研究并非全部是探讨媒介暴力的，但是有两项特别的研究强化了人们的相关认识，即媒介暴力内容会造成公众的严重忧虑。第一项研究是戴尔（Dale，1935）对1500部过于强调暴力的电影所作的内容分析。第二项研究是布卢默（Blumer，1933）主持的有近2000名受访者参与的调查。该项调查揭示，许多人意识到自己曾直接模仿过他们观看的暴力电影中的暴力行为。继这些研究之后，公众对媒介暴力更为担忧。20世纪50年代当沃瑟姆（Wertham，1954）发表了他对漫画书内容的分析报告后，这种担忧进一步加剧。沃瑟姆的一个观点认为，怪诞暴力形象在漫画书中比例过高，这促成了部分青少年犯罪，而这些少年正是漫画书的主要消费群。尽管沃瑟姆的观点公开发表，并通过推动内容自我审查机制而永久性地改变了连环画书籍出版业的状况，但学者们仍不愿接受他关于媒体影响的过激主张。因为这些建立在内容分析基础上的论断不具备样本选择（sample selection）和系统编码技术（systematic coding technique）上的科学精确性。沃瑟姆有关媒体对青少年犯罪影响的论断也因为他过于依赖那些有心理问题的少年的逸事（anecdotes）与证词（testimony）而具有类似的缺陷。直到20世纪50年代后期，当政府官员注意到电视对公众的潜在影响，认识到它对儿童的负面影响并把它视为青少年犯罪行为的潜在诱因时，对媒介暴力潜在影响的系列学术研究方才兴起。

电视的兴起

20世纪50年代电视机迅速普及，到了60年代，90%的美国家庭都能收到电视信号。这种饱和状态开启了媒介暴力论争的新时期。施拉姆、莱尔和帕克（Schramm, Lyle, & Parker, 1961）讨论了20世纪50年代媒体报道的一系列模仿型暴力行为（imitative violence）的案例。这些学者认为接触电视暴力与模仿暴力犯罪二者之间明显的联系绝非巧合。

早在20世纪50年代美国政府就开始关注电视暴力的影响。利伯特、斯普拉弗金和戴维森（Liebert, Sprafkin, & Davidson, 1982）回顾了美国政府在早期的媒介暴力问题中所扮演的角色，并通过1972年的美国首席医师报告——这份报告汇集了由国家心理健康研究中心（National Institute of Mental Health）资助的23个不同的研究项目，追溯了以参议员埃斯蒂斯·基福弗（Estes Kefauver）为首的参议院少年犯罪问题小组委员会（Senate Subcommittee on Juvenile Delinquency）（该委员会质询电视中暴力存在的必要性）所起的作用。尽管这些研究没能得出有关电视暴力影响的一致性结论，但是它们预示着随后几年学术界将会高度关注这一论题。这一时期的一些重要的调查研究——即由乔治·格伯纳（George Gerbner）和他的助手们进行的一系列内容分析——提升了“媒介暴力”研究在学术界的优先地位。格伯纳（Gerbner, 1972）把“暴力”定义为“以公然的武力对待他人或自身，或者违背他人意愿使其遭受伤害或杀害的痛苦的强制性行为”。根据这个定义，格伯纳发现黄金时段的电视节目每小时包含大约八项暴力行为，这一比率与他为暴力起因与防范全国委员会（National Commission on the Causes and Prevention of Violence）所做的一项早期研究的结果大同小异。通过定量方法认定的暴力内容显著增加，这为研究人员深入探索其影响问题准备了条件。

观看媒介暴力会导致攻击性行为吗?

过去40多年里，构成媒介暴力内容影响论争的核心问题是接触媒介暴力形象如何诱发了观众的攻击性行为倾向。对于这个问题，有大量的研究资料可供利用。鉴于近期已有诸多研究论及于此，在本章的范围内就不再对相关文献进行全面考察了（Comstock & Scharrer, 1999; Jason, Kennedy, & Brackshaw, 1999; Murray, 1998; Smith & Donnerstein, 1998)。尽管关于这个核心问题的大量研究总是以争论不休为特点，但近年来它似乎伴随着方法论的进步而逐步走向成熟。

在早期论争中，班杜拉、罗斯和罗斯（Bandura, Ross, & Ross, 1963a, 1963b）提出了支持社会学习理论（theory of social learning）的证据：他们的实验证明，当模仿的原型（model）得到奖励而不是受到惩罚时，儿童更有可能模仿原型的攻击性行为。但这些研究遭到了批评，因为攻击行为（如锤打一个充气娃娃）的测量（measure）似乎与人类攻击行为的构成之间没有必然的联系（see Liebert et al., 1982)。另外，被用来研究的节目与孩子们喜爱观看的电视节目之间缺乏相似性。由于近年来积累的证据支持这样一种观点，即在实验室背景中，接触媒介暴力与攻击行为之间存在着因果关系，因而争论的本质已经从这类方法论问题转移到一般的实验室结论与实验室外的攻击行为之间是否具有相关性这个焦点上来了。关于后者的争论以 2000 年 10 月 20 日巴巴拉·沃尔特斯（Barbara Walters）在 ABC 新闻节目《20/20》中所谈的一部分内容最具代表性。这部分节目的焦点集中于乔纳森·弗里德曼（Jonathan Freedman）（强烈地反对"媒介暴力助长攻击行为"这一观点的少数学者之一）、伦纳德·埃龙（Leonard Eron)、L. 罗厄尔·休斯曼（L. Rowell Huesmann)，以及他们正在进行的争论。这些争论涉及以下问题：有关媒介暴力影响的研究能在何种程度上证明接触媒介暴力与实验室外日益增多的攻击行为之间的因果联系？这些作者都是媒介暴力研究文献中著名的撰稿人（see Freedman, 1984, 1988; Huesmann & Eron, 1986; Huesmann, Lagerspetz, & Eron, 1984)，但他们在公共电波上的论争留下的更多是问题而非答案，即便对那些在关键议题上视自己为专家的观察员来说也是如此。对外行来说，这个节目传递的最终讯息是，学术界对于现实世界中接触媒介暴力的后果尚无定论。已经出版的文献表明，这种讯息并不确切——研究人员、专业协会和组织的诸多论述都一致认为接触媒介暴力与攻击行为之间具有因果关系（see recent reviews by the American Psychological Association, 1993; Centers for Disease Control, 1991; Heath, Bresolin, & Rinaldi, 1989, and the National Academy of Science, 1993)。威尔逊等人（Wilson et al., 1997）为"全国电视暴力研究组织"（National Television Violence Study）撰写的文章认为，支持接触媒介暴力与社会暴力行为二者间存在因果关系的证据清晰可鉴。一些整合分析也为该论断提供了强有力的证据（e. g., Paik & Comstock, 1994; Wood, Wong, & Chachere, 1991)。

尽管关于媒介暴力影响的论争依然存在，但各种研究结果还是一边倒地支持这样一种观点：接触媒介暴力形象的确加大了攻击行为的风险。尤为重要的是，即便在诸多不能得出明确因果关系结论的研究中，最为普遍的结论仍与这一假说——观看暴力行为导致攻击行为的增加——保持一致。那么，与这一核心问题相关的研究证据主要有哪几类呢？我们将循着冈特（Gunter，1994）对这一问题的论述，来考察基于不同类型的实验和调查的各种文献资料，并思考能阐释接触媒介暴力与随后攻击行为之间联系的理论机制。

实验

许多针对儿童而开展的早期实验为“观看媒介暴力内容随即助长攻击行为”这一论断提供了证据。最广为引证的一项研究是由利伯特和巴伦（Liebert & Baron，1971）实施的。研究者选取了一些5岁至9岁的儿童作为实验对象，并随机分派他们观看一个简短的节目剪辑。这些剪辑要么选自暴力节目（《无法接触》，*The Untouchables*），要么选自非暴力的体育节目。观看节目剪辑后，这些实验对象被告知他们可以“帮助”或“破坏”隔壁房间里另一伙伴正在设法赢取的一场游戏的进程。他们还被告知，若按“帮助”键，他们就能够帮助那个孩子更轻易地转动那个使游戏制胜的关键操纵杆；然而，若他们按下“破坏”键，操纵杆将变得烫手难触，并最终破坏那个孩子的游戏进程。那些此前观看了暴力电影剪辑的儿童比起那些观看体育节目的儿童，更可能按下“破坏”键并持续地按此键。斯坦和弗里德里克（Stein & Friedrich，1972）对儿童进行了另一实验——随机分派实验对象观看动画片《蝙蝠侠》（*Batman*）和《超人》（*Superman*）（暴力条件下，violent condition）或者观看《罗杰斯先生的街坊四邻》（*Mister Rogers' Neighborhood*）（亲社会条件下，prosocial condition）。他们在随后两周的观察中发现，那些观看暴力动画片的儿童在与其他儿童的交往中，比那些观看亲社会型节目（prosocial programming）的儿童更具攻击性。这两个早期实验连同先前班杜拉提及的实验一起，促进了人们对“媒介暴力助长攻击行为”这一问题的关注。

和早期使用儿童作为研究对象的实验形成对比，伦纳德·伯科威茨（Leonard Berkowitz）以大学生们为研究对象进行了一系列实验（Berkowitz & Alioto，1973；Berkowitz & Geen，1966，1967；Berkowitz & LePage，1967；Berkowitz & Powers，1979；Berkowitz & Rawlings，1963）。这些调查中所运用的典型范式是给实验对象播放暴力性节目或非暴力性节目，随后，实验对象要么被一个实验实施者挑衅，要么没被挑衅。伯科威茨发现，与观看非暴力性节目的被激怒的实验对象相比，观看了暴力性节目的实验对象对实验实施者的行为更具攻击性。

尽管实验室实验（laboratory experiment）能够为因果关系提供明确的证据，但这些证据应用到实验室外变化多样的环境中时却变得并不可靠了。与社会学家们对媒介暴力影响的强烈的一致性意见不同，持有异议的学者和批评家们通常强调这样一些说法，即实验室实验缺乏生态学效度（ecological validity）①。正如齐尔曼和韦弗（Zillmann & Weaver，1999，p. 147）最近所指出的，“似乎媒介暴力研究的批评家们并不满足于这类纵向实验研究②，因为此类研究是在限定了性别和诸多人格变量（personality variables）的前提下才对实验对象进行随机分派（random assignment）的，而且实验对象对媒介暴力内容的接触情况也受到了严格的控制——也就是说，在完全开放的社会中不可能进行这类研究”。此外，批评家们似乎还要求研究者能够创造在真实世界中实施攻击行为的机会，以便结束这一争论——实验结果是否具备运用于实验室外环境中的概化性（generalizability）。当然，即便有可能这样做，基于伦理原因，研究者也永远都不愿创造这样的机会。尽管实验法具有局限性，一些研究者还是试图在克服这种方法的实验室局限的基础上，获得更适合于实地研究（field research）的方法。

伯科威茨和他的助手在教养院（institution）里对少年犯进行了一系列实地实验（field experiment）（Leyens，Parke，Camino，& Berkowitz，1975；Parke，Berkowitz，Leyens，West，& Sebastian，1977）。这些实验评估了那些被指定连续数周观看媒介暴力内容的男孩在身体上和语言上的攻击性，并比较了他们与其他未观看暴力节目的男孩的攻击性程度。这些研究结果与实验室调查结果趋于一致：观看了媒介暴力内容的男孩更有可能实施攻击行为。

威廉斯（Williams，1986）的研究尤其值得注意。她连续几年对加拿大一个小

---

① 效度（validity），又称真确性，表示一项研究的真实性和准确性程度。它与研究的目标密切相关，一项研究所得结果必须符合其目标才是有效的，因而效度也就是达到目标的程度。在测量方面，效度指一种测量手段能够测得预期结果的程度。在心理学研究（特别是实验研究）文献中，还常使用内在效度（internal validity）和外在效度（external validity）的概念，这与测量的效度的含义有所不同。内在效度指研究的自变量和因变量之间存在明确关系的程度。如果一项研究经过分析表明，因变量的变化确系主试操纵的自变量的变化所引起，并不因其他变量的影响而变得模糊不清或复杂化，那么这项研究就具有内在效度。外在效度指研究结果能够普遍化或可应用的程度。内在效度是外在效度的必要条件，但不是充分条件。研究的内在效度低，其外在效度必然低，但研究的内在效度高，其结果不一定能够普遍化到较大总体和其他情景中去。因此，一项研究的外在效度也很重要。生态学效度（ecological validity）属于外在效度的一种，它指的是从一种环境（如实验室）中观测到的效应可推广到另一种环境（如真实世界）的程度。——译者注

② 纵向研究（longitudinal study），在一段长时间内的不同时刻点上对所研究对象进行若干次观察和资料搜集，以描述事物发展的过程、趋势和变化的研究类型。它与截面研究（cross-sectional study）相区别。——译者注

镇自然条件下的攻击行为的变化进行了研究。这个小镇最初接收不到电视信号，在研究人员在此地进行自然实验（natural experiment）的过程中，该镇才接收到了电视信号。她的发现同样论证了实验室实验的研究结果：接触媒介暴力内容的增加导致攻击行为的增加。遗憾的是，由于现在电视信号的普遍深入，收集更多同类证据的可能性逐步下降。

有关媒介暴力因果效应的实验证据与“接触媒介暴力导致攻击行为增加”这个结论之间达到如此的连贯一致，以至于近来很少有人再进行这方面的实验了。不过，齐尔曼和韦弗（Zillmann & Weaver，1999）近来还是进行了一项实验。他们让参与者连续四天里单一地观看暴力或非暴力的故事片。结果发现，与早期的实验结果相同的是，观看了暴力电影的参与者随后的行为举止更具敌意；与先前实验结果不同的是，以往实验倾向于表明实验对象只对事先激怒他们的人表现出敌意，而齐尔曼和韦弗的实验对象则无论事先是否被激怒过，都显现出了敌意。

一些研究者试图通过自然实验来研究接触媒介暴力助长攻击行为的可能性。这些尝试中最引人注目的是由菲利普斯（Phillips，1979，1983，1986）和森特瓦尔（Centerwall，1989）进行的研究。根据森特瓦尔的研究，美国在电视机出现以前，全国的杀人犯比率为十万分之三，而到了1974年，杀人犯比率翻了一番。森特瓦尔认为这一数量的增加与大量接触电视的文化现象有直接关联。他注意到加拿大也同样出现了杀人犯比率上升的现象。此外，他还谈到，虽然其他各方面的相关变量存在相似性，但南非由于1945年至1974年间存在电视禁令，那里的杀人犯比率并没有上升。然而，禁令一解除，南非的杀人犯比率就开始上升，并在不到20年时间里增长了一倍多。美国、加拿大等国也存在类似的情形。森特瓦尔把他的研究资料加以总结后指出，美国大约一半的杀人犯在某种程度上是由于接触电视引起的。

菲利普斯也分析了自然条件下采集的数据资料，并且得出与森特瓦尔相似的结论。就杀人犯问题而言，菲利普斯认为，重量级拳击争霸赛得到广泛宣传后，杀人犯比率上升了。同样地，他注意到，自杀事件被广泛报道后，单车死亡事故和飞机坠毁事件增多。当然，仅仅依据森特瓦尔和菲利普斯提供的此类资料不可能就是否存在因果关系得出明确的结论。不过，近来其他一些研究者分析了他们自己的资料，所获得的结论支持了这种论断，即认为媒介暴力与随后的杀人和自杀行为之间存在关联（Cantor，Sheehan，Alpers，& Mullen，1999）。

调查

在自然实验中，如菲利普斯和森特瓦尔进行的研究中，关于媒介暴力和攻击行为这一课题的调查力求更多地获取不受实验室条件限制的数据资料。为了实现这种自由的研究状态，采用调查法的研究人员不再强求对因果关系做出明确的论断。尽管有一些调查认为媒介暴力与攻击行为之间关系不大或没有关系（Milavsky, Kessler, Stipp, & Rubens, 1982; Singer & Singer, 1980），但休斯曼和埃龙（Huesmann & Eron, 1986）为考察二者之间关系而进行的跨越数十年的调查研究，还是得出了与上述实验研究相同的总体结论。这些研究者收集了一些8岁儿童的资料，并对同一群儿童进行了追踪研究（panel study），直至他们30岁。结果发现，那些童年时观看电视暴力最多的孩子，成年后更可能卷入严重的犯罪活动。休斯曼（Huesmann, 1986, pp. 129－130）总结了从这项研究中得出的基本结论，并表述为："攻击行为习惯似乎在幼年时期习得，一旦形成就难以改变，并预示着成年时期严重的反社会行为。如果一个孩子观看媒介暴力内容并养成攻击行为习惯，将造成终身的危害性后果。这种现象是与'早期的电视收看习惯实际上与成年犯罪具有相关性'的论断相一致的"（see also Huesmann, Moise, & Podolski, 1997）。

关于媒介暴力影响的论争

如果大多数学者的研究证据都能得出趋于一致的结论，即接触媒介暴力导致攻击行为，那么为什么学术界和公众对这个问题的讨论会产生如此之多的争议呢？导致争议产生的一个重要原因是围绕有关统计显著性（statistical significance）、统计重要性（statistical importance）和社会重要性（social importance）而产生的概念上的混淆，即便在研究者中也是如此。当具备统计显著性的结果显示媒介暴力与攻击行为之间存在因果关系时，研究人员就能够确认他们观察到的关系绝非偶然。这一结论清楚地表明媒介暴力影响是存在的。

然而统计显著性并不能说明这种关系的强度（strength）。为了测定这种关系的强度或它的统计重要性，研究人员常常通过了解媒介暴力接触程度从而用统计方差（statistical variance）方面的指标来说明攻击行为。有关媒介暴力与攻击行为的研究与其他人类行为领域的研究在这一点上是相同的，即因变量中10%到15%的变异通常由研究者来做出说明。有两方面因素导致媒介暴力对攻击行为影响的总体强度最小化。首先，由于在大多数研究中，85%到90%的攻击行为都不能证明是由接触媒体引起的，因而媒介的影响作用十分有限。其次，在任何特定的研究中，说明攻击行为的统计方差在多大程度上能作为一般准则用于揭示现实世界这些变量间关系的本质，仍是不明晰的。以众多单项研究中的统计指标（statistical index）来概述现实世界中的因果关系强度，这并非易事。一些低估媒介暴力与攻击行为之间关系的批评家强调，大部分攻击行为似乎更多地源于其他渠道而非接触媒介暴力。此外，其他批评家强调，考虑到任何人类行为动因的多样性，在某一特定研究中，仅仅通过了解媒介接触因素来说明哪怕10%到15%的研究攻击行为方面的变异，就会给人留下相当深刻的印象。

社会重要性（social importance）这一概念加剧了有关效果值（effect size）量级（统计重要性）的争论。由于媒体观众有时数以亿计，即使很小的统计效果（statistical effects）也能够转化成非常重要的社会问题。即使几十万受众中仅有一人受暴力电影的影响而实施了严重的攻击行为，对几亿观看了此片的电影观众而言，其社会后果也许是灾难性的。另一方面，如此细微的统计效果实际上似乎难以控制，而且在任何假定的受众中，大量的形形色色的人差不多都会导致这种情况出现。难于解决这类问题的情况，常常掩盖了学者们对接触媒介暴力与攻击行为具有因果关系这一观点所持有的一致看法。

理论机制

宣泄作用（catharsis） “象征性宣泄”（symbolic catharsis）是试图证明媒介暴力与攻击行为二者间关系的最早的理论表述之一（Feshbach，1955）。费什巴赫（Feshbach）提出的这一观点博得了媒体制作人员的欢心，因为这一观点预言接触媒介暴力会使愤怒或沮丧的观众宣泄他们的情绪，从而在观看后，他们不太可能会实施攻击行为。这个观点认为，观看媒介暴力使观众幻想参加了攻击行为，从而用一种令人满意的方式释放出他们被抑制的敌意，降低了在实际行为上采取攻击的欲求。早期的一项旨在检验此理论的研究在幼儿园孩子们身上没能找到任何证据（Siegel，1956）。在此项研究中，孩子们观看了一部暴力动画片（《啄木鸟伍迪》，*Woody Woodpecker*）后，他们的行为更具攻击性。这种趋向与宣泄假说所预言的趋向完全相反，但与后来完成的大多数研究结果相一致。尽管如此，费什巴赫和辛格（Feshbach & Singer，1971）还是进行了一次实地实验，让教养院的男孩们观看暴力电影或非暴力电影，进而观察他们随后的行为是否具有攻击性，且达到何种程度。实验结果似乎支持了宣泄假说，正如该理论所预言的，观看暴力影片的男孩比观看非暴力影片的同伴们攻击行为要少一些。然而，学者们也意识到，这些实验结果所依赖的环境与费什巴赫和辛格的理论假设所指的环境截然不同。观看非暴力电影的孩子对这类电影的喜爱程度不同于被指派观看暴力电影的孩子。这样，除了暴力内容差异之外，喜爱程度的差异足以提高被指派观看非暴力电影的孩子们攻击行为的强度。最终，由于没有找到任何支持宣泄假说的确凿证据，加之相当数量的研究结论与此假说正好相反，最终学术界实际上抛弃了这个概念。

社会学习（social learning） 社会学习理论由班杜拉（Bandura，1965，又见第六章）运用到媒介暴力研究上。该理论认为被视为攻击行为原型的媒介形象有可能被受众所模仿，这取决于这些行为是得到奖励还是受到惩罚，这将分别会鼓励或抑制对这种行为的模仿。正如先前讨论过的，班杜拉的研究项目为社会学习过程提供了相当有力的支持。班杜拉新近有关社会认知理论（social cognitive theory）的阐述（第六章）说明了这一原始表述（initial formulation）如何通过这几年的演变成为当今理解媒介暴力影响的主要理论选择之一。

预示作用（priming） 第五章论述了预示作用这一概念，所以我们不再展开回顾它在解释“媒介暴力引发攻击行为”这个过程中的作用。起初，伯科威茨将注意力集中在媒介暴力上，强调“攻击性暗示”（aggressive cues）隐藏在这类内容中。他认为这些暗示能从心理上与受众愤怒或沮丧的情绪状态合二为一，引发随之而来的攻击。乔和伯科威茨（Jo & Berkowitz，1994）修改了这一假说，把焦点放在这个事实上，即媒介暴力能够引发实施攻击行为的念头，结果更可能形成实际的攻击行为。预示假说在媒介暴力的论证上得到了广泛的支持（Anderson，1983；Bushman & Geen，1990）。可能最具重要意义的是，齐尔曼和韦弗（Zillmann & Weaver，1999）探讨了巴奇（Bargh）及其助手如何扩展预示概念，使它不但能说明接触媒介暴力对攻击行为的短期作用，而且能说明其长期作用（Bargh，1984；Bargh，Lombardi，& Higgins，1988）。在总结预示概念时，乔和伯科威茨（Jo & Berkowitz，1994）评论道：“似乎是特定行为的观念某种程度上激活了与这种行为相连的运动程序。”

激发（arousal） 齐尔曼（Zillmann，1991）的兴奋转移（excitation transfer）理论提出了这样一种看法，即媒介暴力“激发－诱导”的特性对于理解观众观看后立即产生的情绪反应的强度来说非常重要。例如，接触具有高度激发性的暴力节目后，观众变得愤怒了，这一激发随后转换成愤怒并得到强化，这将使攻击行为发生的可能性更大。同样，激发也一样能强化观众观后所产生的某种积极情绪。在媒介效果研究中，兴奋转移学说得到了很好的证明，齐尔曼和他的同事们所进行的研究为媒介暴力的激发特质提供了重要的依据。

脱敏作用（desensitization） 媒介暴力可能助长攻击行为的另一种方式是通过情感脱敏作用（emotional desensitization）。根据这一理论，反复接触媒介暴力将会导致心理饱和（psychological saturation）或情绪适应（emotional adjustment），以致最初紧张、焦虑或者厌恶的程度缩减或变弱。接触媒介暴力后产生的低水平的消极情绪，可以降低人们在现实生活中应对暴力时的紧迫感。一些针对儿童的研究支持了这个观点（Drabman & Thomas，1976）。脱敏效应在那些采用性暴力刺激物的研究中屡见不鲜（Dexter，Penrod，Linz，& Saunders，1997；Krafka，Linz，Donnerstein，& Penrod，1997）。当人们对暴力的敏感性日益迟钝时，暴力行为可能增加，这在某种程度上是因为人们不再简单地认为某一行为就是应该得到限制的暴力行为。

涵化与恐惧（cultivation and fear） 本书的其他章节已经讨论了媒介暴力对态度的涵化过程的影响（第三章）以及对观众的恐惧反应的影响（第十一章）。这里仅需指出，除了那些说明暴力对攻击行为的影响的研究外，其他研究项目也考察了长期观看暴力可能产生的影响：培养人们对于社会现实的独特看法（Gerbner，Gross，Morgan，& Signorielli，1994），并诱发高强度的恐惧感，这种恐惧感在初次接触媒介暴力后历久犹存（Cantor，1999）。

媒介暴力效果研究的未来

显然，随着媒介效果研究进入新千年，某些类型的媒介暴力研究将在学术界盛行。近来，学者们对“暴力电子游戏对攻击行为的影响”这一课题产生了兴趣。迪尔和迪尔（Dill & Dill，1998）对有关暴力电子游戏的影响的文献进行回溯性研究后发现，接触这些游戏确实增加了攻击行为。这一发现与近来其他同主题的研究趋于一致（Anderson & Dill，2000；Sherry，2001）。然而，显而易见的是，与可获得的有关电视电影暴力的大量资料相比，该领域的文献是非常稀少的。视频技术的迅速发展，导致更加逼真的暴力场面的产生以及陌生人之间的网上虚拟较量成为可能，无疑，研究人员将会接受新的挑战，并着手研究这个高新技术领域中的媒介暴力效果（见第二十二章）。

我们也期望着将来有更多关于媒介暴力吸引受众的深层原因的基础性研究出现。正如斯帕克斯和斯帕克斯（Sparks & Sparks，2000）最近所指出的，几乎没有资料能证明这样一个事实：含有媒介暴力的节目通常比不含暴力内容的节目更受欢迎。充分彻底地理解媒介暴力对受众的影响必须开展比现行文献中更通用的、更为广泛的有关暴力娱乐表演吸引力的研究。

另外一个有望深化对媒介暴力影响的理解的主题是个体差异（见第十九章）。齐尔曼和韦弗（Zillmann & Weaver，1997）论证，高精神质（psychoticism）男性比低精神质男性更可能受到媒介暴力的影响。同样，阿卢哈－法夫雷加特和托鲁维亚－贝尔特里（Aluja-Fabregat & Torrubia-Beltri，1998）发现刺激寻求（sensation seeking）、神经质（neuroticism）、精神质等变量与对暴力卡通的喜爱程度之间存在正相关关系（positive correlation）。

最后，我们注意到在学术圈和政界中至少有三种关于媒介暴力影响的假说。第一种假说是暴力作品更可能产生影响而不是毫无影响，而且这种影响更可能是消极的而非积极的。第二个假说是媒体的暴力内容比其他类型内容更可能助长暴力思想与行为。最后一种假说认为，媒介暴力比其他媒体内容更值得研究关注，更值得政府和社会采取行动。

第一种假说引发了众多的研究探索，其中许多已在本文中予以了阐述。这种假说已经被学者在各种条件下反复检验过，因而我们的结论是这种假说是已被证明的。相比之下，其他两种假说很少引发研究，也远远没有得到证明。也就是说，实际上很少有研究比较了其他类型的媒介内容对攻击行为和思想所造成的影响与暴力内容造成的影响有什么不同。当然，人们有理由认为其他类型的媒介内容也可能诱发攻击行为。接触媒介中仇恨性演讲（hate speech）或接触易于使人产生沮丧心理或嫉妒心理的成功人士的形象或其他形象会带什么后果？观众如何回应促成“暴力合法化”的政治辞令（如战争报道与死刑报道）？提倡枪支武器的演讲会影响受众的攻击行为吗？怎样对待那些客体化他者（objectify others）、贬低他者（emean others）或嘲弄特殊的社会或种族群体的成员的讨论？这些问题的答案只能随着系统研究的新思路一同产生，而这些思路在现有研究文献中并不明显。尽管在新千年里我们理所当然地会强调媒介暴力研究的重要性，但我们并不提倡把学术资源在这种单一的媒体内容研究上消耗殆尽。显然，对攻击行为和其他类型的行为而言，非暴力的媒体内容也许更具直接意义。

由大众媒介引起的恐惧反应

乔安妮·坎托

■ 威斯康星大学麦迪逊分校（University of Wisconsin-Madison）

本章的目的在于研究受众对于大众媒介作品的恐惧反应。首先，我们将回顾一下与接触媒介作品引起的恐惧感的广度与强度相关的研究成果。接着我们将讨论“接触媒介作品引发恐惧反应”这一似非而是的论点，并根据刺激类化（stimulus generalization）原理对其进行解释。在此基础上，我们引入其他因素来解释戏剧性作品及非虚构类作品产生的各种影响。然后本章还将进一步讨论使儿童产生恐惧反应的媒介刺激方面的发展差异（developmental differences），以及应对策略效力（effectiveness）的发展差异。最后，我们还将探讨性别差异问题。

对屏幕产生的恐惧反应

但凡看过恐怖电影或惊悚电影的人都会赞同这一事实，即电视节目、电影或其他大众媒介作品中有关危险、伤害、怪异形象的描述以及其中心惊胆战的主人公都会致使观众产生剧烈的恐惧反应。大多数人似乎都至少能记得一部在孩提时期使我们恐惧或紧张的具体影片，它长久萦绕在我们脑海中，并在随后一段时间里影响着我们行为的其他方面。甚至当我们已经长大，能够明白自己正在观看的恐怖情景当时并未真正发生，那些危险也只会停留在屏幕上而不会直接袭击我们的时候，这种情况仍会出现。而且，即便到了现在，我们知道影视作品中的恐怖场景只是虚构的，不会实际发生，在现实生活中也根本没有发生的可能性，但我们还是会产生恐惧反应。

本章中心议题讨论的是一种作为直接的情绪反应的恐惧，它的持续时间通常相对较短，但有时也会持续几小时、几天甚至更长时间。研究重点是受众观看特定的媒介作品之后经常出现的包括焦虑、压抑和生理激发（physiological arousal）加剧在内的情绪反应。

有关“大众媒介引起恐惧反应”的研究可以追溯到1933年赫伯特·布卢默

(Herbert Blumer) 进行的“儿童对电影的恐惧反应”研究。在随后几十年里，尽管有一些零星研究注意到媒介是儿童恐惧心理的来源，但是这一领域开始成为研究重点还是在20世纪80年代。原因之一就是70年代几部轰动一时的恐怖电影的发行。《大白鲨》(*Jaws*)、《驱魔人》(*The Exorcist*) 等流行电影引起了剧烈的情绪反应，随着与此相关的逸事性报道 (anecdotal report) 的激增，公众更加关注这一现象。尽管很多成年人也有类似的恐惧反应，但公众所共同关注的还是儿童的恐惧反应。1984年电影《印第安纳·琼斯：魔域奇兵》(*Indiana Jones and the Temple of Doom*) 和《小魔怪》(*Gremlins*) 上映之后，儿童对其中某些特别紧张的场景的反应引起了广泛关注，由此也促使美国电影协会在其电影分级体系中增加了“PG-13”这一级，以提醒家长这类电影无论如何都不适合13岁以下的儿童观看 (Zoglin, 1984)。但有线电视的快速普及，意味着大部分在电影院上映的电影，无论多么血腥或诡异，最终都能在电视上播出。由此，很多儿童经常可以在父母并不知情的情况下收看这些电影。最后到了20世纪90年代，电视新闻更加耸人听闻，在视觉上也更加生动逼真，由此观察家们开始思索这类影像对儿童心理健康所造成的影响。2001年9月发生在纽约和华盛顿的恐怖袭击，更加深了他们的忧虑。

由媒介引起的恐惧反应的广度与强度

早在20世纪30年代，布卢默 (Blumer, 1933) 研究发现，在他所调查的儿童中，有93%的人承认自己曾被某部电影恐吓过。其后，分别针对美国威斯康星州的学龄前儿童和小学生进行的两项抽样调查显示，约75%的儿童承认他们曾经对影视作品中的某些内容感到恐惧 (Wilson, Hoffner, & Cantor, 1987)。

另一项研究对美国俄亥俄州公立学校2000余名三年级至八年级的学生进行了调查，结果表明，随着日均观看电视时间的增加，学生们出现心理创伤 (psychological trauma) 症状——例如焦虑、抑郁、创伤后压力 (posttraumatic stress) 等——的情况也更为普遍 (Singer, Slovak, Frierson, & York, 1998)。此外，在美国罗得岛州 (Rhode Island) 对公立学校从幼儿园至四年级学生的近500名家长进行的调查表明，儿童观看电视的时间（尤其是在就寝时）以及在他们自己卧室里拥有一台电视的事实，与其睡眠障碍有很大的相关性 (Owens et al., 1999)。尽管这些调查数据不能排除另一种解释，即经受创伤或者睡眠障碍的儿童更可能转向电视以分散精力，但其结论的一致之处在于，电视上出现的令人恐怖或不安的影像给儿童造成了一定程度的压力和焦虑。欧文斯等人 (Owens et al., 1999) 进行的调查中，有9%的家长说自己的孩子因此每周至少做一次噩梦。

另一项实验研究表明，观看恐怖的媒介节目，还会使儿童拒绝参加与其所描述事件相关的活动（Cantor & Omdahl, 1991）。在这项实验中，从幼儿园至六年级的儿童在观看《草原上的小屋》（*Little House on the Prairie*）中那场致命大火的逼真镜头之后，他们的自我报告都表示更为担心自己在生活中遇到类似的事件。此外，与那些没有观看这一情节的儿童相比，他们对学习如何在壁炉中生火也更加没有兴趣。同样，观看过溺水镜头的儿童比那些没有观看此类镜头的儿童更担心水上事故，也更不愿意学习如何划独木舟。尽管还没有对这类影响的持续时间进行测量，但这种影响毫无疑问只在短期内存在，主要是由于事后解说（debriefing）的采用以及安全指导方针的教育使得儿童并没有经历长期的不安（Cantor & Omdahl, 1999）。

实际上，越来越多的证据表明，由接触大众媒介所引起的恐惧通常持续很长时间，并且时强时弱（Cantor, 1998）。为了评估这种长期恐惧反应的严重程度，约翰逊（Johnson, 1980）对成年人进行了一项随机抽样调查，询问他们是否曾有一部电影令其感到“非常”不安。有40%的人给予了肯定答复，并表示这种不安情绪的持续时间多为三天左右。受调查者还报告了反应的类型、强度以及持续时间，他们的反应症状则包括紧张、沮丧、对特定事物的恐惧以及一再的回忆、想象电影中的影像等等。根据这些报告，约翰逊认为48%的受调查者（占总样本数的19%）由于观看恐怖电影而经历了至少两天的“严重压力反应”。

近年来，针对成年人因观看电视节目和电影而受到惊吓的详尽回忆而开展的诸多回溯性研究，为证明媒介引起的恐惧反应的严重性和持续性提供了更多的证据（Harrison & Cantor, 1999；Hoekstra, Harris, & Helmick, 1999）。这些研究以三所大学的大学生为样本进行调查，结果几乎所有的调查对象都能清晰地回忆起由媒介引起的持久恐惧反应。在一项调查（Hoekstra et al., 1999）中，所有的参与者都报告说自己有过被惊吓的经历。而在另一项调查（Harrison & Cantor, 1999）中，尽管参与者只要简单地说一声“没有”（意指“我从未有过类似经历”）也能得到调查者的完全信任，同时还能免去填写报告和回答长达3页的调查问卷的麻烦，但仍然有90%的参与者报告说他们对媒介的某些内容有强烈的恐惧反应。

这两项调查揭示出多种剧烈的恐惧反应，包括广泛性焦虑症（generalized anxiety）、对特定事务的恐惧、不由自主的反复回忆以及寝食难安等等。此外，哈里森和坎托（Harrison & Cantor, 1999）的研究结果认为，这些恐惧反应会长时间持续下去：自称曾受到惊吓的受访者中，有1/3的人声称自己的恐惧反应持续一年以上。实际上，超过1/4的受访者声称恐怖电影或电视节目（平均观看时间为6年之前）所造成的情绪上的影响至今仍然存在。

在精神病学的案例研究文献中还有一些极端的反应——严重的无法缓解的焦虑状态持续达几天、数周甚至更长时间（一些人还必须住院治疗）。其发病诱因乃是观看了诸如《驱魔人》《人体入侵者》（*Invasion of the Body Snatchers*）和《鬼眼》（*Ghostwatch*）之类的恐怖电影（Buzzuto，1975；Mathai，1983；Simons & Silveira，1994）。这些案例中的大多数病人事前并未被诊断出有精神方面的问题，而观看恐怖电影被视为他们发病的刺激因素之一。

媒介引起的恐惧反应的刺激类化论视角

从上述文献概述中可以看出，有大量证据表明观众体验过由大众媒介作品引起的恐惧反应。本章以下内容将致力于探讨恐惧反应形成的原因，以及那些促进或抑制这些反应发生的因素。

通常认为，“恐惧”（fear）是因现实或想象中的威胁感而产生的一种与快乐相对的情绪反应，它是与逃避相联系的（e. g.，Izard，1977）。个人的人身安全受到威胁是激发恐惧反应的典型情境，例如在穿越森林时遇到毒蛇。恐惧还被看做是一种帮助个人从危险中逃脱的反应（在极端情况下例外），它包含了认知、动作行为（motor behavior）、应激反应等内容。

根据这一“恐惧”定义，就不难解释有史以来最臭名昭著的恐怖广播剧——改编自H. G. 韦尔斯（H. G. Wells）的科幻小说《外星人大战地球》（*War of the Worlds*）——在1938年所造成的公众恐慌。当时许多中途开始收听的听众认为自己正在收听的是现场的新闻快报，告知他们火星人占领了美国（Cantril，1940）。因此，如果他们相信自己听见的内容，就会理所当然地认为自己的生命甚至是社会的未来都处于极大的危险之中。

通常情况下，受众接触大众媒介作品时都知道其中描述的情景并未实际发生；在很多情况下，他们知道这些情景从未发生过；在某些情况下，他们知道这些情景将永远也不可能发生。因此，客观而言，受众并非身处任何直接的危险中。那么恐惧反应为何会发生呢？尽管媒介作品所引起的恐惧反应毫无疑问是一个由多种过程复杂互动而形成的结果，但对这一现象仍然有一种基于“刺激类化论”的初步解释（see Pavlov，1927）。根据条件作用（conditioning）原理，如果某一刺激引起了无条件的或条件性的情绪反应，那么，其他与之类似的刺激也将会引起类似的但程度稍轻的情绪反应。这一原理表明，由于现实刺激和媒介刺激两者之间存在相似性，因此，如果亲身经历某种刺激会引起恐惧反应，那么当人们通过大众媒介体验这种刺激时，就会产生类似的反应，但程度较轻。为了探究这种解释的内涵，以下工作将是具有启发意义的：首先，识别现实生活中易于引起恐惧反应、而媒介恐怖作品中又经常描写的刺激与事件的主要类别；其次，勾画出那些可能会促进或抑制"'受众因媒介刺激而产生情绪反应'的倾向"的因素。

通常引起恐惧的刺激和事件

根据相关文献统计，现实情景中能够引起恐惧反应并经常在恐怖媒介作品中出现的刺激和事件，通常可以分为三类：（a）危险与伤害；（b）正常形态的扭曲；（c）他人的危险和恐惧经历。显然，这三种类别并不互相排斥，正相反，一个恐怖镜头中往往包含了一种以上的刺激。①

危险与伤害 顾名思义，那些被视为危险的刺激，会引起人们的恐惧。对那些将会导致或可能会导致巨大危害的事件进行渲染，是恐怖电影的惯用手段。龙卷风、火山爆发、瘟疫、地震等自然灾害，人际间、全球乃至星际间的暴力冲突，凶猛野兽的袭击，大规模的工业事故与核事故等等，都是恐怖影视作品中的典型题材。如果亲眼目睹其中任何事件，目击者必然身处危险之中，恐惧也是预料之中的反应。此外，由于目击伤害情景的时候常常面临着危险，所以，即使是造成伤害的危险并不存在，对伤害的感知还是会条件反射般地引起恐惧反应。根据刺激类化论可知，人们会认为媒介对危险、暴力、伤害的描述同样会导致恐惧反应。有关媒介作品中危险性刺激引起恐惧的报告在调查文献和实验资料中屡见不鲜（e. g. , Cantor, 1998; Harrison & Cantor, 1999）。

正常形态的扭曲 除了危险性刺激和危险情境外，另外一些可能会引起恐惧的相关刺激就是畸形、扭曲或者那些似曾相识而形态却陌生且不正常的生物体。赫布（Hebb, 1946）观察了人们对于"偏离常规形态"的黑猩猩的恐惧反应后认为，这类反应不需要条件作用（conditioning），是一种本能反应。因受伤而致残的生物既可以归属于本类，也可以归属于上述"危险和伤害"一类。此外，惊悚电

① 也有研究者认为这些类别并非详尽无遗。许多理论家提出了一些易于引起恐惧反应的其他刺激类别，例如某些动物（尤其是蛇；see Jersild & Holmes, 1935; Yerkes & Yerkes , 1936）、巨大的声响、黑暗以及与失去支持等相关刺激（see Bowlby, 1973）。本章没有单独讨论这些刺激，因为大众媒介作品中的这些刺激似乎往往伴随着危险一起发生或者本身就标志着危险的逼近。例如，恐怖电影中，蛇、蝙蝠、蜘蛛通常都被描述成恶毒的和令人厌恶的；而突如其来的巨响、黑暗以及快速移动感则通常用来加强对情况危险性的感知。

影中还经常以现实中存在的侏儒、驼背人、生物变异体等角色形式来表现非伤害造成的畸形。而且，在惊悚电影中还存在大量的怪物。作为虚构的生物，怪物与人类有许多相似之处，但又存在很多变异，诸如在身高、形体、肤色或面部轮廓上的扭曲变形。在恐怖电影中，怪物与畸形的角色通常邪恶而危险，但并非所有的情况都是如此。调查报告和轶事性报道中都经常以怪物、幽灵、吸血鬼、木乃伊以及其他超自然生物作为引起儿童恐惧来源的例子（Cantor，1998；Cantor & Sparks，1984）。

他人的危险和恐惧经历 尽管某些情况下，观众似乎对引起恐惧的刺激（如危险、伤害、畸形等）的描绘有直接反应，但在绝大多数戏剧性作品中，展现这些刺激的目的是为了影响剧中角色的情绪反应的。很多时候，观众是通过剧中角色的经历来对这些刺激产生间接反应的。引起这一反应的机制是“移情作用”（empathy）。尽管人们对“移情作用”过程的由来争论不休（see Berger，1962；Feshbach，1982；Hoffman，1978），但可以确定的是，在某些情况下，人们会因为他人所表现出来的恐惧而产生一种直接的恐惧反应。因此，许多恐怖电影不仅强调与凶兆本身相关的感觉上的暗示，而且同样强调角色面临危险时的恐惧表情（see Wilson & Cantor，1985）。

还有一种间接机制也许能够解释人们对他人经历产生的情绪反应，它基于这一事实：即使身处险境者没有表现出恐惧，观众也会因为目睹他人身处险境而产生“替代性”（vicarious）的恐惧反应。齐尔曼和坎托（Zillmann & Cantor，1977）的研究显示，观众会对自己所喜爱的或者至少是不反感的角色经历不幸而表现出烦躁不安。由此我们可以认为，观众的恐惧源自他们预料到自己喜欢的角色将出现的痛苦反应而产生的移情作用。调查和实验结果表明，主要的人物角色或动物角色所面临的伤害威胁，正是媒介引起的恐惧反应的主要来源（e. g.，Cantor，1998；Cantor & Omdahl，1991）。

对媒介刺激引发情绪反应的倾向产生影响的诸因素

我们认为，受众因媒介恐怖刺激而产生情绪反应的倾向受到以下三种因素的影响：（a）媒介刺激与现实生活中引起恐惧的刺激之间的相似性；（b）受众接触媒介的动机；（c）影响情绪的常见因素。

媒介刺激与现实生活中引起恐惧的刺激之间的相似性 根据刺激类化论可知，条件性或者非条件性刺激与“替代性”刺激（substitute stimulus）之间的相似程度越高，引起的类化反应（generalization response）就越强烈。就感性角度而言，对恐怖事件的写实描述要比模拟的、程序化的描述更接近于实际生活中发生的事件。因此，根据刺激类化论可推测，受众对写实的暴力场景的反应，要比对卡通片或木偶片中暴力场景的反应更为强烈。实验结果也证明了这一推测（e. g. , Gunter & Fumham, 1984）。

如果媒介刺激与某种能够激起特定个体恐惧感的刺激之间具有相似性，这也同样会增强刺激类化。实验表明，个人的恐惧（如对蜘蛛与死亡的恐惧）以及以往的紧张事件体验（如分娩）都会加剧观看相关媒介作品时的情绪反应（e. g. , Sapolsky & Zillmann, 1978; Weiss, Katkin, & Rubin, 1968）。

尽管刺激类化论有助于理解这些现象，但它无法解释观众因媒介作品而产生恐惧反应的所有情况。刺激类化论还包括了“刺激区辨”（stimulus discrimination）这一概念。该概念指出，当观众认识到会增强银幕上恐怖刺激效果的各种突发因素后，就会避免在现实生活中接触它们，因此他们的情绪反应也会大大减弱。但即使是了解媒介恐怖形象实质的青少年甚至成年人，也常常会因媒介作品而引起强烈的恐惧反应，因此，我们必须引入其他因素来解释他们的反应。

受众接触媒介的动机　刺激类化论中并没有考虑到受众接触媒介的动机这一因素。举例来说，为了增强影视作品所引起的情绪反应，受众可能会通过最大程度地减少由于知道“这些事件是媒介虚构的”而造成的认知影响，而“自愿终止怀疑”（willing suspension of disbelief）。此外，成年观众还可能通过创造出能够引起自己情绪反应的视觉影像或者通过对媒介所描述事件的含义加以详细地发挥，来增强自己的情绪反应。而那些希望避免产生剧烈反应的成年观众则会用其他评估处理法（appraisal processes）来减轻媒介刺激带来的恐惧反应，例如，使用“成人的怀疑”（adult discount）的方法（see Dysinger & Ruckmick, 1933），并将注意力集中于“这些刺激只是媒介虚构的”这一事实。尽管很多时候这些评估处理法的确起作用，但它们并非总是有效的。而且，它们对于少年儿童的作用十分有限（Cantor & Wilson, 1984）。

除了寻求娱乐之外，受众还会出于获取信息的目的而接触媒介。由于对这类刺激的部分情绪反应可能源自受众对自己未来结果的预期，因此，对现实危险的描述所引起的恐惧反应，要大于对根本不可能发生的虚构事件的戏剧性描述所引起的恐惧反应。而且，与相隔久远的危险相比，对距离很近的危险的描述所引起的恐惧反应要更为强烈。在海滨度假的人们在观看描写鲨鱼袭击的电影《大白鲨》后所产生的尤其强烈的恐惧反应，证明了这一观点。同样，有实验表明（Cantor & Hoffner, 1990），与那些不相信电影中的危险会在当地出现的儿童相比，相信危险可能出现的儿童的恐惧感更强。

影响情绪的常见因素 由于生理激发（physiological arousal）是恐惧反应的重要组成部分，因此它也是观众对媒介中恐怖内容产生反应的关键因素。有实验对情感型电影所引起的反应中的"兴奋转移"（excitation transfer）进行了检测（e. g.，Zillmann，1978），结果表明，那些来自以往经验的"兴奋残余"（excitatory residues）能够与以后不相关的恐怖场景的反应相结合，从而加剧对电影的情绪反应（e. g.，Zillmann，Mody，& Cantor，1974）。

我们据此可以推断，媒介恐怖作品中易于导致生理激发的因素与其恐怖情节相结合，能够加剧受众观看时的恐惧反应。因此，恐怖电影的制作者采用了各种艺术手段（包括音乐和设置悬念等）来增强观众的恐惧感（see e. g.，Bjñrkqvist & Lagerspetz，1985；Cantor，Ziemke，& Sparks，1984）。

发展差异与媒介引起的恐惧

大量研究探讨了媒介引起的恐惧反应中的两个主要的发展性问题（developmental issues）：（a）导致不同年龄儿童产生恐惧反应的大众媒介刺激及事件的类型；（b）避免或减轻不同年龄儿童有害的恐惧反应的最佳策略。为了检测基于认知发展研究的理论预设，研究者进行了大量的实验和调查。这些实验综合运用自我报告、生理反应、面部表情编码（coding of facial expressions of emotion）以及行为测量（behavioral measures）等手段，有利于对严格控制的节目内容和收视环境的变化进行评测。考虑到道德方面的原因，实验中只选用了一些相对温和的刺激。作为对照，实验还调查了儿童在没有研究人员介入的自然环境中接触特定大众媒介内容时的反应。尽管实验控制较为松散，但调查中允许用更恐怖的媒介内容来研究儿童的反应。

引起恐惧的媒介刺激方面的发展差异

通常认为，随着儿童年龄的增长，他们会越来越少地受到媒介造成的情绪干扰。但事实并非如此。随着儿童认知能力的成熟，一些事情不再困扰他们，但另一些事情可能会令他们更加困扰。这个普遍现象与儿童在恐惧方面的发展差异（developmental differences）是一致的。采用不同方法进行的多项研究均表明，3岁至8岁左右的儿童主要害怕动物、黑暗、超自然生物（如幽灵、怪物和女巫）以及任何外形怪异或移动迅速的物体；9岁至12岁的儿童主要害怕人身伤害、肉体毁损以及家庭成员受伤或死亡。青少年同样害怕人身伤害和肉体毁损，但在这个年龄阶段，出现了有关学校和社会的恐惧、有关政治、经济以及全球性问题的恐惧（see Cantor, Wilson, & Hoffner, 1986, for a review）。研究表明，在不同年龄阶段引起儿童恐惧的媒介刺激与一般情况下观察到的儿童恐惧变化相一致。

感知依赖（perceptual dependence） 关于恐惧刺激的第一个结论认为，引起恐惧的媒介刺激中可直接感知的内容，其重要性会随着儿童年龄的增长而逐步减弱。关于认知发展的研究表明，一般来说，幼儿主要根据其自身可感知的特征来对刺激做出反应。随着他们逐渐成长，其反应则越来越多的出自刺激物的概念方面（see Flavell, 1963; Melkman, Tversky, & Baratz, 1981）。支持这一结论的研究结果表明，学龄前儿童（3~5岁）更容易害怕那些看起来恐怖但实际上无害的东西，而不是那些看起来迷人但实际上有害的东西；但对年龄稍大（9~11岁）的小学生而言，人、动物和物体的生物习性（behavior）或破坏潜能（destructive potential）比其外形更让人害怕。

1981年的一项调查（Cantor & Sparks, 1984）为这一结论提供了一系列的支持性论据。这项调查要求父母列出最令其子女感到恐惧的影视节目。其中，学龄前儿童的父母提及最多的是那些含有外表怪异的虚构角色的节目，例如电视系列剧《绿巨人》（*The Incredible Hulk*）和电影《绿野仙踪》（*The Wizard of Oz*）；而小学生的父母列出的节目或电影（例如《鬼屋》，*The Amityville Horror*），其恐怖内容并没有强烈的视觉刺激，而是需要通过大量的想象来加以理解。斯帕克斯（Sparks, 1986）后来又重复了这项调查，这次他采用的是儿童的自我报告而非父母的观察，得到了相似的调查结果。此外，这两次调查对不同年龄阶段的儿童在媒介接触模式上可能存在的差异都进行了控制。

对《绿巨人》中的片断所进行的实验室研究也证明了该结论（Cantor & Sparks, 1986）。在1981年对父母的调查中，40%的学龄前儿童的父母都不约而同地提到了这一令其子女感到恐惧的节目（Cantor & Sparks, 1984）。实验证明，学龄前儿童对该节目的反应出人意料地强烈，这主要是由于他们对绿巨人视觉形象的过度反应（overresponse）。实验中给受试者播放了该节目的节选片断，然后询问他们观看不同场景时的感受。戏中原本迷人、温和的英雄变成了面目狰狞的绿巨人，是学龄前儿童觉得最可怕的场景；与之相反，年龄稍大的小学生则认为这个镜头最不可怕，因为他们明白绿巨人实际上就是善良英雄的另一种面貌，而此时他正运用其超级能力拯救一个身处险境的人物。

另一项研究（Hoffner & Cantor, 1985）通过创造一个故事的四个版本，更直接地检测了角色外形的影响力。故事主角分别表现为迷人、慈祥、丑陋或怪异。角色外形随着其行为发生变化——要么态度温和，要么行为残暴。在判断该角色善良或邪恶的程度，并推测她在随后情节中的表现时，学龄前儿童更多受到角色外形的影响，但年长的儿童（6～7岁和9～10岁）则更多受到角色行为的影响。研究表明，随着儿童年龄的增长，角色外形的影响逐渐减弱，而角色行为的影响则日益重要。后续实验显示，在缺乏角色行为的相关信息时，所有年龄阶段的儿童都受到外形刻板印象的影响。

哈里森和坎托（Harrison & Cantor, 1999）有关恐惧反应的回溯性研究同样证明外形的影响力（随年龄增长而）逐步减弱。研究将引起恐惧的影视节目分为两类，一类包含可直接感知的刺激（例如，面目狰狞的角色；令人毛骨悚然的声音），另一类则不包含。研究发现，随着受试者年龄的增长，报告受到前一类节目刺激的受试者比例逐渐下降。

作为恐惧诱导者的幻想与现实 研究中得出的第二个结论是，随着儿童年龄的增长，他们对媒介描述的现实危险更为敏感，而对虚构的危险则相反。有关儿童恐惧倾向的数据表明，与年长的儿童及青少年相比，幼儿更害怕虚构的恐怖事物，即那些在现实生活中根本不可能出现的事物（如怪物）。一种更为"成熟"的恐惧的形成，似乎是以对不同形势下客观存在的危险性的认识为前提的。其中，理解现实与虚构之间的差异是尤为重要的能力之一，而这种能力只能在整个童年时期逐步形成（see Flavell, 1963；Morison & Gardner, 1978）。

坎托和斯帕克斯（Cantor & Sparks, 1984）对家长的调查支持了这一结论。一般来说，随着儿童年龄增长，在谈到子女的恐惧来源时，家长们更多地提及现实中可能发生的虚构性事件，而较少提及那些现实中不可能发生的幻想性事件。后来，斯帕克斯（Sparks, 1986）通过儿童自我报告进行的调查再次得出了同样的结论。一项关于儿童对电视新闻恐惧反应的研究也进一步证实了这个结论（Cantor & Nathanson, 1996）。对幼儿园及小学二、四、六年级儿童的家长的一项随机调查表明，随着儿童年龄的增长，幻想性节目引起的恐惧逐渐减弱，但新闻报道引起的恐惧却逐渐增加。瓦尔肯堡、坎托和佩特斯（Valkenburg, Cantor, & Peeters, 2000）对荷兰儿童所做的随机调查同样显示，7～12岁的儿童对于幻想性内容的恐惧反应减弱。

对抽象性威胁的反应 研究得出的第三个结论是，随着儿童逐渐成长，他们更易于对含有较多抽象概念的媒介内容感到恐惧。显然，这一结论与前面提到的儿童恐惧的一般来源相一致。它还同样与认知发展理论相一致（e.g., Flavell,

1963)，该理论认为在认知发展过程中抽象思考能力的形成相对迟一些。

有关儿童观看电视电影《核战之后》(*The Day After*) 的反应的调查数据为上述结论提供了例证 (Cantor et al.，1986)。电影描述了堪萨斯州 (Kansas) 一个社区遭受核袭击的惨剧。该片播放的当天晚上，研究者对家长进行了随机电话调查，结果发现，与十几岁的青少年相比，12 岁以下的孩子观看电影后所受的干扰要少得多，受干扰最大的则是家长，最小的孩子似乎担心最少。这一结果的原因在于：该片对观众的情绪影响源自观众对于地球可能因此毁灭的认知，而幼童无法理解这一概念。同时，与儿童经常在电视上看见的大多数情景相比，该片中对伤害的视觉描写算是相当温和的。

儿童对有关海湾战争的电视新闻报道的反应也证实了这一结论，即随着儿童的成长，他们对恐怖节目中抽象内容的反应比对具体内容的反应更为强烈 (Catnor, Mares, & Oliver, 1993)。海湾战争结束后不久，研究者随机调查了美国威斯康星州麦迪逊市公立学校的学生家长，结果显示，一、四、七年级和十一年级的学生对有关战争的电视新闻报道的情感反应普遍是负面的，情感反应的强度也没有明显差别。但是，不同年级的学生对新闻报道的不同方面感到恐惧。幼儿 (而非青少年) 的家长强调，报道中最令孩子感到不安的是报道的视觉画面以及直接、具体的战斗后果 (如导弹爆炸)；较年长学生的家长则表示，报道中更为抽象、概念化的内容 (例如冲突扩大的可能性) 最令孩子们感到不安。

应对策略效力的发展差异

借助认知发展方面的研究成果，我们确立了一些好的方法来帮助儿童应对恐怖刺激或是在儿童出现恐惧反应时减轻反应强度 (Cantor; 1998; Cantor & Wilson, 1988)。儿童信息处理能力的发展差异，决定了针对媒介恐惧反应的预防策略及缓解策略的有效性也存在着差异。关于应对策略的研究结果可总结如下：一般来说，"非认知策略" ("noncognitive strategies") 更适于学龄前儿童；"非认知策略"和"认知策略" ("cognitive strategies") 对于年纪稍大的小学生同样有效，但这个年龄阶段的儿童更偏向于认知策略。

非认知策略 非认知策略是指那些不涉及语言信息处理且相对而言是自发产生的策略。进行视觉脱敏 (visual desensitization) 处理或者在没有危险的环境中逐步接触恐怖形象，这类方法已被证实对学龄前儿童和小学生都是有效的。多项实验表明，事先接触有关蛇的短片 (Wilson & Cantor, 1987)、昆虫的照片 (Weiss, Imrich, & Wilson, 1993)、橡胶蜘蛛制品 (Wilson, 1987) 以及活蜥蜴 (Wilson,

1989a)，都有助于减轻儿童在观看电影中类似生物的镜头时的恐惧反应。同样，观看《绿巨人》中绿巨人的扮演者卢·费里尼奥（Lou Ferrigno）通过化妆逐步变成外貌凶恶的角色的过程，也可以减轻儿童对绿巨人的恐惧反应（Cantor, Sparks, & Hoffner, 1988）。这些实验都没有显示"脱敏处理法"在效力上存在着发展差异。

非认知策略还包括身体活动，例如紧握某附着物或吃喝食物。虽然这些方法对各年龄阶段的观众都适用，但年幼的儿童认为它们更有效，较之年长的儿童而言，他们更多地运用这些方法。研究表明，在有关媒介恐惧反应的应对策略的效力问题上，学龄前儿童对"抓住毛毯或玩具"或"吃喝食物"的评价要明显高于年长的小学生（Wilson et al., 1987）。哈里森和坎托（Harrison & Cantor, 1999）进行的回溯性研究同样表明，随着年龄的增长，受调查者接触媒介恐怖内容增多，但采取"行为性"（非认知）应对策略的人数比例逐渐减少。

还有一种非认知策略，即在观看恐怖内容的时候蒙上眼睛。这种方法对于年幼的儿童要比对年长的儿童更有吸引力，也更有效。威尔逊（Wilson, 1989b）进行了一项实验，将"蒙眼"作为一种可选的应对策略，结果幼儿比年长的儿童更频繁地使用了这一方法。而且，"蒙眼"这项建议虽然减轻了幼儿的恐惧，但实际上却增加了年纪稍大的儿童的恐惧。威尔逊注意到，年长的儿童认为"蒙眼"的效果十分有限（此时还能听见恐怖节目的音效），而且使用这种方法反而使意识更难控制，因而更加恐惧。

认知策略 与非认知策略相对的是认知（或称"语言"）策略。它运用语言信息来缓解恐惧感，并涉及一些较为复杂的认知活动。同时，研究结果始终表明，这类策略对年长的儿童比对年幼儿童更为有效。

对于幻想性的作品，最典型的认知策略就是对情节的虚幻性加以解释。由于学龄前儿童还不能完全掌握"幻想"与"现实"在含义上的区别，因此这种策略对他们而言尤其困难。坎托和威尔逊（Cantor & Wilson, 1984）进行的一项实验表明，观看影片《绿野仙踪》时，事先被告知电影情节均为虚构的小学生的恐惧，要比那些没有获得提示的同学的恐惧要少得多。但同样的提示对于学龄前儿童则毫无帮助。威尔逊和韦斯（Wilson & Weiss, 1991）的调查也显示，与现实相关联这一应对策略在效力上也存在着发展差异。

儿童们对此策略的效力的看法也与上述实验结果相一致。威尔逊等人（Wilson et al., 1991）调查了儿童对减轻恐惧的策略的看法，结果发现，与年纪稍大的小学生相比，学龄前儿童对"告诉自己这不是真的"这一策略的排序明显靠后。

对于涉及现实危机的影视节目，最普遍的认知策略是提供一种解释，从而将所认知的危机的严重性减到最低程度。这类策略不仅对年长的儿童比对幼童更有效，而且在特定的情况下，对于幼童来说它不但不能减轻焦虑，反而会增加恐惧。在一项针对电影《夺宝奇兵》（*Raiders of the Lost Ark*）中的蛇洞镜头所进行的实验（Wilson & Cantor, 1987）中，部分儿童曾获得有关蛇的安慰性信息（如“大多数蛇都是没有毒的［not poisonous］”的说明），部分儿童则没有。尽管这一信息有减轻年长的小学生恐惧反应的倾向，但幼儿园的孩子和一年级的小学生似乎只是片面地理解了这一信息，他们对“有毒”（poisonous）一词的反应要比对“没有”（not）一词的反应更为强烈。对他们来说，听到所谓的“安慰信息”要比没有听到更易于让他们产生消极的情绪反应。

有关数据还表明，年长的儿童比学龄前儿童更频繁地使用认知应对策略。在调查对电影《核战之后》的反应时，家长们报告说，孩子的年龄越大，观看后就越多地与父母就影片内容进行讨论（Cantor et al., 1986）。另一项实验室实验（Hoffner & Cantor, 1990）表明，在观看恐怖镜头时，9~11岁的儿童比5~7岁的儿童更能自发地应用认知应对策略（如幻想影片的大团圆结局或认为所有情节都是虚构的）。最后，哈里森和坎托（Harrison & Cantor, 1999）的回溯性研究表明，受众观看影片时年龄越大，就越多地使用认知策略来应对由媒介引起的恐惧。

研究还显示，为语言说明配以形象演示（Cantor et al., 1988）以及鼓励儿童不断重复简单的安慰信息（Wilson, 1987），都可以提高幼儿运用认知策略的效力。

媒介引起的恐惧与性别问题

媒介引起的恐惧中的性别差异

人们有种普遍的刻板印象，认为“女孩比男孩更容易受到惊吓”（Birnbaum & Croll, 1984），而且女性一般比男性更情绪化（e.g., Fabes & Martin, 1991; Grossman & Wood, 1993）。尽管性别差异没有它乍看上去那么明显，但许多研究似乎都可以证明上述观点。此外，我们所观察到的性别差异似乎应部分归因于社会化压力（socialization pressures）：要求女性表露自己的恐惧，男性抑制自己的恐惧。

佩克（Peck, 1999）对1987年至1996年间有关媒介引起恐惧反应的研究（其中包括59项有关男女比较研究的项目）进行了整合分析。结果发现，女性表露出的恐惧大于男性，但性别差异大小适中（moderate）（效应值为 0.41）。在所有的控制性测试中，女性的恐惧反应要比男性强烈。但根据自我报告以及（自我意识控制下的）行为测试所显示的效应值（effect size）最大，而根据心率与面部表情所显示的效应值最小。此外，性别差异的效应值随着年龄的增长而增长。

佩克 1999 年还进行了另一项实验，要求男女大学生观看系列电影《猛鬼街》（*Nightmare on Elm Street*）中的两个镜头，一个镜头描写男性受害者，另一个则描写女性受害者。她的研究发现，女学生自我报告的恐惧反应比男学生强烈，尤其是在观看受害者为女性的镜头时。但当观看受害者为男性的镜头时，某些特定反应指标（脉搏振幅和脑半球不对称性，pulse amplitude and hemispheric asymmetry）显示男学生所经历的生理反应比女学生更加剧烈。

虽然对两性在媒介恐惧反应上的差异程度以及造成差异的因素还有待进一步的研究，但目前的研究结果表明，要求行为与性别相符合的社会压力是造成恐惧反应性别差异大小的部分因素。

应对策略方面的性别差异

有证据表明，为减轻媒介恐惧而采用的应对策略存在着性别差异，这些差异也反映了性别角色上的社会化压力。霍夫纳（Hoffner，1995）研究发现，少女比男孩更多地使用非认知策略，但二者在使用认知策略方面并无差别。同样，瓦尔肯堡等人（Valkenburg et al.，2000）发现，在 7～12 岁的荷兰儿童中，女孩比男孩更经常地采用寻求社会支持、生理干预或逃避等应对策略，但在使用认知策略方面二者没有差别。

这两项实验结果都与霍夫纳（Hoffner，1995）的解释相符，即由于男性比女性更不愿意流露出自己的情感，所以男性避免使用易于被他人察觉的非认知策略；相对的，由于认知策略不易为人觉察，所以两性对它的使用频率相当。

提要与结论

综上所述，研究表明，儿童在收看大众媒介作品时经常会产生焦虑和苦恼，而且这些强烈程度各不相同的情绪在收看之后仍然会持续一段时间。近期的调查显示，媒介引起的恐惧反应经常影响儿童的睡眠。回溯性研究也表明恐怖媒介的消极影响可以持续数年，甚至延续到成年。

对认知发展和由电视引起的情绪反应二者之间的关系进行研究，这将有助于我们预测出那些可能引起不同年龄儿童恐惧反应的影视节目类型，也有助于针对不同年龄群体提出有效的干预措施和应对策略。除对认知发展与情绪反应二者之间的关系进行经验研究外，这些发展性研究的成果还可以帮助父母及其他监护人对儿童收看的影视节目做出更为明智的选择。

致 谢

本章中提及的许多研究得到了国家心理健康研究中心（National Institute of Mental Health）的支持以及威斯康星大学研究生院的授权。

媒介中的性内容的影响

理查德·杰克逊·哈里斯
■ 堪萨斯州立大学（Kansas State University）
克里斯蒂娜·L. 斯科特
■ 加利福尼亚州立大学奇科分校（California State University-Chico）

近期的一个炎热的下午，在纽约中央公园（Central Park）里，十几个妇女遭到了一群男人的性侵犯。这群男人是从什么地方学到这种性暴力行为的？他们怎么会认为这种行为是可以接受的？我们从哪里了解到性？这些经历对我们又会产生什么样的影响？从童年、青少年到成年，我们从包括父母、学校、朋友、兄弟姐妹在内的一些渠道，从电影、电视、杂志、歌词、录像以及互联网等渠道中了解到了性以及性暴力。例如，我们从一位兄长的故事里学会了法国式的热吻，从色情电影中了解了性高潮，从色情网站上知道了口交，从电视影片中看到了强奸。而最近的研究显示，对青年人来说，在这些获取性方面信息的渠道中，一些渠道的重要性要高于其他渠道。

1998年《时代》杂志（*Time*）与美国有线新闻网（CNN）的联合民意调查显示（Stodghill，1998），对29%的美国青年来说，电视是他们获取性方面信息的最重要渠道，而在1986年该比例为11%。调查中最常被提到的渠道是“朋友”（45%），提到是父母的仅占7%，提到是性教育的则仅占3%。另一项研究发现，多伦多（Toronto）的青少年中，有90%的男孩和60%的女孩（平均年龄14岁）至少看过一部色情电影（Check & Maxwell，1992，in Russell，1998）。同样，在1995年，43%的美国男性至少看过一本色情杂志（Russell，1998），29%的男孩将色情片列为他们获取性教育的最重要的渠道，比学校、父母、书籍、同辈人或杂志这些渠道都要重要（Check，1995）。还有诸多调查表明，大学男性中有35%～55%的人曾通过某些方式消费过暴力色情作品（Demare，Briere，& Lips，1988；Garcia，1986）。

走过青少年时代，直至步入成年人行列，我们对性的了解不断增加，与此同时，媒介也渐渐成为我们主要的一个信息渠道（Brown, Steele, & Walsh-Childers, 2002; Dorr & Kunkel, 1990; Wartella, Heintz, Aidman, & Mazzarella, 1990）。与其他渠道相比，媒介正显得越来越重要（Check, 1995; Greenberg, Brown, & Buerkel-Rothfuss, 1993; Gunter, 2001）。其中那些倾向于提供重度性内容的媒介所产生的影响，就是本章探讨的主题。在内容分析的基础上，我们将首先考察媒介中的性内容的分类。接下来的部分将评述以下研究主题：消费那些有明显性内容的媒介对性激发、性态度和性行为所产生的影响。

媒介中的性内容的分类

性内容的分类

人们提到与性有关的媒介时通常涉及很广泛的渠道。杂志、录像、电影和互联网网站上的某些材料被标为色情的、淫秽的、X级的或含明显性内容的（erotic, pornographic, X-rated, or sexually explicit）。色情业是个大买卖。仅1999年，全球就发行了约10 000部色情录像片，整个色情业规模达到了560亿美元左右（Morais, 1999）。

大部分学者将媒介中的性内容分为暴力的与非暴力的，前者包括强奸、捆绑、拷打、施虐受虐、击打、拍打、拽头发以及生殖器残害等，而后者难以做进一步的划分。有些非暴力的性内容完全是两厢情愿、缱绻缠绵的（有时被称为色情艺术），它们以一种爱的或至少是非强迫的方式来描写性交合或口交。有些非暴力的性内容则是反人性的，它们描写堕落、支配、从属或羞辱。在这种典型的非暴力但反人性的内容中，女性往往丧失了人格，只剩下了身体和性欲。她们经常受到语言上的侮辱和贬损，对男性的性要求歇斯底里地接受和回应。而男性似乎总处于性的统治地位，妇女远比他们更加暴露或赤裸。

媒介中的性内容并不仅限于对性交或裸体的直白描述，还包括对性行为、性兴趣和性动机的表现或暗示。除了那些明显的性内容外，性还会出现在其他许多地方。性泛滥于各种广告中，尤其是在香水、古龙水、须后水以及轮胎、汽车、厨房洗涤槽等产品广告中。例如，电视中的一个汽车广告就描绘了两个妇女正在讨论男人对汽车的选择是否同他的阴茎大小有关（“我在想他的盖子下面是什么”）（Leo, in Strasburger, 1995）。

文学作品中的性 文学作品中与性有关的主题同文学作品一样历史久远。古希腊喜剧的内容中就有很高比例的性描写，如阿里斯托芬（Aristophane）的《利西翠坦》（*Lysistrata*），就是一部描写妇女拒绝同她们的丈夫发生性行为，以此来强迫他们停止战争的反战喜剧。文学名著，如乔叟（Chaucer）的《坎特伯雷故事》（*Canterbury Tales*）和莎士比亚（Shakespeare）的《驯悍记》（*The Taming of the Shrew*），也都充满着性的双关语和公开的性主题。不过时至今日，这些性内容可能因为古老过时的语言和作品中蕴含的“古典”氛围而被我们忽视了。与一般观念中的色情内容不同，文学作品中的性内容通常有着特定的文学目的或文学价值，这使得它们更容易为社会所接受。

电子媒介 从广播媒体出现开始，广播和电视的限制标准就比印刷媒体要严格得多，这是因为防止儿童接触印刷媒体中的性内容要比防止他们接触X级广播或电视中的性内容容易。而随着有线电视的普及和录像技术的出现，一些双重标准出现了：人们较为认可录像和自选付费有线频道中的性内容，而难以接受电视网中的性内容。这其中的逻辑是，自选付费有线频道和租来的影片是被“邀请”到家里来的，然而电视网中的节目则不是，它可以进入到任何有电视的地方。更有争议的是互联网上性内容的获取问题，这种获取实际上是不受限的。尽管我们有兴趣从法律上限制儿童进入有明显性内容的网站，但是互联网上到底有多少性内容（Elmer-Dewitt, 1995；Glassner, 1999；Wilkins, 1997），使用何种限制措施或者拦截软件可以既合法有效，同时又不会拦截掉那些与性无关的有益网站（如含有乳腺癌信息的网站）或艺术网站，我们在这些问题上还存有很大的争议。

研究者们特别针对电视开展了一系列的研究。其中一项内容分析显示，电视网中的性内容并不明显，但其性暗示却很泛滥，而且这些内容经常出现在一种幽默的情境中（Greenberg et al., 1993；Greenberg & Hofschire, 2000；Kunkel et al., 1999；Lowry & Towles, 1989）。一项广泛详尽的内容分析研究发现，1997年到1998年，56%的电视网和有线电视节目中包含有性内容，23%表现了肉体的性行为（Kunkel et al., 1999）。其中涉及婚前、婚外性行为的内容远远超过了涉及配偶间性行为的内容，其比率至少为6:1（Greenberg & Hofschire, 2000），而在肥皂剧中，涉及未婚伴侣性行为的内容与涉及已婚伴侣性行为的内容的比率是24:1（Lowry & Towles, 1989），限制级影片里十几岁的青少年中这一项比率甚至高达32:1（Greenberg et al., 1993）！后来的研究还发现，其样本中的所有限制级影片里都出现了裸体，而且裸体女性出现次数是裸体男性出现次数的5倍。

对肥皂剧的内容分析表明，1985年的电视里已经有了相当多的性内容，但到了1994年，这种内容的比例又增加了35%（Greenberg & D'Alessio, 1985；Greenberg & Busselle, 1996；Greenberg & Hofschire, 2000）。同样，与1985年相比，1994年有更多主题是关于（1）性的负面后果；（2）对性挑逗的拒绝，以及（3）对强奸的描述。而在20世纪70年代和80年代的研究中，这三个主题都不常见。毫无疑问的是，与电视相比，限制级影片和性杂志中有着更多明显的性内容（Greenberg et al.，1993）。

这篇文章主要关注明显的性内容，包括暴力的和非暴力的性内容，而不仅仅局限于通常所说的“色情内容”。“色情内容”一词承载了很高的价值判断，而从科学的角度上讲却未必准确。所以，我们常常称这些内容为“明显与性有关的”而不是“色情的”，不过这个词被使用得如此广泛以至于我们不可能完全回避它。当我们考虑媒介中的性内容的影响时，我们要考察的是比一般意义上的“色情”内容更为广泛的对象。

媒介中的性内容的影响

性内容显然是可销售的，那些明显的性内容更是如此，尽管这可能违背了许多人的意愿。那些包含了性内容的印刷物、录像制品、广播节目和互联网材料在商业上可获得高额利润，也正是这一自身条件保证了它们能得以持续存在。研究人员已经辨识出了接触这些性内容所产生的影响的三种主要类型，即激发（arousal）、态度改变（attitudinal changes）以及行为影响（behavioral effects）。我们还可参看以下研究人员对各种影响类型的详尽评述：冈特（Gunter，2001），林茨和麦勒穆斯（Linz & Malamuth，1993），莱昂斯、安德森和拉森（Lyons，Anderson，& Larson，1994），麦勒穆斯（Malamuth，1993），麦勒穆斯和因佩特（Malamuth & Impett，in press），波拉德（Pollard，1995），格林伯格等（Greenberg et al.，1993）以及布朗等（Brown et al.，2002）。

对媒介中的性内容的影响的研究，是在一系列理论观点的指导下开展的。这些理论观点并不是本章的重点，但读者可以参看本书的其他章节，了解和回顾以下理论观点：格伯纳（Gerbner）、格罗斯（Gross）、摩根（Morgan）、沙纳汉（Shanahan）和西格诺里（Signorielli）关于涵化理论的观点（cultivation theory，第三章）；班杜拉（Bandura）关于社会认知理论的观点（social cognitive theory，第六章）；佩蒂（Petty）关于推敲可能性模式引起的态度变化的观点（attitude change through the Elaboration Likelihood Model，第七章）；鲁宾（Rubin）关于使用和满足理论的观点（uses-and-gratifications perspective，第二十章）。每种理论观点都从不同领域启发并指导了有关媒介中的性内容的影响的研究。这种理论方面的影响在接下来的部分中将被涉及，但本章的重点仍然集中在媒介中的性内容的影响上。

激发

对媒介中的性内容的消费将产生一种直接的影响，就是性激发，这是一种生理状态的增强，它能加强或加剧性行为。激发可以通过自我评估来测量（“你被激发到何种程度?”——7 级尺度量表［7-point scale］)。它也可以通过阴茎的勃起（Eccles，Marshall，& Barbaree，1988；Malamuth & Check，1980；Schaefer & Colgan，1977)、阴道的变化（Sintchak & Geer，1975）或体温等进行测量（Abramson，Perry，Seeley，Seeley，& Rothblatt，1981)，这种生理测量方式的效果更直接，也更显著。

总体说来，在大多数测量中，男性比女性更容易受到激发，特别是被性暴力或反人性的内容所激发（Murnen & Stockton，1997)。在这些内容中，如果受害者被描述为因性侵犯而激发出性冲动，那么性侵犯者或别的有暴力倾向的男性，乃至“正常的”男性，都会受到性暴力的激发；这些发现将在后面进行讨论。

对通常不具激发性的（arousing）刺激（stimuli）的激发反应可以通过经典条件作用（classical conditioning）来习得。例如，拉赫曼（Rachman，1966)、拉赫曼和霍奇森（Rachman & Hodgson，1968）将女式靴子摆放在裸体女性照片旁边，测试异性恋男性受到靴子的性激发的程度，从而了解“情欲品”的条件作用模式。这一研究过程可以解释人们在受到具体刺激物的性激发时表现出的诸多个体差异。比如通过各自不同的体验，人们可能会对他们喜爱的某些东西的刺激产生条件反射。这种反射与个人喜好有关：有的人可能只受某种香水或古龙水的激发，有的人则会受某种式样的衣服或某种特别的行为的激发。在这种条件作用的过程中，媒介提供了许多的形象和联想。

性激发程度与媒介中的性内容的明显程度并没有太多联系。有时候，与那些有明显性内容的故事相比，人们实际上更容易受到性内容不那么明显的故事的激发（Bancroft & Mathews，1971)。晚上进入卧室的画面突然被切断，镜头转为第二天早上，这种情景设置有时可能比不切断晚上活动的情景更容易产生性激发！删剪掉影片中与性有关的镜头可能使一部电影更加刺激，因为观众可以构想一个他们自己的剧本。性激发是非常个人化的。因此，当人们被允许用自己的想象来描述一个浪漫场景的结尾时，他们往往更倾向于建构一个对他们自己更具刺激的场景，而不是观看一个别人认为刺激的结尾。最重要的性器官是大脑，这句老话是有一定道理的。

性别倾斜（The Gender Skew） 明显的性内容从传统意义上来说是男性为

男性设计的。因此，它们有着显著的大男子气概和极度男性化的倾向。杂志和录像中有各种各样的异性性交场面，但它们的重点却很少放在前奏、后戏、拥抱或爱抚上。在这些明显的性内容中，对快感贪求无厌的女性看上去急切地渴望参与性活动。性活动的后果或大多数人体验到的关系模型几乎不受关注。男性通常比女性更积极地寻找和使用性的内容，据估计有71%的色情录像是男性们自己观看的（Gettleman, 1999）。然而，不能由此推断男性本质上就对性的兴趣比较大；这仅仅表明色情行业对传统男性观念的极度倾斜。实际上，有几项研究表明，在同等条件下，尽管男性看上去更喜欢寻找与性有关的媒介，也更容易受到激发（Malamuth, 1996），但女性在观看由女性写作和导演给女性看的色情录像时，其反应比男性更积极（Mosher & Maclan, 1994；Quackenbush, Strassberg, & Turner, 1995）。

这与进化心理学的相关解释是一致的——进化心理学指出，在对有关性的媒介的消费及其影响方面存在着性别差异（Buss, 1995；Malamuth, 1996, 1999）。从这一观点看来，男性更热衷于寻找多个性伴侣，而对女性来说，性交具有巨大的潜在影响，因此，她们更希望从伴侣那里得到一个帮助她们抚养后代的长期承诺。这些观点与观察到的结果也是一致的，即较之女性，男性会更多地寻找和使用有关性的媒介，并更容易受到它们的激发（尤其是受到那些从视觉上提供了许多不同的潜在伴侣的媒介的激发）。而女性则不那么容易受到典型的色情作品的激发，她们更喜欢像浪漫小说那种以情境为基础的性表达方式。

宣泄论神话（The Catharsis Legend） 人们经常会听到这样的说法：对明显的性内容的消费可以释放性冲动，从而降低性激发水平。这支持了宣泄论的观点，即人们释放性冲动有助于缓解情绪这一观点。这一流行观点来自弗洛伊德（Freud）著名的有关人格的精神动力学模式（psychodynamic models of personality）。运用到性上，宣泄论认为，对媒介性内容的消费行为，如将看杂志或录像（也许同手淫结合在一起）作为真实行为的一种并不完美的替代，有助于缓解性冲动。尽管宣泄论已经被用来支持对色情内容放松限制（Kutchinsky, 1973），而且性侵犯者也称之为减少犯罪冲动的一种策略（Carter, Prentky, Knight, Vanderveer, & Boucher, 1987；Langevin et al., 1988），但几乎没有研究能证实这一观点（Bushman, Baumeister, & Stack, 1999；Comstock, 1985；Final Report, 1986）。正如先前所讨论的，观看性内容将增加而不是减少性激发，而且在观看这些内容后，人们会比之前更渴望开展性行为。所以，将消费色情内容作为减少和满足性冲动的一种手段可能会产生相反的效果。它不可能降低强奸案件发生的比率，因为强奸是受权力动机（power motive）的激发而导致的，而并不是因为缺少性满足（Prentky & Knight，1991）。

态度影响

性与价值观 许多人担心性内容明显的媒介会影响我们的交往态度和价值观。反复接触媒介中一系列大致相同的讯息可能会逐渐培养出一种反映媒介立场的世界观（Gerbner et al.，chap. 3）。例如，观看大量表现青年积极参与性行为的情景喜剧和电影，将培养出观众对此接受的态度，从而削弱家庭教育中反对婚前性行为的价值观。大量的广告使用强迫和性暴力的主题（如一个身着比基尼的女性假装被一个巨大的汽车减震器所束缚），会减弱读者对女性所受暴力的敏感程度。一部描写对儿童性骚扰的漫画书则会鼓励读者把这看成一件幽默的事情。而如果持有这种价值观的电视角色是受到观众认可和尊敬的角色，那它就更可能影响到人们的价值观。一个受人尊敬的乡村母亲的性乱交对观众价值的影响就远远超过一个妓女同样行为所产生的影响。

色情作品招致社会批评的一个主要的原因就在于它在思想意识上是反女性的（e. g.，Buchwald，Fletcher，& Roth，1993；Russell，1998）。在暴力色情作品和反人性的非暴力色情作品中，通常是女性而不是男性被当成异性的玩物或牺牲品，这一点尤其令人忧虑。例如，性杂志曾经刊登过这样一张照片：一个女人的阴道处放着一把气锤，并将此作为“如何治疗性冷淡”这一故事的封面照；还有一张照片则将轮奸描绘为女人因性侵犯而产生性冲动的一场狂欢。一本针对青少年男性的性杂志中有一篇文章的题目是“与迟钝女孩的甜蜜性爱”；另一部关于性的录像表现的是一位女人的乳房被绑住和挤压，以供观看的男人取乐。

科学证据 大量研究已经表明，接触非暴力的、明显的性内容会影响到人们在性方面的各种态度和价值观。一项研究发现，在观看了漂亮的裸体女性参与性行为的幻灯片和电影之后，男性会越发觉得他们自己的伴侣体貌平平，尽管他们报告说性满足并没有因此减少（Weaver，Masland，& Zillmann，1984）。在另一项研究中，男性认为，在观看了含有极度迷人的模特的色情录像后，他们对自己伴侣的爱会减少（Kenrick，Gutierres，& Goldberg，1989）。还有研究显示，观看色情录像的男性比观看控制录像的男性对随后的女性采访者更容易表现出性反应，不过这一结果只出现在持有传统的性别心理的男性身上（McKenzie-Mohr & Zanna，1990）。在这里，那个性感模特仿佛成了人们现实生活中的“标准”参照物（Tversky & Kahneman，1974）。

这些影响并不仅限于男性。相对于控制组，那些每周看一次色情影片的男性和女性后来都说，他们对自己真实生活中的伴侣的感情、外表、性好奇心和性功能表现的满意度降低（Zillmann & Bryant, 1988a, 1988b）。同控制组相比，他们认为没有情感的性更重要，对婚前性行为和婚外性行为的接受程度更高，对婚姻和一夫一妻制的价值的认可程度更低。他们对孩子的渴望程度也更小，而对男性的统治地位和女性的从属地位则更能接受。

齐尔曼和布赖恩特（Zillmann & Bryant, 1982, 1984）让参与者每周观看电影并在接下来的一到三周内对其进行提问。通过这一方法，他们发现，观看了含有明显性内容的影片的参与者相对于没有观看色情影片的控制组来说，高估了普通人中含阳、舔阴、肛交、性虐待和兽奸等性行为发生的频率。这也许证明了可得性启发法（availability heuristic）这一认知机制，即我们依据我们回想起实例的难易程度来判断不同行为可能发生的频率（Taylor, 1982; Tversky & Kahneman, 1973, 1974）。因此，接触一些生动的媒介事件会使我们对真实世界中这些行为发生的可能性有过高的估计，从而形成与真实世界完全不符的认知。

性内容甚至不必是明显的或清晰的，也可以塑造我们的态度。布赖恩特和罗克韦尔（Bryant & Rockwell, 1994）发现，同控制组相比，那些观看了黄金时段播放的、含有性内容的节目的青少年，在对不适当的性行为以及受害者被伤害的程度进行判断时，其态度表现得更为宽松，不过，这些性内容的影响会由于开放的家庭交流和观看时的积极批判态度而大大削弱。

性内容甚至能在不需要画面的情形下对我们产生影响。对一个全文字的形式性刊物的研究（e. g. , the *Penthouse* Advisor column）发现，文字描述实际上比照片更能勾起人们对自己伴侣的性幻想（Dermer & Pyszczynski, 1978）。此外，还有许多问题需要进一步的研究，比如色情电话和网络色情作品这些有关性的媒介的新形式，它们的影响很多就还不为人所知。

行为影响

传授新行为　除了激发和态度改变外，对媒介中的性内容的消费也会在人们的行为层面产生影响。其中一个方面就是媒介会教我们一些新的行为，包括一些极端暴力的和破坏性的行为。万幸的是，男性在观看了一部描写台球桌上轮奸场面的影片后犯下类似罪行的现象并不常见，但当类似事件真的发生时，你就不得不相信媒介中的性内容对观众行为的影响。从那些极端客体化（objectification）的行为中，我们可以看到非常暴力和令人不安的场面，如一个裸体女人像汉堡包一样被涂满调味品，或女性被人以各种方式折磨甚至杀死（see Russell, 1998, for many gruesome examples）。因为一些明显的道德原因，对于观看这种极端内容可能产生的影响，我们实际上无法开展有控制的科学研究。

围绕色情作品对性侵犯者性发展（sexual development）的影响（包括色情作品诱发性侵犯的可能性）这一主题，有些学者开展了相关性研究（correlational research）。鲍泽曼（Bauserman, 1996）回顾了这些相关性研究后指出，这种相关关系并没有被证明是大体的趋势，尽管性侵犯者是非常多样化的群体，而且暴力色情作品可能对这个群体中的某个子群体有着显著的影响。艾伦、达利西奥和埃默思-索默（Allen, D' Alessio, & Emmers-Sommer, 2000）发现，尽管被定罪的性侵犯者并不比受控制的非侵犯者看的色情作品多，但他们更容易受到激发，激发后也更容易进行某种方式的性行为（手淫、合意性交或强迫性交）。

对已知行为的去抑制作用（Disinhibition of Known Behaviors） 除了传授一些新的行为之外，媒介中的性内容也会解除人们对先前了解的行为的抑制心理。例如，观看一部描写口交或奴役的录像可能会消除观看者先前不要参与这种活动的抑制心理。观看一个描述女性享受性侵犯的强奸场面，可能使一些男性消除他们过去有的不要犯同样罪行的抑制心理（参见性暴力部分的讨论）。人们非常担心这种去抑制作用存在的可能性，因为25%到57%的大学男性报告说，如果确信不会被捉到的话，他们可能会强奸他人（Check, 1985; Malamuth, 1984; Malamuth, Haber, & Feshbach, 1980）。对暴力色情作品的消费很预测了自我表露的强奸的可能性，而消费非暴力色情作品则几乎没有此类影响（Demare et al., 1988）。我们后面会详细讨论性暴力。

与强奸及其他罪行的联系 观看明显的性内容对行为的诸多影响中，我们主要担心的一点是它们与强奸及其他类型的性犯罪之间可能存在联系。20世纪60年代以来，在许多西方国家，人们接触有明显性内容的媒介的机会明显增多，媒体所报道的强奸案件的数量同时也大大增加。然而，这两者之间的联系却很难说清楚。有很多研究都很关注这一点，即不同国家里强奸、露阴以及儿童性骚扰等罪行的发生率，与人们对媒介中的性内容的消费行为、可获取的色情作品的数量之间的相关关系（see Bauserman, 1996, for a review of such studies）。但研究的结果并不一致，当接触有明显性内容的媒介的机会增多时，有时强奸案件的发生率会增加（e. g., Court, 1984; Jaffee & Straus, 1987），有时强奸或其他犯罪案件却减少或没有变化（e. g., Kutchinsky, 1973, 1991）。研究结果中的不一致，部分原因在于各研究中取样标准和研究程序的不同，还有部分原因则在于，不同文化和不同国家里，对待强奸的社会态度、对犯罪案件的报道率以及惩罚的可能性和严厉性各有不同。

关于文化因素对性内容的影响，最有趣的例子是日本。在日本，人们能广泛接触到明显的性内容（包括高强度的性暴力），但同时强奸案的发生率却非常低（Abramson & Hayashi, 1984；Diamond & Uchiyama, 1999）。日本艺术和社会中的性主题可以追溯到几个世纪以前而且现在依然很盛行，人们对此并不觉得羞愧或内疚。尽管日本对画报上表现阴毛和成人外生殖器做了特定的法律限制，但“X级”杂志、书籍、电影中的性描写则不受此限制。裸体、绑缚、性虐待和强奸常常出现在商业电视、流行电影、杂志甚至广告中。电影中经常有描述强奸和绑缚的生动画面。近几年，市场上刊有在校女生裸照的杂志激增。在日本，男性同12岁以上的女孩发生性关系是合法的，一些在校女生就靠卖淫或在东京的“影像吧”里满足男性性幻想来赚取额外收入（“Lolita in Japan”, 1997）。

那么，为什么日本报道中强奸案的发生率会低于美国的1/10和西欧的1/4呢？一些人认为，这是因为日本发生的强奸行为多由群体煽动，由未成年人犯下的，而且大多数受害者没有报案（Goldstein & Ibaraki, 1983）。然而这种说法不能完全解释发生率方面的巨大差异（Abramson & Hayashi, 1984）。这种差异应该也与日本社会强调秩序、责任、协作和美德有关，在那里，违反了社会规范的人将被认为是可耻的。虽然这可能使被强奸的受害者不愿意报案，但也极大地阻止了那些有犯罪意图的人，让他们明白这样做是可耻的。

一定要在接触明显的性内容的可能性与强奸等罪行的发生率之间建立一种因果联系是很困难的，因为还有很多其他的相关因素，包括性内容的类型差异、文化差异、报道性侵犯行为方面的社会意识差异以及针对此类行为的处罚准则的差异，会影响到这种因果关系的确立。尽管诸如性杂志的发行量之类的特定指标，同小范围地区内所报道的强奸案件的发生率之间可能有着正相关关系（e.g., Court, 1984；Jaffee & Straus, 1987），但我们依然很难由此推导出一个一般性的结论。

情境有什么影响？

人们对性内容的反应并不完全取决于内容本身的性质，同时，也受到一些难以捉摸和难以探究的因素的影响，艾森克和尼亚斯（Eysenck & Nias, 1978）将之统称为“流行的格调”（*prevailing tone*）。一部关于强奸的纪录片或一部有品位的、关于乱伦的戏剧可能会被认为是完全可以接受的和没有争议的，而同样主题的喜剧片，即使性描写不如上述作品那么明显，也可能会被认为是攻击性强的甚至是色情的。因此，我们对毕加索（Picasso）的一幅描绘性的作品与《皮条客》（*Hustler*）杂志上的描绘性的作品有非常不同的反应。人们会认为莎士比亚作品、乔叟作品、《圣经》（*the Bible*）中的《雅歌》（*The Song of Solomon*）以及严肃的性事手册有着重要的文学价值或说教目的，这些作品里的性内容也被认为是可接受的甚至是健康的。

情境以及人们对体验的期望，这些因素会极大地影响到人们对媒介中的性内容的感受。自己一人，或与父母、子女、一群亲密的同性朋友、自己的配偶或其他重要的人一起观看色情影片时，我们的反应会因为身边的人不同而完全不同。如果我们与第一次约会的伴侣在不期然的情况下观看了色情片，这种快感远不如我们与相处很久的伴侣一起观看时感觉强烈。《皮条客》（*Hustler*）杂志上刊登一张在磨肉机上传送的裸体女人的照片不会让人觉得惊讶，但同样的照片如果突然出现在《新闻周刊》（*Newsweek*）上就会让人感到震惊，个中因由也是一样的。刺激物是相同的，人们观看后的实际感受却是截然不同的。

"流行的格调"的研究中有一个有趣的问题，即对具有很明显的艺术价值和特定的时代标准的事物，我们会做何反应。例如，《飘》（*Gone with the Wind*）中白瑞德（Rhett Butler）调戏郝思嘉（Scarlett O' Hara），当它出现在1939年时，应该被看做是冒犯行为还是毫无争议的浪漫时刻？在20世纪40年代和50年代的老西部片里，如果一个男人向一个女人寻求性，她首先是拒绝，最终还是会气喘吁吁地倒在男人的怀里。在20世纪50年代的情景剧《蜜月佳偶》（*The Honey-mooners*）中，拉尔夫·克拉姆登（Ralph Kramden）总是威胁要揍他老婆（尽管他从没那样做），而在《我爱露西》（*I Love Lucy*）里，里基·里卡多（Ricky Ricardo）时不时会打他的妻子。尽管这些场景中不曾有明显的性描写，但它们对生活在不同环境中的现代观众的影响却是未知的。这些在早期电视"黄金时期"诞生的、"安全"的节目有没有轻描淡写甚至纵容那些强奸或殴打配偶的行为呢？或者，我们今天的学者、批评家们对待它们需要更"开明"些？

性与整体情节的关联度和契合度是"流行的格调"的另一个方面。一个性场面，即使是温和的、不明显的，如果它只是为了给剧情增加点刺激而同剧情没有联系，就可能会冒犯观众。如果是剧情必需且构成剧情中心的性场面，即使描述得再明显，也可能被观众接受。在一个关于妓女的故事中出现性场面比在一个公司女经理的故事中出现相同的场面显得更有必要。同时，几乎没有人会认为《被告》（*The Accused*）一片中台球桌上的轮奸场面对描述强奸给受害者带来的影响来说是没有必要的。当然，性不是唯一的、在剧情中通常并无必要的因素；同时期的电影中经常会出现汽车追逐和摇滚乐录像片段，也都和剧情没多大关系。

正如在前面讨论日本媒介时所说的那样，“流行的格调”有其文化特性。一些文化并不认为女性乳房是特别色情的或不适合在公共场合展露的。因此，多数读者，至少那些13岁以上的读者，不会认为《国家地理》杂志（*National Geographic*）在表现历史文化时所刊登的裸露上身的妇女的照片是淫秽的或色情的。当然，《国家地理》杂志在20世纪早期第一次刊登这样的照片时，编辑的决定是非常慎重而冒险的（Lutz & Collins，1993）。不过，即使在西方文化里，时代标准也是发展变化的。19世纪的大多数时候，膝盖和小腿都被认为是色情的，露出膝盖的妇女同今天裸露上身的妇女一样是丢脸的。随着社会的发展，北美文化对着装、媒介和行为方面的性表达（sexual expression）的态度大体上已经比较温和了。许多西欧和拉美文化对此则更为放任，而伊斯兰文化和东亚文化则更为保守一些。

现在我们回过头来对媒介中的性和暴力的强力组合——性暴力作更为详细的考察。

性暴力：比部分之和更糟糕

媒介中的性和暴力都不是新东西，不过二者的结合却是近些年来才变得普遍和常见的。现在，许多不愿意去或被禁止去剧院观看色情影片的人可以私下在家里通过有线电视、录像、互联网安全地观看性内容了。除了录像和色情网站上的明显的性内容之外，性暴力出现在越来越多的性杂志上，不仅出现在异常暴力的刊物上，还出现在诸如《阁楼》（*Penthouse*）和《花花公子》（*Playboy*）之类的“声名显赫”的刊物上。甚至老体裁的恐怖片中近来也加入了越来越多生动的性暴力场面（Weaver & Tamborini，1996）。这些限制级影片并不都被认为是色情的，它们主要的消费人群仍然是青少年。对于所有这些内容，我们最担忧的不是单一的性或暴力本身，而是二者结合的方式。对性暴力的影响的更详尽的评述，可参见波拉德（Pollard，1995）的相关研究。我们现在转入考察观看性暴力对激发、态度和行为的影响。

性内容诱发暴力行为

长久以来，人们一直在思考性和攻击行为之间的联系，尤其是性激发与暴力行为间的联系。然而研究结果却不尽相同：一些研究表明色情内容推动了攻击行为，尤其当参与者处于愤怒状态时更是如此（Baron, 1979; Donnerstein & Hallam, 1978）；而另一些研究却表明色情内容抑制了攻击行为的发生（Donnerstein, Donnerstein, & Evans, 1975; Ramirez, Bryant, & Zillmann, 1982）。我们可以从色情内容的特征这一角度来解释这个问题。性暴力和反人性的主题特别能推动攻击行为，而一些充满爱和令人愉快的色情片则可能会抑制攻击行为（Zillmann, Bryant, Comisky, & Medoff, 1981）。而且，性暴力以不同的方式影响不同的人。

影响取决于女性是怎样被描述的

要理解性暴力的影响，我们必须细心考察女性被描述的方式。内尔·麦勒穆斯（Neil Malamuth, 1984）报告的几项研究中，男性首先观看暴力色情片场面，然后对他们在几个议题上的态度进行评级。观看这些影片的男性普遍对强奸和女性表现出一种更加冷酷无情的态度，当影片的女性受害者在被侵犯中达到了性高潮时，他们的态度尤其如此。

男性观众的个体差异　一些早期研究对定罪的强奸犯进行了调查，发现他们在强奸和两厢情愿的性行为中都受到了激发，而正常的男性只在后一种情况下受到激发（Abel, Barlow, Blanchard, & Guild, 1977; Quinsey, Chaplin, & Upfold, 1984），不过后来的研究在性侵犯者身上没有发现与早期研究相一致的激发效果（Baxter, Barbaree, & Marshall, 1986; Hall, 1989）。

除了这些对定罪的强奸犯的研究之外，对“正常”的男性大学生的研究发现，这些人偶尔也会受到性暴力场面的激发。例如，男性，而不是女性，只有在受害者被描述成享受被强奸和达到性高潮时，受到强奸场面的激发才比受到两厢情愿的性行为场面的激发更强烈（Malamuth, 1984; Malamuth, Heim, & Feshbach, 1980; Ohbuchi, Ikeda, & Takeuchi, 1994）。如果受害者表现出受到很大的惊吓，男性就不会被激发。

对这个问题更深一步的研究所关注的是男性的个体差异。麦勒穆斯和切克（Malamuth & Check, 1983; see also Malamuth, 1981）让一些男性听这样的性行为的录音带：（1）两厢情愿的性行为；（2）强迫的性行为，但女性表现出受到激发；或（3）强迫的性行为，且女性表现出厌恶之情。当女性表现出厌恶之情时，不管是有暴力倾向还是没有暴力倾向的男性，在自我报告的性冲动和生殖器勃起程度方面，受到两厢情愿的性行为的刺激比受到强迫的性行为（强奸）的刺激更加强烈些。然而，当女性被描述为受到性激发时，对没有强迫倾向（非暴力倾向）的男性而言，两厢情愿的性行为和强迫的性行为对他们的激发程度是相同的，而有暴力倾向的男性实际上觉得强迫（强奸）的场面更刺激。

另一个影响这些因素的变量是愤怒。耶茨、巴尔巴雷和马歇尔（Yates, Barbaree, & Marshall, 1984）的研究认为，面对有关强奸和两厢情愿的性行为的描述，正常男性只有在被女性同伴激怒时，才会同样受到激发。正常情况下，两厢情愿的性行为的场景会比强奸的场景更具激发力。饮酒可能会强化男性已经存在的倾向，他们对女性受害者要么更冷酷，要么更同情，不过，饮酒一般也会降低男性（尤其是有很强“大男子主义”的男性）对受害者痛苦的敏感程度（Norris, George, Davis, Martell, & Leonesio, 1999）。

转到新情况 这些影响在新的环境里会继续存在吗？答案似乎是肯定的。唐纳斯坦和伯科威茨（Donnerstein & Berkowitz, 1981）给男性看了一部一个妇女被袭击、剥光、捆住以及强奸的性暴力影片。影片的一个场面是妇女很享受其被强奸的过程。此后，参加者有机会对他们参加实验的同伴实施电击，那个同伴曾在之前一个表面上不相关的研究中激怒过他们。看了妇女享受被强奸的影片的男性对女性而非男性同伴实施了更多的电击。这表明影片中的性暴力导致的暴力行为在新的情况下被转移到了作为目标的同伴身上。同样，齐尔曼和布赖恩特（Zillmann & Bryant, 1984）发现，与控制组相比，反复接触性内容明显的媒介的实验参与者建议对强奸犯的量刑更轻一些。

研究者们对接触有性内容的媒介与接受强奸迷思（rape myth）之间的联系进行了详细调查，艾伦、埃默思、格布哈特和吉里（Allen, Emmers, Gebhardt, & Giery, 1995）又对这些调查进行了整合分析后得出结论，实验研究能证明接触色情片对接受强奸迷思有着一致的正向影响（positive effect），而相关性研究（correlational study）和实地调查却表明这种正向影响很少或根本不存在。实验研究显示，接触暴力色情作品对强奸接受程度的影响比接触非暴力色情作品的影响要强，但有些实验研究发现这两种类型的色情作品都能影响到对强奸的接受程度。有些结论来自性暴力研究。其中最一致的结论认为，女性是否表现得享受性侵犯或被其激发，这是性暴力能否产生影响的重要因素。如果女性看起来受到了激发而不是表现得很惊恐或痛苦，那么我们不希望出现的效果就会出现在正常的男性身上。女性受到强奸的“激发”，这种情形在色情作品中很普遍，但与现实却极不一致。第二个重要的结论是，性暴力对不同的男性的影响很不一样，这取决于他们生活中的暴力倾向。男性内在的暴力倾向越强，在某种情况下越容易被激怒或受到酒精的影响，也就越容易受到媒介中的性暴力的激发或者被引诱使用暴力，当女性表现得被性侵犯唤起性欲时情况更是如此。

暴力电影（Slasher Films）

主流影片中的性+暴力 尽管上述研究针对的是明显的性内容，但性暴力绝不仅限于明显的色情材料中。青少年可以在任何地方的影院里（尤其是录像店里）轻易地得到大量主流的限制级恐怖片。那里有一系列极其成功的影片，如《是谁捣的鬼》（*I know What You Did Last Summer*）、《万圣节前夜》（*Halloween*）、《鬼娃回魂》（*Child's Play*）、《黑色星期五》（*Friday the Thirteenth*）、《夺命狂呼》（*Scream*）、《猛鬼街》（*Nightmare on Elm Street*）等，以及许多名不见经传的影片。它们中的很多都极其暴力，同时具有强烈的性暗示。尽管有些影片，如《夺命狂呼》（*Scream*）和《惊声尖笑》（*Scary Movie*），被划入"讽刺"片一类，但我们还不清楚观看此类影片对青少年的影响与观看非讽刺影片的影响有什么不同。

性暴力主题并不只出现在恐怖片里，甚至也出现在限制级影片中。1995 年辅导级的 007 系列电影《黄金眼》（*Goldeneye*）中刻画了一个女反派角色，她引诱男人与她发生性关系，然后把他们压死。影片将性诱惑场面与作为前戏的非常暴力的打斗场面结合在一起。这种影片最大的问题就在于性与暴力的结合。在印度和日本这样的国家里，强奸和其他一些针对女性的暴力行为甚至成为动作惊险片中的标准化的娱乐元素。

尽管在美国这样的电影很多都被列为限制级，但也存在一些没有分级就发行的影片，有的甚至直接成为录像带，以避免受到分级电影"需家长陪同"的限制。正因为这类电影很多都是以录像带的格式被观看，在青少年中广为传播，所以分级制度的作用毕竟有限。奥利弗（Oliver, 1993）发现，社会对性的惩罚意识以及对女性性征的传统态度，与高校学生观看预映的暴力影片时极高的兴致之间存在关联。尽管观众已经注意到在近来的影片中，如《下一个就是你》（*Urban Legend*）、《是谁搞的鬼》（*I Know What You Did Last Summer*）、《鬼娃新娘》（*Bride of Chucky*）等，其中的女性人物角色较之以前更强壮，更少受到伤害，但研究人员对这类作品的影响还没有展开考察。

观看暴力影片的影响 林茨、唐纳斯坦和彭罗德（Linz, Donnerstein, & Penrod, 1984; see also Linz, Donnerstein & Adams, 1989）对暴力影片的影响做了调查。在男性大学生中筛选实验参与者时，研究人员排除了那些有敌意倾向或心理问题的人。剩下的实验组中的男性一周内每天看一部标准的好莱坞发行的限制级影片。所有的影片都非常暴力，有许多女性在非常色情的场面中被慢慢地、一步步地、痛苦地杀害的场景（如，一个正在浴室里手淫的妇女被闯入者袭击并被射钉枪杀死）。每天，观众都要填写一些问卷，对影片进行评估，并完成一些人格测试。

一周后的结果表明，这些实验组的男性对电影的反应变得不那么沮丧、愤怒和焦虑。一段时间后，在他们的评估中，影片本身是越来越令人愉快的、幽默的和具有社会意义的，而不再是暴力的、攻击性的以及贬低女性人格的。一周后，一般的暴力片段和特别的强奸片段也不再那么经常地被罗列出来。尽管这些数据为男性脱敏作用提供了清楚的证据，但它们在其他环境中是否具有一般性仍有待进一步探讨。

为了回答这一问题，林茨等人（Linz et al.，1984）后来让之前研究中的参与者观看了在法学院的一场强奸案审判，并以不同方式对审判进行评价。与控制组相比，观看了暴力影片的男人认为受害者生理和心理方面的伤害都不是那么严重。这些结果与齐尔曼和布赖恩特（Zillmann & Bryant，1984）所调查的结果一致。林茨等人也发现，在大量接触有明显性内容的媒介后，参与调查的陪审团成员提出的对强奸犯的量刑较轻。运用林茨等人在对“不相关”的强奸案进行评价后划分电影等级的方法，韦茨和伊尔思（Weisz & Earls，1995）对男性和女性以及由此划分的四种类型的影片进行了研究：男性被男性强奸——《激流四勇士》（*Deliverance*），女性被男性强奸——《大丈夫》（*Straw Dogs*），男性对男性以及女性的与性无关的攻击行为——《虎胆龙威续集》（*Die Hard* 2），以及无攻击行为的动作影片——《雷霆壮志》（*Days of Thunder*）。他们发现两部性侵犯影片在男性中都有脱敏作用（在女性中则没有）。有趣的是，受害者是男性（《激流四勇士》）还是女性（《大丈夫》）并不重要；两种类型的影片都使男性对女性的强奸案受害者的敏感程度降低，而同样的效果却没有出现在女性身上。这些发现表明观看暴力片的影响确实转移到了新的情况中。

也有人对这项研究的方法（Weaver，1991）和内容（Sapolsky & Molitor，1996）提出了批评，因为其结论中有些影响在后来的研究中并没有反复出现（Linz & Donnerstein，1988）。其中一些人对唐纳斯坦和林茨提出的结论，即观看暴力和非暴力的性内容会产生很不一样的影响，提出了质疑（Weaver，1991；Zillmann & Bryant，1988c）。切克和古洛伊恩（Check & Guloien，1989）发现，与控制组相比，男性如果持续不断地观看以强奸为主题的性暴力片的话，报告自己犯此罪行的可能性就很高，但相同的结果也出现在观看非暴力色情片的实验组身上。

性暴力罪行的新闻报道

性暴力这一媒介问题已不仅仅限于娱乐领域。新闻媒介对强奸等罪行的报道方式可能微妙地支持了人们的强奸迷思（rape myth）（Benedict，1992；Meyers，1997）。媒介经常在报道极端暴力的场面时用“激情”或“爱”这样的词语来进行描述。当一名男子杀害了他的前妻及其男友时，新闻就称此为“三角恋爱”（love triangle）。当一名男子枪杀他的几个同事，包括一名拒绝同他约会的女子时，这就会被描述为“被拒绝的爱的悲剧”。当一名男子绑架、强奸并掐死了与他分居的妻子时，新闻就会这样报道，“他与妻子做爱，然后被嫉妒的激情淹没而掐死了她”（Jones，1994）。难道爱情真的与这些罪行有关吗？

本尼迪克特（Benedict，1992）对强奸和性侵犯方面的新闻报道提出了几条批评意见。首先，报道上述事件的人往往是那些报道犯罪和治安的记者，其中男性的人数通常是女性的两到三倍。因此这里就出现了语言上的性别偏见，较之男性而言，对女性的描述可能更侧重于体态和性征。比方说，强奸被描述为一种性需要无法得到满足而导致的性犯罪，于是某类强奸迷思得到了微妙的支持。强奸被描述为一种肉体或精神上的折磨，这种报道角度只有在针对战时强奸案件时才被媒介频繁用到，在一般新闻报道中则很少见到。例如，在20世纪90年代早期的内战中，大量的波斯尼亚（Bosnia）妇女被强奸，这被精确地报道为一种战争行为，是一种肉体或精神上的折磨，而对受害者的吸引力、衣着或调情行为则不做描述。对战时的强奸案件报道而言，对受害者的这些描述就会显得荒诞不经。然而，正是这些在战时报道中没有得到描述的方面，在媒介对个人强奸案件的报道中却很常见。

本尼迪克特（Benedict，1992）对许多报纸关于强奸案的高姿态报道进行了内容分析，指出了两种常见的强奸叙述模式，这两种叙述模式都歪曲了罪行或降低了罪行的严重性。最常见的是“荡妇”（vamp）叙述模式——一个有性挑衅行为的女性，她有意诱发和激起男性的欲望，使男人不能控制自己而强奸了她。第二种是“处女”（virgin）叙述模式——一个纯洁、无知的女性被一个凶残的魔鬼攻击，这魔鬼常常是某个疯狂的男性，皮肤比受害者黑，地位也比受害者低。本尼迪克特指出了可能使新闻界更多使用“荡妇”叙述模式来指责受害者的几个因素。这些因素包括：（1）受害者认识攻击者；（2）没有使用武器；（3）她年轻而且漂亮；（4）她显示出与传统的性别角色的偏离；（5）她在种族、阶级、民族等方面的地位与强奸犯相同或比他更低。这些条件越多，新闻界就越可能使用“荡妇”叙述模式进行报道；反之，新闻界就越可能使用“处女”叙述模式进行报道。

为什么会出现这样的偏见？本尼迪克特一方面指责了报纸截止期限（deadline）带来的惯性压力，但另一方面也指责我们一味地突出罪行的受害者从而导致了这样的偏见。尽管同情受害者有一些积极的意义，但它也会使记者和我们陷入一种期望中，使我们相信这样的行为不会发生在我们身上，因为我们的行为方式与受害者不同。正因为如此，受害者的行为和特征在报道中得到了强调。而对强奸犯的关注就少一些，特别是在“荡妇”叙述模式中，我们对那些促使人们实施暴力行为的社会因素没做什么调查。这种偏见会带来某些影响，例如1993年，得克萨斯州的大陪审团拒绝指控一名男子犯了强奸罪，因为受害者反应迅速地说服他使用了避孕套。

减轻性暴力的影响

在性暴力的影响方面还有很多问题尚待进一步探讨，但如果儿童和青少年普遍可以观看到性暴力影片，如果我们通过录像和互联网也可以获取越来越多的性暴力影片，那么，性暴力研究的结果仍然是令人不安的。有些研究已经提出一些方法，这些方法通过预先的训练步骤来减少性暴力的脱敏作用（desensitization）(Intons-Peterson & Roskos-Ewoldsen, 1989; Intons-Peterson, Roskos-Ewoldsen, Thomas, Shirley, & Blut, 1989; Linz, Donnerstein, Bross, & Chapin, 1986; Linz, Fuson, & Donnerstein, 1990)。研究表明，有些方法没起到作用，有些方法却有显著的缓和效果。林茨等人（Linz et al., 1990）就发现，女性在她们受到的性侵犯中没有责任这一类的信息，对男性有很强的正面影响。还有些证据表明，在人们接触了性暴力媒介后，对其中的某些与强奸有关的失实信息和不正确描述进行说明，能减少性暴力的脱敏作用。而在参与者观看性暴力影片引起兴奋或被激发后，通过观看一些特定的事例（这些事例体现了事后解说信息或缓和信息［mitigation information］中包含的观点），会对某些论点留下更为深刻的印象。也就是说，观看了这种性暴力影片后，那些促进敏感性的训练（sensitization training）中的某些特定观点能对参与者产生更大的影响，至少有时能降低参与者对强奸的接受程度。

运用不同的方法，威尔逊、林茨、唐纳斯坦与斯蒂普（Wilson, Linz, Donnerstein, & Stipp, 1992）测量了观看一部关于强奸的亲社会型电视影片的影响。与控制组相比，观看过影片的人一般对强奸更为注意和关心。然而，并不是所有实验组都受到了影响。与女性、青年男性和中年男性不同，持有预存态度的50岁以上的男性在观看了影片以后，其预存态度反而增强了，实际上会更加谴责被强奸的女性。这表明，我们应当对目标观众的年龄、态度以及生活经历等因素都加以仔细考虑。

结论

我们从消费有性内容的媒介的影响的研究中可以得出什么结论？首先，重申暴力和非暴力的关于性的媒介之间的差异的重要性是非常有用的。尽管有一些文献认为，非暴力但反人性的色情作品也有着消极的影响（特别在对女性的态度上），但研究表明，暴力色情作品的消极影响更为严重。当此类影片将被攻击的女性描述成有了性冲动时，性暴力就能激发性侵犯者和有暴力倾向的男性，有时甚至还会激发“正常的”年轻男性。围绕着“观看色情作品的影响”这一主题的大量实验研究结果，一些学者进行了回顾和整合分析，具体可参见艾伦、达利西奥和布雷兹盖尔（Alen, D' Alessio, & Brezgel, 1995），艾伦和埃默思等（Alen & Emmers et al., 1995），戴维斯和鲍泽曼（Davis & Bauserman, 1993），莱昂斯等（Lyons et al., 1994），麦勒穆斯与因佩特（Malamuth & Impett, 2001），波拉德（Pollard, 1995），施特拉斯布格尔（Strasburger, 1995）的相关结论。

研究显示，反复地接触性暴力一般可能会导致人们对遭受暴力的女性缺乏敏感，以及更加接受强奸这样的事情。这表明性与暴力的结合比任何其中之一都更糟，也表明对女性形象的描述方式同样重要。如果描述中遭受袭击的女性表现得极端恐惧或被无情摧残，那么性暴力对正常男性的脱敏作用，就要大大小于女性被描述为被攻击而有了性冲动或达到性高潮时的情况。在真实生活中，强奸不会使受害人受到激发，也不会让受害人兴奋，那些背离事实的信息不能帮助青少年理解并同情女孩和女人。

研究者们对含有性内容的媒介的影响的调查较少涉及互联网领域。尽管网上冲浪很快成为一种可供选择的消遣活动（Ferguson & Perse, 2000），但我们仍不清楚到底存在多少有明显性内容的网站，对色情网站所占比例的估计也说法不一，有人估计不少于0.5%，也有人认为已经达到了84%（Barak, Fisher, Belfry, & Lashambe, 1999）！迄今为止，已经公布的关于接触互联网上性内容的影响的实验研究只有两项（Barak, & Fisher, 1997; Barak et al., 1999），但这两项研究都没有发现接触网上性内容的数量对厌恶女性的态度有什么持续的影响。不过很清楚的是，我们还需要更多地研究新媒介的使用方式及其相关影响，因为这一媒介为我们提供了接触明显的性内容的前所未有的机会和个人自由。

最后，我们中多数人认为其他人比我们自己更容易受到广告（Gunther & Thorson, 1992）、媒介暴力（Salwen & Dupagne, 2001）和新闻报道（Gunther, 1991; Perloff, 1989）的影响，这就是“第三人效果”（the third-person effect）

(Davison, 1983; Gunther, 1991)。对与性有关的媒介的影响的认知也是这样的(Gunther, 1995)，我们相信它对其他人的影响要大于它对我们自己的影响。具体情形可参见佩洛夫（Perloff, chap. 18）对第三人媒介效果的相关评述。社会对那些明显的性内容越来越能接受，以至于我们之中没有人可以避免与之接触。明显的性内容的影响也远远超越了青年男性看《花花公子》（*Playboy*）这种中间摺页的杂志中所得到的短暂的快感。因此，我们从媒介中了解到的性在很大程度上决定了性对我们来说意味着什么。

致谢

感谢斯科特·赫曼奥弗尔（Scott Hemenover)、珍妮弗·邦兹－拉克（Jennifer Bonds-Raacke)、弗雷德·桑伯恩（Fred Sanborn）对早期初稿的批评意见。

少数族群和大众媒介：进入21世纪的电视

布拉德利·S. 格林伯格
■ 密歇根州立大学（Michigan State University）
达纳·马斯特罗
■ 波士顿学院（Boston College）
杰弗里·E. 布兰德
■ 澳大利亚昆士兰州邦德大学（Bond University, Queensland, Australia）

为使对少数种族和电视的社会科学调查状况符合时代情形，本章将从三个主要方面详细阐述当前的研究成果：（1）内容分析（content analyses）；（2）使用模式（usage patterns）；（3）效果研究（effects studies）。另外，本章也将回顾近30年来对少数族群和大众媒介的相关调查。通过这种方式，我们可以在一定程度上对少数族群出现的时间、电视节目的类型、已发现的对少数族群所进行的描述的类型，以及这些描述对自己和他人观点的潜在影响进行系统地说明。在这些评述中，我们特别将重点放在美国四大少数族群上，即黑人（Blacks）、拉美裔美国人（Latinos）、亚裔美国人（Asian Americans）和美国土著人（Native Americans）。

早期的一些工作主要致力于概述有关少数族群与电视的研究（see the following：Comstock & Cobbey，1979；Greenberg，1986；Greenberg & Atkin，1982；Greenberg & Brand，1994；Poindexter & Stroman，1981；Signorielli，1985，1991）。这些研究表明，尽管电视上呈现的种族多样性已经有所改善，但这一改善过程仍是缓慢而艰难的。近来，围绕着1999年秋电视剧集中播出期间其黄金时段缺乏新的少数族群角色这一现象有很多争论，这也证明了我们刚才的观点。在此播出期间，26个新节目中都没有出现少数族群。一些著名的行动组织（包括全国有色人种促进会［the National Association for the Advancement of Colored People，NAACP］、拉拉扎全国理事会［the National Council of LaRaza，NCLR］①、亚裔美国人媒介行动网［the Media Action Network for Asian-Americans，MANAA］）被这一现象所激怒，他们号召大家行动起来抗议少数族群形象的缺乏（Daniels，2000；Hanania，1999）。

作为回应，拉拉扎全国理事会（NCLR）鼓励拉美裔美国人在1999年9月12日至19日这一周里“联合抵制”四家主要的广播电视网（Hanania，1999）。亚裔美国人媒介行动网（MANAA）举办了一场新闻发布会，将这一请愿传递给了这几家广播电视网。全国有色人种促进会（NAACP）则开展了法律诉讼活动，要求增加播出节目的多样性（Daniels，2000）。最后，四大广播电视网的执行者达成了各自独立而又内容重叠的一项协议，每家均在以下四个主要领域改善和加强工作：教育与培训、人员招募、节目采购、管理与执行（Daniels，2000）。

为了对这些批评的合理性以及电视网的相关回应进行独立验证（independent validation），本章的第一作者比较了1999年和2000年《电视指南》（*TV Guide*）的秋季指南版图片部分中黑人和白人的分布情况，其中男性和女性是分开比较的。1999年，新节目中91%是白人，9%是黑人；2000年，80%是白人，20%是黑人——这是一个令人震惊的变化。有趣的是，在两个播出期的新节目中，白人男性比例没有发生变化；少数族群角色的增加是以牺牲白人女性为代价的。

正如近来的争议所显示的那样，在美国民权委员会（U.S. Commission on Civil Rights，1977）报告媒介对少数族群“视而不见”和“漠不关心”之后的24年里，媒介学者、倡议组织和社群领袖一直没有减少对电视中少数族群形象的数量和质量的关注。本章集中关注这些前后相继的研究，以评述电视对少数族群的描绘状况及其潜在影响。

内容分析

不同类型、不同时段的电视节目都对少数族群进行了描绘，这里我们将对这些描绘的数量和种类加以全面的说明。现有的研究主要分为三类：黄金时段的虚构类节目；广告分析；电视新闻研究。针对各类型节目的研究成果中，既包括了对这些描绘的纯数量化调查，又包括了对其的定性评估。

黄金时段的电视

对黄金时段的电视节目描述少数族群的情况所进行的早期研究（see Green-

① 拉拉扎全国理事会（NCLR）是美国的一家著名的拉美裔民权组织。——译者注

berg & Brand, 1994, for summary）主要关注的是黑人形象。这是因为就目前的情况来看，对拉美裔美国人、亚裔美国人以及美国土著人的描述几乎可以忽略不计（Seggar, Hafen, & Hannonen-Gladden, 1981; Signorielli, 1983）。但与黑人不同的是，其余三个族群在电视上出现的相对比率达到了平衡（Gerbner, 1993; Mastro & Greenberg, 2000; Seggar et al., 1981）。从电视出现的早期到20世纪90年代，拉美裔美国人、亚裔美国人、美国土著人以及另外一些少数族群的形象相当匮乏，只占那一时期所有黄金时段节目中角色的3%到5%（Mastro & Greenberg, 2000; Seggar et al., 1981; U. S. Commission on Civil Rights, 1977）。

对2000年至2001年电视剧集中播出期间黄金时段的连续剧所进行的一项研究发现，其反复出现的主要人物的种族分布是：76%为白人，18%为非裔美国人，2%为拉美裔或西班牙裔美国人，2%为亚太裔美国人，0.2%为美国土著人。另一发现是，人物最具多样性的黄金时段是从晚上10点到11点，最不具多样性的时段是从晚上8点到9点（Children Now, 2001）。因此，很少有关于非黑人的少数族群的研究能获得足够的描述数量，以供研究者进行全面的内容分析。

黑人 研究人员通过对民权运动以前电视中出现的少量有关黑人的描绘及其类别加以关注，从而衍生了有关这些描绘的质量和规律的一系列研究。早期的这些内容分析发现，电视中的黑人比例远远低于他们在真实世界中的数量比例。尽管从20世纪70年代到80年代，黑人出现在黄金时段电视节目中的数量比例从大约6%增加到了9%，但黑人几乎占了美国总人口的11%（Gerbner & Signorielli, 1979; Greenberg & Brand, 1994; Lichter, Lichter, Rothman, & Amundson, 1987; Poindexter & Stroman, 1981; Seggar et al., 1981）。直到20世纪90年代早期，黑人才开始成为黄金时段电视角色的一部分（11%），接近他们的实际人口比例12%（Gerbner, 1993）。韦格尔、金和弗罗斯特（Weigel, Kim, & Frost, 1995）发现，黑人出现的时间也比早期有所增加（从1978年的8%增加到1989年的17%）。然而，样本中1/3的黑人都出现在6部情景喜剧中，在所有节目中所占的比例不足6%。值得注意的是，这种黑人男性形象增加的趋势并没有出现在黑人女性形象方面（Gerbner, 1993）。

近来对黄金时段电视娱乐节目的一项调查表明，黑人形象的数量和种类都有适当的提升。对1996年至1997年电视剧集中播出期的分析显示，黄金时段节目中黑人角色所占比例为16%，超过了他们的人口统计值（12%）（Mastro & Greenberg, 2000）。这些角色主要出现在警匪剧（crime drama）（40%）和情景喜剧（situation comedy）（34%）中，这些数据表明他们在前一种节目类型中出现过多，而在后一节目类型中出现偏少。

就描绘的类型而言，在虚构类电视娱乐节目发展初期，黑人大部分降格为配角或小角色（Berry，1980；Cummings，1988；Gerbner & Signorielli，1979），并极不均衡地集中在情景喜剧之中（Roberts，1971；Signorielli，1983）。在早期电影和广播剧中，他们一贯被刻画为反面的刻板形象（Atkin，1992；Cummings，1988；Fife，1974）。整个20世纪50年代或者更早的时候，黑人作为民权时代到来之前的下层人物反复出现，包括仆人和超重的保姆（如《比拉》[*Beulah*]）或者是丑角（如《阿莫斯与安迪秀》[*The Amos ' n Andy Show*]）（Atkin，1992；Cummings，1988；Wilson & Gutierrez，1995）。此后，黑人才开始出现在更多的职业角色中（如《我是间谍》[*I Spy*]、《朱莉娅》[*Julia*]、《222房间》[*Room 222*] 等）。

但这种状况并没有持续多久，在20世纪70年代早期播出的几部关注黑人家庭的情景喜剧中，再次出现了对黑人过分简单化的（oversimplified）描绘。这些漫画手法（caricature）的描绘可以在以下节目中看到：《发生了什么》（*What' s Happening*）、《好时光》（*Good Times*）和《杰斐逊一家》（*The Jeffersons*），甚至持续到了20世纪80年代（如《让我喘口气》[*Gimme a Break*] 中那个再度出现的保姆形象）。这些节目中，黑人的代表性形象要么穷困懒散，要么无所事事，他们不是被描绘成仆人，就是被描绘成无知好斗的小丑。与此同时，大量的黑人出现在诸如警官之类的常规角色中（Atkin，1992）。到了20世纪80年代早期，娱乐电视中开始出现更多成功的非裔美国专业人士和权威人士（Cumming，1988；Wilson & Gutierrez，1995）。这主要归因于《科斯比秀》（*The Cosby Show*）的成功——虽然那些主张平等主义的角色在其他一些节目中也取得了很大的成功（如《227》[227]、《不同的世界》[*A Different World*]）。

尽管对20世纪90年代的娱乐节目所进行的分析表明，黑人在角色的数量上取得了平衡，但在其质量和多样性方面还存有争议。与他们的白人对手相比，黑人更不职业化，穿着也更可笑（Mastro & Greenberg，2000）。另一些研究发现，在与刑事司法系统相关的虚构类节目中，黑人过多地扮演了警官角色（Mastro & Robinson，2000），而且他们口头攻击与身体攻击的特点与白人相同（Tamborini，Mastro，Chory-Assad，& Huang，2000）。

拉美裔美国人 现存的一些研究在考察了从20世纪50年代到80年代电视对拉美裔美国人的描绘之后指出，拉美裔美国人一般占电视中人数的1.5%到2.5%（Gerbner & Signorielli，1979；Greenberg & Baptista-Fernandez，1980）。这表明从50年代的3%下降到了80年代的1%左右（NCLR，1994）。80年代，拉美裔美国人主要出现在刑事司法领域，他们既扮演警官又扮演罪犯（Greenberg，Heeter，Graef，et al.，1983）。到了90年代早期，拉美裔美国人出现在电视上的比例（1.1%到1.6%之间）低于其人口统计值（大约占美国人口的11%）（Gerbner，1993；Nardi，1993）。近来对拉美裔美国人出现在黄金时段情节片中的形象所进行的调查发现，这一群体的出镜率（3%）仍远远低于他们在真实世界中的数量比例（12%）（Mastro & Greenberg，2000）。

最近的研究表明，在1999年至2000年和2000年至2001年电视剧集中播出期里，拉美裔美国人的角色比例从3%下降到2%，，而且许多角色都是第二等或第三等的。研究也注意到，拉美裔美国人的实际数量比例是他们在电视中的数量比例的6倍（Children Now，2001）。而且，其扮演的角色仍大多集中于刑事司法领域，他们要么是警官要么是罪犯（Mastro & Greenberg，2000）。

同样，这些少之又少的的拉美裔美国人也集中表现为不受欢迎的和被限定的刻板形象，这一点可以追溯到早期的电影形象中（Barrera & Close，1982；Garcia Berumen，1995；NCLR 1994，1996；Ramirez Berg，1990；Subervi-Velez，1994）。拉米雷斯·伯格（Ramirez Berg，1990）把这些角色主要划分为6类。第一类是墨西哥强盗。这一角色总是衣冠不整，难以让人信任，不诚实——主要以许多警匪片中表现的贩毒者或城市歹徒为代表。第二类是娼妓。这种女性集性和情欲于一身，她们所有的存在就是围绕着肉体上的快乐。拉米雷斯·伯格认为第三类刻板形象表现为男性滑稽演员。这类人物既无知又可笑，主要是因为他们不能掌握英语。《我爱露西》（*I Love Lucy*）中的里希·里卡多（Ricky Ricardo）就属于这种类型。与男滑稽演员相对的女性角色就是小丑。她们是被嘲弄的对象，与娼妓形成了强烈的对比。这种形象的一个最近的例子可以在全国广播公司的《威尔与格雷斯》（*Will & Grace*）中的罗萨里奥（Rosario）身上找到。第五类刻板形象是拉丁情人，可以追溯到20世纪20年代的电影。这一形象代表着诱惑、愉快和激情。最后，拉米雷斯·伯格注意到了对皮肤偏黑的女子的刻板印象。这类角色是神秘的、诱人的，但很冷漠。习惯上，总是将她们与其直接而坦率的白人男性对手形成对照。

亚裔美国人 20世纪60年代以前，电视上几乎没有亚洲人存在，这似乎与电影中流行的“黄祸”（yellow peril）观念有关（Fung，1994；Mok，1998）。当时的推断是，亚洲人构成了西方文明和美国经济稳定的威胁。电视观众不经意间就可看到一个中国人被刻画为一个顺从的劳工，或一个日本人被刻画为一个残忍的士兵（Mok，1998）。这样一来，亚洲人经常被描绘成诡诈的和神秘的形象。持续时间不长的连续剧《弗拉什·戈登》（*Flash Gordon*, 1953 - 1954）就是一个例子，它主要描述的是一个白人主角与堕落的亚洲坏人作斗争以拯救世界的惊险故事。

从1968年到1980年间，电视节目《夏威夷5 - 0》（*Hawaii* 5 - 0）的流行导致亚裔美国人在电视上出现的绝对频率（absolute frequency）增加（Signorielli, 1983）。然而，尽管节目是在亚裔美国人数量最多的地区播出，但他们经常出现在背景角色中（Mok, 1998）。电视剧《猛龙神探》（*Magnum PI*, 1980 - 1988）和《夏威夷情缘》（*Island Son*, 1989 - 1990）中的情况就是如此（这两个故事都发生在夏威夷）。尽管如此，在此期间，还是有一些节目中的亚裔美国人形象引起了人们的注意，包括《星际迷航》（*Star Trek*, 1966 - 1969）、《巴尼·米勒》（*Barney Miller*, 1975 - 1978）和《昆西》（*Quincy*, 1977 - 1982），在这些节目中，亚裔美国人都扮演了令人尊敬的显要角色。

20世纪90年代中期，亚裔美国人只占电视中总人数的1%（Mastro & Greenberg, 2000）。在2000年至2001年的播出期里，这一比例增加到了3%，但其中只有2%是反复出现的重要角色。亚裔美国人也在当时的一些节目中扮演了重要角色（Mok, 1998）。例如，有争议的情景喜剧片《完全美国女孩》（*All American Girl*, 1994 - 1995）演员都是亚裔美国人。另外，近期的两部连续剧——《急诊室的故事》（*ER*）和《星际迷航：旅行者号》（*Star Trek*：*Voyager*）中反复出现了亚裔美国人角色。

从20世纪50年代到70年代，亚裔美国妇女出现在电视中的角色包括农民、妓女/艺妓或者“龙女”（Dragon Lady）（Mok, 1998）。这些形象还没有从电视屏幕上消失。从颇受欢迎的福克斯（Fox）连续剧《甜心俏佳人》（*Ally McBeal*）之中的角色林（Ling）身上，人们可以看见亚洲妇女的这种模式化形象的再现。

美国土著人 对美国土著人来说，几乎没有可供分析的电视形象。在对1996年至1997年播出期的节目进行分析时，马斯特罗和格林伯格（Mastro & Greenberg, 2000）发现，没有美国土著人出现在电视黄金时段节目中。土著人即便在这一时段里偶尔出现过，那也是在历史背景之中（Merskin, 1998）。因此，在电视中，美国土著人不被视为当代美国社会的一部分。研究者指出，美国土著人的常见形象就是懒惰而愁眉苦脸的傻瓜，他们被古代神秘的宗教所束缚。当西方人对电视里的形象失去新鲜感后，对美国土著人的刻画也就消失了。在20世纪90年代的一些节目中，我们可以发现一些美国土著人角色的再现，例如《北部揭秘》（*Northern Exposure*）和《荒野女医情》（*Dr. Quinn*：*Medicine Woman*）（Merskin, 1998）。

广告

历史上，少数族群形象很少出现在广告中，有些群体甚至从来没有出现过（Coltrane & Messineo, 2000; Wilson & Gutierrez, 1995）。因此，印刷广告和电视广告中出现的少数族群形象格外引人注意。内容分析表明，当少数族群确实出现在广告中时，只有少数被严格限定的角色受到欢迎（Wiegel, Lumis, & Soja, 1980; Wilson & Gutierrez, 1995）。广告中的形象不是用来表现美国文化的多样性，而是使之符合白人社会既定的主流价值规范（Coltrane & Messineo, 2000）。这些角色包括奉承的角色以及群众或背景角色（Wilkes & Valencia, 1989）。

黑人 格林伯格和布兰德（Greenberg & Brand, 1994）以及威尔逊和古铁雷斯（Wilson & Gutierrez, 1995）都总结了几十年来广告的趋势。从20世纪40年代到60年代中期的早期研究表明，0.06%到3%的杂志广告中有黑人的形象。他们总是以消遣者、运动员和仆人的形象出现。60年代晚期的研究发现，杂志广告中黑人形象所占的比例增加到了5%（Cox, 1969－1970）。这种数量的增加和更为正面的形象的增加源自黑人民权组织的压力（Wilson & Gutierrez, 1995）。尽管这些组织的行动确实为黑人带来了一些积极的变化，但这一趋势并没有惠及到其他种族群体。而且，到了70年代晚期，杂志广告中黑人形象的数量比例已经下降到大约2%（Bush, Resnick, & Stern, 1980）。

相反，自20世纪60年代中期到晚期，电视商业广告中的黑人形象从5%增加到了11%（Dominick & Greenberg, 1970）。布什、所罗门和海尔（Bush, Solomon, & Hair, 1977）以及卡利和贝内特（Culley & Bennett, 1976）指出，到70年代中期，黑人形象从大约10%增加到了13%。然而，这些形象集中出现在群众场面中。到70年代晚期，在商业广告中黑人形象不足2%（Weigel et al., 1980）。实际上，以动画形式设计的、没有真人参与的商业广告出现的频率是有黑人形象的商业广告的2倍。对1978年到1989年的电视商业广告所进行的分析表明，黑人出现的频率保持在8.5%和9.1%，相对的没有变化（Weigel et al., 1995）。同一时期，威尔克斯和巴伦西亚（Wilkes & Valencia, 1989）报告说，黑人最常出现在诸如食物、汽车、酒、电子产品以及保健品之类的广告中，其出镜率接近17%。到1994年，黑人，包括模特，占所有商业广告形象的31.8%（Taylor & Stern, 1997）。

拉美裔美国人 由于拉美裔美国人很少出现在广告中，所以关于他们的研究不多。早期广告中几乎没有拉美裔美国人形象（20世纪60年代），即便是有，他们也总是扮演反面的和卑躬屈膝的角色（Wilson & Gutierrez，1995）。到20世纪70年代末，拉美裔美国人出现在黄金时段商业广告中的数量比例不足2%，在周末商业广告中不足1%（Gerbner，Gross，Morgan，& Signorielli，1981）。甚至在20世纪80年代中期，拉美裔美国人在电视商业广告中出现的频率也不足6%（Wilkes & Valencia，1989）。他们即便出现，也总是充当娱乐、酒或家具类商业广告的背景角色。到90年代中期，拉美裔美国人出现在黄金时间商业广告人体模特中的比例为8.5%。

亚裔美国人 在对亚裔美国人出现在黄金时段电视广告中的情况进行分析时，泰勒和斯特恩（Taylor & Stern，1997）发现，这一群体占所有商业广告模特的8.4%。这一比例超过了他们当时所占的人口百分比（3.6%）。实际上，这些数据比他们出现在印刷广告上的比例（大约为2%到4%）要大得多。这些形象经常会出现在与财富和工作有关的广告中（如科技、银行等），而很少出现在日用品的商业广告中（如食物、家庭用具等）。

土著人 美国土著人的形象几乎没有出现在印刷广告和广播电视的商业广告中（Wilson & Gutierrez，1995）。研究表明，美国土著人出现在广告中的三个主要形象是：高贵的原始人、开化的野蛮人以及残忍的野蛮人（Green，1993；Merskin，1998）。

电视新闻

对电视新闻的研究表明，少数族群在电视新闻中的形象比他们在虚构类节目中的形象要消极得多（Dixon & Linz，2000）。因为新闻的消费者把新闻当成他们获取确切信息的来源和了解世界的窗口，所以，新闻中少数种族的形象类型有着至关重要的影响（Gilens，1996）。因此，电视新闻为我们考察少数种族形象提供了一个独特的视角。

新闻描述（News Depictions） 1979年，美国民权委员会提出，在所有的电视新闻报道中，关于少数族群的报道不足2%。一旦被报道，少数族群的形象经常与犯罪和越轨问题联系在一起（Entman，1990；Entman，1992）。对新奥尔良（New Orleans）地方电视新闻节目的研究表明，80%以上的黑人都被认为是抢劫嫌疑人（Sheley & Ashkins，1981）。对芝加哥市（Chicago）55天里地方新闻的抽样调查表明，几乎一半的地方新闻报道把黑人同暴力犯罪联系在一起（Entman，1990；Entman，1992）。而且，广播电视网新闻中超过3/4的犯罪报道是与黑人联系在一起的，相比之下，将白人描述为犯罪嫌疑人的报道占42%（Entman，

1994a)。

与白人相比，黑人在电视新闻节目中往往更容易被描述为犯罪嫌疑人，更惯常被描述为无名无姓的、拘谨的、衣冠不整的人（Entman, 1992）。对1985年至1989年地方新闻的抽样调查表明，黑人作为犯罪嫌疑人出现的频率比白人高得多，他们经常被描述为险恶的人（Jamieson, 1992）。恩特曼（Entman, 1994b）认为，这些新闻描述会激发种族成见并在白人观众中引起恐慌。

在对费城（Philadelphia）、宾夕法尼亚州（Pennsylvania）的晚间新闻节目（晚上11点）所做的抽样调查中，研究者发现，当新闻报道与犯罪无关时，描述少数族群的频率与描述白人的频率是相等的（Romer, Jamieson, & DeCoteau, 1998）。然而，少数族群的照片出现在与犯罪相关的报道中的比率是白人的2倍多。在这些报道中，白人更可能是受害者（60%到65%的情况下），而不是罪犯。相反，少数族群更可能是罪犯（62%到64%的情况下）。在黑人是罪犯的报道中，42%的受害者是白人。

在对南加利福尼亚州（Southern California）20周的新闻节目所进行的调查中，狄克逊和林茨（Dixon & Linz, 2000）也宣布了类似的发现。黑人比白人更有可能被电视新闻描写成罪犯。要是单就重罪报道而言，两个族群之间的不平等现象越发严重。另外，黑人被描写为嫌疑人的数量是被描写为警官的数量的4倍。在这项研究中，对拉美裔美国人的分析也显现出同样的模式。然而，在比较报道中的这些趋势时，研究者注意到，电视新闻中出现的黑人犯罪者的比例（37%）要高于南加利福尼亚州犯罪统计报告中的实际比例（21%），但新闻中拉美裔美国人作为犯罪者的比例（29%）却低于现实生活中的比例（47%）。

关于新闻中对美国土著人的刻画，韦斯顿（Weston, 1996）指出，土著人的形象极少出现，而且被限定在一些以白人社会的主流习俗为基准的固有角色中。这些形象忽视了美国土著人文化的多样性，而只强调贫穷、酒精诱发的各种疾病以及教育的失败。

新闻从业人员 格林伯格和布兰德（Greenberg & Brand, 1998）注意到，20世纪80年代末，大约64%的商业电视台雇用了少数族群成员。这表明自1972年以来相关比例只增加了1%（Stone, 1998）。对其人事任用（employment）状况的特别调查显示，在电视新闻记者和编辑中，8%到10%为黑人，1%到3%为拉美裔美国人，大约1%为亚裔美国人，美国土著人不足0.5%（Greenberg & Brand, 1998; Stone, 1988; Weaver, Drew, & Wilhoit, 1985）。

新闻主播中少数族群所占的比例也没有偏离这一模式：7%为黑人，2%为拉美裔美国人，1%为亚裔美国人，大约0.5%为美国土著人。制片人中，8%为黑人，4%为拉美裔美国人，2%为亚裔美国人，0.5%为美国土著人。然而，考虑到职业模式时，可以发现存在地区差异。在对底特律（Detroit）、密歇根州（Michigan）进行的市场调研中，阿特金和法伊夫（Atkin & Fife，1993-1994）发现，黑人在电视新闻主播、记者和职员中所占的比例超过了他们实际所占的人口比例，且这一情形男性比女性更为明显。

使用模式

几十年来的社会科学研究证明了观看电视节目内容和社会学习（social learning）之间的关系（Berkowitz & Geen，1967；Dominick & Greenberg，1972；McLeod，Atkin，& Chaffee，1972；Smith et al.，1998）。尽管其中大量研究强调观众从电视内容中习得了侵犯行为，但它们也指出，包括使用频率、自我认同、喜好和偏好等在内的许多因素正是学习过程的基础。因此，这里对这些决定性因素进行了考查。

大体上，有关使用模式的研究指出，黑人和拉美裔美国人是电视的最大消费者（Comstock & Cobbey，1979；Nielsen，1988，1998）。在家庭层面，研究发现黑人每周看电视的时间比白人多23小时以上（Neilsen，1988）。在个人层面上，布朗、坎贝尔和费希尔（Brown，Campbell，& Fischer，1986）估计，黑人少年每周看电视的时间比白人少年多4至7小时。这种电视消费上的不等现象在对日常观看习惯所进行的研究中得到了进一步证实——研究表明，黑人每天观看电视的时间比白人多1到2小时（Greenberg & Linsangan，1993）。博塔（Botta，2000）的研究结果指出，黑人少女看电视的时间远远多于白人少女。

在观看电视的偏好上，差异也是很明显的。黑人观众比白人观众更喜欢描写黑人的节目或演员全是黑人的节目（Nielsen，1998；Dates，1980）。不同年龄段的黑人观众中都存在这一倾向（Eastman & Liss，1980）。黑人儿童和少年偏爱同种族的人物角色（Dates，1980；Liss，1981），并且宣称对电视所表现的事实的信任度增加了（Poindexter & Stroman，1981），对黑人角色有了更大程度的认同（Greenberg & Atkin，1982），当人物角色获得高度文化认同时尤其如此（Whittler，1991）。

对拉美裔美国人节目喜好的调查却有一些复杂的发现，部分原因在于拉美裔美国人在美国电视黄金时段出现的数量有限。研究注意到，拉美裔美国人偏向于观看与拉丁美洲有关的内容（Greenberg，Heeter，Burgoon，Burgoon，& Korzenny，1983）以及由拉美裔美国人所扮演的角色（Eastman & Liss，1980），他们平均每周看电视的时间为29小时（Subervi-Velez & Necochea，1990）。不过，人们对这些形象的质量的评估并不一致。格林伯格等人（Greenberg et al.，1983）发现，年轻的拉美裔美国人相信电视中同种族形象的真实性和体面性。相反，费伯、奥吉恩和迈耶（Faber，O' Guinn，& Meyer，1987）指出，成年的拉美裔美国人对电视中拉美裔美国人的数量和质量都不满意。而且，他们的研究表明，种族是这些观点的重要的预测器（predictor）。经常看电视的白人更可能说拉美裔美国人的形象是公正的，但常看电视的拉美裔美国人却持相反的观点。

在拉美裔美国人之中，西班牙语电视商业广告劝服力的增强，进一步证实了他们对相似角色和内容的兴趣。对那些会讲双语或以西班牙语为主的拉美裔美国人来说，同一品牌的广告，使用西班牙语比使用英语明显更具说服力（Roslow & Nicholls，1996）。

目前我们还没有发现对亚裔美国人和美国土著人一般性媒介使用的研究。

效果研究

有少数研究考察了大众媒介对各族群的描写与其对社会认知的影响之间的关系。结果表明，电视对少数种族的描写影响了多数族群对少数族群真实世界的看法，也影响了少数族群对自身的评价（Armstrong，Neuendorf，& Brentar，1992；Botta，2000；Faber，O' Guinn，& Meyer，1987；Ford，1997；McDermott & Greenberg，1984）。这包括一系列不同特性的研究，将以内容为基础的因素和观众的个体特性结合在一起，这些特性影响着少数族群和多数族群的知识获取以及信仰体系（Bandura，1994；Potter，1994；Potter & Chang，1990）。更为明确的是，那些推动这一学习过程的因素包括接触电视的频率、内容/讯息特征、描写的真实性、与原型的相似程度、对原型的认同程度以及个人的认知能力水平等等（Bandura，1986；Potter，1986）。这些变量放在一起，为我们理解电视对少数族群的描写（从内容到数量）在多大程度上影响了判断的形成提供了一个框架。

早期的调查研究发现，白人儿童对电视内容的接触与他们对少数种族真实世界的看法之间有适度的联系。朱克曼、辛格和辛格（Zuckerman，Singer & Singer，1980）指出，白人更多地接触暴力电视节目，是使他们认为黑人比之更加无能和更加不服从的一个重要原因。此外，阿特金、格林伯格和麦克德莫特（Atkin，Greenberg，& McDermott，1983）将白人儿童观看那些主要描述黑人的电视节目，与提升他们对真实世界中各种黑人角色的评估关联起来进行研究，结果发现这些儿童会认为黑人在生理和行为特点上与电视中的没有差异。这种关联度不会因为在实际生活中的接触而减弱。

与之相应，费伯、奥吉恩和迈耶（Faber, O' Guinn, & Meyer, 1987）通过电话随机调查发现，经常观看电视的白人观众更确信电视对待拉美裔美国人是公平的。在拉美裔美国人中，这一情况却是相反的。经常看电视的拉美裔美国人并不认为电视对他们的描写是公平的。此外，阿姆斯特朗等人（Armstrong et al., 1992）也指出，电视内容与种族观念之间有重要的联系。在对白人大学生的调查中，研究者发现，他们对电视新闻接触得越多，对黑人的社会经济地位的看法就越消极。但接触娱乐节目的情况却与此相反。经常观看虚构类电视节目，对黑人的社会经济地位（相对于白人而言）的评估就会好一些。

同样，福特（Ford, 1997）发现，与接触没有成见的描写时相比，当白人接触对黑人的负面的、刻板的描写时，对其评价更为消极。但是当描写的形象是白人时，这一情形就不会出现。福特推测，这可能是因为对黑人进行刻板描述时，采用了幽默手法。他认为，这提高了我们对少数族群被贬损的形象的容忍力。

还有一些实验研究证实了电视对种族的描写与社会刻板印象之间的联系。当接触由实验控制的新闻广播时（只改变罪犯嫌疑人的种族），白人大学生对是否有罪的判定明显地受到嫌疑人种族的可视形象的影响。因此，黑人嫌疑人比白人嫌疑人更容易被怀疑为有罪。由于一些参与实验者倾向于消极的刻板印象，因此这一结果被强化。而且，受试者更有可能认为黑人嫌疑犯会重复犯罪行为（Peffley, Shields, & Williams, 1996）。

电视与信念系统之间的关系还和少数族群的自尊有关联。麦克德莫特和格林伯格（McDermott & Greenberg, 1984）发现，与父母的交流以及有规律地观看以黑人为主角的节目都与4年级和5年级黑人学生的自尊有积极的联系。此外，斯蒂林（Stilling, 1997）对观看电视以何种方式影响了拉美裔美国人的文化移入（acculturation）进行了调查。文化移入，就是指个人在多大程度上认可第二文化特征，这与对电视节目的接触有重要的关系。特别是这一研究发现，对英语电视节目的接触增强了在美国居住时间较短或居住时间中长的拉美裔美国人文化移入的程度。不过，舒贝尔维·维勒兹和尼科齐（Subervi-Velez & Necochea, 1990）发现，在拉美裔美国小学生中，接触电视的数量和类型与自我观念之间没有联系。

讨论

总体来说，从现有的对电视和少数族群的研究中可以得出一些结论。最令人震惊的是，除了黑人外，对其他群体来说，情况几乎没有什么实质性的改善，即便是已有的描述也会因节目类型的不同而差别悬殊。对拉美裔美国人来说，已经证明在对他们的进行刻画的数量上有所增加，虽然并非实质性的增加；但对亚裔美国人和美国土著人来说，连这样的进步都没有。除了黑人外，如果电视对少数族群的描述的数量太少，就不可能进行抽样调查来得出描述质量方面的一般性结论。从本质上说，这些研究证明了一个事实：少数种族被限定在极少的、特定类别的角色中。

即使对黑人来说，这种数字的平等是否真的令人称羡也还是个问题，特别是考虑到新闻中对他们的刻画时。相反，当考虑到这些形象的类型时，人们宁愿这些代表性人物缺席。电视节目分离成不同的类型，这为我们考察刻画的趋势和变动情况提供了有意义的证明材料。然而，要完全理解电视的潜在影响，必须调查所有的形象。当虚构类节目与新闻节目并置时，一个相互对照的画面出现了，它模糊了电视节目的轮廓。

根据克拉克（Clark，1969）的观点，电视对少数族群的刻画有一个发展的过程。这些代表阶段虽然是不连贯的，但标志着少数种族可担当的角色在质量和类型上的稳步发展。最初是完全缺席阶段，没有种族群体的代表性人物出现在电视上。然后，滑稽角色出现，这一群体成为白人藐视的滑稽对象。第三个阶段，或者叫调整时期，少数族群出现在法律的两边，既是法官又是罪犯。最后，他们的形象开始出现在平等主义阶段，在这个阶段，我们可以在反映文化丰富性和多样性的各种角色中看到少数族群的成员。

运用这一框架来看，在情节剧和娱乐节目中，黑人的形象在其发展过程中有了一定的进展。但在新闻中却不能这样说。而且，对拉美裔美国人来说，他们被描写的类型依然是一些限定性的角色。而且，根据这些形象出现的频率来看，我们很难说拉美裔美国人已经超越了其在电视中缺席的阶段。更为明显的一点是，亚裔美国人、美国土著人以及其他少数族群依然在电视中缺席。

为了改变这种局面，为了提高少数族群在电视中的表现水平而继续斗争，人们开发了有线电视网来针对这些被忽视的群体。黑人有线频道、西班牙语频道以及其他少数族群的频道越来越多。拉美人有线电视网如尤尼维森（Univision）公司和特莱蒙多（Telemundo）公司的频道分别进入了93%和85%的拉美裔美国人家庭（Tobenkin，1997），而新的有线电视网还在发展中。例如，创办于2001年1月Azteca America公司正逐步占领部分正在发展中的拉美市场（McClellan，2000）。

然而，如果以对节目的喜好为基础，任何观众都容易忽视一些描写少数族群的节目。他们仅在特定时间段集中观看一些有关黑人的节目，这很可能导致一个明显的缺失。由于这种忽视，仅用出现频率就不足以描绘电视的状况。因此，另一些内容分析法也常被采用，以便更清晰地抓住这些描写的本质。此外，群体间相互比较法（intergroup comparison）被用来调查电视中群体间的区别（如黑人和白人)。某些描述特征可以用来评价描述的公正性（Dixon & Linz，2000)。例如，“黑人和白人谁更可能在情景喜剧中被刻画成一个奉承的角色”?

角色间相互比较法（interrole comparison）提供了探究电视对少数族群刻画的另一种方法。这一方法包括在同一种族或文化群体中比较角色出现的频率和类型。使用这一方法是为了回答这样的问题：“在犯罪剧中，拉美裔美国人更可能被刻画成袭击的进攻者还是受害者?”

真实性相互比较法（interreality comparison）提供了另外一种研究这些形象刻画的有用的方法。这一方法集中比较电视的刻画和真实世界中的社会指标。这一方法的一个例子就是调查黑人、白人、拉美裔美国人、亚裔美国人以及美国土著人被刻画为罪犯的频率是否比实际的犯罪指标高。

我们将这三种方法结合在一起，就能对电视环境作出相当明晰的描述。不过同样需要指出的是，由于电视中某些群体形象的缺席或缺乏，这也限制了对这些族群的全面了解。如果能在各种独立的节目类型中重现拉美裔美国人、亚裔美国人以及美国土著人，那么我们的研究就可能会更好地评价他们的地位和角色随着时间的发展而呈现的发展状况。

尽管内容分析使我们能够对这些形象的影响进行推测，但有关这些形象的效果的行为研究（behavioral research）还是很有限的。即使有些研究用到了一些数据，但黑人以外的其他群体还是没有得到透彻的分析。不过，还有一点也是必需的，即我们需要进一步理解，电视描述的近乎缺席或完全缺席会如何影响观众个体。这种缺席是否是无足轻重的？对白人（和黑人）来说，这是否认可了其优越感或显著感？相反，拉美裔美国人、亚裔美国人以及美国土著人是否会得出他们是二等公民或从属于美国社会的结论？这对自我观念的影响如何？我们仍有必要对这些问题继续进行调查研究。

媒介对营销传播的影响

戴维·W. 斯图尔特
保罗斯·帕夫洛
■ 南加州大学（University of Southern California）
斯科特·沃德
■ 宾夕法尼亚大学（University of Pennsylvania）

本章将考察的是与媒介特征相关的研究和理论，包括考察媒介特征对营销传播（marketing communications）的影响以及这些影响产生的过程。更具体地讲，我们将考察在营销传播作用于个体消费者和市场的过程中，特定的媒介类型和媒介工具所产生的独特的、互动性的效果。早年的回顾性研究（Stewart & Ward, 1994）考察了媒介在广告方面的较为传统的效果，而对于当时出现的新兴媒介所带来的潜在变化，包括新的媒介特征及其对广告实务的影响，则只做了简要的介绍。斯图尔特和沃德（Stewart & Ward, 1994）指出，媒介持续快速的演进为研究提供了新的机遇，但也要求我们将研究的关注点从刺激物（即媒介特征）转向个体（即媒介为个体服务的目的和功能）。随着互联网、互动电视以及移动通讯的兴起，之前许多关于媒介演进的观点都已过时。因此，本章将较少关注传统媒介在广告方面的效果，而较多地关注新兴媒介在营销传播这个更广的语境下所产生的影响。

本章首要关注的是媒介在个体受众与营销传播接触、互动并作出反应的过程中所产生的效果，某些特定的媒介特征对营销传播管理决策的影响不是本章关注的焦点——因为媒介特征通常都会影响到管理决策，如决定是否投放广告，花费多大成本，投放哪类媒介和/或工具。尽管如此，在首要关注点之外，我们仍然有必要提出一些其他的议题以探讨媒介效果观对人们的营销传播决策的影响。此外，万维网、移动电话、数字助理（digital assistants）等诸多媒介之间的互动性正在不断增强，这使得不同类型的营销传播间的界线日益模糊。在互动媒介的语境下，我们已经难以将广告、人员推销（personal selling）、售前售后服务（service before and after a sale)、分销（distribution)、已购产品清晰准确地区分开来。因此，本章不仅关注媒介在广告中的效果，而且关注媒介对整个营销传播的影响。

大多数有关营销的媒介效果研究都倾向于关注广告效果，而且主要关注电视、广播、印刷媒介等传统的大众媒介的广告效果。这带来了一个经验性的问题：即过去的研究结果是否适用于新的媒介形式？变化不断、日趋复杂的媒介语境总是要求我们根据新的环境来重新评价过去的研究结果。然而，现有的经验性、理论性研究的立足点仍然是传统的、非互动性的大众媒介的语境。既然互动性（interactivity）和易动性（mobility）已经成为了研究媒介以及媒介在营销传播中的影响的新维度（dimension)，那么本章不但要总结传统媒介在营销方面的影响，而且要对这些新维度予以考察。

营销传播中媒介的定义

一般而言，“媒介”（medium）指的是使传播得以发生的所有的传输工具或设备。在营销传播的语境下，“广告”（advertising）一词往往与大众传媒有关，从而区分于人员推销以及促销活动（sales promotion activities)。人员推销往往通过人际传播渠道发生，而促销活动则可以借助各种媒介形式来实现。传统意义上，人们认为广告媒介是“可测量的”，即可以获得量化的信息以评估那些潜在的接触广告讯息的观众或读者的数量，认为广告是一种从广告主到接收者的单向传播(one-way communication)，而人员推销和直复营销（direct response marketing）则具有更强的互动特征。

营销管理实务——通常在这个领域中形成广告决策——与技术环境（的改变）促使人们对广告媒介的传统观念开展了更加开放的讨论。一些学者提出，信息的可得性的增加以及获得、处理和分析信息的技术精密度的提高，正使市场营销组合（marketing mix）几大要素之间的界线变得模糊（Glazer，1989；Ray，1985)。同时，有人主张，为了应对营销职能之间以及这些职能与公司其他内外职能规范之间的传统界线模糊的局面，营销职能的构成以及公司本身的组织应该有所变化（Glazer，1989；Webster，1989)。营销组织越来越意识到，与单纯的广告相比，消费者和其他公司股东能带来更多控制传播的机会，为了达成组织的目标，营销传播决策必须相互协调、合理安排。例如，对零售网点的选择代表了在“传播媒介”（communications medium）上的决策。一件商品是通过蒂梵尼（Tiffany）商店售出还是由折扣商店售出，在概念上与一则广告在《纽约客》（*New Yorker*）杂志或《网球》（*Tennis*）杂志上刊登是否具有同样的影响力这个问题类似。尽管媒介特征截然不同，促销员与新闻周刊上的广告一样，也是一种传播媒介。

上述发展趋势不仅拓展了营销组织的传媒视野，而且促成了广告与营销传媒在大众媒介这一传统界限上的突破。例如，赞助与定点传播（place-based communication）已经成为营销讯息到达消费者的一个重要的方式。当兰斯·阿姆斯特朗（Lance Armstrong）赢得环法自行车赛（the Tour de France）的冠军时，著名品牌的标识就印在了他的自行车和运动服上。与传统的大众媒介相比，结合了有线电视、电脑信息设备、传真机、移动电话以及网络个人数字助理（Web-enabled personal digital assistants）的赞助能使营销者更精确地接近目标受众。诸如此类的传播技术也便于消费者对营销者的传播活动做出回应，甚至与营销者进行沟通。

消费者将互联网视为一种与营销者进行沟通的媒介，由此出现了一种新的营销传播方式——互动广告（interactive advertising），它是传统广告与互动科技相融合的产物。互动广告拥有一些人员推销、直复营销甚至是分销渠道（distribution channels）的特征，这符合营销组合的界线正趋于模糊的观点。2000年，仅互动传播的方式之一——在线广告（online advertising）这一项的费用就超过了50亿美元，预计到2005年，它将超过450亿美元（Stone，2000）。虽然450亿美元也只是广告总支出的10%，但我们有理由相信，随着消费者与营销者对互动广告的优势的认可，这个数字还会有大幅的提高。

使用非传统媒介进行传播的目标正越来越接近于传统媒介。例如，赞助某个运动员，如兰斯·阿姆斯特朗，就可能会影响消费者态度的形成与改变。这是因为广告主与该运动员或体育赛事联系在了一起。营销者的目的在于，通过赛事期间的讯息、广告牌或是在赛事中出现的某件物体上的商标（如出现在运动服上的运动服装公司的商标），赛事的现场观众以及电视机前的观众能够反复接触到赞助商的品牌，从而使该品牌达到极高的曝光率。互动媒介的出现进一步扩展了营销传播的潜在目标。例如，与传统的广告相比，互动媒介不仅能够提供信息，还可以接受定购，如果是数字化的产品或服务，媒介甚至可以递送产品。然而，正如先前所提到的，虽然新媒介将改变消费者和营销者使用大众媒介的传统方式，但在适当的情况下，新媒介仍将沿用传统媒介的方式影响人们对营销传播的反应。因此，在转而讨论新媒介之前，我们首先来考察一下现存的有关传统媒介的经验性、理论性的文献资料。

营销传播中媒介效果的性质

我们可以说，在早期的广告主那里，传播活动的发起比媒介的选择及其效果来得更为重要。大众传播史学家告诉我们，最早的传播效果模式认为传播具有强大的效果，如早期的“魔弹论”或“皮下注射论”（Katz & Lazarsfeld，1995，p. 16）。这衍生出了最早的传播效果的概念：谁（who）通过什么媒介（what media）向什么人（whom）讲述了什么（what），产生了什么效果（what effects）。不过营销者们很快就意识到，广告等营销传播方式并非那么强大。几乎所有的广告教科书都记载了约翰·沃纳梅克（John Wanamaker）在目睹广告没能促进其连锁店销售后的悲叹：“我知道我浪费了一半的广告预算，但问题是，我不知道是哪一半。”当然，这是因为营销传播的效果取决于诸多因素，有些与传播本身的特征相关（因此在营销者的控制之中），有些则是相对难以控制的因素，如消费者特征、竞争对手的营销传播活动等等。此外，营销传播并不必然具有直接的效果，这使问题变得更加复杂。也就是说，不论是在日常传播管理实务中还是在媒介效果的实证性研究中，我们都很难在将讯息变量的影响力排除不计的前提下考察媒介自身的效果。同样，传播手段与消费者特征也相互影响：我们很难从消费者先前接触传播的态度和经历中发现作用于他们的唯一的传播效果。

从管理方法理解媒介效果：媒介策划模式

随着商业电视的兴起，以及为窄众化、专业性杂志的问世提供可能的印刷技术的出现，广告主们开始相信个人媒介（individual media）具有独特的能力和效果。营销传播管理者们提出了一套经验法则来解释这些效果（如印刷媒介有利于解释复杂的产品，电视媒介的优越性则在于它可以进行商品展示）。还有人提出了一些“定性的”媒介因素，这些因素至今仍被视为对媒介效果的主观判断。随着移动电话和互联网等互动技术的出现，营销者开始尝试个人化的传播，或至少开始以特定的营销传播方式满足小范围内的、与产品密切相关的受众对营销讯息的需求。

人们不断改进那些早期的经验法则以便能建立清晰的媒介效果模式。这一改进既可以归因于个人媒介使用习惯方面的大型数据库的建立以及电脑技术的发展，也可以归因于传播学理论或心理学理论的发展。通常，媒介模式包含了与家庭中的阅读、收听、收看、网站浏览以及购买行为相关的数据信息。有了这些信息，决策者就能很快地确认那些热衷于某一品牌或产品的消费者的特征及其媒介接触习惯。上述这些采用了人口统计学及行为学分析的模式能够帮助我们了解特定消费者所使用的媒介类型，以及由此推断哪类媒介最有可能触及目标受众。

广告响应函数 大多数媒介策划模式（media planning model）的核心都在于“广告响应函数”（advertising response function）。这是一种假设关系，即个体（或个体的集合）接触某一产品（从同一媒介或跨媒介）的传播活动的累积数量与一些因变量（如购买的可能性、对产品的了解程度等等）之间的关系。人们对这种响应函数的具体形态（form）存有很多争议。但一般来说，人们总会用到以下两个函数之一（Stewart, 1989）：（1）一条缓和的“S”曲线。它表明，只有当有人接触了广告时（因为这是任何效果产生的开端），广告才能产生效果，而要使这种效果达到顶点，就必须有更多的广告接触行为，之后则会出现影响力的边际递减（declining marginal impact）。（2）一个简单的累计曲线函数（ogive function）。它也表明，每额外增加一次广告接触行为，广告的效力就会急速增强，然后，随着下一次接触行为的出现，影响力的边际递减现象（diminishing marginal impact）又会出现，但这个函数没有阈限值（threshold）。相关的研究文献多次记载了这两种函数并指出，函数的具体形态受到其他一些因素的影响。伯克和斯鲁尔（Burke & Srull, 1988）也赞成这种观点，他们指出，在竞争性广告中可以发现这种模式的“阈限值”。这一推理与学习理论的文献中的干涉效果（interference effects）的研究传统一致。简单地说，伯克和斯鲁尔（Burke & Srull, 1988）认为，阈限效应（threshold effect）体现了一种产品克服竞争产品广告的干扰时所需要的最小限度的广告。因此，攻势强大的产品广告的阈限效应往往是最显著的，但在竞争广告相对适中时，这种效应可能会完全消失。以上情形表明，在更广阔的媒介语境中，至少有一个维度——竞争性讯息的强度，会影响到广告响应函数的形态。

媒介影响 绝大多数媒介策划模式都为最终确认某些“影响”因素提供了可能。媒介策划者能根据这些模式提供的主观权数（subjective weights）对媒介种类、媒介工具及消费者类型等因素进行加权，以确定使用何种媒介和/或媒介工具去接触特定的受众群体。广告主和媒介策划者有一点共识，即不同媒介的传播效力不同（Stewart & Ward, 1994）。不过，认识到了媒介间的质的差别对广告效果的影响是一回事，提供实质性的方法以分辨和调节这些差别则是另一回事。有很多人都在争论如何从不同角度描述不同媒介的特征，但很少有人真正了解人们是怎样与不同媒介互动的。媒介策划者们试图借助主观判断来达成相应的传播效果。不幸的是，事实证明，即使在一些简单的案例里，对媒介的主观判断都不一定可靠（Haley, 1985）。

在探讨了媒介策划者们实际使用的基于电脑技术的模式后，我们在广告主如何评估媒介效果的性质和使用什么知识分析媒介效果方面获得了一些总体性的认识。这些模式的不同形式已经用在了几乎所有的营销传播的媒介决策过程中，其对象包括了传统媒介，如电视和杂志，以及非传统媒介，如事件赞助（event sponsorship），还包括新兴的广告方式，如互联网上的旗帜广告（banner ads）。在对这些模式的探讨中，我们积累了多年的经验，但是几乎没有任何经验性证据能确切地指出各种媒介及其工具的独特效果。当然，这也是由于媒介工具所产生的效果与大量其他的效果相互影响，以致我们很难将某一独特的媒介效果从讯息特征、重复效果（repetition effects）、消费者特征及消费者反应等因素构成的“格式塔”（gestalt）中分离出来。这些模式的确需要我们对不同媒介的广告讯息的“接收者”作出主观的判断。比如，媒介工具的权数就需要媒介策划者们评估那些个体使用者的特征。尽管如此，媒介策划者们通常将这些特征作为人口统计学特征来理解，或者在某些情况下作为“心理图像”（psychographic）特征来理解，即以态度、意见、信仰和生活习惯为依据来描述个体的特征。学术研究者们则不同，他们也曾非常关注与人口统计学相关的个体特征，但现在他们更为关注的是个体与传播媒介互动的过程。现在我们就来看看这些学术研究流派。

理解媒介效果的理论方法和实证方法

马歇尔·麦克卢汉（Marshall McLuhan）以其“媒介即讯息”的论断而闻名。这一论断暗示，传播讯息或产生效果的媒介独立于它所包含的任何一条讯息（McLuhan & Fiore，1967）。实际上，如前所述，某些消费者特征能够影响特定媒介的营销传播效力，而我们只能在这样的语境中来理解媒介效果。消费者特征多种多样，但其中有五个要素已经在实证研究和理论发展中引起了相当广泛的关注：

1. 对媒介的态度
2. 媒介使用
3. 使用媒介时的参与度
4. 影响媒介使用的情绪状态
5. 媒介的互动性

除了上述五个要素外，媒介排期决策（media scheduling decision）也是媒介效果产生的条件之一，它使相同的讯息以不同的方式重复出现，并使受众以不同频率接触媒介中的营销传播活动。

对媒介的态度

媒介影响消费者的方式以及它所使用的营销传播方式在很大程度上取决于消费者对某一媒介的态度。在一项早期的里程碑式的研究中，波利茨研究组织(Politz Research Organization) 对《麦考尔》(*McCall*)、《视点》(*Look*) 及《生活》(*Life*) 杂志的媒介工具效果进行了比较 (Politz Research, Inc., 1962)。该研究向匹配抽样 (matched sample) 后的读者展示了同一系列的广告，在对这些广告的文案效果 (copy effect) 进行控制的同时，告知读者广告刊登在哪本杂志上。结果，实验表明，读者在品牌认知和对品牌诉求的了解方面没有什么差别，但在品牌质量评估和品牌偏好上却差别显著。例如，当某个广告品牌据说是刊登于《麦考尔》杂志上时，有3.8%的人认为它有"极高品质"，但当它据说是刊登于另外两本杂志上时，只有1.0%的人认为它具有"极高品质"。阿克和布朗 (Aaker & Brown, 1972) 以类似的方式考察了不同媒介工具 (比较"权威"和"专业"两类杂志) 与广告诉求 (比较图片广告和"说理式"广告) 在效果上的交互作用。消费者期待的价格、质量及可信度是考察中的因变量。结果显示，在那些以前从未使用过该广告产品的受试者中，媒介工具与广告诉求对广告效果的共同影响十分显著。权威杂志上的图片广告比"说理式"广告效果好。不过，在因变量方面，权威杂志上的"说理式"广告又比专业型杂志上的同类广告效果好。这些研究为以下观点提供了一些实证依据，即认为个体对媒介中的营销传播的反应取决于他们对该媒介工具的态度。

关系与信任的作用 个人对媒介的态度与他对媒介的信任度或信赖度尤为相关 (Shimp, 1990)。这与另一结论极其相似，即营销者与消费者的关系在后者对营销传播作出反应时具有举足轻重的作用 (Fontenot & Vlosky, 1998; Hoffman & Novak, 1996)。在成功的"营销者-消费者" (marketer-consumer) 关系中，最重要的因素是信任。研究显示，信任能够减少交易费用 (Ganesan, 1994)，降低交易风险 (Mayer, Davis, & Schoorman, 1995)，增加未来的互动意向 (Doney & Cannon, 1997)，带来更为有利的价格条款 (Pavlou & Ba, 2000)。此外，基恩 (Keen, 2000) 指出，电子商务 (electronic commerce) 真正的基础在于信任。即使消费者有意在不同情境中与营销者进行沟通，也往往因为他们与营销者相互信任的程度有限而使他们在合作意向上有所保留。因此，对于互动媒介来说，在判定它对消费者的影响力时，消费者对媒介的信赖度有着尤为重要的作用。

虽说信任长久以来都被视为互动过程中的一个非常重要的因素 (Dwyer,

Schurr, & Oh, 1987)，但传统的广告媒介仍是一种单向传播，它在增加消费者对营销者的信任方面作用有限（Mayer et al., 1995)。相互的联系、沟通与合作能推动信任的建立和承诺的履行（Anderson & Weitz, 1989; Anderson & Narus, 1990)。但霍夫曼、诺瓦克和佩拉尔塔（Hoffman, Novak, & Peralta, 1999）注意到，消费者对大多数互联网营销者不够信任，因此，他们不会涉足网上与金钱、个人信息相关的“关系交易”（relationship exchanges)。

信任是在有限的信息基础上对另一实体特征的主观评价（Beccera & Gupta, 1999)。在营销环境中，关于商品特征的有限信息以及营销者提供公平交易的意向会促成消费者的某些选择，或相信营销者，或依靠第三方获取额外的信息，或采取其他措施来降低风险。消费者对营销者的信任在广义上可以界定为一种主观概率（subjective probability)，由于这种概率的存在，消费者往往认为营销者会按照他们所期望的方式来进行交易。信任具有经济价值（Hill, 1990)，可以成为竞争优势的来源之一（Barney & Hansen, 1994)，这些观点已经为大家所接受。然而，传统广告忽视了信任对消费者行为的重要影响，没有对建立信任给予必要的关注（Schurr & Ozanne, 1985)。互动媒介却能通过信息互换、客户支持（customer support)、技术协助（technical assistance)、双向沟通、业务关联等手段顺应消费者的需求，提升消费者对广告商和产品的信任度（Forrest & Mizerski, 1996)。

可以肯定的是，受众对于不同媒介会有不同的理解，形成不同的态度。但这并不能告诉我们人们如何与特定的媒介展开互动，以及这种互动会如何影响到人们的反应。库克（Chook, 1983）对这一点有所论及，他指出，“以态度作为衡量营销传播效果的标准，是一种简单且花费较少的办法，但会引来诸多批评与质疑。首先，衡量人们对媒介的兴趣、信任度及喜爱度的标准与广告表现无关；其次，这些标准太过泛化（generalized)，不适用于具体的广告类型（p. 250)”。

大众媒介的使用

从广义上讲，对媒介效果的考察是在调查个体的媒介使用及其满足这一研究语境下展开的。这种范式认为，社会及心理需求生成了人们对大众媒介的期望，并导致了不同的接触模式和需求满足模式，并产生一些其他的结果（Rubin, 1986; Atkin, 1985; Katz, Blumler, & Gurevitch, 1974)。上述这种研究方法在许多领域都受到了批评（O'Guinn & Faber, 1991)。然而，人们接触不同媒介中的营销传播并获得了满足这一观点却是非常吸引人的，它也获得了一些实证研究的支持。例如，研究发现，“社会效用”（social utility）动机影响了电视商业广告的收视情况。奥吉恩和费伯（O' Guinn & Faber, 1991）提出，“使用与满足”理论在研究专业杂志这类媒介的读者群时最为有效。

在使用不同媒介的消费者的忠诚度研究中，我们已经证实了不同的使用与满足模式的存在。此外，人们会有选择地接触某类媒介，并形成对它们的特定的态度倾向（Gunter, 1985）。属于不同的人口统计学类别的人，在对不同媒介的认知上或对某些节目的接触倾向和接触程度上会有所不同。不过，更重要的是，有研究显示，观众在节目的收视模式及态度偏好上的差别与他们持久性的心理特征有关（Gunter, 1985）。

选择性接触的作用 人们对信息的选择性接触是以特定时间内该信息的相关性（relevance）为基础的，这一点已经得到了有力的证明（Broadbent, 1977; Greenwald & Leavitt, 1984; Krugman, 1988; Pechmann & Stewart, 1988; Tolley, 1991）。研究发现，消费者特征直接影响媒介效果。例如，索尔森（Thorson, 1990）提到了一些个体差异因素，如动机（参与度）、能力、预先习得（prior learning）及情感等，它们会影响消费者对广告的处理方式及意向。上述效果的理论基础是“选择性接触”（selective exposure），即消费者倾向于观看和收听那些讨人喜欢的、相宜的或者与他们自身既有倾向和兴趣相一致的传播内容（Zillmann & Bryant, 1994）。

对我们来说，关键问题在于，这些发现是否与不同媒介中的营销传播效力有某种程度上的联系。商业讯息在效果方面的重大差别可能取决于特定消费者对特定媒介的使用情况。例如，某些读者和观众指出，广告内容是他们选择特定媒介工具的重要依据，在某些情况下甚至是他们使用特定媒介的唯一依据。那么，如果某些商业讯息偏离了个体使用大众媒介的目的，它们可能就无法得到个体的关注（即它们可能会破坏受众的情绪，使他们的注意力发生转向）。在下一节，我们将要谈到有关“参与度”（involvement）概念的研究，这些研究为上述假说提供了论据。

参与度

参与度已经成为了许多“态度的形成与改变”理论中的一个重要的概念（Chaiken, 1980; Chaiken, Liberman, & Eagly, 1989; Greenwald & Leavitt, 1984; Petty & Cacioppo, 1986）。研究者们通常都从消费者如何与特定媒介或讯息互动这一角度界定“参与度”。他们认为，特定的消费者总会或多或少地参与到讯息与媒介中，这将影响到消费者处理信息的程度和类型。“参与度”也是社会心理学、广告学及传播学等学科经常探讨和争论的一个概念（Zaichowsky，1985）。衡量参与度的效果的困难之一在于缺少一个获得广泛认可的定义。研究者们使用“参与度”这一术语来指涉许多完全不同的事物。例如，什未林（Schwerin，1958）将参与性节目（involving programs）定义为“引起紧张”的节目。肯尼迪（Kennedy，1971）认为参与度就是对节目的故事情节感兴趣的程度，而索尔多和普林奇佩（Soldow & Principe，1981）将参与度解释为悬念的作用。最近，索尔森等人（Thorson et al.，1985）将人们对电视节目的喜爱程度和脑皮层的兴奋（cortical arousal）程度作为衡量参与度的标准。

概念运用上的差异带来了另一相关问题，即如何衡量参与度。营销研究人员已经依据媒介（或特定的媒介工具）、讯息以及在讯息中受到关注的产品界定过参与度。在参与度问题上的不同的研究结论，可能缘于各个学科在参与度的界定方式和操作方式上的差异（Singh & Hitchon，1989，for a review of this literature）。由于认识到了这些问题，在媒介效果方面，该领域的研究获得了一些重要的发现。

在早期的研究中，克鲁格曼（Krugman，1965，1966）用参与度的概念来反驳盛行于上世纪50年代末60年代初的大众传播效果模式，即所谓的“交流模式”（transactional model）。与早期的“皮下注射论”或“魔弹论”等强效果模式不同，交流模式的基本观点是，大众媒介的效果是相当有限的。个体的特性、态度、经验和既有倾向等中介因素都会影响大众媒介的效果。有人指出，这种概念上的转变是要将人们的关注点从“媒介对人们做了什么”导向“人们对大众媒介做了什么”。当前，作为认知反应理论（cognitive response theory）的一个分支，“交流模式”在受众态度研究中仍然十分流行。

认知反应理论提出，传播的接收者会展开一些思考活动从而能动地处理他们所接收到的信息（Greenwald，1968）。这一分支众多的理论认为，与其说受众为传播活动所劝服，不如说受众自身展开对传播活动的思考从而劝服了他们自己。在广告研究中，最著名的认知反应理论是佩蒂和卡乔波（Petty & Cacioppo，1986）提出的推敲可能性模式（elaboration likelihood model [ELM]）。该模式认为，传播接收者拥有一些特征，能影响认知反应发生的可能性（“推敲可能性”由此得名）。其中，最受关注的两个特征分别是接收者使用信息的能力与接收者的参与度。

克鲁格曼认为，早期的交流模式是有缺陷的，因为在绝大多数情况下，大众媒介的“效果”被等同于受众在重要议题上的态度改变——这是该领域中的绝大多数实证研究所关注的焦点。克鲁格曼认为，人们很少参与到营销传播的内容当中，像电视这种“低参与度”（low-involvement）的媒介尤其如此。不过，认知反应理论从没忽视对低参与度情况下的媒介效果的研究。该理论认为，高参与度与低参与度情况下的媒介效果存在着差异，但潜在的认知反应机制却是一致的。差异的存在是由于传播活动所引发的思考内容的不同。在参与度较高的情况下，传播活动可以引发更多的与讯息直接相关的思考，而在参与度较低的情况下则会引发对与讯息不直接相关的线索（cue）的更多思考，如讯息源的专业性（source expertise），对讯息源的喜爱程度等。在上述两种情况下，媒介讯息的接收者都被视为主动的信息处理者，但他们所关注和处理的讯息的性质是不同的。

一些研究专门考察了不同的参与度对营销传播的效果的影响。劳埃德和克兰西（Lloyd & Clancy，1989）、统计和调查全球公司（Audits & Surveys，1986）进行了一次大规模的研究，结果表明，参与度越高的媒介（即印刷媒介）在传递产品讯息方面越有效。无论衡量传播效力的标准是回忆（recall）、劝服力还是讯息可信度，结论都是如此。巴克霍尔兹和史密斯（Buchholz & Smith，1991）按照不同的测量标准对参与度与媒介类型之间的交互作用进行了调查。对于这些研究者而言，参与度是一个情境变量（situational variable），他们有意地引导调查对象去关注广告或与广告有关的具体情境，进而从外部控制调查对象的参与度。研究发现，在高参与度的情况下，讯息接收者同样有可能处理和记忆商业广播与电视中的广告讯息，并倾向于展开更多的思考，尤其是对那些与自身相关的商业讯息的思考。在低参与度情况下，有着双频输入（音频和视频）的电视是最好的媒介。虽说此时的认知反应以及讯息的个人相关性都大为降低，但电视的优势仍大于广播。

总的来说，参与度是当前的重要话题之一，因为它构成了那些力图直接比较媒介效果的研究的基础。研究结果显示，不同媒介在吸引受众的注意力、促使受众对广告讯息进行处理的程度上通常存在着差别。此外，研究者们还直接考察了媒介自身效果与受众特征、产品乃至传播环境之间的复杂的互动关系，尽管他们在对参与度的界定上远未达成共识。

情绪

“情绪”（mood）这个术语指的是受众在接触营销传播时的一种特殊的主观情感状态。曾有一系列重要研究清楚地表明，情绪会影响到一系列的心理过程——注意、信息处理、决策、记忆以及态度的形成。斯鲁尔（Srull，1990）、伊森（Isen，1989）和加德纳（Gardner，1985）对其中很多项研究以及当中所暗含的与广告及消费者行为有关的结论进行了回顾。正如之前所探讨的，情绪及其相关的激发（arousal）的概念与“使用与满足”研究有关，它们关注那些连接个体与媒介的情感因素而非认知因素。其基本观点是，人们使用媒介以维持或改变情感状态（情绪）或兴奋状态（激发）。通过自我报告而形成的数据显示，人们使用电视来提高或降低激发程度（Condry, 1989）。心理学研究则显示，观看电视会改变血压、心率以及其他大致能反映出激发状态的生理指标（Klebber, 1985）。

有证据显示，电视节目引发的情绪与这些节目中的商业广告相互影响，从而使观众产生不同的反应。例如，肯尼迪（Kennedy, 1971）发现，悬念性节目的观众回忆起节目中安插的商业广告的某个品牌名称的可能性远远低于喜剧观众，但对广告品牌的态度却比喜剧观众积极。索尔多和普林奇佩（Soldow & Principe, 1981）也得出了类似的结论。戈德堡和戈恩（Goldberg & Gorn, 1987）发现，与悲伤的节目中的广告相比，快乐的节目中插播的广告使观众在收看节目及广告时情绪更为快乐，对广告的认知反应更为积极，对广告效力的评价也更高。他们还发现，由节目引发的情绪对情感诉求类广告的效果大于信息诉求（informational appeals）类广告。不过，研究者们没有考察广告的情感氛围与插播广告的节目之间是否存在相互作用的关系。

卡明斯、马克斯和斯金纳（Kamins, Marks, & Skinner, 1991）研究了商业广告的情感氛围和节目之间潜在的相互作用的关系。他们发现，观众认为“悲伤的”节目中的“悲伤的”广告要比“幽默的”广告更加令人喜爱，并更能引发人们的购买意向。相反，“幽默的”节目中的“幽默的”广告则比“悲伤的”节目中的“幽默的”广告更具效力。研究者依据一致性理论（consistency theory）来解释这些结果，认为观众力求在整个节目中保持某种情绪。卡明斯等人（Kamins et al., 1991）还提出，广告意味着节目的中断，因此，与节目的情感氛围更为一致的广告将比那些在氛围上不一致的广告取得更好的效果。

在一项早期研究中，克鲁格曼（Krugman, 1983）还考察了广告效果与节目编排环境之间的关系。尽管他没有明确地提出情绪问题，但他所提出的假设包含了一些似乎在概念上与情绪相关的过程。他力图检验一条至理名言，即“当广告打断人们感兴趣的节目时，它尤其令人讨厌”，并由此推断，“节目越有趣，广告效果越差”（Soldow & Principe, 19801, p. 60）。克鲁格曼首先将观众意见和观众所受的影响作为两种现象区分开来，然后考察了56个有趣程度各不相同的电视节目中所插播的广告的影响。他发现了一种与至理名言相反的模式：插播在有趣的节目中的广告的效果更好。这也符合克鲁格曼早期的假说，即观众对广告的参与度与他们对节目所营造的环境的感兴趣程度趋于一致。这项研究没有将电视与其他媒介进行比较，且认为讯息变量和提供讯息的媒介在同等程度上影响了观众感兴趣的程度，但结果仍显示，媒介收看环境是影响广告效果的重要的中介因素。

最后，一项重要的田野实验（Yuspeh，1977）将节目编排环境作为电视广告效果的决定性因素进行了考察。这一次，研究者让观众收看情景喜剧或动作片，以此来控制节目编排环境。研究者没有提供任何解释性的概念以说明不同的节目编排方式如何产生不同的效果，但他们似乎抱有这样一种观念，即节目编排中的刺激因素与广告反应之间的联系可以归因于观众收看节目时的不同的情绪状态或兴奋状态（Yuspeh，1977）。研究者安排了实验对象收看特定的节目（进行了实验控制，一半人收看3部动作片，另一半人收看3部情景喜剧）。这些节目中插播了6种产品的广告，研究者使用了品牌记忆度、态度、购买意向以及对广告要素的回忆等多项指标来衡量广告效果。有趣的是，两类节目编排环境在广告效力方面仅有微小的区别。不过，在同一节目的不同剧集之间以及不同的产品和表现手法之间存在着显著的效果差异。实验显示，同一节目的不同剧集可能会对不同节目中插播的广告的效果产生不同的影响。而这种影响很可能是节目类型、广告讯息和受众特征（尤其是节目编排引发的情绪）等一系列复杂因素相互作用的结果。

在所有考察节目编排环境与广告反应的关系的研究中，没有一项研究能清楚地指出人们先前已有的情绪与节目编排所引发的情绪在效果上是否一致。我们也不清楚发生在电视语境（television context）下的那种情绪效果是否会发生在其他的媒介语境中，尽管其他媒介肯定也能引发或改变情绪（Gardner，1985；Isen，1989）。

互动性

最近几年，一种新的营销传播方式产生了。这种新方式的主要特征是电子传播，但它同时也拥有许多其他传播方式的特征：（a）它能够互动，但不必像人员推销那样进行人与人的接触；（b）它提供直接获得消费者的反馈并即时回复的机会；（c）它使消费者之间的传播活动不必受到营销者的干涉；（d）它拥有一些印刷广告和广播电视广告的共性，至少会有一些比较传统的广告出现在它上面（旗帜广告、电子公告等）。卡特勒（Cutler，1990）将“新媒介”定义为能提供即时广告、执行销售并结清付款的媒介。随着互联网和其他技术（互动网络技术、流媒体、无线设备、互动电视等）的出现，新媒介使消费者与营销者之间以及消费者之间能够进行更加广泛的互动（Anderson，1996），这已经超出了上述定义的范围。因此，新媒介最有趣和最新颖的特征或许就是它的“互动性”，而随着更为先进的传播媒介的引入，这一特征将体现得更为明显。

消费者可以使用互动媒介搜索和浏览商业网站来收集和提供信息，可以通过基于网络的交互式软件、移动电话来与营销者互动，可以发帖定制自己想要的商品并与其他消费者以及产品和服务的供应商进行交流，还可以随时随地进行交易。同样，营销者也可以根据从消费者那得到的信息细分受众市场，制作适合不同消费需求的讯息，为消费者查找所需信息和产品提供便利，并收集有关消费者偏好的信息以改善未来的产品及服务。此外，营销者还可以通过提供个人化信息、实况讯息与娱乐、迅捷的用户服务等服务项目以及电子邮件、“智能”网站、现场操作、流媒体及视频会议等技术支持，使消费者获得更加愉悦和丰富的体验。因此，互动媒介具备了传统媒介所不具备的新能力（Burke，1997）。

以前，互动性这一概念主要是和互联网有关，如今，从互动电视到移动电话，各种各样的媒介正为人们提供越来越多的互动机会，这使上述观点显得日渐狭隘了。此外，互动性的概念还会极大地影响到关系营销（relationship marketing）的概念及其实务（Thirkwell，1997），并改变营销者看待传播的方式。莱肯比和李（Leckenby & Li，2000）将互动广告做了以下界定：广告主借助媒介来展示并推销产品、服务以及理念，并让营销者与消费者相互交流的一种广告形式。

互动媒介的使用，同样引发了我们对广告的传统概念与它在当今市场中的应用之间的理论分歧的关注。传统的广告实务及其研究含蓄地将广告界定为营销者对消费者所做的事。与此相对，互动广告却清楚地阐明，广告对消费者做了些什么仅仅是广告活动的有限的一个方面，它强调我们有必要去理解消费者对广告做了些什么（Cross & Smith，1995）以及互动媒介如何影响这种相互作用。消费者搜索、选择、处理、使用信息以及对信息产生反馈的原因对于理解互动营销传播是至关重要的。此外，在互动媒介（如门户网站、聊天室等）中，各种类型的消费者之间的交流有可能会改变他们对营销者的传播活动的反应方式。互动媒介不仅为营销者与消费者之间的交流以及消费者之间的沟通提供了新的机会（Spalter，1996），而且为制定消费者对营销传播的反应的新的衡量标准提供了可能。此外，它还为产品供应和其他市场推广活动创造了机会。互动媒介强调了消费者在营销传播中的重要性。

互动媒介的优势　互动媒介很快将具备电视的覆盖率、人员推销的可选择性，以及只有专业推销员才能与之相匹敌的极强的互动性（Braunstein & Levine，2000）。互动媒介能结合广电媒介的动态传输特点，在将广告讯息传送给目标消费群的同时，吸引那些对传统的非互动媒介不感兴趣的新受众。此外，互动媒介能提供一些使消费者瞬间完成交易的沟通渠道（McKenna, 1997），同时还能监控交易的结果、分析消费者的偏好、调整讯息和促销策略进而增加业绩。这使得广告主能够根据目标消费者以往的在线行为、地理位置及人口统计信息向他们传送不同内容的广告。基尼（Keeney, 1999）提出了互联网可能为消费者创造价值的各种方法，其中包括使交易中的错误最少化、降低产品与服务的成本、设计最佳的产品或产品的外包装、减少购物时间并提高购物过程中的乐趣等等。毫无疑问，消费者是从这些方法中受益的。不过，互动广告的优势已经远远超过了降低成本、提供便利的范围，它还包括了满意度、定制化（customization）、分享感和参与感、理解度与更高的决策质量，以及相互之间的信任感。

营销者可以通过互动媒介直接获得消费者的自我报告或追踪消费者的活动以建立客户档案，消费者也可以在其认为有利可得的情况下粗略地为营销者提供他们的个人偏好信息。例如，Mypoints 网站（www. mypoints. com）承诺为那些透露个人偏好信息的消费者提供他们关心的商品或服务的个性化讯息。从这个意义上说，消费者通过即时获取他们感兴趣的商品信息的方式受益。除自我报告外，数据挖掘（data mining）也是营销者了解消费者偏好的一个有效方式，它通过追踪消费者行为模式，如追踪消费者的点击地址及购买产品的历史数据来了解消费者的偏好。如“cookies”就是一个广泛使用的追踪消费者的网上行为的软件程序。依靠系统的“专家意见”（expertise），网上追踪有助于营销者更多地了解他们的消费者，改善和锁定他们所提供的讯息和产品。互动广告还可以起到“产品模拟器”的作用，即提供现场实物购买的替代品。由于带宽的限制越来越少，营销者可以运用网上的虚拟展厅来推销产品，使消费者能够 360 度全方位地观察产品。此外，使用互动媒介的“实时咨询”（live consultation）功能也可以帮助营销者对消费者提出的问题进行类似于现场咨询的应答，而不需要雇用真正的推销人员。总之，互动广告对消费者和营销者双方都很有好处，它使双方能够进行更好的、更有成效的互动（Wikstrom, 1996）。

尽管互动媒介可能永远无法实现人际交流中的个体接触，永远不可能具有与专业推销人员一模一样的语气和肢体语言，但它们还是可以使一种人员推销方式——一对一营销（one-to-one marketing）成为可能（Burke, 1997）。因为互动媒介能够为大众市场提供定制化的解决方案，可以使营销传播进入那些要求与真正的推销人员“高度接触”（high touch）的领域。斯图尔特、弗雷泽和马丁（Stewart, Frazier, & Martin, 1996）指出，互联网确实正在将传统广告和人员推销整合为一种新的综合性的营销传播方式。根据洛夫洛克（Lovelock，1996）的观点，互动媒介可以在消费者和营销者之间建立一种传播渠道，使他们之间形成更好的关系。此外，定制化和个人化的媒介还具有提高售后服务水平的潜能（Berry，1987，1995；Peterson，Balasubramanian，& Bronnenberg，1997）。

“定制”（build-to-order）商品的概念的出现是使用互动媒介可能带来的结果之一。例如，黑尔珀和麦克达菲（Helper & MacDuffie，2000）假设了这样的一幕：消费者们通过从互动媒介上订购自己定制的（custom-configured）汽车来积极地参与这种推销形式。此外，“自动补货”（automatic replenishment）也是一对一营销的一种方式，它能自动地告知消费者新商品的订购讯息。它重视消费者的体验，能吸引老顾客，带来新的销售活动并加强与消费者之间的联系，因此，它可以被视为人员推销的另一种方式。互动性是自动补给方式成功的一个关键因素，因为这种广告方式需要在消费者与营销者之间建立联系。

利用互动媒介来进行广告宣传的方式可以有很多，但电子邮件传播仍是人员推销中最为常见的方式。例如，coolsaving 网站（www. coolsavings. com）对目标消费者发送个人化的电子邮件，邀请他们访问网站并购买某些商品。电子邮件传播能以较低的成本迅速可靠地将讯息送达个体消费者，这比传统信件、电话甚至广电媒介的效率还要高。消费者对符合他们个人兴趣的电子邮件做出回应的可能性同样也要高于大众传媒。

当营销者十分了解消费者，可以为消费者提供知识性、个人化的广告讯息时，互动媒介就可能取代人员推销。理论上，为了使讯息符合个人偏好，营销者可以使用任何能令消费者受益的信息，但在现实中，收集个人信息可能会导致对消费者隐私的侵犯。线上描述（online profiling）就是一种搜集信息的方式，它经常秘密地搜集与消费者的上网（Web-surfing）习惯以及个人购买偏好相关的信息。互联网的特征之一是匿名性，因此，消费者们肯定会担心营销者在他们上网时搜集他们的个人信息，侵犯他们的隐私。但对于营销者来说，网上追踪具有巨大的潜力，过多地考虑消费者隐私的泄漏问题会妨碍他们更好地了解消费者。当消费者有意寻求这种交流互动时，互动广告就成为了一种无可非议的一对一的传播方式，这一点与传统的人员推销方式是相似的。

互动媒介中的口碑传播 长期以来，口碑传播（Word-of-Mouth Communication [WOM]）都被认为是最为可信、公正和有效的一种营销传播方式（Cafferky，1996；Hoyer & Maclnnis，2001；Kiely，1993；Rosen，2000）。许多门户网站都提供没有营销者干扰的环境以便消费者通过电子邮件群组讨论、留言板和聊天室进行积极的沟通，这有利于口碑传播的发展。由于消费者一般都具有向其他消费者传播信息（口碑）的能力，因此，促成这种"口口相传"（pass-it-on）的现象就成为新兴互动媒介的突出用途之一。例如，"病毒性营销"（viral marketing）这个术语描绘了这样一种现象：消费者在营销者几乎没有或者根本没有发挥作用的情况下就将营销者的讯息传递给了其他消费者。再如，在消费者互相发送电子贺卡时，提供这些贺卡的网站（e. g.，www. bluemountain. com）就将如何获得这种电子贺卡的信息散布出去了。

互动媒介中已经出现了由第三方驱动的互动传播方式这样一个新的领域。例如，雅虎（www. yahoo. com）一类的独立的门户网站设立了虚拟社区、留言板、聊天室和电子邮件群组讨论等功能，为那些具有共同兴趣和观念的消费者提供便利的联系方式。比如 eGroups 网站（www. egroups. com），它就是一个电子邮件群组讨论服务商，它使消费者可以轻松地建立和加入电子邮件讨论群组。这种方法为数百万的消费者提供了一种动态的口碑传播方式。这种方式通常并不是由营销者驱动的，但广告商仍然可以监控并影响消费者之间信息交流的内容。在公共场所监控口碑传播不仅不会侵犯消费者的隐私，而且还可以获得一些有用的信息，即消费者认为什么信息才是最重要的。因此，营销者大可不必像之前那样追踪消费者的偏好，他们可以使用公开获得的信息来了解消费者的偏好的形成。此外，营销者还可以通过"散播"（seeding）站点的方法来影响口碑传播（Rosen，2000）。总之，借助互动媒介进行的消费者与消费者之间的传播（consumer-to-consumer communication）能够提供一种动态的口碑传播方式，这是对由营销者所驱动的传播活动的一种补充。

大规模地使用互动媒介是最近才出现的情况。因此，我们仍需确认和彻底地挖掘互动媒介对于营销传播的意义。不过，互动性确实从根本上改变了营销传播的性质。传统的营销实务研究的范式将传播假定为营销者对消费者所做的事，正如我们之前所说，这是一个相当狭隘的观点。传统的营销传播研究范式曾为其实务提供了很好的指导，但它无法满足今天互动性日益增强的传播环境的要求（Pavlou & Stewart，2000）。未来的互动传播将非常需要一种新的范式来关注消费者对营销传播的反应。此外，这种新的范式还将关注消费者对营销传播的主动参与，而不仅仅是被动的反应（Roehm & Haugtvedt，1999）。

新的范式对营销传播的效果研究提出了新的要求，即从关注结果转为同时关注过程和结果两个方面。消费者在选择传播的时机、互动的时机和方式（如果确实进行了互动的话）中的作用以及他们进行互动的目的将成为营销传播中特别重要的方面，这就需要提出一些新的衡量标准和概念来解释传播发挥作用的过程。目前，营销组合的整合度正在不断提高，媒介工具的功能（传播、分销等等）也在不断增加。因此，任何相关研究的开展都不能忽略全方位的营销组合这一广泛的语境。此外，消费者对其他信息资源的使用，特别是与其他消费者之间的互动，对于我们理解消费者对营销传播的反应及其原因也是十分重要的。

营销传播产生影响的中介因素——媒介语境

从广义上说，上文所讨论的消费者的五个特征构成了一个复杂的媒介接触环境。也就是说，对媒介类型及工具的态度、媒介的使用与满足、参与度、媒介使用时的情绪状态、互动性这五个特征，构成了一个影响消费者参与某一特定媒介的决策、认知与情感状态的环境。不过，有些研究更为关注媒介刺激（media stimuli）本身，而不太关注那些决定不同媒介传播效果的消费者特征。我们称这类研究为“媒介语境”（media context）研究。它们试图解释受众接触广告后的较为短期的结果，如接触不同类型的媒介后的认知反应、注意行为以及生理反应。也有一些研究从接触的频率和时间安排方面考察了受众对广告的长期反应，这将在下一节有所论及。

前面我们谈到过，克鲁格曼的参与度概念认为，媒介固有的特征与消费者特征及产品特征三者之间的相互作用决定了受众对媒介的“参与度”。不过，像“热”媒介（如广电媒介）或“冷”媒介（如印刷媒介）这样的术语并不怎么能帮助我们在媒介特征与它对个体的效果间建立一一对应的关系。我们首先要问，媒介语境是否会影响消费者对营销传播的反应？如果会的话，这些反应的本质又是什么？致力于这些问题的研究包括以下几种：认知反应研究、观察研究（observational studies）、生理反应测量研究、“预示作用”（priming）研究，以及对不同情境或环境因素的中介效果的研究。

认知反应研究　赖特（Wright，1973）的一个经典研究从认知反应方面考察了媒介与受众参与度之间相互作用的过程。在充分吸收了之前的心理学研究成果后，赖特指出，当个体接触到营销传播时会产生一系列的反应，这些反应的类型和强度与个体的参与度直接相关。这些认知反应包括反对观点、贬损信源、支持观点，以及在其他研究中也可能出现的“联结”（connections）反应——一个与克鲁格曼讨论过的“桥接”（bridging）类似的概念，它指的是个体受众将他们在广告中看到的东西与自身生活的某些方面联系起来。

赖特感兴趣的是，在参与度不同的情况下，认知反应变量在决定消费者对不同媒介中的营销传播的反应方面的中介效果。他要求部分受试者在观看了一个新的豆制品广告后作出一个短期的决定（高参与度），以此控制受众的参与度。而其余的受试者则不要求他们作出决定（低参与度）。赖特采用了音频方式（如广播广告）或印刷方式（如报纸或杂志广告）传送广告讯息。他发现，与广播版本的广告相比，印刷版本的广告引发了更多的认知反应，受试者们支持广告的立场更明显，对杂志的贬损更少。对广告讯息的接受程度并不受提供广告的媒介的影响，但受试者对印刷广告产品的购买意向还是比广播广告产品强烈。除了可被即时测量的认知反应活动外，延迟反应（delayed responses）也在两天后出现：在那些参与度更高的受试者中，支持广播广告的反应增多，支持印刷广告的反应却没有增加。这是因为，与信息接收更多受到读者限制的印刷媒介不同，广电媒介信息传输的高速度最初抑制了认知反应出现的程度及其易变性（variability），但随着时间的延续，受试者对广电媒介的认知反应相对增多；随后，这些反应又可能反过来影响到改变后的态度及行为的持久性。

观察研究 有些研究直接考察了不同媒介语境下消费者接触营销传播时的反应。赖特已经考察了消费者接触不同媒介的营销传播时的认知反应的自我报告，其他一些研究者则对消费者参与媒介时的实际行为进行了考察。其中，沃德、莱文森和瓦克曼（Ward，Levinson，& Wackman，1972）以及安德森和他的同事（Bryant & Anderson，1983）考察了受众观看电视时的实际行为。托利（Tolley，1991）使用一种独特的灯形装置暗中跟踪了读者看报时眼球的移动轨迹。罗斯柴尔德等研究者（Rothschild & Hyun，1990；Rothschild，Hyun，Reeves，Thorson，& Goldstein，1988）测量了个体接触电视广告时所产生的生理反应。遗憾的是，多数这样的行为研究都没有像赖特比较印刷广告与音频广告的不同效果那样比较不同媒介间的受众反应。

在沃德等人的研究中，母亲们分别观察了自己的一个孩子在收看电视时的行为，并将其注意行为进行编码。结果显示，一般来说，孩子们在收看电视时既有根本不注意电视机的，也有全神贯注地收看节目的。在连续播放广告的过程中，当广告刚开始中断节目时，孩子们的兴趣增加了；此后，随着广告的大量出现，他们的兴趣又开始持续下降。有趣的是，在广告密集播放的后期又出现了一些注意力增强的趋势，这显然是因为孩子们期望回到之前的节目中去。布赖恩特和安德森（Bryant & Anderson，1983）试图在研究中确定那些吸引孩子们注意力的电视节目的特征。他们以视觉选择（visual selection），即孩子们眼睛直盯着电视屏幕的时间作为测量注意力的指标。节目中最有可能吸引孩子们关注电视屏幕的特征包括了移动、高强度的肢体行为以及声音变化。儿童广告的创作者们从未忽视过这些研究结果。通常，大多数儿童广告都包括了那些吸引注意力的因素。然而，仅仅盯着电视屏幕并不能保证信息得到观众的处理。

托利（Tolley, 1991）发现，报纸的读者会先浏览报纸以确定他们是否阅读以及如何阅读当中的内容。大多数报纸单页实际上并不能引起注意。任务报告显示，读者通过这种快速浏览来区分新闻、社论和评论（editorial matter）、广告等与个人相关的信息。这个结论恰好符合以下这一研究的观点：存在一个前注意过程（preattentional process），它过滤无关的信息，并帮助个体确定那些值得花费精力进行信息处理的环境要素（Broadbent, 1977；Greenwald & Leavitt, 1984）。托利还观察到，报纸的读者们似乎有一种很特殊的共同的阅读方式。

生理反应测量 罗斯柴尔德等人考察了个体收看电视广告时的生理（脑电波的）（electroencephalographic [EEG]）反应以及这种反应与记忆电视广告元素之间的关系（Rothschild & Hyun, 1990）。他们发现，受众在接触广告时会产生的强烈的脑电波活动，在此过程中，大脑的两个半球可能会在不同的方面起支配作用。后者被称为“脑侧化”（hemispheric lateralization），它指的是大脑左半球与右半球在处理信息时的特化（specialization）现象（Hellige, 1990）。有人进一步发展了这一理论，提出大脑右半球处理图片、音乐等刺激信息的能力较强，而左半球处理文字和数字的能力较强。

预示作用 媒介语境效果研究的另一支考察了媒介在“预示”受众对广告等营销传播中的不同元素的关注度方面的效果（Herr, 1989；Higgins & King, 1981；Wyer & Srull, 1981；Yi, 1990a, 1990b）。对语境而非广告的研究（Berkowitz & Rogers, 1986）显示了这种效果的存在。预示作用的理论认为，媒介语境可以使个体预先对传播讯息中的某些元素给予更多关注，继而影响观众对一个复杂或模糊的刺激物的诠释。例如，一则广告中出现了一位年纪偏大的模特，观众就可能从成熟、阅历丰富、保守、老练、稳重等较为积极的属性来诠释广告产品。随着产品的不同，某些属性将会得到营销者更多的青睐。就香水而言，兼具阅历丰富和老练的属性可能是比较适当的，而保守和坚定这两个属性就不那么合适了（尽管它们可能适合像银行这种“产品”）。媒介语境可能有助于预示一个或多个这样的诠释。例如，如果在节目中插播一则给人以美感的年长妇女的广告，那它很可能会使人联想到老练和阅历丰富；如果把广告的情节换成是讲述老妇人与致命疾病作斗争的故事，那它所引发的联想就很不一样了。

一些实证研究表明，这种预示作用确实存在，并可能存在于认知反应和情感反应中。例如，伊（Yi, 1990a）发现，强调对汽车属性（型号）的某种诠释的媒介语境，会使这一被预示的诠释显得更为突出。类似的效果在其他研究中也得到了证明（Yi, 1990b; Herr, 1989），如怀尔和斯鲁尔（Wyer & Srull, 1981）的认知可及性模式（model of cognitive accessibility）以及最近的框架效果（framing）研究（Bettman & Sujan, 1987）。伊（Yi, 1990a）还揭示了情感预示作用。情感预示作用是情绪效果中的一种，其情绪多是由媒介语境引发的，而不是由个体带进媒介的。伊发现，社论和评论的基调越积极，广告的效果（通过受众的品牌态度和购买意向来衡量）就越好。他还进一步指出，对广告更为积极的态度也是影响广告效果的中介因素。

上述研究通常假设预示作用是单向性的，即受众对讯息做出反应时的媒介语境促成了效果的产生。在绝大多数情况下，倘若广告是在更具影响力的媒介环境中播出的话，那么这就是个合理的假设。然而，效果也可能会朝相反的方向起作用，即广告（如在电视节目开始前播放的广告）有助于预示受众对媒介的反应。另一相关问题是，同一媒介中或同一“密集广告群”（pod）中（或杂志中的某一页）的广告能在多大程度上预示受众对其他广告的反应。此外，互动媒介语境的预示作用也引发了一系列有趣的问题。例如，网站上出现旗帜广告的语境会影响受众对该广告的反应的倾向及其性质。

媒介排期的效果

有证据显示，不同媒介中的营销传播会因媒介排期——个体接触特定的时间框架（频率效果和重复效果）内的广告的频度——的不同而产生不同的效果。佩奇曼和斯图尔特（Pechmann & Stewart, 1988）在回顾了有关广告疲倦效应（advertising wearout）的重要文献后指出，只需要三次“高效的”接触行为就能使传播讯息产生效果，但需要大量的接触机会才能使这三次接触行为发挥作用。这是因为潜在的讯息接收者可能选择不去收看或收听广告商所提供的讯息，或者只接收所有讯息中的一部分。此外，竞争产品的营销传播活动和其他一般的营销传播活动也可能在任一特定时刻干扰受众对广告讯息的处理。

有几项研究倾向于支持以下观点，即反复接触讯息会引起回应的快速减少。布莱尔（Blair, 1987, 1988）、布莱尔和雷布克（Blair & Rabuck, 1998）在他们对电视广告的检测报告中指出，在广告劝服力强时，花费越高（伴随的是平均接触量的增长和总视听率的提升），产品的市场销售情况就越好；在广告劝服力弱时，花费高低似乎没有什么不同。换句话说，如果某广告一开始就不具有劝服力，那么它出现的次数再多也不足以引起消费者的反应。此外，研究者还发现，广告的劝服效果来得很快，而且这种效果与广告所购买的总视听率的多少成正比。然而，当广告到达目标消费者以后，对广告的继续接触不会再产生更多的效果。换句话说，不管被劝服与否，整个劝服过程都会就此结束，消费者不会因为继续接触广告而“更多地被劝服”。

布莱尔的研究考察的是电视广告，而20世纪80年代时代公司（Time Inc.）和西格拉姆公司（Joseph E. Seagram & Sons，Inc.）合作进行的一项研究则分析了印刷广告的重复效果和频率效果。尽管后者只考察了《时代》（*Time*）与《体育画报》（*Sports Illustrated*）这两家杂志上的酒类广告，但这一研究被控制得很好，研究时间长达48周。研究结果发现，正是在第一次“有机会看到”广告后，受众的品牌认知、品牌态度与购买意向迅速提升。对于那些研究伊始就具有较高认知度的品牌来说，在后来几十周的时间里，它们的各项标准都趋向平稳并保持不变。然而，那些最初认知度较低的品牌的各项标准则在整个48周的研究过程中稳步攀升。广告出现频率的增多对低认知度品牌的影响要大于高认知度品牌。这个结果与营销传播的学习理论是一致的（Pechmann & Stewart，1988）。因此，将有关营销传播的学习（learning）和遗忘过程的研究与有关记忆过程的基本研究进行比较是十分有用的。

学习与记忆效果 多数广告效果的媒介排期（media scheduling）研究将回忆和其他一些变量（尤其是态度的改变）作为广告接触频率和/或重复广告刺激的一个应变量进行了考察。这与学习心理学（the psychology of learning）研究的方法十分类似。学习研究的先驱之一埃宾豪斯（Ebbinghaus，1902）提出了记忆的三个基本过程：

1. 递减的遗忘曲线（a negatively accelerating forgetting curve）。埃宾豪斯发现，20分钟后，人们遗忘所学知识的1/3；6天后，记忆量只剩大约1/4，而一个月后，记忆量只剩大约1/5。

2. 序列位置效应（serial position effects）。出现在一系列知识的开端或末尾的内容最容易记忆；而中间的内容记忆得最慢，遗忘得最快。

3. 过度学习（overlearning）。过度学习或重复可能使人形成长期的知觉记忆（如“有了……事情会更好一些”）。

当然，与在实验室里对简单刺激的学习过程相比，营销传播的学习与遗忘过程以及与营销有关的刺激过程要复杂得多。既有经验等消费者特征以及一些传播要素，如讯息特征、媒介效果等会影响到这些过程。尽管如此，许多有关文字学习和遗忘的实验室研究似乎都可以推广到营销传播语境中。与实验室环境不同的是，营销传播语境对于重复频率的控制比较少。进行营销传播的媒介通常按它的传播频率来分类——晚间新闻、月刊、日报或者是定期更新的网页。这限制了广告主安排广告重复播出时的灵活性。此外，如前所述，接触机会（接触特定媒介的传播活动）与实际接触并不是一回事。对于任何特定的营销传播来说，接触机会都要远远多于实际接触。这一现实与不同媒介在时间方面的特征一起，给营销者带来了许多在实验室里碰不到的难题。因此，很多研究都强调了排期这一问题。

广告排期 斯特朗（Strong, 1974, 1977）在考察了印刷广告的排期效果和重复效果后发现，消费者接触周刊广告所产生的认知效果要比接触月刊、日报的效果好得多。另一经典研究考察了直邮广告（direct mail advertising）。齐尔斯克（Zielske, 1959）发现，不论是较短时期内的重复还是一年以上的“脉冲型”（“pulsed” fashion）重复，都能有效地增加消费者所能回忆的广告内容。在第13次接触后不久，每周收到直邮广告的人中有63%的人能够回忆起部分广告内容；每月收到直邮广告的人中则有48%的人能够回忆起部分内容。在每月直邮广告停止后，受试者的相关记忆开始衰退，这与埃宾豪斯观察到的遗忘曲线类似。在随后的一项研究中，齐尔斯克和亨利（Zielske & Henry, 1980）证明，在电视广告中也存在类似的效果。雷和索耶（Ray & Sawyer, 1971）发现，在广告重复次数由1次增加到6次后，能回忆起广告内容的受试者的比率从27%增加到了74%。随着重复次数的增加，受试者的认知及回忆会加强，但还是会出现一些回落的现象：额外的重复会使回忆和认知增加的速度趋缓。其他一些研究者也发现了类似的结果（see Pechmann & Stewart, 1988, for a review of this research）。

在某些情况下，重复也会给回忆和认知带来负面效果。当消费者对某一产品持消极态度时，更多的重复就可能导致更加消极的态度。负面效果会随着广告的过度重复和消费者的不满情绪而产生（Pechmann & Stewart, 1988）。正如其他许多传播研究领域一样，绝大多数有关媒介排期效果的研究都没有比较不同媒介之间的效果，也没有从各种相关变量的交互作用所产生效果中将媒介自身的效果分离出来加以考察。很少有人开展纵向研究为不同媒介中的广告的重复效果和频率效果的权威性论断提供基础。此外，我们无法将排期与重复这两个要素从讯息变量中分离出来予以单独考察。特别引人注目的讯息或是特别沉闷的讯息都可能加速或阻碍上述效果的形成。例如，与那种认为电视效果会缓慢递增的观点相反，格林伯格（Greenberg, 1988）认为，电视节目中“批评的形象”（critical images）可能产生深刻的影响，他将这种强效果称为“灌输”假说（“drench” hypothesis）：

灌输假说，当前的基本观点是，与那些观众看到的纯粹以一定频率出现的电视节目和行为相比，批评的形象可能更有助于印象的形成和形象的建立。在无效果假说和不定期累积使印象缓慢加深的观点之外，这一假说给我们提供了另一种可供选择的解释。最后要指出的是，令人震惊的新形象会产生不同的效果——即某一形象或某些形象可能会引起人们对某团体或个人的信念、认知或期望的实质性变化，这一点在年轻观众中尤其明显（pp. 100-101）。

最后，互动媒介的出现创造了许多新的、有趣的与媒介排期有关的议题。到现在为止，许多有关媒介排期的研究都围绕着一个议题，那就是，如何使信息最好地到达那些并没有积极寻求信息的消费者，或至少在他们接触讯息的时候做到这一点。现在，消费者们正越来越积极地运用互动媒介寻求各种信息、商品和服务。互动媒介及其工具（如网站）的快速增长使消费者在搜索目标信息时需要获得帮助。因此，人们越来越依赖于使用搜索引擎、门户网站和虚拟社区等工具从过剩的信息中确定网址和信源。如何确保一个组织、一种商品或服务在这些工具中占据显著地位，是对媒介排期研究的最新挑战。

此外，消费者正在逐渐整合各种媒介，并将一些媒介作为其他媒介的补充而非替代品。例如，消费者们已经开始将互联网与其他各种媒介同时使用。几乎一半的个人电脑与电视机同置一室，看电视与上网同步进行已不是什么新鲜事了（Cox，1998）。现在，网址开始频频出现在电视广告和印刷广告中。传统媒介常常鼓励消费者通过网站或电话寻求更多的信息。这些传统媒介并不是简单地提供那些延伸到其他媒介环境的广告。广电媒介的娱乐节目和印刷媒介的社论和评论可能会指导消费者去搜索与其内容相关的信息，而提供这些信息的网站可能会增加一些在原来的广电或印刷媒介中没有的营销传播信息。此外，户外广告或语音黄页也可能为移动电话用户提供一些网址或电话号码，帮助他们获得产品或服务的信息或提供相关的机会。由于消费者已经将各类媒介加以整合，因此，完全区分单向性媒介与互动媒介将变得更加困难。这种整合将会引发一个关于补充性媒介中的营销传播排期的有趣问题。

接触媒介中的营销传播的结果

我们在这一方面已经获得了很多的研究成果，这些研究都将精力放在了自变量而非因变量上。运用各种媒介及其工具的一种或多种营销传播所产生的不同的效果，是研究的焦点。在对因变量的选择上，其中许多的研究都受到了营销、消费者及广告研究者的利益的影响。因此，它们在效果方面的因变量通常都与消费有关，如“传播层级”（hierarchy of communication）效果（McGuire，1969），它就认为某些传播活动会导致购买行为和认知反应的出现从而影响广告效果和学习结果（长期或短期的记忆效果）。这些因变量包括了各种用于衡量认知和记忆活动的标准，如消费者对产品的了解程度、兴趣和态度、购买意向和品牌选择等（see Stewart，Furse，& Kozak，1983；Stewart，Pechmann，Ratneshwar，Stroud，& Bryant，1985）（参见斯图尔特等人对使用这些标准评估广告效力的回顾）。这些传统的标准关注的是消费者对营销活动的相对被动的反应。虽然人们早就认识到了营销活动与消费者的反应之间的互惠关系，但由于这种关系要经过很长一段时间才会发生，所以它通常都被忽略掉了。现在，互动媒介的出现改变了这一切，它要求我们重新考虑如何衡量营销传播的效果与效力的问题。

对营销传播效力的衡量

互动媒介的兴起对营销传播效力的衡量提出了新的、艰巨的挑战。传统的广告效力的衡量标准，如记忆、态度改变、品牌选择等仍然有用，但它们仅仅是衡量互动媒介中的营销传播效力的次要标准（Pavlou & Stewart，2000）。传统标准衡量的是传播对消费者的影响，它们不太关注消费者如何应对和利用广告。它们将营销传播看作是因果关系中的一个自变量，将消费者的反应看做是因变量。其典型研究范式是强制性地让消费者接触营销讯息然后对其反应进行测量。假定消费者与营销讯息是互动的，那么自变量与因变量间的关系就不再是简单的因果关系了。在互动媒介语境中的诸多其他因素的作用下，它变成了一种随机的、互惠的关系。当消费者决定作出积极的反应时，他们的行动会成为营销传播效力的决定性因素。

互动媒介中的广告可以采取多种方式，最常见的还是陈列旗帜广告（display banner ad），这种广告在电脑屏幕上只占很小的位置，消费者只要点击它就可以直接进入该营销者的网站。许多研究对旗帜广告应当放在什么位置才能提高点击率（参见 webreference. com 2000 网站上的总结）进行了考察，但在如何衡量这种流行的广告形式的效力方面还缺乏通用的标准。点击率仅仅是众多已经提出来的衡量互动传播效力的标准之一。另有一种用于衡量在线广告效果的“眼球”法（eyeball method），即测量既定网站的访问量。此外，还有一种评估在线广告效果的“粘性”度量法（the metric of stickiness），即测量消费者持续浏览营销者网站的时间长度。总的来说，与之前的传统媒介效果的衡量标准一样，这些标准评估的仍然是数量而非质量，它们都没有得到人们的普遍认可。

所有对互动营销传播的讨论都将互动媒介与传统媒介的比较作为最基本的问题。人们通常认为，互动媒介比传统媒介更强大、更个性化、反应更迅速（Port, 1999; Hoffman & Novak, 1996），但实证研究表明，消费者对互动广告的反应与他们对传统媒介广告的反应相同，至少评估广告效力的传统标准是这样显示的。例如，德雷泽和赫西拉（Drèze & Hussheer, 1999）发现，除了网上广告更容易被忽略外，受众对网上广告的反应与他们对其他媒介广告的反应是相似的。同样，林奇和阿列利（Lynch & Ariely, 2000）发现，当商家在互联网上提供不同商品而非同种商品时，消费者对价格的敏感度降低，而在较为传统的零售方式下也会出现类似的情况。

除了对互动媒介的未来的潜在重要性进行研究外，很少有人考察营销者、消费者以及广告讯息之间的互动性（Oh, Cho, & Leckenby, 1999）。罗杰斯和索尔森（Rodgers & Thorson, 2000）提出了一个新的将受众理解和处理在线广告的方式概念化的模式，但几乎没有实证研究能印证这一模式。互动媒介将消费者置于营销传播研究的中心，因为它的营销传播效力既取决于营销者的讯息如何影响消费者，又取决于消费者如何调整信息并作出反应。因此，对互动媒介的研究必须同时关注消费者与营销者，以便使二者间互动与合作的互惠利益最大化（Pavlou & Stewart, 2000）。这就需要我们超越传统的营销传播效力的衡量标准，引入一些新标准。这些新标准既关注结果，也关注过程，同时还可能包括那些以前被视为中介变量（mediating variable）的衡量“效力”的标准。

参与度　参与度指的是消费者的一种主观心理状态，涉及广告在消费者心目中的重要性和个人相关性。长期以来，参与度都被视为传播产生影响的重要的中介变量，但如前所述，这一术语缺乏严格的定义和可操作性。以往，人们可以根据消费者的自我报告来衡量他们的参与度，而现在，互动媒介能通过分析消费者与营销者互动的频率和类型为参与度提供了一个直接的衡量标准。它能使消费者主动参与到传播过程之中。的确，使用互动媒介的一个重要的好处就是消费者参与度的提高。例如，许多商业网站都允许消费者主动搜索和收集信息从而参与到传播过程中来。消费者在某一特定的互动媒介上花费的时间的总量以及再次接触该媒介的频率是衡量受众参与度的相当重要的标准。

理解度　理解度（comprehension）指的是消费者对营销者提供的产品或品牌的相关讯息的回忆程度（Stewart & Furse, 1986; Stewart & Koslow, 1989）。为了使营销传播有效，营销者与消费者双方都必须相信消费者已经理解了讯息（Clark &

Wilkes-Gibbs, 1986; Clark & Brennan, 1991)。鉴于多数互联网营销传播和互动购物方式的匿名性和模糊性（Alba et al., 1997），消费者可能会很难理解营销者提供的讯息或无法完全了解产品的真实特征。因此，与它在传统媒介传播中的地位一样，理解度也是互动营销传播中的一个重要部分。互动媒介的潜在优势就在于它有助于确立实时衡量理解度的标准。

反馈 在营销活动和商业活动中，消费者对营销者的反馈（feedback）一般都发挥着重要的作用。正如消费者应该理解营销者的意图一样，营销者反过来也应该不断地调整讯息，使其更好地为消费者所理解。如果一种营销传播无法得到反馈，那么，不论营销者的意图怎样、使用何种媒介，它都不是真正意义上的互动传播。产生反馈是绝大多数营销传播的目标，而促成销售和让消费者满意则一直是营销传播的终极目标。销售业绩与消费者满意度一直都是衡量商业成功与否的标准，互动媒介能即时地提供此类标准（反馈）。

劝服 劝服（persuasion）意味着力图打动、影响消费者或确立消费者的购买决心（Schwerin & Newell, 1981）。与那些使用传统广告媒介进行的传播相比，互动营销传播也许是一种强大得多的劝服工具。因为它和人员推销一样，能传送个性化的信息，促进信任，确定目标，指出需要进一步说明的环节，并对业已提供的信息进行修改。因此，互动媒介应该会进一步增强营销者的劝服能力。齐古斯、普尔和德萨纳斯特（Zigurs, Poole & DeSanctis, 1988）明确指出，劝服行为模式应当依据传播活动的互动程度的不同而有所不同。例如，消费者对新型产品或服务的抗拒感是营销者面临的一个巨大障碍。一方面，互动媒介可以减少对产品的不相关特征或次要特征的传播，增强消费者对产品的理解（Robey & Farrow, 1982; Stewart, 1986），从而有效地降低消费者对新产品的抵触感（Lucas, 1974）。另一方面，互动媒介可以使营销者更容易地识别出那些对劝服活动无动于衷的消费者。这也许对消费者和营销者双方都有好处。消费者可以免于接触自己不感兴趣的营销活动，而营销者也会因为集中精力关注那些真正的目标消费者而获得更好的传播效果。

决策质量 消费者的满意度、忠诚度及信任度似乎是消费者的决策质量的副产品。拉姆（Lam, 1997）已经证明，在参与互动传播时，较高的决策质量更有助于复杂任务的完成。如前所述，互动能够带来消费者在产品及产品特征的偏好方面的重要信息。这些信息给营销者提供了调整和改进未来产品的机会，从而在那些消费者认为最有用的产品特征上做出更好的决策。此外，互动媒介可以促进营销者对消费者特征和偏好的了解，从而提升客户支持、技术协助的质量以及未来的促销效果。因此，互动性的重要效果之一就是帮助营销者对未来的营销传播和产品做出更好的决策，虽然它同样也能帮助消费者提高决策的质量。这是互动传播的一个非常重要的特征。此外，消费者对传播体验的满意度和随之产生的购买决策（或不购买的决策）也是衡量营销传播效力的一个特别重要的标准。

决策效率 早年有研究指出，有效传播减少了决策所需的时间（Short, Williams, & Christie, 1976）。丹尼斯、乔治、杰瑟普、努纳梅克和沃戈尔（Dennis, George, Jessup, Nunamaker, & Vogel, 1988）认为，互动技术的重要结果之一就是减少决策所需的时间。如前所述，互动媒介具有将广告、买卖交易和货款收付等一系列过程结合起来的潜力（Cutler, 1990）。通过互动媒介，上述所有活动几乎可以同时完成，传播讯息和销售商品所需的全部时间和精力会大大减少。因此，与传统媒介不同，对互动媒介来说，效率的衡量标准显得更为重要和有用。

使用互动媒介时出现的议题

互动媒介的兴起及其作为一种营销传播手段的运用，引发了一系列与这些媒介的特征及其使用相关的议题，而这些议题与使用传统媒介进行营销传播时所产生的议题大相径庭。传统媒介在营销传播中继续起着和将要起到重要的作用，故媒介语境和媒介排期方面的议题对营销者来说仍然很重要。在使用互动媒介时，这些议题也很重要，但从定义上来说，互动媒介能使消费者在接触（或不接触）营销传播时更多地控制媒介语境和媒介排期。另外，有些议题与所有用于营销传播的媒介都相关，但在互动媒介语境下显得尤为突出。

内容管理的必要性

互动媒介能带来大量的信息，但其中的绝大多数都与消费者无关或没什么意义（Wurman, 2000）。蒂尔曼（Tillman, 1995, p. 1）观察到，“在网络数据的沼泽里，既有价值连城的金块，也有数不清的垃圾”。既然消费者对信息的处理能力有限，而通过新媒介可以获得的信息数量又如此巨大，那么内容管（content management）理就十分必要了。西蒙（Simon, 1957）认为，大量的信息导致了注意力的匮乏。有人还意识到，互联网和移动通讯等互动媒介增加了消费者的搜索成本（Stewart & Zhao, 2000）。网站增长的速度正在超过将其分类的速度。而各种技巧和经济刺激的出现又增加了人们将网站分类并使之在搜索引擎或门户网站的站点列表中占据最理想位置的可能。

内容管理在互动营销传播中将会起到非常重要的作用。营销者将必须确保消费者能够很容易地识别信息来源，同时还要关注消费者想要和需要了解的信息（假定这些信息的传送都是以盈利为目标），而不是提供大量不必要的信息。恰当而清晰的内容能够加速消费者的决策过程，并推动交易的发生。相关性和清晰度既是传统广告的重要因素也是现在的互动广告的基本要素。以下两个内容管理工具，动态内容（dynamic content）和结合分类筛选的数据挖掘（data mining combined with collaborative filtering），在增强互动媒介的营销传播效力方面发挥了重要的作用。

动态内容 动态内容指的是在与消费者互动的过程中不断调整的信息。与消费者相关的新信息和新商品的可得性的增强有助于吸引并提高消费者对互动媒介的参与度。因此，个人化搜索引擎及文件管理方案将在动态内容的管理中发挥特别重要的作用。此外，媒介联合也将在营销传播中起到更为重要的作用。例如，电子邮件和声讯邮件（voice mail）可能会被用来告知消费者在其他一些媒介（如网站、实体商店）所能获得的新信息和新商品。

信息门户网站是一种电子中介系统，它允许营销者发布广告讯息，也允许消费者对讯息进行回应或者是与其他消费者进行交流。例如，雅虎网站就是一个受到很多营销者与消费者欢迎的信息门户网站。信息门户网站有两种，一种是关注特定信息的垂直型（vertical）门户网站，一种是处理各类议题的水平型（horizontal）门户网站。水平型门户网站能够使讯息到达广大受众，而垂直型门户网站则可以将讯息传输给目标受众从而整合社区建设。梅克勒（Meckler, 2000）认为，由于消费者对定制化和个人化信息的需求越来越高，内容管理未来的发展将更偏重于垂直型的信息关注方式和原创性的内容。

数据挖掘和分类筛选 互动性提供了大量收集有关消费者行为的信息的机会。尽管收集和使用这些数据引发了种种涉及消费者隐私的问题，但它同时也为营销者创造了机会，使其能为消费者提供更具个性化的信息和更多定制化的产品与服务。数据挖掘工具为确认个体及群体消费者的行为模式提供了一种方法，这种方法比目前所采用的最精密的细分法（segmentation approaches）还要具体细致得多。运用数据挖掘所获得的资料还可以与分类筛选相结合，从而加强对信息内容的管理。分类筛选实质上是一种“推荐引擎”（recommendation engine），它向消费者提供与那些有相似偏好的消费者所购买的产品或服务相关的信息。比如说，亚马逊网站（www.amazon.com）就利用分类筛选为消费者提供“购买了此书的顾客还购买了……”的信息。

移动商务：任何时间，任何地点

移动电话和小型无线数字助理设备的问世既为营销传播提供了新的机遇，也为消费者随时随地获取所需的信息提供了新的有利条件。对消费者而言，这些新设备为他们获取自己需要的信息提供了可能，如一个陌生城市里的法国餐馆的名单。对营销者而言，这些新设备则为他们提供了无论消费者身在何方都能与之交流的机会。例如，一个房地产商可以在他的潜在消费者经过一栋房子时为他提供有关这栋房子的信息；一个汽车制造商可以为某位消费者提供他在停车场所看到的某辆汽车的相关资料。这些信息传播正越来越受到消费者控制，不过情况也并非总是如此。营销者可以利用许可营销（permission marketing）为消费者提供了解他们感兴趣的各类产品和信息的机会。当其中某类信息或产品可以被获取时，消费者就会接到电话或收到电子邮件或语音邮件讯息。

移动商务将对营销者的反应能力提出新的要求。消费者往往想在他们有需要的时候获取信息，一般不会考虑到营销者方便与否，而能否立即获取信息将影响到消费者是否做出购买决策。与传统的媒介广告排期不同，营销者此时关注的不是特定工具或时段的媒介排期，而是如何确保消费者的信息需求在任何时候或地点都能得到满足。

研究媒介对营销传播的影响的前景

媒介领域正在经历一次深刻的变革，它引发了人们对如何进行营销传播这一议题的重新思考，同时也促使人们寻求一种新的、不同于以往的理论和研究范式以考察媒介在营销传播中的作用。可供消费者选择的媒介越来越多，个体消费者在使用这些媒介时的选择性也越来越大。这意味着一方面信息通过传统的大众媒介到达目标受众的困难将会增加；另一方面媒介以及使用媒介的传播活动向精确界定的受众传达"最佳"讯息的可能性也会随之增加。使这种可能转化为现实需要如下条件：（a）进一步地理解人们何时及如何使用各种媒介并与媒介互动；（b）更好地理解受众与不同媒介的互动模式如何影响商业讯息的处理过程；（c）深入地理解如何根据特定的媒介使用的语境发布适宜的商业讯息以及使用恰当的传播策略。但要注意，这里需要深刻理解的并不是媒介本身，而是人们如何与不同形式的媒介及其商业讯息进行互动。的确，随着营销者与消费者越来越频繁地使用互动媒介，将消费者置于所有营销传播理论的中心地位将成为当务之急。

传播渠道对营销结果的影响取决于两个重要的因素，一是个体自由选择媒介的程度，一是个体与媒介互动的程度。当媒介使用者能够自由选择媒介时，他们使用媒介的目标和出发点就成为决定媒介效果的首要因素。遗憾的是，这是一个少有研究者关注的领域（Becker & Schoenbach, 1989; Pavlou & Stewart, 2000; Stewart & Ward, 1994）。我们并不认为这是缺乏理论引导的结果。确切地说，它似乎是人为造成的。到目前为止，消费者从来没有真正获得过自由选择不同媒介的机会。个体的选择行为一直受到现有的媒介差异的极大的限制和阻碍。

最后，我们希望出现大量的备选理论以指导今后有关媒介使用及其对广告反应的效果的研究。控制理论（control theory）（Powers, 1973, 1978）起源于对人的因素的研究，它强调刺激的输入与行为的输出之间的联系，强调人们如何行事，是一种合适的备选理论。班杜拉（Bandura, 1986）的自我效能（self-efficacy）理论、阿简和马登（Ajzen & Madden, 1986）的目标导向的行为（goal-directed behavior）研究也是不错的备选理论。未来“媒介效果”研究的理论方法一定要关注那些决定受众的媒介使用方式的个体特征、影响互动性的因素以及反映消费者控制信息环境时的多种效果的关联性指标。

15 巨大的荒原还是巨大的机会?

沙洛姆·M. 菲什
■ Mediakidz 研究与咨询中心(MediaKidz Research and Consulting)

教育电视对儿童知识、技能和态度的影响

所有的电视节目都是教育性的,但关键问题是:它们都在教些什么?

——利伯特与施瓦茨伯格(Liebert & Schwartzberg, 1977, p. 170)

人们在讨论电视对儿童的影响时,通常只会注意到那些消极的方面。一些批评人士对此提出了异议——极少有经验性证据(empirical data)能证明看电视会降低儿童的专注力,使儿童产生厌学情绪或成为被动的"呆瓜观众"(e. g., Healy, 1990; Postman, 1985; Winn, 1977)。尽管有研究否认了上述消极影响的确切性,但电视的其他一些消极影响却在文献中得到了更多的支持,如电视中攻击性行为的示范作用(e. g., Wilson et al., 1997)或广告的劝服效果等(e. g., John, 1999; Kunkel, 2001)。

不过,即使有证据能证明这些消极影响,它们也不能代表相关研究的全貌。人们通常很少关注教育电视节目(educational television programs)的积极影响。如果我们认为儿童会从电视中学到负面的东西,那么理所当然他们也能从中学到积极的内容。同一媒介能使儿童了解商业广告中的产品信息,也就能使他们学习教育节目中的科学概念。媒介能使儿童的行为更具攻击性,也就能激发他们更多地参与各种寓教于乐的活动。

本章将对相关研究进行回顾——这些研究涉及教育电视节目对儿童学习领域内(比如读写能力、科学、数学)的知识、技能和态度的影响。第一部分先回顾一些重要的研究结果,第二部分则探讨那些用来解释媒介影响的理论机制。由于篇幅所限,本章将着重关注那些专为儿童(而非成人)设计的节目(e. g., Greenberg & Gantz, 1976; Singhal & Rogers, 1999; Winsten, 1994),着重关注儿童

独立的观看行为（而非伴随有成人引导的讨论或活动的观看行为）（e. g. , Block, Guth, & Austin, 1993; Cognition and Technology Group at Vanderbilt, 1997; Lampert, 1985; Sanders & Sonnad, 1980; Schauble & Peel, 1986）。

研究人员已从多个学科领域研究了教育电视在学习方面的影响，以下部分将依次予以探讨。首先，我们将回顾那些有关学龄前（preschool）教育节目对儿童入学准备（school readiness）的影响的研究。随后，我们将从读写能力、数学知识及解题能力、科学与技术、公民教育与社会教育这四个方面来探讨学龄（school-age）教育节目对儿童的影响。

入学准备

人们制作了大量教育性的电视系列节目来促进学龄前儿童的入学准备活动。当然，“入学准备”（school readiness）这个词不仅包括学习技能的准备，也包括人际交往能力和人际态度（比如自信心、与同伴的合作意识等）的培养（Zero to Three/National Center for Clinical Infant Programs, 1992）。本章将主要回顾那些关注学龄前电视节目在学习领域内的影响的研究。读者如果对“亲社会型（prosocial）节目对儿童人际交往能力的影响”这一话题感兴趣，可以直接参看马雷斯和伍达德（Mares & Woodard, 2001）最近写的一篇述评文章。

鉴于《芝麻街》（*Sesame Street*）在此类研究中的重要地位，本节将首先回顾几项有关《芝麻街》的影响的里程碑式的研究（More detail on these studies may be found in Fisch & Truglio, 2001, and Fisch, Truglio, & Cole, 1999），然后再回顾那些关注其他学龄前电视系列节目的影响的研究。

《芝麻街》

《芝麻街》节目的第一季、第二季播出之后，美国教育考试服务中心（Educational Testing Service [ETS]）针对它们进行了一系列研究。这些研究通过实验组与控制组（experimental/control）、前测与后测（pretest/posttest）的对比，显示出了该节目在教育方面的威力（Ball & Bogatz, 1970; Bogatz & Ball, 1971）。这些研究均发现，在3岁至5岁的儿童中，《芝麻街》的忠实观看者在前测和后测的对比中都表现出了一些学习技能方面（包括对字母、数字、身体部位、形状、关系项的识别能力；整理归类能力）的明显优势。其中优势最明显的正是《芝麻街》中强调得最多的方面（如字母）。这些效果不受年龄、性别、地理区位、社会经济地位（SES）（下层家庭的儿童比中层家庭的儿童从节目中获取了更多的知识）、母语（英语或西班牙语）以及儿童是在家中还是在学校收看节目等因素的影响。库克及其同事（Cook et al.，1975）在控制了其他可能的影响因素（比如母亲与他们的孩子讨论《芝麻街》）的前提下，对这些学习技能方面的数据进行了二次分析，结果发现，虽然上述效果有所减弱，但其中许多效果仍然具备统计显著性。

除了美国版的《芝麻街》以外，研究者们还对若干国际版的《芝麻街》进行了总结性评价（summative evaluation），最终也发现了类似的效果。国际版《芝麻街》的观看者和未观看者在认知技能方面（通常集中在读写能力和数学方面）存在着显著差异。对《芝麻街》的墨西哥版（*Plaza Sésamo*）（Diaz-Guerreo & Holtzman，1974；UNICEF，1996）、土耳其版（*Susam Sokagi*）（Sahin，1990）、葡萄牙版（*Rua Sésamo*）（Brederode-Santos，1993）以及俄罗斯版（*Ulitsa Sezam*）（*Ulitsa Sezam* Department of Research and Content，1998）的研究也大都验证了以上论断。只有一项针对墨西哥版《芝麻街》的研究未能发现上述显著差异（Diaz-Guerreo，Reyes-Lagunes，Witzke，& Holtzman，1976），但这是因为该实验的控制组也收看了《芝麻街》节目。（有关这一研究的更详尽的述评，参见 Cole，Richman，& McCann Brown，2001。）

还有研究发现《芝麻街》能使观看者长期受益。博加茨和鲍尔（Bogatz & Ball，1971）对参加过他们早期研究（Ball & Bogatz，1970）的儿童进行了跟踪考察。参与调查的老师在不知道学生以前是否收看过《芝麻街》的情况下，从入学准备的几个方面（如在语言、数学方面的准备程度，对上学的态度，与同伴的关系等）对学生进行了评定。结果显示，与那些不看或很少收看《芝麻街》的学生相比，经常收看《芝麻街》的儿童入学准备做得更好。

25 年以后，又有一些其他的证据证实了《芝麻街》的实时效果和长期效果。针对下层家庭的学龄前儿童所做的一项为期三年的纵向研究发现，在控制了统计学意义上的背景变量（background variables）（包括父母受教育水平、儿童的母语和学龄前受教育情况等）后，根据儿童入学前收看教育节目（特别是《芝麻街》）的情况，我们可以大致预知他们花费在阅读活动和各种寓教于乐的活动上的时间，预知他们字母识别能力的强弱、数学技能的高低以及词汇量的大小，还可以预知他们在适龄标准化成绩测试（age-appropriate standardized achievement test）上的准备水平。和先前博加茨和鲍尔（Bogatz & Ball，1971）的研究结果一样，老师们通常认为那些收看了《芝麻街》的学生能更好地适应学校生活（Wright & Huston，1995；Wright，Huston，Scantlin，& Kotler，2001）。另一项研究对大约 10 000名参加过美国教育部 1993 年全国家庭教育调查（U. S. Department of Educa-

tion's National Household Education Survey）的儿童的统计数据进行了相关性分析（correlational analysis）。尽管各种数据之间具有一定的相关性（因此能暗示但不能证明因果关系），但分析结果仍然表明，收看《芝麻街》的学龄前儿童能认出字母表中更多的字母并能在“自我阅读”过程中讲出更为连贯的故事；这些效果在下层家庭的儿童身上表现得最为显著，即使在统计中排除了其他的影响因素（如父母的朗读，儿童的学龄前教育情况，父母的教导），仍会显现同样的效果。另外，在学龄前收看过《芝麻街》的一、二年级学生似乎更希望自己阅读故事书，而不太愿意获得阅读指导（Zill，2001；Zill，Davies，& Daly，1994）。

最后，有研究者对高中生在学龄前是否收看教育电视节目进行了再次调查。他们不仅发现大多数高中生都收看过《芝麻街》，而且由此发现了《芝麻街》的持续时间最长的效果。结果显示，学龄前收看了更多教育电视节目——尤其是《芝麻街》——的高中生，其英语、数学和科学成绩明显更为优秀。他们阅读的书籍更多，学习自尊心更强，也更注重学习成绩。即使排除了学生早期的语言技能和家庭等背景变量的影响，上述差别依然存在（Anderson，Huston，Wright，& Collins，1998；Huston，Anderson，Wright，Linebarger，& Schmitt，2001）。

其他学龄前电视系列节目

迄今为止，几乎没有什么研究去评估除《芝麻街》以外的学龄前电视系列节目对已经迈进校门的儿童的长期效果。不过，有一些研究还是在其他学龄前节目中发现了类似的实时效果，如果这些效果能持续下去的话，就能促进儿童随后的入学准备活动。

杰罗姆（Jerome）、多萝西·辛格（Dorothy Singer）和他们的同事评估了《恐龙巴尼》（*Barney & Friends*）在教育方面的影响（see Singer & Singer，1998，for a review）。这个广受欢迎的系列节目中的明星巴尼是一只紫色的恐龙，它按孩子们熟悉的曲调翻唱了大量歌曲（如用儿歌《这个老人》［*This Old Man*］的曲调唱“我爱你，你爱我……”）。研究人员对大量白人中层家庭中3～4岁的儿童进行调查后发现，与那些不收看节目的儿童相比，独立收看10集节目的儿童在计数技能、颜色识别能力、词汇量以及认识他们的邻居等方面明显表现得更好，不过二者在识别形状或描述情绪的能力方面没有显著差别（Singer & Singer，1994）。对大量下层家庭和少数族群家庭的儿童所进行的同样的调查却发现，在没有老师指导的情况下，与没有收看节目的儿童相比，收看10集节目的儿童只显示出微弱的优势（尽管把收看《恐龙巴尼》与老师的指导结合起来时，二者表现出来的差别要大得多，Singer & Singer，1995）。另外，由于上限效应（ceiling effect）的存在，在对5岁半的幼儿园儿童进行的调查中，研究者们没有发现明显的效果，这意味着亲社会效果只能出现在2岁左右的儿童身上（Singer & Singer，1998；Singer，Singer，Miller，& Sells，1994）。

除公共广播节目之外，研究还评估了尼克幼儿频道（Nickelodeon's "Nick Jr."）的节目板块中的三个学龄前系列节目，它们分别是《阿莱格拉的窗户》（*Allegra's Window*）（以一个名叫阿莱格拉的木偶小女孩为主角的动画系列片）、《格勒格勒岛》（*Gullah Gullah Island*）（关于一个住在热带岛屿上的黑人家庭的动画系列片）和《布卢的小脚印》（*Blue's Clues*）（一个广受欢迎的参与式节目。一只名叫布卢的卡通狗和她的人类朋友史蒂夫［Steve］在节目中直接求助于观看者来解决难题）。除了突出亲社会性内容以外，每部系列节目还试图达到被尼克少儿频道称之为"灵活思维"（flexible thinking）的目标，即提高儿童的认知能力和解决问题的能力。

其中的一项研究对收看或者不收看《阿莱格拉的窗户》和《格勒格勒岛》这两部系列节目的学龄前儿童进行了为期两年的调查，以考察这两部系列节目的综合效果（Bryant et al.，1997）。由于大量数据是通过看护人员的评价而不是对儿童直接进行评估得出的，因此我们必须对这些数据进行细致的解析。在两年的调查中，看护人员发现，与不收看节目的儿童相比，收看节目的儿童在思维灵活性（如从多个角度了解事物，表现出好奇心）和解决问题的能力（如尝试用不同的方法解决问题，专心做事，不认输）方面有了更为明显的提高。最显著的效果出现在收看节目后的第一个月内，在其后整整两年的收看过程中这些节目一直发挥着影响。

有一项研究为这些结论提供了更为直接的证据。它将观看了两年节目的儿童与未观看节目的儿童在三项动手（hands-on）解决问题的任务（如简化版的河内塔［Tower of Hanoi］问题）中的表现进行了比较（Mulliken & Bryant，1999）。数据显示，与未观看者相比，观看者在三项任务中都能提供更为恰当的答案，他们也能用更少的步骤解决六个河内塔问题中的四个，不过，在完成一项区分形状和（或）颜色的任务（以"通过－不通过"［Go-NoGo］的形式来判别；类似于信号检测［signal detection］）的过程中，观看者和未观看者在响应时间上并无明显区别。

随后，类似的研究评估了《布卢的小脚印》在两年的观察期内对学龄前儿童知识扩展和认知能力发展的影响（Anderson et al.，2000；Bryant et al.，1999）。

在最基本的层次上，当遇到与《布卢的小脚印》某一集播出内容相同的难题时，观看者显然提供了比未观看者更为恰当的答案，这表明观看者能回忆起在电视上看到的内容。研究人员还运用考夫曼儿童成套评估测验（Kaufman Assessment Battery for Children [K-ABC]）和考夫曼简明智力测验（Kaufman Brief Intelligence Test [K-BIT]）的子量表（subscale）进行了进一步的测验，结果显示，观看者在解答非机智问答题（nonhumorous riddle）（如“什么东西小小的，有两个翅膀，会飞?”）、完成格式塔（Gestalt）填充测验等方面的表现比未观看者出色许多，而且二者间的这些差异在整整两年的收看过程中都得以维持。不过，研究人员未能发现该节目对儿童的词汇表达能力和自尊心有什么影响。

《布卢的小脚印》的独特之处在于：它秉持着“促使观看者积极参与节目中的教育内容”的目标，并在一定程度上提升了观看者的参与度。然而，在分析了那些反映儿童收视状况的观察资料（observations）（Crawley, Anderson, Wilder, Williams, & Santomero, 1999）后，安德森（Anderson）及其同事提出了一种假设——观看者（最起码对学龄前儿童来说）参与节目对他们的学习来说并无多大促进作用，这一点可从观看者事后对节目内容的掌握程度来判断。结果，他们发现，许多儿童因为反复收看同一集节目后预先知道了答案，所以才会增加对节目的参与度。

语言发展

研究人员也考察了不同的学龄前电视系列节目对儿童语言发展（language development）的影响（see Naigles & Mayeux, 2001, for a review）。赖斯（Rice）及其同事开展了一系列内容分析，他们将《芝麻街》《罗杰斯先生的街坊四邻》（*Mister Rogers' Neighborhood*）和《电力公司》（*The Electric Company*）等电视系列节目中所使用的口语比作父母对婴幼儿所用的“儿向言语”（child-directed speech）（Rice, 1984; Rice & Haight, 1986）。他们发现，较之于情景喜剧（如《吉利根岛》[*Gilligan's Island*]），教育电视系列节目中所使用的语言里包含了许多被认为是有助于“儿向言语”发展的特点：发声短促，不断重复，语言与直接、具体的指示物相关联等等。因此，这类电视系列节目可能会有助于儿童的语言发展。

但是，后来的研究只是在语言发展的某些方面证实了这个假设，其他方面却未能证实。尽管并非每项研究均发现电视会影响儿童对词汇的学习（e. g., Bryant et al., 1999），但还是有许多研究表明教育节目有助于儿童词汇的拓展。也就是说，学龄前儿童能从电视中获取新的词汇（e. g. ，Rice，Huston，Truglio，& Wright，1990；Rice & Woodsmall，1988；Singer & Singer，1994；cf. Naigles & Mayeux，2001）。相比之下，极少有研究能证明电视对儿童语法能力的提高（如对句法的掌握）有显著效果（e. g. ，Singer & Singer，1981）。奈格尔斯和马约（Naigles & Mayeux，2001）推测，语法能力的提高可能有赖于社会交往基础上的意义建构（construction of meaning）过程，而这是电视的单向传播所不能提供的。

最后需要指出的是，在某些条件下，教育电视节目也可能对儿童的语言发展产生一些预期之外的负面影响。奈格尔斯等人（Naigles et al. ，1995）发现，在收看了10集《恐龙巴尼》之后，儿童对反映心理状态的动词“知道”（*know*）（它表示“确定”）、“认为”（*think*）与“猜测”（*guess*）（后面两个词表示“不太确定”）之间的区别的认识变得模糊了。随后针对这10集节目所做的检测解释了个中缘由：节目大量使用了“知道”或“认为”来表述“确定”的情形。由此看来，正如接触某些电视节目中的新词对儿童学习词汇能产生积极效果一样，连续滥用词语也可能对儿童产生负面作用。

读写能力

学龄前节目对入学准备的影响还着重表现在读写能力上——既包括字母识别方面的实时效果，又包括对儿童阅读能力的长期影响。

在学龄电视系列节目中，也有许多节目声称是“读写节目”，但它们对这个词的使用显得过于宽泛。通常，制作人或电视台之所以把它们归入读写节目，仅仅是因为片中的人物来自书籍，至于节目是否以培养阅读或写作能力为目的则不予考虑。例如，《小熊维尼历险记》（*The New Adventures of Winnie the Pooh*）就被归入读写节目，但实际上它的故事情节是集中于社会情感问题的，而且它也不是改编自书籍的。

事实上，他们的这种做法也不是没有好处的。一些轶事性证据（anecdotal evidence）显示，改编自书籍的电视系列节目的发行能极大地促进书籍的销售，这一点将会在下面讨论节目对阅读和写作动机的影响时有所涉及。此外，这一部分还将重点回顾那些明确提出旨在促进儿童阅读和（或）写作能力的电视系列节目。

基本阅读技能

对《电力公司》（*The Electric Company*）所做的总结性研究（summative studies），是人们在儿童读写能力领域所进行的第一次实质性的研究。《电力公司》是一部杂志型系列节目（magazine-format series），它的每一集均由喜剧片段、歌曲以及动画片（如《字母人奇遇记》[*the adventures of Letterman*]。“字母人”是一个能通过改变单词中的字母来解决问题的超级英雄）组成。《电力公司》主要针对的是阅读能力较差的二年级学生，该节目着眼于举例说明字母（或字母组合）与其发音之间的对应关系，而且节目内容与当时的学校教学保持着同步关系。

鲍尔和博加茨（Ball & Bogatz，1973）以8000多名一至四年级的学生为研究对象，通过实验组与控制组、前测与后测的对比，评估了《电力公司》第一季的播出效果。研究中，大约一半的学生在校收看了6个月的《电力公司》，余下的学生则没有收看这一节目。前测和后测均包括一个书面评价量表（paper-and-pencil battery of assessments），一共涉及《电力公司》的19个目标领域（如读出复合辅音、二合字母、常见字以及以“E”结尾的单词的能力）。另外，研究人员还对其中的1000多名儿童进行了一对一的口头测验。

数据表明，在几乎所有的19个目标领域中，《电力公司》的观看者都有很大的收获，而且这种效果涉及的范围十分广泛——从发音的技能（phonics-based skills）到阅读理解能力都有明显的提高。其中一、二年级学生的效果最为明显，这可能是因为他们前测的初始水平最低（请注意，《电力公司》的目标观看者是二年级学生中阅读能力较差者）。这些效果不受性别、种族和母语（英语或西班牙语）等因素的影响。随后对《电力公司》第二季的研究再次证实了与此类似的效果，不过没有第一季效果明显（Ball，Bogatz，Karazow，& Rubin，1974）。

25年后研究人员针对美国公共电视网（PBS）早期的另一个读写系列节目《狮家图书馆》（*Between the Lions*，或译作《我们一家都是狮》）所做的研究也发现了类似的效果。和《电力公司》一样，《狮家图书馆》是一个幽默的杂志型系列节目，其目标是提高初级阅读者的印刷体意识、音位意识以及“字母－读音”关联意识（还有其他目标，如对整个语言元素的认识）。莱恩巴格（Linebarger，2000）让幼儿园孩子和一年级学生在三到四周时间里收看了17集每集半小时的系列片。通过实验组与控制组、前测与后测的对比，研究者分别从以下几个层次评估了观看者和未观看者的阅读成绩：理解特定节目内容的能力（如阅读那些在节目中出现的词汇的能力）、对节目中表现的三种特定的读写技能的掌握程度（即对字母命名、音位切分、发语词的熟练程度）以及（通过标准化测验表现出来的）一般意义上的初级阅读能力（包括对字母表及其功能的认识；对印刷规范的认知，比如从左往右读）。后测阶段在控制了统计学意义上的各种背景变量之后，对特定的节目内容进行了五项测量，其中幼儿园的观看者在三项读写技能以及初级阅读能力方面的表现都明显优于未观看者。但是，一年级学生中的观看者除了音位切分更为灵活准确以外，在其他方面与未观看者并没有显著的差异。这主要应归因于上限效应，因为一年级儿童已经掌握了《狮家图书馆》中所示范的大量技能。

阅读理解能力

研究者在一个更广泛的层次上评估了《阅读彩虹》（Reading Rainbow）的影响（Leitner，1991）。《阅读彩虹》的目标受众是5岁至8岁的儿童，它的每一期节目都涉及一本特定的儿童读物，节目中有人一边朗读书的内容，一边通过镜头展示书中的插图；除此以外，节目的其他部分则以不同的形式（如歌曲、纪录片、儿童访谈）来展示相关的主题。在该项研究中，四年级学生在阅读一本有关沙漠中的仙人掌的书之前，分别做了以下某项准备：（1）看一集30分钟的《阅读彩虹》节目，节目中特别展示了这本书，并且包括了其他有关沙漠和生活在其中的动物的内容；（2）亲身接触和观察一株盆栽仙人掌；（3）在阅读之前，口头讨论他们想象中可能出现在一本有关沙漠的书中的各种东西。研究结果表明，收看了一集《阅读彩虹》的儿童显然比那些参与读前讨论的儿童对仙人掌的了解更多；在参与读前讨论和亲身观察的学生之间则没有出现这样的差异。莱特纳（Leitner）运用通道效应（modality effects）来解释这些数据。但是，她的另一种解释——以上差异归因于儿童通过《阅读彩虹》预览过这本书——似乎也有道理，因为只有收看《阅读彩虹》的儿童在他们亲自阅读图书之前就已经通过电视“浏览”了这本书。因此，关键因素实质上不在于是否收看了电视，而在于对书的额外接触。这一发现可能给研究造成了困惑，但事实上，这正是《阅读彩虹》制作人员的良苦用心所在：让孩子们先通过电视接触书籍，由此激发他们自己去阅读这些书籍。

阅读和写作的动机

上文已经提到，有轶事性证据显示，由书籍改编而成的广受欢迎的电视系列片能极大地促进这些书籍的销售，无论它们是有意作为教育节目播出的（如《亚瑟》[Arthur]），还是无意作为教育节目发行的（如《鸡皮疙瘩》[*Goosebumps*]）。对《阅读彩虹》所开展的更为系统的研究指出，在系列片中特别展示的书籍其销量增加了150%到900%。此外，接受调查的图书管理员中有82%的人报告说，有儿童前来借阅他们在《阅读彩虹》节目中所看到的书籍（Wood & Duke，1997）。

但是我们并不确定在上述情形中电视节目是否促进了儿童阅读量的增长（即在其他情况下就不会阅读），或许那些与电视相关的书籍充其量只是取代了儿童本来正在阅读的其他书籍。

研究人员直接评估了《狮家图书馆》和《精灵作家》（*Ghostwriter*）对儿童阅读与写作的动机所产生的影响。相关的研究数据和家长、老师的评估报告都一致显示，《狮家图书馆》在某些特定领域（而不是所有领域）产生了显著的效果。幼儿园儿童的家长和老师反映，在某些测量指标（如儿童单独看书或杂志的频次；他们要求大人念书给他们听的频次）上，观看者与未观看者之间并没有什么差异，但是也有家长反映，与未观看者相比，幼儿园儿童中的观看者到图书馆和书店的次数更多，并且也更勤于写作。对一年级学生而言，只有在单独看书的频次（由家长评估）和在自由时间里进行写作（由老师报告）方面，观看者与未观看者之间才存在着显著差异（Linebarger，2000）。

《精灵作家》则是明确以激发儿童阅读写作动机为目标的节目。它是一档针对7岁至10岁儿童的电视系列节目。《精灵作家》的主角是一群儿童，他们在精灵作家的帮助下运用读写能力来揭示谜团，而精灵作家则是一个无形的精灵，只能通过阅读和写作与人沟通。至今还没有人对《精灵作家》的效果问题开展实验/控制研究（experimental/control study）。但是，有些研究的部分结论谈到了“电视节目激发儿童参与阅读和写作”这一问题。

有几项研究发现，观看者常会选择阅读那些出现在《精灵作家》节目中的出版物（如精灵作家收到或发出的便条或者主人公在他们的“记事簿”[casebooks]上记录的信息）。一项调查发现，83%的受访者说他们曾经按节目的指引进行阅读，另外有8%的受访者说他们“有时”会这样做（Nielsen New Media Services，1993）。另外一项研究发现，收看《精灵作家》的女孩中大约有25%的人有自己的“记事簿”，大约20%的儿童说他们定期使用符码（code）进行写作（KRC Research & Consulting，1994）。

许多儿童给《精灵作家》节目组写信，并参与一些有一定复杂程度的征文比赛活动，如写歌或创作他们自己的超级英雄等，这或许最清楚地证明了《精灵作家》对儿童坚持读写活动的影响。这些活动几乎完全是儿童自发（self-motivated）参与的，有一些儿童反映这是他们第一次写信。儿童在参与的过程中需要不断地付出努力——不仅要自己写信，还要学习如何写信封，如何获得必要的邮资，如何使用邮政编码等。即便有这些潜在的困难存在，仍有超过450 000名儿童在《精灵作家》头两季播放期间给节目组写信（Children's Television Workshop，

1994）——这是《精灵作家》能促进儿童进行读写活动的直接证据。

长期影响

正如在入学准备那一部分中所讨论的，对《芝麻街》的纵向研究发现，学龄前收看该节目对一、二年级学生的读写能力有着长远的影响（Wright et al.，2001；Zill，2001），而且这种影响能一直持续到高中阶段（Anderson et al.，1998；Huston et al.，2001）。很少有纵向研究对学龄电视节目是否长期影响读写能力进行评估，但是，对《电力公司》第二季的总结性研究（summative studies）显示，该系列节目也能带来长期的正面影响（Ball et al.，1974）。该项研究的考察对象的是一部分参与过鲍尔和博加茨（Ball & Bogatz，1973）研究项目（涉及《电力公司》第一季）的儿童。前测（即在儿童收看除《电力公司》第一季以外的其他任何一集之前）数据表明，尽管《电力公司》在两次研究间隔的几个月之内没有播放，但观看者最初收看节目所受的影响仍然存在。不过，有趣的是，后测数据显示，收看两季节目所受的影响并不比只收看一季节目所受的影响强多少。因此，《电力公司》的主要影响似乎源自儿童在最初6个月里对节目的接触，而且这种影响足以持续好几个月时间。

数学知识及解题能力

研究人员主要通过以下三种类型的结果变量（outcome variable）来评估学龄数学节目对儿童的影响：数学知识、数学解题能力以及对数学的态度。下面将依次予以讨论。

数学知识

对两个不同的学龄电视系列节目所进行的多项研究均发现，电视节目能促进儿童对数学知识的学习。哈维、基罗加、克兰和博顿斯（Harvey，Quiroga，Crane，& Bottoms，1976）对8集《无穷数大本营》（*Infinity Factory*）（它是面向8~11岁儿童［特别是非洲裔和拉美裔美国儿童］的杂志型数学类系列节目）的影响进行了评估。研究人员在后测中发现，虽然观看者中的白人儿童比少数族群儿童收获更大，但所有观看者的数学成绩均有显著提高。

数学知识也是早期一项有关《数学魔方》(*Square One TV*) ①的总结性研究所关注的焦点。《数学魔方》主要面向 8～12 岁的儿童，它采用了杂志的形式，其节目内容包括喜剧小品、儿童真人游戏秀（game shows with real children）、音乐录影带、动画片以及一个数学类侦探连续剧——《数学网》（*Mathnet*）。这个节目的目标是促进儿童对数学的积极态度，促进数学解题方法的应用，并将数学内容以一种有趣的、易于接受的、有意义的方式表现出来。《数学魔方》第一季播出后，皮尔、罗克韦尔、埃斯蒂和冈齐（Peel, Rockwell, Esty, & Gonzer, 1987）从中选取了 10 个数学解题片段，对儿童理解这些片段的能力进行了评估。由于缺乏前测数据，缺乏与未观看节目的控制组的对比（因为研究的目的在于测量儿童的理解能力而非学习水平），该项评估有着一定的局限性，但其研究成果仍是值得注意的，因为它从以下三个不同层次对理解能力进行了测量：回忆（recall）每个片段中的问题和答案，理解（understand）每个片段中所蕴含的数学知识，把这些数学知识拓展（extend）到新的相关问题上。正如人们所预料的那样，就这些用于测量的节目片段而言，儿童在各个层次的理解能力上有着不同的表现，但它们仍然显现出了一个总体的趋势：最好的效果出现在“回忆”这个层次上，其次是“理解”，最后才是“拓展”。在发现这些明显的差别后，研究人员提出了一个在评价教育电视效果时必须考虑的重要问题，即研究者可能会根据他们自己对“理解能力”的界定方式而得出不同的结论。这一点我们将在后面“理论机制”一节中谈到。

对数学解题能力的影响

教育改革部门建议在解决问题的情境中开展数学教学活动（e. g., National Council of Teachers of Mathematics, 1989）。为了与这项改革保持步调一致，《数学魔方》节目也把重点放在了数学解题方面。霍尔、埃斯蒂和菲什（Hall, Esty, & Fisch, 1990; Hall, Fisch, et al., 1990）对《数学魔方》在这方面的影响进行了评估。

在这项研究中，研究者给得克萨斯州科珀斯克里斯蒂（Corpus Christi）（这里没有播放过《数学魔方》节目）两所小学的五年级学生播放了 30 集《数学魔

---

① 《数学魔方》(*Square One Television*) 是由非营利教育组织“儿童电视工作坊”（Children's Television Workshop）负责制作的一档面向儿童的电视系列节目。该节目旨在向儿童传授数学知识并促进儿童对一些抽象数学概念的理解。该节目于 1987 年－1992 年期间在美国公共电视网（PBS）播放。Square One 是一种难度较大的变种魔方的名称。——译者注

方》，而没给另外两所学校的儿童播放这一节目。然后，研究者对观看者和未观看者进行抽样调查，并统计了每个样本对应的性别、社会经济地位、种族和标准化数学测验成绩。在前测和后测中，这些儿童参加了几个非常规的动手解答数学题的活动（如找出数学游戏中出现的错误并改正它），而且在此过程中，测试员（interviewer）和编码员（coder）并不清楚哪些儿童是观看者哪些儿童是未观看者。结果显示，从前测到后测，观看者在使用启发性解题法（problem-solving heuristics）（如探索解题模式，开展逆向思考）解决问题的次数和多样性上有了明显的进步，尤其在后测中，他们显然比未观看者更多地使用启发性解题法。同时，观看者对前两道题的解法也显得更为完整和圆熟，而未观看者则没有表现出明显变化（因为上限效应的存在，观看者在第三道题上没有表现出变化）。因此，接触《数学魔方》既影响儿童看待问题的思路，又影响他们解决问题的方法——这种效果不受儿童的性别、种族、社会经济地位或标准化数学测验成绩的影响。

对数学的态度

上述研究还评估了《数学魔方》对儿童看待数学的态度的影响（Hall，Fisch，et al.，1990）。与以前针对数学教育问题所做的研究（它们常常通过颇受限制的书面测试来评估态度）不同的是，这项研究是先通过深度访问（in-depth interview）来评估态度，然后再由不知情的编码员对访问到的情况进行编码。前测与后测结果的对比表明，《数学魔方》在以下几个领域有着显著的效果：观看者显然对“数学”有了更为广泛的概念（即超越了基础算术）；观看者比未观看者更渴望解决有挑战性的数学问题；在访问中，观看者（较之于未观看者）更频繁地自然谈及（即在未被直接问及学习乐趣的情况下）他们对数学和解题的兴趣。同样，这种效果不大受到儿童的性别、种族或社会经济地位等的影响。在这项研究中，唯一没有产生显著效果的是在儿童对数学的有用性的认识这一领域。

科学与技术

电视有着播放科教系列节目的长期传统，这一传统自1951年《巫师先生》（*Mr. Wizard*）首播开始便一直延续至今，其中还出现了更多新的尝试，如《比克曼科学世界》（*Beakman's World*）、《科学法庭》（*Science Court*）和《魔法校车》（*Magic Schoolbus*）等。这一小节将探讨一些科学类（science-based）系列节目对儿童获得科学知识、开展探索和实验以及形成对待科学的态度的影响。有趣的是，这些节目涵盖了几种差别很大的节目类型，包括真人演示类节目、杂志型科教片以及周六早间卡通节目，不过所有类型的节目都产生了显著的效果。

科学知识

已有的研究发现，许多教育电视系列节目对儿童了解特定的科学内容有着显著的影响。在这些节目中，研究者最为关注的是《3－2－1 接触》（3－2－1 *contact*）节目。《3－2－1 接触》是一个针对 8～12 岁儿童的日播类杂志型节目，它的主体部分由青少年主持的真人表演（live-action）类科教短片组成，除此以外，还包括动画片、歌曲和一个称之为《侦探社》（*The Bloodhound Gang*）的推理剧系列。《3－2－1 接触》每个星期的节目都围绕一个特定的主题（如电、外太空）展开，其中大部分节目都与这个主题的某些方面保持一致。

对《3－2－1 接触》的研究受到它所使用的方法的某些限制：几乎所有的研究都主要依赖书面测试（通常含有多个选项）来评估儿童的理解能力。尽管存在这一局限，研究者们还是观察到了有关理解能力的、一致性的效果模式。研究提供给儿童收看的节目集数不等（从 10 集到 40 集以上），但在所有的收视层次均发现收看《3－2－1 接触》对儿童理解节目中的科学主题有着积极的影响（Cambre & Fernie, 1985; Johnston, 1980; Johnston & Luker, 1983; Wagner, 1985）。而且，该节目对女孩产生了更为强烈的影响，而她们通常又被认为是所有人当中科学成绩较低的那一部分人（e.g., Levin, Sabar, & Libman, 1991）。

另有研究发现，其他一些电视系列节目的科学内容也具有类似的效果，如美国的《科学怪侠比尔·奈》（*Bill Nye the Science Guy*）（Rockman et al., 1996）和《克罗》（*Cro*）（Fay, Teasley, Cheng, Bachman, & Schnakenberg, 1995; Goodman, Rylander, & Ross, 1993; cf. Fay, Yotive, et al., 1995; Fisch, Goodman, McCann, Rylander, & Ross, 1995）、澳大利亚的系列节目《自然澳大利亚》（*Australia Naturally*）（Noble & Creighton, 1981）、英国的一个单元剧系列（包括《猫头鹰电视》[*Owl TV*]、《知道怎么办》[*Know How*]、《明天的世界》[*Tomorrow's World*]、《人体的问题》[*Body Matters*] 和《小超人伊拉兹马斯》[*Erasmus Microman*] 等）（Clifford, Gunter, & McAleer, 1995）等。

当然，对科学内容的理解取决于节目的表现力，这正如对《克罗》的研究所显示的那样。《克罗》是一个周六早间播放的动画系列片，它的主人公是一个克罗马努（Cro-Magnon）男孩，该节目是为促进6~11岁的儿童对科学技术的认识和兴趣而制作的。对《克罗》第一季的总结性研究发现，与未观看者相比，观看者对一些剧集中提出的技术原理理解得更好一些。但在把这些原理推广到新问题方面，二者之间没什么差异。即使在对技术的理解方面，也不是每一集都能测试到明显的差异（Goodman et al.，1993）。产生显著效果的剧集具有某些特征，这使它们有别于那些没有产生此类效果的剧集。这些特征包括：强调具体的策略而非抽象的原理；将学习内容置于解决问题的情境中，而且剧中人物不断改进解题方法以使其更为有效；其教育内容围绕着而非偏离对主要情节的讲述而展开。后来，当《克罗》第二季的每集节目都具备这些特征时，研究者发现，观看者和未观看者对所有测试剧集的理解都有着显著的不同，这就证实了对上述特征的假设（Fay，Teasley，et al.，1995）。

探索和实验

除了研究儿童对科学概念的理解之外，洛克曼等人（Rockman et al.，1996）还评估了《科学怪侠比尔·奈》对儿童动手做科学实验的影响。该节目的目标受众是8~10岁的儿童，每一集里，喜剧人物兼科学家比尔·奈都会进行科学实验，并在不同的环境下演示科学概念（常常伴随着令人惊奇的效果）。这项研究将测试对象分成了两组，其中一组的观看者先在学校或家中至少收看了12集节目，然后与同组的未观看者一起接受一些实践性科学任务（如动物分类），另一组则先接受了科学任务然后才组织观看者收看节目。在后测中，观看者在探索过程中表现出明显的进步（如他们更多地进行观察和比较），他们所做的动物分类也更加精确（如用“哺乳动物”代替腿的数量来区分种类）。由于缺乏对测试对象的有效控制，研究数据有着一定的局限性，但它们仍表明，收看《科学怪侠比尔·奈》优化了儿童解决问题的过程并提高了他们解决方法的精确度——这一发现是与有关“《数学魔方》对数学解题能力的影响”的研究相一致的（Hall，Esty，et al.，1990；Hall，Fisch，et al.，1990）。

对科学的态度

除了传达知识和示范实验过程以外，《3-2-1接触》《科学怪侠比尔·奈》以及《克罗》还致力于促进儿童对科学与技术的积极态度。与针对科学知识的研究一样，对《3-2-1接触》是否影响儿童科学态度的研究也由于依赖于书面测试而受到了一定的限制。但这些研究仍然发现，儿童对科学的兴趣以及对科学家的印象都明显受到了这些节目的影响，不过，与对儿童的科学知识的所造成影响相比，这些影响要小一些，同时也不太一致（Cambre & Fernie，1985；Johnston，1980；Johnston & Luker，1983；Wagner，1985）。我们现在还不清楚的是，《3－2－1 接触》在态度方面影响较小或者说效果更为温和是否应归因于测量方法的限制。

在考察《克罗》是否影响儿童对科学技术的兴趣时，研究者使用了一系列测量方法，包括书面测试、深度访问以及（针对儿童选择参加与技术相关或无关的活动所进行的）行为观察（Fay，Teasley，et al.，1995；Fay，Yotive，et al.，1995）。他们设计了实验组与控制组、前测与后测，并将《克罗》节目（共 8 集）的“观看者”与“未观看者”（这些未观看《克罗》的儿童收看了另外 8 集与科学无关的教育动画节目《卡门·圣地亚哥究竟在哪儿?》[*Where on Earth Is Carmen Sandiego*?]）进行了比较。结果显示，存在着多种与兴趣有关的显著效果：前测与后测（pretest-posttest）的结果表明，与未观看者相比，观看者更有兴趣从事与节目情节有关的技术活动（technology activities）（如做一个弹弓），更有兴趣了解与特定剧集有关的技术内容，并且，当观看者有技术活动和非技术活动可供选择时，他们更有可能参加与特定的两集节目相关的动手活动（尽管类似的效果在对其他剧集的测试中并未发现）。不过，对《克罗》中没有涉及的技术活动，儿童则没有表现出明显的兴趣，这可能是因为儿童无法从观念层面上理解“技术”这一概念——这一内涵广泛的、足以涵盖上述所有活动的概念。

最后，洛克曼等人（Rockman et al.，1996）在对《科学怪侠比尔·奈》进行评估时发现，从书面测试所反映的情况看来，观看者对科学的态度几乎没有发生变化，但这可以归因于上限效应，因为观看者即使在前测中得分也非常高。家长报告中也提到了一些积极效果：61% 的家长相信他们的孩子在收看《科学怪侠比尔·奈》后对科学的兴趣增加了；几乎所有的家长都认为孩子参加科学活动的兴趣增加了；35% 的家长反映孩子开始与他们谈论特定剧集中的内容。当然，这些数据必须谨慎对待，因为它们只是反映了家长的感觉，而不是对儿童的直接评估。

公民教育与社会教育

这一领域的研究主要集中在两个方面：儿童对电视新闻中时事内容的回忆；电视节目《校舍摇滚》（*Schoolhouse Rock*）中播放的歌曲对儿童了解美国历史或政府工作的影响。

新闻与时事

尽管科姆斯托克和派克（Comstock & Paik，1991）观察到儿童是从电视而不是从报纸、广播或与他人的讨论中获得大部分新闻信息的，但大多数有关电视新闻的研究关注的还是成年人而非儿童。这一点不难理解，因为新闻节目的基本受众群是成年人。尽管如此，阿特金和甘茨（Atkin & Gantz，1978）发现，小学生在收看针对成年人的新闻节目之后对政治事件和时事的认识也会适度加强。

当我们考察专门为儿童制作的新闻节目时，儿童从电视新闻中学习的问题就显得更有意义了。在荷兰进行的系列研究中，研究者将四年级和六年级学生对电视台节目《儿童新闻》（*Jeugdjournaal* [*Children's News*]）中的报道的回忆和对同一新闻的报纸、广播版本的回忆进行了比较（Walma van der Molen & van der Voort，1997，1998，2000）。这些研究均发现，直接回忆电视新闻报道要比回忆其他任何形式的新闻报道来得容易。当电视中的图像信息与声音信息是相互重复（而非互为补充）的关系时，这种效果表现得最为强烈。研究人员使用佩伊维厄（Paivio，1971）的双重编码假说（dual-coding hypothesis）来解释电视版新闻的优势。该假说提出，同样的内容在两种通道（modality）①（声音和图像）里呈现要比只在一种通道里呈现更容易被回忆起来。

最引人注目当然也是最有争议的例子可能是美国的儿童新闻节目《第一频道新闻》（*Channel One*）。这是一档10分钟的新闻节目（加上2分钟的商业广告），它不对家庭播放，而是直接在初中和高中校园中播放。学校在至少90%的开课日里向学生们播放这一节目，作为交换，学校的每个教室都从《第一频道新闻》的制作者惠特尔传播公司（Whittle Communications）那里获取了一个碟式卫星电视天线（satellite dish）、两台录像机和一台电视机。有几项研究采用强迫选择式（forced-choice）书面评估法对《第一频道新闻》带来的学习效果进行了测量。尽管其中一项研究未能发现该节目的任何效果（Knupfer & Hayes，1994），但其他大多数研究都发现，《第一频道新闻》的观看者比未观看者更了解节目中涉及的新闻话题（Greenberg & Brand，1993；Johnston & Brzezinski，1994）。不过，研究中发现的效果在观看者中也并非总是相同的；节目对

---

① 心理学将人接受刺激和作出反应的信息通路称为通道（modality）。对应于接受信息和输出信息的分别是感觉通道和效应通道。感觉通道主要有视觉、听觉、触觉、动觉、嗅觉和味觉等。效应通道主要有手、足、头及身体、语言（音）、眼神以及表情等。——译者注

那些平均积分点（GPA，grade point average）是C或D的学生没有显著影响，但对那些学习动机强的学生和常常听老师讨论新闻的学生则有较大的影响（Johnston & Brzezinski，1994）。尽管已经有人在质疑老师主持讨论（以强化《第一频道新闻》的效果）的实际频次（see Bachen，1998，for a review），但已经发现的效果差异还是引发了另一个问题，即这些效果在多大程度上可以归因于节目本身或者节目可能激发的讨论。

此外，数据还显示，观看者不仅从节目的新闻部分获取了知识，而且从节目插播的广告中了解了商品，这一情况激起了更大的争议。如果儿童观看了《第一频道新闻》中的产品广告，他们就会给予这些产品更高的评价并且表现出更为强烈的购买意向（尽管他们实际购买这些产品的可能性并不很高）（Brand & Greenberg，1994；Greenberg & Brand，1993）。校园里日益频繁的商业性广告活动所显现出的效力，引发了人们对这类活动的适当性的争论（e. g.，Richards，Wartella，Morton，& Thompson，1998；Wartella & Jennings，2001）。

美国历史和政府

在20世纪70年代，一个3分钟的教育短片系列《校舍摇滚》在美国广播公司（ABC）的儿童节目中插播。它的每个动画短片都播放一首主题与英语、数学、科学或美国历史相关的歌曲。那时，还没有研究评估《校舍摇滚》的教育效果。但是，当《校舍摇滚》在90年代重播时，卡尔弗特及其同事（Calvert，1995；Calvert & Pfordresher，1994；Calvert，Rigaud，& Mazella，1991；Calvert & Tart，1993）进行了一系列研究，他们测试了儿童和成人对《校舍摇滚》中两个短片《我就是一个议案》（*I'm Just a Bill*）（一个议案成为法律的步骤）和《响彻世界的枪声》（*The Shot Heard 'Round the World*）（独立革命战争）的理解。第三个短片《导言》（*The Preamble*）（宪法导言的全文）则只用来测试成人。这些研究的数据表明，同一内容的短片，以歌曲来演绎的版本的效果不如那些靠言语来表达的版本。在观看者反复接触原作的过程中，音乐版能够增强逐字回忆（verbatim recall）这个层次上的效果，但它在促进对教育内容的深入理解方面却没有电视散文（prose）版有效。

研究者将这归因于通道效应（modality effects）——歌曲更适合于逐字回忆，而散文版更便于语文回忆（verbal recall）。但是，当其他人发现儿童不能很好地理解教育电视节目中的个别歌曲时，往往会找出其特定的比较具体的原因。例如，帕尔默（Palmer）就认为，儿童不能很好地理解《芝麻街》中的某一首歌是因为其押韵格式（rhyme scheme）强调了错误的字词并因此转移了儿童对教育内容的注意力（Palmer & Fisch，2001）。尽管当时的研究者在得出歌曲完全不能帮助儿童深入理解节目内容这一结论时有所犹豫，但毋庸置疑的是，上述三个《校舍摇滚》短片只是在儿童逐字回忆这个层次上富有效力。

对新闻的兴趣

只有对《第一频道新闻》的研究评估了儿童对新闻的兴趣和获取新闻的动机。学生和老师的自我报告资料均显示，《第一频道新闻》有助于他们获取信息或在进餐时间进行交谈（Ehman，1995）。但是，量化比较（quantitative comparisons）发现，在课外谈论新闻报道或使用其他媒介了解新闻报道方面，学生中的观看者和未观看者之间没有显著差异（Johnston & Brzezinski，1992；Johnston，Brzezinski，& Anderman，1994）。这一发现，以及那些一直围绕着自我报告数据的争议，共同引发了一个问题，即《第一频道新闻》是否真正增加了儿童获取新闻的兴趣。用约翰斯顿等人（Johnston et al.，1994）的话说就是：就《第一频道新闻》影响观看者的程度而言，它可能是满足了而非刺激了观看者的求知欲。

理论机制

有关教育电视节目的影响的实证性研究往往热衷于效果的测量，而对描述效果产生机制的理论模式则缺乏兴趣。这一部分将回顾相关的三种理论取向，它们涉及对电视教育内容的理解、学习迁移（transfer of learning）以及早先收看教育电视所产生的长期正面效果。

对教育内容的理解：容量模式

有几项研究已经证明，观看者在受到复杂的刺激时，会运用工作记忆（working memory）的有限容量来处理对电视内容的理解（Armstrong & Greenberg，1990；Beentjes & van der Voort，1993；Lang，Geiger，Strickwerda，& Sumner，1993；Lorch & Castle，1997；Meadowcroft & Reeves，1989；Thorson，Reeves，& Schleuder，1985）。教育电视节目的观看者需面对更多的处理需求，因为这些节目的典型特征就是同时提供叙事内容（narrative content）和教育内容（educational content）。下面这个例子就是如此：一个男孩想加入乐队（叙事内容），并学习不同的乐器怎样通过振动发出声音（教育内容）。容量模式（*the capacity model*）（Fisch，

2000）指出，对教育内容的理解不仅要实现对教育内容本身的认知，还要完成对蕴含着教育内容的叙事内容的处理。另外，该模式认为，理解受到二者间“差距”（*distance*）的影响，也就是说受到教育内容与叙事内容相关联或相偏离的程度的影响（Fig. 15.1）。为了更好地理解“差距”这一概念，我们来设想这样一个情节：一部电视侦探片中的男主角突然停下来给观看者上了一节关于“速度-时间-路程”这一数学问题的课程。如果该数学内容不是和侦探故事直接相关，那么它就偏离了叙事内容，二者间的差距就很大。相反，如果男主角是用“速度-时间-路程”这些概念来证明只有某一个嫌疑犯所在位置近得足以作案（即如果数学内容提供的是破案的关键线索），那么这个数学内容就是与叙事内容相关的，二者间的差距就很小。

根据容量模式，如果二者间的差距很大，需要用于理解的智力资源通常主要供给了叙事内容；剩下可供处理教育内容的资源就会比较少。但是，如果教育内容和叙事内容融为一体，那么二者就是互为补充而非互相竞争（资源）的关系；同一处理过程就会在允许理解叙事内容的同时也帮助理解教育内容。因此，在以下几种特有的情况下，对教育内容的理解会更强一些：（1）当处理叙事内容的需求相对较少时（如因为几乎不需要暗示就可以理解故事，或者因为观看者的语言能力足以轻松地理解叙事内容）（see Fig. 15.1 and Fisch, 2000, for a full list of contributing factors）；（2）当处理教育内容的需求较少时（如因为教育内容已被清楚地提出来或者观看者已经对这个问题有所了解）；（3）当两种内容之间的差距很小时。虽然该模式与现存的大量有关儿童对电视节目的理解的文献资料之间是一致的，但在本章成文时，它在新研究中的预测效度（predictive validity）仍需进一步的检验。

学习迁移

理解——甚至是学习——电视节目中的教育内容并不能保证观看者能够成功地将其运用于新问题或新情况。例如，我们回顾古德曼等人（Goodman et al., 1993）的研究就可以发现，《克罗》的观看者和未观看者在理解节目提出的科学

---

① 前导组体（advance organizer，亦译作“先期组织者”）：按《传播理论：起源、方法与应用》（中国传媒大学出版社，2006，p. 241）一书的说法，“先期组织者的概念基于这样的思想，即人们头脑中储存的信息是有层次地组织起来的，其中各类特定的信息是被集中组合，纲举目张地置于一个更广的主题下。一个先期组织者提供了某种更普遍的结构，通过这个结构，特定信息便可以在特定信息提出之前已经组织就绪”。——译者注

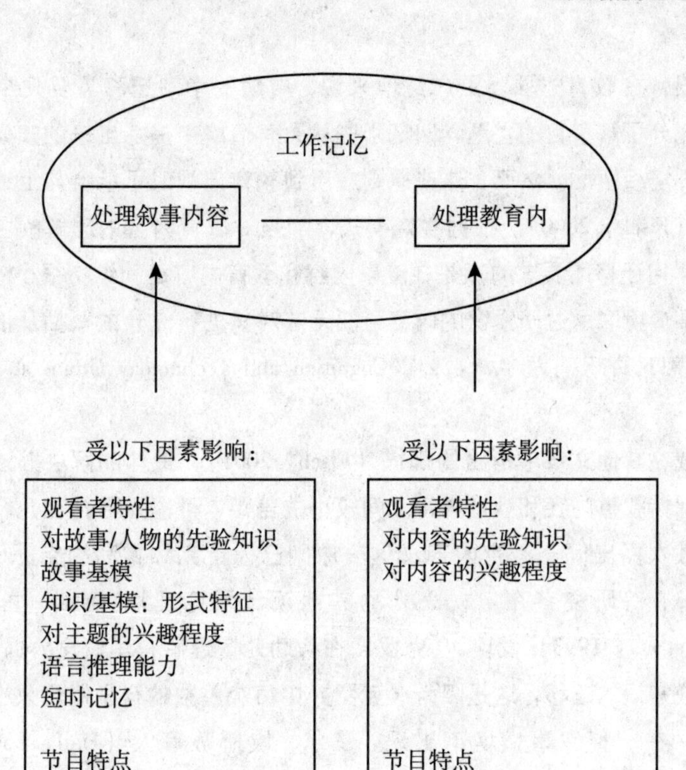

图 15.1　容量模式的理论构架（含那些对理解叙事内容和教育内容起决定作用的因素）（after Fisch，2000）①

内容方面存在着显著差异，但在扩展到新问题时却没什么差别。实际上，这种现象并不仅仅局限于教育电视；有些研究者指出，即使在课堂学习中也较少发现学习迁移（transfer of learning）现象（e. g.，Detterman & Sternberg，1993）。但是，也有一些研究发现了教育电视产生学习迁移效应的证据，如在不同于电视节目所展现的情境下，教育节目能对儿童的实验和解题活动产生显著的影响（e. g.，Hall，Esty，et al.，1990；Hall，Fisch，et al.，1990；Mulliken & Bryant，1999；Rockman et al.，1996）。

那么，为什么在一些研究中教育电视导致了学习迁移现象而在另外一些研究中却没有导致呢？布兰斯福德、布朗和科金（Bransford，Brown，& Cocking，

1999）提出，在教育方面，更广泛地来说，成功的学习迁移需要几个关键的因素，包括充分了解节目的主题，回忆那些从原有情境中提炼出来的知识并使之与新的应用环境相匹配。然而，这些原则应用到教育电视时可能会与上述容量模式产生矛盾（Fisch，2000）。根据容量模式，加强对教育内容的理解的主要方法之一（正如学习迁移所要求的）是在叙事内容和教育内容之间维持很小的差距。但是，与叙事情境联系过于紧密的内容可能无法对其进行充分的概括从而不能迁移到不同情境下的新问题中（e. g.，Cognition and Technology Group at Vanderbilt，1997）。

如同我在其他文章中指出的那样（Fisch，2001），最佳的解决办法可能并不仅仅限于保持叙事内容和教育内容之间较小的差距，可能还包括在几个不同的叙事语境中数次播出同一教育内容（这一原则已为吉克和霍利约克［Gick & Holyoak，1983］等研究者在电视之外的其他领域所论证）。例如，古德曼等人（Goodman et al.，1993）发现，《克罗》在帮助儿童理解科学概念方面效果显著，但没能促成知识的迁移，这是因为《克罗》中每个单独的科学概念只在一集中出现，并且只在一种叙事情境下出现。霍尔、埃斯蒂等人（Hall，Esty，et al.，1990；Hall Fisch，et al.，1990）发现，《数学魔方》中所使用的启发性解题法（problem-solving heuristics）能产生显著的学习迁移效应，而这正是因为该节目在几种不同的情境下（例如，一场要求参赛者策略性地运用概率知识的电视知识竞赛；一盘要求剧中人物选择正确的键码来逃离鬼屋的音乐录影带）都使用了同一种启发法（heuristic）（如运用概率知识）。此类电视节目运用多种方式来表现本质上相同的内容，这有助于观看者更好地理解节目中蕴含的抽象数学概念，并促使他们将这些概念应用到各种更广泛的环境中去，从而促成了学习的迁移。

长期效果：早期学习模式

在考察教育电视的实时效果方面，前文所述的“理解”和“迁移”的概念都是有用的，但它们不足以解释长期效果，特别是当最终的效果与电视中播出的教育内容几乎没有相似之处时就更是如此了。例如，研究者发现，学龄前儿童对《芝麻街》的收看情况能够预示出他们高中时代的平均积分点（GPA）（Anderson et al.，1998；Huston et al.，2001），但这不能解释为：学生们将他们从《芝麻街》中学到的内容直接应用到高中课程中了。

为了解释这些长期效果，休斯敦等人提出了早期学习模式（the early learning model）。这一模式将儿童早期发展的三个方面视为长期效果产生的必要条件：

(1) 学习那些学前技能（preacademic skills），特别是与语言和读写能力相关的技能；(2) 培养学习动机和学习兴趣；(3) 形成专注、不攻击、不焦躁和不分神的行为模式。（这最后一点与希利［Healy，1990］以及其他一些研究者提出的“《芝麻街》减少了儿童的专注时间”的观点截然相反。）上述因素有助于儿童在学校里的早期的成功表现，并对他们之后的学业有重要的决定性作用：那些早期就显示出良好技能的儿童有可能被归入能力较高的群体中，获得老师更多的认可和注意，感觉到自己的成功并因此受到激发而有更好的表现（Entwistle，Alexander，& Olson，1997）。另外，这些早期的成功也可能会影响到儿童选择参加的活动的类型，如阅读能力较强者可能选择依靠自己去阅读更多的书籍。这些成果中的每一项都可能随着时间的发展而使人取得更高的成就。这样，早期学习模式就提出了一种级联效应（cascading effect），即早期收看教育电视能使儿童在这一阶段的学习中获得成功，这有助于促成他们在以后很长时间里的成功表现。

结论

本章能得出的最具普遍性的结论就是教育电视对儿童的确有影响。那些精心制作的电视节目能对不同年龄段的儿童产生显著的正面影响，而且这种影响还能持续多年。

当然，不是所有的电视节目都对儿童有益，依此类推，并不是所有的电视节目都对儿童有害。实际上，赖特等人（Wright et al.，2001）针对《芝麻街》的效果问题所进行的为期三年的研究发现，收看《芝麻街》对儿童的读写能力和入学准备有着积极的作用，但在学前观看商业性娱乐卡通节目有时也会产生显著的负面影响。很明显，效果产生的关键因素不在媒介自身，而在于它所承载的内容。

我们除了关注电视节目的内容之外，还必须考虑收看电视节目和观测其效果时的情境（context）的影响。大量研究显示，儿童的参与性活动以及随后与家长或老师的讨论活动可以增加他们从教育电视中学到的知识（e.g.，Reiser，Tessmer，& Phelps，1984；Reiser，Williamson，& Suzuki，1988；Salomon，1977；Singer & Singer，1995）。休斯顿等人（Huston et al.，2001）提出的早期学习模式也强调了这一点，即那些不是通过收看电视而获得的经验（nontelevision experiences），无论是在儿童收看节目时还是在随后媒介效果产生的过程中，都发挥着重要的作用。收看教育电视所获得的优势如果与其他一些因素相结合，如与老师的积极肯定或者参与其他非正式的教育活动相结合，就能产生比仅仅收看电视更强烈、更持久的效果。

考虑到所有这些相关变量（relevant variables）之间复杂的交互作用，我们还要付诸更多努力才能彻底了解教育电视的影响。但是，在我们不断靠近这个远期目标的过程中，我们一定不能忽视眼前的这一点：深具影响的教育电视节目确已存在。因此，这一领域的研究的最大价值不在于对理论模式的探讨，而在于对那些节目已经带给我们孩子的实实在在的好处的关注。

致谢

尽管我的名字作为唯一的作者出现，但本文是在许多人的帮助之下完成的。我真诚地感谢那些慷慨地提供他们作品的影印本给我的研究者们。本文撰写过程中最大的困难就是找到所有这些文献（通常是尚未出版的），没有这些研究者们的帮助，这项工作是不可能完成的。感谢罗克珊·托马斯·加西亚（Roxanne Thomas Garcia）为我承担了大量的行政助理工作。最重要的是，我必须感谢我的妻子苏珊（Susan）、孩子纳胡姆（Nachum）和查纳（Chana）支持我在大约一周“假期”里写成本文。

公共宣传运动：理论、设计、执行和评价

罗纳德·E. 赖斯
■ 罗格斯大学（Rutgers University）
查尔斯·K. 阿特金
■ 密歇根州立大学（Michigan State University）

广义而言，公共宣传运动（public communication campaign）是指（a）目的性行为；（b）出于告知、劝服或促动行为改变的目的；（c）针对大量目标明确的受众；（d）通常为了个人和/或社会的非商业性利益；（e）一般发生在特定时段内；（f）运用大众媒介等有组织的传播活动来进行；（g）多以人际传播为辅（adapted and expanded from Rogers & Storey，1987）。

佩斯利（Paisley，2001）对公共服务运动（通常有大批利益相关者支持运动目标）和倡导运动（其目标常具有争议性并受到利益相关者的质疑）做了区分。随着时间的推移，某些议题，如性别平等或吸烟问题，可能由一种运动类型转化为另一种。佩斯利还提到了如下几个概念的区别（Paisley，1998，2001）：

1. 目标或方法（强调宣传运动作为一种社会控制策略来达到目的，或是作为一种具有相应方法、传播渠道以及不同传播效果的传播类型）

2. 促进改变的策略（宣传运动是侧重于教育还是侧重于提供与行为/态度改变相关的信息；是强调正确的行为还是指出有违一般常规或社会期许的行为将引致的不良后果；又或者是规划、设计社会体系以防止人们不愿看到的行为或结果的出现）

3. 个体或集体利益（宣传运动强调的是个体还是社会整体的改变和结果）

4. 直接受益方（first-party）和间接受益方（second-party）的权益（公共宣传运动的组织者是否受到运动后果的直接影响，并在该议题中首先获利；或者他们只是受到间接影响，代表的也只是一些无法传达自己意见的人群的利益）

5. 利益相关者类型（宣传运动的主要发起者和参与者是否是社会组织、政府机构、基金会、工会、公司、大众传媒和社会学家，因为它们对公共议程、资金来源、策略设计、媒介使用、目标以及受众等都将产生不同程度的影响)。

我们最初的概述性章节（Rice & Atkin，1994）出版以后的十年间，人们在宣传运动的理论化、设计、执行、评价和批评等领域展开了相当广泛的研究与实践。尽管如此，当前的许多宣传运动与人们的期望仍是相去甚远，相关理论的发展也不甚全面；同时，许多难以预料或是无法掌控的因素在影响着宣传的方向、执行过程和结果。只有当我们理解了传播、劝服和社会变革中潜存的普遍规律以及宣传运动各要素间的相互关系时，我们才能正确地设计并评价宣传运动的效果。这是因为社会科学往往受到实践者的批评——现实情况过于复杂，难以理清其间的因果关系、评估其效果，当见解仅仅建立在少数几次宣传运动的经验之上时尤其如此。

下列十个方面是根据阿特金（Atkin，2001）和麦圭尔（McGuire，2001）的框架总结出来的宣传运动的基本内容。更多关于宣传运动的总结和回顾资料还可以在赖斯和阿特金（Rice & Atkin，2001）文章的附录以及贝克、罗杰斯和索波里（Backer，Rogers，& Sopory，1992）的著作中找到，后者为成功的、健康传播运动总结了27条原则。我们必须注意的是，包含下列所有要素的宣传运动是一种持续性的评价活动。"评价是系统运用研究程序以达成对概念化、设计、执行和干预效用（utility of intervention）的理解的活动"（Valente，2001，p. 106）。瓦伦特（Valente）提出，综合性评价框架应包括：（a）存在评价的需求；（b）开展形成性研究（formative research）以便设计讯息；（c）设计相应的处理和比较过程、工具以及监控方法；（d）过程研究；（e）总结性研究；以及（f）与利益相关者和其他研究者分享研究成果。设计一个评价计划作为宣传运动的起始部分，这样会迫使运动执行者和研究者明确地陈述该运动的预期效果以及执行方案。评价的确需要时间和金钱，但无论是对当前还是以后的宣传运动的利益相关者来说，这种投资都是值得的。

理解历史和政治环境

还在联邦政府和社会科学尚未涉足此领域以前，美国的宣传运动就已经出现了（Paisley，2001）。早期的例子包括18世纪时事小册子的作者和独立改革者，如科顿·马瑟（Cotton Mather）与大众对巫术的警惕，本杰明·弗兰克林（Benjamin Franklin）与废奴主义，托马斯·佩恩（Thomas Paine）与独立运动，多萝西娅·迪克斯（Dorothea Dix）与精神疾病的治疗。19世纪，社会团体开始运用立法听证会（legislative testimony）、大众传播、抵抗运动以及成立地方组织（Bracht，2001）等方式来推动废奴运动、争取妇女选举权、建立禁酒联盟以及保护野生动物等。在20世纪前叶，新闻记者（muckrakers）曾利用廉价报纸的广泛影响力提出使用童工和食品掺杂造假等问题。随着时代的进步，联邦政府在制订有关商业、食品与药品和环境等问题的法规以及开展继新协定计划①（the New Deal.）之后的社会服务规划方面起到了日益重要的作用。20世纪中叶，宣传运动的执行者把社会科学运用到了运动的进程和评价之中。早期的观点认为，大众媒介宣传运动没有直接的效果，受众对之多是漠不关心，或只进行选择性的接触与理解，大部分的运动效果需要通过意见领袖来间接实现。而近期的理论表明，精心设计的宣传运动可以通过综合运用社会变革、媒介倡导、对参与度的理性强调、目标受众的确定、讯息的设计、传播渠道的使用和时间安排来取得一定的成功。

成为公共议程里重要而持久的议题，同时为重要利益相关者争取到直接受益方的权利，是宣传运动获得成功的至关重要的因素（Paisley，2001）。有些议题会随着时间的推移而出现或消失，比如能源保护、全球变暖、校车计划（指美国以校车送孩子到不同社区上学来融合种族的做法——译者注）、濒危物种、癌症、艾滋病、烟草、饥荒、堕胎和人权等等。似乎在一些“意识形态”色彩较浓的时期，公众议程所争论的议题更广泛。宣传运动所面临的一项挑战是理解和形塑某些议题，使它们从一系列争夺公众关注和理解的议题中脱颖而出，进入公众议程。佩斯利（Paisley，1998）总结说，宣传运动必须建议、告知、倡导和强化，而非仅仅是劝诫；惟其如此，才能使个体意识到他们所处的社会环境的不同面向。

回顾现实，理解社会文化环境

要进行宣传运动，明智的做法是首先回顾现实（从而选出一个可能存在有效解决方式的重要问题，认清可用的资源，然后进行最恰当的分配），并评估运动的指标（包括运动可能产生的直接/间接结果，以及对活动目标和受众身份的设想）。

这包括确定高危受众或目标受众的主要行为、媒介使用模式、社会要素和制度性约束，以及有意义、可接受的改变的范畴。另外，还要弄清楚运动的目标是否能引发意识，是否具有指导、教育或劝服意义；在佩斯利提出的“改变策略”

---

① 美国政府的工作福利策略的关键部分。——译者注

里，大多数运动更强调教育而非强制（enforcement）或驱动（engineering）。

这也部分地构成了宣传运动的理论基础。意义建构（sense-making）、社区、双向对等公共关系运动（two-way symmetric public relations campaigns）等，将受众（包括公众、社区和机构）重新定义为共同促进和实施改变的伙伴与合作者（Bracht，2001；Dervin & Frenette，2001；Dozier，Grunig，& Grunig，2001）。这些方法不同于传统的宣传运动，它们更加注重受众所处的社会文化环境，常以受众本位的目标取代专家目标，利用受众网络来生产、构建和分享讯息（Dervin & Frenette，2001）。

理解受众

更有效地理解受众以提升宣传运动效果的方法之一是细分（Segmentation）——区分出次级受众（subaudiences）。细分可能涉及对人口统计数据、媒介使用模式、生活方式、消费心态（psychographics）、邮政编码、使用与满足，以及传播渠道的易接近性等的分析。这能使宣传运动向最需要改变、最乐于接受宣传的受众群体倾斜，设计出符合受众的偏好、媒介使用习惯和能力的讯息。

受众主要分为三类："焦点受众"，根据遭遇风险或疾病的可能性、意愿、收入和受教育程度以及其他一些因素，如追求官能刺激等划分的受众；"人际影响者"，包括意见领袖、媒介倡导者、同龄人以及角色榜样（role model），他们在运动中扮演积极或消极中间人的角色并帮助设立公共议程；"社会政策制定者"，他们通过对媒介讯息、环境条件、安全标准等的立法来影响法律、政治和资源等基础结构，并通过社区宣传运动、联邦分配（如汽油和烟草税）、保险和医疗项目来影响社会行为。阿特金（Atkin，2001）认为，宣传运动可能想要形成一条"产品线"或是一系列预期的结果，从而使众多不同程度地接受或抵制宣传运动的受众都能在其中找到令他们满意的位置。

理解受众的方法之一是"意义建构"，其目标是"尽可能确保宣传运动的研究、设计和执行等各个环节中的良好沟通"（Dervin & Frenette，2001，p. 72）。这种方法使参与者能够置身于过去、现在和将来的交接点上，通过由表及里的意义建构来交流想法，以此跨越他们生活经历中的断层（因时间、人物、地点的差异而造成的意义隔阂）。认知、态度、信仰、情绪和叙述方式既能成为消除隔阂的桥梁也能成为这一过程的障碍。研究意义建构过程的主要的采访方法被称作微时段时间轴（micromoment time line），它要求参与者描述一种情境以及长期置身其中的体验，从而了解参与者在时间轴上止步或前进的特定时刻内的自我评价，以及各类效用帮助他们随着时空的推移而前进的方式。这一方法在诸多案例中得以应用，包括评价青少年对戒烟讯息的看法（例如，这些讯息如何呈现或忽略他们的需求，或是他们所在的社会语境中讯息对年轻吸烟者形象的不公正描绘），展现传统的艾滋病宣传运动的议题和保健中心（health care center）的病人提及的议题之间的巨大差异，设计讯息以鼓励献血者再次献血，减轻癌症患者的压力等。

令人讶异的是，源自公共关系理论的“双向对等宣传运动”的概念与“意义建构”的某些主要目标非常相似（Dozier，Grunig，& Grunig，2001）。它强调与行动主义（activist）的公众沟通，用解决冲突的办法对待公众，帮助管理者理解特定公众的意见，并测定公众对该组织的反应。多孜尔等人（Dozier et al.）特别强调了“看不见的客户”的存在，即那些借助公共关系活动来影响与其讯息并没有明确联系的受众的组织，包括烟草行业、政治意识形态（Proctor，2001）和牛奶工业（通过“喝牛奶了吗?”宣传运动）（See Butler，2001）。

运用适当的理论

在评价了上述要素后，宣传运动的策划者应该选择合适的理论方法。宣传运动通常被视为一种应用传播研究，但最有效的宣传运动都仔细考虑并使用了相关的理论，其结果也可以用来延伸和发展有关媒介效果和社会变迁的理论。阿特金（Atkin，2001）主张，宣传运动应使用多种方法和渠道而非某种单一的策略。

直接传播/劝服模式（McGuire，2001）的不同版体包括：

推敲可能性模式（elaboration likelihood model）（Petty & Cacioppo，1986）：如果个体具有以认知方式来处理讯息（即推敲）的动机，那么讯息的影响可能会更大、更长久或是受到更强烈的抵制。这是劝服的“中心”路径（“central” route）。如果个人没有在认知层面上处理讯息的动机，讯息也许会造成态度或行为上的短期效果，而不会带来知识的改变。这是所谓的“外围”路径（“peripheral” route）。

自我劝服（self-persuasion）：劝服不仅仅会带来对新的外部讯息的接受，它还会激活已被接受但不够突出的信息。因此，如果之前曾接触过威胁性讯息，再次接触同类劝服讯息时人们的抵触情绪会增强。或者，如果使某人正视其内在价值观以便审视与之相关的议题或激发新的论点，这些价值观就可能发生改变（McGuire，1960）。

倒置因果链（alternate causal chains）：除了知识改变态度继而改变行为这一简单的因果序列外，行为的变化也可能带来态度的改变，进而导致对理论支持的寻求（Bern，1970）。认知不一致（cognitive dissonance）和自我认知理论（self-perception theories）都支持这种因果倒置路径。

以下是最常被用于引导宣传运动走向成功的理论：

社会学习（social learning）（Bandura，1977b；Flora，2001）：个体很可能开展与那些值得信赖、明确示范了预期行为，或得到了正面或负面强化的角色榜样相似的行为。

社会比较（social comparison）（Festinger，1954；Flora，2001）：人们会将他人行为的显著性和结果与社会规范、态度和意图做比较，这种比较将影响到他们之后的行为。

理性行为（reasoned action）（Ajzen & Fishbein，1980）：把个人态度、对重要人物的规范的理解以及遵守规范的动机结合起来，可以提供一个对预期行为的精确预测模式。这个模式是从期望值理论（expectancy-value theory）衍生而来，后者认为，不同的结果评价会带来对特定行为导致特定结果的可能性的不同信念，后者可以帮助预测态度与行为。

工具性学习（instrumental learning）（Hovland，Janis，& Kelley，1953）：劝服的经典模式集合了讯息源特征（如吸引力和可信度）、讯息诉求的诱因（如恐惧、社会接受，正确的知识）以及讯息的重复和安排，来预测知识、态度和行为的变化。

自我效能（self-efficacy）（Bandura，1977a）：个人对自身行为的控制程度或是对某个任务的完成程度的感知，影响着他对自身态度或行为的改变程度。所以，宣传运动的一个中期目标就是提高“高危群体”的自我效能，譬如试图戒烟的人，或是试图学习并实践可降低感染艾滋病风险的行为的青少年。提高自我效能的关键策略是借助榜样（对儿童而言，同龄人的影响格外重要）以及与仰慕对象的社会比较的力量。

新平行过程模式（extended parallel process model，［EPPM］）（Stephenson & Witte，2001）：人们常常会过高或过低地估计他们自己的健康风险，并高估他人的脆弱性和风险程度，其原因部分在于认知处理的局限性，对风险的抗拒和迷恋（包括感官上的追求，see Palmgreen，Donohew，& Harrington，2001）。恐惧诉求，通过唤醒，对敏感性与脆弱性的感知，对危险可能性的了解，根据潜在损益架构讯息，对威胁的感知等，能有效改变危险态度和行为。尽管如此，恐惧会激起两种并行的反应：一是认知反应，它利用诉诸恐惧的健康讯息来控制或警惕危险；一是情绪反应，它多采取抗拒或克服的方式控制恐惧，会因为恐惧诉求而全面抵制健康讯息（如果人们认为此类讯息与反应者无关或无足轻重，那么可能出现的第三种反应则是忽视该讯息）。延伸并行处理模式认为，对威胁的感知会影响危险或恐惧控制反应的强度；而对效能的感知则会影响到这些反应产生的可能性。因此，一个成功的恐惧诉求必须传递两方面的内容：威胁是显然存在且影响重大的，而受众可以采取措施予以应对，如可以在展示危险前先强调效能。

经由社会网络扩散和产生影响（diffusion and influence through social networks）（Piotrow & Kincaid，2001；Rice，1993；Rogers，1981）：观念、规范和实践都是在人际关系网中扩散或遭遇抵制的，因为他人——尤其是意见领袖——的评价和行为对于同一关系网中的成员影响巨大。譬如，学生对其同龄人饮酒状况的估计要远远高于实际情况，这种不准确的社会预测曾引发学生群体过量饮酒，直到"你确定吗?"（RU Sure?）之类的宣传运动（Lederman et al.，2001）提供了准确证据后，上述情况才有所好转。因此，对人际网络影响的感知是认真对待社会网络理论的宣传运动的重要目标和机制。

行为改变的整合理论（integrative theory of behavior change）（Cappella，Fishbein，Hornik，Ahern，& Sayeed，2001）：这个模式是为了指导对全国青少年反毒品媒介运动（National Youth Anti-Drug Media Campaign，[NYADMC]）的评估而发展起来的。它主要整合了三种理论——健康信念模式（Health Belief Model）、社会认知理论和理性行为理论。行为受到技能、环境限制和意图的影响。意图受到态度、规范和自我效能的影响。态度受到行为信念及其评价的影响；规范受到规范性信念与遵从信念的动机的影响（如人际网络成员、意见领袖或是强制性威胁）；自我效能受到效能信念的影响。所有这些信念又受到许多外部变量（环境的、制度的以及基础结构的）、人口统计数据、态度、个性品质，以及其他个体差异（如性别、种族和文化）的影响。该模式强调了几个重点方面，例如，既定的行为意图更多受到什么的影响，是态度、规范抑或是自我效能控制？比如说，自认为很脆弱且自我效能低的人接收了诉诸恐惧的讯息后很可能会回避、拒绝或抵制其所推进的健康行为。进一步厘清不同类型的观众所持有的信念，或是更容易受到社会规范影响的社会群体的类型，对于宣传运动执行者针对性地解决问题是很有帮助的。

这个模式具有一个特殊用途，即通过影响"某一讯息引起的态度、观点或行为标准的相对权重（relative weights）"来确认某些行为是如何预示或暗示其他行为的（Cappella et al.，2001，p. 222）。它主要通过增加认知处理活动和提高讯息的易接近程度来达成效果，这不同于借助讯息本身进行劝服的传统方式。正如佩斯利所说，就社会层面而言，提高某个议题在公共议程中的地位是预示相关宣传讯息的途径之一。

跨理论模式（transtheoretical model）（Buller et al.，2001；Prochaska，DiClemente，& Norcross，1992）：该模式根据受众在行为变化过程中所处的不同阶段而将他们划分为不同的次级受众。就具体的健康行为而言，这五个阶段分别是：事前沉思，沉思，准备，行动和保持。这些阶段的推进受到了许多步骤的影响，包括意识提升，戏剧性放松，自我重估，环境重估，自我解放，助人关系，对抗性条件作用（counterconditioning），权变管理（contingency management），刺激，控制与社会解放。宣传运动应根据受众所处的不同阶段来突出不同的步骤、行为和讯息。这对于互动网站来说是很好的挑战，因为使用者可以先评估自己所处的阶段，然后再获取与之相适宜的材料和相关步骤，如"想想这个问题"网站所推行的帮助孩子戒烟或预防吸烟行为的宣传运动（Buller et al.，2001），或者是孩子们的互动式光盘和视频游戏（Lieberman，2001）。

健康传播—行为改变模式（Health Communication-Behavior Change Model，CBC）：通过整合性的社会规划减少心血管疾病的斯坦福三社区运动（Stanford Three-Community Campaign）可以概括为三个主要部分：传播的输入量（媒介、面对面的人际传播和社区项目）、传播对于接受者的功能（注意、讯息、诱因、榜样、培训、行动暗示、支持、自我管理）以及接收者的行为目标（意识、知识、动机、技能、行动、使用自我管理技能、社会网络成员）（Flora，2001）。

在讯息设计中运用传播/劝服矩阵模式

理解输入变量和输出变量在传播中的作用及其相互作用是十分重要的。传播输入变量（input variables）包括讯息源、讯息、渠道、受众和结果。宣传运动的输出变量（output variables）包括13种可能相继出现的劝服步骤，即接触、注意、兴趣、理解、生成相关认知、习得技能、改变态度、储存、提取、与提取的位置一致的行为决策、行动、行为的认知整合以及鼓励他人采取同样的行为（McGuire，2001）。

典型的讯息源（或讯息传递者）变量包括可信度、吸引力和权势（power）。然而，这些变量的效果可能和其他因素交织在一起，例如，吸引力与衣着是否正式，可信度和归属同一性别或族群等因素紧密联系在一起。令人感兴趣的讯息变量则包括可信度、吸引力、相关性、可理解性、论证结构、证据、一面论点还是两面论点、论据类型、诉求类型、风格（幽默、清晰）和数量。更有效的诉求方式应包含（a）有价值的（积极的/消极的）诱因和（b）开展（健康或不健康的）目标行为的（c）充分可能性。其中，典型诱因主要与健康、时间/需付出的努力、经济状况、志向、社会接受度和社会地位等有关。譬如，精心设计的恐惧诉求能够增加社会对于吸烟的反感心理，即使这些恐惧诉求并未过度凸显未来罹患肺癌的可能性。阿特金（Atkin，2001）认为，在二者均无法达成的情况下，可能性（probability）比效价（valence）更有效；较之单一诉求，多元诉求更能加速效果的达成。在讯息源缺乏绝对可信度或受众参与度更高的情况下，证据对于信念的形成更为重要。此外，还存在风格、形态及生产要素等其他讯息变量，它们应与论据、受众以及预期结果的本质相匹配。

渠道变量包括媒介的到达范围、专业性、教益性、互动性（受众参与度）、形态、可解码性（认知处理）、议程设置效果、易接近性、受众的同质性、生产和传播效率以及受众使用媒介的语境（Atkin，2001；McGuire，2001）。受众变量主要包括风险、认知发展、受教育程度和易受社会影响（受到焦虑、同龄人规范和行为、自我效能，以及补偿机制如回避威胁的习惯等因素的影响）的程度。主要的结果变量包括观念、态度、行为、效果的持久性，以及对劝服的抵制。麦圭尔（McGuire，2001）探讨了上述因素是如何相互调节、相互作用的。

值得考虑的具有潜在价值的输出或劝服变量包括：受众的选择和媒介使用的社会环境；是否存在不同的劝服路径；对于不同的人或环境而言这13个步骤的实际顺序；爱好、理解和回忆对于受众的行为结果有何影响；目标是促进积极的行为和态度还是减少或防止消极的行为和态度。最后这一条又衍生出新的问题——究竟该采取何种策略，是恐惧诉求、抗辩（counterargue）还是行为改变的社会收益？

阿特金（Atkin，2001）指出，应根据特定的宣传目标和讯息类型——引发意识、教导或劝服——来强调不同的输入或输出变量。譬如，旨在引发意识的信息就需要刺激并帮助受众寻求额外的讯息或引导他们注意特定种类的讯息。教导或教育讯息则需要提供方法以抵御同龄人压力、拒绝不健康行为，或预先提醒观众抵制误导性广告。最后，通过对个人或社会交往中现时或未来的正负诱因的承诺或联想，劝服讯息使人们形成或改变态度。成功的劝服讯息的关键是激活或制造正面结果的显著性与可能性。

传播输入和输出的反应步骤——构成典型的传播/劝服矩阵——的相互作用会影响对劝服的反应，因而我们要综合考虑所有步骤以确定宣传运动的适当的内容和时间安排。这一矩阵有助于认识宣传运动中的一些常见错误（McGuire，

1989)：

1. 过高估计实现最终结果的可能性（弱效果，[attenuated effects]）：由于每个步骤都只是部分达成目标，那么最终的复合效应（multiplicative effect）就会很低。

2. 没有辨别出结果的时间属性（远端测量，[distal measure]）：究竟是即时接触，对讯息的喜爱，知识的短期改变、态度的中期改变还是行为的长期改变？

3. 忽视传播输入量之间的互动（被忽视的中介作用，[neglected-mediator]）：例如，生产标准可以使讯息源可信并广为人知（如苏莫基熊［Smokey Bear］①），但同时可能掩盖讯息的内容（苏莫基熊其实并未告诉人们怎样预防森林火灾；Rice，2001）

4. 忽略了竞争性效果（补偿原则，[compensatory principle]）：不同的变量可能导致相反的行为结果，譬如受众若了解了讯息源提供者的劝服意图，那么他们对讯息源所持有的信任度就会下降，但是讯息的清晰度会上升。

5. 过度强调传播输入：由于其他一些原则以及各步骤之间的互动，最终结果可能在一些输入变量处于中等水平时达到最高值。

开展形成性评价

作为复杂、纵向发展的宣传运动管理的一部分，信息和反馈系统应该得到运用。我们必须对该系统的日常管理、日程安排、物资传输、有效性、故障诊断与改善进行监控。

形成性评价（formative evaluation）是宣传运动的规划设计中的重要一环，它可以为讯息的设计完善提供有益的数据和观点（Atkin & Freimuth，2001；Flora，2001），同时避免非预期结果的出现，如飞镖效果（boomerang effect）或是不健康行为向其他领域的转移。

形成性评价的一般目标是理解麦奎尔所说的“社会文化环境”。这种经济的、文化的、政治的或心理学的环境既能鼓励且维持非预期行为，也能支持预期的目标行为。这一观点来自于试制研究（preproduction research），即根据生产测试的结果（预试，[pretesting]）对讯息进行修正。

阿特金和弗赖姆斯（Atkin & Freimuth，2001）确定了试制研究的几个阶段：

1. 确定目标受众：谁是高危人群，谁更容易受到传播讯息的影响，谁可以影

---

① 森林防火标志，是一头穿着护林人员制服的漫画熊。

响高危人群，谁最难或最易于被劝服？斯坦福项目涉及了社区的利益相关者，如健康机构、商业组织（餐馆和车间）和社区领袖，故其形成性评价还包含了对组织需求的分析（Flora，2001）。

2. 确定具体的目标行为：由于大多数全球性行为都是由受到环境因素影响的行为组成，因而宣传运动讯息必须把重点放在这些具体有效的行为之上。例如，在斯坦福的群体研究中，关于减肥讯息的形成性评价发现，女人对自己的体重问题更了解且更有动力去改变；而男人则通常低估了自己的体重问题，普遍缺乏改变的动力，并且在减肥能力方面具有更低的自我效能（Flora，2001）。

3. 详细描述中间阶段的反应：层级效果模式（hierarchy-of-effects model）表明，从接触讯息到整合性行为之间存在很长的因果链形成性评价可以确定这些步骤是如何联系在一起的，以及哪些中间步骤最容易被用到宣传运动中去。中间阶段的反应包括知识和词汇、信念和形象、态度和价值观、显著性排序，以及效能与技能。例如，恰尔迪尼（Cialdini，2001）认为，宣传运动的劝服模式在全力推行符合需求却不普及的规范的同时，应避免在无意间提供流行却不合需求的规范。

4. 确定渠道使用：在对目标受众使用媒介的类型、时机、时长、频率，以及组合上述因素以达成有效的宣传运动的方式一无所知的情况下，贸然使用任何一种媒介都会造成资源的浪费。形成性评价可以确定媒介接触的情况以及人们对不同媒介的态度。

许多数据库对于试制非常有用，例如普利兹生活方式（Prizm Lifestyle）细分数据，美国健康生活方式（American Healthstyles）数据，美国青年生活方式（American Youthstyles）数据，尼尔森媒介研究（Nielsen Media Research）和西门斯青少年研究（Simmons Teenage Research Study）数据。

斯坦福研究项目（Flora，2001）广泛采用了试制研究，使用了诸如社区媒介分析，受众使用信息，认知、态度和健康行为的基线人口测量（baseline population measure），以及非结构性采访（unstructured interview）等多种数据资源。

生产测试或预试研究的以上几个阶段可被用于：

1. 形成概念：测定受众是否可以提出或扩充更适合的讯息观点或更相关的讯息源（如讯息源是否应该是医生或名流）。目标受众在谈论宣传运动时所使用的词汇、习语或描述都可被纳入讯息内容之内。

2. 产生测试讯息：可以根据下列属性对粗略的、初步的讯息进行测试：注意力、可理解性、有力论点与无力论点、相关性或存在争议的方面。

很多方法在预试讯息方面十分有效，包括焦点小组访谈（focusgroup interviews）、深度采访（in-depth interviews）、街头定点采访（central-location intercept interviews）、自填式问卷调查（self-administered questionnaires）、剧院测试（theater testing）、隔日回忆（day-after recall）、媒介把关人评论（media gatekeeper review）和生理心理学反应分析。

与媒介结合

宣传运动必须确保其讯息的传送渠道广泛，便于为目标受众所获取。讯息传递的特定信息、认识和行为必须是可接近的、可行的、在文化上是可接受的（Rice & Atkin, 1989）。

我们知道，传播/劝服矩阵和形成性评价可以用于设计或确定讯息源、讯息以及传播渠道的劝服和告知特性。社会营销视角下的宣传运动还强调对竞争，特别是竞争性讯息和行为的了解。每一条大众媒介的讯息都要和其他数以百计的讯息竞争，其中的每个理念又必须和许多相关理念竞争。因此，我们需要发掘特定宣传运动目标的"竞争优势"。例如，作为防治心脏病的方法之一的锻炼也可以作为一种社会行为加以推广。

媒介使用的方法：定位、数据、服务

阿尔卡莱和塔普林（Alcalay & Taplin, 1989, p. 116, p. 122）特别强调公共关系（"关于某事物、服务、顾客或产品的新闻"）和公共事务（"游说政府官员和立法者，影响行政管理或立法问题"）的重要性与效用。由于具有"第三方"（third-party）的公信力，公共关系不仅有利于加强公众对特定宣传运动的认识，而且可以消除人们对争议性议题——如计划生育问题——的抵制情绪。公共事务不仅能影响关涉宣传运动目标的立法问题，还能帮助获取资源或和公众的支持。如果运用得当，评论文章、报刊新闻和"硬新闻"报道都能产生明显效果。

要求地方性甚至全国性媒体来发布公益广告（public service announcements, [PSAs]）是一种常见的做法。这种做法是联邦传播委员会（Federal Communication Commission）要求广播电视波段服务于公共利益和需要的结果。随着媒介渠道的增多和对媒介管制的解除，发布公益广告的机会日渐减少。由于很难在目标受众最有可能收听或收看节目或接触媒介的时段安排公益广告播出，公益广告被认为价值有限。尽管如此，公益广告可以被置于特定的媒介渠道，如地方电台或印刷媒介中，从而被特定目标受众，如青少年或退休老人所获取。

像尼尔森这样提供视听率的商业性调查的公司，可以帮助我们选择最具影响和效率的传播渠道。它还能帮助我们获取报纸、杂志、公告牌、邮购目录甚至公共汽车海报的阅读率。根据这些数据来估算目标受众在特定时段里接触特定节目或渠道的百分比，以及接触行为随着时间的推移而保持或改变的情况，可以帮助执行者确定宣传运动的覆盖范围（观众的数量）或接触频率（单个个体可能接触的次数）。宣传运动可以通过提高影响覆盖范围或提高接触频率来实现不同的目标。譬如，广泛加强公众对某事务的认识的最佳途径，是组合特定时段与传播渠道以达到最大的覆盖范围。但是，使高危人群了解某事并改变态度就需要提高接触频率，这可能涉及不同时间和渠道的结合使用。例如爵士乐或古典音乐台就是高接触率、低覆盖范围的典型。

美国广告协会（The Advertising Council）每年要向大约36项公共宣传运动提供项目创意和代理服务。此外，就地商业分销渠道（in-place commercial distribution channels）也可以为宣传运动提供讯息和物资传送服务。譬如，借用了7-Eleven①便利店或西尔斯（Sears）连锁店的宣传运动将拥有覆盖全美的即时传送渠道。

教育－娱乐方法

一些宣传运动与娱乐产业结合，如生产极具吸引力的音乐电视（music videos）和公益广告，在热门的电视节目里加入特定主题，或制作社会题材的电视连续剧，如美国的《自由式》（Freestyle）（LaRose，1989）、南非的《太阳城》（Sun City）（Singhal & Rogers，2001）以及在电视节目中推行的“安全带”运动（seatbelt campaign，Winsten & Dejong，2001）。此类宣传有时被称为资讯娱乐（infotainment）或资讯教育（eduentertainment），即有意识地把社会示范（social modeling）（提供行为和态度的榜样）理论、拟社会互动（parasocial interaction）（使观众投入到角色和内容里去）理论、期望值（结合感知到的社会规范和对引发规范性期望的来源的信任）理论与商业娱乐价值、媒介名人、广泛传播结合在一起。名人往往是可信赖的、有影响力的讯息源，对那些不信任或较少接触传统权威人士的高危人群而言尤其如此。通过持续开展、改进和拓展，这类宣传运动还可能带来收益。

但是，辛格尔和罗杰斯（Singhal & Rogers，2001）注意到，这类运动中存在

① 日本的便利店公司，是全球知名的便利商店。——译者注

许多伦理问题，诸如（a）社会变革的目标与宣传运动的道德和价值方针之间的契合程度如何；（b）谁能确定究竟什么是“亲社会的”，什么不是；（c）各个次级受众群体最终能否同样接收到积极有用的讯息；（d）娱乐讯息是否是间接的，甚至是潜意识的而非明确无误的；（e）如何通过娱乐－教育实现社会文化的平等——包容各种不同声音；以及（f）如何避免非预期的消极后果。

新媒体

一些人正在研究新兴的传播媒介，如电子邮件、语音答录系统、互动电视、DVD、光盘以及电子游戏，在到达高危人群并影响其认知、态度和行为方面的潜在效果（Buller et al.，2001；Lieberman，2001；Piotrow & Kincaid，2001；Rice and associates，1984；Rice & Katz，2001）。利伯曼（Lieberman，2001）建议，宣传运动的策划者应多多利用新媒介在互动、多媒体、网络化、个性化和便携等方面所具有的优势。运用电脑技术的宣传运动可以运用年轻人喜爱的媒介和文类，选择能吸引该年龄群的人物，为信息寻求活动提供支持，融合挑战与目标，使用体验式学习（learning-by-doing）方法，创造实践性的学习环境，促进社会互动，在适当时候保护使用者的匿名权，并使更多的年轻人加入到产品的设计与测试中来。

媒介倡导

最后，媒介倡导是执行宣传运动的另一方法（Piotrow & Kincaid，2001；Wallack & Dorfman，2001）。这一方法与强调个体过错和责任的大多数宣传运动不同，它强调影响公共健康的社会力量的广泛存在，特别是那些被大多数宣传运动所忽视的显要的政策议题。

虽然媒介是传播宣传运动的关键工具，但特定种类的媒介内容也可能与公共宣传运动产生矛盾（Wallack，1989）。电视节目和商业广告中会展现诸多不健康的行为和反社会的态度。媒介对性别角色、种族关系、特定年龄层的行为、医务人员的行为、生理和心理问题治疗等的描绘，发展和强化了相关的刻板印象，削弱了其他试图减轻此类印象的讯息的效力。计划生育和艾滋病预防运动就很难与描绘和美化不负责任的、滥交的性行为的日常节目或广告内容相抗衡。在媒介中，健康和社会问题都被视为个体行为的结果，应由个体负责，从而回避了对社会和经济致因的讨论。

成功的宣传运动的确需要借助更广泛的社区行动（see Bracht，2001；Dervin & Frenette，2001；Dozier et al.，2001；Flora，2001）。根据赖斯和福特（Rice and

Foote, 2001）提出的系统模式，有许多广泛的、普遍存在的条件可能会掩盖宣传运动的意图或制约其讯息的传递。因此，人口、政策和公共议程都应该是健康运动的首要目标——在任何社会变革过程中，最显著的受众都是利益相关者或潜在参与者。

这就要求一种媒介倡导法的出现——“在联合社区以推进公共健康政策时对媒介的策略性使用”（Wallack & Dorfman, 2001, p. 393）。媒介倡导尝试直接将社会问题与社会结构以及不平等议题结合起来；改变公共政策而非个体行为；影响意见领袖和政策制定者；与各群体互动以提高他们对传播过程的参与程度；消除权力鸿沟而非仅仅提供更多的信息（注意媒介倡导、意义建构和双向对等公共关系在基本原理和操作程序上的重叠之处）。媒介倡导包含四项主要活动，分别是（a）形成整体性战略，包括提出政策方面的不同选择，确认有权形成相关改变或并为改变提供压力的相关利益者，针对他们设计讯息；（b）设立议程，包括通过新闻、新闻事件和评论等接入媒介；（c）形成辩论，包括将公共健康问题架构成重要受众心目中最显著的政策问题，强调社会责任，并为更宽泛的主张提供依据；（d）提出政策，包括在相当一段时间内维持兴趣、压力和报道量。根据瓦纳克和多夫曼的观点，“以改变政策为导向的媒介倡导方法必须融入对公共健康的干预活动中去”（Wallack & Dorfman, 2001, p. 398）。

与社区结合

在宣传运动中整合媒介和人际传播的方式就是，在社区中展开并依靠社区推进该运动（Bracht, 2001）。的确，现在许多基金组织都要求把社区参与当作规则设计和执行的一部分。布来切（Bracht, 2001）归纳了组织社区宣传运动的五个核心阶段：

1. 进行社区分析，包括确定社区的财产和历史，根据地理、人口、政治权利等因素划分社区，利用社区参与收集数据，评估社区规模及其改变意愿。

2. 设计并开始宣传运动，包括建立合作的组织结构，提高社区参与程度和组织成员感，制定初步的干预计划。

3. 执行运动计划，包括阐明所有参与者的角色和责任，为市民和志愿者提供指导和培训，调整干预计划以适应当地环境，促进市民的广泛参与。

4. 持续推进计划以巩固宣传运动，包括保持志愿者较高的参与度，继续整合干预活动与社区网络。

5. 宣传运动结果并促进社区运动的持久开展，包括重新评价运动中的行为与结果，改进可持续性规划，并更新社区分析。

斯坦福心脏病防治计划很推崇社区层面的研究方法（Flora，2001）。它适当地运用了以下三种社区动员模式：（a）发展共识，即各类社区成员的广泛参与；（b）社会行动，即动员社区创立新的社会结构并参与政治进程；（c）社会计划，即采用专业数据来提出或规划整个系统范围内的变革。此宣传运动的讯息、资源和活动都是借助媒介、指导人员培训、工厂竞赛、车间、学校、餐馆、副食店、保健专业人士、竞赛或彩票等方式得以开展和实现的。

旧金山（San Francisco）的艾滋病病毒/艾滋病防治运动所取得的巨大成功，在很大程度上要归功于它所采用的社会生态学研究方法。迪林（Dearing，2001，p. 305）注意到，“社会变革的发生要归因于构成社区的社交体系和组织系统中的补充性和强化性信息……在特定地域内同时采用多种正面效果不一的干预方式”。请注意，虽然我们把社区参与放在宣传运动的成分清单的末尾，但一项真正基于社区的宣传运动应该是从一开始就让利益相关者参与进来。

进行总结性评价

恰当的总结性评价可以区分理论的失败，即评价结果否定了理论预期的因果链和过程或程序的失败，即宣传运动执行过程中的缺陷或失误，可以总结功过教训从而为今后的宣传运动提供经验。注意，是理论指导讯息和干预行动的设计，因为我们需要理论指明输入和输出的因果关系以及时间顺序。总结性评价涉及对宣传运动的六方面问题的指认与测量：受众（如规模和特征）；预期的运动要素的实施（如观众接收讯息和/或服务）；有效性（如对态度、行为和卫生条件的影响）；对更大群体的影响或效果（如家庭和政府机构）；成本（如总体支出和成本的有效性）以及因果过程（如分离某些效果出现或不出现的原因）（Flay & Cook，1989）。

系统的视角

赖斯和福特（Rice & Foote，2001）提出了一种系统理论方法来评价宣传运动，它尤其适用于发展中国家的健康传播运动。该方法包括下列步骤：（a）确定项目的目标和前提假设；（b）说明整个项目的模式；（c）说明先前状态、系统阶段以及系统限制因素；（d）指出预期到的事后的即时或长期状态，并防止产生非预期的结果（“飞镖”效果），如对自我效能较低者使用恐惧诉求的方法，造成不健康行为的常态化，导致心理反作用和焦虑情绪的生成（Atkin，2001）；（e）设定个体和社会层面（如社区网络）上的不同模式；（f）选择适合于该系统的研究方法；（g）评估设计的可能结果。

瓦伦特（Valente，2001）总结了一些研究设计方面的经典研究模式，它们降低了选择性、测试、历史、成熟，以及易感状态（sensitization）等因素对研究效度的威胁。干预的层次、时间安排以及结果决定了究竟哪种设计方案最适宜，是横断面（cross-sectional）、同层人（cohort）、专门小组（panel）、时间序列（time-series）还是事件史（event-history）分析？以及应该在什么层面上实施干预，是个体、群体还是社区？其他需要考虑的因素还包括自我选择（self-selection）、治疗的跨社区扩散，人际网络和媒介网络中的传播及其影响。

这种系统方法的基本假设是，宣传运动中为了改变先前状态而输入的变量在受到一系列系统限制因素的影响后转化为输出变量，从而进入到一种新的后续状态中，使系统限制因素发生改变。该动态系统存在于对全球项目、社区和个体等不同层面的分析中。宣传运动评价计划必须符合输入变量的时间特性和本质（如媒介渠道、讯息和物质资源），以及对系统各阶段的测量。赖斯和福特（Rice & Foote，2001）对过程评价中的输入进行了区分，分为预计输入、实际输入和真正发挥作用的输入。例如，某个电台的节目可能只能覆盖75%的计划播送地点，可能只有40%的听众在这天打开了收音机，并且这些听众里可能只有60%能回忆起宣传运动的讯息。明智的宣传运动评价应对这些输入类型分别加以测量和分析。例如，辛德（Synder，2001）在对美国的48项健康宣传运动做了整合分析（meta-analysis）后发现，目标干预社区中只有40%的人报告其接触到了特定运动讯息。斯坦福五社区研究（Stanford Five-Community Study）广泛收集了关于讯息目标、内容、覆盖范围和接触情况的数据，因此，它可以对预先规划的、实际广播的和人际传递的讯息数量以及各种传播干预活动的实际作用程度给予明确评估。

类似的系统设计与整合运动的复杂计划也被用于解决许多复杂的问题，如粮食生产国的灭鼠运动和社区议题，如未成年人酗酒问题（Adhikarya，2001；Bracht，2001）等。

评估的有效性和效果

即使对总结性评价进行了精密设计，评估宣传运动的有效性也并不是一件简单的事。这是因为“效果”和“有效性”是不同的，而什么构成了“有效性”也是一个争议颇多、常常含糊不清的问题（Salmon & Murray-Johnson，2001）。至少存在6种“有效性”以及相应的核心的衡量标准：

1. 带有少许政治色彩的有效性。它关注的是各个利益相关者在多大程度上成功地把一种社会现象定义为一个社会问题。如前所述，佩斯利（Paisley，2001）从公共议程的角度来看待以下问题——这个健康问题究竟有多重要？——并且用直接和间接受益者来界定宣传运动中的利益问题。例如，巴特勒（Butler，2001）指出，“喝牛奶了吗?”运动充斥着与产业赞助有关的议题，尽管联邦法令和反向指标研究（counterindicative research）已经提供了相关依据，对该运动的评价仍显不足。

2. 意识形态的有效性。它关注议题首先是被界定为个体议题还是社会议题。也就是说，酗酒应该被归咎于个体（如“有责任的司机”[designated driver]电视宣传运动——see Winsten & DeJong，2001），还是广告和媒介对酗酒的广泛描绘。

3. 政治的有效性。即不考虑其他结果衡量方式，只评价宣传运动在多大程度上为利益相关者创造出可见的或象征性的价值。

4. 语境的有效性。它评价的是干预活动在特定语境中达成既定目标的程度。例如，教育、强制或驱动方法适用于不同的问题（Paisley，2001），那么，当驱动方法是最适当的选择时（如减少汽车尾气的排放），去评价（实际使用这种方法可能也是不明智的）一项旨在改变态度的宣传运动是有失公允的。

5. 成本的有效性。评价的是一段时间里输入和输出之间的平衡程度。譬如，预防实际上可能会比治疗节省更多金钱，但结果更难以测量且发生时间不定。此外，某些问题的处理（比如那些不是很普遍的问题或者会引发广泛恐惧的问题）可能会增加其他方面的成本，从而降低健康宣传运动的整体有效性。

6. 最后，方案的有效性可能是最常见的方法，人们会根据预期目标评价宣传运动的成果。

正如本章其他部分讨论的那样，这种类型的有效性要求清晰陈述可测定的目标、结果，以及理论与过程评价之间的差别。最后，萨蒙和莫瑞约翰逊（Salmon & Murray-Johnson，2001）提出，应在两个层面上评价宣传运动：是否产生效果和是否有效。由此形成的四类条件会导致差异极大的整体性评价。地方医疗卫生的公益广告就是极其有效（可测量的高接触率）但没有效果（没有直接证据证明转诊或求诊率增高或疾病减少）的例子之一。

在效果的程度方面，一份关于48项媒介健康运动的整合分析（Snyder，2001）显示，与对照组相比，实验组中人们的整体行为改变率要高7到10个百分点，其相关度达到了0.09。促进新行为比阻止新旧行为更有效（改变率分别为

12%，5% 和 4%），强制策略和提供新的信息都会有效推动结果的产生（改变率分别为 17% 和 14%）。

考虑当前的挑战

我们希望仅以公共宣传运动的设计、执行和评价过程所面临的诸多理论与实践的挑战和张力来结束本章。下面是一些相关的议题：

- 许多重要的社会问题都与集体利益有关（如减少乱扔垃圾的现象），但对于大多数宣传运动而言，只有在提升个体利益时它们才会获得成功。那么宣传运动如何能突出集体利益呢（see Liu，2001，关于中国大规模集体利益宣传运动的体验）？
- 怎样恰当地将教育和娱乐结合起来？或者说新“资讯娱乐”运动应该植根于主流商业媒介之中吗（Singhal & Rogers，2001）？
- 常常利用大众媒介的宣传运动如何克服大众媒介在相关议题上（如酗酒或暴力）同时产生的消极影响（Wallack & Dorfman，2001）？
- 很少有理论或宣传运动策划会把短期和长期的效果与目标完全区分开来。那么怎样处理两者关系从而达到各有侧重？如何才能达成宣传运动的长期目标呢（McGuire，2001；Valente，2001）？
- 如何融合人际传播、大众传播和更具互动性的新兴媒介以实现特定的宣传目标（Cappella et al.，2001；Rice & Foote，2001；Rice & Katz，2001）？
- 宣传运动如何能成功地推进预防方法以取代受到组织、政府机构和全体选民的偏爱，昂贵而低效的治疗方法（Dervin & Frenette，2001；Rice，2001；Wallack & Dorfman，2001）？
- 个体差异和社会结构对于公共宣传运动所针对的问题分别有怎样的影响（Piotrow & Kincaid，2001；Rice & Foote，2001）？
- 宣传运动如何与年轻人进行有效的沟通？青年群体对风险和未来结果的预期与其他人有根本区别，他们使用截然不同的互动媒介和个人化媒介，受同龄人的影响也极深（Piotrow & Kincaid，2001）。

媒介对个人和公众健康的影响

简·D. 布朗

■ 北卡罗来纳大学查普尔希尔分校（University of North Carolina-Chapel Hill）

金·沃尔什-奇尔德斯

■ 佛罗里达大学（University of Florida）

大众传媒充斥着各种图像和讯息，它们可能会对大量的生理和心理健康问题产生影响：广告推行食用有利于“心脏健康”的谷类早餐；女性杂志提供最新的方法来帮你除去10磅赘肉；新闻告诉你癌症研究的最新突破；在黄金时段的电视节目中，青少年讨论是否要有性行为；而互联网提供了所有的这些话题，甚至更多。

过去十年里，越来越多的研究开始关注这些内容的影响，因为有一点越来越明显，即在个体对他们自己或别人的健康行为作出决断时，媒介确实产生了影响。比较典型的研究都把注意力集中在广告（如香烟和酒类广告）、娱乐（如无保护性性行为）对个体的负面影响上。在第十六章中，赖斯（Rice）和阿特金（Atkin）探讨了如何有目的地使用媒介从而促成积极的健康态度和行为。大多数研究关注的是媒介对健康的消极影响以及公众健康运动，但是还有其他一些重要领域已经引起了或者理应引起更多的研究兴趣。

本章从三个维度来开展有关大众传媒对健康的影响的研究：（a）影响的层面（个人/公众）；（b）讯息提供者的意图（有意/无意）；以及（c）结果（积极/消极）。正如健康政策专家米利奥（Milio，1986）所指出的，大众媒介可以从个人层面和公众层面对健康产生影响。在个人层面，媒介能够提供信息和范例来刺激人们，使他们在与健康相关的态度和行为方面发生改变——积极的或是消极的改变。在公众层面，大众媒介也能够唤起政策制定者对健康问题的关注，这样就可能改变人们赖以作出健康选择的整体环境。媒介的这些效果有可能是讯息提供者有意要达到的，比如健康教育家组织发起公共信息运动；也可能是他们无意达到的，例如观众采取了电视节目中表现的仅有娱乐价值的不健康行为。某个有关公众健康的观点其影响结果可能是积极的也可能是消极的。表 17. 1 从三个维度展示了各种效果类型，同时还列出了本章中讨论过的一些例子。①

表 17. 1 大众媒介对个人和公众健康的潜在影响示例

对个人健康的影响		
有意的	积极的	娱乐 - 教育：观看了《急诊室的故事》（*ER*）后，更多的人知道如何紧急避孕
	消极的	不健康产品营销：以年轻人为目标受众的烟酒广告助长了吸烟、饮酒行为
无意的	积极的	风险认知：新闻加强了人们对环境公害的认识
		议程设置：新闻告知消费者医学上的突破
	消极的	替代：使用媒体越多，体育活动越少，体重越增加
		模仿：青春期少女试图达到媒体宣传的瘦身标准
对公众健康的影响		
有意的	积极的	媒介宣传运动：把具有性别歧视的酒类广告牌从市区移走
	消极的	广告杠杆：烟草业的广告力量致使有关致癌风险的评论内容减少
无意的	积极的	议程设置/框架作用：有关反对毒品的积极的新闻报道导致国会批准更多的资助
	消极的	预算优先：媒体报道增加了用于反对毒品的资金，但却以减少对其他健康和社会问题的资助为代价

互联网和健康

毫无疑问，过去十年里媒介产业最重要的变化之一就是互联网和万维网的发展。显而易见的是，这种新的媒介形式对个人健康来说意义重大，或许对健康政策来说也是如此。即使是在互联网发展的早期，人们也已经出于各种各样与健康

① 这一章中，我们采用了世界卫生组织的定义，从广义上定义健康："健康是指身体上、心理上以及社会适应能力上的一种完全安适状态，而并不仅仅是指没有疾病或体质健壮。"我们将不涉及媒介暴力效果——在有关健康和公众健康运动的研究中最受关注的一个领域，因为本书的其他章节（第十章、第十一章和第十六章）已经涵盖了这些话题。

有关的目的而使用互联网了：搜寻信息；与医护人员进行交流，与其他消费者就他们的病情或健康问题进行交流；购买处方药或非处方药；接受医疗咨询或护理。

由于使用者的健康状况不同，因此他们为了健康而使用互联网的情况也迥然不同。在一项调查中，搜索网上健康信息的人有一半以上身体是健康的，他们主要是搜索预防性药品信息和保健信息。那些新近诊断出身体有问题的人，仅占出于健康目的而上网的用户的5%。在诊断后的最初数周内，他们通常花费大量时间在线搜索有关他们健康状况的信息，而且经常是在家人和朋友的帮助下进行。其他一些用户则是慢性病患者及其护理人员，他们把使用互联网作为日常积极治疗疾病的一部分（Cain，Mittman，Sarasohn-Kahn，& Wayne，2000）。在一项网上调查中，几乎所有的受调查者都表示，在互联网上他们发现了有用的医药/健康信息，有88%的人报告说他们发现了自己想要搜索的信息。人们也常常利用网络搜索有关处方药的信息（Health on the Net，1999）。

作为性知识教育者的互联网

鉴于许多学校不能向年轻人提供全面而广泛的性知识，互联网便成为那些想要更多了解自己性特征的青少年获取信息的重要来源。例如，拉特格斯大学（Rutgers University）的家庭生活教育网就创办了一个致力于性教育的网站，并把主要由青少年编写的新闻信函发送给全国的中学教师和中学生，以此提高该网站的实用性。这些人每个月还为被称之为“性档案”（The Sex Files）的《青少年》（Teen People）杂志（2000年发行量为160万份）撰写特稿，并提供给网站作为参考。2000年，该网站平均每天有3400个用户，每人平均逗留8分钟。每个月有超过1000个访问者通过电子邮件提出问题，而这些问题均由一个专家小组（其中包括性教育家、内科医生以及其他健康专家）来回答（Wilson，2000）。

互联网的三大特性使之特别适合于获取与性有关的信息。这三大特性是：匿名的、易于接触的和负担得起的（Cooper，1998）。上述特性使得那些性内容明显的材料成为互联网发展的动力。“性”已经成了互联网上使用得最多的一个搜索词汇。那些提供含有明显的性内容的网站，在早期商业互联网中是最有可能盈利的（Cooper，1998）。然而，我们并不清楚年轻人是否会继续访问这些网站。许多学校的校内系统强制阻断某些节目，以便将学生们接触明显的性内容的可能性降至最低，但这同时常常把那些提供较为含蓄的性知识的网站也阻断了。

不使用互联网搜索健康信息的其他一些被普遍提及的原因，就是隐私和安全方面的担忧。调查发现，这些担忧在健康状况不太好的个人中最为普遍。无论健康状况如何，超过半数的互联网用户都表示担心他们的保险公司发现他们在网上进行的与健康有关的活动，近半数的人表示担心其雇主可能发现他们网上的与健康有关的活动（Grimes-Gruczka & Gratzer，2000）。①

网上健康信息的质量和使用

尽管有这些担忧，但很显然，互联网还在被用于获取健康信息。② 不过我们不甚明了的是，这些信息在多大程度上是有益的，以及人们利用这些网上信息又能干什么。一项几乎涵盖所有的健康话题的研究显示，网上获得的信息质量参差不齐。为了帮助消费者评估在线健康信息的质量，人们开发了许多评估体系。亚丹和加利亚尔迪（Jadad & Gagliardi，1998，p. 614）确认了 47 种评估方法，但结论是，"首先，并不清楚这些方法是否应该存在，另外，也不清楚它们能否测量出它们宣称要进行测量的内容，以及它们是否弊大于利"。

对于用户如何使用他们在网上搜索到的卫生保健信息——不论其质量如何，我们对这一点也知之甚少。北美地区参加了"网络健康"调查（Health on the Net，1999）的受试者中，有超过 3/4 的人说他们同自己的医护人员讨论过在网上发现的药品信息和其他信息；18% 的人报告说他们通过互联网购买药品。另一项调查表明，曾上网搜索过健康信息的受调查者中，近半数说他们曾经因为这些信息而鼓励家人或朋友去看医生，或者就某一身体检查状况做出治疗决定，或者改变自己的饮食或锻炼习惯（Cyber Dialogue，2000）。一些人还加入了关注自身健康状况的在线支持团体（online support groups）（Kassirer，2000）。

消费者接触大量的网上健康信息，肯定能使他们更多地了解自身的健康问题，提高他们避免、应对或处理疾病或其他健康问题的能力。个人可能会发现，网上信息促使他们去寻求他们所需的医疗保健服务，并促使他们在实际寻求护理的时候向他们的医护人员提出更好的问题。但是很明显，使用不准确的网上健康信息，或对网上所发现的正确信息不能进行正确的解读，对个人而言是有健康风

---

① 据 HON（Health on the Net）进行的非概率抽样调查。这一调查通过在网络健康网站或其他可能被注意的位置发布问卷来呼吁美国和欧洲出于与健康相关的目的而使用网络的个人参与调查。1999 年 10 月至 11 月的调查显示，58% 的调查参与者来自北美，54% 的参与者是一般用户，他们不是健康方面的专业人士。

② 与健康有关的在线活动也包括参加与特定的健康问题相关的支持小组，以及与医护人员进行交流，维护或者发送个人病历。我们在此不讨论这些活动，因为它们更多属于人际交流而非大众媒介效果的范畴。

险的。迄今为止，还没有研究可以告诉我们人们成为网上的“万用油”（snake oil）① 疗法（此疗法可能会损害身体健康）的受害者的频次。

一些批评人士认为，消费者与他们的医护人员讨论网上信息的要求可能对医疗系统水平带来消极后果。例如，克莱因克（Kleinke，2000）认为，由于互联网能让病人事实上不受限制地获取可供选择的治疗信息，比较医疗提供方的成本和质量数据，了解其他病人正在接受怎样的护理，因此病人对互联网的使用最有可能驱使他们对新药、附加服务、其他疗法以及最昂贵的医疗服务提出需求。克莱因克（Kleinke，2000，p. 67）指出，当人们在比较并选择一项至关紧要的医疗服务（比如心脏搭桥手术）时，就不可能选择价格较低的服务者，而是选择价格最为昂贵的服务提供者，“用户自以为是地认为（通常这种判断是正确的），高价格意味着高质量，正如在经济领域的情形一样”。

对个人健康的有意识的影响

娱乐 - 教育（Entertainment-Education）

如果我们有意将积极的健康讯息传给公众，那么，最有效的一种方法就是开发广播、电视、电影和音乐中的娱乐性节目。“娱乐 - 教育”（entertainment-education，也称“娱乐教育”[enter-educate]、“亲社会性娱乐”[pro-social entertainment]或“教育娱乐”[edutainment]）策略正通行于全球，也经常运用于其他各种类型的公共健康信息运动中（参见第十六章）。建立在班杜拉（Bandura，1986）社会学习理论（social learning theory）基础上的这种策略通过剧情来表现某种理念，比如计划生育观念，并且在娱乐环境下提供课程，从而使人们意识到新行为的好处和旧行为的不足。

塔蒂亚娜（Tatiana）和约翰尼（Johnny）两人是最早运用这一策略的流行歌手，他们唱着“娱乐 - 教育”型歌曲，出现在面向 12 个拉美国家播出的录像带中。其中，《当我们在一起》（*When We Are Together*）这首歌，在墨西哥和秘鲁的音乐排行榜上列居首位。评估者发现，一半的男性听众报告说曾与他们的女性朋友谈论这首歌，而 1/3 的女性听众表示，她们曾与男性朋友讨论过这首歌。1/3 至 2/3 的听众正确地解读了歌曲中的关键讯息：“让性推迟”（postponing sex），“等到（和伴侣）在一起”（waiting to be together [with a partner]）（Kincaid，Jara，Coleman，& Segura，1988）。在印度、非洲、拉丁美洲，包含有计划生育和艾滋病

① “万用油”（snake oil），即江湖郎中声称可治疗风湿、秃发等疾病而实无疗效的蛇油。——译者注

预防等情节内容的流行肥皂剧，已经对文化规范和健康行为产生了深远的影响(Singhal & Rogers，1999)。

嵌入式健康讯息（Embedded Health Messages）

但在美国，由于媒介系统的私人所有和宪法第一修正案的关系，显然较难长期播放由政府或非营利机构制作的亲社会性讯息或节目。美国的相关倡导者与商业媒介合作，巧妙地在现有的娱乐节目中嵌入健康讯息，而非制作整个节目。比如，《综合医院》（*General Hospital*）等肥皂剧中出现了预防艾滋病的信息，黄金时段的情景喜剧《老友记》（*Friends*）中出现了支持使用避孕套的信息。许多组织支持好莱坞机构以鼓励媒介制作人在娱乐节目中加入他们的观点（Montgomery，1989)。

尽管没有对这些成果进行系统的评估，但仍有一些证据表明，这些嵌入式讯息会产生一定影响。20 世纪 80 年代，哈佛公共卫生学院发起的反对酒后驾车运动，促使 80 多部电视片都提及或表现了代驾司机。这一运动使人们逐渐意识到并且更多地使用代驾司机（DeJong & Winsten，1989)。20 世纪 90 年代后期，在黄金时段电视剧《幸福》（*Felicity*）中一个关于约会强奸（date rape）的剧情末尾公布了强奸求助热线号码后，有1000 多个电话打了进来。在电视剧《急诊室的故事》(ER）里，一位在约会中遭受强奸的受害者服用了事后避孕丸，观众看到这一情节后对紧急避孕知识的了解增加了 17%（Folb，2000)。

在娱乐性媒介中穿插有关社会责任的讯息，是对性行为产生潜在影响的一种有效途径，因为这种对特定行为的“推销”（selling）不像在公益广告（PSA）中那样明显，因此观众也就不可能像拒绝公益广告那样拒绝该讯息。相比之下，公益广告很少在关键时段播出，也不可能十分频繁地播出，而这些讯息则更有可能抵达观众并吸引观众的注意力。但在美国，这种策略的主要缺点就是，媒介不可能采用他们认为会引起争议的讯息，比如使用避孕套作为避孕工具，因为这些争议可能会惹恼某些广告商（Wallack，Dorfman，Jernigan，& Themba，1993)。同时，这样的努力还得持续进行并进行监控，因为注意力和效果不会持续下去，而且这些有意识的“教导”还有可能被重新解读或者被误解。比如，对看过连续剧《急诊室的故事》的观众所进行的一项后续调查显示，他们的紧急避孕意识有显著的下降（Kaiser Family Foundation，1997)。20 世纪 90 年代后期，对 16 岁至 19 岁的青少年进行的一项调查发现，绝大多数人认为，如果有代驾司机的话，喝酒是可以接受的；超过半数的人认为，代驾司机也是可以喝酒的（Tanner，1998， cited in Strasburger, 2001)。

商业产品广告

在美国和其他国家里，广告普遍存在于各种各样的媒介中。一些最常见的广告产品，比如香烟和酒类，无论对个人健康还是公众健康，都有着严重的消极影响。

香烟广告

在美国乃至全球，尽管吸烟行为是可预防的，但它仍是主要的致死原因。尽管自20世纪70年代早期起，吸烟行为就在相对稳步地减少，但还是有超过1/5的美国成年人在吸烟，超过1/3的高中生正在吸烟（Ozer, Brindis, Millstein, Knopf, & Irwin, 1997）。

对香烟危害的认识使许多国家开始限制烟草广告。在一些国家，比如新西兰和挪威，禁止烟草广告后，香烟消费量显著下降（Vickers, 1992）。美国1971年开始禁止香烟广告在电视和广播中播出，但在其他媒体上却日见繁荣，特别是报纸、杂志、广告牌和事件营销活动（如温斯顿杯［Winston Cup］赛车比赛）中。20世纪90年代，随着各州越来越意识到他们在医疗保健上的沉重负担——这种负担被推测是由于吸烟者的患病，以及越来越多的证据表明烟草公司在促销这一致命产品时欺骗受众，于是，各州的司法部长和各大烟草公司就更进一步地限制烟草产品的促销达成了多项协议。在众多协议中，《总和解协议》（*Master Settlement Agreement* ［*MSA*］）禁止大于14平方英尺的烟草广告牌；禁止广告中使用卡通形象；禁止销售时标明品牌标识以及其他任何以年轻人为目标的促销手法；禁止向电视和电影制作人支付费用为烟草产品作宣传（Master Settlement Agreement, 1998）。然而，当美国食品药物管理局（Food and Drug Administration ［FDA］）试图对仅有书面文字的广告征税，并试图禁止烟草公司在零售商店里设置自助服务设备时，最高法院判定它逾越了自己的职权范围（Food and Drug Administration et al. v. Brown & Williamson Tobacco Corp., 2000）。①

---

① 许多烟草控制的拥护者批评《总和解协议》（MSA），认为那还远远不够。他们认为，很多限制内容，比如禁止电影中出现烟草产品，都是早就提出的，而且如果烟草行业违反这一协议，也没有相应的处罚条款（Tobacco Control Resource Center, Inc., 2000）。《总和解协议》的最大好处可能就是将每包香烟的价格提高了40至50美分。众所周知，价格上涨将会降低吸烟率。许多州还从结算资金中拨出专款用于烟草控制。MSA还设立了美国遗产基金会（American Legacy Foundation），开始进行有力的反对吸烟的公共传播运动，并建立了Truth.com网站。同时，这个基金会委托了一些人员研究如何监控烟草行业使之遵从《总和解协议》。

对编辑内容的影响 烟草广告所产生的一种间接的、令人担忧的效果是，关于烟草带来的健康风险的新闻报道日益衰微。对于杂志而言，至少50%的收入依赖广告，他们尤其难以抵挡来自广告商的压力，这些广告商希望在一个友好的广告氛围中传递广告讯息。美国和欧洲都有研究表明，与那些没有刊登烟草广告的杂志相比，那些接受烟草广告的杂志很少有文章讨论烟草的危害（European Union Commission，1998；Hesterman，1987）。缺乏有关吸烟危害的信息，这可能会导致公众对吸烟危害的认识停留在一个较低的水平上。在一项研究中，接受访问的八年级学生中有近半数人不相信一天一包烟会带来健康风险（Johnston，O'Malley，& Bachman，1994）。幸运的是，绝大部分针对少女的杂志不接受香烟广告。还有些杂志，包括《青少年》（*Teen*）和《十七岁》（*Seventeen*）在内，在20世纪90年代末承诺将增加有关吸烟危害和戒烟小窍门方面的报道（Bound，1999）。

香烟营销活动的影响 对烟草广告的限制，很大程度上是建立在这样的研究基础之上的，即几乎90%的吸烟者是从青少年时期开始抽烟的（U. S. Dept. of Health and Human Services，1994），烟草业强烈地散布着吸烟的诱惑，甚至是儿童也受到了影响。比如，有关公司用一个名为乔（Joe）的骆驼的卡通形象来促销骆驼牌香烟（Camel cigarettes）。而对此的研究表明，1/3的3岁儿童会把老骆驼乔的形象和一包香烟联系在一起。卡通骆驼形象推出三年后，青少年吸烟者中优先选择骆驼牌香烟的比例从0.5%增长到了32%（DiFranza et al.，1991）。在美国和英国开展的研究一致表明，年轻人中最流行的香烟牌子，就是那些广告投入最多的品牌（Pierce et al.，1991；Vickers，1992）。对那些性别倾向明确的香烟广告活动所进行的历史分析表明，当以女性为目标的宣传活动开展时，例如，当维珍妮（Virginia Slims）牌香烟的广告词“你远远地走来，宝贝”（You've come a long way，baby）传唱开来时，首次抽烟的年轻女性人数急剧增加（Pierce，Lee，& Gilpin，1994）。

越来越多的横向研究和纵向研究证据均显示，年轻人接受和接触香烟广告以及拥有一些推销礼品（如印有香烟商标的帽子、打火机）的现象与他们的吸烟行为之间存在关联。一些研究发现，对烟草促销活动的认识和参与所造成的影响，甚至比抽烟的家庭成员和同伴所造成的影响更大（Altman，Levine，Coeytaux，Slade，& Jaffe，1996；Biener & Siegel，2000；Pierce，Choi，Gilpin，Farkas，& Berry，1998）。实验研究还表明，各种广告促销活动增强了年轻人的这样一种认识：抽烟是合乎道德的、有风度的和无风险（Pechmann & Ratneshwar，1994）。

售点营销（Point-of-Purchase Marketing） 当对香烟广告的限制力度加大时，

美国烟草公司已经转变了他们的营销策略，他们在售点营销方面投入的资金（1997年达27亿美金）比在其他所有促销形式上（报纸、杂志、广告牌和交通广告）总共投入的资金还要多（Federal Trade Commission [FTC], 1999）。大多数这样的促销活动在年轻人经常光顾的便利店里进行。研究表明，烟草广告越来越多，并且出现在学校附近的商店中儿童视力可及的范围内（靠近糖果，高度低于3英尺）（Woodruff, Agro, Wildey, & Conway, 1995），还出现在未满18岁的年轻人所占比例较高的居民区内（Pucci, Joseph, & Siegel, 1998）。顾客很难忽视这些促销活动。研究还发现，在商店内平均有14至27个烟草广告，而商店外则有3.6至7.5个广告（DiFranza, Coleman, & Cyr, 1999; Feighery, Ribisl, Achabal, & Tyebjee, 1999）。对这些促销活动的影响的第一手实验研究表明，店内促销活动影响了青少年对香烟的可获得性、用途及普及性的认识，所有这些因素都可能导致青少年开始吸烟（Henriksen & Flora, 2001）。

未来的研究 在未来，有关媒介对年轻人吸烟的影响的研究，可能会把重点放在店内促销以及互联网促销等替代性的营销策略上，因为烟草业将不断寻找各种途径来吸纳新的消费者并维持现有的消费者。对当前管理混乱的互联网所做的一些研究表明，互联网将成为烟草促销的一个重要通道。一项内容分析发现，有许多易于登陆的促销烟草的网站可以用来订购香烟产品。这些网站中，只有11%的网站有健康警示，大量内容反而是把香烟和富有魅力的生活方式联系在一起，还含有年轻男性和（苗条的、妩媚动人的）女性正在吸知名品牌香烟的画面（Hong & Cody, 2001）。

酒类广告

酗酒致使个人和家庭付出心理、生理和经济上的代价。饮酒与殴打配偶和孩子的家庭暴力、性侵犯以及杀人等行为之间存在关联。现在未成年人中饮酒现象很常见，大多数高中高年级学生都说他们经常喝酒，1/4的人表示曾经饮酒狂欢（某种场合会喝五种或五种以上的酒）。酒后驾车是青少年车祸发生率及意外死亡率高的一个主要原因。在那些既饮酒又到了驾驶年龄（16岁至21岁）的青少年中，近1/3的人报告说他们曾经酒后驾车或乘坐由喝过酒的司机驾驶的汽车（Ozer et al., 1997）。

与香烟广告不同的是，啤酒和白酒广告在电视和其他媒介中频繁出现。在这些广告中，喝酒和吸烟一样，被描述成合乎规范的、有趣的，而且不会造成不良后果（Grube, 1993）。研究发现，超过1/3的广告展示的是人们一边喝酒一边驾车或进行水上运动的情形（Madden & Grube，1994）。啤酒和白酒广告在与体育相关的节目中出现得最为频繁。与黄金时段每4小时大约出现1个酒类商业广告相比，体育节目中每小时出现2.4个此类广告（Grube，1995）。

广告效果 研究发现，对酒类广告的兴趣与对饮酒行为、饮酒意向持肯定看法之间是相一致的关系（Grube，1999）。在对三年级、六年级以及九年级学生进行的一项研究中，奥斯汀和克瑙斯（Austin & Knaus，1998）发现，幼年时接触酒类广告和促销活动，预示着青少年时期的饮酒行为。奥斯汀及其同事的研究很重要，因为它也揭示出了这样一种现象，即接触酒类宣传和广告与随后的饮酒行为之间存在着一些其他的中介因素。从积极受众观的角度出发，他们发现，青少年将电视中描述的现实作为时尚潮流的来源，他们认同电视节目和广告中的人物形象，他们对饮酒抱着一种积极期待的心理，——所有这些趋向更多的是与现实中的饮酒行为有关，并不完全是大量接触电视的结果。就电视对酒精的典型的正面描述而言，父母的评论要么起强化作用，要么起反作用（Austin，Pinkleton，& Fujioka，2000）。更多与此相似的研究将媒介接触置于个人背景之下，这将使我们更进一步地理解通常比较细微而间接的媒介效果。

健康警告标识 从1989年开始，美国政府要求在啤酒、葡萄酒和酒精饮料的容器标签上加警告标识。但是迄今为止还没有要求在广告中加入警告标识。对香烟警示及较新的酒类产品警示所进行的研究表明，这些警示几乎没有积极效果；对某些观众而言，实际上可能事与愿违，反而加强了他们对产品益处的认识，削弱了他们对其风险的认识（Fox，Krugman，Fletcher，& Fischer，1998；Snyder & Blood，1992）。

非处方药和处方药广告

另一类可能影响个人健康的广告，是处方药和非处方药广告。在我们的效果矩阵图中如何区分这些广告效果，某种程度上取决于广告所产生的特定效果，以及个人是否愿意接受制药者所谓的致力于促进健康的宣言。当广告鼓励消费者去购买和正确使用那些要么对解决健康问题有效，要么可以预防更严重的问题发生的药物时，或者当广告促使消费者去寻求所需的医药治疗时，这些广告对个体的影响是合乎预期的并且是积极的。然而，如果药品广告鼓励个人去购买和使用他们实际上并不需要的药品，或者在针对同一个健康问题的各种药品和疗法中，鼓励个人去购买和使用其中疗效更差而（或）价格更贵的药物，那么这样的药品广告就有预料外的、消极的后果。

美国人大约可以买到30万种非处方药（OTC）（Schulz，1998）。1999年，美国人购买了价值300亿美元的非处方药，以及维生素、营养补给品和草药制品。平均每个美国人每年花费100美元在非处方药上，40%的美国人每两天至少服用一种非处方药（Knapp，2000）。调查发现，大多数美国人在向健康专业人士咨询有关头疼（80%）、胃部不适（76%）、咳嗽和感冒（73%）以及发烧（71%）的治疗方法之前就在服用非处方药。每三个被访问者中就有一个表示，有时他们所服用的剂量超过非处方药推荐的剂量，因为他们相信加大剂量能够更有效地治疗疾病（Navigating the Medication Marketplace，1997）。

健康专家说，如果正确使用非处方药，它通常是安全的。但“正确”的使用行为却是复杂的，因为这不仅意味着选择正确的药物和按正确的剂量服用药物，还意味着要避免所使用的非处方药与其他处方药、非处方药或酒精之间互相抵触。例如，那些服用了血液稀释剂的人，如果接着服用布洛芬类镇痛剂（比如，Advil和Motrin），就可能引发胃溃疡并导致胃出血。对一天饮酒三次或更多的人来说，使用对乙酰氨基酚（acetaminophen）会损伤肝脏（Drug & Therapy Perspectives，2000）。一般来说，老年人的健康风险不断增大，是因为他们服用很多药物，增加了药物间相互作用的可能性（Schultz，2000）。

非处方药广告的影响 舒尔茨（Schultz，2000，p. 5）认为，广告可能增加消费者过量服用和（或）误服非处方药的可能性，因为品牌药品的广告“导致消费者期待服用这些药品后可以快速地、安全地康复”。对非处方药广告进行的内容分析显示，广告确实将这些药品描绘成小的健康问题的快速安全的解决方案，并对消费者随意服用药物的态度起到了怂恿作用（Byrd-Bredbenner & Grasso，1999，2000）。

遗憾的是，几乎没有人对消费者对非处方药广告的反应进行实证研究。早期批评电视非处方药广告的一些人士认为，这些广告普遍促进了药品的使用，创造了“一种孩子们可能会仿效的服药行为模式”（Craig，1992，p. 303）。联邦通讯委员会的前任成员尼古拉斯·约翰逊（Nicholas Johnson）甚至提议，禁止播放非处方药的电视广告。其他批评者认为，非处方药广告可能导致孩子过量服用非处方药（Choate & Debevoise，1976）。多诺霍、迈耶和亨克（Donohue，Meyer，& Henke，1978）发现，大量观看电视的孩子相信服用他们在广告中看到的药物和维生素可以使人更加健康。然而，马丁和邓肯（Martin & Duncan，1984）有关药物广告效果定量研究的文章得出的结论是，没有实质性证据能够证明接触非处方药广告与滥用药物及其他消极影响之间有因果关系。因此，人们需要进行更新的研究，特别是要把重点放在非处方药广告如何影响儿童和年长者上。

处方药广告 近期缺乏对非处方药广告的研究，对此一种可能的解释是，处方药直销（DTC）市场的显著攀升使得非处方药广告相形见绌。随着食品药物管理局颁布了有关处方药直销广告的规定，制药公司通过大众媒介向消费者直接营销他们产品也更为容易（National Institute for Health Care Management [NIHCM]，2000），自1997年开始，处方药在直销广告上的花费开始激增。2000年的前6个月，美国制药商在直销广告上花费了13亿美元，这相当于前两年全年的花费（IMS HEALTH *news release*，2000）。制药商似乎赚回了投入的钱。25个最畅销的直销药品，其总销售量比1999年增长了43.2%，而当年所有其他药品销售增长率仅为13.3%（NIHCM，2000）。

直销（DTC）广告的影响 即使在直销药品广告增加之前，也已经有研究显示，广告不仅增加了消费者的药品品牌意识，还影响了他们对药品的选择。调查发现，大约1/3（35%）的受访者曾经向他们的医生询问有关他们在广告中所看到的处方药的更多信息，几乎1/5的人要求在处方中开那些做过广告的药品（Bell，Kravitz，& Wilkes，1999）。然而另一项调查发现，那些阅读杂志和报纸上处方药广告的受访者中，大多数人都很少阅读详细的信息须知，而只有15%的人曾经阅读了全部的信息（Food and Drug Administration，2000）。

威尔克斯、贝尔和克拉维茨（Wilkes，Bell，& Kravitz，2000，p. 120）认为，"直销广告明显增加了处方药的需求量，但问题是，这些额外的处方药是否适当"。许多医师认为，直销广告可能加强了消费者的错误观念，也可能会"鼓励病人强迫他们的医师从使用成熟的治疗方案转向使用新的药品，而他们对新药的益处和风险的了解却是非常有限的"。

食品和营养

大众媒介同样会对消费者在食品和营养方面的认知和行为产生无意的且大多是消极的影响。

营养及食品消费观念 在儿童节目中播出的大多数广告都是推销营养价值较低的食品，包括糖果、软饮料、含糖的谷类食品、薯条以及其他高盐分、高脂肪的小点心等（Kotz & Story，1994；Taras & Gage，1995）。即使在销售比较健康的食品时，广告焦点还是集中在有趣、开心等主题上而非集中在健康主题上。研究发现，在黄金时段节目里2岁至11岁儿童最常见到的广告中，有89%的食品和饮料广告（几乎占所有广告的1/4）侧重于味道、方便、价格低廉；只有10%的广告单独以营养和健康为卖点（Byrd-Bredbenner & Grasso，1999）。兰克、维克里、科图尼亚和谢德（Lank，Vickery，Cotugna，& Shade，1992）发现，在快节奏的日间连续剧中播出的食品和饮料广告通常推销那些低糖、低脂、低钠的食品，尽管它们的膳食纤维（dietary fiber）含量也较低。然而，以“低胆固醇”（low cholesterol）、“低饱和脂肪”（low saturated fat）为由头的食品广告中，有3/4的食品实际上是高脂肪的。在使用营养讯息（例如，“无糖”）来推销产品的广告中，有43%的广告推销的是低营养的调味饮料。对电视节目中的食品和营养讯息所进行的分析表明，与吃正餐相比，电视人物形象宁愿吃更多的零食；食品消费常常不是因为饥饿，而更多的是为了满足人们的社会和情感需求（Story & Faulkner，1990）。

对营养观念的影响 大量证据表明，收看电视商业广告和电视节目与孩子在食品和营养方面的观念之间存在关联。我们已经发现，大量观看电视与贫乏的营养知识之间存在着正相关关系，即使控制了其他相关因素（例如父母的教育、孩子的阅读水平和社会经济地位），情况也是如此。大量观看电视和（或）经常接触低营养的食品同样与孩子偏好不健康食品以及不良饮食习惯之间存在关联，不良的饮食习惯包括经常吃过甜的谷类早餐、快餐、糖类点心□高脂肪、高盐点心以及经常饮用软饮料等（Signorielli & Lears，1992；Signorielli & Staples，1997）。塔拉斯、萨利斯、帕特森、纳德和纳尔逊（Taras，Sallis，Patterson，Nader，& Nelson，1989）发现，儿童的电视收视量与他们要求父母购买电视广告中的食品，以及儿童的全部热量摄取之间存在着正相关关系。边看电视边吃饭的孩子比吃饭时不看电视的孩子更少食用水果、蔬菜和果汁，而更多地食用比萨、快餐食品，更多地饮用软饮料（Coon，Goldberg，Rogers，& Tucker，2001）。

缺乏锻炼以及肥胖 第二个领域关注的是与身体肥胖相关的媒介效果，这一领域的研究更多地源自人们使用媒介时惯于久坐的习性，而与节目内容本身的关系不大。除了听广播或其他形式的音乐之外，大多数人都是在坐着、躺着或相对静止的状态下使用大众媒介的。大量研究证明，儿童和成人缺乏锻炼都与收看电视和使用电脑有关。

即使控制了其他种种可能相关的因素，美国成年男女中平均每天看电视超过3小时的人，成为肥胖者的几率是那些平均每天看电视少于1小时的人的两倍（Tucker & Bagwell，1991；Tucker & Friedman，1989）。另一项研究表明，在高收入的女性中，经常收看电视与体重指数随时间增长而增加这一现象之间有明显关系（Jeffery & French，1998）。类似的情况在澳大利亚成年人中也已发现（Salmon，

Bauman, Crawford, Timperio, & Owen, 2000)。在初中生和年轻人中，肥胖、懒于活动也与经常看电视有关（Armstrong et al., 1998; Tucker, 1990）。

麦克默里等人（McMurray et al., 2000）在对青少年的研究中发现，在控制了种族和社会经济地位等因素后，假期收看电视与身体超重之间明显的正相关关系变得不太明显了；但在电子游戏上所花费的时间仍然与肥胖有明显的正相关关系。伯基等人（Berkey et al., 2000）还发现，9岁至14岁男孩和女孩花在电视和电子游戏上的时间与他们在一年的时间里体重指数的增加之间呈明显的正相关关系。尽管为期一年的评估时限太短，但在整个青春期累积下来的效果却是相当大的，由此建议儿童和青少年减少他们花在看电视和玩电子游戏上的时间，可能有助于防止美国当前流行的肥胖症。有一项实验研究确实发现，那些缩减他们看电视、看录像带以及玩电子游戏时间的儿童，明显地减少了脂肪，缩小了腰臀尺码（Robinson, 1997）。

瘦身理想和饮食失调 第三个领域关注的是与饮食和营养搭配习惯相关的媒介效果，这一领域起源于将接触大众媒介中理想的苗条身材形象与个体对自己身材的不满和饮食行为的失调联系起来的大量研究。过去20年的研究已经表明，媒介中出现的女性比一般的美国妇女要瘦很多（Fouts & Burggraf, 1999; Silverstein, Perdue, Peterson, & Kelly, 1986; Wiseman, Gray, Mosimann, & Ahrens, 1990）。20年前，普通模特比一般的美国妇女体重轻8%，而今天这种差别达到23%（The Media and Eating Disorders, 2001）。人们对模特代理公司网站上所列出的模特和《花花公子》（Playboy）1985年至1997年插页上的500名模特的身材尺寸数据进行的分析表明，几乎所有的插页女郎以及3/4的模特其体重指数（body mass index）为17.5或17.5以下——这达到了美国心理协会（the American Psychological Association）关于神经性厌食症的标准（Owen & Laurel-Seller, 2000）。另外，与此类似的研究表明，现在媒介也正在向男性推出一种同样无法达到的理想形象。莱特、波普、格雷（Leit, Pope, & Gray, 2001）把1973年至1997年《花花女郎》（Playgirl）插页中的男性模特进行了比较，发现随着时间的流逝，男性明显变得更加健壮。

10年前本章的第一版中我们指出，研究还没有确立接触这些苗条形象与饮食失调的发展二者间的关系。这一结论已经不再准确：许多研究已经证明，接触媒介中理想的瘦身形象与人们瘦身理念的内在化、对自己身材的不满以及饮食失调症状密切相关（Botta, 1999, 2000; Field et al., 2001; Harrison, 1997, 2000; Hofshire & Greenberg, 2002; Stice & Shaw, 1994）。

娱乐媒介（电视、电影、音乐）

利用与滥用

同一娱乐媒介以及不同娱乐媒介之间对酒精、烟草和违禁药品等的描述其类型和频率各不相同（参见表 17.2）。一些研究在对娱乐节目中描绘香烟和酒精所产生的影响进行分析后表明，年轻人可能学会了饮酒的规矩；当他们认同的媒介人物抽烟时，他们可能会觉得抽烟使人更具魅力。

表 17.2 电影、电视娱乐节目和流行歌曲中描述酒精、烟草和违禁药品的频数以及描述消费者使用后果的频数

	涉及或描述某物品的频数/描述使用后果的频数		
	电影	电视	流行歌曲
酒精	93%/43%	75%/23%	17%/9%
烟草	89%/13%	22%/1%	3%/—
违禁药品	22%/48%	20%/67%	18%/19%

说明：上表的比例是建立在对 1996 年至 1997 年 200 部最流行的出租影碟和 1000 首最流行的歌曲（Roberts, Henriksen, & Christenson, 1999），以及罗伯茨和克里斯坦森（Roberts & Christenson, 2000）所总结的 1998 年至 1999 年黄金时段 42 部最受欢迎的系列剧中 4 个连续的插曲（Christenson, Henriksen, & Roberts, 2000）进行分析的基础上。因为所分析的歌曲中提及香烟的很少，所以研究人员没有计算流行歌曲中描述使用结果的频数。

酒精

在黄金时段电视节目中，提及饮酒的内容（视觉的和［或］听觉的）平均每小时会出现好几次。研究人员对 1998 年至 1999 年秋季电视节目中排名前 20 名的青少年剧和排名前 20 名的成人剧中的四个连续剧进行分析后发现，有 3/4 以上的片段提及酒精。尽管早些时候的研究已经发现，在电视节目中，与其他饮料相比，酒类的消费出现得更为频繁，但这项研究表明，在成年人电视剧中，酒类是选择喝什么时唯一的选择。在青少年剧中，酒的出现频率依然很高（每小时平均有 1.6 分钟的画面表现一个或多个角色正在饮酒的情形）（Christenson, Henriksen, & Roberts, 2000）。

电影中饮酒的画面更为普遍。两项内容分析发现，在各种类型的电影中，有 80% 至 90% 以上的电影至少出现了一次主角饮酒的画面（Everett, Schnuth, & Tribble, 1998; Roberts, Henriksen, & Christenson, 1999）。电视和电影中对饮酒行为的正面描述大大超过负面描述，其比率超过了 10:1。典型的饮酒者是地位较高的白人成年男性，这类人物可能被认同和模仿，至少对青年男性来说是这样。对 1996 年至 1997 年最流行的 200 部出租影碟进行研究后发现，超过一半以上的电影在描写酒类时并不描写饮酒的后果。1/5 的电影在描述饮酒行为时至少有一次宣称饮酒是好事情，仅有不到 1/10 的电影出现过反对饮酒的内容（Roberts，Henriksen，& Christenson，1999）。

尽管流行音乐经常因为反社会和不健康的主题而成为批评对象，但几乎没有人对音乐或音乐片中的饮酒行为进行过系统的研究。但是，显而易见的是，这种描述会因音乐类型的不同而有很大差异。对乡村音乐的早期分析表明，大约 10%的歌曲提到过饮酒，并且这些描述带有矛盾情绪。尽管大多数歌曲在某种程度上将饮酒描绘成不合道德的或是会引起问题的，但同时它们又常把饮酒描述为正常的、有用的、一种用来逃避问题、克服失恋等的典型方法（Discussed in Roberts & Christensen，2000）。对 500 多部音乐片的分析显示，说唱乐和摇滚乐节目中最有可能描述饮酒行为（大约 1/4 的节目表现了一个或多个人物饮酒的场景）（Du-Rant et al.，1997）。所有的音乐类型中，91% 涉及饮酒的歌词中都没有提及饮酒的后果（Roberts，Henriksen，& Christenson，1999）。

有关酒精的描述的影响 年轻人之所以有可能受到这些描述的影响，是因为他们很少有与之相冲突的真实体验，并且通常都在寻找一些有关他们如何成为成人世界一分子的信息。有些研究已经开始确立观看这些描述所花费的时间和实际饮酒行为之间的关系了。比如，鲁滨逊、申和基伦（Robinson，Chen，& Killen，1998）对 14 岁至 15 岁孩子进行的纵向研究发现，每天花费在观看音乐片上的时间每增加 1 小时，在随后的 18 个月当中青少年开始喝酒的可能性会增加 31%；正常观看电视的时间每增加 1 小时，喝酒的可能性增加 10% 左右。这些数据也显示了一些人所谓的“过失使用媒介”（delinquent media use）模式（Roe，1995）。已经开始尝试饮酒等高风险行为的年轻人，可能会选择诸如音乐片之类的媒介类型——它们描述并且有时会美化这些风险行为，同时在这个过程中强化年轻人正在形成的态度和行为。

烟草

从早期电视新闻播音员偶尔吐出的缭绕烟雾，到电影明星詹姆斯·迪安（James Dean）唇边叼着的香烟，烟草制品已经成为电视节目和电影中常用的道具。尽管早期节目中有关香烟的描绘无处不在这一情形，到了 20 世纪 80 年代已经有所减缓，但在 90 年代里，电影里吸烟的普遍程度与实际生活中吸烟的普遍程度之间的差距却越来越大了（Stockwell & Glantz，1997）。大约75%的音乐片里表现了已成年的青年抽烟的情形（DuRant et al.，1997）。

电影是一种吸引大量年轻观众的媒介。许多有关电影的研究发现，电影中吸烟的画面频繁出现，但对这一点却很少说明，即吸烟对吸烟者及他人健康而言有潜在的危害。1988年至1997年间发行的毛利最高的250部电影中，几乎所有的（95%）电影都描述了人物的抽烟行为。尽管20世纪90年代烟草业同意禁止在电影中出现付费的产品宣传，但一项研究发现，香烟品牌在禁止后和禁止前一样频繁地出现。主要的差别在于，禁止后，更有可能是演员手拿香烟或在其吸烟时描述品牌，而不是仅在背景中出现香烟品牌（如《超人》中的万宝路运货车）（Sargent et al.，2001）。

在电影中，抽烟是与其他高风险行为联系在一起的——大多数抽烟的女性人物更可能被描述成有风流韵事的、从事非法活动的以及疯狂开车的；抽烟的男性人物则被描述为更为暴力的和危险的。因此，香烟成为"坏"女人和"强"男人的一种特征暗示（Sargent，Dalton，Tickle，Ahrens，& Heatherton，2000）。但是，对1937年至1997年发行的50部普通级（G-rated）动画影片所进行的一项分析发现，片中描述"正面"角色抽烟喝酒的频率与"反面"角色一样多（Goldstein，Sobel，& Newman，1999）。

尽管很少有证据能证明这些描述与青年人了解或开始吸烟、喝酒有关，但是对电影明星的一些有趣的分析表明，青年人的这些行为与有魅力的人被描述成吸烟者、好像吸烟是很正常、没有风险的作法之间存在关联。一项研究发现，青少年吸烟者比不吸烟者更有可能将那些台前或幕后抽烟的演员作为他们喜爱的明星（Distefan，Gilpin，Sargent，& Pierce，1999）。对由青少年喜爱的女明星主演的50部电影所进行的另一项研究发现，有关吸烟的描述超过了电影长度的1/4。与那些限制级（R-rated）电影相比，少量的有关使用烟草产品的负面信息（如咳嗽、闻到烟味时的怪相）在辅导级（PG/PG-13）电影中更为少见（Escamilla，Cradock，& Kawachi，2000）。

社会学习理论认为，那些频繁出现而又没有告知消极后果的行为以及那些有魅力的人物的举止更有可能被观察者模仿（Bandura，1986）。我们知道，那些过高估计吸烟普遍程度的青少年自己更有可能成为吸烟者。因此，我们有理由认为，电影中那些不切实际的吸烟画面可能正在导致青少年持续的高吸烟率，而且可能正在暗中破坏全国范围内的大规模的媒介反吸烟运动。

违禁药品

与香烟或酒类相比，违禁药品的出现没有那么频繁，而且媒介更有可能从负面来描述它。尽管一些流行电影（比如《毒品交易》[*Traffic*]）描写了人们吸食海洛因的情景，但在媒介中对大麻和可卡因的描述是最为常见的。罗伯茨等人（Roberts et al.，1999）发现，大约1/5的电影和流行歌曲的歌词中出现了违禁药品。尽管这些作品中较少描写药品上瘾的情形，但违禁药品的使用者与饮酒者或吸烟者相比，更有可能遭受其消极后果，并且上瘾者通常被描述成罪恶的而非不健康的。音乐片的观众最有可能看到违禁药品的使用。一项内容分析估计，与在电影中平均每100分钟、在黄金时段电视节目里平均每112分钟就会看见服用违禁药品的画面相比，观看MTV的人平均每40分钟就会看到它（Gerbner & Ozyegin，1997）。

目前还没有人将这些描述与人们的观念、态度或行为直接联系起来进行研究。从20世纪80年代早期到90年代早期，青少年中使用违禁药品的人数明显减少了。但在90年代末期，使用人数又开始增长，就像诸如《我为玛丽狂》（*There's Something About Mary*）之类的好莱坞电影中再次出现大麻一样（Ozer et al.，1997；Strasburger，2001）。因此，我们有必要研究正面描述或负面描述出现的频率如何影响年轻人对使用违禁药品的态度。

性行为

美国少女怀孕的比率很高，它也是发达国家中性传播疾病（淋病、梅毒、衣原体性尿道炎、艾滋病病毒）比率最高的国家之一。有些性传播疾病（STD）是致命的，其他一些则可能导致不孕以及长期的生殖和健康问题。美国青少年处于患性传播疾病以及怀孕的高风险中，因为所有高中生中近一半的学生发生过性行为，而且经常是在没有保护措施的情况下；而且近1/5的人有4个或更多的性伙伴（Ozer et al.，1997）。

在孩子们成长过程中所接触的媒介世界中，性话题和性行为总是频繁出现，而且越来越直白。在1996年青少年最常收看的黄金时段收视率排名靠前的45部电视剧（包括电视剧《老友记》《奉子成婚》[*Married with Children*]）中，2/3的节目中含有年轻的成年主人公谈论性和进行性行为的内容（Cope & Kunkel，2002）。根据音乐类型的不同，有1/5到1/2的音乐片描述性或色情（DuRant et al.，1997）。好莱坞每年制作的电影中，有2/3的影片是限制级的，许多年轻人早在他们还未达到观看此类影片所要求的16岁的年龄前就已经观看了这些影片

(Greenberg et al., 1993)。尽管少女杂志和女性杂志，如《十七岁》(*Seventeen*)、《魅力》(*Glamour*) 等，增加了有关性健康话题的报道，但大部分的广告和评论内容仍然将重点放在少女和妇女应该怎样才能得到和留住她们的男人上 (Walsh-Childers, Gotthoffer, & Lepre, 2002)。互联网同样也增加了获取明显的性内容的可能性。根据对经常使用互联网的青少年 (10 岁至 17 岁) 进行的全国性调查可知，过去一年里每 4 个人中就有 1 个人遭遇过不希望有的色情描写，每 5 人中就有 1 人被迫接触过不希望有的性诱惑和性行为 (Finkelhor, Mitchell, & Wolak, 2000)。

尽管公众日益关注过早的、没有保护措施的性行为对健康的潜在危害，媒介还是很少描述被称为"3C"的负责任的性行为：承诺、避孕、承担后果 (commitment, contraceptives, and consequences)。虽然电视里超过半数的伴侣是在已确定关系的情况下发生性行为的，但 10 对伴侣中就有 1 对仅仅是最近才遇见的；超过 1/4 的伴侣在进行性行为之后不再联系。包含性内容的 11 个电视节目中仅有 1 个提到了性行为可能的风险或与之相关的责任。除了艾滋病病毒/艾滋病 (HIV/AIDS)，其他性传播疾病几乎从没被讨论过，意外怀孕也很少被描述为无防护性行为的后果 (Kunkle et al., 1999)。流产是忌讳的话题，商业电视节目和杂志对此争议也很大 (Walsh-Childers et al., 2002)。对同性恋者和变性人很少有正面的描述 (Wolf & Kielwasser, 1991)。

性内容的影响 媒介受众是从这么多的性信息和性描写中了解性的吗？性作为研究课题有其显而易见的敏感性，以及研究者排除其他媒介仅仅关注电视，所有这些因素都限制了现有的研究种类。① 许多实证研究工作仅仅通过内容分析的方式探讨内容可能对受众产生什么样的影响。不过，一些新兴的研究已经超越了内容分析法，它们致力于研究受众如何选择、解读和运用性内容，这些研究表明媒介确实在性的社会化过程中发挥着重要作用 (Steele, 1999)。

当问及青少年 (13 岁至 15 岁) 从哪里了解大部分性知识时，他们把大众媒介排在父母、朋友及学校之后的第四位。大一点的青少年 (16 岁至 17 岁) 则把朋友放在第一位，然后是父母，再就是媒介 (Yankelovich Partners, 1993)。有时，人们更多地使用媒介而非其他途径作为性信息的来源。一项定性研究指出，当女孩个人有兴趣了解性关系的规范、建立性关系的策略以及如何变得性感迷人的小窍门时，她们会更多地关注媒介中有关性的描述 (Brown, White, & Nikopoulou,

① 许多有关媒介性内容的研究，将重点放在色情描写和明显的性内容对成年人的影响上。本书的第十二章对此进行了全面的回顾。本章中，我们主要关注主流媒体，关注那些大多会被认为是非色情的内容以及它们对青少年性行为的影响。

1993)。所有的受众成员不会用同样的方法理解和解释同一性讯息。沃德、戈文和西特龙（Ward，Gorvine，& Cytron，2002）让大学生们观看了部分情景喜剧，如《罗丝安娜》(*Roseane*) 和《马丁》(*Martin*)。他们发现，年轻女性比年轻男性更有可能认为她们所看到的性行为场面是真实的；与男性相比，女性更支持维护关系的行为（如妒忌的丈夫保护妻子），而很少支持威胁关系的行为（如男人企图进行欺骗)。

媒介中的性内容是否影响了青少年的性行为？对接触媒介中的性内容与其影响之间的关系进行得相对较少的相关性研究，以及更少的实证研究均表明，媒介至少通过三种途径确实产生了影响：(a) 使性行为话题保持在公共议程和个人议程之中；(b) 强化一套相对一致的性行为及性关系规范；(c) 很少涉及负责任的性行为模式。例如，对涵化假说进行的测试已经发现，那些经常看日间肥皂剧的三年级和四年级的高中生，与那些看得较少的学生相比，更有可能相信单身母亲有着相对安逸的生活，有好的工作，不会生活于贫困之中（Larson，1996)。研究还发现，接触音乐片中有关性别和性行为的模式化形象，会增加年纪稍大的青少年对非婚性行为以及人与人之间使用暴力的认同（Kalof，1999)。

对高中生进行的两项抽样调查发现了看电视的频率和初次性交之间的关系。但是，因为这些只是横向分析，所以不能确定观看电视和发生性关系孰先孰后(Brown & Newcomer，1991；Peterson，Moore，& Furstenberg，1991)。有可能是那些对性开始感兴趣的青少年，由于性在他们当前生活中变得突出了，所以才求助于媒介中的性内容。也有可能是青少年将媒介中普遍存在的、通常是无风险的性内容看做是鼓励他们发生性行为，而不是他们自身想这样做。也可能这两种因果次序都在起作用，但需要进行纵向研究才能得出更加确切的结论。

心理健康

不管是在个人层面，还是在公众层面，我们对媒介对心理健康的影响都知之甚少。但对某些类型的音乐与青少年心理问题的关联程度这一议题研究者已经进行了研究。大量研究表明，成为一个重金属乐迷可能标志着有心理健康问题。例如，谢尔和韦斯滕弗尔德（Scheel & Westefeld，1999）发现，与其他类型音乐的乐迷相比，喜欢重金属音乐的高中生（尤其是男生）在生存理由问卷（Reasons for Living Inventory）中得分较低，并且经常想到自杀（尤其是女生)。斯塔克、冈拉克和里夫斯（Stack，Gundlach，& Reeves，1994）发现，那些青年自杀率最高的州，重金属音乐杂志的订阅也最为普遍。他们认为，听重金属音乐和加入重金属乐亚文化群培养了潜在的自杀倾向。魏丁格尔和德米（Weidinger & Demi, 1993）对在医院精神病科住院的青少年所进行的一项小型研究发现，与喜欢听其他类型音乐的青少年相比，在那些经常听含有消极歌词和主题的音乐的青少年中间，较为普遍地有过社会心理行为失常的经历。在这些研究和其他研究的基础上，美国儿科学会（American Academy of Pediatrics）总结说："对孩子们最有益的是听那些没有暴力、性、吸毒倾向或反社会内容的音乐。"（American Academy of Pediatrics, 1996, p. 2）

两项值得关注的研究均表明，偏爱重金属音乐以及与此类似的音乐，可能会使人变得神经质。其中一项是对澳大利亚青少年的研究——马丁、克拉克和皮尔斯（Martin, Clarke, & Pearce, 1993）发现，对重金属摇滚音乐的偏爱与自杀想法、故意自残、意志消沉、违法行为、吸毒和家庭破裂之间有着明显的关系，尤其在女孩子中更是如此。他们还发现，大多数受情绪困扰的青少年报告说在听了他们喜欢的音乐后变得更加伤感。与此类似，罗伯茨、迪姆斯达利、伊斯特和弗里德曼（Roberts, Dimsdale, East, & Friedman, 1998）也发现，对音乐的强烈的情绪反应与作出危害健康的举动之间有明显的正向关系——不管这种情绪反应是积极的还是消极的。这两项研究共同说明，有最大健康风险的青少年是那些听音乐后产生消极情绪反应的青少年。我们需要通过纵向研究来厘清这样一个问题，即听重金属音乐或其他类型的音乐，是加大了产生心理健康问题的风险，还是主要作为一种标志来表明存在着其他问题（可能更多是生理方面的问题）。

污名化（Stigmatization） 大众媒介对心理健康的第二个也是更为普遍的影响，是媒介对精神病患者H对个人健康的无意识的影响的描述所带来的污名化效果。例如，西格诺里（Signorielli, 1989）发现，在黄金时段电视剧中，有72%的精神病人被描述成残暴的，每五人当中就有一个以上被描述成杀人犯（与此相比，非精神病患者的主要角色被这样描述的比例大约为9%）。在电影中，诸如《沉默的羔羊》（*Silence of the Lambs*）和《夺命狂呼》（*Scream*）系列，也会经常出现蓄意谋杀的精神病患者的形象。这些描述可能很危险，因为公众表示大众媒介是他们获取有关精神病患者的信息的主要来源（Robert Wood Johnson Foundation, 1990）。

人们对精神病持更加消极的态度，这与他们接触大众媒介对精神病患者的描述相关（Granello, Pauley, & Carmichael, 1999; Thornton & Wahl, 1996）。媒介对精神病的污名化效果，可能会影响个人和公共卫生政策。马奇（March, 1999）认为，歪曲的媒介形象可能会使人们丧失因为某一精神疾病而去寻求治疗的勇气。除此之外，她还认为，这些形象还可能导致雇主不愿意雇用精神病患者。甚至是医疗卫生专家也可能受到媒介的这些描述的影响，导致他们根据从大众媒介上获得的“刻板印象”来对待精神病患者（Matisoff-Li，1999）。这些消极态度同样会导致公众和政策制定者不太愿意支持为精神疾病患者提供公益性服务。

对个人健康的无意识的影响

关于健康议题的新闻

健康是新闻媒介中一个重要而且流行的话题。媒介在告知公众有关艾滋病病毒/艾滋病以及其他许多重要的健康议题方面发挥着重要作用。辛格和安德雷尼（Singer & Endreny，1994，p. 1）宣称，公众绝大多数有关环境造成的健康危害的信息——尤其是“关于事故、疾病、自然灾害和科学突破方面的新闻和专题报道”——都来自大众媒介。

有关名人健康问题的新闻报道对那些有相同健康问题的个人的行为会产生很大影响。魔术师约翰逊（Johnson）有关他艾滋病病毒呈阳性的声明增加了人们对艾滋病病毒风险的认知，增强了人们改变性行为方式或进行艾滋病病毒血检的意识（Basil，1996）。对前第一夫人南希·里根决定做乳房切除手术的新闻报道，影响了那些已被诊断为患乳腺癌的女性的行为（Nattinger，Hoffmann，Howell-Pelz，& Goodwin，1998）。

有关环境公害的新闻报道同样也会影响人们对个人健康风险的认知。一项实验研究表明，假定化学制品泄露，相关报道对这一情况危险程度的描述，对读者认识到他们自身危险所产生的影响最大，对居住在泄露地区附近的人们的愤怒程度所产生的影响次之。读者对风险的认知与报道中专业性的风险信息的数量之间没有关系（Sandman，1994）。当有人谴责时——这也是媒介常做的事，公众也会倾向于认为危害更大，而不是当这种危害在自然界中本来就有时——即使对相关危害的科学评估并无不同（如放射性岩石自然沉淀产生的氡与工业废料排出的氡相比）（Singer & Endreny，1994）。

对公众健康的无意识的影响

新闻与健康政策

通过集中关注某些特定议题或疾病而忽视其他问题，新闻媒体还可以帮助市民和决策者设置健康政策议程。议程设置理论认为，这样会导致公众关注那些经常被报道的问题，并过高估计这些议题实际上对公共健康所产生的影响；而公众的这种关注行为（也许是没有事实依据的）又可能导致方针政策的实施。健康问题的框架化处理（framing）（如，将健康问题作为个人行为方面的问题而非人们缺乏健康环境的问题来关注）还可以影响到公众和决策者所考虑的政策措施的类型（Wallack & Dorfman，1996）。

尽管新闻对政策制定的影响可能是积极的，但如果媒介压力催促立法者批准那些还没有经过认真思考或评估的政策，就有可能产生消极影响（Danielian & Reese，1989）。休梅克、旺塔和莱格特（Shoemaker，Wanta，& Leggett，1989）发现，1972 年至 1986 年盖洛普民意测验所显示的公众对毒品过度的关注和争论，对此全国性新闻媒介有关吸毒的报道要负上一半的责任。他们认为，媒介在 1986 年夏季对毒品问题的集中报道可能对国会产生了影响，促使他们很快通过了一项需花费 17 亿美元的反毒品一揽子法案。

对报纸上特定健康议题的报道所进行的个案研究表明，当健康专家就某个问题的解决方法达成一致意见时，当变革有可能在地方或州立政策的层面发生时，以及当有一些非官方的市民团体和（或）公共官员所做的工作朝着新闻报道所支持的特定的政策变化方向时，新闻报道最有可能影响公共健康政策的制定（Walsh-Childers，1994a，1994b）。大多数情况下，新闻对公共健康政策的影响必须被看做是无意识的效果。新闻机构几乎不承认他们会刊载或播出有意识地去影响公共政策的报道。然而，在某些情况下，新闻机构或记者个人会策划一些报道以促进政策的实施，也会进行后续报道并（或）刊发社论，有意向决策者施加压力，促使其采取行动（Walsh-Childers，Chance，& Swain，1999）。考虑到当前的“公共新闻计划”（public journalism projects）趋势——新闻机构在发动和（或）促进市民在他们的社区内采取行动方面发挥积极作用，旨在促进公共政策变化的健康报道将会越来越普遍。

对公众健康的有意识的影响

媒介宣传与公众健康环境

传统上，推动公众健康的各种努力一直致力于改变个人的行为，促使个人改掉危险的或不健康的习惯，养成有益个人健康的或者至少是不危及或损害个人健康的习惯。从这一点讲，“公众健康”（public health）被界定为一种没有疾病、伤痛或其他危及健康的情况发生的状态。不健康（poor health）主要是由信息瓶颈问题导致的：“如果人们正好获取了正确的信息，他们就能以健康的方式行事。”（Wallack & Dorfman，1996，p. 297）然而，那些所谓的“新公众健康”

(new public health) 的提议者认为，健康包含的不仅仅是没有疾病或没有其他不健康的特征，更确切地讲，“健康是生理、社会和经济三方面皆保持良好状态的体现”(Wallack & Dorfman, 1996, p. 295)。这种看法认为，即使个人获取和接受了那些能促使他们的行为方式更加健康的信息，他们的生理状况、经济和社会环境也不一定允许他们采取这些行为方式。

公众健康的行动主义者常常通过媒介宣传这种途径来努力营造更加健康的环境。人们常把媒介宣传定义为：为了推进社会或公共政策的执行而对大众媒介进行的策略性运用 (Pertschuk, 1988)。媒介宣传运动利用媒介的力量，尤其是新闻媒介的力量，来影响公众和决策者的议程，并决定这些议程中议题的哪些特性将予以强调。公众健康的提倡者试图引起媒介对某个议题的关注，并同时影响新闻报道对这一议题的设置，使其在关注这些健康问题的解决方法时，将重点放在政策的改变上，而非个人行为的改变上。

许多旨在影响政府和商业政策的运动都运用了媒介宣传，这些政策关系到广泛的健康问题。个案研究表明，媒介宣传运动能影响新闻报道，增加公众对某个议题的关注，并增强人们对公共政策解决方案的认可和支持。例如，霍尔德和特里诺 (Holder & Treno, 1997) 曾报告：为增强社区对当地酒后驾车管制的支持而策划的一次媒介宣传运动，导致有关这一议题的新闻报道明显增加，公众对这一议题的关注也明显增加了。斯库勒、孙达尔和弗洛拉 (Schooler, Sundar, & Flora, 1996) 总结说，为了配合“斯坦福五城计划”(Standford Five-City Project) 以减少心血管疾病 (CVD)，每两个城市中就有一个城市开展了媒介宣传运动，当地的报纸发表了更多与心血管疾病相关的文章以及记者采写的这方面的稿子，也更加突出处理这类稿件，同时新闻报道也强调了疾病预防的重要性。

与此类似，伍德拉夫 (Woodruff, 1996, p. 338) 对以加州为基地的“危险的承诺”运动 (Dangerous Promises campaign) 进行的个案研究表明，媒介宣传运动的种种努力成功地影响了加州地区的新闻媒介，促使它们刊登和播出了这样一则报道：一个联盟努力促使酒类生产商放弃使用性别歧视的广告促销产品。也许更重要的是，这些报道一般都涉及了公众健康观念方面的争议，同时还强调了媒介宣传运动所传递的信息，即“性别歧视的酒类广告强化了一种没有事实根据的观念，这种观念可能导致对女性施暴”。联盟的拥护者认为，在圣迭戈市 (San Diego)，媒介对这一争议长达一年的关注，使所有突出女性形体特征的酒类广告牌被移走，使啤酒及烈性酒贸易协会也修改了他们的道德规范，其中规定禁止出现带有性别歧视的广告讯息。

结论

自本书的第一版开始，过去十年中，我们发现人们对媒介对健康的影响这方面的兴趣大大加强了。大多数研究受到了联邦机构和各州的支持，他们已经开始意识到，如果希望个体以健康的方式生活，就必须在文化规范上进行大的转变。比如，根据一些州与烟草公司的协议而设立的启动基金，开展了有关香烟广告对年轻人的影响的出色的新研究，并最终影响了《总和解协议》（MSA）的内容，增加了在促销烟草产品方面的限制。

另一个明显的趋势是，有关媒介在个人层面和公众层面上对健康观念和行为的影响的研究正在变得日益复杂，并且具备了理论基础。这方面的研究正在从单纯的内容分析转向更为复杂的纵向研究设计，这种设计把媒介接触置于个人生活的情境中。酒类广告对儿童有关酒的观念以及以后的饮酒行为会产生什么影响？奥斯汀对这个问题的研究方案就是有理论基础的一个好的研究例子，它有助于解释和描述媒介效果的产生过程（Austin，Pinkleton，& Fujioka，2000）。我们需要进行类似的研究，以便理解为了在公共政策层面上产生影响而策划的媒介宣传活动的有效性。

另一个重要进展是互联网成为健康信息的来源。对这个同时具备了人际传播和大众传媒属性的混合媒介，我们了解得相对较少。再过十年，我们希望看到有大量的研究，其重点关注如何运用互联网获取健康信息，以及个体的选择可能性的增加在多大程度上削弱了“大众”媒介这个观念。在将来，也可能正如一些人所预测的那样，各种各样的媒介能够按要求在同一个传输系统中得以运用。那么，这将有益于我们的健康吗？

最后，在现存的诸多研究中，有一个主题有着压倒一切的重要性，即媒介对那些正在形成自己的健康观念和行为的儿童和青年人影响最大，有鉴于此，我们希望看到更多的研究关注媒介素养计划（media literacy programs）的有效性。媒介素养是一种教育上的努力，它提供给人们（通常是在校生）一些工具，用来批判性地分析媒介信息，并寻找他们愿意看到和听到的信息。媒介教育者认为，理解了“现实”是如何通过大众媒介来建构的，就意味着理解了媒介生产的过程（包括技术上的、经济上的、官僚体制上的和法律约束上的）、文本以及受众/接收者/最终使用者。通过批判分析、获取观看技能以及参与媒介生产等方式，人们相信，媒介素养不仅会使人更好地理解媒介所告知的内容（如有关性的描述）和它们的来源，而且能使个人发生改变，比如增强自尊（如，有能力对烟酒说

“不”)、对自己的生命负责（如，总是指派一名司机)、与他人分享经验（如，探讨避孕套的使用）以及学习自我表达的技能。

20世纪90年代，美国许多卫生机构开始开展媒介素养计划。美国儿科学会发起了“媒体事务”（Media Matters）运动，即一种教育运动，它鼓励小儿科医师和他们的小病人一起讨论各种媒介可能对健康造成的有害影响。美国儿科学会还与美国疾病控制中心（the U. S. Centers for Disease Control）以及药物滥用预防中心（the Center for Substance Abuse Prevention）合作，开办了一个名为“媒介专家”（Media Sharp）的短期课程，用来帮助年轻人分析烟酒讯息。迄今为止，很少有媒介素养课程被系统评价过。但是，当前正在进行的一些工作显示，这些努力是有价值的。在一项实验研究中，奥斯汀和约翰逊（Austin & Johnson，1997）发现，酒类广告方面的媒介素养训练，使三年级学生增强了对酒类广告的劝服意图和饮酒的社会规范的理解。这是一个颇有前景的发展方向，将来它可能对媒介在个人健康和公众健康方面所发挥的作用产生巨大的影响。

第三人效果

理查德·M. 佩洛夫
■ 克利夫兰州立大学（Cleveland State University）

媒介对你有着什么样的影响？新闻能否改变你对某些议题的看法？商业广告是否左右着你？电视暴力是否使你变得更具攻击性？你的回答是否定的。你凡事都自己拿主意，你对于政治事务和消费品有着自己的看法。你也没有受到电视暴力节目的烦扰，尽管上帝知道，年复一年的电视节目你照看不误。那么，请帮忙估测一下新闻、商业广告以及电视暴力对其他人产生的影响。什么？你认为新闻、商业广告以及电视暴力节目对其他人有着强大的影响力？你认为他们会购买在电视上看到的商品？

这不是自相矛盾吗？

根据第三人效果（the third-person effect）假说，这里的确存在矛盾之处。你认为其他人受媒介影响，如果这一观点是正确的，它自然说明你也同样会受到影响。另一方面，如果你真的没有受到影响，那么，其他人也可能声称不受影响。如此看来，就是你夸大了媒介对其他人的影响力。“不论是在哪种情况下”，正如詹姆斯·蒂德格（James Tiedge）和他的同事所指出的那样，“大多数人似乎都愿意依照固有的逻辑矛盾，他们坚称大众传媒对其他人的影响远远大于对他们自己的影响”（Tiedge，Silverblatt，Havice，& Rosenfeld，1991，p. 152）。①

欢迎进入错综复杂的第三人效果领域。在这里，人们的认知变成现实，现实被认知掩盖，而决定你认知的一个重要因素就是：你是在考虑媒介对他人的影响还是对你自己的影响。就像 20 世纪 70 年代的使用与满足理论一样，第三人效果假说扭转了传统媒介效果理论的研究视角。它考察的是人们对于媒介效果的看法

① 从个人层面来分析，理论上的确存在这种可能性，即个人（如一个从外地来的有识之士）能够恰如其分地（correctly）指出某一媒介讯息对本地居民有着强大的影响，而对自己却没有影响。那么，问题出在集体层面上——大量的人都表现出“第一人与第三人效果认知差异”（self-other discrepancy）；正是从这一层面上分析，第三人效果的逻辑基础是靠不住的。

(beliefs about media effects)，而非媒介对于人们看法的影响（media effects on beliefs）。它认为，与其说媒体影响（affect）了人们的认知，倒不如说人们的认知“形塑”（shape）了媒体。

因此，近年来第三人效果（TPE）引发了学者们浓厚的研究兴趣，他们发表了近百篇相关的杂志文章和研讨会论文。1998 年，哥伦比亚广播公司（CBS）进行了一项民意测验，调查人们是否认为其他人对克林顿总统的性丑闻更感兴趣。仅有 7% 的受访者说自己对有关克林顿性丑闻的新闻报道非常感兴趣；37% 的受访者承认自己略感好奇；50% 的受访者自称对此毫无兴趣。而当被问及大多数人对此类新闻报道感兴趣的程度时，受访者的反应就迥然不同了。在同样的受访者中，有 25% 的人认为大多数人都非常感兴趣，49% 的受访者认为大多数人会略感好奇，只有 18% 的受访者认为大多数人对此毫无兴趣（Berke，1998)。

在诸多社会科学概念中，“第三人效果”是一个相对新颖的概念。1983 年，社会学家 W. 菲利普斯・戴维森（W. Phillips Davison）在一篇关于直觉（intuition）与舆论的精辟文章中首先提出了这一概念。第三人效果是指个人的一种认知（perception)，即认为某一讯息对他人产生的影响将大于对自己的影响。“第三人”一词源于一种预期（expectation)，即某一讯息不是对“我”（语法中的第一人称）或“你”（第二人称)，而是对“他们”——第三人——产生最大的影响。个人往往高估大众媒介对他人的影响，而低估其对自己的影响，或者两种估测同时存在。

第三人效果假说包含了两个层面的内容。在认知（perceptual）层面，该假说认为，人们认定传播内容对他人的影响要大于对自己的影响。在行为（behavioral）层面，该假说认为，人们对大众媒介在他人身上产生影响的这种预期导致他们采取行动，这或许是因为他们想要抵制这种预计中的效果产生。第三人效果假说中有直觉方面的诉求。这就与人们的日常经验产生了共鸣——在日常生活中，人们往往认为“媒介”（the media）具有强大的（尤其是消极的）影响力。同时，人们又否认媒介对自身的影响，或是难以找到具体的个例来证明同样的大众媒介改变了他们对于世界的看法。在波澜起伏的当代艺术事件中，行为层面的第三人效果假说也得到了支持。社会活动家们十分担忧以下艺术形式所造成的影响：有争议的电影（电影《全面包围》[*The Siege*] 对穆斯林恐怖分子的描写)、挑衅性艺术（布鲁克林 [Brooklyn] 一家博物馆里摆放的以大象的粪便作为装饰的圣母马利亚 [Virgin Mary] 画像）以及说唱音乐（说唱乐歌手埃米纳姆 [Eminem] 充满仇恨的歌词）等。第三人效果的支持者们确信这些艺术形式将会对第三人产生深远的影响，因而试图限制此类讯息的传播。

但这里出现一个问题。第三人效果是一种新生现象吗？它是否形成于大众媒介时代并随着互动媒介的发展而呈现了新的形态？抑或可以追溯到几千年前的古希腊？（那时候，苏格拉底的演讲被指控为腐蚀了雅典的年轻人）（de Botton, 2000）柏拉图曾担心"书面语言超越口头语言"将会给社会带来巨大的危害（Starker, 1989, p. 7），你难道没有在其中发现第三人效果的微光吗？19世纪的批评家们曾因人们阅读小说而忧虑，担心这将导致"人类心智力量的整体性毁灭"（Starker, p. 8）；一切媒介形态——报纸、电影、电视暴力以及网络色情——会伤害脆弱的公众，但不包括那些有洞察力的人——第三人效果会潜藏在这些担忧背后吗（Baughman, 1989; Wartella & Reeves, 1985）？

尽管第三人效果倾向毫无疑问地存在于整个人类历史，但它在今天的影响远远大于前大众社会时代（pre-mass society era）。那时候，人们的生活经验局限于社区界限之内，生活空间局限于生长的小镇范围内，因此，他们的观点不可能得到广泛传播，也不可能进一步影响到外部世界。现代生活则不同。舆论对人们的政治行为及社会行为，对大众及精英阶层的各种决策都有着重大的影响。因此，人们对于舆论的认知（perceptions of public opinion）能产生或直接或间接的、"波浪状扩散的"效果，尤其是当这些认知被大众媒介广泛传播之后（Mutz, 1998）。

尽管第三人效果更多的是一种假说而非成熟定型的理论，但它坚实地植根于传播学概念中，并且体现了相关的研究传统。有一些概念成功地将社会学和心理学这两个领域连接起来，重视对社会现实的认识，集中关注人们对于舆论的看法，而第三人效果就是这个概念家族中的一员（Glynn, Ostman, & McDonald, 1995）。同人众无知（pluralistic ignorance）等学说一样，第三人效果强调人们均有一种错觉——对其他人的意见状况的错误认识。但它又与"镜式知觉"（looking-glass perception）（Fields & Schuman, 1976）以及在心理学上与之相对应的"错误共识"（false consensus）① 等概念形成了鲜明的对比。"镜中自我"（looking-glass self）② 和"错误共识"这两个概念指出，人们认为他人与自己享有一些共同的世界观。而第三人效果观点声称，人们更倾向于认为媒介对他人的影响

---

① 人们倾向于过度估计自己信念、意见以及态度的普遍性，这被称为错误共识（false consensus）效应或"虚假共识"效应。——译者注

② 据《简明心理学辞典》（黄希庭主编，安徽人民出版社，2004, p. 191），镜中自我（looking-glass self），亦称"镜像自我"，是美国社会心理学家库利（Cooly）引述的一个概念。它指的是个人根据他人如何看待自己的知觉所形成的对自我的认识。——译者注

不同于对自己的影响，媒介总是对其他人具有更强烈的影响。

在心理学层面上，第三人效果与人们关于风险的社会心理相关，尤其与人们区分个人风险与社会风险的心理倾向相关联（Tyler & Cook，1984）。与第三人效果最直接相关的是“不切实际的乐观”（unrealistic optimism）倾向（Weinstein，1980）和自利偏向（self-serving bias）①。当人们认为自己优越于常人（Alicke，Klotz，Breitenbecher，Yurak & Vredenburg，1995），不像别人那样容易受到个人伤害时，自利偏向就表现得尤为明显。理论家们认为乐观主义偏向（optimistic bias）有助于人们保持一种对生活中不可预见的事件的主控感。然而，也有批评家们担心，考虑到健康方面（或许还有媒介方面）的风险，这种认为自己刀枪不入的错觉会导致人们因自鸣得意而社会适应不良（Smith，Gerrard，& Gibbons，1997，p. 144）。

第三人效果的核心是人的认知，这其中还暗含着一个假设，即人的认知并非固定于某个不变的阿基米得点（Archimedean point）上，而是随着观察者视角（对他人或对其自身）的变化而变化。第三人效果假说将主体（自我）和客体（外界）分开看待，它和其他与舆论有关的概念大不相同的地方在于，它着重于讯息，或者更准确地说，着重于讯息的认知效果。

研究结果

人们采用了多种方法来研究第三人效果，但最典型的方法是：研究人员先描述某类讯息，然后让受访者估测此类讯息对他人及对其自身的影响。有时候，研究人员让受访者阅读或观看某一传播内容，接着让他们表明他们是如何看待该讯息对第三人以及对他们自己所产生的影响的。不同的研究采用了不同的措词与提问顺序，这一点我们将在本章的后半部分加以讨论。无论如何，当我们回顾这些研究时，都可以很清楚地看到，第三人效果的观点已然成熟，而且这种情形在几乎每项公开发表的相关研究中都有所呈现。不仅如此，第三人效果还出现在新闻报道、广告讯息、健康讯息及娱乐讯息等多种情境中。以下是一些研究的发现：

- 一项全美抽样调查显示，受访者们都估计新闻媒体在1996年的总统选举中对其他人观点的影响大于对他们自己的影响（Salwen，1998）。萨尔文

---

① 据《简明心理学辞典》（黄希庭主编，安徽人民出版社，2004，p. 520），自利偏向（self-serving bias），亦称自我保护偏见，归因偏差的一种。人们把成功归因于内在的个人因素，把失败归因于外在的情境因素的倾向。——译者注

和德里斯科尔（Salwen & Driscoll，1997）对有关辛普森（O. J. Simpson）案的新闻报道所产生的第三人效果进行了研究。他们发现，受访者普遍认为新闻报道在辛普森有罪与否的问题上对他人产生了比对自己更大的影响。

- 第三人效果认知（third-person perception）同样出现在商业广告以及公益广告（PSA）中。人们通常认为别人比自己更容易受到家庭日用品及烈酒、啤酒等商品广告的影响（Gunther & Thorson，1992；Shah，Feber，& Youn，1999）。就有关安全性行为的电视公益广告而言，人们也会表现出“第一人与第三人效果认知差异”（self-other discrepancy）（Chapin，2000），尤其是当该广告的专业性较为欠缺时（Duck，Terry，& Hogg，1995）。甚至连儿童也表现出第三人效果认知。中小学生们觉得香烟广告对他人的影响要比对自己的影响大得多（Henriksen & Flora，1999）。
- 冈瑟（Gunther，1995）在有关娱乐媒介的研究中验证了第三人效果认知层面的假说。他发现，60%的美国成年人相信别人比自己更容易受到色情作品的消极影响。在对反社会的说唱乐歌词及电视暴力的研究中，研究人员也有类似的发现（McLeod，Eveland，& Nathanson，1997；Salwen & Dupagne，1999）。另外，女大学生在观看恐怖电影（例如《黑色星期五之三：大凶日》[*Friday the 13th*，*Part* Ⅲ]）片段后觉得其他女生的恐惧反应会大大超过自己（Mundorf，Weaver，& Zillmann，1989）。
- 派泽和彼得（Peiser & Peter，2000）从人们自我感知的媒介效果中以及人们对媒介使用行为的认知中都推断出了第三人效果。他们在研究中指出，德国的成年人认为他人比自己更容易受到不良电视观看行为的诱惑，如为了逃避现实而看电视或习惯性地收看电视。与此相对应的是，受访者们觉得自己更倾向于可取的（desirable）电视收看行为，例如为了搜集信息而看电视。

此外，对32项已公布或尚未公布的第三人效果研究所进行的整合分析，为第三人效果的广泛存在（pervasiveness）提供了更加强有力的证据。通过运用整合分析技术测定认知层面的效果的大小，保罗、萨尔文和杜帕涅（Paul，Salwen，& Dupagne，2000）为第三人效果认知（third-person perception）找到了坚实的证据。

为什么你（和他们）受影响的程度大于我？

所有政治哲学的核心都在于对人类天性（human nature）的评价（Oreskes，

2000)，社会科学理论也同样如此。有关第三人效果的各种解释机制对人类的动机（motivation）和认知（cognition）给予了不同的评价，这也使得第三人效果假说如此引人注目。

通行的解释认为，第三人效果体现了人类的一种普遍性的倾向，即人们总倾向于用某种特定的方式看待自己，以便使自己看上去感觉良好或者至少比别人强。若某人承认自己受到媒介影响，就等于承认他容易上当受骗或是自己具备某些在社会上不受欢迎的特质。若他认为自己不易受到传播内容的影响而其他人却天真地容易受到媒介的感染，他便能维持对自己的肯定感，并再次证明自己优越于其他人。

第二种解释认为，人们希望能够掌控生活中各种难以预料的事件，这种心理需求驱使他们产生了第三人效果认知。如果我们相信所有媒介节目或媒介刺激都对我们有着很强大的影响力，那我们简直就成了废物。人们只有设想自身不受媒介影响，从而利用媒介，从中获得满足，并切实地将媒介融入自己的生活之中，这样才能在一个以媒介为主导的世界里安身立命。

第三种相关的解释诉诸"投射"（projection）这一心理动力（psychodynamic）过程。按其观点，人们实际上是受到媒介的左右的，却不能自觉地承认媒介的影响。如果人们承认媒介对自己产生了影响，这将会威胁到对他们来说显得至关重要的自我意识或是削弱他们对外界事物的控制感。因此，也许是出于自我防御，人们将媒介的效果投射到他人身上，以远离那些他们不愿承认的自身的不良因素（Schimel，Greenberg，Pyszczynski，O'Mahen，& Arndt，2000）。①

另一种有关第三人效果的解释强调的是认知机制而非动机机制。有一种归因（attribution）论的研究取向认为，人们把自己的行为归因于环境因素（situational factors），却认为他人的行为受到其人格倾向（personality dispositions）的支配。冈瑟（Gunther，1991）把这种理论应用于第三人效果研究。他认为，人们在评估媒

① "投射说"使一些观察者得出结论——第三人效果只是一种琐碎的、不重要的现象，它源自人们总想把负面影响转而投射到他人身上的心理倾向。这一观点存在一些问题，包括：（a）很少有证据表明投射作用是第三人效果的唯一解释；（b）由于投射说沿袭了新弗洛伊德主义取向（neo-Freudian orientation)，它很难被证实；（c）投射说只强调人们低估了传播对自己的影响，却没有充分论述理论界感兴趣的另一面（人们高估了媒介对他人的影响)；（d）无论如何解释（即便是投射说)，第三人效果所强调的"第一人与第三人效果认知差异"（self-other disparity）都证明了社会认知与舆论的复杂性；（e）第三人效果为媒介效果研究提供了一种独特的、以接收者为中心的视角；（f）即使人们只是把媒介效果投射到别人身上，这些效果也发挥着十分重大的作用——无论是新闻审查，还是决策者依据对媒介效果的判断所做出的各种决定，都受到了这些媒介效果的影响；（g）如何设计出能消除人们易受影响的幻觉的劝服性讯息，并以此建立理论、帮助解决实际问题，第三人效果认知也为我们提供了新的思路。

介对自己的影响时，会把诸如说服性意图之类的外部因素所起的作用考虑进去；但是当判断媒介对第三人的影响时，人们会认为他人由于具有性格缺陷（如轻信）而不能将说服性意图等环境因素考虑进去。循着这种逻辑，人们会觉得他们自己能把握该讯息，而他人却会屈服于该讯息（Lasorsa，1992）。

第五种解释同样以认知为基础，它着重强调的是媒介图式（media schema）的作用。根据这一观点，人们对于媒介效果有着自己简单的先验图式——他们信奉由来已久的皮下注射模式，而且认为受众有着“顺从的羔羊”般的习性。于是，当被要求评估媒介效果时，受访者们就会激活这些观念，并把它们应用于调查的问题上。

第六种解释集中关注为什么个人不承认媒体对自己的影响。这种观点谈到，人们对自身的心理过程（mental process）缺乏了解（Nisbett & Wilson，1977），或者对先前的行为没有详细的情景记忆（episodic memory）（Schwarz，1999）。一旦人们用受众原型（audience prototype）去评估媒介对他人的影响（解释5），并用自动化思维（automatic thinking）① 来解释自身的媒介行为（解释6），我们就很容易理解为什么人们会认为大众传播对他人的影响大于对自己的影响。

多元论者可能会说所有的解释都是合乎实情的，而且它们或许都是确凿无疑的。但目前的大部分证据都支持自我美化（self-enhancement）理论。一些学者进一步指出，第三人效果反映了人类“从有利角度观察自身”的倾向（Peiser & Peter，2000）。但是，自我美化理论无法解释第三人效果认知的各种情形（Paul et al.，2000；Perloff，1999），这说明我们应该保持开放的态度来对待众多的解释。

影响第三人效果强度的诸因素

相关的早期研究表明，第三人效果是一种普遍的现象。每当人们被要求评估媒介对他人及对其自身的影响时，这种现象都会出现。但随着研究的深入和盲目乐观情绪的消退，人们认识到，同大多数科学研究中的情形一样，第三人效果更可能发生在特定的条件下（under particular conditions）。事实上，我们对有关第三人效果的研究详加考察后发现——有的受访者比其他人更易于产生第三人效果认知；就某些讯息而言，人们觉得它们对自己和他人的影响之间没有什么区别；对另一些传播内容而言，人们的反应则可能使戴维森迷惑不解：他们承认自己容易受到媒介的影响。

---

① 据《简明心理学辞典》（黄希庭主编，安徽人民出版社，2004，p. 519），自动化思维（automatic thought，automatic thinking）是美国心理学家贝克（Aaron Beck）在认知治疗中提出来的一个概念。贝克认为，思维是自动出现的，先于情绪，思维在出现前并未经过深思熟虑也无需太多意志努力，显得模糊不清、不连贯、无结构，像一些自动化的反应。——译者注

到底有哪些重要因素制约着第三人效果认知呢？下面的部分将探讨这个问题。

讯息的合意性

自我美化（self-enhancement）理论告诉我们，当人们承认受到某媒介讯息的影响会对其自身形象产生负面影响时，他们就不会愿意这么做。如果该讯息是不受欢迎的——当人们推断“这一讯息也许对我不利”或者“如果你承认受到这一媒体节目的影响那就显得不够镇定自若”的时候，第三人效果就越发显得明显了。与此一致的是，研究发现，人们认为那些通常被看做是反社会的内容对他人的影响更大（例如电视暴力、色情作品、反社会的说唱音乐；see Perloff，1999）。

与以上发现相反的情形更加引人注目。按照自我美化理论的观点，如果说第三人效果的产生是受到了人们维护个人自尊的（这种心理需求的）驱使，那么人们就应当愿意承认自己受到了那些合乎社会期许的（socially desirable）、健康的、于己有利的传播内容的影响。霍伦斯和勒伊特（Hoorens & Ruiter，1996，p. 601）指出：“（若某人承认自己）受到了这些讯息的影响，就意味着他具备多种难能可贵的特质（富有革新精神、思维灵活、心地仁慈），意味着他将因此而获益良多。”

研究也证实了这些论断。人们声称那些带有积极感情色彩的广告对自己的影响大于他人，而那些中性的广告却并非如此（Gunther & Thorson，1992）。他们承认，那些有着强有力的（而非苍白乏力的）论据支持的说服性讯息对自己产生了较大的影响（White，1997）。对于那些专业品质很高的艾滋病预防广告，学生们评估自己会比他人受到更大的影响；但对于专业品质较低的广告，他们又恢复了第三人效果认知（Duck，Terry，& Hogg，1995）。儿童们认为香烟广告对他人的影响更大，而反吸烟的公益广告对自己的影响更大（Henriksen & Flora，1999）。

尽管“讯息的合意性”（message desirability）这一概念有助于阐释以上现象，但它本身的含义却是混杂的——它意味着人们认定某一事物于己有利，它意味着人们有着印象管理（impression management）方面的关切，同时，它也意味着人们会与现存的、多数人的态度保持一致。有鉴于此，我们迫切需要澄清概念。但这一领域的研究精确地指出了第一人效果（first-person effects）发生的条件，并以此对传统的思维方式做出了修正。

补充一点：对世贸中心和五角大楼的恐怖袭击事件（但愿并非如此）促使我们——从人们对这些事件的新闻报道的认知的角度——审视“讯息的合意性”这一概念。有人察觉到，在观看有关该事件的不间断的电视报道后，许多美国人不仅仅愿意承认大众传媒以各种感情方式对他们产生了影响，他们还会自豪地说媒体的报道令他们感到特别悲哀或感动。在此情况下，有关的报道就成了合乎社会期许的那一类讯息，第一人效果可能因此出现。

社会距离

迄今为止，我一直把第三人效果中的“第三人”默认为一个单一化的整体（singular whole），而没有试图对这一术语进行细分。但是这样将事情过于简单化了。当人们评估媒介效果时，第三人效果的强度随着具体的“他人”（particular others）而发生变化。这就是社会距离（social distance）论的核心，即“第一人与第三人效果认知差异”（self-other disparity）随着自我与比较对象间感知距离的增加而加强。与此相一致的是，科恩、穆茨、普赖斯和冈瑟（Cohen，Mutz，Price，& Gunther，1988）的报告称，随着“从斯坦福大学的其他学生们”到“其他加利福尼亚人”到“整个社会舆论”的“他人”的普遍性（generality）的增强，人们所感觉到的、媒介对于他人的效果也更强烈。几乎所有有关社会距离论的研究都证明了这一点。显然，如果人们觉得自己与他人之间的差距越大，就越容易假定“我”能看穿这些媒介讯息，而其他人却会沦为其牺牲品。人们能很快地想起那些具体化了的“他人”形象，而大众化的、匿名的受众们却面目模糊，因此人们就更容易断言媒介会对后者产生更大的影响。

人们提出了一些针对社会距离的研究结果的解释：人们假定那些疏远的他人类属于被消极评价的同类群体（peer group），或者总是程式化地认为他人更容易受到劝服内容的影响，或者觉得他人更多地接触大众媒介讯息（Eveland，Nathanson，Detenber，& McLeod，1999；Perloff，1999）。有关社会距离的研究为第三人效果理论附着上了一层主观色彩。这些研究表明，讯息接收者看待其他受众的方式将影响到“第一人与第三人效果认知差异”的大小。

个体差异与群体差异

第三人效果研究中长期存在着一个问题：这一效果是否更容易发生在受教育程度高的人群中？有种观点认为，受过教育的人更容易认为自己的智力要优越于他人，因而觉得自己更能抵挡住劝服性的传播内容。与此相同，保罗等人（Paul et al.，2000）通过整合分析发现，在对大学生进行的抽样调查中，他们的第三人效果认知远远强于随机样本和非学生样本。（另一方面，这可能是因为大学生更易于发现研究假说的意图，并按照要求作答从而得出第三人效果的结论）。总体说来，教育因素在预测第三人效果时会得出各不相同的结果，而且无论如何，它都没有为所发现的任何效果提供解释机制。基于这一理由，研究人员认为，在解释第三人效果时，心理活动过程可能比教育程度等外因更为重要。

与这种观点相一致的是，如果人们认为自己具备与讨论话题相关的专业知识，或认为自己的教育程度更高，这些因素都能准确地预测第三人效果的发生（Driscoll & Salwen，1997；Lasorsa，1989；Peiser & Peter，2000；Salwen & Dupagne，2000）。这些发现与“个人自尊会驱使人们放大第三人效果认知”这一论断（David & Johnson，1998）一起，共同佐证了第三人效果的理论基础之一——自我美化理论。

自我涉入感（ego-involvement）——对某一社会群体的认同感以及对与该群体相关的问题的极端态度——是另一个会增强第三人效果认知的、个人层面的因素。如果你认为在某个社会问题上，媒体对你所在的一边持有偏见，如果你听到自由主义者指责媒介死守着保守的路线，或者你耳闻共和党人指责新闻带有左翼自由主义偏见，那么，你就能领会到“自我涉入感”这一概念对于第三人效果研究的意义。持有极端态度和强烈群体认同感的人经常指责媒体故意有倾向性地报道与他们立场相对立的新闻，他们把这种现象归类为“敌意的媒体偏见”（*hostile media bias*）（Vallone，Ross，& Lepper，1985）。

在对中东地区（该地区到处是具有自我涉入感的人）的新闻报道所进行的研究中，研究人员发现，无论是以色列的支持者还是阿拉伯的支持者都觉得媒介对他们自己这一派持有偏见（Giner-Sorolla & Chaiken，1994；Vallone et al.，1985），并因此进一步认为电视新闻报道会使原本中立的观众变得于己不利，反倒更有利于他们的敌手（Perloff，1989；for related findings，see Driscoll & Salwen，1997；Duck，Hogg，& Terry，1995；Price，Tewksbury & Huang，1998）。自我涉入感通过以下几种心理机制影响着人们对于媒介效果的认知，其中包括：人们总是简单化地看待媒介影响；人们假定那些处于外围的受众群体容易受到传播内容的影响；人们先入为主地认为媒体偏见（media bias）会歪曲他人对某一特定讯息的认知；人们认定自己不受媒介影响。无论如何，当人们与某一问题高度相关时，他们会急于对媒介效果做出夸张的或是极端的判断。这些判断会使社会态度两极分化，并有可能导致社会群体分裂的加剧以及更大的偏执。

总结：有关第三人效果认知中的个体差异（individual differences）的研究，将“自认的知识水平”（self-perceived knowledge）、自我涉入感、自尊等确认为第三人效果的调节因素。这是否意味着社会结构因素对“第一人与第三人效果认知差异”没有什么影响？能不能从社会学和文化人类学的角度来解释第三人效果认知呢？在经验研究中，只有有限的证据表明人口统计学因素（如年龄、性别等）会对“第一人与第三人效果认知差异”产生影响（e. g.，Salwen & Dupagne，2000）。而且，第三人效果存在于不同的国族 Gunther & Hwa，1996；Paul et al.，2000）和不同的文化（其中包括强调个人与社会环境联系的亚洲文化）中。虽然如此，在第三人效果认知研究中还是存在着亚文化差异。那些社会地位不高的人群（尤其是少数族群）面临着如此之多的风险，以至于不得不承认自己在危险面前脆弱不堪（Mays & Cochran，1988）。

第三人效果的后果

至此我已重点关注了认知层面的第三人效果。但激励着实践者也吸引着我们所有人的兴趣的，是其行为层面的假说，即认为人们的第三人效果认知会影响其行为。这一假说十分模糊，甚至过于简单，它忽略了调节认知与行为之间关系的众多过程。但是，想想伏地魔（Voldemort）① 激进分子团体最近为了要禁止在美国出版《哈利・波特》（*Harry Potter*）等书籍而开展的活动，以及政府限制人们接入全球互联网的企图（Margolis & Resnick，2000），你就能看到，认为某一讯息对第三人有害的这种认知的确可能推动人们采取行动。

研究结果发现，第三人效果预示着人们会支持对下列内容实施限制：色情节目（Gunther，1995）、电视暴力（Rojas，Shah，& Faber，1996；Salwen & Dupagne，1999）（特别是当考虑到它对人们行为［而非认知］层面的影响时［Hoffner et al.，1999］）、反社会的说唱音乐（McLeod et al.，1997）以及酒类广告与赌博广告（Shah，Faber，& Youn，1999）。但第三人效果并不能预示人们一定会支持对新闻进行限制。其原因可能如下：（a）新闻往往被看做是正当的讯息（legitimate message），（b）人们对第一修正案的信念胜过他们对新闻负面效果的恐惧，（c）人们认为新闻所造成的影响不那么有害（e. g.，Price，Tewksbury，& Huang，1998；Salwen & Driscoll，1997）。我们注意到，尽管该行为层面的假说已经经过了严格的考察，但其因果关系指向还是含混不清，而且（政府）也从未放开过实际的审查行为。有证据表明，人们对第一人效果与第三人效果的认知，预示着他们会支持审查制度（Hoffner et al.，1999；Price et al.，1998）。这一证据使得人们更难理解第三人效果认知对于审查制度的影响。

尽管审查制度十分恼人，但它还不是第三人效果可能带来的唯一后果。学者

---

① 在《哈利・波特》书系中，伏地魔（Voldemort）是一个反派人物，他企图杀死哈利。

们注意到，人们对他人受媒介影响程度的认知，可能会影响到他们对整个社会舆论的认知，进而会引发议程设置效果、“沉默的螺旋”效果或其他社会行为层面的效果（Mutz & Soss，1997；Tewksbury，Moy，& Weis，2000）。当这种认知影响到社会的精英阶层时，这些效果必然随之发生。例如，当媒介及其他精英群体断定罗纳德·里根（Ronald Reagan）在电视传播方面的能力会对舆论产生了重大影响的时候，上述效果就随之出现。这种判断可能使得那些害怕担上风险的新闻工作者们有意避开了对吉佩尔（Gipper）① 的批评，至少直到伊朗门事件前都是如此（Schudson，1995；also see Schoenbach & Becker，1995）。

冈瑟（Gunther，1998）曾对劝服性新闻的影响机制开展过研究，而最近的相关案例则发生在2000年的总统大选之后。电视网对阿尔·戈尔（Al Gore）在佛罗里达州获胜的早间新闻报道，使得保守派的电台谈话节目主持人们为此感到意外而沮丧。他们在没有真凭实据的前提下争辩说，电视网的报道使得成千上万的气馁的布什支持者们决定不再投这位得克萨斯州长的票。谈话节目主持人先是强化支持者们的意见倾向，进而提出某一观点，而这一观点必然会有一些媒体跟进报道。这样一来，谈话节目主持人对他人受媒介影响程度的宣告，可能反过来又营造了新的舆论。我们注意到，倡导者们先是对大众媒介（的影响）做出解释，然后又利用这些解释来营造舆论，这样就会造成一种连锁效应（ripple effect）。第三人效果不会发生在真空中或是中立的封闭空间里。政治精英们通过在政治营销活动中强调认知层面的影响，从而将第三人效果认知推向了前台。而那些忙碌的市民们常常忽略了这一点，即他们往往只是从表面上去领会公共行动者（public actors）所宣称的媒介影响。

是真是假?

尽管第三人效果经常性地出现，但人们还是要怀疑它究竟是真实存在的或在某种程度上是虚假的。研究者们是否在不经意中鼓励了受访者们得出第三人效果的结论，他们对受访者的提问是否带有偏向，或者其问卷的设计方式是否会导致受访者夸大媒介对他人的影响？受访者们参与研究时的拘束感是否微妙地促使他们作出了与原来不同的判断？

布罗修斯和恩格尔（Brosius & Engel，1996）在“语法决定一切”（grammar

---

① 吉佩尔（Gipper）是里根早年当演员时饰演的一个英姿勃发的年轻人的名字，后来成了里根的绰号。——译者注

is everything）这一假设前提下提出，受访者不愿承认媒介对其自身的作用，可能仅仅是因为“广告对你有什么影响?”这种问题仅仅把受访者当作媒介效果的作用对象，在这种情况下，人们当然不愿意承认。他们推理说如果在问卷的措词（phrasing）中把受访者看做是积极的主体（如“购物时我愿意参考广告”），而不把受访者看做是消极被动的对象，人们可能会更愿意承认媒介的效果。因此，布罗修斯和恩格尔改变了问卷的措词，但他们出乎意料地发现，无论问卷的措词如何，第三人效果依然出现。

如果问卷的措词没能削弱第三人效果，那么也许问题的顺序（order）能起此作用？批评家们推测，让受访者回答一个接一个的问题，会促使他们对“媒体对自身影响”与“媒体对他人影响”这两种回答进行比较（Price & Tewksbury, 1996）。第一个问题会成为第二个问题的参照物，使受访者按照第一个问题的方向解释第二个问题。举例来说，首先回答有关媒体对他人影响的问题可能会使受访者高估媒介对他人的影响，并接着调低媒体对自己的影响以维护自尊。如果首先询问受访者媒体对其自身的影响或者仅让他们做出一方评估（要么只评估媒体对其自身的影响，要么只评估媒介对他人的影响）而非做出两方评估时，这样的比较可能就不会发生了。

学者们进行了一系列研究，检验如果对提问顺序加以平衡或以实验性方法进行控制后，第三人效果是否会消失。绝大多数研究得出的结论都是否定的。无论问题的顺序或形式如何，第三人效果都依然存在（e. g.，Gunther，1995；Price & Tewksbury，1996；Salwen & Driscoll，1997）。①

问题没有结束。还存在一种令人费解的可能性，即第三人效果可能也会受到调查研究环境（environment）的微妙影响。毕竟，受访者要在这一环境中回答一些陌生人所设计的有关其自身观点的问题。这种形式设置也许使个体更加难以承认自己的脆弱。环境本身是否也刺激了人们将媒介效果投射到他人身上？如果置身于不具威胁性的环境里，受访者可能会较易承认媒介对自己的影响。比方说，如果是在受访者家中，由其友人来提问，那么，受访者可能会承认某些不良讯息（如电视暴力）在某一方面对自己有影响（例如使自己晚上不敢外出），但在其他

---

① 尽管“提问顺序”这一概念不能圆满地阐释第三人效果，但考虑到知觉对比（perceptual contrast）机制在第三人效果认知过程中的作用，如果我们坚持认为提问顺序对第三人效果认知毫无影响力，那也会显得不可思议。与戴维森的预期略有不同的是，还是有少量研究（David & Johnson，1998；Dupagne，Salwen，& Paul，1999；Price & Tewksbury，1996）发现了提问顺序对于研究结果的影响——第三人效果认知比较容易受到条件变化（situational variation）的影响。这一观念正逐步被当代的理论家们接受。

方面对自己则没有什么影响（没有让自己变得挑衅好斗）。这种方法（的采用）并不意味着第三人效果会消失——这一效果似乎有着旺盛的生命力——但它有可能会削弱第三人效果的强度或是为我们展开新的认知图景。

网络空间及其他

第三人效果的概念被用来解释我们对于传播效果（尤其是大众传媒效果）的各种认知。当大众媒介与众多新兴媒介（尤其是互联网）结合在一起时又会产生什么情景呢？初看之下似乎第三人效果将会消亡。互联网不属于传统意义上的大众媒介。互联网没有永远大规模的、集中化的受众，它的受众分化成了不同的群体（他们各自登录不同的网站），它的影响力也因此受限。在此情形下，观察家们越发不会支持皮下注射论的效果模式，也越发不会固守有关“大众”的老套看法。此外，人们同时兼有讯息传播者与接收者的双重身份，他们也许会以更多重的眼光来看待传播效果。

第三人效果认知本身也会发生变化以适应新的媒介，却不大可能消失。考虑到第三人效果的心理机制以及长期以来它所展现出的对不同媒介环境的适应能力，更可能出现的情况是，我们将继续探寻网络讯息对自我及对他人观念的影响差异。我们经常看到家长们希望对青少年利用交互式计算机设备登录色情网站的行为进行限制。与家长们意图相反的是，那些经常使用互联网并登录色情网站的青少年对此全不理会，因为他们相信自己正处于自己该有的年龄层（Thomas，2000，p. 1A）。家长们也许低估了孩子们对不良媒介影响的抵抗能力。推而论之，互联网引发我们从多个方面去思考第三人效果。有关的议题包括（a）色情聊天室对脆弱的受众的影响，（b）雇主们认为雇员在工作时间登录娱乐网站将使其生产率降低（这种说法可能言过其实了），（c）对诽谤性传播内容的第三人效果认知影响了我们对于新世纪里的诽谤法的看法，人们也许会重新看待个体公民与公共官员之间曾有的严格界限（Rosen，2000）。

简言之，在戴维森发表其先驱性文章将近20年后，第三人效果理论仍然吸引着学者和实践者们的兴趣。但在未来的日子里，如果要继续发展这一领域的科学知识，研究者们必须阐明第三人效果最可能发生的环境条件（context），并从事一些较少人为控制的、更富生态学效度（ecological validity）① 的研究。此外，如果要想使第三人效果成为“一种主要的媒介效果理论”（Salwen & Driscoll，1997，

---

① 生态学效度（ecological validity）的相关解释可参见本书第十章的注释1。——译者注

p. 61），我们研究者们必须更好地将认知与实际的媒介效果结合起来。在开展传播活动的过程中，我们需要将第三人效果理论运用到讯息的设计环节。

引起恐惧然后说服人们相信他们能够应付该危险，这是传播活动中常见的方法。这一方法需要加以改进——我们必须考虑到人们都不愿意承认不好的事情将会发生在自己身上。例如预防艾滋病的传播活动，就常常面临着人们认为自己刀枪不入的错误观念。因此，如果集中从第三人效果的角度出发，纠正青少年认为“安全性行为是一件不合宜的事”的错误印象，实践者们可能会收到更好的效果。同样，如果能够致力于改变学生印象中其他学生饮酒量的多少而不是引发恐惧感（e. g.，Zernike，2000），那么，有关减少校园酗酒狂欢的传播活动，可能会取得更大的成功。反对酗酒狂欢的讯息通常会遭遇学生们的防御心理，尤其是当学生们有着“即使我经常喝醉酒，坏事也不会发生在我身上”的错觉时。相应地，如果强调学生们高估了其同龄人的饮酒量，而低估了自己酗酒狂欢的危险性，传播实践者们更有可能改变学生们的态度（Perloff，2000）。鉴于“高估了同龄人饮酒量的学生们更容易酗酒”这一事实（Zernike，2000），传播实践者对社会规范（social norms）的强调也许更能引起学生受众的共鸣。

最后，第三人效果研究还需要将第三人效果认知与更广泛的社会问题联系起来。第三人效果往往被视为与个人层面的因素相关，但也可以说它在社会层面上同样起着作用。不同的群体和文化导致了不同的第三人效果表现。某些文化较之于其他文化而言，能够导致人们显现出更强的“第一人与第三人效果认知差异”。如果社群中充满各种风险，人们很少有时间反省自己面对危险时的脆弱程度，第三人效果也许会被削弱。同时，第三人效果也可能因为某些社会因素而增强，或因另一些社会因素而减弱。例如，当舆论出现两极化倾向且群体认同感突出时，将更容易出现第三人效果。而如果人们鼓励不同群体间的宽容，或是社会规范支持人们承认自己受到媒介的影响，第三人效果将会减弱。

最后我们分析认为，如果人们能深入了解自身的第三人效果认知，这将是对社会有益的。当人们意识到自己对他人的看法并非总是正确的，或是同自己的预料相比，别人能更好地从政治的糠壳中分辨出麦穗时，我们的社会生活将会得到改善。弱化人们把自己与他人相分离的这种心理倾向，鼓励个人用相同的眼光看待他人与自己，在这纷乱的时代里，显得尤其重要。

媒介效果的个体差异

玛丽·贝思·奥利弗

■ 宾夕法尼亚州立大学（Pennsylvania State University）

媒介会对受众产生直接的、整齐划一的效果，这一观点通常被认为是传播学研究者在概括媒介影响时采取简化方式而得出的结论。一般说来，媒介效果模式不仅能敏锐地指出效果赖以产生的条件，而且能充分考虑到受众的选择性注意、选择性理解和选择性记忆的重要性。虽然媒介效果研究吸取了社会科学领域的诸多知识，但它却常常得出弱小效果或适度效果的结论——这种情形使得一些评论家认为媒介要么毫无影响力，要么其影响力完全被其他社会力量（social force）所淹没。在这一章里，我们认识到了那些尚未得到解释的变量的重要性，并且就像一些评论家那样把它们看做是一个值得关注的议题。本章认为，那些尚未得到解释的变量正代表了那些能吸引人们注意的、独特的、值得不断研究的事物——个体差异（individual differences）。

个体差异向来是一个棘手的话题。这不仅因为我们很难识别这些差异及其类型——它们在任何既定的条件下都是重要的调节因素（moderator），还因为我们所列出的可能存在的差异及其发挥作用的方式似乎是无限的。的确，大多数实验研究对随机分派（random assignment）方法的使用就说明了这样一种观念，即研究实际上无法说明人们之间可能存在的无限多种差异。本章承认媒介受众的多样性，但主要关注的是受众在持久性的倾向、态度或认知方面的差异。尽管这些个体差异毫无疑问是遗传和环境共同作用的结果并因此而相互联系，且其中大部分还与性别、种族、年龄、阶层或经历等特征相关，但我们研究的重点还是放在那些基于人口统计学意义而可能属于同一社会群体的个体间的差异上。有了这样的限定之后，本章将首先回顾个体差异在个体从媒介内容中获得乐趣并产生情绪反应的过程中所产生的影响。随后将探究个体差异对受众选择性接触、理解和记忆媒介内容的影响。本章的最后一部分将探讨在媒介讯息影响受众的态度和行为的过程中个体差异如何发挥作用。

获得乐趣与产生情绪反应

鉴于个体间的媒介使用状况各不相同，那么，借助一些个体差异指标我们就能成功地预测受众使用媒介的动机以及他们通常的媒介消费模式（如观看电视或使用互联网等）（Dittmar，1994；Finn，1997；McIlwraith，1998；McKenna & Bargh，2000；Rubin，Perse，& Powell，1985；Weaver，2000）。个体差异不仅极大地影响着受众整体上的媒介使用状况，它在受众对特定类型的媒介作品形成偏好、从中获得乐趣（enjoyment）并对其产生反应的过程中也起着重要作用，这一点是在“媒介内容存在着多样性”这一事实中体现出来的。尽管受众的许多偏好要么表现为（对某类媒介的）习惯性使用，要么呈现为一种瞬时状态（如情绪反应）（Zillmann，1988），但也有一些偏好（如对某种风格的喜爱或对某类内容的欣赏）显得持久而稳定。为什么有人坚持认为看动作片和悬疑片是最大的享受，而有些人却对同样的东西表现出极大的厌恶感呢？针对各种个体差异指标所做的研究表明，在预测受众反应方面，那些比较持久的人格特质和倾向可能发挥着重要的作用。

“需求”（need）方面的个体差异

许多衡量个体差异的指标均可被概括为“需求”或“喜好”（affinity），这意味着人们常常会去寻求那些能满足他们需求的刺激并从中获得乐趣。例如，认知需求（need for cognition）便可被概括为这样一种人格特质（personality trait），即人们能从认知活动中获得乐趣且一有机会就投入此类活动的倾向（Cacioppo，Petty，Feinstein，& Jarvis，1996）。与这种界定相一致，佩斯（Perse，1992）指出，人们会较多地关注新闻报道，并更多地出于实用目的（如获取信息）而非仅仅为了消磨时间而观看当地电视新闻，这些倾向与认知需求的评分（score）之间有着正向关系。

同样，刺激寻求（sensation seeking）也可被视为表现了某种需求或喜好的另一种个体差异。它被概括为这样一种人格特质，即人们对某种可能激发生物学意义上的高度兴奋状态的体验或刺激的需求（Zuckerman，1979，1994）。与这种界定相一致，研究证实，一般来说，个体寻求各种不同刺激的动机越强，就越是愿意观看和欣赏刺激性的或充满令人激动的情节的媒介娱乐节目，如恐怖电影、冒险动作片、暴力节目或色情片等等（Aluja-Fabregat & Torrubia-Beltri，1998；Perse，1996；Tamborini & Stiff，1987；Zuckerman，1996；Zuckerman & Litle，1986）。

“反应准备状态”（readiness to respond）方面的个体差异

上述研究表明，被概括为“需求”的个体差异能预示受众从媒介内容中获得的乐趣，而其他类型的个体差异则能预示受众对媒介内容更为强烈的情绪反应。例如，许多研究者探讨了移情机制（empathy）在受众对娱乐节目产生反应的过程中所起的作用。尽管可以从许多方面来概括移情反应（empathic response），但研究者一般将移情特质（dispositional empathy）① 理解为对他人幸福的关心与关注以及体验某些情绪反应的倾向，这些情绪反应要么是对他人的情感反应作出的回应，要么体现出对他人处境的关心（Eisenberg，2000；Hoffner & Cantor，1991；Zillmann，1991）。根据这种界定，我们可以认为，那些移情程度较高的个体应该会从媒介对他人的不幸或痛苦的描述中体验到更为强烈的情绪反应（Tamborini，1996）。与此推论相一致，坦博里尼、斯蒂弗和海德尔（Tamborini，Stiff，& Heidel，1990）曾报告说，观众的移情程度越高，观看恐怖电影时就越容易受到激发并采取应对行为（如转过脸去、捂住眼睛等），他们从电影中获得的乐趣也就越少。类似的研究也发现，观众对令人伤心的或悲惨的内容产生反应时，其移情程度越高，哭泣行为和悲伤情绪在他们的自我报告中就出现得越多（Choti，Marston，Holston，& Hart，1987）。然而，与对恐怖电影的研究结果形成对比的是，对悲情电影（sad film）的研究发现，观众的移情程度越高，他们从电影中获得的乐趣就越多（Oliver，1993）。因此，痛苦有时与较多的乐趣相关（如观看悲情电影时），有时又刚好相反（如感到恐惧时），这意味着未来的研究可以从以下两个方面着手进行：一是探究个体差异如何预示着情绪反应本身，一是探讨个体差异如何预示受众对所产生的情绪反应的体验（cf. Mills，1993；Oliver，1993）。

最近的研究表明，个体差异不仅预示着受众会对娱乐节目产生较为强烈的情绪反应，还预示着受众会掩盖其激烈的反应，至少通过传统的自我报告方式进行评估时会出现后面这种情况。具体地说，斯帕克斯、佩莱恰和欧文（Sparks，Pellechia，& Irvine，1999）测评了压抑型处理方式（repressive coping style）对个体观看恐怖电影时的生理反应的影响，以及对自我报告的恐惧程度的影响。他们指出，压抑型处理者往往是那些可能体验到巨大的痛苦或焦虑（即在显性焦虑［manifest anxiety］量表测评中得分高）却抑制自己的反应（即在社会期许性［so-

① 艾森伯格（Eisenberg）等人认为，移情现象可以是情境性的（situational），也可以是倾向性的（dispositional）。这里参照黄希庭所著《人格心理学》（浙江教育出版社，2002，p. 520）一书，将 dispositional empathy 译为“移情特质”。——译者注

cial desirability］量表测评中得分高）的个体。与这种预测相一致，压抑者和非压抑者报告了对恐怖电影同等程度的负面情感反应，但生理迹象显示，压抑者受到激发的程度要明显高于非压抑者。尽管这项研究的结果不能从根本上阐明压抑型处理者观看影片时的心理体验，但它清楚地表明，综合运用各种个体差异指标就能检测受众的各种反应，而用其他方法也许就检测不到这些反应。

人格“特质”（trait）方面的个体差异

许多个体差异指向不同的需求或不同的情绪反应准备状态，但也有一些个体差异主要反映的是某些持久的人格特质（trait）或倾向（disposition）。我们最好从人格研究的角度来解释后面这种个体差异。在这里人格特质包括了羞怯、侵犯性、马基雅弗利主义（Machiavellianism）、虚伪、忠诚、乐观和宽容等数以百计的类型，还包括了一些人格特质的集合，如神经质（neuroticism）、外向性（extraversion）和精神质（psychoticism）等等（Eysenck，1990）。

受众对媒介暴力的反应可能是最受关注的，因为研究通常发现，在人格特质方面显得最具侵犯性的个体对媒介暴力节目的喜爱程度最高。也就是说，研究通常支持这样一种主张，从暴力娱乐节目中获得的乐趣、目击侵犯或伤害行为的好奇心，往往与侵犯性、男性气质、精神质和马基雅弗利主义等人格特质相关联（Aluja-Fabregat，2000；Aluja-Fabregat & Torrubia-Beltri，1998；Bushman，1995；Oliver，Sargent，& Weaver，1998；Tamborini，Stiff，& Zillmann，1987；Weaver，1991）。针对不同音乐流派所做的研究也发现了类似的情形。例如，鲁滨逊、韦弗和齐尔曼（Robinson，Weaver，& Zillmann，1996）研究发现，与那些在精神质、叛逆性（rebelliousness）等指标的测评中得分较低的人相比，得分较高的参与者更喜欢以硬摇滚/叛逆性音乐（如枪炮与玫瑰乐队［Guns N'Roses］）为特征的音乐录像带，而不太喜欢以软性摇滚乐/非叛逆性音乐（如芝加哥乐队［Chicago］）为特征的音乐录像带（see also Bleich，Zillmann，& Weaver 1991）。同样地，汉森和汉森（Hansen & Hansen，2000）在回顾有关人格与音乐品味的研究时指出，硬摇滚和重金属音乐的乐迷往往在马基雅弗利主义、思想固执和男子气概等指标的测评中得分较高，而朋克摇滚的乐迷往往在认可权威方面得分较低（see also Hansen & Hansen，1991）。

当然，研究者们也考察了其他类型的娱乐节目（包括与暴力、叛逆风格截然相反的节目）中的个体差异。举例来说，对悲情电影的研究显示，观看这类娱乐节目的观众的女性气质（femininity）越强，他们悲伤、痛苦的反应就越强烈，从节目中获得的乐趣更大，观看行为也更频繁（Oliver，1993；Oliver et al.，1998）。除此之外，奥利弗、韦弗和萨金特（Oliver，Weaver，& Sargent，2000）认为，当悲情电影重点描述关系类议题（relational issue）（如友谊）而非更为工具性的问题（instrumental problem）（如身体伤残）时，观众的女性气质越强，他们获得的乐趣就越大。

"评估倾向"（evaluative disposition）方面的个体差异

研究者们不但考察了受众从不同的作品类型或内容中获得的乐趣本身，还进一步揭示，受众的乐趣取决于他们对人物角色的不同反应。如倾向理论（disposition theory）就认为，观看娱乐节目所获得的乐趣在很大程度上反映了受众对于剧中人物及其最终结局的安排的倾向性（Zillmann，1985，1991，2000；Zillmann & Cantor，1977）。当被看做"好人"的人物有了好的结局，以及被看做"坏人"的人物有了不好的下场时，受众获得的乐趣达到了顶点。从受众对人物的评价这个角度来看，个体差异对于倾向模式有着重要意义。具体地说，尽管大量的娱乐节目明确地将"好人"和"坏人"分别表现为英雄和恶棍，但倾向理论认为，不同的个体对"好"和"坏"的认知可能有所不同。这意味着，根据人物结局的不同，与比较偏激的评估意向相联系的个体差异能够决定受众从剧中获得乐趣的多寡（Zillmann，2000）。

对各种节目类型（包括悬疑片、喜剧片、犯罪片和体育节目等等）的研究都采用了上述推论。如齐尔曼、泰勒和刘易斯（Zillmann，Taylor，& Lewis，1999）的研究就曾指出，当受众对新闻中所报道的群体或议题（如反对堕胎/赞成堕胎的议程）持否定倾向时，如果新闻描述这一群体遭遇失败或受到嘲笑，受众就会从报道中获得更大的乐趣。相反，当受众对某个群体或议题持肯定倾向时，如果这一群体被击败或被嘲笑，议题被否定，那么受众获得的乐趣就比较少（see also Zillmann，Taylor，& Lewis，1998）。齐尔曼等人（Zillmann et al.，1998，1999）直接评估了受众对新闻议题的情感倾向，而其他一些研究者则分析了个体差异间接影响评估倾向的诸多情形。例如，奥利弗（Oliver，1996）推断说，因为权威主义（authoritarianism）与顺从权威、蔑视犯法者、持有严重的种族偏见等相关，所以当娱乐节目中出现权威人物惩罚罪犯，特别是惩罚非洲裔美国罪犯时，权威主义倾向强的受众应该会从观看中获得更大的乐趣。正如倾向理论所预测的那样，受众的权威主义倾向越强，他从一个刻画警察对犯罪嫌疑人施暴的真人实境节目（reality program）中获得的乐趣就越大，但只有当犯罪嫌疑人是非洲裔美国人而非白人时才会出现这种情形。

从倾向理论可得出一个推论，即当节目安排自己所喜爱的人物遭受本不应该遭受的不幸或苦难时，受众很少会感到满意。因此，许多娱乐节目尽可能避免这类消极的内容，但这一规则也有一些明显的例外。例如，悲情电影或悲剧就会突出刻画悲痛和死亡等问题，悲伤的爱情歌曲则会哀叹破裂的关系和逝去的爱情。然而，与上述推论相矛盾的是，一些研究显示，从这类不幸中获得乐趣最多的人往往是那些看似最不可能从中得到满足的人。如马雷斯和坎托（Mares & Cantor, 1992）就发现，在孤独感方面得分高的老年观众报告说，他们看完一个描述孤独、悲伤的男人的节目之后，产生了比较积极的情感；但在看完一个描述快乐、完美的男人的节目后，产生了比较消极的情感。研究者将这一发现解释为，那些孤独的老年观众（在观看节目后）进行了向下的社会比较（downward social comparison），看到情况更糟的人之后，对自我处境的感觉反而好了一些。

小结

总之，媒介的娱乐节目带给受众的乐趣是各不相同的，但大量的研究证明，许多稳定而持久的人格特质和倾向能够成功地预示受众对媒介内容的多种情绪反应（其中也包括了满意度）。但我们必须要记住一点，即对个体差异的讨论并不就是详尽无遗了，而且这些讨论之间也并不相互排斥。实际上，有关受众反应和乐趣的诸多模式中存在的一致性可能反映了这样一个事实，即许多有探讨价值的个体差异之间是相互关联的。此外，我们还必须要记住一点，即没有任何一种单一的解释能阐明个体差异发挥作用的复杂过程。尽管个体差异可能主要表现在需求、情绪反应的准备状态和评估倾向等方面，但毫无疑问它还在其他许多方面发挥着作用。因此，研究者们目前所面临的挑战，是要更加全面地探讨相关的理论机制，以解释个体差异对受众获得的乐趣及其产生的情绪反应方面的影响。

选择性接触、理解与记忆

从媒介内容中获得乐趣的不同清楚地反映出媒介消费模式的不同。但是，很明显，受众接触媒介讯息的程度并不仅仅反映了讯息内容令人愉快的程度。更确切地说，许多媒介选择模式可能还反映了其他一些方面，包括在受众心目中讯息能用于实现目标或增进见识的程度、讯息与其态度或信念相一致的程度抑或巩固其态度或信念的程度。在以下这一节中，我们尤其关注与态度、信念相关的个体差异以及这些差异在选择性接触、理解和记忆过程中所起的作用。

选择与回避

个体选择与自己态度和信念相一致的信息，而忽视或回避与自己态度、信念不一致的信息，对这一观点的理解在很大程度上是基于认知失调理论（cognitive dissonance theory）的（Festinger，1957）。从本质上讲，认知失调理论和其他一些类似的理论，如平衡理论（balance theory）（Heider，1958）和调和理论（congruity theory）（Osgood & Tannenbaum，1955）等均认为，个体会寻求一种认知上的一致性（consistency）状态。认知失调理论进一步指出，当不一致的认知存在时，人们就会感受到认知上的失调——一种令人产生厌恶感的（aversive）心理状态，并会促使这种失调状态得到缓解。这意味着，一旦一个人建立起一种态度或信念，他就很可能让自己去接触与之相一致的信息，而避免接触与之不一致的、可能引发失调感的信息。许多学者致力于将认知失调理论应用于大众传播学研究。比方说，克拉珀（Klapper，1960）有关媒体强化人们已有信念的论点，在很大程度上就是以个体对信息的选择性接触现象为基础的。

个体差异对于选择性接触理论的重要性似乎是不证自明的。也就是说，个体对某些媒介信息的选择和回避行为就是他们的态度、信念或认知的一种表现，就这一点来说，个体差异预示着各种不同的媒介使用模式。例如，斯威尼和格鲁伯（Sweeney & Gruber，1984）报告说，对水门事件听证会最感兴趣、最为关注的人是麦戈文（McGovern）的支持者，对之最不感兴趣的是尼克松（Nixon）的支持者，处于中间的是立场不定的公民。卡佩拉、图罗和贾米森（Cappella，Turow，& Jamieson，1996）在对电台政治谈话节目收听情况的研究中也发现了类似的结果。在他们抽取的样本中，收听拉什·林博（Rush Limbaugh）谈话节目的人中有70%的人是政治保守派，相比之下，收听自由派/温和派广播谈话节目的人中仅19%的人为政治保守派。研究显示，这些类型的媒介接触模式适用于不同类型的媒介内容，包括与健康有关的内容、劝服性诉求等等。

诸如此类的研究揭示了选择性接触的基本过程，但其中使用了认知失调模式的大量研究却一直受到批评。如弗里德曼和西尔斯（Freedman & Sears，1965）就认为，接触那些与自己态度相一致的信息并不必然反映人们对一致性信息的偏好或选择，它也可能反映了人们对信息的可得性（availability）和信息对于实现目标的有用性（usefulness）所做的权衡和选择。与此相似，弗雷（Frey，1986）在回顾认知失调理论时指出，在某些情况下，个体实际上有可能选择接触那些与他们自身的态度或信念不一致的信息（当这些信息易于被驳倒时更是如此）。最后，还有一些研究者提出，需要做一些其他工作以便进一步考察选择性接触过程中所涉及的诸多调节变量（moderating variable）。科顿（Cotton，1985）在回顾那些有关认知失调和选择性接触的研究时指出，迄今为止，那些研究还未能清楚地说明个体差异在预示谁最有可能选择或回避某类媒介讯息以避免失调状态方面所发挥的作用。因此，总的来说，尽管各种文献资料已经证实了认知失调这一基本现象及其对于选择性接触过程中的个体差异的意义，我们还是需要开展另外一些研究，以便进一步考察个体在认知失调状态的耐受力（tolerance）上的差异，以及这些差异以何种方式来预示个体对媒介内容的选择性接触和回避。

选择性理解

尽管从表面上看来，受众巩固自己信念的最显而易见的方式就是接触与之相一致的讯息，但他们并非总想进行选择性接触，也并不总将它作为一种选择。更确切地说，在一般人的日常生活里，媒介发挥的主要作用可能还是提供大量不同的观点和态度，而且其中有许多可能与受众既有的信念相矛盾。尽管不一致的信息有可能会导致认知失调状态并最终改变受众既有的态度或信念，但有关选择性理解的研究表明，个体差异在受众解读媒介内容的过程中以某种方式发挥着重要作用，且这种方式有助于维持或强化受众既有的信念（Klapper，1960）。

个体差异对选择性理解的作用之一在于影响受众对媒介讯息所描述的人物和议题的解读和判断。在这一点上，相关研究通常赞成这样一种观点，即个体更倾向于去理解那些与自身观点相似的人物和议题（Hoffner & Cantor，1991），而这种理解过程通常反映或巩固了个体既有的态度或信念。在对选择性理解所进行的一项堪称典范的实证研究中，维德马和罗卡奇（Vidmar & Rokeach，1974）把《四海一家》（All in the Family）的观众按偏见程度的高低分为了两组，分别评估了他们从节目中获得的乐趣和他们对节目内容的解读情况。尽管两个小组的报告表明观众的收视情况和从节目中获得的乐趣大致相同，但偏见程度较高的个体认为该节目认同那些偏执的主人公，而偏见程度较低的个体却认为该节目认同那些持自由派政治立场的主人公（see also Cooks & Orbe，1993）。一项就受众如何理解犯罪新闻所进行的实验研究则证实了受众的种族态度对其评价性判断的重要性（Peffley，Shields，& Williams，1996）。具体地说，当犯罪嫌疑人是非洲裔美国人时，受众的种族偏见程度越高，对犯罪嫌疑人的评价越趋向负面；但当犯罪嫌疑人是白人时，受众的种族偏见程度越高，其评价就越趋向正面。当然，种族态度仅仅是影响评价性理解和判断的个体差异之一。比如说，其他有关政治态度的大量研究也报告了类似的发现，即个体往往更欣赏他们自己支持的政治候选人而非他的竞选对手（e. g.，Apple，1976；Bothwell & Brigham，1983；Kraus，1962）。

相当多的研究还表明，个体差异除了影响受众对人物和议题的理解之外，还影响着受众对媒介消息源的理解。当媒介报道了与自己态度不一致的信息时，受众会认为消息源不太可信或认为它存有偏见。比如，奥利弗、马雷斯和坎托（Oliver，Mares，& Cantor，1993）曾让参与者评估他们对一则新闻报道的可信度的理解，这则新闻报道或是批评海湾战争中美国的宣传活动，或是批评伊拉克在战时的宣传活动。赞成美国参战的个体在评价这则报道时，如果内容是批评伊拉克的，他们就认为这一报道的可信度较高；如果是批评美国的，则认为这一报道的可信度较低。这一研究表明，明显不一致的信息会影响个体对媒介消息源的理解。但也有一些研究表明，没有明显偏见的媒介内容也可能使受众产生类似的判断模式。有学者对以下现象进行了研究：受众倾向于认为媒介对己方怀有敌意和偏见。这些研究表明，与那些没有偏见的个体相比，对某一议题偏执一词的个体更有可能认为媒介对这一议题的报道持有负面的偏见（Giner-Sorolla & Chaiken，1994；Vallone，Ross，& Lepper，1985）。

选择性记忆

已有的大量研究表明，个体差异对受众接触和理解媒介内容有着重要的调节作用。此外，这些研究还表明，人们先前的期望和态度会影响他们对内容的记忆。伊格利和蔡金（Eagly & Chaiken，1993）在回顾有关态度和选择性记忆的研究文献时指出，在记忆的编码（encoding）过程中，人们先前的信念和认知会影响他们对信息的注意（attention）程度和推敲（elaboration，或译为“精细加工”）程度；在人们接触信息后，他们先前的信念和认知会影响他们对信息的提取（retrieval）和重构（reconstruction）过程。总的来说，这些研究者的结论是，尽管个体对于与自己态度一致或不一致的信息都有可能加以注意和存储，但在提取和重构所存储的信息时却往往倾向于与自己既有的态度保持一致。

有研究将以上结论应用到媒介情境中，它们考察了受众既有的认知对其记忆媒介讯息所起的作用，并指出，被准确回忆或是被不太准确地重构的信息往往反映了受众既有的态度或信念。与这一推断相一致，一些研究证实，那些以反刻板印象为主的媒介内容，反而常常被受众错记成表现了刻板印象的内容。提及对这类现象的研究，许多人都会想到奥尔波特和波斯特曼（Allport & Postman，1947，1965）对谣言在信息失真过程中所起作用的经典论述。在由他们开展的超过半数的实验中，参与者在对画面进行描述时，都错误地将非洲裔美国人指认为拿着武器的人，而实际上画面显示武器在白人手中。在针对电视中的刺激因素（stimuli）所做的研究中也报告了类似的发现。比如，德拉曼等人（Drabman et al.，1981）让孩子们观看了一段关于女医生（玛丽·南希医生［Dr. Mary Nancy］）和男护士（戴维·格雷戈里［Nurse David Gregory］）的录像带。刚看完时，样本中95%以上的一、二年级学生都误认为医生是男士，护士是女士。观看一个星期后，七年级学生中近一半的人犯了同样的错误。

这类研究表明了受众的认知或态度影响着他们对媒介讯息的回忆，但还有一些研究在对记忆的探究中直接评估了受众的态度。例如，奥利弗（Oliver，1999）让一些白人观看了一则新闻报道，其中一部分人观看将非洲裔美国人刻画为犯罪嫌疑人的新闻报道，另一部分人则观看将白人刻画为犯罪嫌疑人的报道。对犯罪嫌疑人的识别测试花了将近三个月的时间。结果显示，反黑人的态度越强硬，将照片上的非洲裔美国人误认为是新闻所刻画的犯罪嫌疑人的可能性就越大，而将照片上的白人误认为是犯罪嫌疑人的可能性就越小。

小结

总而言之，对受众的选择性接触、理解和记忆的研究表明了个体差异在受众接触媒介内容的过程中的重要性。其中多数研究表明，受众倾向于选择、解读和记忆与他们既有态度和信念相一致的或者能够巩固他们既有态度和信念的媒介内容。就这一点而言，这一领域的研究似乎支持了有限效果论。然而，我们必须记住一点，即受众并不总是对他们的媒介接触行为加以控制，媒介内容也并不总是模棱两可到足以引起受众的多样化解读（multiple interpretation）或选择性记忆的程度。尽管个体差异在某些情境下能起到强化受众既有态度和信念的作用，但在另一些情况下它也可能促成或强化媒介的影响力。

受众效果

与那些关注受众对媒介内容的选择、反应（response）和解读（interpretation）的研究相比，传统的媒介效果研究较少关注对个体差异的考察。只要我们了解了这两类研究是如何界定各自感兴趣的自变量（independent variable）的，我们就能很好地理解二者之间的不同了。更确切地说，在那些关注受众的选择行为和获得的乐趣的研究中，自变量通常是一些受众特征（characteristic），它们预示着媒介内容将如何被接收。与此相反，传统的媒介效果研究中，自变量通常是受众对某方面媒介内容的接触状况。在此类研究中，研究者们常将个体差异当作“干扰因素”（noise）或误差方差（error variance）来处理——他们要么对实验条件进行随机分配要么将个体差异变量看做共变量（covariate），以此来解释这些差异。不过，有些媒介效果模式明确地将个体差异变量作为分析要素，并证明了个体差异也可以成为重要的调节变量（moderating variable）。

劝服效果研究就是一个值得注意的、经常运用个体差异变量的研究领域。例如，双重过程理论（dual-process theory）一般认为，接触劝服性讯息所导致的态度上的改变，既可能是源于受众对论据价值（merit）的系统化的推敲（systematic elaboration）过程，也可能是源于启发式的（heuristic）或外围的（peripheral）信息处理过程，还可能是源于对这两个过程的综合运用（see Petty，chap. 7；see also Eagly & Chaiken，1993；Chaiken，Wood，& Eagly，1996）。受众主要采用何种劝服路径以及个体对劝服性讯息的不同方面做何反应取决于诸多变量，但佩蒂和韦格纳（Petty & Wegener，1998）在回顾这一领域的研究文献时还是强调了许多影响态度改变的个体差异变量，如智力、自尊心、自我监控以及认知需求等。这些研究者指出，个体差异的存在即预示着这样一个事实：讯息诉求要想产生影响的话，在类型上就应存有差异。例如，佩蒂等在回顾有关自我监控（self-monitoring）的研究时指出，高度自我监控者（即对社会认可非常敏感的个体）受那些以地位或形象为着重点的讯息诉求的影响更深，而低度自我监控者受那些以品质或价值为着重点的讯息诉求的影响更深。在另外一些情况下，个体差异还能预示接收者审查讯息的详细程度。比如，认知需求方面得分高的个体往往比得分低的个体推敲得更为细致，因此，对于他们来说，有力的论据所产生的影响力要大于外围线索（peripheral cue）（如消息源的吸引力［source attractiveness］）的影响力。最近，法不里加尔、普里斯特、佩蒂和韦格纳（Fabrigar，Priester，Petty，& Wegener，1998）研究了态度形成的难易程度对推敲可能性（elaboration likelihood）的影响，也得出了类似的结果。确切地说，这些研究者发现，与劝服性讯息的主题相关的态度越易于形成，推敲的可能性就越高，因此，强有力的论据会导致正向的态度变化，而无力的论据则会导致负向的态度变化。

个体差异在调节媒介影响力的方向和性质方面发挥着重要作用。此外，其他一些研究显示，在某些情况下，特定的个体特征的存在可能会提高或强化媒介的影响力，甚至可能为媒介影响力的产生提供必要的条件。伯科威茨所研究的预示作用（priming）理论作为一种媒介效果模式对个体差异的这种作用做出了解释，这一模式源自“认知－新联想主义”理论（cognitive-neoassociation theory）的相关研究（Berkowitz，1984；Jo & Berkowitz，1994）。简要地说，联想性预示（associative priming，心理学上亦称为“联想启动”）理论认为，语义上相关联的认知（semantically related cognition）、情感（feeling）和行为倾向（action tendency）之间是通过联想的途径相互联结起来的。当一种刺激激活或引发了某个认知框架里的一个节点时，这种激活作用将向外扩散并引发相关的观念和情感，从而提高了在随后的行为和对新刺激的解读中应用已被激活的认知的可能性。正如布什曼（Bushman，1995）所指出的那样，个体差异对于这一模式的重要性取决于认知系统所起的核心作用，这一系统考虑到了相关观念的预示作用。尽管各种认知联想（cognitive association）之间确实存在着共通之处（如不同人所持的各种刻板印象），但在认知联想展开的程度及其被激活的频率方面可能还是存在着差异。因此，个体差异与认知系统方面的差异相结合，应该能预测媒介刺激引发相关观念并由此影响行为的程度。

布什曼（Bushman，1995）在一系列有关媒介暴力的研究中运用了上述推理思路。具体而言，研究显示，接触暴力电影既增强了观众的侵犯性情感（aggressive affect）（研究2），又增加了他们的侵犯性行为（aggressive behavior）（研究3），这一点对那些在侵犯性特质（trait aggressiveness）的测量中得分较高的个体来说尤其如此。其他一些关于受众对媒介暴力和色情内容的反应的研究也报告了类似的结果。举例来说，沙勒（Scharrer，2001）发现，男性接触暴力电视节目会增加其自我报告中的侵犯性/敌意程度，不过，这种情形只存在于那些在过度男性化（hypermasculinity）方面得分较高的参与者当中。同样地，麦肯齐·莫尔和赞纳（McKenzie-Mohr & Zanna，1990）认为，符合性别基模（gender-schema，或译为“性别图式”）的男性（即在男性气质方面得分高而在女性气质方面得分低的男性）在观看色情内容之后，更可能在随后与女性的交往中出现带有性暗示（sexually suggestive）的怪癖，反之，不符合性别基模的男性在接触色情内容后大都不为所动。

总之，这些研究结果表明，在媒介启动那些语义上相关联的认知（semantically related cognition）的过程中，个体差异起着至关重要的调节作用。然而，对这些研究结果还有另一种解释，即那些人格特质（如敌意）方面的个体差异变量预示着受众将在更大程度上接受某类媒介内容——该媒介内容表现了与特定人格特质相一致的行为（如暴力）。齐尔曼和韦弗（Zillmann & Weaver，1997）在也采用了类似的解释来考察以下现象：长期接触暴力电影的行为影响着观众对以暴力来解决冲突的方法的接受程度。他们的研究认为，对主要表现无缘由的暴力行为的电影（如《地下特警》[*Death Warrant*]《魔鬼总动员》[*Total Recall*]）的接触，会导致人们更加认可以暴力解决冲突的方法及其效力，但这种情况只存在于那些在精神质（psychoticism）测评中得分较高的男性身上。这种解释表明，个体差异变量在调节媒介可能产生的影响的过程中发挥着多种作用，但很明显，该解释与基于预示作用理论（priming theory）而作出的解释也并不矛盾。当然，未来的研究将得益于对以下两方面的广泛探讨，即在建立媒介影响模式时将个体差异考虑进去，并根据个体差异对现有理论予以修正。

总评

本章始于这样一种观点，即那些尚未得到解释的变量为研究人员们提供了机会来探讨媒介效果产生过程中个体差异的重要性。尽管研究表明，许多时候受众对媒介内容的选择行为和从中获得的乐趣都反映了他们持久性的人格特质和倾向方面的差异，但这并不表示个体差异仅仅意味着有限的或者微不足道的媒介效果。相反，值得注意的是，通过某些人格特质或倾向，我们不仅能预测出可能产生的媒介影响的类型（type），而且还能预测出这些媒介影响的强度（strength）。也就是说，如果对个体差异缺乏了解，一些研究项目就有可能得出错误的结论，即可能认为媒介对受众没有效果或者只会产生一些无关紧要的弱小效果。

这一告诫并不是建议我们将个体差异变量作为每个研究方案的一部分。事实上，研究人员在缺乏理论上的内在要求的情况下测量个体差异，就有可能会过高地估计这些差异的重要性。比如，大多数研究轻易地就进行性别方面的检测，这就有可能造成以下这种局面：即使理论上并不要求考察性别差异，但只要这方面的测量指标具有差异显著性（significance），研究者们就会例行性地（routinely）进行检测（Hyde，1994）。反过来，这种推断也确实表明，如果是理论上的内在要求推动我们将对个体差异的考察纳入研究计划，那么我们将能更深入地理解个体差异作为受众媒介使用状况的“预测器”（predictor，或译为“预测指标”）和媒介影响的“调节器”（moderator，或译为“调节因素”）的重要性，并最终使媒介效果研究受益匪浅。当我们认识到了受众对于我们理解媒介使用状况的重要性时，媒介效果研究将取得更有效的方法并发掘出更丰富的理论，从而告别那个为解释未获说明的变量而烦不胜烦的时期，进入到为多样性而欢欣鼓舞的阶段。

媒介效果研究中的使用与满足论

阿兰·M. 鲁宾
■ 肯特州立大学（Kent State University）

媒介效果研究者试图仅仅依靠传者、传播渠道、讯息等因素就对讯息对于接收者的影响作出解释。有观点认为，这种做法源自一种机械论的观点（mechanistic perspective）①，它假定讯息对受众有着直接的影响。基于机械论的效果研究首先将受众成员看做是被动的和反应性的（reactive），这类研究关注受众在思想、态度或行为方面短期的、实时的、可测量的变化，并假定受众受到讯息的直接影响。

也有一些研究者提出，在媒介讯息和媒介效果之间还存在着其他的中介因素。40多年前，克拉珀（Klapper，1960）就曾质疑过机械论方法的有效性。他的现象主义理论（phenomenistic approach）谈到，在讯息与受众对讯息的反应之间存在着一些中介因素，因此，在大多数情况下，那些旨在劝服他人的媒介讯息实际上巩固了人们既有的态度。这些中介因素包括个体心理倾向、选择性理解过程、群体规范、经由人际渠道和意见领袖而造成的讯息扩散过程以及一些国家里媒介的自由企业性质（free-enterprise nature）等。因此，我们可以认为，（a）大众媒介本身一般不能成为产生受众效果的充要条件；（b）媒介或讯息只是在一定的社会和心理环境下导致影响产生的个别因素，尽管它们是重要而且关键的因素。

一种心理学的视角

使用与满足论将媒介或讯息看做是造成受众影响的诸多因素之一。它将媒介

---

① 机械论的观点（mechanistic perspective）认为，生命体只不过是一个运动的、摄取和消化食物的、被动地接受外来刺激而产生反应的、进行生长和生殖活动的机械而已，其行为可以分解成部分来观察。机械论的观点虽然承认生命的物质性，并试图以物理、化学规律来解释生命现象，但却抹煞了生命物质与非生命物质之间的本质差别。——译者注

受众视为易变的主动传播者而非被动的讯息接收者。使用与满足论凸显了社会和心理因素的影响，基于机械论的效果观也因此而受到冲击。使用与满足论还认为，社会和心理因素对中介传播（mediated communication）的效果产生过程具有制约作用。罗森格伦（Rosengren，1974）认为，使用与满足论以传播效果的中介观（a mediated view）为基础，这种观点强调个体差异制约着媒介的直接效果的产生。因此，要解释媒介效果，我们首先必须理解不同的受众成员的个性特征（characteristics）、动机、选择性（selectivity）和参与度（involvement）。

有鉴于此，使用与满足论采用了一种传播心理学的视角，将研究重点由机械论视角（关注媒介对受众的直接效果）转向评定人们怎样使用媒介："即一个主动的接收者是出于什么目的或为了哪些功用而使用媒介"（Fisher，1978，p. 159）。这种心理学的视角强调个体的使用和选择行为。"从目的、功能或用途这些方面（即使用与满足情况）来说"，媒介效果"受制于接收者的选择模式"（Fisher，p. 159）。

与机械论的视角相对，一些研究者提出从功能分析和心理学的视角来考察媒介影响。本章首先从心理学和功能分析的视角探寻使用与满足理论的源头，并进一步分析"使用与满足"范式的目标和功能以及这一研究的演进过程。然后，本章将着力描述媒介使用与媒介效果之间的关系，并重点关注受众能动性（audience activity）与媒介倾向（media orientations）、依赖性（dependency）与功能性替代品（functional alternatives）、社会和心理环境等问题。最后，本章还将对部分研究取向加以考察，尤其是和个人参与度、类社会交往（parasocial interaction）相关的研究取向。

有关媒介的功能分析

在早期的一些著作中，我们可以发现功能分析的例证。如拉斯韦尔（Lasswell，1948）提出，通过监视环境、联系社会、传递社会遗产等活动，媒介内容对社会成员产生了普遍的影响。赖特（Wright，1960）将娱乐作为第四种功能补充进来，并评估了媒介在监视、协调、传递和提供娱乐等活动中所具有的或隐或显的正负功能。拉扎斯菲尔德和默顿（Lazarsfeld & Merton，1945）的分析则更为具体。他们提出，媒介负有身份授予和道德化的功能，同时还具有负面的麻醉作用。

也有一些研究者认为，对人类和人类社会而言，媒介具有多种功能。例如，霍顿和沃尔（Horton & Wohl，1956）发现，电视使观众与媒介人物（media personalities）之间建立了某种类社会交往关系。皮尔林（Pearlin，1959）认为，观看电视可以使观众逃避现实，忘记生活当中不愉快的经历。门德尔松（Mendelsohn，1963）指出，媒介的娱乐内容减轻了由媒介新闻所造成的焦虑感。斯蒂芬森（Stephenson，1967）认为，电视给人们提供了游戏的机会。麦库姆斯和肖（McCombs & Shaw，1972）则假定媒介为竞选运动设置了议程。

一些研究者所开展的有关受众媒介使用动机的研究，也受到了功能分析这一研究取向的影响。这些研究大都受"（某一）客体（的价值）由其效用决定"这一观念的影响。克拉珀（Klapper，1963，p. 517）曾指出，大众传播研究"花费过多时间过于频繁地将注意力集中在判定某种特定效果是否产生"这个问题上。他谈到，媒介研究人员在大众传媒效果方面几乎没有提供什么清晰的答案。与卡茨（Katz，1959）的看法——媒介讯息通常并不能影响那些不接收它们的人——相同，克拉珀呼吁进一步拓展使用与满足研究。

"使用与满足"范式

使用与满足论主要涉及我们所处的社会和心理环境、我们的传播需求和传播动机、媒介、我们对媒介的态度和期望、除媒介之外的功能性替代品、我们的传播行为（communication behavior）以及这些行为的结果等因素。1974 年，卡茨、布卢姆勒和古列维奇（Katz，Blumler，& Gurevitch，1974）概括了使用与满足研究的主要目标：（a）解释人们如何使用媒介以满足他们的需求；（b）了解人们媒介使用行为背后的动机；并（c）确认基于各种需求、动机和行为而满足的功能或产生的后果。使用与满足论主要关注："（1）具有社会和心理根源的（2）需求，引起（3）期望，（4）即对大众媒介或其他（信息）来源的期望，它导致（5）媒介接触的不同形式（或参与其他活动），结果带来了（6）需求的满足，和（7）其他结果，或许大多是无意的结果"（Katz et al.，p. 20）。

罗森格伦（Rosengren，1974）、卡茨及其同事（Katz，Blumler，& Gurevitch，1974）概括了使用与满足论的基本理念。后来研究者们对这些假设不断加以修正，以反映他们对媒介受众的认识（see Palmgreen，1984；Palmgreen，Wenner，& Rosengren，1985；A. M. Rubin，1986，1993，1994）。目前，使用与满足论以下列五个方面的假设为基础：

1. 包括选择和使用媒介在内的传播行为（communication behavior）是有意图、有目的和有动机的。人们（自主地）选择媒体和媒介内容。这些行为都是为了实现某种功能，并且会对个人和社会产生诸多影响。

2. 人们主动选择和使用各种传播手段。人们不再被媒介所利用，而是选择和使用媒介来满足他们已感觉到的需求和愿望（Katz, Gurevitch, & Haas, 1973）。因此可以说，媒介受众是易变的主动传播者。媒介使用（行为）可能是受到了某些需求的驱动，它能实现诸如寻求信息以摆脱个人困境之类的愿望或目的。

3. 我们的传播行为受到多种社会和心理因素的引导、制约和调节。个体的心理倾向、生活环境、人际交往状况等都影响着我们对媒介和媒介内容的期望（expectations）。包括使用媒介和媒介讯息在内的传播行为受到了以下因素的影响：受众的个性特征、社会类属与社会关系、人际交往能力、传播渠道的可得性（availability）等。

4. 媒介和其他的传播交流形式（或者叫"功能性替代品"）如人际交往手段等展开竞争，以便为我们所选择、注意和使用，从而满足我们的需求或愿望。在这一过程中，人际渠道和媒介渠道之间形成了某种特定的关系。而媒介能在多大程度上满足个体的需求、目的或愿望，则取决于这些需求、目的或愿望产生的社会和心理环境。

5. 在这一过程中，人（本身的因素）通常比媒介更具影响力，但也并非总是如此。人们自身的主动性（initiative）影响着他们使用媒介的方式和结果。通过这一过程，媒介对个体的性格特征以及社会的政治、经济、文化结构和社会结构产生着影响，并对人们对特定传播媒介的依赖度具有一定的影响（Rosengren, 1974; A. M. Rubin & Windahl, 1986）。

卡茨及其同事（Katz, Blumler, & Gurevitch, 1974）还列举了其他两个早期的假设。第一个假设是，从方法论上来说，人们能够清楚地阐述自己的行为动机。换句话说，自我报告（self-report）可以提供关于媒介使用情况的准确资料。第二，研究者假设，在完全理解"动机"（motives）和"满足"（gratifications）之前，应该暂缓对媒介内容或使用媒介内容的文化意义作出价值判断。到了今天，自我报告的方法仍在使用，但研究者同时也使用其他的调查方式。另外，由于现在对"动机"和"满足"所扮演的角色有了更清楚的认识，所以我们也可以探讨包括文化意义在内的问题了。有些研究者甚至提倡将以受众为基础的研究转向对个体和媒介之间的文化互动（cultural interaction）情况的研究（e. g., Massey, 1995）。

"使用与满足"假说强调受众的主动性和能动性（activity）的作用。人们的传播行为大多具有明确的目标。他们通常会从各种传播方式中选择接触或使用某类媒介或讯息来满足他们的期望和要求。这些期望和要求既是在个人的个性特征、所处的社会情境以及社会交往情况的基础上形成的，又受到这些因素的制约。个体通过对媒介或讯息的选择等来体现自身的自主选择和解释能力。受众的这种主动性会对媒介使用的结果产生影响。不过，过去20年来，人们发挥主动性或能动性的程度并非是一成不变的，而是非常多变的（e. g.，Blumler，1979；Levy & Windahl，1984，1985；A. M. Rubin & Perse，1987a，1987b）。

"使用与满足"研究的演进过程

使用与满足研究集中关注受众动机和受众的媒介消费状况。大众传播研究问题的转向（即将人们的注意力从关注"媒介对人们做了什么"转向"人们用媒介做了什么"）导引了使用与满足研究（Klapper，1963）。在早期发展阶段，"使用与满足"研究是描述性的、非系统化的，其主要目标在于确认动机而非解释媒介使用的过程或效果。早期的研究可以说是描述媒介动机类型学（typology）的先驱。后来有关"使用与满足"的大多数研究都更加系统化了，并开始关注媒介使用的结果。

"媒介－使用"（media-use）类型学

早期关注"满足"的研究者们试图了解人们为什么使用某些媒介内容。如拉扎斯菲尔德（Lazarsfeld，1940）就曾研究过广播节目的吸引力问题。这类研究出现在"使用与满足"假设正式概念化（conceptualization）之前，它们大多描述受众动机而非媒介效果。例如，（a）广播智力问答节目《教授发问》（Professor Quiz）吸引听众的地方就在于它充满竞争，具有教育意义和自我评定（self-rating）作用，并带有冒险性（Herzog，1940）；（b）日间连续剧满足了女性听众释放情感、愿望成"真"以及寻求建议等需求（Herzog，1944）；（c）人们阅读报纸是为了了解公共事务或把它作为安排日常生活、获取社会声望以及逃避现实的工具（Berelson，1949）。到了20世纪五六十年代，随着有关个人影响和媒介功能的研究的发展，研究者大都不再进行早期的这类描述性研究了。

20世纪70年代早期，"使用与满足"研究试图通过提出关于人们如何使用媒介以满足社会和心理需求的类型学，来确定受众成员使用媒介的动机（Katz et al.，1973）。人们的需求往往与社会角色和心理倾向有关，并经常以强化或弱化个人与自我、家庭或社会之间的联系的形式出现。如卡茨等人就提出一种媒介有利于满足某些重要需求的类型学：媒介能够加强人们对自我、朋友、他人或社会的了解；强化自我意识或社会地位；加强人们和家庭、朋友、社会或文化之间的联系。

在考察人际交往与大众传播之间的关系时，卢尔（Lull，1980）通过观察家庭成员在观看电视时的行为，提出了一种电视的社会使用类型学。他指出，电视既可以被结构性地（structually）使用，如作为一种环境资源（比如说为了友谊）或行为调整器（behavioral regulator）（如划分时段）；也可以被关系性地（relationally）使用，如用于促进交往（如为人们设置谈话议程）、联系或回避（如解决冲突）、社会学习（如进行行为示范）以及培养能力或保持优势（如角色强化）等。

研究者们运用类型学来描述和解释媒介消费情况。这些类型学涉及目标和结果之间的关系，并显示了媒介使用与媒介效果的复杂性。如麦奎尔、布卢姆勒和布朗（McQuail，Blumler，& Brown，1972）对人们通过观看电视而获得的不同类别的“满足”进行了归纳。他们将个人背景、社会环境和个人所寻求的满足（gratifications sought）联系起来，阐明了一种“媒介—个人”互动（media-person interactions）的类型学。麦奎尔和他的同事发现，人们观看电视的动机包括：转移注意力——以逃避现实和释放情绪；建立人际关系——以便建立友谊和产生社会效用（social utility）；强化个人认同——便于获得个人参考，便于认知现实和强化价值观；监视——便于获取新闻和信息。

罗森格伦和温达尔（Rosengren & Windahl，1972，p. 176）考察了受众的参与度、现实接近度（reality proximity）和媒介依赖（media dependency）之间的关系。他们发现，为了补偿、改变、逃避或获得替代性的经验，人们可能将媒介作为人际交往的功能性替代品，即将其作为对人际交往的补充、完善或者替代。他们指出，不同的交往需求和认同需求会导致媒介参与程度上的差异：受众或是远离（detachment）媒介，或是（与媒介人物）进行类社会交往，或是冷眼旁观媒介而不为所动，或是为媒介所俘（capture）。罗森格伦和温达尔认为，将媒介效果与媒介使用的研究传统相结合，我们就有可能“去探求特定的大众媒介使用模式或从大众媒介中所获得的特定的满足（gratification obtained）可能产生什么效果”。

批评意见

这一阶段有不少研究者对使用与满足研究进行了批评。很多批评反映了当时的研究状况，并将矛头直指最初的假设和研究。这些批评涉及：（a）类型学分门别类的特征使研究者很难超越已有的研究来预测或考察媒介使用的社会意义和文化意义；（b）使用与满足研究核心概念不够清晰，并且研究者给“动机”“使用”“满足”以及“功能性替代品”等概念赋予的各自不同的意义也令人费解；

(c) 研究对受众特性的认识以及是否把受众行为看得过于具有能动性或过于理性了；(d) 研究在方法上对自我报告资料的依赖 (e. g. , Anderson & Meyer, 1975; Carey & Kreiling, 1974; Elliott, 1974; Swanson, 1977)。

上述大多数批评意见是在过去 25 到 30 年间的许多研究中提出来的。首先，这些研究者在不同的情境下采用并扩展了与前人研究相一致的"媒介—使用"测量方法。格林伯格 (Greenberg, 1974) 通过扩大研究规模 (针对英国儿童和成年人)，考察了受众的媒介使用行为、(受众) 对电视的态度、(受众) 对侵犯性的态度与观看动机之间的关系。美国一些学者对上述研究进行了不完全的重复性研究 (partial replication)，并确认了儿童和成年人观看电视的六大原因：为了学习，习惯性行为 (或为了消磨时间)，为了建立友谊，为了逃避现实，为了唤醒 (arousal)① 自己或为了消遣娱乐 (A. M. Rubin, 1979)。其中习惯性地观看电视与观看新闻节目之间呈负相关关系，但与电视喜好度和观看电视喜剧之间呈正相关关系。为学习而观看电视与认可电视内容的真实性程度之间呈正相关关系。唤醒动机与观看动作片或冒险节目相关，建立友谊的动机则与观看喜剧节目相联系。这些研究结果都与格林伯格的研究结果相似，表现出一种跨文化的一致性。

通过检测收视动机 (viewing-motive) 项目的再测信度 (test-retest reliability) 和动机量表 (moitve scales) (由受众对有关观看原因的开放性 [open-ended] 问题所给出的答案来反映) 的聚合效度 (convergent validity)，研究证实了受试者应答的稳定性 (stability) 和一致性 (consistency) (A. M. Rubin, 1979)。受试者被认为能够用语言表述他们使用媒介的原因。后来的研究使用类似的技术再次证实了更广范围内的样本 (从儿童到年龄较大的成人) 的聚合效度，并推动了研究项目的发展与整合 (A. M. Rubin, 1981a)。

研究者除了证实了动机量表 (从自我报告中反映出来) 的一致性和准确性之外，还采用了实验法 (e. g. , Bryant & Zillmann, 1984)、民族志方法 (e. g. , Lemish, 1985; Lull, 1980) 以及日志法或记事法 (e. g. , Massey, 1995) 等进行研究。研究者还试图使调查朝着概念明确、焦点集中、理论系统的方向发展。他们开始注意到受众并不总是积极的，进而将受众的能动性当作变量而非常量来看待 (e. g. , Blumler, 1979; Levy & Windahl, 1984, 1985; A. M. Rubin & Perse, 1987a, 1987b)。

---

① 唤醒 (arousal)，心理学专业术语，指机体因环境刺激而出现的生理性激活状态。它对维持与改变大脑皮层的兴奋状态，保持觉醒具有重要的作用。其水平须适宜，超越或低于某个限度，会对个体产生消极作用，不利于个体发挥创造性与积极性。——译者注

当代的研究

在过去30年里，使用与满足研究获得了系统化的发展。这些研究不仅有助于解释媒介（使用）行为，而且深化了人们对媒介使用与媒介效果的认识。通过采用相似的动机测量方法，研究者对媒介使用情况进行了系统化的分析（e. g. , Bantz, 1982; Eastman, 1979; Greenberg, 1974; Palmgreen & Rayburn, 1979; A. M. Rubin, 1979, 1981a, 1981b）。在这些研究项目内部以及不同的项目之间还包括了重复性分析（replication）和次级分析（secondary analysis）。研究主要分为六大方向，这些研究方向及其与媒介效果研究的联系如下所述：

- 第一个方向是研究"媒介—使用"各种动机之间的联系以及这些动机与受众对媒介的态度、受众的媒介使用行为之间的联系。这一方向的研究导致了传播动机类型学的发展。研究者们提出了比较一致的媒介使用模式，如为满足认知和情感需求，出于功利性的目的、为转移注意力或带有工具性（instrumental）和仪式化（ritualized）的倾向（e. g. , Perse, 1986, 1990a; A. M. Rubin, 1983, 1984, 1985; A. M. Rubin & Bantz, 1989; A. M. Rubin & Rubin, 1982b）而使用媒介等等。举例而言，洛梅蒂、里夫斯和拜比（Lometti, Reeves, & Bybee, 1977）确认了监视、娱乐、情感指导和行为指导等"媒介使用与满足"类型。
- 第二个方向是比较人们使用不同媒介的动机。研究者对用来满足人们需求和愿望的各种传播渠道（包括录像机、互联网、万维网等发展中的传播技术手段）的效力进行了比较分析（e. g. , Bantz, 1982; Cohen, Levy, & Golden, 1988; Dobos, 1992; Ferguson, 1992; Ferguson & Perse, 2000; Katz et al. , 1973; Lichtenstein & Rosenfeld, 1983, 1984; Lin, 1999; Westmyer, DiCioccio, & Rubin, 1998）。举例来说，埃利奥特和夸特勒鲍姆（Elliott & Quattlebaum, 1979）指出，不同的媒介为满足相似的需求服务，即为保持社会接触（societal contact）或满足个人需求服务。考尔斯（Cowles, 1989）发现，与非互动性的媒介相比，互动媒介具有更多的个性化特征。而佩斯和考特赖特（Perse & Courtright, 1993）则发现，与电脑这类传播渠道相比，人际传播渠道（即谈话和电话）能带来更强的社会临场感（social presence），也更能满足人们的需求。
- 第三个方向是考察媒介使用过程中的各种社会和心理环境。研究者不仅指出了各种因素是如何影响媒介使用行为的（e. g. , Adoni, 1979; Dim-

mick，McCain，& Bolton，1979；Finn & Gorr，1988；Hamilton & Rubin，1992；Lull，1980；Perse & Rubin，1990；A. M. Rubin，Perse & Powell，1985；A. M. Rubin & Rubin，1982a，1989；R. B. Rubin & Rubin，1982；Windahl，Hojerback，& Hedinsson，1986），而且考察了生命境况（life position）、生活方式、个性特征、孤独感、孤立感、认知需求、宗教信仰、媒介剥夺（media deprivation）情况、家庭观看环境等因素的作用。

- 第四个方向是考察受众在使用媒介或媒介内容时所寻求的满足和所获得的满足之间的关系。这类研究关注人们使用媒介的动机是如何得到满足的。研究者提出了媒介使用与满足的交流模式（transactional model）、差异模式（discrepancy model）和"期望—价值"模式（expectancy-value model）（e. g. ，Babrow，1989；Babrow & Swanson，1988；Donohew，Palmgreen，& Rayburn，1979，1982，1985；Palmgreen，Wenner，& Rayburn，1980，1981；Rayburn & Palmgreen，1984；Wenner，1982，1986）。举例来说，"期望—价值"模式预测，人们基于所期望的结果而从传播渠道中寻求满足。这类模式重视对人们媒介使用行为的期望与结果进行考察，并比较所期望的结果和实际结果之间的一致性程度。
- 第五个方向是评估背景变量（background variables）、动机和媒介接触情况等如何在以下方面对受众产生影响：关系感知、涵化作用、参与度、类社会交往状况、满意度以及政治知识等（e. g. ，Alexander，1985；Carveth & Alexander，1985；Garramone，1984；Perse，1990a；Perse & Rubin，1988；A. M. Rubin，1985；R. B. Rubin & McHugh，1987）。例如，哈利达克斯（Haridakis，2001）发现，在对电视观众的侵犯性加以考察时，我们的研究和政策对人们对犯罪行为的体验以及观看电视暴力内容的动机等方面重视不足。
- 第六个方向是考察动机测量的方法、信度和效度（e. g. ，Babrow，1988；Dobos & Dimmick，1988；McDonald & Glynn，1984）。

媒介使用与媒介效果

一些研究者建议将使用与满足研究和媒介效果研究整合在一起（e. g. ，Rosengren & Windahl，1972；A. M. Rubin & Windahl，1986；Windahl，1981）。这两种研究传统的主要区别在于，媒介效果研究者"总是从传者的角度去看待大众传播的过程"，而媒介使用研究者则总是从受众开始他们的研究（Windahl，1981，

p. 176)。温达尔认为，强调两种研究传统的相似之处比强调它们之间的差异更为有益。这两种研究传统的一个相似之处在于，媒介使用与媒介效果研究都试图解释大众传播的结果（outcomes or consequences)，如态度或认知的形成（如涵化作用)、行为的变化（如依赖性)、社会效果（societal effects）（如知识沟）等等。使用与满足研究也不例外。但使用与满足研究还认识到了受众的主动性、选择性以及能动性可能具有的巨大的潜在作用。

受众能动性与媒介倾向（media orientations)

“受众能动性”（audience activity）是使用与满足研究的核心概念。它涉及受众使用媒介的功利性（utility)、意向性（intentionality)、选择性（selectivity）和参与度（involvement）（Blumler，1979）等。一些研究者认为，受众成员的能动性是易变的，并不具有普遍性，受众并非所有时候都是一样积极的。温达尔（Windahl，1981，p. 176）认为，将受众描绘为“超理性的而且非常善于选择的……将会招致批评”。对受众积极性（activeness）的正确认识取决于是否把受众看做是具有被动性（并期望受众直接受到讯息的影响）和积极主动性（并期望受众对接收或拒绝讯息作出理性判断，A. M. Rubin，1993）的统一体。

利维和温达尔（Levy & Windahl，1984）检验了“能动性本质上是易变的”这一命题，并确定了瑞典观众在观看电视之前、观看电视之时和观看电视之后这三个阶段能动性的变化状况。他们发现，观看前的能动性（preactivity）或观看意图与娱乐媒介的使用之间呈弱相关关系，但与出于监视动机而使用媒介之间有着强相关关系。他们认为，观众可能会积极地寻求新闻以获取信息，但却不太可能去积极地寻求娱乐内容。林（Lin，1993）提出，与那些动机不明确的观众相比，有着明确动机的观众在观看电视时参与的活动更多，获得的满足也更多。她还发现，家用媒介（home-media）环境的多样化影响着能动性的水平（Lin，1994)。因为这些媒介使人们有了更多的选择，所以家用媒介越是多样化（如更好的有线电视、卫星及电脑条件）就越能导致受众选择的多样性。

一些研究者提议，受众动机不是凝固不变的，应当将它与（受众）复杂的媒介倾向以及需求结构联系起来加以考察（e. g.，Abelman，1987；Perse，1986，1990a；Perse & Rubin，1988；A. M. Rubin，1981b，1983，1984；A. M. Rubin & Perse，1987a；Perse & Rubin，1988，A. M. Rubin & Rubin，1982b)。芬恩（Finn，1992）同样提出了主动的（情绪管理）和被动的（社会补偿）媒介使用这两种情况。麦克唐纳（McDonald，1990）认为，监视需求（即人们需要了解社区和世界）和交往效用（communication utility）（即在社会交往中使用信息）这两种倾向可以用来解释人们在新闻寻求（news-seeking）行为方面的大多数差异。阿贝尔曼和阿特金（Abelman & Atkin，1997）通过区分三类典型观众——媒介导向的观众（medium-oriented viewers）、电视台导向的观众（station-oriented viewers）和电视网导向的观众（network-oriented viewers），也证实了电视使用的相关模式。以上研究都内在地体现出了同样的处理思路：将媒介使用行为从类型上划分为仪式化的（ritualized）（用于转移注意力的）使用和工具性的（instrumental）（实用主义的）（e. g.，A. M. Rubin，1984）使用。

仪式化的和工具性的媒介使用倾向表明了媒介使用的意义与类型以及人们对媒介的态度和期望。这些倾向反映了受众能动性的复杂性。仪式化的使用是指为消磨时间、转移注意力而习惯性地使用某种媒介。它要求人们更多地接触媒介（the medium），并与媒介建立密切的关系。这种使用方式虽然也有着效用（utility）方面的诉求，但却呈现为一种不太积极或目的性不强的状态。工具性的使用是指出于信息方面的原因而寻求特定的媒介内容（content）。它要求受众更多地接触新闻和信息内容，并将这些内容视为真实的。工具性的使用是积极的、有目的的，它意味着媒介使用的功利性、目的性、选择性和参与度。

受众的能动性在很大程度上取决于社会情境、（人际）交往的潜能（potential）以及人们的态度。诸如个人活动的便利性（mobility）、孤独感之类的因素有着重大的影响作用。例如，活动便利性的降低和孤独感的增强会导致人们对媒介的仪式化使用倾向，并对媒介产生更大的依赖（Perse & Rubin，1990；A. M. Rubin & Rubin，1982a）。人们的态度倾向（如对媒介的喜好程度或对媒介内容真实性的认知等）也有着重大的影响作用。态度影响着我们对媒介的期望以及我们如何理解和诠释讯息，影响着人们对媒介与讯息的选择和使用行为。这一观点与斯旺森的主张不谋而合。斯旺森（Swanson，1979，p. 42）认为，在诠释和生成讯息的意义的过程中，认知的能动性程度有着重大的影响作用。波特（Potter，1986）等人认为，人们对媒介内容真实性程度的认知差异影响着诸如“涵化”之类的效果的产生。例如，一项研究发现，虽然一般来说观看电视会使人感到更加安全，但观看动作片或冒险节目却预示着一种“让人感觉不太安全”的涵化效果（A. M. Rubin，Perse，& Taylor，1988）。观众如果认为媒介内容是真实的，涵化效果就更为明显。

布卢姆勒（Blumler，1979）认为，能动性意味着不大受影响。换句话说，能动性会妨碍媒介效果的产生。不过这个结论是值得商榷的。能动性在效果产生的过程中发挥着非常重要的调节作用。因为能动性代表着一种更具选择性的、更为用心的且更加积极参与的媒介使用状态，所以它实际上也有可能成为讯息效果的催化剂。在两项研究中我们发现，更积极、更具工具性倾向地使用电视会导致人们对新闻和肥皂剧节目认知上的（即对内容的思考）、情感上的（即与媒介人物进行类社会交往）以及行为上的（即与他人讨论内容）参与（A. M. Rubin，& Perse，1987a，1987b）。后来，我们观察发现，能动性也有差别，它们既有可能成为媒介效果的催化剂，也有可能成为媒介效果的妨碍物（Kim & Rubin，1997）。选择、注意和参与等活动有助于类社会交往、涵化作用以及交往满足感（communication satisfaction）的实现；而其他一些活动，如回避讯息、分散注意力或（对媒介内容）有所怀疑等则会阻碍上述结果的产生，因为它们削弱了人们对讯息的认识和理解。

因此，我们有理由认为，受众能动性的差异——正如仪式化倾向和工具性倾向所表现出来的那样——对媒介效果具有非常重要的意义。也就是说，正如温达尔（Windahl，1981）所言，是工具性地还是仪式化地使用媒介将会导致不同的结果。他将使用媒介内容（media content）而导致的结果称之为“effects”，而将使用媒介本身（a medium）而带来的各种结果称之为“consequences”。与仪式化倾向相比，工具性倾向可能导致态度和行为方面产生更强的效果，因为它包含着对讯息的更为强烈的使用和参与动机。这里“参与”意味着一种乐于对讯息加以选择、诠释和回应的状态。

媒介依赖与功能性替代品

根据麦基尔雷斯、雅各布维茨、库比和亚历山大的研究（Mcllwraith，Jacobvitz，Kubey，& Alexander，1991）可知，观看电视可以使人放松和转移注意力，并淡化消极情感，但部分观众对这些效果的期望可能会导致他们过于依赖电视。“媒介依赖”（media dependency）是基于功能性替代品的可得性（availability）和效用（utilization）而提出来的一个概念（Rosengren & Windahl，1972）。我们对特定媒介形成依赖，这是因为我们有着强烈的传播动机，因为我们将它作为获得满足的策略之一，因为我们身边的功能性替代品极其有限。这种依赖影响着我们的媒介使用方式，预示着媒介具有巨大的影响力（e. g.，Lindlof，1986；Windahl et al.，1986）。

一方面，媒介依赖是在功能性替代品的可得性受到限制这种环境下产生的，它导致了特定的媒介使用模式的形成。如多滕和科恩（Dotan & Cohen，1976）发现，在1973年10月中东战争期间以及战后，人们在使用电视、广播和报纸时，满足认知需求是最重要的，而满足逃避现实的需求和情感需求则是最不重要的。战时，人们主要通过电视和广播来满足大多数需求，尤其是监视（环境）需求。

另一方面，个体的生命境况特征，如健康状况、活动的便利性、交往情况、能动性、生活满意度以及经济安全等都影响着传播替代品的可得性和可选择性，影响着我们交流的动机，影响着我们寻求信息和娱乐的策略以及我们对媒介的依赖程度。例如，对“情境年龄”（contextual age）这一（与生命境况相关的）概念所进行的两项研究发现，个体的自立（self-reliance）程度与个体对电视的依赖程度之间呈负相关关系，即健康状况较差和活动不太便利的个体要比健康状况较好、活动比较便利的个体更多地依赖电视（A. M. Rubin & Rubin，1982a；R. B. Rubin & Rubin，1982）。正如米勒和里斯（Miller & Reese，1982，p. 245）提出的，“对媒介的依赖似乎增加了媒介达到预期效果的机会”。他们还观察到，接触依赖型媒介（relied-upon medium）会使某些政治效果（即能动性和效能感［efficacy］）更为显著。

我们还提出了一种模式，用来强调媒介使用与媒介效果之间的关系。“使用与依赖模式”（Uses and Dependency Model）描述了个人的传播需求与传播动机、信息寻求策略、媒介使用情况、功能性替代品和媒介依赖之间的关系（A. M. Rubin & Windahl，1986）。根据这一模式，如果某些需求和动机限制了人们对信息寻求策略的选择，它们就有可能导致人们对某些传播渠道的依赖。反过来，人们对特定传播渠道的依赖也会产生其他一些效果，如态度或行为的改变等，还能反作用于其他的社会关系，使之发生变化。对媒介的仪式化使用和对媒介内容的工具性使用将会导致不同的结果。

在塞拉利昂（Sierra Leone），“使用与依赖模式”被应用于发展传播学研究。在其中一项研究中，泰勒（Taylor，1992）发现，依赖收音机获取发展信息（information about development）的人偏向于工具性地使用收音机——他们有计划地从收音机中获取信息并寻求刺激性信息；依赖报纸获取发展信息的人同样偏向于工具性地使用媒介——他们有意识地从报纸中寻找和选择刺激性信息。泰勒还观察到，与依赖性较小的人相比，那些对收音机有较大依赖性的人对国家发展表现出更大的兴趣，也更多地参与相关的活动。

社会和心理环境

“媒介依赖”这个概念强调了个人（personal）传播与中介（mediated）传播

之间的交互作用，其中涉及社会和心理环境——更确切地说，个体差异——在媒介效果产生过程中所发挥的重要作用。那些（信息）资源丰富的传播者拥有“更多可用的替代性渠道”，他们“对潜在的替代性渠道有着更广泛的认识”，他们懂得“运用多种策略来寻求讯息、进行交往”（A. M. Rubin & Rubin，1985，p. 39）。比如说，他们可能会利用好几种可得的渠道（包括电子邮件）去维持他们的人际关系（Stafford，Kline，& Dimmick，1999），但却不太可能去依赖某个人或某一特定的传播渠道。对于那些依赖某一特定媒介（如谈话广播［talk radio］或互联网）讯息的人来说，媒介效果应该更为显著。

例如，对于广播谈话节目的那些活动不便的听众来说，他们对面对面的交往感到不安，并认为别人不重视他们在人际交往中谈论的内容，因此通过电话向广播谈话节目的主持人表述自己的观点，就成为一种可行的且对人际交往不会造成威胁的替代性方式（Armstrong & Rubin，1989；also see Avery，Ellis，& Glover，1978；Turow，1974）。同样，对于那些对人际交往感到焦虑并觉得这类交往毫无意义的人来说，互联网是面对面交往的一种功能性替代品（Papacharissi & Rubin，2000；cf. Flaherty，Pearce，& Rubin，1998）。另外，那些性格外向且善于交往的人似乎更喜欢一些无需中介的活动，比如与他人进行交谈等（Finn，1997）。诸如此类的个体差异会影响到人们的交往偏好以及某些信息源作用于人们的机会。

因此，媒介使用与效果取决于人们交往（interaction）的潜力和情境。而这又极大地受到包括人们的生活方式、生命境况、个性特征等在内的社会和心理环境的影响（e. g. ，Finn & Gorr，1988；A. M. Rubin & Rubin，1982a）。生活满意度、活动的便利性、孤独感、情绪等因素对媒介使用行为有着决定性的作用。例如，生活满意度的下降和焦虑感的产生会促使人们为逃避现实而观看电视（Conway & Rubin，1991；A. M. Rubin，1985），活动不太便利且孤独感较强则会导致人们仪式化的媒介使用行为和对电视的依赖（Perse & Rubin，1990；A. M. Rubin & Rubin，1982a）。研究发现，那些电视的重度依赖者，也就是自我报告看电视上瘾者，大都是神经质的、内向的和易于烦躁的人，他们观看电视是为了忘记令人不悦的想法或调整情绪、打发时间（Mcllwraith，1998）。此外，情绪对媒介选择的影响也是非常大的，无聊感会导致人们选择那些令人兴奋的内容，而压力则会导致人们选择使人放松的内容（Bryant & Zillmann，1984）。

受众在个性特征、认知、社会属性以及动机上的差异影响着媒介接触情况、涵化效果、满意度、类社会交往状况、认同感以及对新闻的注意和阐释等（e. g. ，Carveth & Alexander，1985；Perse，1990b，1992；R. B. Rubin & McHugh，1987）。

例如，克尔奇马和格林（Krcmar & Greene，1999）发现，外向的青少年倾向于观看电视暴力节目，但那些有着冒险习性的刺激寻求者（sensation seeker）和那些观看暴力内容的人还是有所不同。约翰逊（Johnson，1995）提出，青少年在观看写实的恐怖电影时，有四种动机会对他们的认知和情感反应产生影响，这四种动机分别是为了观看血腥画面、寻求刺激、获得独立感和解决问题。而哈伍德（Harwood，1999）发现，通过观看那些表现青年人的节目，青年人的年龄组认同感（age-group identification）增强了。

结论与方向

使用与满足论认为，传播效果受社会和心理环境的制约，同时也受个体差异和个人选择的影响。受众在期望、态度、能动性、参与度等方面的差异导致了不同的媒介使用行为和结果。在文化、经济、政治和社会结构的基础上形成的个性特征、社会情境、动机、（媒介的）可得性等都会影响到媒介及其讯息可能产生的效果。

1974年，卡茨及其同事（Katz，Blumler，& Gurevitch，1974，p. 28）指出，“几乎没有任何实证性的或经验性的研究致力于将‘满足’与‘效果’联系起来”。5年后，布卢姆勒（Blumler，1979，p. 16）对上述观点回应道：“我们对于从什么样的内容中寻求到什么样的满足，又可能会促成哪些效果缺乏全面的看法”。不过，在过去的25至30年间，这种情况已有所改观。尽管研究仍然缺乏精确性，但研究者已试图将社会和心理环境、传播动机、态度、受众能动性和参与度、传播行为以及结果等联系起来进行考察。研究者更多地关注了媒介倾向和受众能动性，也因此更加重视动机在解释传播过程和结果时所起的作用。然而，我们仍然需要提高研究的针对性（尤其是在考察更新的传播媒介时）。

布卢姆勒（Blumler，1979）概括了媒介所具有的认知、转移注意力以及个人认同作用。基于这些用途，他提出了关于媒介效果的三个假设：（a）认知动机将有助于信息的获取；（b）转移注意力或逃避现实的动机将会促进受众对娱乐媒介中所描述的社会内容的准确度的认知；（c）个人认同动机将有助于强化自我。

这些假设至今仍受关注。例如，我们已经了解到，认知或工具性动机导致人们主动寻求信息和投入认知活动（Perse，1990a；A. M. Rubin，1983，1984；A. M. Rubin & Perse，1987b；A. M. Rubin & Rubin，1982b）。举例来说，利维和温达尔（Levy & Windahl，1984）发现，观看电视的计划性和意图的增强与为监视而使用媒介有很大的关系。温森特和巴兹尔（Vincent & Basil，1997）发现，监视需求的增加导致某大学生样本中的学生对所有新闻媒介的使用的增加。此外，有研究者对政治运动中认知上的或工具性的信息寻求动机和信息获取之间的关系（McLeod & Becker，1974），以及这些动机与获取有关政治候选人（Atkin & Heald，1976）及其对议题的立场等信息之间的关系加以观察后发现，为公共事务而使用媒介以及对公共事务的兴趣导致了人们政治知识的增加（Pettey，1988）。

第二个假设涉及受众转移注意力的动机和受众对媒介所描述内容的接受程度。这一假设要求我们必须考虑到态度和经验在媒介效果产生过程中所起的调节作用。我们知道，态度和经验影响着受众的认知。一些研究证实，涵化效果取决于受众对媒介内容真实性的认知（Potter，1986；A. M. Rubin et al.，1988）、受众成员对犯罪行为的个人体验（Weaver & Wakshlag，1986）等。这要求研究者进一步关注受众的态度、动机、参与度与受众对媒介内容的认知程度这二者之间的关系。

至于第三个假设，即对于那些活动不便、满意度低或感到焦虑的个体来说，媒介具有充当个人交往替代品的功能（Armstrong & Rubin，1989；Papacharissi & Rubin，2000；Perse & Rubin，1990；A. M. Rubin & Rubin，1982a）。我们还发现，社会效用（social utility）动机可能会导致受众与电视人物的类社会交往感的减弱（A. M. Rubin & Perse，1987a）。

要对媒介使用和媒介效果的产生过程加以考察，一种富有成效的方法便是研究个人的参与度。参与度影响着受众的信息获取和信息处理行为，涉及注意、参与、认知处理（cognitive processing）、情感和情绪等要素。“参与度”这一概念还引发了有关类社会交往的研究。这类研究强调媒介人物与受众成员建立了一种有着真实感的关系。“参与度”这一概念还强调了吸引力（attraction）、相仿性（similarity）、相似性（homophily）、印象整饰（impression management）、移情作用（empathy）等概念对于理解媒介和新近技术的作用和影响的实用性。例如，哈里森（Harrison，1997）认为，苗条的媒介人物所具有的人际吸引力加剧了女大学生的饮食失调。奥沙利文（O'Sullivan，2000）则研究了中介性传播渠道（如电话、对讲机、电子邮件）在人际关系中所起的印象整饰作用。

1956年，霍顿（Horton）和沃尔（Wohl）提出，广播电视人物和受众之间建立了一种虚幻的类社会交往关系。类社会交往就是一种与这些媒介人物建立友谊的感觉。它让受众成员觉得他们与媒介人物之间建立了一种情感（或情绪上的）关系（Rosengren & Windahl，1972；A. M. Rubin & Perse，1987a）。受众对这种关系的体验可以表现为“从媒介人物那儿寻求指导，将媒介人物当作朋友，想象自已成为所喜爱的节目所描绘的社会世界（social world）的一部分，并渴望见到媒介人物”（A. M. Rubin et al.，1985，pp. 156 - 157）等。受众成员常以一种类似于人们之间交朋友的方式，将特定的媒介人物看做是自然的、真实的、对他们有吸引力且与他们相似的人。各种新的媒介形态和媒介技术竞相推动着类社会关系的发展。当然，同其他类型的媒介一样，受众成员必须选择（在使用媒介时）参与其中并与之互动。

我们已经研究了人们与电视新闻主播和肥皂剧人物（A. M. Rubin & Perse，1987a，1987b）、广播谈话节目主持人（A. M. Rubin & Step，2000）以及他们所喜爱的电视人物（Conway & Rubin，1991；R. B. Rubin & McHugh，1987）之间进行的类社会交往状况。我们也提出了一项指标，试图评估这类关系发展的程度（A. M. Rubin et al.，1985；A. M. Rubin & Perse，1987a）。一般来说，涉入节目的观众（不一定是重度观众）几乎都（与媒介人物）形成了类社会交往关系。

类社会交往意味着参与性的和工具性的媒介使用，那是一种更积极的媒介使用倾向（e. g. Kim & Rubin，1997；Perse，1990b；A. M. Rubin & Perse，1987a）。它有利于营造人们的社交感；它使受众更易于被自己喜爱的电视人物所吸引（R. B. Rubin & McHugh，1987）；它有利于减少人们对于人际关系的不确定感（Perse & Rubin，1989）；它还促使受众形成与电视新闻和娱乐人物相类似的态度（Turner，1993）。类社会交往除了导致受众情感和情绪上的涉入之外，还影响着受众的媒介态度、行为和期望，并因此而强化媒介效果。例如，在分析英国观众的批评性反应时，利文斯通（Livingstone，1988）认为，肥皂剧的特性就在于要使人（在观看时）涉入其中，而这一点对媒介效果的产生具有重要的意义。此外，布朗和巴兹尔（Brown & Basil，1995）发现，对媒介名人（media celebrity）情绪上的涉入影响了劝服性传播的效果强度，它还增加了个人对健康讯息和不安全的性行为的关注。同样，我们发现，受众与讨论公共事务的广播谈话节目主持人之间的类社会交往，意味着他将有计划地、频繁地收听广播，会把主持人当作是重要的信息来源，并会觉得主持人有着很大的影响力——影响着受众对一些社会议题的认知和反应（A. M. Rubin & Step，2000）。

温达尔（Windahl，1981）提出，理论整合可能有助于克服媒介使用和媒介效果研究传统的局限性，并减少相关的批评。整合后的理论应包括以下内涵：对媒介的认知和期望引导着人们的行为；受众的动机源于某些需求、兴趣以及外在的限制条件；除了媒介消费活动之外，受众还可以从事其他的功能性替代活动；在受众的媒介体验过程中，往往有着人际交往方面的考虑；在媒介效果产生过程中，受众的能动性、参与度以及对媒介内容的态度等因素发挥着重大的影响作用。

从早期的“媒介—使用”类型学开始，研究者们就一直试图强调媒介使用和媒介效果之间的理论关联。现在对于受众成员是易变的、积极的、参与性的传播者这一点，我们已了解得比较多了。我们也看到了人际传播因素对于理解媒介使用行为和媒介效果的作用。媒介使用行为以及媒介效果的产生过程都很复杂，我们需要对其前提条件、中介因素和后续条件详加关注。对某些研究者和决策者来说，单一变量的解释仍然是很有吸引力的。不过，这类解释容易使我们忽略对媒介效果的概念复杂性（conceptual complexity）的关注。正如鲁杰罗（Ruggiero，2000）所说，在新传播媒介的初期阶段，使用与满足论是“一种最前沿的理论研究方法”。当我们试图理解新近的互动的媒介环境时，使用与满足论尤其具有价值。

致谢

《使用、满足与媒介效果研究》（*Uses*，*Gratifications*，*and Media Effects Research*）（1986）和《媒介使用和效果：使用与满足论》（*Media Uses and Effects*：*A Uses-and-Gratifications Perspective*）（1994）这两篇早期的论文为本章打下了基础。这两篇论文分别收录在由布赖恩特和齐尔曼（J. Bryant & D. Zillmann）1986 年和 1994 年所编辑的两本书中——《媒介效果论丛》（*Perspectives on Media Effects*）和《媒介效果：理论与研究前沿》（*Media Effects*：*Advances in Theory and Research*），这两本书均由劳伦斯—埃里鲍姆出版公司出版。

娱乐作为一种媒介效果

詹宁斯·布赖恩特
■ 阿拉巴马大学（University of Alabama）
多丽娜·迈伦
■阿拉巴马大学（University of Alabama）

本书的很多章节都考察了在媒介讯息生产者意料之外的讯息传播效果（例如，一些媒介讯息造成了受众对现实、侵犯性、肥胖以及性倾向等的曲解），以及媒介通过提供娱乐性、情报性讯息和商业讯息以吸引和维持数量庞大的受众而产生的附加传播效果（by-product）。其他章节则研究了那些明显带有劝服意图的讯息（如公共传播运动、政治广告）的预期效果。这些媒介效果类型无疑是重要的，并且代表着丰富的研究传统，但若从媒介影响的基准范式（normative patterns）来看，这些频频被研究的效果并不是今天大多数媒介讯息力求达到的效果。从生产者的角度来看，提供娱乐（entertainment）才是当今电子媒介讯息的主要功能和优势所在。

娱乐的概念化

娱乐是一种普遍存在的现象。任何有充分记载的文化都包含有娱乐内容。似乎人们一旦在生存斗争中有足够的时间用来消遣，就会通过某种形式的传播活动来表现危险、威胁、它们对人类的控制以及最终被消除的情况（e. g. , Hauser, 1953; Kuhn, 1962 – 1963; Malinowski, 1948）。在这些永久性的记录传给后人的同时，文化也发展出明确的仪式（rite）。这些仪式固然有助于社会结构的维系和子孙后代幸福的延续，但在很大程度上它们也被人们用于逗趣、嬉戏、作乐以及寓教于乐等等。换句话说，它们也负有娱乐功能。如果我们把娱乐粗略地定义为“用于给人带来欢乐，或通过在较小程度上展示他人的幸运或不幸、展示自身和（或）他人的特殊技艺而给人以启发的活动”，那么，这一概念所涵盖的就不仅仅是喜剧、戏剧和悲剧了。它包括了各种形式的游戏或表演，不管是运动的还是非运动的、竞技的还是非竞技的；也不论人们是仅仅观看、还是参与其中，还是单独完成这一活动。例如，娱乐活动既包括某人为自己或他人演奏音乐，也包括他人为某人演奏音乐，或某人与他人共同演奏音乐；同样，它既包括自己跳舞、他人跳舞，也包括与他人共舞。

"娱乐"的概念是如此宽泛，娱乐活动也必然会因其自身的显著性而引起那些试图理解社会现象的人们的注意——事实也的确如此。

古圣先贤

亚里士多德论快乐（*Aristotle on Pleasure*）。在《诗学》（*Poetics*, 1999）中，亚里士多德（Aristotle，384 – 322 B. C.）将肉体的快乐和精神的快乐（如公正[righteousness]或正义[justice]）区分开来。前者与人们的感性知觉（sense perceptions）有关，后者和人们的道德判断相联系。亚里士多德认为，一项活动给人带来的乐趣会推动这项活动的进行，同时也会限制其他活动的进行（Urmson, 1968）。这一论断既是近代"移置"（displacement）① 概念的先驱，也是"成瘾"（addiction）这一概念的先驱。

伊壁鸠鲁的快乐哲学（*Epicurus' Philosophy of Pleasure*）。伊壁鸠鲁（Epicurus, 341？ –270 B. C.）将快乐定义为"痛苦的反面"，认为它是一种完全没有痛苦或不安的终极状态（end-state），我们可以通过解除困境或消除痛苦之源（如饥渴、性压力）而处于这种状态（Epicurus，1993）。伊壁鸠鲁警告说，如果将对吃、喝、性行为的追求与对终极状态（快乐）的追求混为一谈，就会使人产生焦虑并对这些行为上瘾（Anderson，2001）。尽管心理学已经证明感官刺激（sensorial stimulation）和快乐是同时发生的，伊壁鸠鲁的"终极状态"概念也早已过时，但现代享乐主义学说（hedonic science）依然保留了"痛苦—快乐"的二分法（pain-pleasure dichotomy）。

关于快乐的现代观点

伟大的思想家们对快乐这个话题的兴趣持续了两千多年，但仅限于对它进行观察与思考，直到实验心理学发展起来后，他们才开始去阐释快乐到底是如何"产生"（works）的。例如，坎贝尔（Campbell，1973，p. 70）用神经生理学术语

---

① 据《心理学百科全书》（浙江教育出版社，1995，p. 1135），"移置"（displacement）[0] 是指无意识地将指向某一对象的情感、意图和幻想转移到另一个对象或替代的象征物上，以减轻精神负担，获得心理安宁。——译者注

将快乐重新定义为“边缘区域（limbic areas）① 的激活（activation）”。“当正常动物（包括人类）的体表感觉器官受到刺激时，大脑深处的快乐区域（pleasure areas）就被激活”（Campbell，1973，pp. 40－41）。因此我们说“感到快乐”并不是偶然的（Campbell，1973，p. 65）。神经生理学由此证实了亚里士多德所说的“肉体的快乐”。

鲍斯菲尔德（Bousfield，1926/1999）改进了伊壁鸠鲁的模式。他提出，快乐真正的对立面并非痛苦。“从某种程度上说，快乐似乎与紧张消除的程度成比例”（p. 28），因此，快乐“既与时间系数相关，又与紧张系数相关”（p. 29）。这就与弗洛伊德的观点相一致（Freud，1920/1989）。弗洛伊德认为，痛苦和快乐取决于精神生活中的刺激量（quantity of excitation），以及特定时间内紧张消除或加剧的程度。鲍斯菲尔德（Bousfield，1926/1999，p. 26）赞成这种观点，并认为“感到不愉快的程度与表现出紧张的程度是相对成比例的”。他还进一步观察到，“在紧张最初产生之前是没有紧张可供减少的，因此在痛苦或潜在的痛苦最初产生之前也是没有快乐的。因此最后的可能是，在恨或潜在的恨最初产生以前也是不可能有爱的”（pp. 88－89）。

当代一些理论家对“快乐就是紧张的减少”这一观念提出了质疑，因为研究发现，快乐和痛苦（的信息）似乎是由不同的神经介质（neurotransmitter）② 负责传递（mediate）的，快乐和痛苦有可能同时发生，也可能快速交替发生，从而导致内在冲突（internal conflict）的产生（Kahneman，Diener，& Schwarz，1999）。这一模式就指出了另外一种可能，即情感的评估是二价的（bivalent）而不是两极的（bipolar）（Cacioppo & Berntson，1994；Ito & Cacioppo，1999）。兰（Lang，1995）认为，这两种模式（“二价的”与“两极的”）不一定相互排斥。如果负责传递“愉快”（good）与“不快”（bad）（信息）的神经介质各自遵循不同的活动机制（mechanism），使这两类活动既相互刺激又相互抑制，同时，这两类活动的不同活动水平（level of activity）之间产生了差值（difference），那么一个二

① 据《简明心理学辞典》（安徽人民出版社，2004，p. 17），边缘系统（limbic system）是对丘脑、下丘脑、杏仁核、海马、中脑以及相互联系的纤维束等结构的合称，参与嗅觉、内脏、内分泌、自主神经、性行为、摄食、学习、记忆等的调控，也与情绪性或动机性行为有关。——译者注

② 神经介质是神经系统传递信息的化学物质。人的神经是由多个神经细胞连接而成的，“信号”从一点传递到另一点，需要经过神经细胞之间的缝隙。神经信息通常以电信号的形式通过神经纤维，神经系统采用释放神经介质的方式让信号跨过细胞之间的缝隙，把信息传给相邻的神经细胞，直到执行“命令”的功能区域。人脑含有多种不同的神经介质。这些神经介质分别负责传递感觉、运动、觉醒、睡眠、记忆、情绪等各种各样的神经信号，里面包括能够让人感到快活的神经信号。——译者注

价的系统也可能导致一种两极的结构。戴维森（Davidson，1992）认为，大脑可以计算出不同系统（这些系统负责传递积极情感和消极情感）之间活动水平的总和（sum）与差值。他还提出，（大脑所作出的）“愉快”或者“不快”的评估与一定的差值相对应，而情绪的唤起（emotional arousal）则是与这两个系统总的活动相对应——这就可以解释为什么有的娱乐形式让人感到兴奋却并不让人感到“愉快”。

痛苦和快乐的并存对于探讨与媒介相关的快乐尤为重要，因为媒介内容既能造成自下而上的感官刺激——远程呈现（telepresence）领域技术的进步极大地提高了媒介在这方面的能力（Tamborini，2000），又能引起自上而下直达快感区域的大脑皮层活动。被激活的神经网络（neural networks）可能包含着各种痛苦和快乐，这就给享乐主义对快乐的解释提出了一个尖锐的问题。

新瓶装旧酒

如果想到几千年来，娱乐的内容始终是关于性和暴力——这类不变的诱惑，娱乐的历史可能是令人失望的。然而，也存在着一些始终与快乐相关（pleasure-related）的问题，它们可以显示出快乐和娱乐理论的发展，尽管这些发展有时显得缓慢而又曲折。

竞技场与文化移入（acculturation） 在古老的地中海世界，人类的主要事务就是战争，有大量的男性公民卷入其中。战争中固有的愉悦（源于极度的身体训练以及最终对胜利［即杀戮和抢劫他人并占有曾属于敌人的物品和快乐］的分享）似乎使战士们一直忙于毁灭。身体能力（physical ability）和武器操控（杀戮技巧）开始与财富、地位和性欲的满足联系起来，其价值也因此而延伸到和平时期的活动当中。不打仗的时候，古希腊和古罗马的男性就以身体训练（physical training）、运动竞赛（如于公元前776年在希腊开办的奥林匹克运动会，以及另外三个分别在德尔斐［Delphy］、尼米亚［Nemea］和科林斯［Corinth］举办的著名运动会）和角斗比赛（gladiatorial games）（斗兽表演）为乐。如今，我们已很难想象古代竞技的流行程度，但仅仅是下面这一点就足以说明——在恺撒（Julius Caesar）时期（公元前1世纪）重建的古罗马大竞技场可以容纳15万观众，到了康斯坦丁大帝（Constantine I）时期可以容纳25万观众。公元4世纪中叶，罗马帝国一年有175天都在进行官方的娱乐活动，其中大部分是各种比赛（Zillmann，2000b）。

斯多葛学派（the stoics，fifth century B. C.）以及后来的（哲学家）西塞罗

（Cicero，106 – 43 B. C.）都很重视这种斗兽表演，认为它真实地展现了痛苦和死亡，能够提高观众对普遍不尽如人意的现实的忍受能力（Frau-Meigs & Jehel，1997）。他们的观点反映出各个社会不同时期“通过仪式”（rites of passage）① 所具有的共同图式（schema），而这一图式也解释了当前青少年观看恐怖电影的行为（Zillmann，1998b；Zillmann & Gibson，1996；Zillmann & Weaver，1996）。博克（Bok，1998，p. 16）进一步指出，古罗马时期推行斗兽表演乃是一种官方政策：“暴力表演转移了全体市民的注意力，他们被此吸引并以此为乐”，而且它“为一个尚武国家所需的暴力提供了持续不断的文化移入”。

悲剧、宣泄和伦理 在古地中海世界，暴力娱乐还有另外一种形式：悲剧。早期的哲学家对人们自发观看戏剧表示担忧，认为这些戏剧会自然而然地引发人们强烈的消极情感。其中柏拉图（Plato，427 – 347 B. C.）对这类效果最为担忧。他认为，“移情性痛苦（empathic distress）易使人们对自身所遭遇的不幸产生自怜（self-pity）。他认为这种敏感性（sensitivity）与他的美德观（notion of virtue）相悖，是不恰当的，因此应该完全取消这类戏剧形式”（Zillmann，1998a，p. 5）。柏拉图的观点与现代的一些观点——如人们有着反复经受、预演移情性痛苦（repeated exposure，rehearsal of empathic distress）的倾向，人们的恐惧和怜悯图式具有长期的易接近性（chronic accessibility）等等——相一致。恐惧和怜悯这类图式对于维持古代尚武国家和帝国所必需的好战者思维模式来说显然是一种威胁。

亚里士多德（Aristotle，384 – 322 B. C.）与柏拉图的观点不同，他提出了宣泄假说（catharsis hypothesis）。亚里士多德认为，悲剧可以让观众体验到恐惧并产生怜悯，从而清除掉心中的恐惧和怜悯。直到心理学的发展使人们可以进行经验主义的测试，媒介效果研究随后也提出大量的反驳意见之后，思想家们才不再为这两千多年前的宣泄观所困扰。尽管经验主义研究在很大程度上并不支持亚里士多德的宣泄观（e. g.，Geen & Quanty，1977；Zillmann，1998a），但这种观点仍然作为一个“传奇”保留了下来（Harris & Scott，in press）。

齐尔曼（Zillmann，1998b）对戏剧的吸引力做了另一番解释。他指出，从亚里士多德的宣泄理论到弗洛伊德的自我混淆理论（ego confusion theory），“角色认同”这一概念始终不能说明观众为什么会因他人的痛苦而感到快乐（Zillmann，1998b）。齐尔曼认为，我们是作为第三者来观看戏剧的（Zillmann，1991a），并

① “通过仪式”（rites of passage），是指在一个人在进入其生命历程的各个阶段（如出生、青春期、结婚和死亡）时举行的标志其社会地位变化的仪式。通过仪式使变动了的社会关系或新形成的社会关系获得社会的共同确认。——译者注

且是自发地而非机械地对角色感到认同（Zillmann，1998b）——我们选择我们愿意认同的角色，并决定对其认同的程度和认同持续的时间，以达到个人最大的快乐。齐尔曼的倾向理论（disposition theory）（e. g.，Zillmann，1985，1994；Zillmann & Cantor，1977）或者称之为倾向调整（dispositional alignment）理论（Zillmann，1998b）提出，对角色的倾向（喜欢或不喜欢）左右着我们的道德判断，并使我们因敌人（他们理应受到惩罚）受到伤害而感到快乐（Zillmann & Bryant，1975）。尽管是在反驳宣泄理论，齐尔曼的倾向调整理论却证实了亚里士多德的直觉，即人们不仅从（自下而上的）感官刺激中获得快乐，也从行使道德判断中获得快乐（Zillmann，2000a），这意味着在快乐产生的过程中还包括自上而下的大脑皮层活动。

齐尔曼的倾向理论说明，人们通过观看暴力所获得的乐趣是以对社会规范的认同作为基础的。作为对这一理论的补充，齐尔曼还提出了一个破坏规范理论（norm violation theory）。这一理论认为，暴力所带来的乐趣取决于人们“破坏社会公认的行为规范或看到他人破坏这些行为规范的欲望”（Tamborini，Stiff，& Zillmann，1987，p. 584）。尼采（Nietzsche，1886/1966，1887/1956）曾颂扬残酷（cruelty），称它“令人释放、令人振奋”（liberating and exhilarating），齐尔曼的破坏规范理论正与这一观点有关（Bok，1998，p. 27）。在一个令个体感到压抑的规范体系中，尼采和齐尔曼所说的“违反规范的快乐”具有重大的意义。它是除弗洛伊德（Freud，1993）的死亡本能理论（神秘的死亡本能驱使人们走向自我毁灭并毁灭他人）之外另一种令人感兴趣的说法。齐尔曼的破坏规范理论可以用来说明硬摇滚、重金属音乐、冈斯特说唱乐（gangsta）以及其他类似的暴力音乐（其歌词创造了一个混杂着“恶魔崇拜［satanism］、毒品滥用、性侵犯和谋杀”的世界）在美国如此流行的原因（Jipping，2001，p. 65）。

我们的时代，我们的快乐问题

为了寻找快乐理论的立足点，我们不断地回顾历史，希望这已使读者对享乐主义问题化及理论化有所了解了。现在是时候该问一问了：媒介时代的思考者是否提出了什么新的议题？

拉康和巴尔特：短暂的狂喜（Jouissance） 拉康（Lacan，1979）对弗洛伊德（Freud，1920/1989）保守的、内衡的（homeostatic）快乐原则提出质疑，并提出了另一种关于“狂喜”或“欲望”的看法，认为那是对无法达到的境界的永不休止的追求。巴尔特（Barthes，1973/1990）认为，保守的、内衡的快乐多与文化有关。他支持追求极乐（bliss）或狂喜，认为它们是一种自然发生的剧变，与使人们感到不安的历史、文化及心理方面的假想有关。在巴尔特看来，“极端（extreme）导致了（斜体表示强调）极乐：普遍的堕落很快就引发了各种附属结果：声望、虚饰、对抗……”（pp. 51－52）。除了这些附属结果趋向于延伸快乐之外，巴尔特所说的“极乐”还具有一种看似自相矛盾的“逐渐消失的瞬时性”（evanescent momentariness）特征：极乐是快乐最终也是最强烈的阶段，是一种介于快乐和超越了快乐的焦虑与死亡之间的状态，是一种介于自我巩固（consolidation of the ego）和自我消亡（dissolution）之间的状态。这一时刻快感的强度显然要归于体验快感的同时对快感即将消逝的愈来愈越强烈的预感。在快乐最大化的过程中，快乐的消逝或终结反而成为最重要的因素。因此，更直截了当地说，我们是有意识地、自愿地、故意地以死亡来愉悦自己。巴尔特的极乐理论最终可以解释角斗士和斗牛士“与死亡共舞的浪漫”（Guttmann，1998，p. 24），以及在凶杀色情片中通过性折磨虐杀妇女所带来的恐怖刺激（Jacob，2000）。

利奥塔尔：思想带来更大的愉悦（Joy） 利奥塔尔（Lyotard，1988）在他的后现代美学思想中将“极端”（the sublime）重新定义为“对永不可能在思想层面去呈现现实事物”的忧郁和绝望，它“凌驾于我们所要求的愉悦之上”（p. 179）。在利奥塔尔之前，从古代到现代，快乐一直是对智慧的挑战，而智慧是用来控制并利用理性战胜本能的、自发的快乐的。利奥塔尔给享乐主义（hedonism）披上了一件新的外衣——设计快乐并充当领导和权威——这就带来了一个新的问题：经验和思维能力之间的差距。打个比方，利奥塔尔的宏大“思想”就是：驱策一匹精疲力竭的耕马去追寻快乐，并以热情喂食以使之飞翔。毫无疑问，人们得到的快乐必然低于想象中的快乐。由于现实生活中能够获得的快乐注定是令人失望的，所以我们往往停留在思想当中，从“意想的现实”中寻求快乐。

巴尔特或多或少地描述了极致的快乐，利奥塔尔又将制造快乐的责任（领导权）推给了大脑皮层活动。问题是，脑皮层能完成这些任务吗？这些任务是否能实现？

享乐主义理论现状概览

坎贝尔（Campbell，1973，p. 110）曾说，“动物生来就是快乐的找寻者”这个大胆的断言乃是基于这样的发现：用于寻找快乐的神经纤维（nerve fibers）与控制着生物个体及其物种生存所必需的生理功能（如心跳、呼吸、血压以及性兴奋等）的神经纤维紧密地纠缠在一起。这些生理功能会激活快感网络（pleasure networks），反过来，它们也会被快感区域（pleasure areas）的神经束（neural constellations）所激活。由此，边缘系统（limbic system）（快感总部［pleasure headquarters］）就作为一种共同调节系统，对（生物的）基本生存功能起着调节作用。

边缘系统是早期脊椎动物大脑的核心部分，这意味着“它逐渐进化成一种更有效的寻求快乐的组织体（organizer），而即使是与我们最亲近的无脊椎动物的祖先也不曾有过这样的组织体”（Campbell，1973）。（边缘系统的）效率来源于中央集权式的控制：“大脑的其他部分存在并发挥作用，完全是为了彻底地激活边缘系统。”（p. 67）即使是支持诸如逻辑或时空参照（time and space referencing）等高级活动的新皮层（neocortex），“它们之所以得以存在和进化，也是因为它们复杂精细的神经元组织（neuronal organization）能最有效地保持边缘系统的活跃”（p. 68）。在日常生活中，“当（快感区域的）激活水平下降时，控制着参与探究行为（exploratory behavior）的肌肉的运动中枢（motor centers）就会感受到神经冲动（nerve impulse），直到动物找到新的感官刺激源以及新的暂时可产生快乐的来源为止。这个系统应被看做是行为的最根本、最基础的神经机制”（Campbell，1973，pp. 76 – 77）。

如果我们能够获得比日常生活经验中所能体验到的更为强烈的快乐，将会发生什么呢？颅内自我刺激（self-stimulation）实验表明，寻求快乐的强制性行为优先于其他行为。这个发现使脑科学家得出这样的结论，即动物（包括人在内）在其正常生活中所做的任何事情，它们的整个行为，都“直接指向唤起快感区域的脑电活动（electrical activity）”（Campbell，1973，p. 66）。所以，无论是对人们把制造快乐作为他们生活的主要活动横加指责，还是对人们所具有的不断追求更强烈的快乐的本能倾向加以谴责，都是不合情理的。

反抗基因专制（genetic tyranny） 上天赋予了我们生存及快乐的本能，但这并不意味着我们可以无限度地利用我们的身体寻欢作乐。大自然也为我们制造了一些障碍，而人类则一直试图逾越这些障碍。我们似乎卷入了一场与自然争夺快乐的竞赛。格林菲尔德（Greenfield，2000，p. 43）认为，这场竞赛使个体的快乐多样化和个性化了，使我们更像是人（而不是动物）：“人类更为复杂精密的大脑将我们从顽固的基因专制中解放出来，并使我们能够通过与环境的互动来完善个体发育程序（ontogenetic agendas）。”① 她的观点引发了对（争夺）快乐的竞赛的

---

① 这里参照《心理学大词典》（林崇德等编，上海教育出版社，2004 年版）对“ontogenetic sequence”一词的解释。“Ontogenetic sequence”，个体发育的顺序，弗洛伊德心理性欲发展术语。个体每个器官或器官系统都要经历一个迅速发展的关键阶段，在一个特定时间上有其特征，发展有着固定的顺序。——译者注

考察。

为快乐而存在：自主神经系统（autonomic system） 五官是刺激边缘系统的主要来源，是环境与个体自主神经系统的接合点（interface）。作为人脑的一部分，自主神经系统掌管着基本的生存和繁殖过程，并保证这些功能"自动地"（无意识地）被执行。自主活动带来的快乐具有生存价值，因为它（通过将不适最小化，快乐最大化），能促使我们与世界保持联系并适应这个世界（Greenfield，2000）。

自主神经系统为以下两种功能的发挥提供能量并起着监控作用：一是维持（例行）程序的功能，这一功能所需的资源配置是最小的；二是维持那些用来支援紧急活动的程序的功能，这一功能所需的资源配置是最大的（如"斗争—逃避"反应［fight-or-flight response］、性交活动）。

自主活动在意识层面上的显露往往与剥夺（deprivation）（因缺乏而产生痛苦，并因缺乏得到补偿而产生快乐，如因在丧失行动能力后又恢复行动能力而感到快乐，或因在拥挤的房间里窒息后，又呼吸到新鲜空气而感到快乐）有关。不过，在需要消耗大量能量的活动当中，人们也有可能有意识地体验快乐。文学中就曾出现这样的例子，如"英国飞行员和纳粹德国空军高涨的战斗热情"（Campbell，1973，p. 198），"跑步者快感"（runner's high）① 等等（Kahneman，Diener，& Schwarz，1999，p. xi）。在这种情况下，快乐的功能就是补充那些超出了用以维持自主活动基本水平的"自主"配置以外的资源投入。

实施控制：你的自我/记忆会使你快乐 我们的身体也会进行"享乐主义选择"（hedonic choice），其结果是给我们带来"快乐"。任何活动都含有享乐的成分（Bargh，1997；Zajonc，1980，1997），这就意味着在进行这些活动的过程中被激活的神经束里都含有位于快感区域的神经元（neuron）。神经元有一种特性，即任何一次激活都会使它发生不可逆转的改变。它们的可塑性（plasticity）使我们可以保存与个体的连续体验相对应的活化模式（patterns of activation）。通过相似的体验对神经元的反复活化，神经元之间建立起近乎永恒的、使我们的大脑具有个性化特征的联系（优先路径［preferred pathways］），从而为我们对世界的体验

---

① 这里参照《心理学大词典》（林崇德等编，上海教育出版社，2004 年版）对"runner's glee"一词的解释。"跑步者快感"（runner's glee），亦称"跑步者高潮"，指个体跑步锻炼过程中体验到的一种欣快感，通常是短时间的一过性体验，且是不可预料地突然出现，出现时，跑步者感受到一种良好的身心状态，自身与情境融为一体，身体轻松，忘却自我，充满活力，超越时空障碍，主观上感到时间过程慢了，路程变短，地心引力对身体的阻力减小了。——译者注

赋予意义（Greenfield，2000）。这个依据个人体验所形成的细胞回路（cell circuitry）“总是随着我们生活每一刻的变化而不断更新”（Greenfield，2000，p. 13）。

前额皮质（prefrontal cortex）维持着人类记忆中最复杂的部分，它通过时空参照系（对形成个体历史来说是必不可少的）赋予大脑个性化的特征。尽管“黑猩猩的DNA与人类的差别只有1%”（Greenfield，2000，p. 45），但这些与我们体重相当的灵长类动物，其前额皮质只有我们的一半大。这说明了人类对前额皮质的频繁使用以及它对人脑的重要性。体验的情境化（contextualization）使人们可以对那些能带来相似快乐的情境（而非孤立的刺激）加以识别和选择。从理论上讲，这既有利于享乐的最优化（optimization），又有利于生物体的体内平衡。从实践上说，这也使我们成为日渐稳固的（封闭的）快乐领域（universe of pleasures）的囚徒。出现这种令人遗憾的趋向，主要应归咎于我们记忆的自然衰退（即未使用的链条的钝化［deactivation］）。对效率（efficiency）的强调把我们推向那些极端的、易得的（感官的）可以产生快乐的来源，并使我们漠视其他活动，这些活动要么只能提供较少的乐趣，要么虽然可以提供较大的乐趣，但从中获得乐趣的难度也更大（包括带来更多的痛苦）。正如一个儿童一旦养成了听重金属音乐的习惯，他/她就不太愿意去学习演奏长笛；而一个十几岁的青少年一旦迷上硬色情作品（hard porn），他/她对性心理学书籍的兴趣就会降低。

与自然争夺快乐的竞赛

自主神经活动 快乐寻求者（pleasure seeker）的自主神经在应对各种刺激时能自动产生快乐反应，并把这类刺激送达意识层面。要增强这种自主神经引发的快乐（与五官以及吃、喝、身体活动或性活动等基本活动有关），就需要平衡各种刺激，同时把它们应用到一些自主活动当中，并进一步地通过与其他非自主活动或刺激相结合的方式来协同加强自主活动。

不过，额外的快乐是要付出代价的。人体无论是被剥夺各种刺激还是接受过度刺激，都会使协调有序的自主神经系统失衡，效率和（或）效力下降（导致资源损耗或资源浪费）。长此以往，就有可能导致人生理衰竭（physical exhaustion），并使人生病。幸运的是，有些自然保护机制在不断地进化，它们可以对人类对快乐的贪欲起到节制作用，并促进体内平衡（系统的稳定性）。

适应（adaptation） 最基本的安全机制就是“适应”，即使个体的体表感官对刺激的感受能力减弱（Campbell，1973）。快乐寻求者避免自身产生适应性的策略就是不断地改变刺激源并不断地寻求新的刺激源。处理新刺激的周转率的加快使快乐寻求者感官不断受到冲击，并体验到强烈的快乐（Greenfield，2000）。

快乐的逆转（hedonic reversal） 防止刺激过度的第二种自然保护机制就是快乐的逆转。当变化的速度过快，刺激的密度过大时，人的处理能力无法应付，对这种享乐活动的体验就会自然而然地由快乐逆转为不快乐。"当刺激太快太新颖的时候，快乐就逐渐变成了恐怖"（Greenfield，2000，p. 113）。

避免这个问题的策略之一，就是按照使刺激最优化、快乐平衡最大化的方式来选择刺激来源。齐尔曼（Zillmann，1988；Bryant & Zillmann，1984）的情绪管理理论（mood *management* theory）和阿普特尔（Apter，1994）的"暴力享乐的逆转"理论（reversal theory of enjoyment of violence）都认可这样的观念，即曲线性的刺激才能产生快乐，刺激水平过高或过低都会导致不快的产生。

避免快乐逆转的另一个策略就是通过构建"保护性的结构"（protective frame）（Apter，1994，p. 9）来"维持纯粹的快乐"（pure pleasure）（Greenfield，2000），从而使快乐的寻求者感觉不到当时正处于难以避免的个人危险之中。比如，体育运动就给人以"受保护的"体验，它充分地利用了环境中的危险并主要通过设备来控制风险（如跳伞运动配备降落伞）；游戏则充分利用了人际交往可能产生的危险，并主要通过规则和设备来控制风险；而公开表演（spectacle）则利用了所有可能的危险，并通过人造环境（具有可控性）和体验的间接性（替代性）来限制风险，这种间接性使观看者能够选择——是对表演感同身受还是漠然视之。

习惯化（habituation） 第三种防止过度刺激的自然保护机制就是"习惯化"，即个体通过重复的刺激体验所获得的一种"安全认知"（safety cognition）。如果先前的体验中令人不快的（具有潜在危险的）某种刺激并没有被强化（就其害处而言），那么大脑就会仅仅因为"没有什么可担心的"而决定对它"忽略不计"（Campbell，1973，p. 73）。

快乐的寻求者克服这种自然保护的策略就是以记忆自身的规则来战胜记忆，即通过增加刺激的强度（能强化刺激并巩固记忆痕［memory trace］）和重复（有助于形成长期的可接近性［accessibility］）来战胜记忆。一个典型的例子是，如果一个十几岁的孩子反复播放同一段音乐，并将音量调得越来越大，这可以持续不断地给他带来快乐，却会使他的邻居无法适应。

有关娱乐的研究方法

除了哲学家和心理学家所作的重要贡献之外，传播学研究者也从"使用"与

“满足”的角度对大众媒介的内容进行了探讨（e.g.，Blumler & Katz，1974；Katz，Gurevitch，& Haas，1973；Palmgreen & Rayburn，1982）。尽管研究者们慢慢地才认识到收音机和电视机的主要用途在于娱乐（cf. Tannenbaum，1980），而且承认这一事实会使无数干劲十足的媒介理想主义者梦想破灭，他们还是开始了有关人们消费什么、为何消费的具体调查。对这些调查的评估是探索性的，并且在很大程度上是非理论化的。调查大多采用访谈的方法，以问卷作为主要的手段。在非结构性访谈或不同程度的结构性访谈中，媒介使用者陈述了他们对于自己为何消费特定的媒介内容的看法（e.g.，Blumler & Katz，1974）。

通过对此类调查的评估，研究者提出了很有价值的意见，使我们能够了解娱乐消费者对自己选择或者憎恶某些媒介内容的动机的看法。但是，从是否正确反映了消费者的实际动机（这些实际动机会影响消费者的娱乐选择）来说，这些看法未必是与事实相符的。消费者可能并没有意识到真正决定其选择的因素。即使确实反省了这些决定性的因素，他们也有可能不能清楚地表达出来。此外，不管消费者知道什么，能清楚地表达什么，他们都有理由为了展现良好的自我形象而对这些决定性因素加以歪曲。因此，我们应当审慎地看待许多有关人们娱乐消费动机的调查结果，把它们看做是启发性的而非结论性的。我们应该把在消费者内省的基础上得出的有关动机的说法看做是有待测试的假设，需要通过测试来避免内省评估（introspective assessments）所具有的问题和局限性。正如我们所知道的那样，这类测试属于行为研究（behavioral research）的范畴。

几十年来，心理学家和传播学研究者在研究传播现象时，都成功地采用了行为研究的取向（behavioral approach），集中于研究劝服（e.g.，Rosnow & Robinson，1967）、人际传播（e.g.，Berscheid & Waister，1969；Miller，1966）、非语言传播（e.g.，Harper，Wiens，& Matarazzo，1978；Knapp，1978）、反社会讯息（asocial messages）（e.g.，Donnerstein，1980；Geen，1976）和亲社会讯息（prosocial messages）（e.g.，Rushton，1979）的影响等方面。令人奇怪的是，直到最近才有研究者意识到，行为研究的取向同样适用于研究“人们为何享受一切他们从娱乐中所能享受到的东西”这一问题。最近才发布的一项研究从行为方式上探讨了对娱乐和教化（enlightenment）起决定作用的因素，并普遍地运用它们来检测有关动机的调查研究以及动机与情绪理论（motivation and emotion theory）所提出来的观点。

本章试图对目前已有的关于娱乐消费以及它直接的情感效果方面的行为研究的成果做一综述。对于消费者选择特定的消费内容的动机特别感兴趣的读者，可以参照阿特金（Atkin，1985）和鲁宾（Rubin，chap. 20）对相关研究所做的最新评论。我们先简单地回顾有关娱乐节目的选择的研究，然后再转向对娱乐讯息所带来的乐趣方面的理论和研究。

对娱乐（节目）的选择性接触

人们可能是经过深思熟虑之后，才对娱乐节目作出选择的。他们可能被某个特定的节目所吸引，决定观看它，也可能决定等这个节目一开始就马上转向观看它。不过，在通常的情况下，人们似乎并不是这么仔细谨慎地作出选择的。对娱乐节目的选择常常是“冲动性的”。在特定的时间里，在特定的环境下，不管出于何种原因，人们总是选择那些最具吸引力的节目。对很多受试者（即使不是大多数受试者）来说，他们也不太清楚到底是哪些因素决定了节目的这种吸引力。当使用传统的非互动性媒介（noninteractive media）时，我们几乎不能期望受试者对摆在他们面前的可供选择的节目进行正式而又明确的价值比较。他们选择的时候更可能是“漫不经心的”，在评估节目的吸引力以及最终作出选择时也没有什么不变的标准。如果我们同意下面的观点，即对娱乐节目的大多数选择是自发的，并不是像商业交易那样事先计划好的，我们就可以推断出，这些选择是随情境而变化的，受试者不需要知道，而且可能也并不知道他们为什么作出这些选择。

基于上述观点，研究者提出了两种理论——选择性接触理论（selective-exposure theory）（e. g.，Zillmann & Bryant，1985）和情绪管理理论（e. g.，Zillmann，1988，2000c）。这两种理论获得了大量的经验性研究的支持。情绪管理理论常以选择性接触理论及其假设作为方法上的依托，“为了使坏情绪持续的时间缩短、体验的强度减弱，好情绪持续的时间延长、体验的强度增大，且由所能体验到的强度最大的好情绪终结并取代坏情绪，人们往往会安排他们所需的刺激环境”（Zillmann，2000c，pp. 103－104）。

结果：兴奋还是放松（relaxation）

对受试者来说，娱乐内容可以使他们相当地兴奋（cf. Zillmann，1982）。这种兴奋主要表现为在自主神经系统中交感神经的活动明显地占据主导地位，并使人产生强烈的情感反应（affective reactions）。从享乐的角度来说，这些反应可以是正面的也可以是负面的，这主要取决于受试者对节目内容的特殊评价。与处于高度兴奋状态的人相比，电视显然能使那些处于低度兴奋状态的人产生更大的兴奋。电视的这种能力在某种程度上可能会影响到人们对娱乐节目的选择，且相对于面临着不确定性、竞争以及其他压力（简言之，即承受着过度刺激和压力）的人来说，电视更能使那些不幸整天从事单调乏味的例行工作的人感到兴奋。我们假设在正常范围内波动的兴奋水平（levels of excitation）是个人感到快乐的必要非充分条件。根据这一假设可知，人们可以利用电视或其他媒介的娱乐节目来调节自身的兴奋度（Zillmann & Bryant，1985）。受刺激过少、感到无聊的人渴望收看令人兴奋的电视节目。即使这些节目从本质上来说并不是令人愉快的，收看它们也会带来令人愉快的体验，因为它们会把人们带回到与感到快乐时相似的兴奋水平。如果节目本质上就是令人愉快的，那就更好了。因此，对于那些受刺激过少、感到无聊的人来说，接触令人兴奋的电视节目可以使他们很容易地（即费力最小、最安全地）回到一种更令人快乐，因而也更令人满意的状态中。坦白地说，这类娱乐消费者对电视或其他任何媒介所提供的任何刺激都会表示欣赏（Tannenbaum，1980）。

但娱乐的作用并不仅仅是令人兴奋。它还具有抚慰作用，能使人平静下来（cf. Zillmann，1982）。这种功能对那些心情焦躁、心烦意乱，处于气恼、愤怒、狂乱或其他不安状态的人都有好处。上述所有的感受都与交感神经的过度活跃有关，因而接触那些令人平静、使人放松的娱乐节目显然可以使这类人从中受益。因为这种接触可以降低人们的兴奋度并使之回复到令人舒适的水平。所以，焦虑不安的人最好是避免接触使人激动的节目，而去寻求那些能够使他们平静下来的节目。

直觉依据（Intuitive Grounds）

电视具有令人兴奋和调节情绪的效果，这是毋庸置疑的。但我们是否可以就此推断，在挑选节目观看时，人们是为了达到兴奋平衡状态而作出选择呢？人们会不会本能地、不假思索地作出有利于自己的选择呢？我们能否假设，感到无聊的人更喜欢令人兴奋的而不是令人放松的节目，而焦虑不安的人则正好相反？我们确实可以这样假设。不过前提是，感到无聊的人观看令人激动的节目时，感到焦虑不安的人观看使人放松的节目时都感到一种解脱，这种解脱感带来一种反向强化效果，使最初随机选择的模式渐渐固定下来，形成与具体情绪相关的娱乐偏好（entertainment preferences）（cf. Zillmann & Bryant，1985）。实验研究（Bryant & Zillmann，1984）已经证明，人们会形成与具体情绪相关的娱乐偏好（即个体对在特定的情感状态下何种内容对自身有利形成一种潜在的认识，并据此来选择节目）。这项实验让参与者先处于一种无聊的或令人焦虑的环境当中，然后在等待时间里允许他们观看自己喜欢的电视节目，分别有三个令人兴奋的和令人放松的节目可供选择。观看节目的时间被悄悄记录下来。数据表明，令人兴奋的节目明显地对那些感到无聊的参与者更有吸引力，而使人放松的节目则显然对那些感到焦虑不安的参与者更有吸引力。

实验同时还评估了对刺激的自决（self-determined）接触所产生的效果。结果发现，几乎所有的参与者都选择了那些有利于他们从令人不快的兴奋状态中有效地解脱出来的内容。事实上，几乎所有的参与者都矫枉过正了，也就是说，感到无聊的参与者其最终的兴奋水平超过了基本水平，而感到焦虑的参与者其最终的兴奋水平反而低于基本水平。只有少数几个感到无聊的参与者没有像预期的那样，反而是选择观看使人放松的节目，结果他们始终处在低于正常水平的兴奋状态之中。

最终的情感解脱

消费娱乐节目的好处是不言而喻的，人们对此的认识并不仅仅局限于内容是令人兴奋还是使人平静上，还包括了其他一些讯息特征。实验研究表明，人们对不同（刺激）程度的节目的选择取决于他们的情感状态。想通过转移注意力来调整情绪（即摆脱坏情绪）的人倾向于选择非常有吸引力的节目，而那些不太需要转移注意力的人对这类节目就不太感兴趣了（cf. Zillmann & Bryant，1985）。那些面临着尖锐问题（如因受人挑衅，被人要求采取纠偏行动［corrective action］而感到愤怒），即使通过娱乐转移注意力也不能帮助其逃避问题或从中解脱的人则倾向于完全不看，至少是暂时不看娱乐节目（Christ & Medoff，1984）。

在寻求情绪好转（即终止坏情绪，转入好情绪或促进并维持好情绪）的过程中，幽默节目和喜剧似乎发挥着一种特殊的作用。对于那些迫切需要振奋精神的人来说，欢乐和笑声肯定是相当具有吸引力的。一般来说，情绪低落的人应该会选择那些看似能直接而频繁地激发正面情感的娱乐节目。他们可能会强烈地倾向于选择喜剧以及其他类似的可供选择的节目。

对处于月经周期（menstrual cycle）不同阶段的女性所进行的一项调查最有力地支持了这一观点（Meadowcroft & Zillmann，1984）。研究认为，如果经前综合征（premenstrual syndrome）主要是因月经周期前期能够提供麻痹保护作用的孕酮和雌激素水平的迅速下降而造成，那么行经前和行经中的女性情绪会非常糟糕（假设这种情绪不是由沮丧感造成的）。这些女性因此就会觉得非常需要通过欢乐和笑声来缓解情绪低落的状况。到了月经周期的中期，当女性体内的雌激素水平和孕酮水平都上升之后，这种需要即使仍然存在，也不那么明显了。由于经期前和经期中的女性对于她们的痛苦几乎无计可施，所以任何一种喜剧都成了最为便利的缓解方法，这些喜剧也因此而变得非常具有吸引力。

为了检验这一假设，参加实验的女性被要求从知名的情景喜剧、动作片和电视竞赛节目中选择她们喜欢观看的节目。然后，研究者将整个月经周期以 4 天为一个阶段划分开来，根据参与者当时所处的阶段进行分组，再追踪她们选择节目进行消费的情况，并假设这是由荷尔蒙的分泌状况所决定的。在证实这一假设的过程中，研究者发现，经期前和经期中的女性接触喜剧的愿望确实比处于月经周期其他阶段的女性要强烈得多。在月经周期的中期，女性很少表现出对喜剧的兴趣，相反却对电视剧有兴趣。不过，在天气阴沉的时候，喜剧就变得极受欢迎了。如果说经期前和经期中的女性其行为表明了某种迹象的话，那么所有不太走运的人也许都能寄希望于从喜剧中寻求并获得情绪的提升了。

赫拉格和韦弗（Helregel & Weaver，1989）最近进一步扩展了有关女性所处的周期状态和她们对喜剧的选择的研究的结果。他们的调查指出了怀孕过程中和怀孕之后孕酮和雌激素水平的变化，并发现荷尔蒙的低浓度与情绪的低落相关。更为重要的是，他们观察到女性在这样的情绪低落状态下，对喜剧表现出了强烈的偏好。

但喜剧并不一定都能提升情绪。尤其是电视喜剧，它不仅充斥着含有揶揄和贬损意味的内容，甚至还包括大量的不友善的内容（Zillmann，1977）。这种内容不大可能使近期曾遭到类似贬损的人感到愉快，因为接触这样的内容容易使人重新陷入同类遭遇所造成的不快和恼怒当中。例如，非常愤怒的人不可能通过观看总是描述充满敌意的行为的喜剧而获得好心情。所以，人们最好建议生气的人不要观看这样的喜剧，但可以选择其他形式（form）的喜剧。实验研究再次显示，在选择节目时人们就好像暗中知道它们的效果一样，被激怒的人自会拒绝观看那些不友善的喜剧，而选择其他的节目（Zillmann，Hezel，& Medoff，1980）。

在人们需要寻求（情绪上的）解脱（relief-seeking）方面，奥尼尔和泰勒（O´Neal & Taylor，1989）发现了一个有趣的例外。他们发现，如果感到愤怒的人认为他有机会报复使他生气的人，那么他会选择观看暴力节目而不是其他有可能使他平静下来的节目。这和另外一些人形成了对比，这些人虽然愤怒，却认为自己不可能再次与使他恼怒的人相遇，所以更喜欢能使人平静下来的节目。因此，似乎是这样的：当保持厌恶的（noxious）情绪（如愤怒）自有其用时，人们不会寻求情绪上的解脱，反而会选择那些有助于维持这些情绪的节目。

有趣的是，四五岁的孩子就已经能使用电视资源来改善自己的情绪状态了。在马斯特斯、福特和阿伦（Masters，Ford，& Arend，1983）的一项实验中，四五岁左右的男孩和女孩分别被安排到培育性的（nurturant）、中立的（neutral）或充满敌意的（hostile）社会环境当中，然后他们得到了一个观看儿童节目的机会。在中立的环境下，成人监察员对实验参与者以及那些和参与者性别相同（same-gender）的同龄人一视同仁。在培育性或保持好心情（good-mood）的环境下，监察员反复批评并轻视其他同龄人，并暗示参与者干得很好。在充满敌意或扰乱心情（bad-mood）的环境下，监察员不断明确地表示欣赏参与者的同伴，并表扬他们。在这种环境下的参与者会因此而感到自己是不重要的、不招人喜欢的和被人拒绝的人。在进入了不同的情感状态之后，实验参与者只要愿意，就可以观看电视了。但他们只能观看一个节目，当然也可以选择关掉电视。这个节目可能是培育性的也可是中立的。培育性节目（nurturant program）由《罗杰斯先生的街坊四邻》（Mister Rogers´Neighborhood）的片段组成。罗杰斯先生在任何时候都是令人鼓舞的，他总是发出友好的评语，例如“我真的喜欢你”，“你是一个很不错的人”等。中立的节目则由一些专为儿童创办的新节目组成，不带任何情绪地描述一些世界大事。儿童选择观看其中某个节目的时间成为衡量他们接触节目情况的指标。

这些节目在男孩身上产生的效果很明显，且符合研究者的假想。对于培育性节目，受到敌意对待的男孩停留的时间是受到关怀的男孩停留的时间的两倍以上，而情绪良好的男孩对这类节目的接触需求最小。与之形成对比的是，情绪培养（措施）对参与者对于中立节目的接触几乎没有什么明显的影响。对女孩来说，情绪培养（措施）显然是无效的。面对敌意对待她们的监察员，女孩们的对策是尽可能地忽略这种歧视性的待遇，因而实验无法观测到可靠的（媒介）接触效果。

最近的研究发现，流行音乐有助于控制情绪。诺布洛克和齐尔曼（Knobloch & Zillmann，in press）从位居排行榜前30名的歌曲中选择了部分流行音乐并预先测试了其能级（energy level）和令人高兴的程度。实验中，实验者分别处于情绪糟糕、中等水平或是情绪良好的状态下，然后获得了一个从一台自动唱片点唱机中选择所需音乐的机会。与情绪管理理论的预测相一致，情绪糟糕的实验者选择聆听能量充沛的、令人快乐的音乐的时间，要多于情绪良好的实验者。而且，他们所选的音乐在帮助他们恢复良好情绪方面十分有效。

避免不安

在马斯特斯等人（Masters et al.，1983）的研究中，参与实验的男孩可能在接触体验中获得了（情绪上的）解脱，因此，他们试图延长这种体验，因为它令人感到舒适。电视节目中提供的信息对于那些迫切需要安慰的人来说显然是令人宽慰的。不过，那些已被证实的能给人以安慰的节目很可能被归入教育节目而非娱乐节目之中。因此，问题在于：纯粹的娱乐能否给人以安慰？我们能否通过它来获得安慰，或至少使不适最小化并避免不安的情绪？研究提供给我们的答案是肯定的。

我们已经在其他地方（e. g.，Zillmann，1982；Zillmann & Bryant，1985）讨论过参与实验的成人是如何从接触娱乐内容中获得安慰并避免不安了。这里我们将集中讨论对娱乐节目的自发的选择，以及这些选择所表现出来的倾向性——在选择节目时尽可能地通过避免接触令人烦忧的事件而将不适最小化，并尽可能地通过获取安慰性的信息而将舒适最大化的倾向。

在瓦克西拉格、维亚尔和坦博里尼（Wakshlag，Vial，& Tamborini，1983）的实验中，这种选择的倾向性表现得最为明显。这一实验使成年男性和女性处于一种担心自己会成为犯罪受害者（尤其是暴力犯罪受害者）的状态之中，然后给他们提供一个选择观看娱乐节目的机会。这些参与者都处于不同程度的担忧之中，被要求从同一张电影清单中选择所要观看的影片。清单上所列的电影事先已经过检测，并根据人们对影片所包含的暴力侵害内容和（或）通过惩罚措施来恢复正义的内容的认识进行了评分。根据参与者所选电影所得分数的总和，实验测量了有关暴力和公正的内容对参与者的吸引力。

研究结果显示，就暴力侵害和恢复正义这些内容的吸引力而言，参与者之间存在着巨大的性别差异。与男性相比，女性不太喜欢暴力内容，她们更喜欢那些将恢复正义作为主题的戏剧。除了这些整体上的性别差异之外，研究还证实，对犯罪活动感到担忧的男性和女性都对戏剧的发展方向比较敏感。与并不感到担忧的参与者相比，那些感到非常担忧的参与者，更倾向于选择暴力侵害程度较低而恢复正义的程度较高的戏剧。感到担心的人因此表现出了尽可能少接触令人不安的内容的假定倾向。此外，他们还表现出了另一种假定倾向，即愿意接触那些可以缓解他们忧虑的信息。犯罪剧（crime drama）的主要讯息——罪犯被捉住并被送入监狱，这就使街道更安全——对于那些担心犯罪活动的人显然有着强烈的吸引力（cf. Zillmann，1980）。

对更完整的有关选择性接触的研究报告感兴趣的读者可以参看关于这一主题的研究报告文集（Zillmann & Bryant，1985）。这里讨论的目的仅仅在于强调近期对娱乐的选择性接触所做的行为研究，并简要说明对受众的选择起控制作用的新变量。

娱乐的乐趣

很明显，大众媒介所提供的娱乐并不仅仅是用来调节唤醒（arousal）水平和相关情感，或对那些需要摆脱烦恼的人产生影响并使其快乐的。娱乐讯息之所以能够使受众获得满足，是因为它们具有独一无二的内在属性，且受众对这些属性的评价各不相同。但这些属性是什么呢？好的娱乐节目包括哪些构成要素？哪些属性又会破坏娱乐带来的乐趣呢？

人们对戏剧、喜剧和体育运动的乐趣的享受受到众多变量的影响，其中许多变量已得到大量的关注（e. g. ，Goldstein，1979；Jauss，1982）。但似乎没有一个变量像情感性倾向（affective dispositions）那样对交往的各方（尤其是那些面临着问题或要面对冲突和令人厌恶的状况的人）所获得的乐趣起着普遍且强有力的调节作用。所有的优秀戏剧的创作要点通常就在于展现原始的人类冲突（e. g. ，Smiley，1971）。然而，对冲突的关注只是一个起点。对激烈冲突的戏剧性描绘本身并无任何规律性可言，当然也不一定会给观众带来乐趣。相对于冲突而言，乐趣更多地取决于冲突解决的方式，以及这种解决方式对涉入冲突的各方意味着什么。它取决于在冲突中获胜的一方受人喜爱的程度以及输掉的一方被人厌恶痛恨的程度。因此，戏剧的好坏取决于观众对冲突各方的正面的和负面的情感，以及对冲突的解决方式的接受程度。对戏剧人物正面的和负面的情感倾向至关重要，因为如果一部戏剧要激发观众强烈的情绪反应（包括给其带来乐趣），就必须使观众产生某种情感倾向。戏剧中既需要受人爱戴的英雄（不管多年来其定义如何改变），也需要遭人憎恨的恶棍。

倾向与情感反应

人们的情感通常体现在他们对（屏幕上的人物）所谓的“性格发展”（character development）的反应上。描述正面人物的善良是为了使他们惹人喜爱。同样，描述反面人物的邪恶是为了让他们令人憎恨。从某种程度上来说，任何事先设计好的性格发展起作用后，都会使观众对剧中人物产生肯定的倾向和否定的倾向。

一般来说，通过性格发展来塑造人物能带来显著的效果，因为观众会对屏幕上的人物产生移情作用（empathy），而且更重要的是，他们会对这些人物的道德水准加以考量。因此，剧中人物的所作所为是最重要的，这是观众对其行为肯定或否定的基础。这种肯定或否定当然是一种道德判断了。观众（以及那些研究观众行为的人）通常意识不到这一点，但这并不能改变这一事实。我们通常假定，对人物行为的肯定可以促进观众对其喜爱之情；而否定则会增加观众对其的厌恶之情。观众对正面人物和反面人物的情感倾向在很大程度上受其道德观念的影响（cf. Zillmann，1991c）。

因此，一旦观众对某些特定人物产生了正反两方面感情，戏剧冲突以及冲突的解决给人带来的乐趣就取决于他所喜爱或憎恶的人物的结局了。肯定的情感倾向使观众期待正面结果而害怕负面结果。正面人物理应有好运相伴，而且绝对不能有不好的结局。另一方面，否定的情感倾向激发相反的意愿：观众担心正面结果而希望出现负面结果。反面人物是绝对不该有好运的，且理应没有好结果。观众诸如此类的希望和担忧明显受其道德观念的影响。

这些希望和担忧使观众跟正面人物的情绪产生了共鸣。对于喜欢的人物而言，无论他们是快乐的还是痛苦的，观众都会和他们产生一致的情感。可以说，正面的和负面的情感都是“共享的”（shared）。反过来，这些希望和担心也会促使他们对反面人物体验到的情绪产生反向移情性反应（counterempathetic reactions）。坏人的

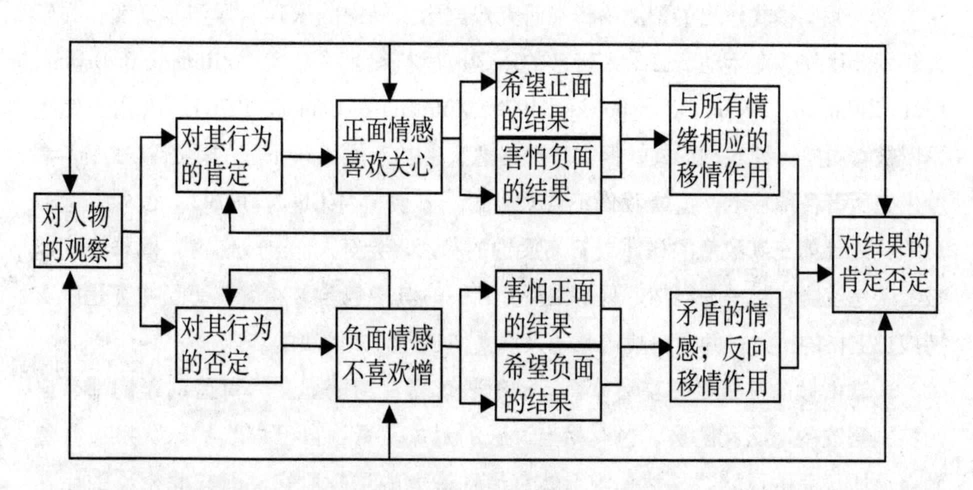

(a)认知 (b)道德判断 (c)倾向的形成 (d)期待、担心 (e)对情绪的反应 (f)道德判断

表 21.1 对戏剧中正面和反面人物角色的倾向形成（disposition formation）模式、情感期待模式和情绪反应模式（from Zillmann，1991a；reprinted with permission）

快乐就是观众的痛苦，而他们遭难、他们被绳之以法、遭到报应就是观众的快乐所在（cf. Zillmann，1983，1991a）。表 21.1 概括了观众情感产生的基本动因。

尽管我们使用了二分的术语来概括情感动因，但仅仅使用二分法来建构它们是不够的。它们应该被视作一个二分的系统，在这个系统之下还存在着众多其他的变量。对角色的喜爱或者讨厌显然有个“度”（degree）的问题，要预测事件给人带来的乐趣和戏剧结局所产生的影响，就必须考虑到这一点。我们可以用更为正式的术语作出以下预测（cf. Zillmann，1980）：

1. 由于看到某一方、某一角色或某一对象遭到贬损、遭遇失败或挫折而产生的乐趣随着对其负面情感的增强而增大，随着对其正面情感的增强而减少。

2. 由于看到某一方、某一角色或某一对象得到提升、获得成功或胜利而产生的乐趣随着对其负面情感的增强而减少，随着对其正面情感的增强而增大。

3. 由于看到某一方、某一角色或某一对象遭到贬损、遭遇失败或挫折而产生的烦恼随着对其负面情感的增强而减少，随着对其正面情感的增强而增多。

4. 由于看到某一方、某一角色或某一对象得到提升、获得成功或胜利而产生的烦恼随着对其负面情感的增强而增多，随着对其正面情感的增强而减少。

5. 联合运用命题 1 至 4，将所有能给观众带来乐趣和（或）烦恼的要素结合在一起就形成了全部的乐趣或烦恼。我们将构成烦恼的要素假定为“负乐趣”（negative enjoyment），并通过“加法原则”将这些要素整合起来。

这一倾向模式作出的预测不仅在研究戏剧给人带来的乐趣时得到了证实，在研究幽默节目和体育运动节目给人带来的乐趣时同样得到了证实（Zillmann & Bryant，1991；Zillmann，Bryant，& Sapolsky，1979；Zillmann & Cantor，1976）。喜剧当然也可以被看做是一种戏剧形式，但它与严格意义上的戏剧惟一不同的地方就在于，喜剧中充斥着各种暗示，提醒我们不要对它过于认真（McGhee，1979）。很多暗含偏见的笑话（如充满敌意的和［或］有关性的笑话，会对人们造成伤害）同样也可以被看做是戏剧片断——当然，只是微型片断——其中包含着冲突，而且冲突是以支持应被支持的一方，并由自找苦吃的人承受伤害的方式解决的。

乐趣的倾向性机制在观看体育运动时表现得最为明显。体育运动迷们都有自己特别喜欢的球队和队员，也有相当讨厌的对象。看到自己喜欢的球队打败并羞辱自己所厌恶的球队，显然是观看体育运动最大的乐趣所在。而与此相反的比赛结果则足以让成年男子为之哭泣。另外，很明显的一点是，如果对比赛中的人或球队漠不关心，那么观看比赛就不可能使人激动并获得巨大的乐趣。伊尔特、齐尔曼、埃里克森和肯尼迪（Hirt，Zillmann，Erickson，& Kennedy，1992）为证明这些机制提供了强有力证据。他们指出，观看时所反映出来的情绪已经超越了严格意义上的快乐或者失望。研究发现，看到自己喜爱的球队获胜所带来的喜悦可以增强球迷的自尊心和他们对自己的身体、智力以及社会技能方面的信心。相反，看到自己喜爱的球队被打败所带来的失望会挫伤其自尊心，并降低他们对自身才能的信心。当然，研究体育赛事给人带来的乐趣，还必须考虑到很多其他的因素（Zillmann et al.，1979），但就任何戏剧冲突（dramatic confrontations）给人带来的乐趣而言，倾向性机制似乎都有着非常重要的意义。

关于恐怖和悬疑

经过粗略的调查，我们发现，人们在享受悬疑剧（suspenseful drama）的乐趣的过程中显得有些自相矛盾。在这样的戏剧中，尽管主角或正面人物（即观众喜爱的人）大多数时间里都受到威胁并处在危险之中，似乎必死无疑，但人们依然从观看中获得了乐趣（Zillmann，1980，1991c）。在相当长的时间里，英雄们备受折磨，似乎要被邪恶势力或非同寻常的危险压倒和毁灭。可怕的、灾难性的事件迫在眉睫——这样的情况一而再、再而三地出现，几乎贯穿全剧，直到最后的高潮时刻还在对观众形成冲击。在这样的情况下，人们可能通过哪些方式来享受悬疑剧所带来的乐趣呢？人们最主要的情感体验应该是某种移情性痛苦才对。不过，当人们所担忧的、看似迫在眉睫的事件没有转变为现实，尤其是当正面人物最后以最为盛大的方式而且往往是排除万难地战胜了危险并摧毁了造成危险的邪恶势力时，这种痛苦就会消除。当然，有时候结局并不太完满，剧中的正面人物仅仅是侥幸逃生而已（如典型的灾难片中幸存下来的人们）。现代的恐怖电影往往喜欢采用这种形式，即结局仅仅是被折磨的女性从链锯下逃脱，反面人物则被留在续集中继续使用。不过，即使电影的结局并不是邪恶势力被歼灭，我们也有理由为之欢庆，因此这样的结局也可以被视为是令人满意的。

因此，一般说来，悬疑剧大部分表现得都是“险境中的英雄”，但它也提供令人满意的结局，即使这种满意只是最低限度的。不过矛盾之处在于，这类戏剧应使人产生更多的移情性痛苦而不是愉快，至少从持续时间的长短上来说应是如此。它应该更使人感到痛苦而不是快乐——或者更确切地说，它使人感到痛苦的时间应多于它令人高兴的时间。那么，对于并非受虐狂的观众来说，这一规则又是如何起作用的呢？

一种解释是，对这类戏剧感兴趣的人所受的刺激严重不足，无聊到愿意接受任何刺激，以调整其兴奋状态（Tannenbaum，1980；Zillmann，1991b；Zuckerman，

1979）。如果某人的唤醒水平（arousal levels）低于正常值，兴奋反应（excitatory reactions）——即使是由于痛苦而产生的——也有助于他恢复到更令人愉快的唤醒水平上。由于接触这些刺激的环境是安全而便利的，因此刺激水平不太可能上升到令人不适的程度。但是，与任何因唤醒而产生的乐趣相关的即时性情感体验往往都被看做是负效价（negative in valence）① 的，这似乎需要更为详尽的解释。

根据其他相关报告可知，从移情性痛苦和（或）对威胁性刺激的反应中所产生的兴奋残余（residues of excitation），可以通过一个个冲突的解决而累积起来，并强化观众因这些冲突的解决而获得的令人愉快的体验。因为兴奋残余的强度比令人痛苦的体验所唤起的兴奋的强度更大，所以令人满意的解决方法所带来的乐趣要比先前的痛苦反应所带来的乐趣多得多（也更为直接）。这造成的一个简单的结果就是，悬疑剧最初让观众遭受的痛苦越大（这种痛苦是因为对处于危险之中的正面人物的移情作用和［或］感受到危险物对正面人物的威胁而产生），它让人享受到的乐趣就越大。巨大的快乐是建立在巨大的痛苦之上的。大量的有关悬疑剧的实验性调查研究已经证明了这种关系的存在（Zillmann，1980，1991c）。

因先前的不确定性和痛苦而产生的兴奋残余，强化了令人满意的结局所带来的乐趣，这种强化作用同样适用于观赏竞技表演节目。在一场紧张的、势均力敌的比赛之后，自己喜爱的球队获得了胜利，这样的胜利要比球队在一场一开始就已分胜负的比赛中获得胜利更令人愉快（Sapolsky，1980）。布赖恩特、罗克韦尔和欧文斯（Bryant，Rockwell，& Owens，1994）的一项研究通过实验证明了这一观点。他们用多个摄像机录制了一场高校足球赛，经过剪辑、润色后，制成了多个版本的实况报道，解说词上也有细微的差别。在研究者限定的条件下，实验参与者观看了不同版本的实况报道，其中有的版本是在比赛刚开始就决出了胜负，有的则是要通过最后一场比赛——射门得分（field goal）才能知道结果。研究表明，在终场哨响时决出胜负的比赛更让人兴奋。

加恩、塔格尔、米特鲁克、古瑟芒和齐尔曼（Gan，Tuggle，Mitrook，Coussement & Zillmann，1997）发现，在享受充满悬念的电视体育比赛给人带来的乐趣方面存在着重大的性别差异。对男性来说，比赛的悬疑度越高，他们越能从中享受到乐趣。与此形成鲜明对比的是，观看极有悬念的比赛和几乎没有悬念的比赛，女性所获得的乐趣是一样的。更多的研究表明，在欣赏各种不同的电视体育

---

① 心理学上的效价（valence）是指个人对特定结果的情绪指向，即对特定结果的爱好强度。效价有正负之分。个人对于各种结果，具有喜欢欲得其所未得到的为正效价；如果个人漠视其结果，则为零值；如果不喜欢其可得的结果，则为负效价。——译者注

比赛方面存在着性别差异（Sargent，Zillmann，& Weaver，1998）。

悲剧事件和坏消息

我们已讨论过的倾向模式（disposition model）对享乐情况所做的预测最令人迷惑的就是悲剧、灾难性新闻报道和类似报道对人们的显而易见的吸引力。人们所看见的那些遭遇不幸和悲惨事件的人通常并不令人憎恶，也不应该承受那些悲剧。尽管虚构的作品经常面临的情况是，创作一个悲剧性的结局更容易被人接受（如英雄所谓的悲剧性缺陷［tragic flaw］），我们也不能假定对悲剧事件的相关描述所产生的即时情感反应都是正面的。这些即时反应很可能是负面的，甚至是强烈的负面反应。毕竟，催人泪下电影（或故事）会使人洒下泪珠，而对悲剧事件的新闻报道毫无疑问也会导致负面的情感反应（Veitch & Griffitt，1976）。因此，人们对于观看那些既不令人讨厌也不是应当遭遇不幸的人受苦受难有着强烈的兴趣，这就更加令人困惑了。就算悲剧严格说来并不是流行戏剧的主要组成部分，我们也应对许多相关的问题作出进一步的解释。除了虚构的作品之外，类似的情况还表现在报纸或广播电视新闻报道中坏消息对人们的吸引力上，这些坏消息据说是随处可见并且越来越受欢迎了（Haskins，1981）。甚至是那些感到非常烦恼，最需要通过接触好消息或中性消息（从情感上来说是中性的）来达到情绪好转的人，也无法抗拒那些有关不幸、暴行和灾难等坏消息的诱惑（Biswas，Riffe，& Zillmann，1994）。接触这些悲剧性的事件可以满足人们的哪些需求呢？如果这样的接触可以带来某些方面的满足，那它又是怎样使人们获得满足的呢？

有些人认为，人们对悲剧性事件的强烈爱好反映出一种病态的好奇心（Haskins，1981）。也有人提出，对受难者的悲伤所产生的悲伤性反应为人们提供了一个庆祝自己具有情绪敏感性（emotional sensitivity）的机会（Smith，1759/ 1971）。能因催人泪下的电影而哭泣，证明这个人拥有丰富的、宝贵的社会技能。还有一些人强调说，对悲剧性事件的接触引发了社会比较，使人们将他们自己的处境与他们所看到的那些不幸的人相比较，这种比较最终使人们产生了某种形式的满足感（Aust，1984）。看到不幸降临到其他人身上，看到他们因此而受苦，这使观众认识到并庆幸自己有多么幸运。这种正面的情感反应促使人们去观看现实的或虚构作品里的悲剧性事件。因此，尽管最初是和负面情感相联系，悲剧也还是有魅力的。

目前，所有这些尝试性的解释都还只是推测。研究未能说明观众对于表现人们生活中所发生的悲剧的反应。我们不仅仍然不清楚人们最初为什么会被吸引而去观看真实的悲剧性事件，而且对于人们为什么会反复接触这样的内容也非常困惑，因为看起来由这类接触而导致的即时反应是有害的，并且这些有害的体验一般来说是可以避免的。因此，理解悲剧，尤其是理解坏消息的流行，是目前娱乐研究所面临的巨大的挑战。

受众影响

人们大多是在特定的社会情境中消费娱乐讯息的。我们通常是跟朋友一起或是在约会的时候看电影（Mendelsohn，1966）。同样，我们也总是和相熟的人一起观看体育比赛。观看电视节目也是在他人的陪伴下进行的，不过区别在于：我们观看电影尤其是观看体育比赛时，是坐在一大群不相识的观众当中，而我们观看电视时则局限于和较少的人为伴。

考虑到这些社会情境，我们就会毫不惊讶地发现，已有大量的研究探讨了具体的社会情境对享受娱乐事件的影响，甚至是娱乐事件对观众的凝聚力以及对不同观众的情感倾向的影响。奥维德（Ovid，*Artis amatoriae* [《爱经》]）是首先认识到后一效果的人之一。他认为刺激性的、具有潜在暴力性的、血腥的娱乐事件能够增强观众的浪漫主义情怀。近年来，一些实验事实上已经证明了他的这一直觉的正确性（e. g.，White，Fishbein，& Rutstein，1981）。但研究者们目前还未探讨娱乐事件对受众所产生的其他相关的社会效果，尽管这些效果有时候是非常显著的。例如，击败强国对手，获得奥林匹克曲棍球比赛的胜利，尤其是在一种意想不到的情况下获得胜利，这能使一个国家——在一段时间内——在无形中团结起来。同样地，如果某个城市的球队取得了胜利，那么全体市民都会因此而精神高涨；若是他们的体育运动员被外地队员击败，则全体市民都会感到沮丧。迄今为止，研究者还很少关注这类效果。大概是因为对其进行细致的研究难度太大了，所以目前实际上并不存在这样的研究（Schwarz，Strack，Kommer，& Wagner，1987；Schweitzer，Zillmann，Weaver，& Luttrell，1992）。

研究者们已经探讨了消费的社会情境对享受娱乐事件的影响，也取得了很大的成就，但这种探讨还是相当不完善的。在这些研究中，论证最为充分的就是他人的笑声能促使受试者发笑这一现象了（e. g.，Chapman，1973b；Chapman & Wright，1976；Fuller & Sheehy-Skeffington，1974；Smyth & Fuller，1972）。研究发现，即使是喜剧和幽默情景剧中预先录制的笑声（canned laughter）也能诱发儿童和成年观众的笑声。研究还发现，这种预先录制的笑声在很多情况下（虽然不是在所有的情况下）都为观众增添了欢乐（e. g.，Chapman，1973a；Cupchik & Leventhal，1974；Leventhal & Cupchik，1975；Leventhal & Mace，1970）。对幽默做出回应的人似乎将他人的反应当作了一种暗示，认为那是在向他显示眼前的事情是多么可笑，而最终又是多么地令人愉快。所以，他人的笑声对观众笑声和欢乐的促进作用，似乎不是源于一种机械般的感染作用（即使人通过自我监察［self-monitoring］发出笑声，这样产生的笑声最终会导致人们对欢乐的扭曲性评价），而是源于他人反应所产生的信息效用。之所以做出这样的解释，是因为研究发现，作为对特定刺激的一种反应的示范性笑声，易于促使观看者在随后受到这些刺激时也发出笑声。也就是说，他人的笑声对我们具有直接的刺激作用，并且具有感染力，即使没有他人的示范性笑声，（再受到同样的刺激）我们也还是会发出笑声（Brown，Brown，& Ramos，1981；Brown，Wheeler，& Cash，1980）。

音乐会上的掌声也具有类似的功能。既然他人的笑声能使幽默节目更加好笑，那么他人的掌声也可以使音乐更加动听。举例来说，霍金、马戈瑞特和希尔顿（Hocking，Margreiter，& Hylton，1977）在一家夜总会里成功地安插了许多帮手，并在后来让一些观众对乐队及其音乐的质量做出评价。研究发现，在帮手们热烈鼓掌以表现其兴奋之情的那些夜晚，观众对乐队及他们的音乐表演给予了更高的评价。

但奇怪的是，对于我们从未怀疑过的，观看体育赛事时社会情境——观看时人们不断欢呼喝彩、近乎歇斯底里的状态——对享乐的推动作用，研究却并未发现类似的结果，我们因此不得不继续相信新闻从业者的论断（Hocking，1982）。此外，研究者还考察了社会情境对于通过电视来观看体育赛事的观众所产生的影响，同样没有获得类似的信息。例如，研究者发现，观众的规模对于观看体育赛事的乐趣几乎没有什么影响（Sapolsky & Zillmann，1978）。

因此，观众的规模本身并不具有许多人所认为的它应当具有的影响力。相比之下，观众做了些什么更为重要。在很多情况下，对特定情绪的表达确实可以对那些具有相似情绪且富有表现力的观众产生影响。不过，这些影响要比任何移情性情绪感染和提升模式（model of empathetic contagion and escalation）复杂得多。

研究者已通过恐怖电影证明了同伴的行为对欣赏戏剧的乐趣的具体的影响。在齐尔曼、韦弗、蒙多夫和奥斯特（Zillmann，Weaver，Mundorf，& Aust，1986）的一项研究中，参与者在一位异性朋友的陪伴下观看了近期恐怖电影中的恐怖情节，而陪伴的异性要么显得很紧张，并给出大量的暗示，表明自己受到了惊吓；要么表现得比较适度，不给予任何情绪反应方面的暗示；要么可以控制自己的情绪，明显表现出非常轻松的态度。在观看之后，参与者们报告了他们所获得的乐趣的情况。

参与者所获得的乐趣会受到其他观众的状况的影响吗？如果受到影响，又是通过什么方式受到影响的？那些相信情绪感染作用的人可能会认为，受到惊吓的同伴会激发参与者出现与其相似的反应，因为恐怖电影的目标就是要使观众受到惊吓，因此它越是恐怖越是给人以享受，至少回过头来看这部影片的时候情况是如此。我们还可以推测说，和易受惊吓的同伴一起观看恐怖片，增加了那些以受惊吓为乐事和（或）以看到他人受惊吓为乐事的人的乐趣；同时，减少了那些不喜欢受到惊吓和（或）不喜欢看见他人受到惊吓的人的乐趣。但是，研究结果却与另外一种更为精细同时也更易理解的模式相一致。

我们自身所处的社会或其他大多数社会，都期望年轻男性能够面对令人恐怖的情境，即使他们感到害怕，也不要承认有这样的反应；而对于年轻女性，我们即使不鼓励，也允许她们自由地表现她们的紧张。在这个前提下，我们可以说，恐怖电影无论好坏，都是一种重要的社会化手段。恐怖片为人们提供了一个场所，在那儿人们敢于面对恐怖事件（如可怕的残害与谋杀），同时他们自身又是安全的（如身体上不会受到伤害）。观看者可以估计他自己的情绪反应，如果反应过于激烈，他就会对这些令人不安的事件漠然视之，仅仅把它们看做是虚构的情节，从而抑制自己的反应。因此，观看者的反应通常都是他可以承受的，而且由于对刺激的适应性（cf. Zillmann，1982），在反复接触类似刺激后，他的反应会越来越小。

显然，男孩和年轻男性是最能从这种适应性中受益的人了。由于精神紧张的反应减弱了，他们要假装根本没有紧张过就更容易了。实际上，通过表现得饶有兴致或蔑视眼前的恐怖事件等类似的反应，他们已经变得精于否认任何精神紧张反应了。表现为克服了恐惧岂不是要比面带笑容地拒绝它好得多？要炫耀这种自制力，还有比一个明显受到了惊吓的女性更好的对象吗？与那些不善于表达的女性，或者最糟糕的——那些表现出自制力的女性相比，这类女性的存在使男性觉得自己了不起。这是因为（a）电影显然是非常恐怖的，并且（b）他是如此的镇定，事实上他甚至能安慰心神不宁的同伴。另一方面，年轻女性不必受文化移入的影响而要表现得冷酷无情。她们可以面对并表达自己的惊慌。但同样受到了惊吓的男性同伴如果像她们那样做，就不会得到任何安慰。这个成功地假装为不受恐怖事件影响的人还要给他人以安全感，使受到惊吓的女子期望从他那儿得到安慰，而不是让她觉得自己正在从更为敏感的同伴那儿寻求安慰。恐怖电影的老招数便是使受到惊吓的少女渴望依偎在有男子气概的同伴身上。如果这是真理，那我们就能明白为什么男人想要克制恐惧，女人想要尖叫，而恐怖电影总是他们的首选了。我们可以发现，娱乐消费暗示着跌入爱河。但是，电影本身又能带给人们什么乐趣呢？这里我们也许可以假设，人们并不能完全理解到底是什么给他们带来了快乐。他们不能很好地确认快乐产生的源泉，并追寻其他有助于快乐的要素。相反，他们倒是有可能对他们对于某个电影的喜爱程度做出一种整体性的评价。人们通常认识不到因消费的社会情境而产生的快乐，并总是把它错误地归功于娱乐讯息。

综上所述，年轻男性在一个明显表现出恐惧的女性的陪伴下，要比在不善于表达自己或有自制力的女性的陪伴下，更能享受到恐怖片的乐趣。而另一方面，年轻女性在一个有控制力的男性的陪伴下，要比在一个不善于表达或表现出紧张不安的男性的陪伴下，更能享受到恐怖片的乐趣。而实验调查（Zillmann et al., 1986）的结果恰好非常有力地证明了这一点。

结论

本章对有关娱乐体验的研究做了简短的介绍，当然它还是不太全面的。有兴趣的读者可以参看相关研究（即对观看悬疑剧、喜剧、恐怖片或体育赛事时所获得的乐趣的探讨）的引文摘要。尽管本章所做的介绍还不够全面，但它表明了一点，即将娱乐体验作为一种效果来看待是最有意义的。实际上，它是一种娱乐消费效果。而人们最想从娱乐消费中获得的效果就是它的有益作用了，这包括使人们从强烈的愤恨中解脱出来；消除无聊；使人振作起来；使人变得非常兴奋；帮助人们平静下来；或者提供能使人们平静下来的讯息。当然，很多媒介分析者可能倾向于将寻求这些帮助称作是“逃避现实”（escapism）。对娱乐节目的过度消费的确可能会使人不太适应，从某种意义上说，它使一些通过适当的行动就能解决的问题依然存在，并可能催化其演变成灾难性的事件。不过，这样的评价对于许多娱乐消费来说都是不合适的。娱乐消费通常并不是让人无法适应的，它可以很好地适应消费者的需求。在无法通过目的明确的行动来消除或改变令人不适的状态的情况下，为了改善心情、调整情感和情绪，使其由坏变好，由好转变为更好而进行消费，这样的消费就是非常适于消费者的。一个在钢铁厂或行政办公室工作了整整一天的人，精疲力竭地回到家后，他会做些什么来减少自己的不快呢？或者，一个有着经前期疼痛的妇女面对可能诱发疼痛的环境会做些什么呢？如果娱乐消费可以成功地使他们平静下来，使他们快乐起来，使他们为同样令人厌烦的明天做好准备，那么将这样的用处指责为“逃避现实”公平吗？将这种使情绪和心情好转的效果看做是娱乐的成功是不是更为合理呢？

不管媒介分析者选择如何来描述这个现正被讨论的效果的特性，他们都不能否认，大多数人进行娱乐消费还是为了以特定的方法来改变心情、调整情绪；而人们渴望达到的效果其产生往往具有很大的规律性。因此，实际上，大多数娱乐消费都能产生有益的结果。它是可以适应消费者的，是娱乐性的、有恢复作用的，从这个意义上来说，它是具有治疗作用的。不过，这并不是说所有的娱乐必然会产生这些效果，或者大量地消费娱乐就是有益的。很明显，人们非常不愿意看到的许多负面效果也存在着。本书对此进行了充分的论述。但我们仍然认为，由所谓的大众媒介提供的娱乐可以使人们获得非常有益的情绪体验，且这些体验的确是娱乐性的，能够使人振奋。娱乐的这些效果很少受到研究者的关注，这大概是因为很多人已经将娱乐斥责为廉价的逃避现实的方法了。我们觉得现在是时候重新评价娱乐效果了。我们希望对娱乐体验及其效果（使消费娱乐内容的人情绪好转）的探讨，能得到应有的关注。

信息技术与互动媒介的社会及心理影响

诺伯特·蒙多夫
■ 罗德岛大学（University of Rhode Island）
肯尼思·R. 莱尔德
■南康涅狄格州立大学（Southern Connecticut State University）

计算机、电信和消费电子等方面的信息技术的融合取得了重大进展，也因此带来了许多新的机遇，使个人和组织的日常活动变得更加丰富多彩，更加成效显著。20世纪80年代，决策支持系统（decision support systems）、电子邮件（electronic mail）、视频会议（videoconferencing）、专家系统（expert systems）、语音讯息（voice messaging）和语音邮件（voice mail）等信息技术开始影响到我们的日常生活（Daft，1989）。到了20世纪90年代，互联网开始大规模、低成本地进入市场，组织、个人以及二者之间的联系和交流也因此获得了极大的便利。目前我们已经很充分地论证了信息技术对于组织的影响，但关于这些技术对个人所产生的社会及心理影响，我们的研究才刚刚起步。为此，本章将系统地回顾有关这些影响的诸多研究。最后，我们还将探讨新的信息技术在管理层面上的运用问题。

促成信息技术与互动媒介成长与被接受的各种因素

不断拓展的技术能力

技术融合对家用计算（home computing）、信息和娱乐都有着至关重要的影响。当模拟技术使技术设备与其应用之间只能产生一一对应的关系时，数字技术却使同一种设备执行多种功能成为可能。这将促使电信、电视和消费电子等多个行业逐渐交织在一起。对用户来说，它意味着同一种设备既可用于家庭办公和聊天，又可用于孩子们的娱乐、在线购物或在线银行业务。技术的革新、各行业部门间的合作以及用户对互动媒介消费模式的采用构成了技术融合的三大趋势。不过，人们对技术融合的进度一直存有争议。就技术本身而言，这种融合是可行的，但用户生活方式上的偏好以及其他一些因素又限制了这种融合的进展（Stipp，1998）。

为了应对数字卫星的竞争，有线电视公司通过数字机顶盒（digital set-top box）和数字传输技术来推动现有有线系统的光纤（fiber）设备和同轴电缆（coax）设备的升级，从而提供各种数字服务。这一技术使数字画面和屏幕节目指南（on-screen program guide）成为可能，还催生了大量的按次付费（pay-per-view［PPV］）频道、多种形式的额外付费有线频道（premium cable channels）和数字音乐频道。在典型的数字有线电视服务中，信息的提供者和使用者之间是双向互动的。也就是说，用户在观赏节目、浏览屏幕节目指南、订购按次付费服务以及通过屏幕指南选择、编辑或录制所需节目的过程中，他们发出的信息指令都是可撤回的。

一些服务商尝试用互动技术为电视观众提供除节目选择之外的其他服务项目——包括参与电视游戏节目、选择体育赛事的拍摄角度、获取商业广告中产品的背景信息以及选择电影的情节与结局等。对电视的互动性使用还包括：寻求与某一新闻报道或新闻事件相关的补充性信息，或利用电视/个人计算机（TV/PC）进行多任务处理（multitasking）等。

接近性、内容与用户界面

有关信息技术（IT）影响的大多数讨论，差不多都聚焦于互联网。不过，传统媒介的技术革新同样具有可观的发展潜力。其部分原因在于，所有的电子媒介都发展得很快，它们与其他媒介不断融合，它们之间的互动性也日益增强。这些混合媒介（hybrid media）延伸到那些不能经常而便利地接触互联网的人群中的大多数人（对有些国家而言是绝大多数人），使他们有机会参与到那些能极大地增加经济财富和提高生活质量的活动当中（Cairncross，1997；Schonfeld，2000）。

从世界范围来看，看电视仍然是最普遍的消遣活动，这主要是因为电视的获取成本普遍较低，而且它能以最小的耗费提供长时间的娱乐和信息。尽管媒介使用模式正在迅速发生变化，但消费者在相当长时间里仍会选取电视作为获取新闻和娱乐的工具，而选择个人计算机作为获取其他信息和开展电子商务的载体。视频传输越来越离不开家用计算设备（如电视与个人计算机的组合［combination TV/PC］或网络电视［Web-TV］）的使用以及数字录像技术的运用（Schonfeld，2000）。

私人家庭中的互动媒介

20世纪90年代以前，家用信息技术要么完全独立于商用技术，要么由商用技术改进而成。后来，它的发展逐渐影响到了商业应用。鉴于家用互动媒介的扩散与使用状况的复杂性，我们应当给予它更多的关注。但目前对于互动媒介的互动性及相关属性所带来的影响，我们的认识仍是十分有限的（Bryant & Love，1996；Mundorf & Westin，1996；Vorderer，2000）。

互动娱乐

内容是人们是否接纳高级互动服务的关键所在。随选影片（Movies-on-Demand）清晰度高且易于获取，公众对这种形式的节目内容又有着浓厚的兴趣，因此它们成为早期的互动试验对象。音乐类、体育类以及专题类节目也受到了互动有线电视系统的节目制作人的青睐。互动游戏频道也加入到一些有线电视系统中。“居家赌博”（in-home gambling）在经济上有着很大的吸引力，但法规上的限制使它在互动节目中难以推行。有关证据表明，互动试验的参与者喜欢观看那些他们在一周内错过的常规电视节目或那些符合他们个人喜好的广播电视新闻节目（Time Warner is pulling the plug，1997）以及色情片。

一些服务商尝试用互动技术为电视观众提供除节目选择之外的其他服务项目。这包括参与一些电视游戏节目（如《幸运之轮》[*Wheel of Fortune*] 和《危险》[*Jeopardy*] 等），参与《周一足球夜》（*Monday Night Football*）中的“选取比赛”环节；在收看《星际迷航》（*Star Trek*）系列片的过程中用网络电视定购比萨饼（Bloom，2000）；获取商业广告中产品的背景信息；选择电影的情节与结局等。与随处可得的大量传统电影相比，互动电影还是非常稀少的，其制作也很麻烦，而且技术水平的要求相当高。因此，现在大多数视频网站提供的主要还是经过再包装的传统节目。受众的互动性需求并没有得到充分的满足。许多儿童和青少年之所以乐此不疲，不过是因为可以接触到电视游戏和电脑游戏而已。实际上，大量的玩具现今都具备了互动组件和万维网界面（Lockwood Tooher，2000）。

电视与互联网

斯蒂普（Stipp，1998）指出，大多数人仍将电视视为休闲娱乐的工具，而将个人计算机作为获取信息以及拓展商业与服务业的重要手段。大多数计算机用户似乎并没有显著减少收看电视的时间，新近的用户使用计算机的时间甚至比早期的用户更少。用户在计算机使用方面的差异，可能归因于他们工作方式的不同。斯蒂普强调，电视消费市场与计算机消费市场之间区分度高，异质性强，二者的融合只发生在特定的人群中和特定的时间里，而且这种融合还远没有成为一种普遍现象。不过，对某些具有人口统计学特征和心理特征的人群来说，网上冲浪或聊天可以帮助他们摆脱工作和个人生活的压力，这可能比看电视更具吸引力。

斯蒂普（Stipp，1998）还指出，被许多人视为电视重要特性的大屏幕能显著增强人们观看影片或连续剧时的体验，而“互动性”则没有这样的功效。反而是体育、新闻类节目以及商业广告能从互动性中受益。这些领域内的互动性内容作为对电视服务的补充，已经在互联网上获得了成功（如 ESPN 体育台或 MSNBC 电视台）。不过，福德雷尔（Vorderer，2000）则坚持认为，即使是虚构类节目也能从更强的互动性中受益。他援引了一部电影作为例证——影片中的人物必须剪断几根导线中的一根来阻止一场可怕的爆炸。很明显，这是一个参与性很强的电影脚本。有人还会说，如果观众可以从自己的角度来作出决定，参与性可能会更强。然而，这样一来，观众也会失去安全感，而这种安全感是与典型的好莱坞式“大团圆结局”（happy ending）联系在一起的。在这里，一个错误的决定将会产生负向回馈（negative feedback），从而使许多观众体验到的乐趣大为减少。当然，这一论点并非就是确定无疑的。那些玩电子游戏的人在体验这种回馈循环（feedback cycle）的过程中，似乎就从其持续提升的挑战中获得了乐趣。

传统媒介也更适合在群体环境（group setting）中使用。当电视观众聚在一起讨论某一坠机惨剧或某个广受欢迎的连续剧的最新情节时，电视营造了一种“虚拟社区”（virtual community）的感觉。然而，即使计算机网络能创设出各种虚拟社区并替代办公室聊天，群体环境中的网络使用行为仍然问题重重。

人们发现，电视宣传通常会加大相应的网络流量，电视与个人计算机之间的交互作用也因此得以强化。传统媒介宣传推广某些网站，会在相当程度上引发人们对这两种媒介的交叉使用（例如，ESPN 电视台的观众会在工作日里进入其网站查询信息）。从互动性的角度来说，新型的互动模式与传统的互动模式大不相同——前者的互动性是不同技术交叉使用的结果，而后者的互动性则是在同一种技术里实现的。

消费者对信息技术及电子化服务的采纳与使用

凯里（Carey，2000）最近报告了一项关于消费者采纳并使用宽带服务的纵向研究的结论。该研究对家庭宽带用户（全部使用线缆调制解调器［cable modem］

接入）进行了深度访谈，并观察他们如何与网上内容及其他家用媒介进行互动。这项研究中的用户使用宽带服务的时间平均为一年多。其中约有一半是典型的早期用户，他们当初接入宽带时所考虑的是要第一个拥有这种服务；另一半用户则只是对科技有些兴趣，他们的家里并没有塞满电子产品。研究发现，人们采用宽带服务最基本的原因是为了更快地接触到网上的一些常规性内容。

该研究还指出，随着宽带网用户使用的不断深入，他们对网络视频传送有着潜在的需求。不过，为了让这种潜在需求转变为大众的主动需求，网络视频技术还必须满足比目前多数情况下更高的要求。此外，虽然家庭宽带市场正快速增长，但大多数宽带用户的使用行为仍限于工作环境之中，还有许多用户位于大学里。他们接入宽带是为了快速进入常规网站，而不是去拓展宽带服务。因此，宽带服务能实现多大程度的互动性，能为客户提供什么样的定制化（customization）服务，还能提供什么特色服务，人们是否需要这些新增加的特色服务——对于这些问题，凯里认为并没有简单的答案。一些宽带服务以前收入甚微，现在可能仍然面临着重重困难。不过他的研究也表明，宽带服务的一些新变化已被证明是受人欢迎的。

互动性及其影响

过去20多年里人们已讨论过互动性，并且认定它是计算机（尤其是游戏）和新型电视的一种性能。互动性源自1950年左右威纳“控制论”（Wiener's Cybernetics）中的反馈（feedback）概念，但直到20世纪80年代罗杰斯（Rogers，1986）与他的同事将互动性界定为新媒体的一项主要性能后，它才逐渐引起人们的注意。不过，互动性并不是一个单一的概念。福廷（Fortin，1997）引证近20位研究者的观点，确定了互动性的基本方面。他总结道：互动性意味着从传统媒介中普遍存在的单向传播向传者与受者（可以是人，也可以是机器）可互换角色的传播方式的转变。在互动传播中，终端用户对信息、娱乐或服务的获取方式、时间安排和先后顺序有着高度的控制权。这种传播方式可以是同步的，也可以是不同步的。布赖恩特和洛夫（Bryant & Love，1996）从以下几个方面将互动媒介与对应的传统媒介区分开来：选择性（selectivity）、使用习惯（diet）、互动性（interactivity）、能动性（agency）、个性化（personalization）、维数（dimensionality）等。有线电视或卫星电视（与录像机结合）最先为用户提供了不断增加的选择性。20世纪80年代家庭录像与多频道有线电视的巨大成功，清楚地表明观众喜欢扩大他们收视的选择范围，不过多数人的兴趣仅在于尽早得到那些大片佳作。数字有线技术与卫星技术的最新进展，则主要迎合了这样的趋势：可以得到更多的频道；可自由变换节目开始时间；观众可以通过在屏编目（onscreen program）功能和录像功能进行更为直接的控制。

其他一些研究者也试图确定互动性的基本要素。例如，格尔茨（Goertz，1995）对互动性的标准做了如下界定：(1) 选择性程度；(2) 某一给定内容可供修改的程度；(3) 可供选择和修改的不同内容的数量；(4) 线性（linearity）/非线性（nonlinearity）程度；以及 (5) 使用媒介时所激发的不同感官（sense）的种数。

电子游戏正好符合格尔茨（Goertz，1995）的若干标准：内容可以修改（如玩游戏者可以在一场比赛中选择扮演不同的角色，可以选择不同的难度）；一些游戏在提供传统的视频与音频方面的反馈的同时，还提供了触觉上的反馈。施托伊尔（Steuer，1992）研究指出，互动性的要素包括反应速度（speed）（对输入[input]的反应时间）、互动范围（range）（某些特性可供操控的程度）和映射（mapping）（与真实环境相匹配）等三个方面。坦博里尼等人（Tamborini et al.，2000，p. 12）还专门引用"远距临场感"（telepresence）这一概念来说明电子游戏"可改变环境的形式和内容"这一性能。"在实时互动（real-time interaction）条件下，用户实际的行为动作（natural actions）能立刻引起媒介环境（mediated environment）中一系列属性的相应改变，从而创造出一种高度的远距临场感。""远距临场感"不仅是一种技术衍生出来的特性，也是一种个体差异变量——这种变量取决于行为主体在虚拟环境中的"存在感"（presence）的强度。

计算机和网络技术能使选择性、非线性与可修改性（available modification）的程度趋于最大化。然而，有人指出，互联网上的许多活动虽然选择性极高，但内容的可修改性或过程的互动性却比较有限。在这一点上，电子邮件是个明显的例外——尽管它并不需要同时调动人们的各种感官，也不能给人一种真切感，但它却掀起了一股社会交往和类社会交往（parasocial interaction）的热潮。麦克纳和巴奇（McKenna & Bargh，1999）指出，在家庭环境中，互联网的首要用途是人际交流。除了电子邮件，人们还利用聊天室（chat room）、公告牌（bulletin board）和电子社区（electronic community）等进行交流。他们的研究将人格特质（personality traits）、个体差异和以互联网作为社交手段的偏好联系起来进行考察，并且着重关注了被污名化（stigmatized）用户与受限（constrained）用户的身份认同、社交焦虑（social anxiety）、孤独感、生活习惯以及安全感等问题。

罗克韦尔与布赖恩特（Rockwell & Bryant，1999）探究了不同层次的互动性以及对人物角色的不同情感倾向（affective disposition）是如何影响人们对互动媒介的反应的。结果显示，互动性的加强能增进节目的娱乐性，并提高儿童对娱乐节目的参与度。令人吃惊的是，与那些处于低互动性条件下的儿童相比，有更多机会参与互动节目的儿童声称更喜欢节目中的人物角色。尽管大多数有关互动性的研究要么没得出什么确切结论，要么缺乏可操作性，福廷（Fortin，1997）在回顾这些研究时，还是发现了一些与学习和态度变化有关的正面效果。他的研究发现，互动性对人们“社会临场感”（social presence）的影响在中度接触（intermediate exposure）情况下就稳定不变了，且生动性（vividness）越强，人们的“社会临场感”就越强。

电子游戏的影响

坦博里尼（Tamborini，2000，p. 12）指出，电子游戏不仅具有更大程度的互动性和生动性，而且需要用户投入更多的注意力，在大脑中形成心理地图（mental map）以备后用，并协调视觉注意力与运动行为（motor behavior）。用户需要采取行动来推动游戏进程，因此它带有“一种很强的参与感”。此外，许多视频游戏中包含了易使人产生同感的（vicarious）攻击行为，预设了攻击性的脚本（Anderson & Dill，2000），其中还暗示了攻击性的环境以及用暴力解决问题的策略。有着超强虚拟现实（VR）能力的电子游戏，由于其参与性更强，与“真实世界”（real world）的差别更小，从而给用户带来了更强的沉浸感（immersion）。

坦博里尼等人（Tamborini et al.，2000）测试了不同的游戏条件对玩游戏者的敌意程度的影响。他们惊奇地发现，当测试对象观看一个正在进行中的暴力游戏时，其敌意程度会达到最高水平。他们认为这一意想不到的发现不外乎两大原因：（1）那些人因不能亲自动手玩游戏而产生了高度挫折感（frustration）；（2）学玩游戏者沉浸到游戏中从而分散了自身的敌意。进一步的分析表明，出人意料的是，即使在标准的（暴力的，非虚拟现实［non-VR］的）游戏条件下，那些临场感（presence）强的测试对象其敌意程度也比那些临场感弱的测试对象要低得多。总的来说，沉浸于游戏中的倾向与较低的敌意程度相关联。这些发现也说明，参与游戏可以转移人们的敌意，或者给人们带来乐趣从而降低敌意程度。

信息技术对个人的社会及心理影响

互联网的使用与满足

帕帕查里希和鲁宾（Papacharissi & Rubin，2000）对人们使用计算机中介传播（computer-mediated communication［CMC］）的动机进行了确认。其中实现人际交往是首要因素，占18.1%的比例。其他因素包括信息寻求（8.3%）、打发时间（7.5%）、便利性（6.2%）与娱乐（4.2%）等。就使用互联网的理由而言，信息寻求和娱乐排在最前面，其次是便利性。女性与男性在使用动机上没有明显的差异。那些在人际交往过程中很少获得满足感的人，以及那些体验过面对面交往所带来的焦虑的人，往往更倾向于使用互联网，以发挥其人际效用（interpersonal utility）。对这些人来说，网络交往既可作为人际交往的一种替代（substitute），又可为他们建立和维持人际关系提供机会，是他们人际交往的好帮手。研究者也发现，人们的生活满意度与互联网的吸引力之间有着负相关关系。那些认为自己生活不太幸福的人，更可能把互联网作为人际交往的手段。不过，还没有足够的证据可以证明互联网导致了消极的生活方式，或给人们带来了人际交往方面的满足。

对社会交往（social interaction）的影响

奥拉韦茨（Oravec，2000）的报告中提到，家庭咨询师们将互联网视为引发家庭纷争的媒介。在她看来，一方面，互联网被当作了更深层次问题的替罪羊；另一方面，在家里上网又确实是引发家庭冲突的原因之一（所以，[家长] 会限制青少年在家中上网接触某些信息性和娱乐性的内容 [如色情内容]）。此外，网络上的熟人经常比住在邻近地区的朋友更难把握。通过收集在线数据侵犯隐私甚至进行诈骗等现象的存在，也加深了众多家庭对使用互联网的忧虑。随着越来越多的家庭成员上网，时间的分配也成问题。

克劳特等人（Kraut et al.，1998）对接入互联网一年和两年的用户分别进行了一次跟踪调查。结果显示，虽然互联网用于交流的现象日益普遍，但互联网使用得越多，使用者的孤独感与焦虑感就越强烈。一个可能的解释是，社交时间被上网时间所取代（这与有关电视收视行为影响的早期研究的结论有些类似）。另一方面，研究者也承认，无论是互联网上的社会交往还是电视中的社会交往，都迥异于传统的人际关系——对那些新近形成的人际关系来说更是如此。虽然如此，仍有证据显示，互联网比电视更适合于社交活动。

调查结果还表明，随着人们对互联网使用的增多，他们本地社交圈的范围会相应地缩小，同时，远程社交圈的范围也会缩小。互联网使用与社会支持（social support）间的这种负向关系（negative association），并不具备（统计）显著性（significance）意义。但是，互联网的使用与孤独感的增加之间是相互关联的。另外，互联网的使用与沮丧感之间也存在正向关系。研究者称，这与互联网使用导致沮丧感的增加这一解释是一致的。尽管这项研究所获得的相关证据还很有限，但它引发了广泛的公众讨论，有一些还对其研究方法进行了有意义的评价。

许多研究把关注的焦点集中在互联网的消极影响上，特别是社会隔绝（social isolation）与网络"上瘾"（Internet addiction）方面。尼和埃布林（Nie & Ebring，2000）报告说，其调查样本中有36%的家庭每周使用网络超过5小时，他们的家庭生活发生了重大变化；15%的家庭每周使用网络在10小时以上，他们的家庭生活受到了更加强烈的影响。调查对象中的一部分人谈到，上网使他们减少了与朋友或家人在一起的时间，也减少了参加户外活动的时间。

与克劳特等人（Kraut et al.，1998）引发了广泛讨论的研究相比，麦克纳和巴奇（McKenna & Bargh，1999）运用的研究方法更加精确严密。他们的研究发现，使用网络进行人际交流能产生相当有益的影响。这些影响包括：自我披露（self-disclosure）的增加、疏远感与隔离感的减少、沮丧感的减少、更被人喜爱与接受以及社交圈的扩大等。

麦克纳和巴奇（McKenna & Bargh，1999，p. 254）强调，人们需要"把自己'真实的'或内在的自我展示给外部世界"；对许多人来说，互联网已经成为了这种自我展示（self-presentation）的媒介。人们可以选择以不同的人格面貌（persona）出现在互联网上。尽管互联网的这种性能已被犯罪活动和其他不合乎社会规范的活动（如儿童色情业）所滥用，但也有研究表明，互联网对那些腼腆的、有社交焦虑障碍的、孤僻的或被污名化（stigmatized）（如性向认同［sexual identity］方面）的人会产生有利的影响。除此之外，人们也需要使用互联网来应对紧张忙碌的生活方式以及加强安全感。多项研究表明，自我披露（self-disclosure）作为人们之间发展亲密关系的一个关键因素，关系到网络友谊的建立。麦克纳和巴奇（McKenna & Bargh，1999）甚至发现，网络上人际关系的形成比他们在面对面的情形下来得要快，而且如果两个人见面之前在网上碰到过，彼此之间会更加有好感。

从方法论及其他角度出发，麦克纳和巴奇（McKenna & Bargh，1999）对克劳特等人的（Kraut et al.，1998）"互联网的使用与孤独感的增加相关"的结论提出了异议。他们认为，在克劳特等人的研究中，互联网的使用与孤独感之间关联度很低，其研究样本也是由那些已经形成了相当广泛的社交圈的参与者组成的。在麦克纳和巴奇（McKenna & Bargh，1999）的研究中一个更令人惊讶的发现是：与两个只是进行面对面交流的人相比，那些面对面交流之前在网络上相遇过的人在见面时更喜欢彼此。更奇怪的是，参加调查的对象说，对同一个人，与面对面时相比，他们更喜欢网络聊天室里的那个人（他们竟然会以为遇见的是两个不同的人）。

杰弗里·科尔（Jeffrey Cole，2000，p. 29）最近有关技术（特别是互联网技术）的社会及心理影响研究发现，全美差不多三分之二的人已经接触过互联网，且大多数调查对象否认网络导致了社会隔绝（social isolation）。例如，超过75%的人说，他们确实没有感觉到因为上网聊天而被亲友忽视。与使用互联网时的情形相比，更多的调查对象在看电视时反倒会产生被忽略感。实际上，多数互联网用户都说，电子邮件、网站和聊天室对他们结识新朋友以及更多地与家人交流有"相当积极的影响"。几乎一半的调查对象说，他们会"每周至少花费一些时间与其他家庭成员在网上交流"。26. 2%的父母则认为，网络对小孩成绩的影响如果算不上积极的话，那至少也是中性的。不过，大多数互联网用户，甚至是那些没有使用过互联网的人，都谈到了对隐私的忧虑。研究得出了这样的结论：多数用户还没有觉察到网络给他们的价值观、交流方式以及消费行为带来的深远影响。

网络上瘾

互联网负面影响的另一个方面表现在它可能使人上瘾。尽管网络上瘾这一概念尚无定论，但它描述了许多与互联网重度使用（heavy Internet use）有关的令人担忧的行为。最初，人们认为男性青少年是典型的"瘾君子"（addict），但一些研究也在他们当中发现了不同的人口学特征。皮特里和冈恩（Petrie & Gunn，1998）指出，年长的女性更加自愿地接受调查研究，因此也更有可能将自己夸张地描述为互联网上瘾者。此外，女性互联网使用者的比例增长得很快。这些调查研究的问题在于，它们大多数都过于依赖研究对象对"上瘾"的自我定义。尽管如此，皮特里和冈恩还是发现，互联网的重度使用与抑郁、内向等性格有着显著关系。卡茨和阿斯普登（Katz & Aspden，1997）早期曾开展了一项调查，却未能证明"上网会减少与家人和朋友交流的时间"这一假设；其他一些研究同样表明，社会关系已经开始以在线方式形成（Parks & Floyd，1995）。

因果关系指向（direction of causality）是很多媒介效果研究孜孜以求的关键问题，有关互联网影响的研究也不例外。那些善于社交的人，可能会经常使用网络媒介与家人和朋友保持联系。同时，那些有社交困难的人，也可能求助于聊天室和新闻组（newsgroup），以此逃避面对面的交往，同时营造一种参与社交的感觉。实际上，互联网用户正趋于年纪更轻、受教育程度更高、经济更宽裕，而这些指标本身都是与更高层次的社交活动紧密联系在一起的。

个体差异

福德雷尔（Vorderer，2000，p. 9）提出了一个问题，即互动性到底在多大程度上合乎不同人群的需要。许多人会说，人们喜欢坐在电视机前，最好什么事情都不做，像一个“窝在沙发上的土豆”（couch potato）：“……每个人都有懒洋洋的权利和需要”。虽然这些说法确有其道理，但人口统计学上的差异以及其他个体差异，才是决定互动性节目吸引力大小的要素。研究证明，人们在运用新技术时，就存在着年龄以及其他社会人口学（sociodemographic）方面的差异。不过，福德雷尔和他的同事们发现，那些思维活跃的人（这一点可通过个体对屏幕上的问题的反应时间来判断）和那些接受较高层次教育的人，会从互动模式设置的悬念中得到更多的乐趣。一些研究显示，在那些更加未来主义的（futuristic）、三维的（three-dimensional）、多人参与的（multiperson）情境中，也存在福德雷尔等人提到的这一状况。例如，哈尼施（Hanisch，1999）就发现，那些具备较高教育程度和较强认知能力的人从“浸入式演播室”（Immersion Studios，也被称为“voomies”）里获得了更多的乐趣。

年龄与性别的影响

互联网最初被视为年轻人的领域，尤其是那些高收入的、对技术十分熟悉的男性的领域。许多年长的工作人员对技术感到不适应，他们直到后来才慢慢接触到这些技术。这就导致了一种尴尬的局面，即年轻同事比年长的管理者能更好地控制技术和使用网络。

然而，随着互联网接入的日益普及，其用户群也越来越多样化。互联网虽然主要用于商业和学术领域，但随着接入费用的降低甚至是免费服务的出现，家庭互联网的接入有了显著进展。近年来，许多地方的私人家庭还可以通过线缆调制解调器（cable modem）和数字用户线路（digital subscriber line [DSL]）实现高速网络接入。

对年长的人来说，互联网是一种用来寻求社会支持（social support）的成本较低、使用方便的工具（White，McConnell，Clipp，& Bynum，1999）。许多年长者被隔断了他们与社会支持网络之间的联系，正变得越来越孤立（Mundorf，Bryant，& Brownell，1997）。尽管广泛盛传着年长者不喜欢计算机的说法，但他们的计算机拥有率却不低，其中许多人在网上还很活跃。怀特等人（White et al.，1999）指出，老年人较慢的认知处理能力可能会使他们掌握计算机技能的速度受到影响。但是，由于多数年长者都是出于私人目的而使用计算机，这种能力上的差距就显得无足轻重了。许多社区在图书馆和社区中心提供了接触计算机的机会，而且廉价的接入技术（如网络电视）甚至使那些靠固定收入（fixed income）生活的人也可以使用互联网。虽然如此，教育水平与其他社会经济变量仍是预测互联网使用状况的重要指标，而且特别值得注意的是，老年人也面临着“数字鸿沟”（digital divide）问题。

怀特等人（White et al.，1999）为退休人群提供了接触计算机的机会并给他们传授互联网的使用技巧，同时进行了相关的效果研究。“UCLA 孤独量表”（UCLA Loneliness Scale）测量的结果显示，尽管少数人的孤独感实际上增强了，但对大多数参与者来说，他们的孤独感明显减弱了。

尽管如此，这一结论还是影响了我们对不同年龄群的培训策略。已有研究表明，为人们提供接触计算机的机会并向其传授互联网使用技巧，有利于促使他们恢复正常的生活状态、获得自我满足感以及进行终生学习等（see White et al.，1999，for a review）。

互动环境下的工作和学习

互动娱乐只是那些能通过先进的电子基础设施（electronic infrastructure）而实现的诸多应用功能之一。除此以外，远程办公（telework）、远程银行业务（telebanking）、远程购物（teleshopping）、远程医疗（telemedicine）与远程教育（distance learning）等对我们也有着重要意义。人们认识到，同一传输管道（pipe）可用来传递不同类型的内容，以增加投资回报。不过，由于人们倾向于把焦点集中在商业与经济方面，目前对上述互动模式的效果研究还十分有限。

电子化培训与开发活动（Training and Development）的影响

远程教育

远程教育（distance learning）的推行需具备互动性的如下基本要素——高度的可选择性、对内容进行修改使之个性化的能力、高度的非线性以及对不同感官的激活能力。学校与家庭对计算机的广泛运用，以及卫星与视频会议技术的广泛应用，使相当大一部分人有望接触到互动性远程教育（Levy，1999）。

信息技术可以使学生更多地参与到学习中，并使他们能更好地控制学习的过程。远程教育并不是要取代目前的教育体系，而是力图对其予以补充（Goldberg，1998）。将网络用于培训，可以减少场地的约束、座位的限制以及旅行开销（Mottl，2000）。目前人们所担忧的是远程教育中的速度与带宽等技术问题以及教育质量的下降和作弊等问题。

赫克特和克拉斯（Hecht & Klass，1999）在理论性很强的研究型课程的教学过程中，设法将不同步的网络资料、同步传输的音频和视频以及实时聊天与实时讨论进行了整合运用。除了技术问题外，一些学生仍反映有一种衔接不畅的感觉。

霍奇—哈丁（Hodge-Hardin，1997）通过学生期末数学成绩测试发现，互动电视是突破校园限制、提供初等代数教育的一种有效手段。卡瓦诺（Cavanaugh，1999）研究发现，在提升（从幼儿园到12年级的）学生的学习成绩方面，远程教育本身只能产生很微弱的积极效果。而有一个小组采取了将课堂教学与通过各种电信手段实现的校外学习相结合的方式，则取得了最佳的效果。显然，学生与老师“面对面”的交流提升了课堂学习的质量。科恩（Cohn，2000）作为怀疑者之一指出，远程教育不能切实地提供给学生接受全面教育所需的所有东西。

多拉基亚、蒙多夫、多拉基亚和肖（Dholakia，Mundorf，Dholakia，& Xiao，2000）考察了远程教育及其对大学生交通习性（transportation behavior）的潜在影响。研究发现，互动技术能产生十分显著的交通替代（traffic substitution）效应。那些使用互联网来获取信息以及那些意识到可利用互联网的交通替代作用来节省费用的学生，更加热衷于通过使用互联网来（减少或）替代许多交通出行活动。

虚拟工作环境的影响

商业背景下的信息技术的影响

西蒙（Simon，1977）较早地在其重要著作中提出了如下看法：新的信息技术将对社会组织产生重大的经济影响。韦斯勒（Whisler，1970）则在其早期的研究中发现：通过整合与强化先前分散的决策系统，信息技术系统得以形成，并将由此而导致许多重大的变革。这种整合对部门化（departmentalization）模式具有重大的影响，它通常会引发多个部门的合并，并使组织中的层级大大减少。

格里蒂（Gerrity，1971）认为，信息技术对组织中的结构性工作（structured task）影响更大，对组织中复杂的、非结构性的（unstructured）决策工作则缺乏效力。十多年后，斯普拉格和卡尔森（Sprague & Carlson，1982）指出，管理信息系统（management information system）和决策支持系统（DSS）主要针对的是与中层和高层管理人员相关的信息。奥特韦和佩尔图（Otway & Peltu，1984）则断言，相对于漫长的办公自动化历程而言，新办公技术不是只前进了一小步，而是跨越了一大步。它对管理者们有着极其重大的意义——不仅事关他们个人的发展，而且能引发组织运作上的变革。斯托拉德、史密斯和里斯（Stallard, Smith & Reese, 1983）认为，电子信息系统在办公条件下的应用，会创造出一种新型的环境，并对传统的组织结构产生影响。这一系统可以提高办公效率、克服地理障碍并优化组织中的关系结构（Hammer & Mangurian, 1987）。

虚拟组织

虽然大众报纸和贸易书籍中有大量关于虚拟组织的文章，但大多数跟虚拟组织有关的研究成果只是纯推理性质的。虚拟小组（virtual team）由于成本低、灵活性大以及可利用资源较多而具有明显优势。为数不多的一些研究成果表明，与面对面的小组会议相比，虚拟小组中的信任感更弱，小组内的凝聚力更低，交流的满足感也更弱。

我们应当关注虚拟小组的这些不足之处，因为它们可能会对小组的工作绩效和效率带来消极影响。有人指出，与借助了信息技术手段的远程会议相比，面对面的小组会议具有更强的团队认同感。

信息技术对于个人的巨大影响，就在于它能影响到不同社会单元中的社会资本（social capital）或社会结构。帕特南（Putnam, 2000）把社会资本描述为可产生互惠规范（norms of reciprocity）与信赖感的社会网络。在他以及其他社会科学家（Rosen & Astley, 1988）看来，这些社会网络值得被冠以“资本”的名义，因为它们具有价值，特别是对提高个人与群体的生产率有重大作用。

传统组织主要依靠层级制度使信息流动趋于最优化。处于较高地位的人，通常比地位较低的人了解更多的信息。现今由于组织越来越依赖于“知识型员工”（knowledge worker）（甚至是在组织中处于低层的员工），以上情形正发生着变化。一个虚拟组织及其基于方案和组员专业知识而建立的临时小组，将会使组织从层级模式（hierarchical model）向“扁平”模式（flat model）转变。后一种组织模式有时被称为“临时性专案编组”（Adhocracy）或“超层级”（Hyperarchy）架构。不用说，这些组织经常开展远距离工作，因此非常依赖信息技术（Ostroff, 1999）。

上述转变使信息的“丰富度”（richness）和“触及率”（reach）大为增强（比方说，定制化的[customized]互动信息可以传递给更多的消费者或同行，而不需要依赖个人销售渠道）。组织借助电信与多媒体手段，可以摆脱传统沟通渠道的限制，从而实现更大范围内的沟通。一般来说，与电话、电子邮件以及个人的正式书面交往相比，面对面的沟通方式由于具备更强的通道丰富性（channel richness）①，沟通起来也更加即时高效。研究者大多发现，计算机中介传播（CMC）适合于工作任务的完成，而不适合于关系的建立（e.g.，Rice，1984）。然而，也有一些研究者发现，与那些偏爱传统沟通渠道的人相比，组织中电子邮件的使用者更加专心致志，更加消息灵通。在组织的沟通活动中，计算机中介传播的辅助性更强，而主动性则略显不足。与此同时，对那些依赖计算机中介传播的组织而言，成员间的凝聚力较低，他们对集体成果的满足感也较弱（Straus，1997）。沃尔瑟（Walther，1997）、帕克斯和弗洛伊德（Parks & Floyd，1996）研究发现，面对面沟通或电话沟通虽然有助于人际关系的发展，但这两种沟通方式并不具备内在的比较优势。在线用户通常先借助视听设备来进行沟通，再转而加强电话沟通和面对面沟通。在线群体与面对面群体在沟通模式上并不一定会迥然不同，他们到底采用哪种沟通模式更多地取决于实际情况的需要。

对远程办公与办公自动化的影响

随着技术的进步与社会的变迁，远程办公（telecommuting or telework，有时也指“在家工作”[work-at-home]）这一模式在美国社会中有了长足的发展。许多企业（e.g.，AT & T）允许中层的、非团组办公的员工选择远程办公模式。大多数的远程办公并不是在一个正式的企业远程办公架构（setup）中完成的；它要么是对传统办公室工作的补充，要么是作为兼职工作、合约工作（contract-work）或小型家庭企业计划（small home-business arrangement）的一部分。越来越多离开企业的知识型员工建立起以家庭为基础的小型企业，并经常为他们以前的雇主工作。美国就有接近35 000 000个家庭办公室（Clark，1997）。随着私人家庭中个人计算机以及互联网接入的日益普及，加上人们计算机运用能力的加强以及在关键领域中合格工人的短缺，远程办公所占的比例还将加大。这一趋势对家庭生活与文化的影响，仍有待进一步探讨（Garhammer & Mundorf，1997）。

---

① 沟通媒介的丰富性模型告诉我们，各种沟通渠道在传递信息方面的能力是不同的。一些通道比较丰富，它们拥有以下几方面的能力：（1）同一时间处理多种线索；（2）促进快速反馈；（3）直接亲身的接触。另一些通道则比较贫乏，并在上述三个方面的得分也很低。从通道丰富性（channel richness）的角度来看，面对面沟通的得分最高——因为它在沟通过程中传递的信息量最大，也就是说，它提供了大量的信息线索（体态、面部表情、手势、语调）、即时反馈（言语和非言语两种方式）以及现场的亲身接触。而一般的书面媒介，如公告和一般文件，丰富性程度最低。——译者注

瓦塔德与迪桑佐（Watad & DiSanzo，2000）认为，虽然已有很多关于远程办公的研究，但许多管理者在引进远程办公作为商业策略时仍然有些犹豫。在最近出版的论著中，他们详细描述了一家150人的公司如何成功地应用远程办公计划（telecommuting program），为药品行业提供互动营销与样品分发服务，从而获得组织与个人方面的积极成效。这项研究发现，远程办公至少通过三种方式增加了组织的收入：简化了内部运作，优化了销售人员的外勤时间，增强了与客户的联系。远程办公还提高了外勤人员的工作生活品质（quality of work life）。该研究也发现了远程办公计划所带来的一些意想不到的结果：组织中形成了非正式远程办公的模式（一些管理人员选择到办公室外工作），各机构间实现了技术平台的共用，同时还强化了知识管理（knowledge management）。

结论

随着互联网及相关信息技术的影响的逐步深入，我们的研究对象也在不断调整：从90年代早期相对小型的、基于文本的（text-based）、主要用于学术目的的网络，转向多媒体的、多用户的、可同时用于私人目的、公共目的与商业目的的网络，甚至可以说，转向一个可调动多种感官的、移动连接（mobile connectivity）的世界。与本书中讨论的其他媒介效果相比，网络媒体在内容、用户类型及应用方式等方面显得更加多样化。它不仅像电视或电影一样被用于娱乐和获取信息，还用于商业交易之中，它还特别用来作为一种人际交流的媒介。除此以外，互联网与现有传统媒介（特别是电视、广播［实时音频］和报纸）的结合也日益加强。将来，我们只要借助于各种界面装置，就能把互联网作为最主要的传播工具。

互联网对组织环境与工作场地已经产生了巨大的影响。无论是全球互联技术，还是虚拟工作环境，都带来了生产率的提高。员工们对工作更为满意了，但与此同时，他们的工作与私人生活的界限却在不断消失，昔日那种“24/7”的生活方式也一去不复返了。也有观点认为，在信息时代，互联网造成了信息的超载，个体因此要面临诸多冗余讯息。这一观点值得我们探讨。

有关互联网影响的研究除了关注其商业与组织方面的运用之外，还着重关注了互联网对于个人内在（intrapersonal）传播和人际（interpersonal）交往的影响。这种影响是矛盾的：它既是有益的，也是有害的。互联网有助于那些孤独的人或行动不便的人加强社会联系，但它也可能促使那些有社交障碍的人更加自我封闭。就“互联网导致了‘不道德行为’（如接触色情内容）”这个问题而言，我们只能找到一些轶事性证据（anecdotal evidence）。然而，我们不难设想互联网是人们接触色情媒介的又一渠道，毫不夸张地说，这一渠道也会产生与其他接触渠道相类似的影响。借助“网络视像器”（webcam）的色情聊天网站能给人更强的真实感，这将导致人们（尤其是青少年）在区分亲密关系中的真实与虚构成分时产生更多的困惑。